SIMON URBAN
PLAN D

ROMAN

K
A
M
P
A

Die Originalausgabe erschien 2011 im Verlag Schöffling & Co.,
Frankfurt am Main.

Für den Blick hinter die Verlagskulissen:
www.kampaverlag.ch/newsletter

Veröffentlicht im Juni 2023 als Kampa Pocket
Eine Koproduktion der Verlage Kampa und Schöffling & Co.
Copyright © 2011 by Schöffling & Co. Verlagsbuchhandlung
GmbH, Frankfurt am Main
Covergestaltung: Lara Flues, Kampa Verlag
Covermotiv: © Przemek Dębowski
Gesetzt aus der Stempel Garamond LT / 230140
Druck und Bindung: GGP Media GmbH, Pößneck
ISBN 978 3 311 15074 9

www.kampaverlag.ch

»Wer die Vergangenheit nicht kennt,
ist dazu verurteilt, sie zu wiederholen.«
George Santayana

Mittwoch, 19. Oktober 2011

I

Wegener öffnete den Reißverschluss der Cordhose, zog mit zwei Fingern seinen Penis heraus und entspannte sich. Ein paar Sekunden war es vollkommen still, dann prasselte der heiße Urin auf das trockene Laub, immer schubweise, ein Schwall versiegte, dann kam der neue, wuchs zu einem dampfenden Bogen und verkümmerte wieder, wurde vom nächsten abgelöst. Wegener stellte sich breitbeiniger hin, zählte mit, zum zehnten, zum elften, zum zwölften Mal baute sich der dünne Strahl auf, krümmte sich und ging ein, plötzlich unterbrochen, dann tröpfelte es nur noch.

Wer sich vom Tatort entfernt, sollte wenigstens nicht mit bepissten Schuhen zurückkommen, hatte Früchtl immer gesagt und es selbst nie geschafft, und wenn er vorher nichts gesagt hätte, wären seine Schuhe hinterher niemandem aufgefallen.

Wegener legte den Kopf in den Nacken. Starrte in die Nacht. Die Metallverkleidung der Pipeline glänzte im Mondlicht, ein silbriger Streifen, der sich rechts und links zwischen den Bäumen verlor. Dieser Streifen würde weiterglänzen, wenn man ihm folgte, wenn man im immer gleichen Abstand zur Leitung bliebe und das Mondlicht im richtigen Winkel auf das Blech treffen ließe, durch ein verschwommenes Labyrinth aus Eichenstämmen und den Betonpfeilern des Pipeline-Viadukts, kilometerweit über den knisternden Laubboden bis zur Sektorengrenze.

Diese Röhre leuchtet einem immer noch den Weg in den Westen, dachte Wegener, diese Röhre ist der fette Ariadnefaden des Sozialismus. Und musste lächeln. Oben würden sie sich das anhören und die Köpfe wiegen und sagen: Oberflächlich betrachtet, bitte, aber wer genau hinsehe, dem falle doch wohl auf, dass diese Röhre vielmehr den Weg in den Osten leuchte, tief hinein in die Sozialistische Union, bis in den Ural, sogar bis nach Sibirien, das sei doch ein entscheidender Unterschied, nur das Gas wandere schließlich westwärts, sonst nichts.

Wegener schüttelte seinen Penis, schob ihn zurück in die Hose, zog den Reißverschluss hoch. In der Tiefe des Waldes flammten die Scheinwerfer der Spurensicherung auf, gleißende, durch Baumstämme zerteilte Flecken, die immer mehr wurden, die schnell zu einem großen Fleck zusammenwuchsen, auf den er jetzt halbblind zusteuerte wie auf das Licht am Ende eines lichtlosen Tunnels, über Äste und Gesträuch stolpernd, bis es hell genug war für einen Blick auf seine Schuhe: Zwei Flecken auf dem rechten, einer auf dem linken.

Acht Strahler hatten Lienecke und seine Leute aufgestellt, je vier auf jeder Seite der Pipeline, die jetzt nicht mehr silbrig glänzte, sondern fleckig und vermoost aussah, der größte unter den vielen, schäbigen Versorgungskanälen, die Ostdeutschland in immer dünnere Streifen schnitten. Hinter dem flatternden Absperrband waren der Vertreter des Energieministeriums und seine Sicherheitsbeamten längst zu gelangweilten Gaffern erstarrt. Neben ihnen brummte der Generator auf seinem Hänger, rote Kabel schlängelten sich wie ausgehärtete Blutspuren den Hügel hinauf durchs Laub. Lienecke verteilte kartonweise Müllbeutel. Seine Assistenten begannen so ameisenartig Laub zu harken und in die Säcke rieseln zu lassen, als hätte das Politbüro gerade mit sofortiger Wirkung trockene Blätter verboten. Wie immer, wenn er Lienecke und seine Leute bei der Arbeit sah, tauchend, kletternd, grabend, abklebend, schabend, eintütend, sortierend, fegend, kratzend, war Wegener froh, mit solchen Puzzlespielen nichts zu tun zu haben, sich auf diese Typen verlassen zu können, die früh genug erkannt hatten, dass Glück und Unglück von einem Tropfen Schweiß, Sperma oder Urin auf dem Schuh abhingen und dass unerschöpfliche Geduld eine seltene Gabe war, mit der man es weit bringen konnte, vor allem in der Deutschen Demokratischen Republik.

Keiner der Assistenten redete während der Arbeit. Auch Lienecke sagte nichts. Nur der Generator brummte und das Laub raschelte. Ab und zu knackte ein Ast. Die sechs gleichmäßig wühlenden Männer in den weißen Ganzkörperanzügen kamen Wegener vor wie seltsam beherrschte Tiere auf einer ebenso mühseligen wie vergeblichen Nahrungssuche. Diese Spurensucher-Spezies verständigte sich mit unsichtbaren Zeichen, steckte telepathisch ihr Revier ab, besaß eine geheime Choreografie, stakste wie eine lethargische Population Albino-Störche über den Waldboden, synchrone Zeitlupe, alle in Reihe, ein Schritt pro Minute. Wegener drehte sich zu den beiden Uniformierten um, die an ihrem Phobos lehnten und rauchten, ohne jeden Sinn für Lieneckes betuliches Ballett. Die Volkspolizisten starrten in die Dunkelheit, beneideten vermutlich ihre Kollegen, die schon vor mehr als einer Stunde mit dem Jäger und seinen beiden sabbernden Kötern zum Revier gefahren waren, zogen an krummen Kippen, ihre Nasen umgedrehte Schornsteine, die den Rauch nach unten bliesen, aber der ließ sich nicht täuschen und trieb unbeirrt nach oben.

Wegener hockte sich hin. Griff in trockene Blätter. Hier hatte es seit Tagen nicht geregnet. Vielleicht sogar seit Wochen nicht. Auf Reifenspuren durften die Laubsammler kaum hoffen. Fußspuren noch unwahrscheinlicher. Blieb die ewige Hoffnung auf unbewusst ausgespuckte Kaugummis, Lackspuren an Eichenrinde, Notizzettel, die durch Hosentaschenlöcher gerutscht waren. Wegener stand wieder auf und lehnte sich an einen Baumstamm. Seine Armbanduhr zeigte Viertel nach neun. Mit Glück würde hier um elf abgebaut. Mit Pech irgendwann zwischen eins und zwei.

Der Kommissar ist vierundzwanzig Stunden am Tag misstrauisch, hatte Früchtl gesagt, und der misstrauische Kommissar bleibt bis zum Schluss. Der misstrauische Kommissar misstraut den Kollegen, der Spurensicherung und dem Mordopfer, weil er der Misstrauer Nr. 1 ist. Der misstrauische Kommissar misstraut an erster Stelle sich selbst. Vertrauen kannst du auf Gott, hatte Früchtl gesagt, und bei uns noch nicht mal auf den.

Lienekes Truppe rückte jetzt langsam zur Pipeline vor. Neben dem Generator stapelten sich prall gefüllte Säcke. Der nackte Waldboden war eine schrumpelige, braune Haut voller Wurzeladern und Löcher, aber ohne Kaugummis und Notizzettel. Lienecke hob die rechte Hand. Seine Männer nickten. Das sind die Bilder, die mir im Kopf herumlaufen, wie in einem Hamsterrad, wenn ich neunzig bin, dachte Wegener, als Endlosschleife, im Altenheimbett, wenn auch die letzten Synapsen zusitzen und der Speichel in Fäden auf die Bettwäsche tropft. Wenn andere im Delirium von ihren Ginsterbüschen und Kasselerbraten und FDJ-Hanseln gequält werden, dann sehe ich zwei quarzende Vopos vor einer erleuchteten Blätterinsel, auf der die Ku-Klux-Klan-Ortsgruppe Köpenick in Zeitlupe tanzt, stakst, raschelt, während im Hintergrund ein Toter baumelt. Und die Schwester sagt: Aber Herr Wegener!, und geht mir mit der behandschuhten Hand über die letzten grauen Haare, fast zärtlich, so, als hätte die Hand gar keinen Handschuh an, das ist doch alles schon lange vorbei, Herr Wegener, das war einmal, Ihr Wald, Ihre Blätterinsel, Ihr Ballett, Ihr Toter, die dicken Vopos, der Energieministeriumsvertreter. Das haben Sie hinter sich, das spielte mal sieben oder zehn Tage lang eine Rolle in Ihrem Leben, eine Hauptrolle vielleicht sogar, aber danach nicht mehr, niemals, nie. Wegener merkte, wie die Müdigkeit ihn plötzlich packte. Wie die sich dumpf um seinen Kopf wickelte, eine bordsteinkantendicke Schaumstoffmatte, alles dämmend, alles verschluckend. Am liebsten wäre er sofort an dem rauen Stamm nach unten gerutscht, ins trockene Laub, hätte sich knisternd zusammengerollt und Lienecke gebeten, die Lampen auszumachen, ganz schnell, alle acht.

Einer der Vopos grunzte.

Wegener drehte sich um.

Zwei helle Punkte flimmerten weit entfernt über den Forstweg und kamen langsam näher.

Lienecke hob den Kopf, nickte, sah wieder nach unten.

Seine Assistenten brachen ihre Buddelei ab und verstellten den Winkel der vorderen Strahler. Die Lichtkegel ruckten nacheinander in Richtung Pipeline, illuminierten eine triste Naturbühne, die Show konnte beginnen. Der glänzende, lang gezogene Phobos Prius wurde sichtbar. Sein ovaler Kühlergrill funkelte. Über dem Wagen leuchtete plötzlich auch die Leiche. Aus dem Schatten der Gasleitung herausgeschnitten, erschien sie jetzt grell vor dem Waldschwarz, eine schlaffe, schwebende Marionette an einem einzigen Faden. Dieser Tote dreht uns allen den Rücken zu, dachte Wegener, der hängt zwar am Strick, aber mit der Polizei will er deshalb noch lang nichts zu tun haben. Sein Geheimnis gehört ihm. Keine Lust auf nikotinsüchtige Vopos, Lieneckes Laubsammelroboter, einen hundemüden Ermittler. Hier interessiert sich keiner für den anderen. Hier hat jeder seinen exakt abgegrenzten Job: Hängen, Rauchen, Starren, Suchen. Für eine Sekunde wurde Wegener das Bizarre, das jeder Tatort mit sich brachte, wieder bewusst, die unwirkliche Verbindung von angehaltener Zeit und automatisierter Betriebsamkeit, die Gegenstandswerdung eines Menschen, die erzwungene, willkürliche Gemeinschaft, an der keiner der Anwesenden jemals ein Interesse gehabt hatte. Der Zufall, der den einen hängen und die anderen buddeln ließ und der auch das Gegenteil hätte veranstalten können. In der aktuellen Konstellation bin ich Volkspolizeihauptmann, dachte Wegener, und der aufgeknüpfte dürre Alte mit dem teuren Mantel, der Seidenkrawatte, der goldenen Uhr und den zusammengebundenen Schnürsenkeln ist das Opfer. Fünfundsiebzig, achtzig Jahre Leben enden unter der Nordmagistrale am Müggelsee, warum auch immer, und schon geht das ewige Theater von vorne los, die Ermittlungsfabrik, die Fragen, die Lügen, die Ahnungen, immer gibt es nur fünf mögliche Antworten, natürliches Ableben, Unfall, Suizid, Totschlag, Mord, ein Ergebnis so wenig hilfreich wie das andere, jedes Resultat kommt immer zu spät, befriedigt höchstens Beamtenehrgeiz und Verwandtenschmerz, bleibt belanglos.

Die hüpfenden Lichtkegel auf dem Forstweg waren inzwischen zu zwei Scheinwerfern geworden, die jetzt die leichte Steigung herunterkamen, durch die Senke rollten, einen Bogen drehten, blendeten. Der Auspuff röchelte, Wartburg Aktivist, dachte Wegener, alt, aber gepflegt. Der Wagen stoppte neben dem Generator. Das Röcheln verstummte. Die Ministeriumsdelegation glotzte. Zwei Aluminium-Heckflossen schimmerten, eine Rapsol-Wolke wehte herüber, der ewige, überhitzte Frittierfettgestank, dann gingen die Scheinwerferaugen aus, die Innenbeleuchtung an, ein blonder Mann kramte in einer Tasche, packte etwas hinein, öffnete die Wagentür, kletterte heraus, grüßte die Gaffer, warf die Tür ins Schloss, kam auf Wegener zu.

»Doktor Sascha Jocicz«, sagte der Blonde mit etwas atemloser Stimme, »Gerichtsmedizin Mitte, Bereitschaft.«

»Martin Wegener, Kripo Köpenick«, sagte Wegener und musste einen langen, schmerzhaften Händedruck über sich ergehen lassen.

»Oberstleutnant Wegener?«

»Hauptmann, Herr Doktor.«

Der Doktor lächelte nicht, wenn er bei der Arbeit fremde Hände quetschte, also lächelte Wegener auch nicht. Jocicz gab ihn frei und betrachtete die Pipeline, den Toten, den glänzenden Prius, die Laubsäcke. Sein Blick wanderte von rechts nach links über die Szenerie, von links nach rechts wieder zurück. Eingescannt, dachte Wegener. Jocicz drehte sich um, stiefelte zu seinem Wartburg, öffnete zackig die Kofferraumklappe, hob zackig einen großen Metallkoffer heraus, schlug zackig die Kofferraum-Klappe zu, überprüfte seine Frisur in der spiegelnden Heckscheibe, ging sich zärtlich mit der Hand über den Scheitel. Besteht fast nur aus Kanten, dachte Wegener, eckiger Schädel mit eckigem Kinn. Darunter eckige Schultern. In der Hose vermutlich Beine wie Stahlträger. Muskulöse Balken, um extra zackig zu marschieren.

»Wer knattert so spät durch Nacht und Wind?« Lienecke duckte sich unter dem Absperrband durch.

»Belesen ist er auch noch, der Kollege.« Jocicz gab Lienecke die Hand, beide griffen zu, ohne eine Miene zu verziehen.

»Na, Ulf.«

»Na, Sascha.«

Wegener überlegte, wer fester drückte, Ulf oder Sascha.

»Der Anlasser?« Lienecke befreite seine Hand, um sich damit am Kopf zu kratzen. Der Gerichtsmediziner hatte gewonnen.

»Kriegen sie nicht hin. Zumindest nicht bei der Winterbaureihe. Und das ist ja schon der zweite dieses Jahr. Zuverlässig bricht das Ritzel.«

»Was kostet ein Anlasser bei den Wartburgs?«

»Zu viel. Aber beim neuen Agitator ist ja angeblich alles anders.« Jocicz ließ seinen Metallkoffer aufschnappen und zog einen weißen Schutzanzug heraus.

»Sie kennen jemanden, der einen Agitator fährt?«, fragte Wegener und sah in den Himmel. Kräftiger Wind hatte die Baumkronen gepackt. Der ganze Wald fing an zu rauschen.

»Ich kenne sogar jemanden, der einen Phobos Datscha fährt.«

»Ich auch«, sagte Lienecke, »Achtung Krenz.«

Jocicz grinste ein eckiges Grinsen und kletterte in seinen Anzug.

»Was erwarten Sie von den Gas-Konsultationen mit Westdeutschland, Herr Hauptmann? Meine Mutter sagt immer, alle Politiker sind Verbrecher. Da müsste ein Kriminalbeamter doch längst was im Urin haben.«

»Wahrscheinlich liegt Ihre Frau Mutter richtig«, sagte Wegener. »Eins ist sicher, am Ende wird niemand verhaftet.«

»Da haben Sie Recht. Verhaftet wird von denen keiner.«

»Lafontaine schlägt sich in Weimar den Bauch mit Thüringern voll«, sagte Lienecke, »währenddessen streiten sie zwölf Stunden über den Gaspreis, dann fährt er wieder. In seinem vw Phaeton samt Sitzheizung und funktionierendem Anlasser.«

»Mit zwölf Stunden kommst du nicht aus.« Wegener betrachtete den Toten, der sich jetzt leicht im Wind bewegte. Das Rauschen in den Baumkronen war stärker geworden. Ein fliegendes Ozeangetöse. Blätter schwebten durchs Strahlerlicht wie große goldene Schneeflocken. »Wer schafft mehr Würste? Lafontaine oder Achtung Krenz?«

»Guck dir Achtung an, das Beuteltier. Im Wurstwettfressen zieht der jeden ab.«

»Das gibt sechs Monate, Sascha.«

»Beuteltier hab ich gesagt, nicht Sack voll Speck. Beuteltier gibt nur drei.«

Wegener drehte sich um und starrte in die Dunkelheit, spürte plötzlich, dass da noch jemand war, irgendwer, der ihn im Blick hatte, der alles beobachtete. Der an einem Eichenstamm lehnte, mit Nachtsichtgerät und Richtmikrofon. Der viel erzählen konnte über das Wenige, was hier in den letzten Stunden passiert war, und der sich nur noch wünschte, dass dieser Suchtrupp endlich fertig würde mit seiner sinnlosen Jagd nach Spuren, die es nicht gab, weil sie längst entfernt worden waren. Damit auch der Beobachter der Beobachter endlich nach Hause gehen durfte.

Ich kann euch riechen, dachte Wegener, ihr Spitzel, hinter euren Büschen und Mauern und Maskeraden, wenn ich mich auf irgendwas verlassen kann, dann auf meine Nase, ihr stinkt mir, Brüder, von den Dachböden, aus den Kellerverschlägen, hinter Müllcontainern, ich wittere eure Zigarettenstummel, eure Wanzen, eure Teleobjektive, eure Selbstgewissheit, die vor allem.

Wegener starrte immer noch.

Lienecke und der eckige Gerichtsmediziner sahen ihn an.

Niemand sagte was.

Blätterrauschen und Generatorbrummen, sonst nichts. Wer immer da gestanden hatte, jetzt zog er sich zurück, geräuschlos, unsichtbar. Das wäre der Moment, den Vopos in die Ärsche zu treten, dachte Wegener, mit Taschenlampen in den Stadtforst zu rennen, bis sich vielleicht von irgendeinem Baumstamm der flüchtende Schatten lösen würde, den man ohnehin nie erwischte, aber von dem man dann wenigstens wüsste, dass es ihn wirklich gab. Einer von Lieneckes Männern rief etwas, bückte sich, kniete im Laub. Lienecke setzte seine Brille auf und stieg über das flatternde Band.

»Der deutsche Wald«, sagte Jocicz, »ist genau so lang ein Quell der Freude, bis man ihn nach Fingerabdrücken durchsuchen muss.«

Wegener trat an das Absperrband. »Was dagegen, wenn ich mir Ihre Arbeit aus der Nähe angucke?«

»Bei Josef Früchtl gelernt?«

»Zum Glück.«

»Dann kann ich wohl nicht nein sagen.«

»Nein«, sagte Wegener, »können Sie nicht.«

Jocicz zupfte an seinem Schutzanzug. »Im Koffer ist noch einer.«

Jetzt wurden auch die vier Strahler auf der anderen Seite der Pipeline neu ausgerichtet. Der Tote hing plötzlich im Gegenlicht, die Röhre war ein schmutziger Wulst aus gebogenem Blech, Schweißnähten und dicken Schraubenmuttern. Aufgeschreckte Falter kreiselten durch die Tageshelligkeit, noch einmal lebendig, morgen holt euch der kalte Herbst im Schlaf von euren Ästen, dachte Wegener und stieg in den viel zu großen Kunststoffanzug. Die Vopos drehten sich weg, rauchten weiter in die Dunkelheit.

Jocicz wartete am Absperrband. Der Anblick eines Hauptmanns in Frischhaltefolie machte das Kantengesicht ein wenig runder. Jocicz stiefelte los, Wegener folgte ihm über den gesäuberten Boden, im Halbkreis um den rechten Betonpfeiler der Pipeline. Mit jedem Schritt wurde ein bisschen mehr von dem Erhängten sichtbar, der sich seinen Besuchern nun zögerlich zuwandte, bis er schließlich ein faltiges Wachsgesicht zeigte, krumme Schnabelnase, buschige Brauen, weißer Kinnbart. Jocicz blieb vor dem Toten stehen und leuchtete ihn Zentimeter für Zentimeter mit der Taschenlampe ab. Schob die Hosenbeine hoch und untersuchte die blassen, haarigen Waden. Drückte seinen Handschuhdaumen in das fahle Fleisch. Fotografierte die leicht gekrümmten Hände, die verfärbten Nägel, die Gelenke. Betrachtete die ausgelatschten Schuhe mit den zusammengebundenen Schnürsenkeln, fotografierte sie und sagte nichts. Seine Bewegungen hatten alles Zackige verloren. Wie eine Katze schlich er um den schlaffen Körper, machte sich Notizen, stieg auf eine Leiter, befingerte den Leichenhinterkopf, die grauen Haare, das erstaunte Gesicht, leuchtete mit seiner Taschenlampe in die toten Augen, kam wieder herunter.

Wegener sah zu. Als Jocicz fertig war, saßen die Silhouetten der beiden Vopos reglos im Wagen, Köpfe auf der Brust. Die Ministeriumsgruppe diskutierte. Lieneckes Männer hatten den kompletten inneren Ring der Absperrung vom Laub befreit. Einer verlud die Säcke auf zwei abgedeckte Hänger, die anderen liefen hinter der Flatterbandgrenze mit Handstrahlern durch den Wald. Betrunkene Riesenglühwürmchen, die nichts finden würden, solange sie nichts finden sollten.

»Wenn ich bitten darf.« Jocicz hatte seine freundlichste Stimme ausgepackt.

Wegener versuchte trotz der Müdigkeit ein interessiertes Gesicht hinzukriegen.

»Sie wollten doch gern dabei sein.« Jocicz schob die Klappleiter etwas näher an die Pipeline, stieg auf der rechten Stufenreihe hoch und machte eine einladende Handbewegung, ihm auf der linken zu folgen. Wegener zog Handschuhe aus der Schutzanzugtasche, streifte sie über, prüfte den Stand der Leiter.

»Alles sicher«, rief Jocicz von oben.

»Der misstrauische Kommissar überprüft die Leiter«, sagte Wegener mehr zu sich selbst und kletterte, bis Rücken und Nacken des Toten vierzig Zentimeter vor seinem Gesicht waren. Jetzt konnte er den dunklen Ring sehen, den die Schlinge in den langen Hals fraß. Unten der Phobos Prius wie ein zu früh bestellter Leichenwagen. Zwei Dellen im schwarzen Dach.

Jocicz guckte dem Hängenden über die Schulter, seine Hände tasteten, die Gummifinger kletterten am strammen Seil hoch, wurden zur Faust, zogen kurz und kräftig daran.

Wegener sah Jocicz direkt in die Augen. Jocicz hielt dem Blick stand.

»Eine Hinrichtung«, sagte Wegener.

»So sieht es aus«, sagte Jocicz.

»Oder die Inszenierung einer Hinrichtung.«

»Auch das ist möglich.«

»Wann?«

»Vor rund 48 Stunden«, sagte Jocicz. »Eher etwas weniger. Tod nicht durch Strangulation, sondern durch Genickbruch. Man hat ihn aufs Wagendach gestellt und Gas gegeben, anderthalb Meter Fall, Exitus.«

»Ok.«

»Zusammengebundene Schnürsenkel und ein Henkersknoten mit acht Rundtörns, Herr Wegener. Gute Chancen, um schultertief in die Scheiße zu greifen.«

»Ist mir nicht entgangen.«

»Und die Klamotten sehen nach Bonze aus.«

»Definitiv.«

Jocicz strich sich mit der Hand durch die Haare. Ein kleines, gelbes Blatt, das sich in seinem Scheitel verfangen hatte, schwebte herunter. Wegener merkte, dass die Leiche roch. Nach Schweiß, nach dumpfem Moder und langsam einsetzender Verwesung.

»Was tun Sie jetzt?«

Wegener klammerte sich mit beiden Händen an die kalten Leiterholme. »Ermitteln. Ich bin ja der Ermittler.«

»Ein Ermittler, der niemanden verhaften kann.«

»Das macht nichts, verhaftet wird ja sowieso nie jemand«, sagte Wegener und stieg die Leiter langsam wieder herunter.

Donnerstag, 20. Oktober 2011

2

Wegener öffnete die Augen, schloss sie wieder, öffnete sie. Der Ventilator klebte über ihm an der Decke wie ein rundliches Insekt mit drei fetten, platten Beinen. Dieses faule Vieh bewegte sich nie, hatte sich nie bewegt, würde sich vermutlich nie bewegen. Vielleicht war es gar nicht angeschlossen. Wegener versuchte sich zu erinnern, ob Karolina jemals den Ventilator zum Surren gebracht hatte, in irgendeinem heißen Sommer, um ein bisschen Spielfilmstimmung herzustellen. Ihm fiel nichts ein. Das Ding hatte immer nur tot herumgehangen und einen langsam wandernden Schatten an die Decke geworfen. Einen verzerrten Spinnenschatten mit drei fetten, platten Beinen.

Er tastete auf dem Nachttisch nach seinem Minsk, drückte auf die Menütaste, hielt sich das leuchtende Display direkt vor die Nase: 10:49h. Ein Anruf in Abwesenheit, 09:53h, *W. B. Büro*. Borgs wartete jetzt schon seit einer Stunde auf Rückruf, zweihundert Fotos vom Tatort vor sich ausgebreitet, die Zeugenaussage des Jägers Soundso im Kopf, den Wanst prall gefüllt mit der hartnäckigen Entschlossenheit, die ihn seit achtzehn Jahren Vorgänge von den Schreibtischen seiner Abteilung schieben ließ, wenn politische Windhosen am Horizont auftauchten. Wegener merkte, wie recht ihm die Borgs'sche Abschiebepraxis in diesem Fall war. Er drehte sich auf den Bauch, drückte das Gesicht ins Kissen, zog sich die Decke über den Kopf und rechnete nach, wie lange ihn diese

Pipelinegeschichte noch beschäftigen würde: realistisch betrachtet, acht Stunden. Dann hatte das K5 übernommen, eine Geheimhaltungsstufe draufgeklatscht, Verschlusssache, fertig. Oder es ging gleich in die Normannenstraße, Staatsschutz, Interne Abteilung. Jocicz durfte die Obduktion abgeben, Lienecke die Spurenauswertung, er selbst das wochenlange Ratespiel, die Vernehmung von Spaziergängern, Reitern, Pilzsammlern, Pipeline-Wachschutzheinis, die Streitereien mit dem Energieministerium über Ermittlungen im Sperrgebiet und den ganzen anderen Dreck. Stattdessen Verschwiegenheitsverpflichtungserklärung aufgrund Sonderermittlungsstatus III, ein dünnes, gelbes Blatt Papier mit einer Menge kleingedruckter Drohungen, die von Herabstufung über Kündigung bis Bautzen reichten. Dann konnten alle, die gestern Abend dabei waren, unterschreiben, dass sie weder ihre Arbeit verlieren noch zu einer Haftstrafe wegen Geheimnisverrats verurteilt werden wollten und deshalb *zukünftig mit niemandem – respektive mit verwandten / angeheirateten Personen und / oder den an der betreffenden Ermittlung beteiligten Kollegen – über die entsprechenden dienstlichen Vorgänge und sämtliche begleitende Umstände reden oder anderweitig kommunizieren* würden. Bei dem Passus *anderweitig kommunizieren* musste Wegener immer an Rauchzeichen denken. Vielleicht wegen der Indianer-Zeltlager, die Tobias Kirchhoff früher jeden Sommer für die FDJ angeleiert hatte, irgendwo in Mecklenburg. Wegener stellte sich Jocicz, Lienecke und die Spurensammler vor, im Kreis um ein qualmendes Lagerfeuer in Neustrelitz, jeder mit einer Decke in der Hand, beim Versuch, über den Toten an der Pipeline *anderweitig zu kommunizieren*. Jocicz schrieb mit Rauchwolken in den Abendhimmel: Glaubt mir, Männer, Schnürsenkel zusammengebunden, der Galgenknoten achtmal gewickelt, das waren SIE, einwandfrei, verdammte Scheiße. Und Lienecke, wedelnd: Kein Zweifel, nichts gefunden im Laub, nicht den kleinsten Hinweis, und genau das ist der Hinweis, so sauber arbeiten nur DIE! Und sämtliche Spurensammler mit synchronen Fächelbewegungen wie ein tragischer Chor: Nicht den kleinsten Hinweis, das ist der Hinweis!

Wegener warf die Bettdecke zur Seite, stand ächzend auf, stellte das Fenster auf Kippe, schlurfte ins Bad. Der letzte funktionierende Deckenstrahler schickte sein spärliches Licht in Richtung Waschbecken. Toilette und Wanne blieben in grünlich gefliester Dunkelheit zurück. Auf dem Spiegelschrank leuchtete Karolinas alte Deospray-Dose, ein lachsfarben glitzernder Phallus mit der Aufschrift *Action*. Die letzte Action in unserer Beziehung, hatte Karolina irgendwann mal gesagt, und Wegener darauf: Erstens war das ein echt mieser Kalauer und zweitens geht diese *Action* wenigstens nie zu Ende, sondern wartet dein Leben lang auf dich, palettenweise, im Konsum, mit viel Solidarität produziert vom Kombinat Körperpflege. Darauf Karolina: Von dem du noch nie was gehört hast. Darauf Wegener: Ich rieche nach Mann. Karolina: Das riecht man. Und jetzt war er seit einem Jahr unfähig, eine hässliche Dose wegzuwerfen, die in seinem Badezimmer lachsfarben lauerte. Die jeden Morgen im Spot der halbinvaliden Lampe erstrahlte wie ein abgetakelter Schlager-Star auf der Parkbühne von Eisenhüttenstadt und das alte Lied vom Verlustschmerz anstimmte, vor dem alle Menschen gleich sind.

Wegener stützte sich mit beiden Händen aufs Waschbecken und betrachtete im Spiegelschrank ein Gesicht, das seit sechsundfünfzig Jahren seins war. Trotz schnabeliger Nase, nach hinten flüchtender, blassblonder Haare und etwas zu runder Wangen kam ihm dieses Ichgesicht manchmal gutaussehend vor. Heute nicht. Heute erschien ihm die hunderttausendfach überprüfte Visage konturlos, beliebig, unproportional, von roten Striemen lächerlich gemacht, die der Faltenwurf des Bettlakens hinterlassen hatte, eine zerknitterte Landkarte, auf der wenig gewonnene und viele verlorene Schlachten eingezeichnet waren. Hauptmann Hängebacke. Nichts, was Karolina vermissen müsste, dachte Wegener und wusste, dass er schon genau so oft das Gegenteil gedacht hatte, vor dem gleichen Spiegel, mit den gleichen Lakenfalten auf der Stirn. Er drehte die Dose so, dass man *Action* nicht mehr lesen konnte, und schaltete das Radio ein. Jan »Schmuso« Hermann, verkündete die dauerglückliche Moderatorenstimme, der König der DDR-Kuschelbarden und sein neuer Song *Fraglos, die Zeit hasst die Liebe.* Belanglose Akkorde setzen ein.

Denk dran, sagte die Früchtl-Stimme in seinem Kopf, Männer sind wie Holzdielen, sie werden im Alter immer schöner. Frauen sind wie Holzdielen unter einem undichten Dach, sie gammeln beharrlich in Richtung Finale.

Wie sie mir fehlen, deine verbalen Geisterfahrten, dachte Wegener.

Unter der dampfend heißen Dusche versuchte er, Jan »Schmuso« Hermanns Geplärr zu ignorieren, und stellte sich das Gespräch vor, das die K5-ler demnächst mit ihm führen würden, Eiertanz inklusive. Der Verdacht, dass es sich bei der Ermordung des Pipeline-Toten nicht um ein Privatvergnügen gehandelt hatte, hing so unübersehbar in der Luft wie die GOLDKRONE-Leuchtreklame am Alex, die ungeheuerliche Befürchtung, die nie gedacht werden durfte, jetzt war sie in meterhohen Neon-Versalien buchstabiert, blinkte abwechselnd rot und grün, wegsehen unmöglich. Also würden die Herren mit wohldosierten Beerdigungsgesichtern auf Borgs' blau gepolsterten Büroschemeln hocken und auswendig gelernte Dienstanweisungen herunterleiern, von der nagenden

Angst getrieben, bloß keinen verständlichen Satz zu sagen. Die Sprache der Sprachlosigkeit, Kommunikationskompetenz Ost. Und alle würden sie immer wieder auf Borgs schielen. Und Borgs würde in seiner Fensternische thronen wie ein satter Mönch, die Hände vor dem Kugelbauch gefaltet, scheinbar schlafend, zumindest dauerhaft verstummt.

Wegener hatte Borgs zwei Mal in so einer Zuständigkeits-Bredouille erlebt, beide Male Fälle von Vorbereitungshandlungen versuchter Republikflucht. Beide Male durch Unfälle mit Todesfolge vor Tatausführung beendet. Beide Male war Borgs in den Besprechungen mit den Sonderabteilungen zum schweigenden Klosterbruder geworden, hatte die Männer in den grauen Anzügen reden lassen, hatte den hilflosen Bandwurmsätzen und den verklausulierten Andeutungen gelauscht und nichts gesagt. Namenlose Oberste lieferten den K5-lern Ermittlungsergebnisse, überreichten Befunde, klappten Aktendeckel zu. Uralte Spiele nach nie geänderten Regeln. Am Ende hatte Borgs die ganze Bagage mit nichts als seinem freundlichen Doggengesicht hinauskomplimentiert. Ohne einen einzigen Satz gebellt zu haben.

Walter, du hast dich ordentlich hochgeschwiegen, dachte Wegener und stellte das heiße Wasser ab. Den Mund halten zu können ist die wahre Kunst eines Dezernatsleiters. Dann sah er die Zecke an seiner rechten Wade. Eine kleine, schwarze Kugel, die gerade die erste und letzte Dusche ihres Parasitenlebens genommen hatte.

*

Der abgewetzte Schachbrettboden der Präsidiumsflure verführte Wegener immer noch dazu, seine Schrittlänge dem Muster anzupassen. Er versuchte, die Fußspitzen exakt an der Kante eines Quadrats aufzusetzen, was zu einem altbekannten Problem führte – Schritte von der Länge eines Quadrats waren zu kurz, Schritte über zwei Quadrate zu lang. Trippeln oder Schreiten, hießen die Alternativen. Wegener war nach Schreiten. Wann hatte man schon mal eine Ermittlung, die man gleich am ersten Tag auf die Spezialisten abwälzen konnte. Mit übergroßen Schritten ging er auf Borgs' Vorzimmer zu und feierte den ersten Sieg des Tages: Die Spitze des linken Schuhs setzte an der Linie des letzten Quadrats auf und berührte gleichzeitig die Tür. Touché.

Christa Gerdes machte sich nicht die Mühe, vom Monitor aufzusehen, hackte stattdessen lieber Zahlen in ihren alten Robotron Kappa, dass der pelzmützenartige Frisurturm wippte, klappte nur kurz einen hageren Arm aus, der faltige Wegweiser in Richtung geradedurch. Frauen sind Holzdielen unter einem undichten Dach, hörte Wegener Früchtl raunen, klopfte an die offene Tür und sah sofort, dass er richtig getippt hatte: Der Schreibtisch in der Fensternische war bedeckt mit Fotos der Pipeline, des Waldbodens, des Seils, des verbeulten Wagendachs und eines Gesichts, das im gelblichen Licht der Leselampe irgendwie lebendiger aussah als vor ein paar Stunden im Stadtforst.

Wegener holte tief Luft und betrat die Chefhöhle, die Dunkelkammer, den Räucherofen, wie auch immer dieses vergilbte Zimmer genannt wurde, alles traf zu, hier dauerte keine Besprechung länger als fünfzehn Minuten.

»Martin.« Borgs zerquetschte seinen Zigarillostumpen in einer kleinen Pappschale. Der Ärger über den Pipeline-Mord hing ihm aus dem runden Gesicht, eine IFA-Ladung Unannehmlichkeiten rollte gerade auf seine Abteilung zu, dabei hätte alles so schön sein können, ein ruhiger Oktobermorgen, ganz ohne alte, nach bizarren Ritualen erhängte Männer.

»Noch vier Wochen bis zu den Konsultationen, Martin. Und dann so was.«

»Wir scheinen die Gas-Devisen dringend nötig zu haben.« Wegener drückte die Tür ins Schloss und deutete auf die dampfende Pappschale, »wenn uns jetzt schon die Aschenbecher ausgehen.«

»Meine Christa«, sagte Borgs stolz und sank in den Stuhl zurück. »Wenn sie zerstört, dann etwas Existenzielles.«

»Es gibt noch konsequente Frauen.«

»Was denkst du?« Borgs faltete die Hände vor der Bauchkugel.

»In Bezug auf Gas-Devisen oder auf unseren Mann hier?«

»Wie wär's mit einer Verbindung zwischen beidem?«

Wegener zog sich einen der blau gepolsterten Stühle zum Schreibtisch und setzte sich. »Sieht alles danach aus, als ob wir ein Problem haben.«

»Wir hoffentlich nicht.« Borgs ließ seinen Blick über die Fotos wandern. »Aber am Werderschen Markt kriegen sie Zuckungen, wenn sie von der Geschichte hören, das kannst du mir glauben.«

»Das K5 schon informiert?«

»Ganz ruhig. Hab das ja erst zwei Stunden auf dem Tisch, nicht wahr? Außerdem wollte ich vorher mit dir sprechen.«

»Offen?«

»Unter vier Augen. Wie du siehst.« Borgs zündete sich einen neuen Zigarillo an, paffte und wuchtete seine kurzen, dicken Beine auf die linke Schreibtischkante. In beiden Sohlen ein kreisrundes Loch.

Wegener zog den Mantel aus und hängte ihn über die Stuhllehne.

»Schauen wir mal, was wir haben«, sagte Borgs, schmatzte und blies einen Mund voll Rauch zur Zimmerdecke. »Eine männliche Leiche um die achtzig. Todesursache Genickbruch, erhängt an der Nordmagistrale Nähe Sektorengrenze. Suizid ausgeschlossen. Der Tatort so sauber wie die Rosette einer Meerjungfrau.«

»Sauberer geht's nicht«, sagte Wegener.

»Sauberer ist völlig unmöglich«, bestätigte Borgs. »Und in diese allumfassende Sauberkeit legt jemand Spuren, die eindeutig sagen, hier haben Stasialtkader einen vermeintlichen Verräter um die Ecke gebracht. Zusammengebundene Schnürsenkel, achtfacher Galgenknoten. So hat die Sicherheit ihre eigenen Leute erledigt. Zuletzt passiert vor rund zwei Jahrzehnten, im Zuge der Wiederbelebung unserer geliebten DDR. Angeblich. Weiß ja keiner. Erzählt ja immer nur jeder, wenn's gerade passt, hinter vorgehaltener Hand. So. Und in einem Monat kommt Lafontaine, um unseren bankrotten Saftladen zu retten. Vorausgesetzt, der Saftladen ist schön brav. Nur, momentan sieht es aus, als ob der Saftladen ziemlich unartig war. Was soll das bitteschön für ein Kasperletheater sein, Martin? Wer will uns da verarschen?«

Wegener fächelte sich Zigarillorauch aus dem Gesicht. »Diese Verräter-Morde, sind das Gerüchte oder hat es die wirklich gegeben?«

»Frag mich nicht.« Borgs zuckte mit seinen breiten Schultern. »Ich hab nie jemanden getroffen, der das weiß. Kann uns aber auch egal sein. Die Zeichen sprechen ja so oder so ihre Sprache.«

»Zusammenbinden der Schnürsenkel: Vor uns kannst du nicht weglaufen. Das versteh ich noch. Und der Galgenknoten?«

»Acht mal gewickelt.« Borgs hielt acht kleine, dicke Finger in die verräucherte Luft. »8. Februar 1950. Gründung des

MfS. Eine Erinnerung an die alten Ideale, wenn du so willst. An die Tradition der Bruderschaft.«

»Kranke Spinner waren das.«

»Gefährliche kranke Spinner.«

Wegener hustete. »Zwei Möglichkeiten. Unser Mann war bei der Sicherheit, hat Mist gebaut, sie wollen ihn loswerden. Und gleichzeitig ein Zeichen setzen. Als Signal nach innen, sozusagen. Also beleben sie die alte Methode wieder, damit jeder bei der Truppe weiß: Das passiert, wenn du uns hintergehst.«

»Totaler Schwachsinn.« Borgs schüttelte den Kopf. »Der Mann ist um die achtzig! Und selbst wenn der Geheimdienst immer noch Leute beseitigt, was er sich im Rahmen der internationalen Verträge gar nicht leisten kann, dann doch bitte nicht auf diese Weise. Und auch noch vier Wochen vor den Konsultationen. Ein einziger nachweislicher Bruch der Rechtsstaatlichkeitskriterien, und hier gehen die Lichter aus. Zweite Möglichkeit?«

»Jemand versucht, der Sicherheit was in die Schuhe zu schieben, indem er ihre alten Methoden aufwärmt.«

Borgs schmatzte, paffte, schmatzte. »Wenn ich der Stasi was anhängen will, dann muss das öffentlich werden, dann braucht es einen Skandal. Wie soll das gehen? Wer soll das machen? Heute Abend übernimmt das K5. Sonderermittlungsstatus. Da dringt nichts nach außen. Und es ist schwer vorstellbar, dass Schily morgen mit der Geschichte zur *Aktuellen Kamera* rennt.«

»Das wäre in der Tat eine Überraschung.« Wegener stand auf, zog den schweren Vorhang ein Stück zur Seite und öffnete die alten Doppelfenster. Kalte Luft wehte ins Zimmer und tauschte Rauchgestank gegen Fettgestank. Auf der Lechner-Allee kämpfte ein weißer Phobos II Universal mit einer

Parklücke, der kahle Kopf des Fahrers ragte aus dem Seitenfenster, drehte sich nach rechts, nach links, eine unentschlossene, hautfarbene Beule. Mitten auf der Beule ein Pflaster. Der Universal stand schräg, gab auf, preschte davon.

»Vielleicht waren es ja auch die Typen von damals«, sagte Wegener.

»Was soll das heißen, die Typen von damals?«

»Altkader. Die angeblich 89/90 so vorgegangen sind. Typen, die zu Honeckers Zeiten gut im Geschäft waren. Dann kommt die Wiederbelebung, ihr Erich geht in Rente, Krenz wird die Nummer 1, Schily löst Mielke ab, im Zuge von Reformen und Neuausrichtung fliegen sie raus. Aber irgendeine Rechnung ist noch offen.«

»Theoretisch möglich«, brummte Borgs. »Aber einundzwanzig Jahre sind eine verdammt lange Zeit. Warum erst jetzt?«

»Vielleicht hatte sich unser Schnürsenkelmann besonders gut versteckt.«

Borgs sah unzufrieden aus. »Und dann trotzdem noch diese Inszenierung? Wen soll das denn heute noch erschrecken?«

»Andere Verräter von damals. Keine Ahnung. Vielleicht haben sie es auch nur aus Prinzip gemacht. Aber das ist alles witzlos, so lange wir nicht wissen, ob der Alte überhaupt bei der Sicherheit war.«

»Wir müssten erst mal wissen, wer der Mann überhaupt ist.«

Wegener setzte sich wieder. »Und wenn's nur um die Pipeline geht? Um die Konsultationen?«

»Hab ich auch schon dran gedacht. Russenmafia. Ein alter Spinner, der seine Schmiergelder nicht abgeführt hat. Aber die Russen machen das anders.«

»Russisch.«

»Zum Beispiel. Was sagt dir das mit dem zerbeulten Auto-dach?«

»Improvisation. Oder noch ein Symbol, eins, das nur Insi-der verstehen. Aber warum nehmen sie die Kennzeichen mit?«

»Keine Ahnung.« Borgs ließ seine Beine von der Schreib-tischkante rutschen. »Mir ist vor allem eins wichtig: Man wird sich die ganze Chose am Werderschen Markt sehr bald sehr genau angucken. Und das ZK hält seinen Rüssel höchst-persönlich rein. Was für uns heißt, wir machen exakt das, was wir machen sollen. Keinen Handgriff mehr und keinen weni-ger. Ich muss Kallweit nicht noch Angriffsfläche bieten, nur weil der den Diensten mehr Befugnisse zuschustern will.«

»Dann bin ich wohl raus.«

»Fast.« Die mürrische Dogge Borgs wurde zur listigen Dogge Borgs. »Heute Nacht haben sie einen Briefumschlag im Mantel des Toten gefunden. Suche nach Abdrücken läuft noch.« Die listige Dogge schob sämtliche Fotos zur Seite, fuhr mit dem Zeigefinger über die Schreibtischunterlage, blieb an einer Notiz hängen. »Der Umschlag ist handschrift-lich adressiert an einen Emil Fischer, nur der Name, keine Anschrift, keine Briefmarke, nichts. Im Umschlag ein Zettel, Computerausdruck. Text: *Liebe Nachbarn, liebe Genossen, am Samstag den 22.10.2011 feiern wir unseren Geburtstag. Falls es etwas lauter werden sollte bitten wir um Verständniß.* Verständnis hier mit ß geschrieben. *Mit freundlichen Grüs-sen,* Grüße mit Doppel-S, *M. Radecker, I. Dedelow, 16. OG.*«

»Dann könnte Fischer der Tote sein«, sagte Wegener.

»Oder einer von den Absendern, der es nicht mehr ge-schafft hat, den Umschlag bei Fischer einzuwerfen.«

»Oder so.«

»Vielleicht hat auch nur jemand Fischers Briefkasten aufgebrochen, man weiß es nicht. Christa hat schon nachgeschaut, Redecker, Dedelow und Fischer gibt es in dieser Kombination nur einmal. In der Ludwig-Renn-Straße 32.«

Borgs wuchtete sich aus seinem Stuhl, watschelte zum Fenster, klappte die Doppelflügel wieder zu und zog den Vorhang gerade. »Du kümmerst dich heute noch um die Sache, vielleicht kriegst du die Identität geklärt, ein paar Nachbarschaftskommentare, dann stehen wir nicht mit leeren Händen da. Bitte einen ausführlichen Bericht, formvollendet.«

»Morgen Abend?«

»Spätestens morgen Vormittag. Dann machen wir Dienst nach Vorschrift, bis die uns das Ding abnehmen. Ich setz mich gleich mit den Herren auseinander. Und wenn man dich noch sehen will, Martin, was ich stark annehme, dann geb ich dir einen guten Tipp.«

»Schnauze halten«, sagte Wegener.

»Von Borgs lernen, heißt siegen lernen.« Die Dogge ließ sich zufrieden in ihren Stuhl plumpsen.

3

Voss müffelte. Bislang hatte Wegener nur davon gehört, dass Voss müffelte, jetzt roch er es. Voss müffelte nach ungewaschenen Elasta-Feinripp-Unterhemden aus dem VEB Sigmund Jähn, nach filterlosen Karo-Kippen, nach Zwiebeln, Knoblauch, Zahnstein, nach der penetranten Sorge um die exakte Einhaltung der Straßenverkehrsrichtlinien und nach irgendwas anderem, das Wegener nicht identifizieren konnte. Vielleicht ein letzter, trauriger Rest *Florena Sport Deodorant*, der die Schlacht gegen Buttersäure, Tabak und verschiedene Gemüse aus der Familie der Lauchgewächse vor Tagen verloren hatte und sich jetzt möglichst unauffällig verflüchtigen wollte.

»Tut mir leid mit dem Navodobro, Herr Hauptmann. Sieberg hat sich draufgesetzt, das hält kein Display aus.«

»Wir finden es auch so.«

Voss lenkte den Streifenwagen vornübergebeugt. Die grobporige Rübennase fast auf dem Armaturenbrett, beide Hände am Lenkrad festgekrallt, die Augen zusammengekniffen, immer in der dumpfen Erwartung niederträchtiger Katastrophen. Die Nähte der grauen Polizeihose schnitten mit der Erbarmungslosigkeit ostdeutscher Uniformtextilien in die dicken Voss-Oberschenkel und schnürten das Voss-Geschlecht im Schritt zu einer tennisballgroßen Beule zusammen. Wegener merkte, wie es ihm kalt den Rücken runterlief. Bis er diesen abartig runden Geschlechtswulst wieder aus dem Kopf bekam, konnten Wochen vergehen. So ein Wulst konnte einem im Traum erscheinen. So ein Wulst konnte im Traum sogar sprechen. Wenn diese Beule mir jetzt nachts aus ihrem Leben erzählt, dachte Wegener, dann springe ich vom EastSide auf den Alex.

»Schon wieder!« Voss stierte finster auf den Phenoplast-Tross, der über den vierspurigen Liebknecht-Ring rollte, sich an die Tempobegrenzung hielt, Mindestabstände beachtete. »Da! Am Brückenpfeiler! Ist Ihnen mal aufgefallen, was die jetzt überall hinschmieren?«

Wegener sah Voss an.

»*Alle Vopos fahren Phobos*!« Voss prustete ein paar kleine Speicheltropfen an die Windschutzscheibe. »Ja, was denn sonst? Was sollen wir denn bitteschön sonst fahren? Maserati? Das hätten die sprühen sollen, als der Trabi abgeschafft wurde, diese Fotzenköppe, dann wäre es wenigstens neu gewesen!«

Wegener versuchte vergeblich, seine Seitenscheibe ein Stück herunterzudrehen. Die Kurbel war direkt über dem Gewinde abgebrochen.

»Und alle anderen fahren ja auch Phobos!«, sagte Voss. »Bis auf die paar Bernds, die von ihren Trabanten nicht lassen können, also müsste es ja wohl heißen: *Auch* die Vopos fahren Phobos!«

»Voss, schreiben Sie das meinetwegen nachts an die Häuserwände von Köpenick«, sagte Wegener, »aber lassen Sie sich nicht erwischen.«

»Ich hab mich noch nie erwischen lassen.« Voss griff sich mit der linken Hand zwischen die Beine, Zeigefinger und Daumen zerrten am Stoff.

Wegener sah aus dem Fenster. Die ersten Wohnsilos erschienen hinter vorbeiwischenden Birken, wurden mehr, wurden zu einer Hochhausarmee, zu einer unsortierten Kastenkompanie. Rechts das löchrige Gebiss eines Bauzauns, dahinter Brache, Erdhaufen, alte Reifen. Die Sonne blieb hinter dünnen Wolkenfetzen verschwunden, leuchtete trüb wie durch eine Milchglasscheibe. Gelbe Birkenblätter sprenkelten den rissigen Asphalt, fließende Punkte, die der Wind in immer neuen Mustern anordnete. Dann knickte die Straße scharf nach links ab, der Häuserstapel von Marzahn war plötzlich näher als gedacht, erschien breit, klotzig, weiß vor dem grauen Himmel, eine kilometerlang aufgetürmte Horizontmauer.

Voss ächzte.

Wegener versuchte nicht hinzusehen, ahnte, der war immer noch mit der Hand an seiner Hose zugange. Voss das Ross, hatte Borgs gesagt, stinkt wie ein Gaul, aber galoppiert für dich, wohin du willst.

»Ein Schulfreund meines Schwagers war das ja«, seufzte Voss, »der hat den Phobos verbrochen. Also, den Namen, meine ich.«

Wegener starrte weiter auf die wachsende Marzahn-Kulisse. Noch ein Blick auf Voss das Ross mit einer Hand im Untergeschoss würde diesen Tag versauen, bevor er richtig angefangen hatte.

»War eine Art Preisausschreiben damals. Ein Wettbewerb. Wussten Sie das, Herr Hauptmann?«

Wegener schüttelte den Kopf.

»Die wollten halt keinen neuen Trabant, sollte ja alles anders werden nach der Wiederbelebung. Oder jedenfalls anders heißen. Also konnte man Vorschläge einreichen. Der Schulfreund von meinem Schwager...« Voss klang plötzlich erleichtert. Als Wegener hinsah, hatte er beide Hände am Lenkrad. »... der hat damals im Lexikon unter Mars nachgeschlagen. Der rote Planet, Sie verstehen, der Stern des Sozialismus, sozusagen.«

Wegener holte sein Notizbuch aus der Manteltasche und klappte die Christa-Gerdes-Skizze auf. Grüne Filzstift-Pfeile schlängelten sich durch blaue Kugelschreiberwohnblöcke bis zu einem schwarzen Kreuz, der Ludwig-Renn-Straße 32.

»Tut mir echt leid mit dem Navodobro«, sagte Voss.

Wegener drehte die Zeichnung um 90 Grad. »Kein Problem.«

»Landsberger Allee. Rechts Allee der Kosmonauten.«

»Links«, sagte Wegener. »In die Raoul-Wallenberg-Straße.«

»Apropos Kosmonauten«, sagte Voss und gab zu viel Gas. »Dieser Schulfreund ist dann also im Lexikon auf einen Trabanten des Mars gestoßen, fliegt irgendwo da oben rum, und dieser Trabant heißt Phobos. Und das hat der dann eingereicht, mit der Begründung, wenn man die neue Pappe Phobos nennt, dann sei das ein Trabant – und eben auch kein Trabant. Aber in jedem Fall ein Sozialist. Dreht sich ja schließlich sein Leben lang um den Mars.«

»Vierte rechts in die Paul-Dessau-Straße.«

»Paul Dessau, Paul Dessau, Paul Dessau«, sagte Voss und fuhr mit jedem Paul Dessau langsamer, die Stirn an der Windschutzscheibe, das Kinn auf dem Lenkrad.

»Da hinten. An dem Stoppschild.«

»Jawoll, Herr Hauptmann.«

Die Sonne war plötzlich wieder da, reflektiert von den geöffneten Fenstern der Wohnblocks, ein greller Lichtpunkt, der von Scheibe zu Scheibe sprang, fröhlich neben dem Polizeiwagen durch die Raoul-Wallenberg-Straße hüpfte. Hier wird gerade hunderttausendmal der Essensmief ausgelüftet, dachte Wegener, der Erbseneintopfgeruch, Soljankageruch, Tiefkühlschnitzelgeruch, dann wird der Rondo-Kaffee aus dem Küchenschrank geholt, aufgebrüht, DFF 5 eingeschaltet, Inka Bauses Tacheles-Tagesthema, *Nimm endlich ab oder ich stell einen Ausreiseantrag! Hey, Ex-Wessi – quatsch mich nicht mit Drüben voll! Wenn ich damals Mondos gehabt hätte, wärst du heute nicht auf der Welt!*

»Paul Dessau«, freute sich Voss und bog rechts ins Wohngebiet ab.

»Übernächste links in die Ludwig-Renn-Straße. Nummer 32.«

»Ludwig Renn, Ludwig Renn, Ludwig Renn …« Voss kurbelte nach links, zählte die Hausnummern mit, wurde sehr langsam, setzte den Blinker rechts, stoppte auf dem Parkstreifen, schnaufte. Dort, wo seine Stirn die Scheibe berührt hatte, glänzte ein bohnenförmiger Abdruck.

Wegener klinkte die Beifahrertür auf und atmete tief durch. So gut konnte es also riechen in Marzahn: Nach Herbst, nach gemähtem Gras und nur ein kleines bisschen nach Frittierfett.

»Seit wir Rapsöl tanken müssen, hab ich zwanzig Kilo zugenommen«, sagte Voss und drückte sich aus dem Wagen. »Krieg bei jeder Fahrt Lust auf Pommes-Mayo. Abhängig wird man in diesem Beruf, Herr Hauptmann, radikal abhängig, aber finden Sie mal einen in der Verwaltung, der Ihnen dafür ne Kur bewilligt!«

»Sie können es tragen.« Wegener schlug seine Tür zu.

Die Ludwig-Renn-Straße setzte sich aus einer Handvoll maroder Hochhäuser, gammelnden Trabis, Altglascontainern und gelben Bäumen zusammen. Auf einer vermüllten Wiese stand eine fette Frau in Jogginghose, unbeweglich wie ein Denkmal gegen den Sport. Zwei kleine schwarze Hunde trippelten um sie herum, von ihren Nasen in unvorhersehbaren Schleifen durchs Gras gezogen. Einer der Hunde hockte sich breitbeinig hin, pinkelte, starrte. Von den Betonverschalungen der Balkone blätterte Farbe. In einem Blumenkasten leuchteten die letzten Geranien, an der Brüstung daneben blinkte der erste Weihnachtsschmuck, ein Rentier-Schlitten voller Geschenke, die es niemals geben würde. Zwischen den schiefen Gehwegplatten wuchs Unkraut. Hier wohnen oder tot unter einer Pipeline hängen, dachte Wegener.

»War mal ne gute Gegend«, sagte Voss, »so um die Wiederbelebung rum. Heute stehen hier nur noch die ollen Kisten und höchstens mal ein Lada und das war's. Könnense mal sehen.«

»Nummer 32«, sagte Wegener und betrachtete die Skizze. »Wahrscheinlich eins von den beiden da drüben.«

Voss das Ross trampelte bis zum nächsten Straßenschild und gestikulierte mit den Vorderhufen in Richtung rechter Turm. Wegener nahm die Abkürzung über den Rasen, zählte die Stockwerke des Hochhauses, geriet irgendwo in der Mitte durcheinander und kam beim zweiten Versuch auf 18 Etagen. Manfred Radecker und Ines Dedelow wohnten im sechzehnten Stock. Fischers Wohnung lag also höchstwahrscheinlich irgendwo im oberen Drittel. Der teure Mantel, die goldene Uhr, die Seidenkrawatte, nichts an dem Toten passte zu dieser Adresse. Höchstens seine ausgelatschten Schuhe.

Als Wegener die Haustür erreicht hatte, stand Voss gebückt vor einer breiten Klingeltafel und las sich Namensschilder vor. Fast die Hälfte der Einsteckfächer war leer. Wegener legte den Kopf in den Nacken. Rötliche Waschbetonplatten türmten sich in den Himmel. Eine Platte pro Etage, achtzehn Platten insgesamt. Die Balkone mit Wellblech verkleidet, das irgendwann mal weiß gewesen sein musste. Jetzt fraß sich der Rost aus den Schraublöchern in die Verschalung.

»*R. Brose, Reinke, I. Holzmüller*, gibt es hier alle«, sagte Voss und bückte sich noch tiefer. »*M. Bussmann, Gert Herzog, E. Fischer*, da isser ja, achtzehnter Stock.«

»Die Toten wohnen immer oben«, sagte Wegener und klingelte.

Voss fummelte ein Taschentuch aus seiner Uniformjacke, faltete es auseinander, schnäuzte sich.

Wegener klingelte noch mal bei *E. Fischer*. Nichts. Dann bei *Radecker/Dedelow*. Wieder nichts.

»Sind alle auf Arbeit«, sagte Voss.

»Oder im Leichenschauhaus Köpenick.« Wegener drückte links neben Fischer auf die Klingeln von *Weber* und *A. Zauritz*.

Die Gegensprechanlage knisterte.

»Hallo!«, rief Voss.

»Hallo!«, rief eine Frauenstimme.

»Volkspolizei! Wenn Sie bitte mal öffnen würden!«

»Aber nur, wenn Sie hei-ter sind!«

»Noch sind wir heiter.«

»Hi-nei-ein«, sang die Frauenstimme. Ein schwacher Summton leierte aus dem Lautsprecher. Wegener drückte die Tür auf.

Im Flur roch es nach Suppe. Schmutzig-gelber Rauputz. Der Boden bestand aus grauen PVC-Platten, deren Außenkanten sich nach oben bogen wie alte Käsescheiben. Auf den Metalltüren des Aufzugs bunte Lackstiftkommentare:

Held der Arbeitslosigkeit!
Das bin ich schon, Plastekopp
Rammelow macht's Rammeln froh
Mich ooch!

»Da können Sie nachher Ihren Vopo-Spruch dazuschreiben«, sagte Wegener, holte noch einmal tief Luft und folgte Voss in die Kabine.

Der Aufzug knackte während der Fahrt. Manche Stockwerke leuchteten in einem verschrammten Feld als rote Zahl auf, andere wurden unterschlagen. Auf den hellgrünen Plastikwänden noch mehr Kritzeleien, einige hatte man mit Lösungsmittel zu grauen Flecken verschmiert.

»*Alle fahren Trabi, nur der Krenz, der fährt Benz*«, las Voss vor. »Und da: *Adolf konnte wenigstens Autobahnen bauen.*«

»Wo sie Recht haben, haben sie Recht.« Wegener holte sein Minsk aus der Manteltasche, stellte den Klingelton ab, steckte es wieder ein.

»Hier!« Voss grapschte an die Fahrstuhl-Decke. »*Alle Vopos fahren Phobos!* Aber da drüben steht, alle fahren Trabi, bis auf Krenz. Die haben doch echt den Arsch auf, diese Heiopeis, die wissen selbst nicht, was bei ihnen schiefgelaufen ist.«

Das Knacken wurde langsamer, die Kabine stoppte so ruckartig, dass Wegener sich an der Wand festhielt, im Display leuchtete eine 18. Theatralischer Glockenklang. Die Metalltüren fuhren zur Seite und gaben den Blick auf einen schmuddeligen Flur und eine hagere Frau frei. Die Frau lehnte in ihrer offenen Wohnungstür und rauchte. Hinter ihr ein Saustall voller Gerümpel.

»Hier ist Rauchverbot!«, rief die Hagere und grinste. Fettige, rötliche Fransenhaare hingen ihr ins Gesicht wie ein trauriger Teppich. Die Zähne erinnerten Wegener an den Bauzaun.

»Für Sie offenbar nicht«, stellte Voss fest.

»Gut erkannt. Ich warte ja auch, dass es irgendwann mal

brennt, damit die süßen Jungs von der Feuerwehr vorbei-
kommen.«

»Tut's auch die Polizei?«

»Klar, Schätzchen, immer rein hier.« Die Hagere lachte
wie eine Rüttelplatte, hob ihren geblümten Morgenrock
hoch und entblößte ein welkes Bein mit einem dunkelblauen
Bluterguss am Oberschenkel.

Voss machte den Mund auf und wieder zu.

»Kennen Sie Herrn Fischer?«, fragte Wegener. »Ist einer
Ihrer Nachbarn hier im 18. Stock.«

»Bien sûr«, sagte die Hagere, »Genosse Fischer ist sogar
mein einziger Nachbar, alle anderen sind nämlich weg,
to-tal weg. Wollten nicht mehr neben so nem hübschen,
jungen Ding wohnen, kann man sich gar nicht vorstellen,
was, wie?«

»Und Sie sind …?«

»Was immer du willst, alter Mann.«

»Kennen Sie Herrn Fischer?«

»Kein Stück, ist ja nie hier. Hab ihn überhaupt nur paar
Mal gesehen. Neulich war ich bei ihm drin, um mir n Pfund
Butter zu leihen, wollt ihr wissen, wofür?«

»So wie es aussieht, für Ihre Haare«, sagte Voss.

»Da hab ich doch gar keine mehr«, flüsterte die Hagere
und verzog ihr eingefallenes Gesicht zu einem ironischen Be-
dauern.

»Wir können Sie auch mit zum Präsidium nehmen!« Das
Ross wurde langsam wild.

»Glaub mir, du willst mich nicht auf deinem Präsidium,
das kann ich dir versprechen, da willst du mich nicht, überall
willst du mich, aber nicht auf deinem Scheißpräsidium!«

Wegener zog das Foto aus der Innentasche, machte drei
Schritte auf die Hagere zu und hielt ihr den Abzug unter die

Nase. Aus der Wohnung roch es nach Schnaps. Das Bauzaun-Grinsen erlosch.

»Wohnen Sie jetzt ganz allein im 18. Stock, gnä' Frau?«

»Sieht wohl so aus«, hauchte die Hagere und hielt sich am Türrahmen fest. »Was haben Sie mit ihm gemacht...?! Sie Aas! Sie haben meinen einzigen Nachbarn erschossen!«

»Welche Wohnung ist die von Herrn Fischer?«

»Nichts sag ich euch, ihr Dreckspolypen, Sackgesichter, Nazischweine! Ihr habt ihn erschossen!«

Wegener wandte sich ab und ging den schummrigen Gang hinunter. Dreißig Meter kahler, dreckiger Flurtunnel. Eine Neonröhre summte und blieb dabei vollkommen dunkel, eine andere blinkte alle drei Sekunden auf, erlosch wieder, knackte leise. Das kurze Flimmern blendete Risse an den Wänden ein und wieder aus. Auf dem Boden Putzbrocken, Wollmäuse, Flecken, die im Dunkeln verschwanden, wieder da waren, verschwanden. Wegener hielt sich in der Mitte des Flurs. Wartete mit dem nächsten Schritt auf das nächste Flimmern. Stoppte, wenn es dunkel blieb. Im Hintergrund forderte Voss die Hagere auf, in ihre Wohnung zu gehen. Die Hagere jammerte. Voss wurde lauter. Wegener klappte sein Minsk auf und leuchtete mit dem Display die Klingelschilder ab. Zwei Türen ohne Namen. Über der dritten Klingel ein Stück Klebeband, auf das jemand mit Kugelschreiber die Buchstaben *We* geschrieben hatte, der Rest war abgerissen. Vor der vierten Tür lag ein größeres Stück Putz. Wegener hielt sein Display hoch: Unter der Decke Spinnweben, in denen tote Mücken schwebten, dunkle Wasserflecken. Drei Türen ohne Namen. Dann ein Klebebandstreifen, diesmal vollständig mit rotem Filzstift beschriftet: *E. FISCHER*. Wegener holte die Magnetkarte für den Präsidiumsparkplatz aus dem Portemonnaie, hielt das Minsk direkt über das Türschloss und versuchte, die Karte zwischen Schloss und Rahmen zu schieben. Zwei Zentimeter weit kam er, dann war Schluss. Irgendwas blockierte. Wegener drückte kräftiger, das Plastik bog sich. Er zog die Karte aus dem Türspalt und versuchte es ein Stück tiefer. Am anderen Ende des Flurs war Voss mit der Frau in ihrer Wohnung verschwunden. Wegener bückte sich und betrachtete das Schloss. Keine Einbruchspuren, nicht mal ein Kratzer. Die Abdeckung des Zylinders war neu. Um die Sache würde sich einer von Lieneckes Männern kümmern müssen. Die Lache der Hageren schallte über den Flur und brach schlagartig zusammen. Das Ross kam herangetrabt und schwenkte etwas in der rechten Hand.

»Herr Hauptmann! Die Alte hat einen Schlüssel!«

Voss stoppte unter der blinkenden Neonröhre, sein Gesicht war jetzt ein bedrohlich flackernder, fleischfarbener Smiley. »Hat er ihr vor nem Jahr gegeben, damit sie die Blumen gießt.«

»Mit Korn?«

»Sie schwört, dass nie was mitgegangen ist.«

Wegener schüttelte den Kopf, steckte den Schlüssel ins Schloss und drehte zweimal um, drückte die Tür mit dem Ellenbogen auf. Blendende Helligkeit. Zwei große Fenster, keine Vorhänge.

Voss schnaufte so enttäuscht, als hätte er ein Penthouse erwartet und keine Plattenbude. Wegener ließ seinen Blick durch das Ein-Zimmer-Appartement wandern. In der linken Ecke eine alte Schlafcouch, ausgeklappt, bezogen, die orangebraune Bettdecke akkurat gefaltet. Rechts neben der Tür eine Kochnische mit Herd und Kühlschrank, neben dem Spülbecken gestapelte Teller, Tassen, zwei Gläser, aus denen Besteck ragte, Sonja-Kaffeefilter, eine Flasche Leumikor-Reiniger, vor dem Fenster ein Küchentisch mit zwei Klappstühlen, auf der Fensterbank mehrere Blumentöpfe, in denen Rosen wuchsen. Die Pflanzen sahen so perfekt aus, als wären sie gerade gekauft worden. In der rechten hinteren Ecke trennten zwei Wände ein kleines Bad ab. Durch die offene Tür konnte Wegener eine altrosa Toilette mit farblich passendem Vorleger erkennen. In der ganzen Wohnung der gleiche graue PVC-Boden wie im Flur, allerdings gründlich gereinigt. Ein paar hellere Platten in der Kochnische waren offenbar ausgetauscht worden.

»Was meinen Sie, Voss?«

»Sieht aus wie ein Musterappartement, sozialistische Einraumwohnung um 1970. Ich könnte in so was nicht leben.«

»Das hat E. Fischer vermutlich genau so gesehen«, sagte Wegener. »Keine Vorhänge, keine Bilder, kein Teppich, keine Tischdecke, keine Bücher, keine Schränke. Nicht mal ein Kleiderschrank. Aber Rosen in Töpfen.«

»Zweitwohnung«, sagte Voss. »Vielleicht wohnt der woanders und ist nur ab und zu mal in Berlin.«

»Oder er wohnt in Berlin und ist nur ab und zu mal hier.«

Voss nahm seine Mütze ab. »Eine Geliebte?«

»Könnte sein. Muss aber eine anspruchslose Geliebte sein, wenn er eine Platte in Marzahn anmietet. Sieht eher nach Notunterkunft aus, falls es eng wird. Ein Versteck. Ein Versteck mit Rosen, immerhin.«

»Versteck vor wem?«

»Vielleicht vor seinen Mördern.«

»Wie hat's ihn denn erwischt?«

»Die Sache ist vermutlich jetzt schon Stufe drei. Seien Sie froh, wenn ich Sie mit dem Kram verschone, dann müssen Sie später nichts unterschreiben.«

Voss nickte und stülpte seine Mütze wieder auf.

»Sie warten bitte hier auf die Spurensicherung«, sagte Wegener. »Sobald Ulf Lienecke da ist, nehmen Sie sich die Nachbarn vor. Viele sind es ja nicht. Vielleicht ist Fischer mal in Begleitung gesehen worden, vielleicht hat ihm auch mal jemand im Fahrstuhl ein Gespräch aufgedrängt. Danach stellen Sie bitte Kontakt zur Hausverwaltung her und besorgen alles, was die über ihn haben.«

Voss kramte in seiner Hosentasche nach den Wagenschlüsseln.

»Ich nehm die Bahn«, sagte Wegener. »Da kann man die Fenster öffnen.«

4

Die S 7 ruckelte, stotterte, zuckte, dann sauste sie plötzlich los, als wäre sie gerade noch hinten festgehalten worden und hätte sich mit letzter Kraft aus einem harten Griff befreit. Der Glaskubus des Bahnhofs Friedrichstraße blieb zurück, Regen klatschte an die zerkratzten Scheiben. Die Bahn zischte über ihr eisernes Viadukt in Richtung Alexanderplatz, immer auf Augenhöhe mit den dritten Stockwerken der Stadt. Rußgeschwärzte Mietshausfassaden fuhren vorbei, schmutziger Stuck, brüchige Ziegelwände, schwere Vorhänge hinter morschen Altbaufenstern, steinerne Fallrohre, die man mit Plastik und Draht geflickt hatte und die längst wieder so undicht waren wie vorher. Zwischen den Wohnhäusern mehrstöckige, erleuchtete Setzkästen, zahllose quadratische Fächer, in denen Behörden Robotronpopulationen, Gummipflanzen und Büroangestellte sammelten.

Wegener fror.

Die Heizung funktionierte nicht oder war noch nicht angestellt, vielleicht hatten die Geizhälse bei den Verkehrsbetrieben auf einen milden Oktober gehofft. Aus dem Regen wurde leichter Hagel, klackerte auf das Metalldach, Eiskörner krochen quer über die Scheiben und ließen dünne Wasserfäden zurück. Die Bahn legte sich in die Kurve, bog sich nach rechts, ein leuchtender Schweif im dunklen Häusertal. Über den Dächern erschien der silberne Ball des Fernsehturms am Abendhimmel wie eine gigantische Christbaumkugel. Lichter spiegelten sich auf dem nassen Asphalt der Karl-Liebknecht-Straße, brachen sich in den wandernden Tropfen auf den Waggonfenstern. Wegener hatte plötzlich das Gefühl, Lebkuchen zu riechen oder Glühwein mit Zimt. Weihnachten packte ihn mit der Wucht von Erinnerungen, die abrupt ausgelöst werden, durch einen Duft, einen Geschmack, durch irgendetwas, das man noch eine Sekunde vorher kein bisschen geahnt hat. Die Bahn bremste so rumpelig, wie sie angefahren war. Ein spitzes Quietschen unter den Bodenblechen. Stillstand. Die Türen zischten länger, als sie sich öffneten. Wegener stieg aus, nahm die Treppe ins Erdgeschoss und versuchte, diese Weihnachtsassoziation aus dem Kopf zu kriegen, das, was immer noch die Mutter-Vater-Welt war, was er erfolgreich wegschob und was erfolgreich wiederkam, der schwerwiegende Verlust, der ihm auf den abschüssigen Wegen der Erinnerung hinterherrutschte und spätestens Heiligabend in den Nacken krachen würde. Als er die massiven Schwingtüren der Station aufstieß, roch der Alexanderplatz zum Glück nach Phobosfett und nicht nach gebrannten Mandeln. Anderthalb Monate, dann würden Glühwein, Stollen, Zuckerwatte und feierliche Tristesse die Oberhand gewinnen.

Im Berolina-Haus wurde auch um Viertel nach sieben noch der Sozialismus aufgebaut; hinter fast allen Fenstern brannte Licht. Wegener klappte den Mantelkragen hoch und rannte am S-Bahnhof entlang auf den leuchtenden Sandsteinklotz zu, versuchte, den stärker werdenden Bratwurstduft zu ignorieren, wich auf der Dircksenstraße einigen esstischgroßen Pfützen aus und fluchte: sechsundfünfzig! Und immer noch keinen Schirm!

Als er unter dem gläsernen Vordach des Berolina-Hauses ankam, war er nass. Neben der gewaltigen, goldenen Pforte des Haupteingangs glänzte die Angeber-Messingtafel mit endloser Gravur: *Ministerium für Energieexport & Transitwirtschaft der Deutschen Demokratischen Republik. Abteilungen I – IV, VII – Unterabteilungen A – H.*

Darunter das Staatswappen.

Wegener ging auf die Wach-Staffel zu und übergab seine Ausweis-Chipkarte. Die Karte wurde in einen mobilen Borska-Scanner gesteckt, den ein Unterwachtmeister am Gürtel trug. Der Scanner surrte, zwei rote Lämpchen erloschen, zwei grüne Lämpchen blinkten. Ein feister Staffelsack leuchtete Wegener mit einem Xenon-Handstrahler ins Gesicht, verglich das Chipkartengesicht mit dem, das er vor sich hatte, und sah zufrieden aus. »Willkommen im Ministerium für Energieexport und Transitwirtschaft, Herr Hauptmann.«

»Und ich dachte, Sie greifen mir noch schön fest zwischen die Beine.«

»Eine sensorische Kontrolle ist bei Beamten im Volkspolizeidienst nach positiver Überprüfung des Dienstausweisdokuments und visueller Identifikation nicht notwendig, Herr Hauptmann.«

Wegener kontrollierte im spiegelnden Metall der Ministeriums-Messingtafel seine Restfrisur und betrat die Empfangshalle. Wärme, Raumerfrischer Vanille, Rachmaninow. Klavierkonzert Nr. 3. Zweimal war er mit Karolina hier gewesen, vor ein paar Jahren, als sie sich um den Posten der Assistentin irgendeines Fachbereichsleiters beworben hatte, abgelehnt wurde, noch mal eingeladen, noch mal abgelehnt wurde. Das Transitgeschäft wird so wichtig, irgendwann rufen die mich an, hatte Karolina nach der zweiten Absage behauptet und nichts getan, außer zu warten. Sechs Monate später war sie eingestellt. Hier passt unser Toter hin, dachte Wegener. Hierher gehören der Anzug, die Uhr, die Krawatte. Er stiefelte zu dem eleganten Nussbaumtresen und legte seinen Dienstausweis auf das polierte Holz. »Zu Frau Karolina Enders bitte.«

Die Empfangsdame hob zwei frei erfundene Augenbrauen und tackerte demonstrativ gelassen auf der Nanotchev-Tastatur herum. Motiv-Fingernägel: Sonne, Mond und Sterne.

Wegener steckte seinen Ausweis wieder ein, lehnte sich an den Tresen und hatte das Gefühl, *drüben* zu sein. Ankunft im Grand-Hotel. Die Halle des Berolina-Hauses war nichts anderes als eine Orgie. Eine Messing- und Marmor-Orgie. Ein gnadenloses Geprotze für die energiesüchtigen EU-Unterhändler, seht her, die DDR hat auch was zu bieten und ihr seid schön scharf darauf, Friede den Hütten, Sieg den Palästen. Deckenlampen, Wandleuchter, Standaschenbecher, die Beschilderung der einzelnen Abteilungen – alles, was sich aus Metall herstellen ließ, glänzte golden. Der Boden hellster Stein. Rote Teppichbahnen malten Gehwege ins makellose Weiß, kreuzten sich in der Mitte der Halle, flossen rechts und links die Stufen der geschwungenen Freitreppen hinauf in den ersten Stock. Ein riesiger Flatscreen voller Diagramme, Börsenkurven, Zahlenblinkereien. Energiepreise von London bis Peking. In einer Sitzgruppe aus dunklen Lederwürfeln lachten zwei junge Anzugträger, der eine zeigte dem anderen etwas auf seinem Minsk. Kurzrasierte Haare. Blasse Plattfressen. Gas-Russen, dachte Wegener und hörte, wie die Empfangsdame mit Karolina telefonierte, ein Herr Wagner sei hier. Oder so.

Die jungen Russen wurden von einem langen Weißhaarigen begrüßt. Der Weißhaarige ließ die Hände seiner Gäste gar nicht mehr los. Der kleinere Russe sagte etwas, über das alle drei grinsten. Lafontaine! rief der Weißhaarige. Jetzt wurde laut gelacht. Der kleinere Russe versuchte, dem langen Weißhaarigen auf die Schulter zu klopfen und kam nicht ganz dran. Die Empfangsdame hüstelte. Wegener drehte sich um.

»Frau Enders ist auf dem Weg. Sie können so lange Platz nehmen.«

Wegener nickte, wendete, ging zur Sitzgruppe. Der Weißhaarige und seine Russen kamen an ihm vorbei, alle drei rochen nach Tabak, Aftershave, Geldgier. »Wir sind da sehr optimistisch«, sagte der Weißhaarige, »und Herr Jost natürlich auch.« Einer der Russen antwortete etwas auf Deutsch, das Wegener nicht verstand. *Herr Jost* kam darin vor, und ein Wort, das so ähnlich klang wie *Ända*. Vielleicht sollte das Enders heißen. Wegener setzte sich auf die Ledercouch und versuchte sich vorzustellen, wie Karolina in Konferenzen mit solchen russischen Milchbubis hockte, im teuren Kostüm, mit einem echt wirkenden künstlichen Lächeln, mit tausend Informationen und Planvorgaben im Kopf, gerade mal fünfunddreißig, immer noch im Körper einer Zwanzigjährigen und schon die erste Hälfte der geplanten Ministeriumskarriere absolviert, die zweite Hälfte fest im Blick. Vor ein paar Jahren wäre ihr das selbst unheimlich gewesen. Vor ein paar Jahren hätte sie gesagt, Geld verdienen, okay, aber lass mich mit internationalen Staatsgeschäften in Ruhe. Bei internationalen Staatsgeschäften geht es nicht nur um Geld, sondern um Macht. Und alles, was mit Macht zu tun hat, kostet dich bei uns irgendwann Kopf und Kragen. Wer seinen Kopf und seinen Kragen mag, sollte sich da raushalten, und zwar lebenslänglich.

»Ich bin unschuldig, Herr Hauptmann!« Karolina war aus irgendeiner Aufzugtür gekommen und gab sich keine Mühe, ihre Überraschung zu verbergen. Hübscher konnte ein überraschtes Gesicht nicht aussehen. Hübscher konnte überhaupt kein Gesicht aussehen.

»Das habe ich ganz anders in Erinnerung«, sagte Wegener und ärgerte sich sofort. Jedes Wort, das ihm jetzt rausrutschte, würde einen unerträglichen Vergangenheitsanteil haben, jeder Satz deutete nach hinten, wurde ein Damalsgebilde, ein außer Kontrolle geratenes Zeitloch. Wegener fragte sich, was schlimmer war, dass er das nicht in den Griff bekam oder dass Karolina überhaupt nichts davon merkte. Die strahlte. Die küsste ihn so distanziert auf die Wange, als wäre er ein Kind mit einer ansteckenden Krankheit. Setzte sich aufs Sofa. Zwei Plätze Abstand.

»Gute Musikwahl fürs Foyer«, sagte Wegener.

»Danke. Ich gebe es weiter.« Karolina holte ihr Minsk aus der Rocktasche und drückte schnell nacheinander auf zwei Tasten. Stummschaltung.

»Neues Telefon?«

»M 7.«

»Ach, du bist jetzt bei der Stasi.«

Karolinas Sommersprossengesicht war sofort ein bisschen beleidigt. Der schmale Mund ein Strich, der nicht wusste, wohin er sollte. Die Augenbrauen zweimal kindliche Kränkung. Ihre rostroten Haare noch kürzer als beim letzten Treffen. Eine flache Frisurmütze, die auch noch gut aussah, wie alles an Karolina. Frauen tragen die Haare kurz, weil sie wissen, dass Männer wollen, dass Frauen die Haare lang tragen, dachte Wegener und sagte: »Die Assistentin eines Fachbereichsleiters des Ministeriums für Energieexport und Transitwirtschaft der Deutschen Demokratischen Republik könnte ruhig etwas humorvoller sein. Humor ist gut fürs Geschäft.«

Karolinas Mund weichte auf. »Ich wollte es dir bei ner Tasse Glühwein sagen. Konnte ja nicht wissen, dass du einfach hier aufkreuzt.«

Ein paar Sekunden war es still.

»Du strahlst so. Bist du schwanger oder gekündigt?«

Karolina lachte. »Befördert.«

Wegener wusste nicht, wie er reagieren sollte, und sah, dass Karolina merkte, dass er nicht wusste, wie er reagieren sollte. »Wie muss man dich jetzt anreden?«

»Fachbereichsleiterin im Ministerium für Energieexport und Transitwirtschaft der Deutschen Demokratischen Republik. Oder Gas-Nutte. Wie du willst.«

»Ich nehme die Gas-Nutte.«

»Eine gute Wahl.«

»Welcher Fachbereich?«

»Mitteleuropa. Sektion 1.«

»Klingt gut.« Wegener versuchte ein charmantes Lächeln hinzukriegen und ahnte, dass ihm das misslang. »Hast du Lust auf Currywurst?«

»Hab ich. Aber hier ist die Hölle los. Wegen der Konsultationen.« Karolina guckte leidend und hob die Hände. Kein neuer Ring.

»Ja, die Konsultationen«, sagte Wegener. »Vielleicht kann ich deinem Laden ein bisschen Ärger ersparen. In Hinblick auf diese Konsultationen.«

Jetzt verschwand alles Kindliche aus Karolinas Gesicht. »Was für Ärger?«

Wegener sah sich um. Das Empfangsmondgesicht telefonierte. Der Weißhaarige und seine Russenbengel waren verschwunden.

»Hört man euch hier ab?«

»Ich hoffe nicht. Warum?«

»Die Antwort kostet eine Currywurst, Kombinatskarrierefrau.«

Karolina griff in die Rocktasche und zog einen zerknitterten Zehn-Mark Schein heraus. »Wir essen ja beide schnell.«

Karolina salzte nach. Die doppelte Currywurst dampfte in der Pappschale, schwarzen Pfeffer hatte sie schon drüberge-pulvert, Pikanta-Currywürzmischung auch, jetzt schüttelte sie den Salzstreuer mit einer Handbewegung, die Wegener wehmütig werden ließ. Er zog den Stehtisch weiter unter die Markise, von der das Wasser an allen Seiten herunterfloss, noch ein Stück in die Nähe des Heizsoldaten. Karolina folgte dem Tisch salzend. Aus einem blechernen Lautspre-cher sang Jan »Schmuso« Hermann schon wieder von Zeit und Liebe.

Wegener lächelte. »Warst du mal beim Arzt?«

»Weil ich kein fades Essen mag?«

»Weil du das Gewürzkontingent eines sozialistischen Durchschnitts-Haushalts verbrauchst. Und der hat vier Per-sonen.«

»Ich arbeite auch wie vier Personen.« Karolina spießte mehrere Wurststücke auf die Holzgabel und ließ sie im Mund verschwinden.

»Dafür bist du ja offenbar befördert worden.«

Karolina kaute und schluckte. »Dafür und weil wir neue Fachbereiche aufgemacht haben. Der Westen wird immer gieriger. Und wir müssen immer mehr liefern.«

»Und verdient immer mehr.«

»So ist das, wenn der eine Staat was hat und die anderen nicht.«

»Nur, dass wir eigentlich auch nichts haben.« Wegener trank einen Schluck Bier. »Das Gas gehört den Russen.«

»Die Russen haben das Gas, wir haben das Land, über das es transportiert werden muss. Und der Westen verlangt kon-servative Energie. Sonne und Wind sind dann auf Dauer doch ein bisschen wenig.«

»Wie lange noch?«

Karolina zuckte mit den Schultern und spießte die nächste Wurstladung auf. »Zwanzig, dreißig Jahre. Vielleicht fünfzig. Niemand hat behauptet, dass uns die Transitgebühren bis ins kommunistische Nirwana finanzieren. Aber du weißt, wie es ohne aussähe. Zappenduster.«

Wegener biss von seiner Bratwurst ab und spülte mit Bier nach. »Und der Herr Bundeskanzler ist euer Supermann von nebenan.«

Karolina lächelte. »Lafontaine sorgt für Umsatz.«

»Weil er euch neue Lieferverträge zuschustert.«

»Weil unsere westlichen Brüder und Schwestern im vergangenen Jahr einen Kanzler gewählt haben, der den sozialistischen Gedanken nicht per se für ein Verbrechen an der Menschlichkeit hält. Achtung ist entzückt. Große Annäherung der deutschen Bruderstaaten. Die ganze Idee mit den Konsultationen ist auf Lafontaines Mist gewachsen. Mit doppeltem Nutzen: Sinkende Gaspreise drüben, steigende Transitgebühren für uns.«

»Ich bin schon fast so entzückt wie Krenz.«

»Martin, bist du gekommen, um mit mir die deutsch-deutsche Politik zu diskutieren?«

»Vielleicht. Wie ist die denn so?«

»Schwierig. Noch.«

Wegener stützte sich auf den Stehtisch und sah Karolina in die Augen. »Ich habe eine Mordsache auf dem Tisch. Seit gestern Abend. Aber vermutlich nicht mehr lange.«

Karolina kaute, guckte fragend, kaute.

»Vermutlich übernimmt heute Abend das K5. Oder noch wer anders.«

»Warum?«

»Das lassen wir mal weg.«

»Und was ist das für ein Mord?«

»Mein Toter hieß Emil Fischer. Oder nannte sich zumindest so.«

Karolina trank einen Schluck von Wegeners Bier. »Was hat das mit dem Ministerium zu tun?«

»Der Mann wurde an einer von euern Pipelines aufgehängt.«

Karolina stellte die Flasche auf den Tisch und ließ ihre Holzgabel sinken.

»Es ging schnell«, sagte Wegener. »Er hat nicht gelitten.«

»Wie beruhigend. An welcher Pipeline?«

»Nordmagistrale.«

Karolina atmete hörbar aus und trank noch einen großen Schluck Bier. »Weiß das Ministerium es schon?«

»Klar, wir können ja nicht im Sperrbereich ermitteln, ohne euch zu informieren. Es war irgendwer von der Bereitschaft da, mit seinen Leuten. Konnte uns aber auch nicht weiterhelfen.«

»Und du fragst dich jetzt …?«

»Ich muss mich fragen, ob die Sache irgendwas mit euch zu tun hat. Mit den Konsultationen.«

»Scheiße.« Karolina holte eine Packung Duett aus ihrer Manteltasche. »Gibt es auch Currywurstbuden, die abgehört werden?«

Wegener biss in seine Wurst, kaute. »Keine Angst, die hören nur die Buden ab, bei denen es schmeckt.«

»Weshalb erzählst du mir die Geschichte?«

»Weil ich in naher Zukunft einen Wisch unterschreibe, auf dem steht, dass ich in dieser Angelegenheit lebenslang nichts mehr sagen oder fragen darf, ohne meinen schlecht bezahlten Job zu verlieren.«

»Seit wann bist du denn traurig, wenn dir das K5 einen Fall abnimmt?«

»Ich bin nicht traurig, ich bin glücklich. An der Scheiße kann man sich nur die Finger verbrennen.«

»Und deshalb krempelst du die Ärmel hoch und greifst richtig tief rein, indem du einen privaten Kontakt aktivierst?«

»Reine Neugier.«

»Vielleicht wolltest du mich einfach wiedersehen?«

Wegener schwieg einen Moment.

»Ich traue dem K5 nicht«, sagte er.

»Du traust niemandem«, sagte Karolina.

»Doch. Dir.« Wegener zog das Foto aus der Innentasche seines Mantels und legte es auf den Stehtisch. Karolina ignorierte das Bild und schaute ihm direkt in die Augen.

»Martin«, sagte sie. »Mach keinen Mist.«

Er schob das Bild ein Stück in ihre Richtung. »Unser Toter ist um die achtzig. Feiner Anzug, teure Uhr. Fuhr möglicherweise sogar einen Prius. Angenommen, sein Tod hat was mit dem Gasgeschäft zu tun. Dann könnte es doch gut sein, dass er bei euch gearbeitet hat. Und bestimmt nicht als Pipelineputze. Du kennst den ganzen Laden. Und du bist die Einzige, die ich kenne, die den ganzen Laden kennt.«

»Den ganzen Laden kenne ich nicht«, sagte Karolina, »der ganze Laden ist ein Monster, das jeden Tag größer wird.«

»Aber die gut gekleideten, altgedienten Führungskräfte kennst du als anständige Gas-Nutte schon.«

Karolina seufzte, nahm das Foto vom Tisch und hielt es sich vor die Augen. Rostrot lackierte Fingernägel. Passend zur Haarfarbe. Passend zur Handtasche. Wegener erschrak. Er merkte erst heute, unter einer tropfenden Markise am Alex, im funzeligen Licht der abgewrackten, hellblauen Wohnwagenpommesbude von Wurst-Wilfried, neben einem glühenden Heizsoldaten, dass Karolina nicht mehr dieselbe war wie vor einem Jahr. Vielleicht hatten die Ministeriumsmenschen sie verändert. Oder ihr Aufstieg. Vielleicht musste man Fingernägel und Handtaschen als Fachbereichsleiterin auf die Haarfarbe abstimmen. Vielleicht wurde man befördert, wenn man besonders häufig sozialistische Farbtöne trug. Karolina war härter, kühler, perfekter als früher. Karolina war erfolgreicher. Karolina war noch schöner. Karolina war so weit weg wie nie. Und doch genau so nah wie immer.

Wegener wandte sich ab, ging zu der Verkaufsluke und ließ sich noch ein Bier geben. Als er zurück an den Stehtisch kam, lag das Foto mit dem Gesicht nach unten auf der gelben Wachsdecke.

Karolina kaute.

Wegener trank.

»Leider nein. Und ich bin mir ziemlich sicher, dass er mir aufgefallen wäre, wenn er im Ministerium gearbeitet hätte.«

»Wegen seines Alters?«

»Wegen seines aparten Kinnbarts.«

»Ok.« Wegener steckte das Bild wieder ein. Er konnte sich nicht gegen eine kleine Enttäuschung wehren, die irgendwo in seinen Gedärmen erwachte und jetzt langsam aufstieg. Karolinas Gedächtnis war eine ihrer schärfsten Waffen. Wenn sie den Alten nicht erkannte, hatte sie ihn tatsächlich nie gesehen. Damit wurde ein simpler Zusammenhang mit den Konsultationen unwahrscheinlich.

Karolina starrte auf ihre Currywurst. Schob mit der Holzgabel einen Wurstzipfel durch die Pappschale. Dann sah sie ihn an. »Und jetzt?«

»Morgen gehe ich zu Gevatter Borgs. Der gibt mir eine Verschwiegenheitsverpflichtungserklärung aufgrund Sonderermittlungsstatus-was-auch-immer, und ich bin raus.«

Karolina spießte das letzte Stück Wurst auf. »Ist sicher besser so.«

»Ganz bestimmt sogar.« Wegener trank noch einen Schluck Bier.

»Irgendwie macht mich die Sache nervös.« Karolina klang ängstlich. Ihre Wangen leuchteten, der Heizsoldat spiegelte sich als glühender Punkt in den braunen Augen, der linke Mundwinkel war mit Currysoße verschmiert. Wegener musste sich zwingen, nicht nach der Serviette zu greifen und den Soßenfleck wegzuwischen.

»Warum bist du so sicher, dass das K5 den Fall übernimmt?« Wegener zuckte mit den Schultern.

»Martin, ich kenne diesen Blick. Ich will wissen, worum es hier geht.«

»Kann gefährlich sein, das zu wissen.«

»Nicht gefährlicher, als mit hormongefluteten, kokainsüchtigen Russenkindern Gasgeschäfte zu machen.«

Wegener lächelte.

»Komm schon.« Karolina sah ihm in die Augen. »Du weißt, was wir uns geschworen haben. Und wir haben uns auch geschworen, dass unsere Trennung keinen Einfluss darauf haben wird.«

»Die wird nie irgendeinen Einfluss haben.« Wegener merkte, dass er das Wort Trennung immer noch nicht aussprechen konnte. »Radikales Vertrauen in radikalen Zeiten.«

»Radikales Vertrauen in radikalen Zeiten«, wiederholte Karolina und nahm seine Hand. »Also?«

Wegener drehte sich um. Sie standen allein an der Bude. Wurst-Wilfried sortierte irgendwo im Hintergrund Bierflaschen. Glas schlug gegen Glas. Die GOLDKRONE-Leuchtreklame am Fernsehturm blinkte verwaschen, das EastSide-Hotel ragte wie eine glitzernde Riesengurke in die Dunkelheit, der stramme Devisendödel, tagtägliche Erinnerung an die grenzenlose Potenz der Markwirtschaft. Auf dem Plasma-

Mega-Poster an der Frontfassade lief eine Werbung für das neue Phobos Flux Cabriolet, *jetzt mit integriertem Navodobro und Anschlussvorrichtung für den Musikus-VI und andere MP3-Player: Das neue Flux-Cabriolet von Phobos – und Sie haben endlich kein Dach mehr über dem Kopf.* Ein paar Männer rannten durch den dichten Hagelvorhang in Richtung S-Bahn, gebückt, die Mantelkrägen halb über den Kopf gezogen. Von der Markise tropfte Wasser aufs Pflaster. Zwei Wurststücke schwammen in einer dunklen Pfütze wie überdimensionale Köder.

»Die Schnürsenkel des Toten waren zusammengebunden«, sagte Wegener. »Er wurde mit einem Henkersstrick hingerichtet. Achtmal geknotet.«

Karolinas Gesicht rutschte ab.

»Du wolltest es wissen.«

»Martin!« Karolina starrte ihn fassungslos an. »Du bist schon mal fast suspendiert worden!«

»Das hier hat nichts mit Früchtl zu tun! Überhaupt gar nichts!« Wegener merkte, dass er zu laut geworden war.

»Warum erwähnst du ihn dann?«

»Weil ich weiß, was du jetzt denkst.«

»Ach! Und was denke ich?«

»Früchtl war ... ein tragischer Fall. Eine Ausnahmesituation.«

»Ach ja? Und deshalb bist du damals durch unsere Wohnung gerannt wie ein Irrer und hast mit allem um dich geworfen, was nicht festgeschraubt war, und stundenlang rumgebrüllt?«

»Ich hab nicht stundenlang rumgebrüllt.«

»Dieses Scheißsystem frisst meinen besten Freund, und ich kann nichts machen, Martin, ich höre diese Sätze noch, Wort für Wort!«

»Keine Sorge, ich auch.«

»Und jetzt?«

Wegener wollte das Foto einstecken und stellte fest, dass er keine Hand frei hatte. Die eine hielt Karolina in ihren manikürten Ministeriumsfingern, mit der anderen zog er den Kragen seines Mantels zusammen, als müsste er sich gegen einen sibirischen Sturm stemmen.

»Und jetzt, Martin?«

Wegener versuchte sich zur Entspannung zu zwingen. »Ich rede hier nur von Tatsachen. Zusammengebundene Schnürsenkel, ein Strick mit acht Törns. So haben wir ihn gefunden. Das ist alles.«

Karolina quetschte seine Hand jetzt so fest, dass es weh tat. »Versprich mir, dass du dich nicht noch mal in was reinziehen lässt. Versprich es mir, bitte!«

»Meinst du, ich hab Lust auf eine politische …«

»Versprich es mir, Martin!«

Wegener drückte jetzt auch zu. In Karolinas zarten Fingern steckte eine erstaunliche Kraft, ihre Heizsoldatenaugen spießten ihn auf, als wäre er eins von Wilfrieds Grillhähnchen, ihre Hand und seine Hand krampften brutal ineinander, noch ein bisschen mehr Kraft und die ersten Knochen brächen knackend und splitternd auseinander.

»Deine Nähe kann schmerzhaft sein«, sagte Karolina gepresst und versuchte zu lächeln.

»Deine auch«, sagte Wegener. »Gut. Ich verspreche es dir.«

»Ok.« Sie lockerte den Griff.

Für ein paar Minuten schwieg alles. Die S-Bahnen mussten aus lauter Rücksicht mitten auf der Strecke angehalten haben. Der Bahnhof glänzte still und verlassen. Wilfried hatte aufgehört, mit seinen Flaschen zu klappern. Nur das Wasser konnte nicht anders und plätscherte weiter auf den Asphalt.

Die Hände hielten sich jetzt zärtlich, mit zaghaft streichelnden Fingern, sie passen genau ineinander, dachte Wegener, es ist, als wären unsere Hände noch zusammen, ein unzertrennliches Paar, nur der Rest musste auseinandergehen, weil ich einen Schwachkopf habe, auf einem Schwachkörper, weil mir alles außer Kontrolle gerät, aber solange Hände einander nicht loslassen können, solange muss es Hoffnung geben für Hauptmänner und Gas-Nutten, bitteschön, selbst in diesem hoffnungslosen Land.

»Du weißt, was es bedeuten würde, wenn das rauskäme«, sagte Karolina schließlich und räusperte sich leise, »in Bezug auf die Konsultationen.« Sie ließ seine Hand los.

Wegener nickte. Er konnte zusehen, wie sich die Vergangenheitsfrau neben ihm in die andere zurückverwandelte, in die Verkäuferin, Politikerin, Karrieristin.

»In vier Wochen stehen wir vor der einmaligen Chance, das deutsch-deutsche Verhältnis zu entspannen.« Karolina war jetzt eine Dozentin, die ihrem Fachbereich die gesellschaftliche Großwetterlage erklärt. »Alles hängt da dran: die Neuordnung der Energieverträge, Devisen, Arbeitsplätze, vielleicht sogar die Grenzöffnung. In strenger Abhängigkeit von den Rechtsstaatlichkeitskriterien der EU. Wenn jemand auf die Idee kommt, dass die Stasi bei uns Leute umbringt, wenn das in der Bundesrepublik irgendwer mitkriegt, dann ist das vorbei. Schluss mit der Annäherungspolitik, alles umsonst.«

»Wer soll das mitkriegen?« Wegener versuchte, einen glaubwürdig beruhigenden Ton zu treffen, und fand, dass er vor allem glaubwürdig deprimiert klang. »Es kriegt doch hier schon niemand mit.«

»Hoffentlich nicht.«

»Und wenn es doch öffentlich wird«, sagte Wegener und

steckte sich mit der frei gewordenen Hand das letzte Stück Wurst in den Mund, »dann ist es offenbar genau das, was sie wollen.«

Karolina starrte. »Wer soll was wollen?«

»Die Stasi«, sagte Wegener kauend. »Weißt du denn, was da hinter den Kulissen abläuft?« Er schluckte den Wurstbrei runter. »Glaubst du wirklich, dass die sich nach der Wiederbelebung nicht rückorganisiert haben? Nur besser als früher? Kleiner? Unauffälliger? Die Sicherheit ist doch nicht der gestutzte, legale, harmlose Dienst, den das ZK immer beschwört. Ich hab komische Sachen erlebt in den letzten Jahren.«

»Jetzt fängst du doch wieder mit Früchtl an.«

Wegener spürte, wie die Wut zurückkam. »*Du* fängst davon an! Ich rede von meiner alltäglichen Arbeit. Es gibt Fälle, in denen uns Ermittlungsergebnisse von der Sicherheit diktiert werden. Fälle, die man uns einfach wegnimmt. Endlose Überwachungsbeschlüsse, nicht genehmigte Abhöraktionen, dubiose Sicherheitsstufen.«

»So arbeitet jeder westliche Inlandsgeheimdienst auch.« Karolina klang, als müsse sie sich selbst überzeugen. »Krenz hat den Laden damals mit Schily ausgemistet, damit brüstet er sich heute noch vor jedem Menschenrechtler der Nordhalbkugel. Viel mehr ist von der Wiederbelebung nicht übrig geblieben, die Zerschlagung und Neustrukturierung der Stasi bleibt vielleicht sein einziges historisches Verdienst! Ich glaube kaum, dass er es sich leistet, so was zu verspielen. Mal ganz abgesehen davon, dass das bereinigte Staatssicherheitsgesetz zu den Voraussetzungen der Konsultationen gehört.«

»Und von wem kontrolliert? Wer überprüft das?«

»Ach, Martin.«

»Tut mir leid, aber du vertraust einem Staatschef, der dich

im Ernstfall ohne richterliche Genehmigung abhören lässt?«
Wegener merkte, dass die Unterhaltung gegen seinen Willen
abglitt. »Einem Mann, der dich in deinem eigenen Land einsperrt? Dem vertraust du?«

Der Bumskopf von Wurst-Wilfried erschien in der Verkaufsluke des Wohnwagens, schraubte sich nach links, nach
rechts, verschwand wieder.

»Das ist was anderes.« Karolinas mürrischer Mund war
wieder da. »Er hat 1990 Wort gehalten und die Grenzen geöffnet. Was hättest du denn getan, wenn dein Volk dir wegrennt, zehntausend jeden Tag? Du hättest die Mauer auch
wieder geschlossen, sonst wärst du von deiner eigenen Partei
abgeschafft worden. Und man braucht nun mal Macht, wenn
man echte Veränderungen durchsetzen will.«

»*Sein* Volk!« Wegener nahm seine Pappschale und warf sie
in den Mülleimer. Er fragte sich, ob Karolina wirklich
glaubte, was sie da erzählte. Ob man sich in relativ kurzer
Zeit so verändern konnte. Ob ihr Posten im Ministerium sie
tatsächlich umdrehte.

Karolina zündete sich eine Zigarette an.

»Ich habe auch gar nicht behauptet, dass die Stasi diesen
Mord begangen hat«, sagte Wegener. »So blöd sind sie vermutlich nicht. Ich habe nur gesagt, dass es vielleicht Leute
gibt, die nicht möchten, dass der Westen mehr Einfluss gewinnt. Dass sich die Grenzen noch mal öffnen. Manche haben es ganz gut hier.«

»Wenn ich mich richtig erinnere, heißt es immer, zusammengebundene Schnürsenkel waren eine Bestrafung für Verräter«, sagte Karolina. »Damals, meine ich.«

»Ja.« Wegener wusste, was jetzt kam. »War es. Angeblich.«

»Und warum bringt die Stasi zweiundzwanzig Jahre nach
der Wiederbelebung, vier Wochen vor den Konsultationen

einen Verräter um? Einen Verräter, der was genau verraten haben soll?«

»Ich sage doch, sie haben vermutlich nichts damit zu tun.«

»War dieser Erhängte bei der Sicherheit?«

»Ich weiß es nicht.«

»Die Konsultationen müssen erfolgreich sein«, sagte Karolina. »Um jeden Preis. Das ist der einzige Weg. Nur so kann sich hier etwas ändern. Die Annäherung an den Westen bedeutet Reformen, und Reformen bedeuten, dass wir eines Tages attraktiv werden für alle Westdeutschen, die keinen Bock mehr haben auf den Selbstbedienungskapitalismus, auf gierige Manager und unfähige Banker und kriminelle Fonds. Dann kommen noch mehr zu uns rüber. Und dann kann Krenz auch wieder aufmachen, weil niemand mehr abhaut.«

»Vielleicht muss er dann auch die Mauer erhöhen, weil wir so beliebt werden, dass gleich die ganze Bundesrepublik zu uns rüber ziehen möchte.«

»Von deinem Sarkasmus fallen dir nur noch mehr Haare aus.«

»Ehrlich, du klingst, als würdest du mit Lafontaine diskutieren«, sagte Wegener und wischte Karolina mit seiner Serviette den Soßenfleck vom Mundwinkel.

»Werde ich vielleicht auch.« Karolina zog ihren Kopf weg. »Ich bin nämlich bei den Konsultationen dabei. Die Unterhändler brauchen Infos aus erster Hand.«

»Die brauchen hübsche Mädchen, sonst nichts.«

»Können sie haben.« Karolina nahm ihre Handtasche. Sie küsste Wegener halbherzig auf die Wangen, links, rechts, links, als stünden sie vor einem Pariser Straßencafé und nicht vor einem alten Wurstwohnwagen am Alex.

»Lässt du meine Gasrechnungen verschwinden?«

»Sobald du ein aufrechter Sozialist geworden bist.« Sie lächelte, dann drehte sie sich um und ging.

Wegener sah ihr nach, wie sie davontrippelte, ein perfekter Arsch in perfekter Bewegung. Seine Hand lag alleine auf der gelben Wachsdecke, ein zäher, ausgespuckter Essensrest, den Wilfried gleich abräumen würde, weg damit in den Schweine-Eimer. Der Hagel ging in Regen über. Wegener kaufte noch ein Bier.

5

Berlin leuchtete sich aus hunderttausend hellen Punkten zusammen, breitete sich aus, wucherte in die Fläche. Kein Fleck, an dem es nicht war. Straßen krümmten sich zu Lichterketten, kreuzten sich, ergaben einen verwirrenden Stadtplan, ein asymmetrisches Spinnennetz, das zu den Rändern blasser wurde und sich in der Ferne verlor. Die Karl-Marx-Allee und Unter den Linden bildeten sture, gelbliche Geraden. Kleine Sprenkel modellierten die verschachtelte Hochhauswelt von Marzahn an den Horizont, nebenan stapelten sich die Westberliner Bürogebäude, schlanke Schuhkartons, von irgendwem einfach abgestellt und noch fast komplett erleuchtet. Der scharfgestochene, elektrifizierte Pointillismus deutete überall Konturen an, überlagerte Häuserzeilen, Plätze, Türme, zog Lücken ein, fädelte S-Bahn-Trassen durch diese schemenhafte Stadt, tauchte sie auf, tauchte sie ab. Kuppeln erhoben sich aus der Nacht, der Gendarmenmarkt, die neue Synagoge, der Riesendom, glänzende Beulen auf einem unendlichen, dunklen Körper. Der Palast der Republik schimmerte honigfarben, eine kantige Schatzkiste, die Säulen seines Lichterdoms wuchsen steil nach oben und verloren sich irgendwo im Nebel. Das halbfertige Rohbaumonster des Metropol-Palais an der Friedrichstraße wurde von Scheinwerferbatterien grellweiß geflutet. Mitten durchs Bild zog sich die lange, gleißende Narbe der Sektorengrenze, die alles nach Himmelsrichtungen aufteilte, die sich überall durchschlug, die das dünne Spinnennetz in zwei Hälften riss, gezackt, unbarmherzig, angestrahlt wie ein schlauchförmiges Spielfeld, stadtlang, für welche Triumphe und Niederlagen auch immer.

Wegener drehte sich über diesem Moloch. Wegener drehte sich um sich selbst. Wegener merkte, dass sich sein Kopf drehte. Kreisen war die Wegener-Bewegung, Kreisen führte garantiert zu nichts, aber ganz am Ende wenigstens wieder zum Ausgangspunkt. Wenn ich dieser Ausgangspunkt bin, dachte Wegener, dann führt mich das Kreisen vielleicht zu mir.

Unter ihm regnete es in langen Fäden auf den Alexanderplatz. Die Wurstbude, an der er vorhin mit Karolina gestanden hatte, war nur noch ein Punkt. Im Berolina-Haus erloschen die Lichter. Eine S-Bahn kroch aus ihrer halbrunden Höhle in die Nacht wie eine müde Schlange und verschwand Waggon für Waggon hinter dem EastSide-Penis. Auf dem Megaposter leuchtete die *Wirtschafts-Weisheit für den 20. Oktober 2011* in weinroten Buchstaben:

FORTUNA IST BLIND
Marcus Tullius Cicero

Wegener stellte sich die beiden Gas-Russen vor. Die saßen jetzt in irgendeiner Bar am Prenzlauer Berg. Vielleicht im *VEBierstube* oder im *Dynamischen Wachstum*. Oder direkt gegenüber im EastSide, in der einzigen Kapitalismusenklave der Sozialistischen Union, in diesem erigierten Bonzenbunker, den Ostdeutsche nie von innen zu sehen bekamen, von dem nur Gerüchtehappen abfielen über Orgien, Drogen, Millionengeschäftsfressen. Für Gas-Russen gelten Westregeln, dachte Wegener. Da drüben hocken sie in diesem Moment mit Wodka und Nutten. Oder mit Wodka und Gas-Nutten. Er versuchte, nicht darüber nachzudenken, ob Karolina diese Typen vögeln musste, als Gleitmittel für den Abschluss schmieriger Verträge. Er wollte nicht wissen, ob sie für jeden Deal unter einem dieser zugekoksten Jüngelchen landete, die Ostberlin für ihr privates Bordell hielten und Karolina ein gebrochenes *Änders!* ins Ohr stöhnten, wenn sie abspritzten. Er verbot sich die Frage, ob Karolina ihren Fachbereichsleiter gevögelt hatte, um Fachsbereichsleiterin zu werden. Ob es zu ihrem Job gehörte, im Bett mit irgendwelchen Eon-Arschlöchern die besten Vertragskonditionen für ihr Volk rauszuschlagen. Woher sie den Westmantel, die Westhandtasche, die Weststiefel hatte. Ob ihre Energiekonzern-Lover sie baten, alle Markenschilder herauszutrennen, oder ob Karolina selbst so vorsichtig geworden war.

Wegener trank sein Radeberger aus, winkte dem Ober, deutete auf das leere Glas. Der Ober nickte und stolzierte in Richtung Bar. Sein dicker Hintern wackelte in der schwarzen Hose.

Die Kugel des Fernsehturms drehte sich langsam weiter, Wegener fuhr samt Tisch im Schneckentempo nach Osten. In einer Viertelstunde würde die Grenze nicht mehr zu sehen sein, dann läge alles hinter ihm, unsichtbar, das andere Berlin, die ewige unwirkliche Verlockung, das EastSide, das KDO, Wilfrieds Wurstbude und Karolina, wo immer sie gerade war, wo immer sie sich Weststiefel und Weststrumpfhose auszog, um den rostroten Nagellack auf ihren Zehen zu erneuern.

Das Minsk leuchtete, im Display blinkte *W. B. Büro ruft an.* Wegener zögerte ein paar Sekunden, dann nahm er ab.

»Wo bist du?«

»Alex«, sagte Wegener. »Fernsehturm.«

»Wir sind so weit durch.« Borgs klang entspannt. »Das halbe K5 war da, Kallweit natürlich auch. Ne richtig nette Runde.«

»Und demnächst macht ihr alle zusammen Urlaub auf der Krim«, sagte Wegener. »Kaviar fressen in der Sauna.«

»Von Krim-Hilds nacktem Arsch.« Borgs räusperte sich, wie er sich immer räusperte, wenn er glaubte, er hätte einen Witz gemacht. »In Kurzform: Die K5-ler beurteilen die Angelegenheit ähnlich. Sie halten sogar irgendeine private Rache-Aktion von Ex-Hauptamtlichen für möglich, die aus dem Ruder gelaufen ist. Wissen aber nichts Konkretes.«

»So was hab ich mich heute auch schon mal sagen hören.«

»These zwei: Der Tote hat im großen Energiezirkus abkassiert, Bestechung, Korruption, was auch immer. Wäre nicht verwunderlich, bei den Summen, die da unterwegs sind.«

»Hm.«

»Auf jeden Fall schlottern denen ordentlich die Knie wegen der Konsultationen, war ja abzusehen. Die Sache wandert auf jeden Fall rüber. Warte mal einen Moment, Kallweit auf dem Minsk …«

Das Pils rückte an. Wegener schob sein leeres Glas über den Tisch. Der Ober nahm es in die Hand wie ein Geburtstagsgeschenk, das er sich nie gewünscht hatte, und stellte das frische Bier ab. Am nassen Glasfuß pappte der Rechnungs-Bon, *7 Radeberger à 2,60 Mark. Total: 18,20 Mark. Einen schönen Ostberliner Abend wünscht Ihr Team vom Schauinsland – die Restauration im Fernsehturm.* Wegener trank einen Schluck.

»So, da bin ich wieder«, sagte Borgs. »Was säufst du da?«

»Radeberger.«

Borgs schmatzte sehnsüchtig. »Fischers Wohnung?«

»Sieht nach ner leeren Adresse aus. Voss rief vorhin an, von den Nachbarn kam auch nichts. Ein paar haben Fischer mal im Aufzug getroffen, man hat sich gegrüßt, das war's. Keiner, der ihn näher kannte. Nachbarschaft darf man so was gar nicht nennen.«

»Ihr Nachbarn, Ihr Brüder im Geiste«, zitierte Borgs, »seht her, ich war immer bereit, und bedenkt, was ich zukünftig leiste, wenn ihr mit mir marschiert, Seit' an Seit'.«

»Mit den Brüdern im Geiste kann sich ab jetzt das K5 beschäftigen.« Wegener zog sein Portemonnaie aus der Manteltasche. »Glück für uns. Fortuna ist blind, hab ich gerade gelesen.«

»Wir Kriminalisten hängen wie hungrige Säuglinge an Fortunas trockenen Titten, Martin. Morgen kriegst du einen Gelben, du setzt deinen Egon drunter, und das war's.«

»Beim Energieministerium hat Fischer übrigens nicht gearbeitet.«

Am anderen Ende der Leitung war es ein paar Sekunden still.

»Sagt deine Verflossene.«

»Ich dachte, ich frag mal jemanden, von dem ich eine ehrliche Antwort kriege.«

Noch ein paar Sekunden Stille.

»Lass es aus dem Bericht raus.« Borgs klang jetzt eine Spur ernster. »Von denen muss niemand wissen, dass du mit Tatortfotos hausieren gehst.«

»Keine Sorge, die können ihre Arbeit schön selber machen.«

»Bis morgen.« Borgs legte auf.

Wegener betrachtete das Minsk-Display, in dem sich die Bestandteile des Telemedien-Logos als 3-D-Animation zusammenfügten, um sofort wieder auseinanderzufallen. Er klickte sich ins Nummernverzeichnis und drückte auf Wählen. Nach zwei Freizeichen wurde abgenommen.

»Martin.« Karolinas Stimme klang müde.

»Bist du schon im Bett?«

»Ich war in der Wanne. Jetzt liege ich auf der Couch und schlafe über Volker Braun ein.«

»Geschieht ihm recht«, sagte Wegener und sah aus dem Fenster. Berolina-Haus, EastSide, KDO waren verschwunden. Es regnete immer noch.

»Hast du vorhin was vergessen?« Karolina gab sich Mühe, interessiert zu klingen.

»Ja.« Wegener merkte, dass der Kellner ihn beobachtete. »Die Gas-Russen, mit denen du zu tun hast, lernst du die näher kennen?«

»Wie, näher?« Karolina klang plötzlich hellwach.

Sieh an, sagte Früchtl im Hinterkopf, jetzt hat sie einen Schreck gekriegt.

»Die Frage ist: Kannst du diese Typen einschätzen?«

»Du meinst, ob die gefährlich sind?«

»Genau. Was sind das für Leute? Haben die euch mal gedroht?«

Karolina stutzte. »Du glaubst, die haben was mit deiner Ermittlung zu tun?«

»Ich glaube nur, dass eure Geschäfte die besten sind, die unser Staat zur Zeit macht. Und ich frage mich gerade, was mit jemandem passiert, der sich querstellt, aus welchem Grund auch immer.«

»Dein Toter.«

Kluges Kind, sagte Früchtl.

Wegener beobachtete den Kellner. Der hatte sich inzwischen selbst ein Bier gezapft und hievte seinen dicken Hintern auf einen Barhocker. Die beiden Arschbacken hingen rechts und links über das Sitzpolster. »Gut, für's Ministerium hat er nicht gearbeitet, aber er kann zum Zoll gehört haben, zum Pipeline-Kombinat, zu irgendeinem Laden, der vielleicht ein bisschen die Hand aufhält, wenn die Euros über Ostberlin nach Moskau wandern.«

Karolina schwieg.

»Oder kommt so was nicht vor?«

»Ich kann das nicht einschätzen, Martin.« Karolina klang, als entschuldige sie sich für etwas. »Ich handele Energieverträge aus, ich schreibe keine Dissertationen über die russische Gas-Mafia.«

»Aber du hast eine persönliche Meinung«, sagte Wegener.

»Einer von denen war mal sehr hartnäckig, gleich am Anfang. Der hat mich dauernd zum Essen eingeladen. Irgendwann hab ich angenommen, damit er mich in Ruhe lässt.«

Früchtl lachte laut auf.

»Wohin eingeladen?«

Karolina zögerte. »Ins EastSide.«

Wegener lächelte. »Und was kostet das Gramm Koks?«

»Ho-ho-ho.«

»Hat er Ärger gemacht?«

»Als ich nicht mit auf sein Zimmer wollte, war er sauer. Da sind Russen auch nicht anders als andere Männer. Aber er hat mir nicht gedroht, mich an einer Pipeline aufzuhängen.«

»Und im Rahmen der Geschäfte? Ist da mal Druck ausgeübt worden?« Wegener zog einen Zwanzig-Mark-Schein aus seinem Portemonnaie.

Karolina zögerte. »Letztes Jahr gab es Streit um die Anpassung der Transitgebühren, obwohl die in den Transferverträgen festgeschrieben sind. Da ging es ganz schön zur Sache, und natürlich wurde auch mal gedroht. Aber auf energiepolitischer Ebene. Erhebung von Gas-Zöllen für die su. Stärkere Hinwendung zum asiatischen Markt. Und künstliche Verknappung natürlich.«

»Natürlich«, sagte Wegener.

»Was ein paar Ebenen höher passiert, weiß ich nicht. Wer da die Hand aufhält oder nicht, weiß ich auch nicht. Will ich auch gar nicht wissen.«

Wegener stellte sich vor, wie Karolina gerade aussah. Die Augen müde. Der Mund so leicht geöffnet, dass man die großen Schneidezähne erkennen konnte. Feuchte Lippen. Ein träger, warmer Engel.

Vielleicht ist sie auch nackt, sagte Früchtl, immerhin war sie in der Wanne, und während du mit ihr sprichst, Martin, krault sie sich gerade mit einer Hand ihre rote Wolle und …

»Also: Du glaubst nicht, dass die so weit gehen würden.«

»Ehrlich gesagt, nein. Die sind geil auf Geld und auf deutsche Frauen, aber Mörder sind das nicht. Zumindest nicht die, die ich kenne. Essen werde ich mit den Typen trotzdem nie wieder.«

»Das wollte ich wissen«, sagte Wegener.

»Warum interessiert dich das überhaupt?«

»Weiß auch nicht. Gewohnheit.«

»Du hast mir was versprochen.«

»Und gehalten. Morgen früh bin ich aus der Sache raus.«

»Sehr schön. Dann kann ich ruhig schlafen.«

»In meinem Bericht taucht nichts von dem auf, was du mir gesagt hast.«

»Davon gehe ich aus.«

»Du bist eine gute Gas-Nutte, Karo.«

»Für dich immer.«

Stille.

»Ich wäre jetzt gern bei dir.«

Dein alter Fehler, sagte Früchtl.

»Geh ins Bett, Martin.«

Es piepte leise.

Karolina hat die Verbindung beendet.

Wegener starrte auf den Zwanzig-Mark-Schein, der vor ihm auf dem Tisch lag. Er fühlte sich genau so, wie Goethe guckte.

Freitag, 21. Oktober 2011

6

Die Sirene kreischte die Menschen von der Straße, zwei Töne im Wechsel, von denen jeder der schrillste sein wollte. Kinder wurden zur Seite gerissen, Wagen duckten sich am Straßenrand. Der vollbärtige Chauffeur trat das Gaspedal durch. Es gab einen Schub, die Tachonadel zuckte, der Motor röhrte gegen das Sirenengeheul an. Die Ulbricht-Allee verschwamm zu einem grau-braunen Häuserbrei, der jetzt kräftig umgerührt wurde, aus dem nur noch vereinzelt etwas auftauchte, für Sekundenbruchteile, ein knallblaues Kopftuch, ein alter Mann mit fünf Hunden an der Leine, ein Betrunkener, der aus einer Eckkneipe kam, gestützt auf einen Kleinen mit Hornbrille. Der Phobos Universal ging in die Kurve. Wegener hielt sich mit einer Hand am Deckengriff fest, mit der anderen an der Kopflehne des Vordersitzes, alles sackte nach links ab, der Vollbärtige umarmte sein Lenkrad, stemmte sich gegen die Fliehkraft. Die Reifen winselten. Wegener hatte das Gefühl, gleich den Griff aus dem Wagendach zu reißen. Dann plötzlich wieder gerade Strecke, der Universal warf sich nach rechts, fing sich, Wegener krachte gegen die Tür, der Vollbärtige riss das Steuer herum, wich einem beigefarbenen Lada aus, Todesangstaugen im Rückspiegel, der Blick eines Harakiri-Piloten. Wegener merkte, wie ihm der Plastikgriff aus der Hand rutschte. Er kippte auf die Rückbank, seine Nase bohrte sich in das muffige, braungraugrünliche Polster, er roch Zigaretten, Plastik, Parfum, ungelüftetes Schlafzimmer. Voss musste hier drin längere Strecken transportiert worden sein. Der Vollbärtige verschaltete sich und gab Gas. Spurwechsel. Jemand hupte.

Wegener überlegte, ob er sich wieder aufsetzen sollte und blieb liegen. Drehte sich auf den Rücken. Streckte sich aus, so gut es ging. Zahllose kleine Löcher in der cremefarbenen Kunstlederbespannung des Dachs. Zu den B-Säulen hin wechselte die Farbe in sattes Nikotingelb. Graue Schonbezüge über den Kopflehnen. Die dünnen Heizdrähte des Rückfensters linierten einen farblosen Himmel, ab und zu wischten Baumkronen durchs Bild, Stromleitungen, Fußgängerbrücken, Ampelanlagen, die dem Vollbärtigen gleichgültig waren. Wegener musste daran denken, wie er sich als Kind mit angezogenen Beinen auf die Miniaturrückbank des hellblauen Trabants namens Hannibal gequetscht hatte, wenn seine Eltern mit ihm an die Ostsee gefahren waren oder in den Thüringer Wald oder die zwei Male nach Prag. Liegen war die optimale Reiseposition gewesen. Man sah niemanden, man wurde nicht gesehen. Nicht von Passanten, nicht von anderen Autofahrern, nicht mal von IFA-Kutschern. Und erst recht nicht von den Eltern. Die saßen verschanzt hinter den Rückenlehnen ihrer Vordersitze, fuhren jede Strecke zu zweit, lasen Ortsschilder zu zweit, trafen Überhol-Entscheidungen zu zweit, beschlossen gemeinsam, wann und wie heftig zu hupen war, warnten sich gegenseitig vor zu dichtem Auffahren, vor unübersichtlichen Kurven, vor möglichem Nebel in Moor-Gebieten, drehten sich von Berlin bis Boltenhagen nicht einmal um, solange es hinten ruhig war. Wie ein Bett mit Dach und Fenstern war Wegener der Trabant damals vorgekommen, wie ein Bett, das für immer unter grauem oder blauem oder wolkigem Himmel reiste, geschützt gegen Regen und Schnee, überheizt, blickdicht, selbstlenkend, auf wechselndem Untergrund, den man erraten konnte: Teer, Kies, Sand, Feldwege, löchrige Parkplätze, Autobahnplatten. Mehr als 40 Jahre waren seitdem vergangen, sämtliche Rückbänke zu klein geworden, die Eltern nach all ihren gemeinsamen Reisen längst zusammen auf dem Friedhof Weißensee angekommen, in einem efeuüberwucherten Doppelgrab, in dem sie sich vermutlich gegenseitig berieten, was mit dieser eintönigen Unendlichkeit anzufangen sei, welche Erinnerungen es wert wären, immer wieder aufgefrischt zu werden, was man vergessen könne, für wen gebetet werden solle und wie oft und ob der Vater die Sonntagsreden über seine ruhmreiche Zeit im Kombinat Separatorenfleisch Peter Hacks auch nach dem eigenen Tod und der Schließung des Kombinats Separatorenfleisch Peter Hacks noch halten müsse und falls ja, ob das dann nicht wenigstens ein bisschen kürzer ginge.

Jetzt konnte Wegener nur noch mit dem Oberkörper auf Rückbänken liegen, für die Beine war kein Platz mehr, statt des Vaters saß ein panischer Vollbart hinterm Lenkrad, der Wagen schaukelte nicht, er vibrierte, es ging nicht zur Ostsee, sondern zum ehemaligen Reichsbankgebäude am Werderschen Markt, in der übelsten Karre aus dem ganzen SED-Fuhrpark, mit Blaulicht, eine Stunde vor Dienstbeginn und ohne jede Erklärung. Wegener nahm sich vor, bei der nächsten Gelegenheit am Friedhof zu halten und das Efeu zurückzuschneiden. Du wirst uns vergessen, hatte seine Mutter gesagt, wenn wir mal nicht mehr sind, du bist ein Einzelkind, du wirst die Verlängerung der Grabstelle verpassen, du wirst eines Tages auf den Friedhof kommen und dann liegen dort Fremde. Vielleicht die Fingerhuts, hatte Wegener gesagt, und seine Mutter: Wenn das passiert, erscheine ich dir!

Wegener blieb liegen und dachte an seine Eltern, an ihre Fotoalben mit den datierten, penibel beschrifteten Urlaubsbildern, an die Tage und Wochen seines Lebens, die er liegend auf der Hannibalrückbank verbracht hatte, ein sorglos Reisender in dem immer gleichen, kindlichen Irrglauben, das alles würde nie aufhören, ginge ewig so weiter, bliebe ein Dasein ohne Schmerz und Verlust, fröhlich und uneinsam.

Der Wagen bremste scharf, die Sirene schraubte sich jaulend herab, enttäuscht darüber, dass schon wieder Schluss sein sollte. Der Chauffeur sah im Rückspiegel niemanden mehr sitzen und fragte mit mühsam kontrollierter Verwirrung in der Stimme nach dem *Herrn Hauptmann*, als könnte ihm der *Herr Hauptmann* während dieser irrsinnigen Raserei irgendwo aus dem Auto gerutscht sein.

Wegener raffte sich auf, schickte die Eltern in den Hinterkopf und kletterte durch die Tür, die der erleichterte Vollbart aufhielt. Vor ihm erhob sich der Naziklotz, streng und allmächtig mit seinen Säulenandeutungen, den langen, eintönigen Fensterreihen, der geriffelten Traufkante, eine unauffällige Wucht, bedrohlich, ohne direkt brutal zu sein, zurückhaltend und trotzdem auf penetrante Art präsent – besser hätte sich das Zentralkomitee nicht unterbringen können, dachte Wegener. Das eiserne Ei prangte fünf Meter hoch an der rechten Gebäudekante, gefüllt mit zum Kranz gewundener Schrift, *Sozialistische Einheitspartei Deutschlands*, in der Mitte der harte Handschlag, die eckigen Fingerlinien, die vor lauter Logoabstraktion zum irritierenden Raster wurden, zu einem in sich verschobenen Gefängnisgitter. Rostwasser war von den Händen und Buchstaben nach unten gelaufen, eine dunkle Tränenspur am hellen Mauermassiv. Neben der breiten Treppe zum Haupteingang ragte eine Granitstele aus dem Pflaster, darauf Honeckers Steinkopf, strenger Blick durch die Hornbrille. Auf seiner Nase ein Taubenschiss.

Wegener nickte dem Chauffeur zu, ging an den beiden

schrankförmigen Uniformierten von der Personenschutzstaffel vorbei, stieg die Stufen hinauf, noch zwei schwarz gekleidete Schränke, die ihn stumm passieren ließen, kein Borska-Scanner nötig, eine bronzene Türfront und dahinter die Empfangshalle, kalt und leer. Wände aus polierten Granitplatten, bronzene Aufzugtüren, eine despotische Echtledersitzgruppe, die aussah, als würde sie jeden verschlucken, der in ihr Platz nehmen wollte, ein lebloser Großbildfernseher, sonst nichts.

Die Aufzugtüren öffneten sich geräuschlos und gaben einen jungen, sorgfältig gebräunten Mann frei.

So sehen sie aus, die Karrieremenschen der DDR, stellte Wegener fest, gesunder Teint, der Klassenunterschied der klassenlosen Gesellschaft, wer raus darf, kriegt Farbe und dunkle Gelhaare, wird zum Pigmentprotz im Nadelstreifenstoff mit schwarzer Designerbrille, das einzig Abgetragene ist sein Lächeln.

»Hauptmann Wegener?«

»Guten Morgen.«

»Richtig, guten Morgen erst mal!« Der Gebräunte hatte weiche Hände, die kräftig zudrücken konnten. »Schmiechen, Staatssekretär für den Bereich operative Kooperation im erweiterten Zentralkomitee der DDR.«

»Langer Titel.«

»Ja, nicht?« Schmiechens Lächeln dimmte runter. »Herr Hauptmann, es gibt Ärger. Kommen Sie bitte.«

»Ärger für mich? Dann geh ich lieber wieder.«

»Was? Nein, Ärger für uns alle.« Eine weiche Hand schob Wegener in den wartenden Aufzug. Dunkle Täfelung, bronzener Handlauf. Kein Spiegel. Die Türen schlossen sich, die Kabine summte nach oben, stoppte, die Türen gingen auf, der Gebräunte marschierte schweigend einen breiten Flur hinunter, Wegener blieb neben ihm, noch zwei Personenschutz-schränke, die jetzt freundlich nickten, dazu der Duft von Möbelpolitur, ein Rondo-Kaffeeautomat. Großformatige Ölbilder zeigten Arbeiter an Maschinen, kleine und große Zahnräder griffen ineinander, klobige Fäuste, rote Fahnen, entschlossene Gesichter, der Blick nach oben, gelbe Felder-landschaft, aus der lange Schornsteine ragten. Der verhei-ßungsvolle Produktionsrauch, der einmal aus ihnen aufge-stiegen sein musste, war mit kräftigem Blau übermalt. Die frischen, rauchsäulenförmigen Himmelflecken glänzten auf der matten Leinwand.

»Welche Sorte Ärger, Herr Schmiechen?«

»Die schlimmste Sorte.« Schmiechen stoppte vor einer hohen Tür, über der bronzene Buchstaben in die Nussbaum-paneele eingelassen waren: WELTSAAL. »Nicht, dass Ihr Tele-fon da drin losgeht.«

Wegener holte sein Minsk aus der Hosentasche, entriegelte die Tastensperre und klickte auf das Postsymbol. *U. Lienecke hat Ihnen eine* TNT *geschrieben*, dann lief die Textnachricht durchs Display: *Heute Vormittag Zeit für erneute Tatortbe-gehung? Das E-Ministerium macht Druck, den Sperrbereich aufzuheben. Gruß, U.* Wegener drückte auf *Antwort-Aus-wahl: Ich habe Ihre Nachricht erhalten, rufe später zurück* und stellte den Klingelton ab. »Was heißt das, die schlimmste Sorte Ärger?«

»Internationaler Ärger. Geld-Ärger. Hängt mit der Sache zusammen, die Sie gestern übernommen haben.«

»Und die ich heute abgebe.«

Schmiechens braune Hand lag schon auf der Klinke. »Tipp von mir, lassen Sie sich nicht verrückt machen. Ist ungewöhn-lich für Sie, so ein Rahmen, das wissen die auch. Los geht's.«

Die Tür schwenkte geräuschlos auf.

Eine Turnhalle, dachte Wegener, eine Turnhalle, in der geraucht werden darf, mit riesigen, glitzernden Lüstern und ohne Turner, nur eine lange Tafel in der Mitte, dunkle Anzüge, auf denen sich synchron die Köpfe drehten, zwanzig ausdruckslose Gesichtskreise, knarrendes Parkett, in das helle Vierecke eingelassen waren, die Decke ein abgehängter Orkus aus Balken und breiten Sprossenoberlichtern, der endlose Weg bis zu diesem Endloskonferenztisch, ein Eindringling im ewigen Anmarsch, ausgiebig begutachtet, genau erfasst, längst durchschaut bevor er da ist, die weiche, braune Hand im Rücken, die mit freundschaftlicher Entschlossenheit anschob, bis ins Tafelzentrum, zwei freie Plätze, gegenüber: Borgs und Kallweit.

Wegener schnupperte. Er stand vor einer Wand aus Männerschweiß und Zigarettenqualm.

Riecht nach politischer Umkleidekabine, sagte Früchtl.

Kallweit und Massow nickten. Kallweits dunkle Augenränder wie eine Comic-Einbrecher-Maske. Jemand hatte Borgs in ein weißes Hemd gesperrt. In seinem Doggengesicht zwinkerte etwas.

Ein hellblonder Mann mit randloser Brille am rechten Ende der Tafel, ein feister Kugelkopf am linken. Hinter dem Kugelkopf bedeckte eine Weltkarte die gesamte Turnhallenwand: graues Meer, dunkelgraue Kontinente. Die Sozialistische Union, China, Nordkorea, Griechenland und Kuba leuchteten golden.

»Volkspolizei-Hauptmann Martin Wegener«, sagte Schmiechen, als präsentiere er eine Erfindung, von der er nicht ganz sicher war, ob sie auch wirklich funktionierte.

»Martin *Alfons* Wegener.« Der Hellblonde. Über Deckenlautsprecher, mit metallischer Stimme. Gebogene Mikrofonfühler, die vor jedem Platz aus dem Tisch wuchsen.

»Generaloberst Heribert Steinkühler«, erklärte Schmie-chen leise, »erster Stellvertreter des Ministers für Staatssicher-heit.«

»Nehmen Sie doch bitte Platz, Herr Wegener.« Steinküh-ler sortierte ein paar Papiere, zog in kurzen Abständen an sei-ner Zigarette. Der Glutpunkt pulsierte wie ein kleines, heißes Tier.

Wegener setzte sich.

Schmiechen setzte sich neben ihn.

Auf dem Tisch halbvolle Aschenbecher und kleine Grup-pen Limonadeflaschen, BIONIER-Brause, Rhabarber und Walderdbeere. Die Sorten, die in keiner Delikat-Filiale zu kriegen waren.

»Wegener, Wagner, der Radmacher.« Eine dunklere Stimme, genau so metallisch. Schmiechen nickte nach rechts. Der Kugelkopf vor der Weltkarte. Auf der Kugelkopfglatze lagen ein paar sehr einsame, sehr dunkle Haarsträhnen. »Oder der Erfinder des Rads. Also der Mann, der dafür sorgt, dass die Dinge ins Rollen kommen.«

»Dr. Wolfgang Münzer«, flüsterte Schmiechen. »Volks-kommissar für innere Angelegenheiten im Zentralkomitee.«

Steinkühler kramte immer noch.

Wegener betrachtete den Rest der Truppe. Die Anzug-männer saßen so steif am Tisch, als hätte das ZK eine Riege Schaufensterpuppen abgestellt, um die Runde zu vergrößern. Fünfzehn Gesichtssteinbrüche. Kein Steinbruch zeigte die kleinste Regung. Keiner der Typen notierte etwas. Keiner rührte einen Finger. Keiner rührte eine BIONIER-Brause an. Die Hälfte rauchte, das war alles. Namenlose Bürokraten, die man sich nicht einprägen konnte, weil sie borgsstumm blie-ben. Einer mit Halbglatze, einer mit Schnurrbart, drei Braun-blonde. Ein Braunblonder mit etwas längeren Haaren, einer etwas jünger mit großen Ohren und einer Warze neben der Nase. Schon in zwei Stunden waren diese Bratzen vergessen, nicht wiederzuerkennen, untergegangen in der Gesichtermasse Ostberlins.

Lass sie keine Emotionen spüren, sagte Früchtl, zeig diesen Luftpumpen, dass du ein harter Junge bist.

Wegener: Seit wann bin ich denn ein harter Junge.

Früchtl: Und ich dachte, du fällst drauf rein.

»Genosse Hauptkommissar Wegener.« Steinkühler machte eine künstliche Pause und nahm seine Brille ab. »Wir haben Sie in einer Angelegenheit hergebeten, die die nationale Sicherheit der Deutschen Demokratischen Republik nicht nur tangiert, sondern unmittelbar betrifft. Alles, was jetzt mit Ihnen besprochen wird, unterliegt der militärischen Geheimhaltungsstufe. Das heißt, es geht hier um Staatsgeheimnisse. Mir ist wichtig, dass Sie sich darüber voll und ganz im Klaren sind.« Steinkühler starrte Wegener über die Tafeldistanz an. Er lächelte. Ein Satz Goldkronen lächelte mit.

»Ich bin mir im Klaren …«

»Sprechen Sie bitte in Ihr Mikrofon.«

»Ich bin mir im Klaren über die Bedeutung der militärischen Geheimhaltungsstufe.« Und so höre ich mich an, wenn ich wegen eurer Quarzerei demnächst Kehlkopfkrebsbesitzer bin, dachte Wegener, mit Robotronroboterstimme, eine redende Konservendose.

»Gestern hat uns die Aufmachergeschichte der nächsten SPIEGEL-Ausgabe erreicht«, sagte Münzer, »noch nicht final, noch nicht komplett, Stand 20. Oktober nachmittags.« Hinter ihm verdunkelte sich die Weltkarte, zwei Projektoren unter der Turnhallendecke sprangen an, surrten, ein stark vergrößertes, schwarz-weißes Faxblatt erschien, Hammer und

Zirkel, blutverschmiert, darunter: DIE STASI MORDET WIE-
DER. *Wie ein unbelehrbarer Geheimdienst Europas Energiezukunft verspielt.*

»In dem Artikel behauptet ein Mann, dessen Namen die
Redaktion geheim hält, er sei am vergangenen Sonntag Zeuge
eines Mordes gewesen, der angeblich im Auftrag der Staatssicherheit begangen wurde. Und zwar in Ostberlin.« Münzer
kratzte sich am Doppelkinn. »Der Mord, um den es hier geht,
ist der Fall, den Sie seit Mittwochabend eher ergebnisoffen
bearbeiten.«

Endlich mal ein witziges Arschloch, sagte Früchtl, witzige
Arschlöcher sind selten.

Wegener versuchte, keine Reaktion zu zeigen. Steinkühler
beobachtete ihn immer noch. Die Goldkronen waren verschwunden.

»Nach Ihren Ermittlungen handelt es sich bei dem Toten
um einen gewissen Emil Fischer, wohnhaft Ludwig-Renn-
Straße 32 in Berlin-Marzahn.« Münzer griff nach einem
Wasserglas und trank. Blechernes Gurgeln schluckte aus den
Boxen. Dann setzte er das Glas so vorsichtig ab, dass nichts zu
hören war. »Sie sind ja schon zu Recht davon ausgegangen,
dass es sich hierbei um eine Scheinadresse handelt. Der Informant des SPIEGEL behauptet nun, dass der Tote realiter ein
gewisser Albert Hoffmann sei. Sagt Ihnen der Name etwas?«

Wegener schüttelte den Kopf.

Das Projektorbild wechselte, ein schwarz-weißes Grup-
penfoto erschien, Egon Krenz mit dunklen Haaren, dünner
als heute, umringt von alten Männern. Das Bild wechselte
wieder und zeigte jetzt einen vergrößerten Ausschnitt: Krenz
grinste wie ein Haifisch im Sprottenschwarm, eng neben ihm
ein Grauhaariger, der ernst in die Kamera blickte.

Münzer verschränkte die Arme vor der Brust. »Professor

Albert Hoffmann ist oder war Politikwissenschaftler, seit 1977 mit einem Lehrstuhl in Heidelberg. 1983 aufgrund seiner politischen Überzeugungen von Westdeutschland in die DDR emigriert. Gehörte in den Jahren vor der Wiederbelebung zum Beraterstab des Staatsratsvorsitzenden.«

»Ein kluger Mann.« Die Steinkühlerstimme. »Hab ihn mal in Wandlitz kennen gelernt. Noch zur alten Zeit, versteht sich.«

Münzer blätterte in seinen Unterlagen. »Dieser neue SPIEGEL enthält allerhand Nützliches. Fotos vom Tatort. Fotos der Leiche, wenn auch geschwärzt. Ein wirklich investigatives Magazin ist das. Löst den Fall, während unser Hauptmann noch seine privaten Kontakte beim Ministerium für Energieexport auffrischt.«

Kallweit schüttelte so traurig den Kopf, als hätte ihm Münzer gerade Jan »Schmuso« Hermanns Leidlieder vorgesungen.

Wer auch immer ihnen von meinem Treffen mit Karolina erzählt hat, dachte Wegener, er musste es gar nicht, sie wissen es ohnehin, weil sie alles wissen, weil jedes Auge und jedes Ohr in diesem Land ihr Auge und ihr Ohr ist, Guck und Horch, erneuert, verbessert, allgegenwärtig.

Frag sie, ob Hoffmann der Tote ist, sagte Früchtl.

Wegener beugte sich zum Mikrofon. »Und? Ist Hoffmann der Tote?«

Münzer sah ihn an.

Einer der Anzugmänner nieste. Niemand wünschte ihm Gesundheit für sein weiteres Stasileben.

»Das konnten wir noch nicht abschließend feststellen«, sagte Steinkühler. »Es spricht aber in der Tat einiges dafür.«

»Wir gehen momentan davon aus«, sagte Münzer.

Steinkühlers Zähne blinkten wieder. »Sehen Sie, Genosse

Wegener, die imperialistischen Journalisten versuchen seit zwanzig Jahren, die Mitarbeiter der Staatssicherheit und die Institution als solche, sagen wir mal, in Misskredit zu bringen. Das ist natürlich leicht, bei der Vorgeschichte, die der Apparat nun mal hat. Dabei wird absichtlich übersehen, dass wir eine vollständig neue Behörde sind, personell wie rechtlich, mit einem stark veränderten, übrigens auch stark eingeschränkten Auftrag. Ein Inlandsgeheimdienst, wie ihn die BRD, Großbritannien, die USA schon immer besitzen. Wussten Sie eigentlich, dass nach unseren internen Schätzungen rund 250 Agenten des Bundesnachrichtendienstes verdeckt in staatlichen Einrichtungen der DDR arbeiten?«

Wegener schüttelte den Kopf.

Falsch, sagte Früchtl, keine Bewegung, selbst ein Kopfschütteln oder ein Nicken gilt hier drin schon als ein vollständiger Satz, guck dir Borgs an, die kleine, fette Salzsäule, der macht's richtig!

»Es ist aber die Wahrheit, Herr Hauptmann. Auch wenn sie nicht in das Bild passt, das sich die Menschen gern vom Westen machen. Wir alle hier im Raum wissen: Die heutige Staatssicherheit ist ein völlig harmloses Organ. Kleiner und strenger kontrolliert als die meisten vergleichbaren Einrichtungen.«

Wegener nickte.

Früchtl stöhnte.

»Wir wissen ebenfalls, dass die Dienste in ihrer praktischen Arbeit immer wieder die Grenzen der Legalität berühren, ich sage, berühren müssen, die der USA übrigens deutlich häufiger als alle anderen. Das schließt aber nicht die Ermordung von Bürgern unseres Landes mit ein. Das System Mielke existiert seit mehr als 20 Jahren nicht mehr. Der SPIEGEL lügt, und ab Montag können wir mit gutem Gewissen sagen: wie gedruckt.«

Gehorsam gehüsteltes Gelächter der Anzugträger.

»Wir hatten bereits in Erwägung gezogen, dass es sich bei dem Mord um den Versuch handelt, der Staatssicherheit etwas anzuhängen«, sagte Wegener. »Bislang fehlte allerdings die Öffentlichkeit.«

Dann eben nicht, sagte Früchtl und entfernte sich beleidigt, diffundierte durch die Weltkarte nach draußen, um an der frischen Luft eine seiner stinkenden Zigarren zu rauchen.

»Die wird es dank des SPIEGEL ab Montag geben«, sagte Münzer. »Claus Kleber lehnt natürlich ab, die Auslieferung des Hefts zu stoppen. Im Westen nichts Neues, sozusagen.«

Leises Murmeln der Anzugträger.

»Gestern Abend hat der Staatsratsvorsitzende mit Bundeskanzler Lafontaine telefoniert«, sagte Steinkühler, »Sie werden wissen, Genosse Wegener, dass die Wiederaufnahme deutsch-deutscher Gespräche von Seiten Westdeutschlands seit der Ära Schäuble an sogenannte Rechtsstaatlichkeitskriterien geknüpft ist. Die BRD achtet übrigens sehr besorgt darauf, dass andere Länder diese Kriterien erfüllen, während sie sich selbst nach Belieben darüber hinwegsetzt. Wie dem auch sei, zu besagten Kriterien gehört unter anderem die Verankerung der Staatssicherheit als verfassungskonform operierender Inlandsgeheimdienst in den Berliner Verträgen von 1994. Und die Verfassungskonformität schließt selbstverständlich Mord als Mittel der Selbstverteidigung der Deutschen Demokratischen Republik aus.«

»Nun fragen Sie endlich, Wegener!« Münzers Stimme schepperte. Ein ärgerlicher Gott, der von weit oben seine dumpfbackige Schöpfung anraunzt. »Ich warte schon, seit Sie reingekommen sind!«

»Warum bin ich hier?«

»Vermutlich, weil Sie vorgestern Bereitschaft hatten«,

sagte Münzer und deutete mit einer dicken kleinen Hand ans andere Tischende. »Jetzt kommt der spannende Teil.«

Steinkühler nahm die Brille ab und putzte sie akribisch mit einem weißen Taschentuch. »Lafontaine ist der DDR wohlgesonnen. Trotzdem musste er dem Staatsratsvorsitzenden gestern Abend mitteilen, dass die Konsultationen nicht stattfinden können, solange die Angelegenheit Hoffmann nicht restlos aufgeklärt ist. Weil, Zitat, *der westdeutschen Bevölkerung sowie den Bündnispartnern nicht vermittelbar sei, dass die Bundesrepublik mit einem Land Milliardengeschäfte abschließe, welches möglicherweise gegen internationale Menschenrechtskonventionen verstoßen habe.* Ganz zu schweigen davon, dass Hoffmann ursprünglich westdeutscher Staatsbürger war. Nun wissen Sie besser als ich, Genosse Wegener, dass eine volkspolizeiliche Ermittlung Monate, manchmal auch Jahre in Anspruch nehmen kann. Zeit, die wir nicht haben. Ich weise noch einmal auf Ihre Rolle als Geheimnisträger hin, bevor ich Ihnen sage, dass wir staatshaushaltlich dringend auf die Neuordnung der Energieverträge und die damit verbundenen Liquiditätsmittel angewiesen sind. Dringender, als Sie denken. Sollten wir auf die damit verbundenen Devisen verzichten müssen, drohen uns tiefgreifende Veränderungen.«

Wegener nickte. Die Männer in den dunklen Anzügen senkten ihre Blicke. Kallweit studierte die Maserung der Tischplatte. Borgs starrte nach Kuba. Die Projektoren schalteten sich ab.

»Die Staatssicherheit, die sich hier einer absurden Verdächtigung ausgesetzt sieht, kann unter diesen Umständen naturgemäß nicht selbst ermitteln. Das würde die BRD nicht akzeptieren. Bedauerlicherweise müssen sich die Elitebeamten unseres Landes also darauf verlassen, dass ihre Unschuld von anderen bewiesen wird. Der Staatsratsvorsitzende und der Minister für Staatssicherheit haben dem Bundeskanzler deshalb einen unkonventionellen Kompromiss vorgeschlagen.« Steinkühler sah für einen Moment selbst ein wenig ungläubig aus. »Dieser Kompromiss ist gleichzeitig ein eindrucksvolles Bekenntnis zur Staatssicherheit. Westdeutsche Polizeibeamte werden die Ermittlungen im Fall Hoffmann begleiten. Um die Unabhängigkeit und Objektivität des Aufklärungsprozesses sowie einen umfassenden Gedankenaustausch mit der Regierung Lafontaine zu gewährleisten.«

»Begleiten oder leiten?«, fragte Wegener ins Mikrofon.

Münzer grinste.

»Es geht im Moment vor allem um Kooperation. Zuständigkeitsfragen sind kein vorrangiges Anliegen.« Steinkühler zündete sich eine neue Zigarette an. »Heute Morgen hat das Bundeskanzleramt das Büro des Staatsratsvorsitzenden darüber informiert, dass man diesem Vorschlag zustimmt. Allerdings verbunden mit der Ankündigung, dass sämtliche bislang getroffenen Vereinbarungen zwischen BRD und DDR als null und nichtig betrachtet werden, falls die Ermittlungsergebnisse eine Verwicklung der Staatssicherheit in die Causa Hoffmann nahelegen sollten. Im Klartext heißt das: die Konsultationen stehen auf dem Spiel.«

»Mit anderen Worten«, sagte Münzer, »die wirtschaftliche Zukunft des Landes hängt davon ab, dass Hoffmanns wahre Mörder gefunden werden. Das hätten Sie nicht erwartet, was, Wegener?«

»Ich staune noch immer über den Kompromiss«, sagte Wegener. »Eine ost-west-deutsche Ermittlung. Einfach so.«

»Lafontaine besitzt kein Interesse daran, die Konsultationen scheitern zu lassen. Vor der Wahl hat er seinen Wirtschaftsführern Energiesicherheit und Preisstabilität versprochen. Ohne die Aussicht auf den Abschluss von Lieferverträgen mit der DDR hätte er die Wahl wahrscheinlich gar nicht gewonnen.« Steinkühler rieb immer noch an seiner Brille herum. »Und was unsere Seite angeht, Genosse Hauptmann, und das sage ich Ihnen jetzt als stellvertretender Leiter des Inlandsgeheimdienstes der DDR, also quasi als Zeuge in Ihrem Fall ...«

Lautes Murmelgelächter der Anzugträger.

»... in unserem Haus gibt es keinen Vorgang Hoffmann, keine Operation Hoffmann, nicht mal einen Überwachungsbeschluss. Sonst würden wir unsere wirtschaftliche Zukunft auch nicht von einem polizeilichen Ermittlungsverfahren abhängig machen.«

»Anders gesagt«, Münzer fummelte an seinem Mikrofon herum, »bereits der Kompromiss beweist unsere Unschuld. Wir würden einen Handelsvertrag mit einem Volumen von mehr als 70 Milliarden Mark gewiss nicht vom Ergebnis einer Kriminaluntersuchung abhängig machen, wenn wir das Ergebnis nicht schon kennen würden.«

»Die Ermittlungen werden klarstellen, dass die Staatssicherheit mit dieser Sache nichts zu tun hat«, sagte Steinkühler. »Das ist eine gute Gelegenheit, dem Restkapitalismus einmal öffentlichkeitswirksam zu verdeutlichen, dass es bei uns rechtsstaatlicher zugeht als da drüben. Und die Energieverträge behalten ihre Gültigkeit. Dieses Ziel gilt es vollinhaltlich zu verwirklichen.«

Niemand sagte etwas.

Kallweit blickte mit seinem tieftraurigen Gesicht in die Runde. Die fleischige Unterlippe hing noch ein bisschen tiefer als sonst. Seine dunklen Augenringe wirkten wie geschminkt. »Fragen Sie mal, wie Sie uns helfen können, Wegener.«

»Wie kann ich Ihnen helfen?«

»Wir haben seit heute Morgen einen Namen vom Kanzleramt«, grunzte Kallweit, sichtlich froh, jetzt auch mal aus den Lautsprechern kommen zu dürfen. »Der Mann, den man uns schickt, heißt Richard Brendel. Ich nehme an, das sagt Ihnen was.«

»Der Chef irgendeiner Westberliner Sondereinheit.«

»Eine Berühmtheit«, sagte Kallweit. »Einer der Besten, die sie da drüben haben. Er wird mit Ihnen zusammenarbeiten.«

Wegener wusste, dass Kallweit jetzt Ehrfurcht statt Durst erwartete, also griff er nach einer BIONIER-Brause Rhabarber und schraubte in aller Ruhe den Deckel ab.

Ich hätte Walderdbeere genommen, sagte Früchtl.

»Um ganz offen zu sein, Wegener, wir sind gezwungen, die Angelegenheit bei Ihnen zu lassen.« Kallweit sah plötzlich noch deprimierter aus. »Sie können sich denken, dass das unter normalen Umständen nicht passiert wäre. Der Fall würde gar nicht bei der Volkspolizei verbleiben und schon gar nicht bei Ihnen.«

»Richtig, da war ja noch was …« Steinkühler tat nachdenklich und blätterte in seinen Papieren. »Dieses Disziplinarverfahren.«

»Das eingestellt wurde«, sagte Wegener und trank einen Schluck. Kräftiger, leicht künstlicher Rhabarbergeschmack. Etwas zu süß.

»Das trotz seiner Einstellung gezeigt hat, dass Sie und Ihr früherer Chef, ein gewisser Major Josef Früchtl, zu einer Überschreitung von Zuständigkeitsgrenzen neigen.«

Korrekt, du Gichtgesicht, sagte Früchtl, genau so haben wir es gemacht.

Kallweit warf einen vielsagenden Seitenblick auf Münzer, einen auf Steinkühler. »Nun, das Kanzleramt und Richard

Brendel haben ausdrücklich verlangt, dass der Beamte der Volkspolizei, der von Anfang an mit der Sache betraut war, nicht abgezogen wird. Als ob wir ...«

»Auf jeden Fall bleiben Sie vorerst drin.« Münzers Stimme ertrank in einem spitzen Mikrofonfiepen. »Bedanken Sie sich bei Brendel. Zum Ablauf: Sie berichten an Borgs und Kallweit. Brendel berichtet direkt ans Kanzleramt. Ich stehe mit dem Kanzleramt und der Parteiführung in Kontakt. Informationsweitergabe an Dritte, und Sie sind noch am selben Tag des Staatsgeheimnisverrats angeklagt.«

Wegener merkte, wie ihm heiß wurde. Sein Hemd klebte. Ein Schweißtropfen lief über die Brust, über den Bauch, kitzelte, wurde erst vom Hosenbund gestoppt. Vielleicht hatten sie das mit Karolina von Borgs. Vielleicht von ihren Spitzeln. Vermutlich werde ich seit zwei Tagen observiert, dachte Wegener, vom Tatort an. Ihr wisst mehr, als ich je wissen werde, ihr steht hinter den Kulissen, ihr verschiebt die Wände, ihr führt Regie. Ich stolpere über die Bühne. Aber, meine schnurrbärtigen, halbglatzigen, braunblonden, verwarzten, verwanzten Freunde, ich stolpere in unvorhersehbare Richtungen.

»Haben Sie noch Fragen?«

»Wen bringt Brendel mit? Pathologie? Spurensicherung? Oder läuft das über uns?«

»Noch nicht geklärt. Vermutlich ist jemand vom Bundesnachrichtendienst dabei. Dann haben wir 251 BND-Männer im Land. Unser Ziel ist es, dass auf jeden Fall Ulf Lienecke in der Sache drin bleibt. Brendels Rolle wird eher die eines Beraters sein.«

Wegener sah Steinkühler in die blassblauen Augen. »Mit Verlaub, Genosse Generaloberst – aber Sie kennen die Spurenlage und die Verdachtsmomente, so absurd die auch sein mögen.«

Steinkühler imitierte ein neugieriges Gesicht.

»Wenn das also eine Ermittlung streng nach Vorschrift werden soll, und das wird ja mit einem Richard Brendel im Gepäck und vor diesem politischen Hintergrund so sein müssen, dann hat die Staatssicherheit nicht nur Zeugenstatus, sondern ist automatisch Gegenstand der Untersuchung.«

Einer der Anzugmänner hatte sich verschluckt und hustete. Kallweit starrte an die Decke, als hätte ihm der Allmächtige endlich seine Pläne für den nahenden atomaren Weltuntergang gezeigt.

Steinkühler setzte seine Brille wieder auf. »Freuen Sie sich doch ein bisschen, Genosse Hauptmann!« Die Goldkronen strahlten. »Jetzt dürfen Sie endlich mal ganz offiziell Ihre Nase in Sachen stecken, die Sie nichts angehen. Sie sind der erste Volkspolizist in der Geschichte der Deutschen Demokratischen Republik, der gegen die Staatssicherheit ermittelt. Aber, und das mag am Ende Ihr persönlicher Wermutstropfen sein – nicht der erste, der erfolgreich gegen die Staatssicherheit ermittelt.«

Wegener lächelte.

Borgs kratzte sich am Doppelkinn.

Die alte Dogge, sagte Früchtl, hat wieder mal erfolgreich die Schnauze gehalten.

7

Die Stimme der Opernsängerin kletterte immer höher. Für diese Stimme war die Tonleiter offenbar etwas Unendliches. Das Orchester hechelte hinterher. Die Stimme drohte ihm zu entwischen. Lienecke steuerte durch knöcheltiefes Laub, in den Händen sein imaginäres Lenkrad, umfuhr zu Fuß eine Eiche, erreichte die Polizeiabsperrung, duckte sich unter dem weißen Band durch und ging noch ein paar Schritte bis in die Mulde, in der vor dreißig Stunden der Generatorwagen gestanden hatte.

Die Sängerin jubilierte.

Lienecke blieb stehen, öffnete eine Tür aus Luft, schlug die Lufttür zu. Stiefelte unter Paukenschlägen ein paar Meter den Hügel hinauf, wurde schneller, lief einem unsichtbaren Flüchtenden hinterher, rannte jetzt, holte auf, erwischte den Unsichtbaren, rangelte, klammerte, packte zu, bugsierte ihn zurück zum Tatort. Die Sonne kleckerte helle Flecken auf den Waldboden, das Laub rund um die Absperrung leuchtete in zahllosen Schattierungen von Rot, Gelb, Braun, die zusammen einen bunten und trotzdem monochromen Teppich ergaben. Geigen schwangen sich auf, packten ihr Thema, variierten es, wiederholten sich. Zu kräftigen Bläserakkorden schubste Lienecke seinen eingebildeten Gefangenen nach links, an der Betonstele des Viadukts vorbei, unter der dreckigen Pipelineröhre durch, bis dorthin, wo der Prius gestanden hatte. Die Sängerin setzte wieder ein: Ihre Stimme trauerte in Mollgefilden herum, grämte sich, klagte und klagte an. Die Geigen wimmerten solidarisch, der Wind blies neue Blätter aus den Baumkronen, trieb die Blätter vor sich her, sprenkelte den halbkahlen Waldboden, deckte ihn Fleck für Fleck wieder zu. Lienecke kletterte, schob, zog, die Sängerin fand zu alter Kraft zurück und sträubte sich, sang plötzlich gegen ein unausweichliches Schicksal an, wurde noch lauter, Lienecke wechselte fließend die Rollen, jetzt war er Hoffmann, dem ein Strick um den Hals gelegt wurde, dann war er der Henker, der mit der Schlinge hantierte, dann wieder Hoffmann, das Orchester dröhnte aus sämtlichen Klangkörpern, schwoll bedrohlich an, wölbte sich, über allem flog die Frauenstimme, längst ein Geschrei, Lienecke zog die Schlinge zu und war sein eigenes Opfer, mit der rechten Hand zerrte er, sein Gesicht eine Fratze, die Sängerin kreischte.

Wegener zog die Kopfhörerstöpsel aus den Ohren. Augenblicklich war nur noch Baumrauschen zu hören.

»So weit lässt sich die Bewegung rekonstruieren.« Lienecke kam zurück zum Absperrband. »Aus der Mulde bis da hinten, zurück, den Wagen versetzt, vorgefahren, der Mann hängt, weg.«

»Hübsch machst du das.« Wegener drückte die Stopptaste des Musikspielers und wickelte die beiden Kabelenden so lange um das flache Aluminiumgehäuse, bis er die Stöpsel in dem Knäuel einklemmen konnte.

Lienecke zog den Reißverschluss seiner karierten Jacke auf. »Ich schwitz schon ohne Mord.«

»Du warst auch allein. Die waren zu zweit.«

»Die bestellen den Mann hierher, unter irgendeinem Vorwand. Eine Übergabe, ein Gespräch, was auch immer. Dann erkennt das Opfer die Gefahr und flieht, sie kriegen ihn, kurzes Gerangel, deshalb die Blutergüsse, ein Knopf vom Mantel des Opfers reißt ab und landet in Q4.«

»Wann habt ihr den Knopf gefunden?«

»Gestern. In Laub-Sack Nummer vierundzwanzig.« Lienecke zog ein Blatt Papier aus seiner Jackentasche und faltete eine Skizze auf, von Hand gezeichnet, penibel, maßstabsgetreu: ein enges Raster aus Quadraten, darauf der Waldweg, die leicht gebogene Pipeline, der Prius, Markierungen und Notizen. »Weit ist er nicht gekommen. 80 Meter.«

»War ein alter Kerl.«

»Ein alter Kerl, der in der Falle saß.«

»Sie binden ihm den Strick um den Hals«, sagte Wegener, »und kriegen ihn irgendwie dazu, sich auf das Wagendach zu stellen. Wahrscheinlich mit einer Waffe. Und dann geben sie Gas.«

Lieneckes Zeigefinger rutschte über das Quadratgitter in Richtung Mulde.

»Hier haben wir die Blätter mit dem Motoröl gefunden.«

»Können die dahingeweht worden sein?«

»Nein.« Lienecke sah von seiner Skizze auf. »Dann würden nicht mehrere Blätter mit Ölspuren auf einer Stelle landen. Wenn man von der Mulde aus eine Grade in Richtung Pipeline zieht, wo kommen wir raus?«

»Die haben sich Licht gemacht«, sagte Wegener.

»Das denke ich auch.« Lienecke wischte sich mit dem Handrücken über die feuchte Stirn. »Der Wagen stand so, dass sie mit dem Fernlicht die Röhre gekriegt haben. Vermutlich könnten wir den Standort bis auf wenige Meter eingrenzen. Bringt uns aber nichts. Kein einziger Abdruck.«

»Und auf dem Weg?«

»Trockenes Laub und betonharter Boden. Laut Meteorologie hat es hier rund drei Wochen nicht richtig geregnet.

Gibt zwar Bruchteile von Abdrücken, aber da war sie wieder, die sozialistische Einheitsbereifung. Auf den ersten Blick alles Sommer oder M&S. Dann ist auch noch der Förster drübergebrezelt. Kannst du vergessen.«

»Also haben wir nur ein paar Tropfen Öl.«

»Wir haben nichts. Phobos-Motoröl, das geschätzt sechs Millionen Mitbürger in ihre Karren füllen, ist nicht sonderlich prall.«

»Vielleicht ist es ja gar kein Phobos-Öl.«

»Martin, mach dir nichts vor. Du weißt so gut wie ich, was bei der Analyse rauskommt.«

»Ulf, du bist und bleibst eine Unke.«

Lienecke zuckte mit den Schultern. »Die Jungs haben halt aufgepasst. Und Wälder sind dankbare Tatorte. Wir gucken das Laub noch mal durch, ich würd da nur keine allzu großen Hoffnungen investieren. Entweder Jocicz kratzt ein bisschen DNA zusammen, oder du kannst für ein Geständnis beten.«

»Beten ist was für Leute, die jemand anderem die Schuld geben, wenn sie selbst versagen.« Wegener sah Lienecke in die Augen. »Jetzt mal ehrlich, was hältst du von der ganzen Sauerei? Keine verwertbaren Spuren. Und dann dieser Blödsinn mit den Schnürsenkeln und dem Strick.«

Lienecke faltete seine Skizze zusammen. »Schwer zu sagen. Das ist nicht mein erster Mord mit dürftiger Spurenlage.«

»Aber es ist dein erster Mord mit Geheimdienstsymbolik.«

»Ich find diese Altkader-Theorie gar nicht so dumm. Das klingt zwar erst mal weit hergeholt, aber ein Mord ist immer das Ergebnis von zu viel oder zu wenig Emotion. Und als Krenz 1990 mit seiner Wiederbelebung anfing und Schily rüberholte, hat das die Stasi nun mal gespalten, das ist eine Tatsache. Die Mielke-Generation musste er rauswerfen, um an die Demokratiedevisen zu kommen. Dafür hatten ein paar junge Wendehälse plötzlich ungeahnte Karrierechancen bei der Sicherheit.«

»Es verlieren jeden Tag Hunderte ihre Jobs, ohne deshalb jemanden zu strangulieren.«

Lienecke präsentierte ein bedauerndes Lächeln. »Aber nicht bei der Stasi, Martin. Das war die Elite, die hatten ein Abo auf Privilegien und Pfründe. Bei denen stand im Arbeitsvertrag, dass sie ihr Leben lang nicht auf die Fresse fallen würden. Und plötzlich kommt Achtung Krenz und setzt sie alle vor die Tür. Irgendwelche Opportunisten rücken nach, kassieren fett ab, obwohl sie nie was geleistet haben. Und die Mächtigen von gestern sind unehrenhafte Lötzsch-2-Empfänger.«

Wegener nickte. »Gut. Verstehe ich. Vielleicht haben sich die Ratten in den Wirren von 1990 gegenseitig totgebissen. Vielleicht haben sie sich dabei die Schürsenkel zusammengeknotet. Vielleicht gehört das aber auch nur zu den Wiederbelebungs-Verschwörungstheorien. Auf jeden Fall ist Hoffmann viel zu alt, um damals ein junger Quereinsteiger gewesen zu sein, der sich von Krenz und Schily ins gemachte Nest setzen ließ.«

Wegener drückte Lienecke den umwickelten Musikspieler in die Hand. »Was ist das für ein Weib in deinen Kopfhörern?«

»Lass die Weiber, frag lieber nach der Technik. Robotron Musikus M VI, 120 Gigabyte Speicherplatz. Das erste Kontingent ist schon ausverkauft. Was machen wir jetzt mit der Tatortsicherung? Aufheben?«

Wegener betrachtete das weiße Plastikband, das sich von Baumstamm zu Baumstamm in den Wald zog. »Welchen Radius haben wir im äußeren Ring?«

»800 Meter.«

»Und wann will das Ministerium die Freigabe?«

»So schnell wie möglich. Der Staatssekretär macht Druck, weil der Tatort mitten im Sperrgebiet liegt. Ich schätze, zwei Tage können wir noch rausschinden, ohne dass es richtig kracht. Andererseits wollt ihr die Ministeriumsleute ja auch vernehmen.«

»Und du meinst, die sind kooperativer, wenn wir ihnen vorher ihren geliebten Wald zurückgeben.«

»Du entscheidest. Wir waren überall. Aus dem inneren Ring haben wir 78 Säcke Laub mitgenommen. Heute Morgen wurden noch mal dreizehn Leute durchgeschickt. Finden tun wir hier nichts mehr, das verspreche ich dir.«

Wegener klickte sein Minsk an. »Halb drei. Gegen fünf kommt Richard Brendel. Lass uns den äußeren Radius noch einmal ablaufen, pro forma. Dann hab ich ein besseres Gefühl.«

»Ich werde gerne fürs Spazierengehen bezahlt«, sagte Lienecke, drehte sich um und stiefelte los.

Wegener zurrte seinen Schal fest, knotete die Enden zusammen und holte die schwarzen Handschuhe aus den Manteltaschen, eins der Karolina-Geschenke, die nur deshalb nie kaputtgingen, damit sie ihn permanent an das gnadenlose Damals erinnern konnten. In Beziehungen kein Leder schenken, dachte Wegener, Leder überlebt jede Liebe, stattdessen am besten nur Sachen mit überschaubarem Verfallsdatum, Fleisch, Fisch, Butter, Eier, Milch, das sind schöne Überraschungen zu Geburtstagen, Jahrestagen und Hochzeitstagen, Blumen gehen vielleicht auch noch, aber keine, die sich für Trockensträuße eignen. Geschenke aus Stein, Holz, Metall, Glas, Porzellan, Horn und Häuten strikt ablehnen, auf nichts ist so viel Verlass wie auf's Verlassenwerden und plötzlich wird dieses

Zeug zum Folterwerkzeug, das täglich sein Sprüchlein aufsagt: Guck mal, ich bin immer noch da, aber das war's dann auch.

Lienecke hatte schon fünfzig Meter Vorsprung, zielstrebig stapfte der karierte Rücken mit dem gesenkten Kopf und den hellen Hosenbeinen nach Südosten, verschwand für ein paar Sekunden hinter Baumstämmen, erschien wieder, drehte sich nicht um. Wegener wollte aufholen und konnte nicht. Er watete durch eine raschelnde Laubwolke. Seine Schuhe bewegten sich irgendwo unter dem Gelbbraun wie gleichgeschaltete Maulwürfe, lösten mit jedem Schritt eine Eruption aus, die sich bis an die Oberfläche trug, zwei hart arbeitende Untergrundkämpfer, Mission Stadtforstdurchquerung im Superherbst. Wegener wich moosigen Stümpfen und abgebrochenen Ästen aus, hatte das Gefühl, immer tiefer einzusinken, bald bis zur Hüfte in dieser Knisterschicht zu stecken, langsamer Untergang, kein fester Boden unter den Füßen, nur gelber Rascheltteppich und dunkle Stämme, die den Horizont verstellten.

Ein einsamer Vogel meckerte auf seinem Baum.

Wegener drehte sich um. Lieneckes Spurensicherungs-Phobos und die Pipeline waren verschwunden. Immer tiefer führte das Flatterband in die Waldeinsamkeit, in der Lieneckes vierschrötig-karierte Gestalt in der Ferne längst zu einem mystischen Schottenzwerg geworden war, der unbeirrt seiner Bahn folgte. Immer an der weißen Absperrung entlang, von Eiche zu Eiche zu Eiche, die dem blauen Himmel allesamt vorwurfsvoll ihre gerupften Äste hinstreckten, immer noch hielten letzte Blätter an den Zweigen durch, wollten sich nicht aus ihrer Heimathöhe vertreiben lassen, krallten sich stur an die Rinde.

Vor Wegener hob und senkte sich der leuchtende Boden in sanften Wellen, die ihm das Gefühl gaben, über Wasser gehen zu können. Die Situation kam ihm ähnlich unwirklich vor, wie die Besprechung vorhin am Werderschen Markt, seine Unterhaltung mit Steinkühler, der bislang nur ein Name gewesen war, ein Stasigespenst, das man niemals zu sehen bekam, einer der Männer, von denen man sich fragte, was sie taten, wenn sie sich morgens an ihren Schreibtisch setzten, sofern es sie und ihren Schreibtisch überhaupt gab. Diese Gesprächsrunde war nichts anderes als ein Minenfeld gewesen, die Gold-Mine Steinkühler und ihr Kugelkopfkompagnon Münzer hatten alle anderen längst angezapft, verkabelt, programmiert, die ganze Anzugträger-Riege, lauter Stasi-Statisten, die selbst im Dunkeln gelassen wurden, von denen kein Einziger die Wahrheit kannte, die nur eine kleine Info-Vorspeise bekommen hatte, alle wirklich wichtigen Sätze fielen nicht im Weltsaal, sondern hinter gepolsterten Bürotüren, unter vier, höchstens sechs Augen, Ohren, Arschbacken. Und bei Steinkühler lief alles zusammen. Oder: Selbst Steinkühler war nur eine Marionette, die nicht alles wusste. Diese republikweite Geheimnisverwaltung musste für Menschen wie Krenz und Schily unglaublich anstrengend sein. Die hatten ja nur mit Leuten zu tun, die weniger wussten als sie. Die mussten den Überblick behalten, wer was wusste. Und wer wusste, was andere wussten. Und wer wusste, was andere nicht wussten. Ein Informationslabyrinth. Konnte Krenz sicher sein, dass Schily ihn nicht überwachte? Konnte Schily davon ausgehen, dass Steinkühler ihn nicht im Auftrag von Krenz abhörte? Gab es in diesem Land irgendwen, der nicht von jemand anderem beobachtet wurde?

Eins ist sicher, dachte Wegener, von mir wissen sie alles. Mit wem ich Currywurst esse, mit wem ich nicht mehr schlafe, was mein Schwanz und ich unter der Dusche tun. Die Anzahl der Kinobesuche, Reifenwechsel, Klostein-Käufe,

Altglasflaschen, Hämorrhoiden. Wegener merkte, dass ihm das mittlerweile egal war. Vermutlich fand man sich irgendwann damit ab, dass man von Menschen gekannt wurde, die man selbst nicht kannte. Dass man im Grunde ein Prominentendasein führte. Und vielleicht war diese ganze Fremdwisserei auch gar nicht so dramatisch, wenn man nur aufhörte, nach Beweisen dafür zu suchen, dass die Stasi einen Freund entführt und vielleicht sogar umgebracht hatte. Wenn also nichts zu befürchten wäre als die geheime Öffentlichkeit des Privaten. In Westdeutschland ließen sich Fernsehsternchen in den Urwald sperren, beim Bumsen filmen, das Proletariat bekam einen Container, alle Jugendlichen stellten ihre Fotos ins Netz, ihre selbst gedrehten Pornos, die allabendliche, grobkörnige Onanie. Am Flughafen zogen Scanner die Reisenden aus, das komplette Land wurde mit Kameras überwacht, jedes Taxi, jede U-Bahn, jeder Marktplatz. Überall steigerte man die Staatssicherheit, nicht nur in der DDR. Überall wurde hemmungslos observiert, zugeschaut, registriert, mal ganz offiziell, mal ganz inoffiziell. Menschen haben immer eine exhibitionistische und eine voyeuristische Ader besessen, dachte Wegener, jetzt können sie beide lustvoll ausleben. Die einen unter dem Diktat des Sozialismus, die anderen unter dem Diktat ihrer technischen Möglichkeiten.

Er stellte sich Steinkühler vor. Der saß jetzt hoch über Ostberlin in seinem Sessel. Vor einer Mauer aus Monitoren. Auf allen Bildschirmen flimmerte ein Spaziergänger, von schräg oben satellitengefilmt, manchmal ein bisschen vom Astgewirr verdeckt, trotzdem stets sichtbar, weil von drei Linsen gleichzeitig ins Visier genommen. Sämtliche Bildschirme strahlten laubgelb, tauchten Steinkühlers graue Bürolandschaft in ein sonniges Licht, ließen sein Gesicht leicht gebräunt erscheinen, machten einen Rügen-Urlauber aus ihm, mittags am Strand, Kaiserwetter, die Kronen blitzen golden wie nie. Steinkühler wirft keinen Schatten. Steinkühler sitzt stumm vor seiner Wand voller Wegeners und Wald und betrachtet die dunkle Figur, die sich durch den Blätterteppich kämpft, eintöniges Programm, dessen Ende längst bekannt ist, deshalb stutzt Steinkühler auch nicht, als die Gestalt auf seinen Bildschirmen plötzlich mit dem linken Fuß hängen bleibt, mit den Armen rudert, Wurzel-Stolperfallen, mit denen man rechnen muss, die überall lauern, der Stürzende kann im Umkippen nur noch die Hände vors Gesicht reißen, dann schlägt er schon der Länge nach ins Laub.

Kein Schmerz, nur ein Rascheln. Feuchtigkeit und schlagartig der Geruch von Erde und Fäulnis. Nichts schmerzte. Wegener öffnete die Augen. Direkt vor seinem Gesicht ein großer, rotbrauner Farbfleck. Feine Adern liefen in exakten Parallelen zu den dunklen, rissigen Blattenden. Der modrige Geruch wurde intensiver. Etwas Feuchtes klebte an seiner Wange. Wegener sog Luft ein, sah wieder Hoffmanns Hals vor sich, das gestreckte weiße Fleisch mit der violetten Seilkerbe, die filzigen Haare, dahinter Joczs eckiges Gesicht, seine gelblichen Gummifinger, die acht Törns, die schäbigen Hoffmannschuhe, dicht beieinander, von einer Schleife zum hängenden Hackenzusammen vereint. In diesen Bildern gab es nichts zu entdecken, nichts, was eine Erkenntnis auslöste, nichts, was weiterführte. Schleife, Seil, Öltropfen, das waren Tatsachen, denen Lienecke mit etwas Glück ein paar weitere, unwesentliche Tatsachen abtrotzen konnte, aber kein Motiv, kein Indiz, das zu einem Namen führte oder zu einer Adresse. Diese Dinge würden ins Leere laufen, waren platziert, gestellt, ausgedacht, die ganze Nummer ein professioneller Job von Männern, die exakt wussten, was sie taten. Und diese Männer waren schwer zu finden. Wegener fragte sich, wie Früchtl diese skurrile Lage einschätzen würde, einen Mord nach Stasirache-Ratgeber von 1989, einen General-oberst Steinkühler als Zeugen, einen importierten Star-Er-mittler Brendel als Aufpasser. Früchtl hätte sich erst mal ein Hacksteak bestellt, mit drei Spiegeleiern und Pommes-Mayo, alles in sich hineingeschlungen und dann vermutlich wie im-mer zu Misstrauen geraten. Zu Misstrauen gegenüber Stein-kühler, Münzer, Kallweit, Borgs, Lienecke, Brendel.

Wegener war klar, dass er in eine Sache reingezogen wurde, in der alle bessere Karten hatten als er, in der jeder ausrei-chend Hintertüren und Sündenböcke besaß, jeder bis auf ihn. Brendel war unantastbar. Steinkühler und Münzer wussten Dinge, die sie schützen würden. Kallweit konnte Borgs ver-antwortlich machen. Borgs würde den Mist im Ernstfall eine Stufe weiter nach unten kehren. Und auf dieser Stufe stand, hockte, lag Hauptmann Hängebacke im Knisterlaub, die Vergänglichkeit alles Irdischen in der Nase.

Natürlich würde ich erst mal ein Hacksteak bestellen, sagte die Früchtlstimme, mit drei Spiegeleiern und Pommes-Mayo, und alles in mich hineinschlingen. Natürlich würde ich zu Misstrauen raten. Und natürlich haben sie dich mit diesem Job gefickt, Martin, wer will schon in eine Sonderermittlung reingezogen werden, bei der man Riesenärger bekommt, wenn man was herausfindet, und Riesenärger bekommt, wenn man nichts herausfindet. Aber denk dran, es kann auch schön sein, gefickt zu werden, selbst wenn es dein eigener Staat ist, der dich gegen deinen Willen bedient, denn alles, was dir im Leben widerfährt, ist gleichermaßen Nachteil und Vorteil, auch bei Vergewaltigungen kommt es nur darauf an, sie genießen zu können. Immerhin hat man mal wieder Sex. Und Ruhe gibst du doch eh keine, sagte Früchtl, hast immer nur so getan, als wärst du drüber weg, über mich, über uns, über die ganze Scheiße, dann sei wenigstens ehrlich und nutz diese Angelegenheit, finde heraus, was du schon immer wissen wolltest, näher warst du noch nie an der Wahrheit, und wer weiß, vielleicht führt dich das alles am Ende zu mir.

Nichts führt zu dir, sagte Wegener, wenn man dich sucht, rennt man vor gläserne Wände, beißt auf Granit, kollidiert mit Mauern aus verhärtetem Schweigen, ich weiß nicht, was sie mit dir angestellt haben, aber eins muss man ihnen lassen, sie haben es gründlich getan. Diktaturen machen müde, Josef, wahrscheinlich macht nichts so müde wie Diktaturen, ehrlich, man verliert auch die letzte Lust, überhaupt noch aufzustehen. Man will nur noch liegen bleiben. Denn wer liegt, Josef, kann nicht mehr umgeworfen werden.

Wegener hatte nicht das Gefühl, dass Früchtl ihm zuhörte.

Sein Minsk klingelte. Er wälzte sich auf den Rücken, die Manteltasche war leer. Der Ton kam aus dem Laubteppich. Er tastete nach dem Gebimmel, hatte erst einen Stein in der Hand und dann das Telefon: *Karolina Büro ruft an.*

»Am Apparat.« Wegener ließ sich ins Laub zurücksinken.

»Ich bin gerade zu Braun zitiert worden.«

»Das kommt davon, wenn du über seinen Gedichten einschläfst.«

»Zu Dr. Hans-Jörg Braun. Meinem Referatsleiter.«

»Ich nehme an ...«

»Man hat mich über unser Verhältnis ausgequetscht, Martin!«

»Du hast ein Verhältnis mit deinem Referatsleiter?«

»Über *unser* Verhältnis, ach, du bist ein ...«

»Wir haben wieder ein Verhältnis! Na endlich!«

»... ein dämlicher Saftarsch!« Karolina musste lachen.

»Keine Ahnung, was ein Saftarsch sein soll.«

»Dann guck in den Spiegel.«

Ihr hört zu, dachte Wegener. Steinkühler vor seiner Monitor-Wand. Laubgelb lächelnd. Ein Headset auf dem Kopf. Die Finger wandern über eine Nanotchev-Tastatur. Das Stimmkurven-Gebirge wächst und fällt als digitales Diagramm. Live-Mitschnitt.

»Warum ich Besuch von der Polizei bekomme, warum das ein Besuch mit Dienstausweis ist. Ich hab ihm gesagt, du hättest dir einen Spaß gemacht, die spinnen alle bei uns wegen der Konsultationen und …«

»Nicht am Telefon.«

»Was?«

»Nicht am Telefon.«

»Wieso nicht am Telefon? Wo bist du eigentlich?«

»Ich liege am Müggelsee im Wald. Solltest du auch mal machen, entspannt.«

»Du verarschst mich.«

»Ich meld mich bei dir, ok?«

»Ok. Und wenn du hier das nächste Mal aufkreuzt, lass den Dienstausweis stecken.«

»Sonst?«

Es piepste. Aufgelegt.

Wegener atmete aus. Oben krochen helle Wolken über eine graue Fläche, davor hing schwarzes Astgitter. Der Modergeruch war schwächer geworden. Jetzt kam Pilzduft hinzu. Stinkmorchel. Dann leuchtete das Minsk-Display, *Karolina Enders hat Ihnen eine TNT geschickt: Sonst lass ich dir das Gas abstellen. K.*

Wegener klickte auf *Antwort-Auswahl: Ich kontaktiere Sie, sobald ich aus dem Urlaub zurück bin* und dann auf *Senden.*

Lieneckes Gesicht erschien am Himmel.

»Keine Kondition, Herr Hauptmann?«

Wegener streckte die Hand aus. »Woher denn, als Single?«

»Daran bist du selbst schuld«, sagte Lienecke, »also keine Beschwerden. Die Staatsführung vertraut dir die Zukunft des Heiligen Landes an, aber der Herr kippt gleich um.«

Wegener ließ sich hochziehen und klopfte den halben Wald von seinem Mantel. Lienecke setzte sich wieder in Bewegung. »Ich kann immer noch nicht glauben, dass du mit Steinkühler gesprochen hast. Oder wenigstens mit einem seiner Doppelgänger.«

»Wenn keiner weiß, wie du aussiehst, brauchst du keine Doppelgänger.«

»Wieder was gespart.«

»Noch weit?«

»Die Hälfte haben wir.«

Fünfzehn Minuten blieben sie stumm hintereinander, verfolgten stur das Flatterband, kamen sich vor wie zwei degenerierte Pferde, die sich nicht trauten, von ihrer lächerlich plastikumzäunten Weide zu fliehen, sahen keine Spuren, keine Beweismittel, keine Chance, hier noch irgendetwas zu erreichen. Dann näherten sie sich dem Forstweg von der anderen Seite, der Phobos tauchte auf, die dreckige Pipelineröhre erschien, sie standen genau da, wo sie losgelaufen waren.

»Wir drehen uns im Kreis«, sagte Lienecke.

»Aber immerhin wissen wir, dass wir uns im Kreis drehen.« Wegener lehnte sich an einen Eichenstamm. Er spürte die gleiche Müdigkeitswelle wie gestern und vorgestern. Ein Kübel dickflüssiger Erschöpfung ergoss sich über seinen Kopf, kleisterte ihn zu, klebte schwer an allen Gliedern. Er sah schon den ausgeschlafenen, knusprigen Richard Brendel vor sich. Einen Solariums-Bullen, der morgens joggte und abends durchhielt. Einen Salatfritzen, dessen Frau im

KaDeWe ihren Bio-Wahn auslebte und nach drei Tagen ohne Sushi Komplexe bekam. Wegener stellte sich Brendel hellwach vor. Schlaflos und schlafunabhängig. Sonst wurde man nicht Leiter der ständigen Sonderkommission Westberlins, oberster Feuerwehrmann des größten Rattenlochs der Republik. Immerhin, Mut hatte der Kerl. Im Osten ohne reelle Befugnisse eine hochpolitische Ermittlung zu begleiten, das war wildeste Profilierungssucht oder ein Faible für echte Herausforderungen.

»Wenn du die Stasi wärst«, sagte Wegener.

Lienecke staunte. »Und?«

»Und du müsstest unbedingt jemanden loswerden, auf die Schnelle. Was würdest du tun?«

»Damit ich nicht erwischt werde?«

»Ja.«

»Ich würde es so machen, dass niemand ernsthaft glauben kann, ich hätte es getan.«

»Und wie machst du das?«

»Indem alles danach aussieht, als ob ich es getan hätte.«

Wegener nickte. »Genau so würde ich es auch machen.«

8

Hoffmanns Professorengehirn war ein grauweißer Klumpen in einer ovalen Metallschale. Feine Furchen zogen sich durch die feste Masse und ergaben in ihrer Unregelmäßigkeit ein regelmäßiges Muster. Wegener musste an die ersten und einzigen Jakobsmuscheln seines Lebens denken, auf einem Neujahrsempfang für Polizeiführungskräfte, ausgerichtet vom Oberbürgermeister anlässlich der erstmaligen Erfüllung der kriminalstatistischen Zielvorgaben. Borgs hatte ihm seine persönliche Einladung vermacht, weil Borgs mit der traditionellen Borgs-Grippe im Bett lag, und gesagt, wenn vom Morddezernat niemand erschiene, fräße die Sitte wieder das ganze Kasseler weg, und das sei, weil aus dem »Molotow« geliefert, von jedem Verdacht der minderen Qualität freigesprochen, also unschuldig. Und unschuldiges Fleisch dürfe sich kein Mann entgehen lassen.

Die »Molotow«-Mädchen servierten die Jakobsmuscheln in Jakobsmuschelschalenhälften, in Butter gebraten, mit Zitrone, Salz und Pfeffer gewürzt, dazu Sellerie-Mascarpone-Püree, Birnen-Mango-Chutney, krosse Speck-Chips. Wegener hatte zum ersten Mal in seinem Leben über die kulinarischen Dimensionen einer Republikflucht nachgedacht. Dass es auf der Erde essbare Dinge gab, die einem in bestimmten Gebieten der Welt vorenthalten wurden, und dass man in den Vorenthaltungs-Gebieten wusste, dass diese essbaren Dinge in anderen Gebieten der Welt im Überfluss vorhanden waren – erst diese Konstellation machte die DDR-Bürger zu Tieren. Zu niederen Lebewesen in Käfighaltung, die auf Futter angewiesen waren, das man ihnen durch die Gitterstäbe des eisernen Vorhangs zuwarf. Und Jakobsmuscheln, Sellerie-Mascarpone-Püree, Birnen-Mango-Chutney oder krosse Speckchips gehörten normalerweise nicht zum Speiseplan des sozialistischen Zoos.

Wegener hatte vor diesem Neujahrsempfang noch nie mit einer Frau angebändelt, um an ihre Muscheln zu kommen. Die junge, dunkle *Molotow*-Nymphe mit den kugelrunden, hochgeschnürten Brustbällen musste ihm den immensen Appetit angesehen haben, denn sie war bei jeder Runde durch den Rathaussaal ungefragt an seinem Stehtisch erschienen, hatte lächelnd einen Teller abgeliefert, erst die komplette Portion plus Beilagen, dann nur noch Muschelfleisch in Schalen, dann nur noch Muschelfleisch, eine stolze, mästende Kindfrau, die Mandelaugen voller Sex und Spott, der Wettbewerb lief längst, das Duell mit dem eigenen Magen, wie viele Portionen schaffte er noch, und bei der elften, wirklich allerletzten, ihre unvermeidliche Frage: Wo wollen Sie eigentlich hin mit dem ganzen Eiweiß?

Muschel-Magdalena. »Molotow«-Magdalena. Mandelaugen-Magdalena. Mast-Magdalena. Mit einem Blick, der mühelos durch Textilien drang, der den gestopften Kerlkörper abtastete, die Rundungen nachzeichnete, bis in den Darm sah, wo die Muschelproteine gerade verdaut, zersetzt, zur Manneskraft verarbeitet wurden, übrigens, Herr Hauptmann, schon drei Stunden später abrufbar. Dieses Mädchen mochte satte Helden. Wegener merkte, dass er Mädchen mochte, die satte Helden mochten. An diesem Abend war ihm eine Paradiesahnung gekommen: Magdalenas Blicke, ein nie endendes Küchentürenklappen, der Überfluss an Alkohol, Brüsten, Fett, neben ihm hatten die Abteilungsleiter der Dezernate gefressen wie wandelnde Verdauungsorgane, zu Tarnzwecken im vollen Ornat angetreten, das Kasseler der Vorjahre war zartestem Tafelspitz und milder Meerrettichsahnesoße gewichen, die uniformierten Mägen hatten ihre Rindfleischscheiben mit Gabel und Messer in breite Stücke gerissen, statt sie zu zerschneiden, die Stücke mehrfach durch die sämige Soße geschleift, ihre Köpfe tief über das Meissner Bürgermeisterporzellan gebeugt, um auf dem Weg zum Maul möglichst keinen Sahnetropfen zu verlieren, um sich sämtliche Gratiskalorien einzuverleiben, auf Vorrat zu fressen, auf Vorrat zu genießen und so wenig wie möglich anderen zu überlassen. Später, beim *gemütlichen Teil*, hatte Wegener auf einem der ganz und gar ungemütlichen Stühle gehangen, einen Solotov-Wodka nach dem anderen hinterkippend, mit dem guten Gefühl im Bauch, mehr als ein halbes Jahrhundert Jakobsmuschellosigkeit in knapp zwei Stunden wettgemacht zu haben, mit dem guten Gefühl im Schritt, mehr als vier Jahre Monogamie in naher Zukunft stundenlang wettzumachen, mit dem guten Gefühl im Kopf, vor lauter Wodka nicht an Karolina denken zu müssen, denn beim Neujahrsempfang erschienen alle Polizeimägen *ohne Begleitperson*, saßen dumpf auf ihren Stühlen, rülpsend, Curaçao Edellikör saufend und den ganzen Abend damit beschäftigt, sich Rindfleischfasern aus dem Gebiss zu pulen. *Sie sind die einzigen Männer Berlins, bei denen erst die Moral und dann das Fressen kommt*, hatte Oberbürgermeister Modrow verkündet und trägen, unironischen Applaus geerntet. Drei Jahre lag das zurück, und immer noch schmeckte die Erinnerung an die festen Muschelzylinder so nussig, dass ein abgewogenes Professorenhirn sie in Sekundenschnelle wachküssen konnte. Den Zustand eines Staates anhand des Essverhaltens seiner

Polizei zu bewerten, das hatte Wegener damals für eine kluge Formel gehalten, und er tat es heute noch.

»Wunderschön, oder?« Jocicz klang, als rede er von einer Frau.

Lienecke nickte halbherzig.

Wegener ließ seinen Blick durch das alte Pumpengebäude wandern. Der Raum hatte vier Meter hohe Ziegelwände und einen gut erhaltenen Kachelboden. Langgezogene schmiedeeiserne Sprossenfenster schnitten das letzte Tageslicht in graue Quadrate. Unter den Fenstern alte Trafokästen, neben den beiden Seziertischen zwei riesige schwarz lackierte Maschinenmonster mit gewaltigen Motorblöcken, aus denen dicke und dünne Rohre wie eiserne Tentakel in Boden und Wände wuchsen. Hinter den Pumpen schimmerten die Metallgehäuse meterlanger Schalttafeln mit unzähligen Reihen von Knöpfen, Lampen, Reglern. Wegener wurde diese Kulisse zum Inneren eines Raumschiffs, zu einer Mischung aus Kommandozentrale, Maschinenraum und Krankenstation des antiken, sozialistischen Sternenkreuzers *Walter Ulbricht*. Jocicz in seinem weißen Kittel der Bordarzt, auf der blanken Metallplatte eines der Aliens, das in der Schlacht um Köpenick gefallen war: ein magerer, blasser Körper mit violetter Blutergusshalskette und aufgeklapptem Brustkorb, ausgeräumt von Kehlkopf bis Schambein, mit einem zerknautschten Gesicht, das vom blanken Schädel gekrempelt worden war wie eine rutschende, hautfarbene Socke, so dass die Hakennase jetzt an der eigenen freigelegten Luftröhre zu riechen schien.

»Vor vier Jahren sollte das eine Notlösung sein«, sagte Jocicz und folgte Wegeners Blick durch die Maschinenhalle. »Seitdem bauen sie in Schönhausen rum, und mittlerweile sieht's da schlimmer aus als vorher. Dieser Schatz hier war

1901 das modernste Pumpenwerk Europas. So was haben wir mal hingekriegt. Jetzt ist es eine Behelfspathologie.«

»Aber vermutlich die atmosphärisch gelungenste Behelfspathologie der Sozialistischen Union«, sagte Lienecke.

»Atmosphärisch und olfaktorisch.« Jocicz nickte. »Egal, wie viel Formalin Sie hier drin verschütten, man riecht trotzdem noch Pumpenöl und Pumpenfett.«

Wegener schnupperte. Jocicz hatte Recht. Die *Walter Ulbricht* duftete durch den beißenden Formalingestank ein bisschen nach untergegangenen Zeitaltern, nach schnurrbärtigen Ingenieuren, goldgelbem Schmierstoff, dreckigen Baumwolllappen, Diesel und handgemachter, gusseiserner Technik. Es konnte nur eine Frage von Minuten sein, bis der Oberkommandierende den Raum betrat, zufrieden das ausgenommene Alien begutachtete, ein paar entscheidende Kippschalter umlegte und den Abflug in die Tiefen des Kosmos befahl, um die darbenden, arbeits- und bauernfähigen extraterrestrischen Kulturen mit der Planwirtschaft zu beglücken.

»Das Leben in der DDR kann spannend sein, was, Herr Hauptmann?« Jocicz zwinkerte. »Jetzt stehen Sie in einem Pumpenhaus neben einer Leiche und warten auf den West-Supermann.«

Wegener drehte sich um. »Kennen Sie Brendel?«

Jocicz schüttelte den Kopf. »Nie gesehen, nie gehört. Scheint aber nebenan eine Nummer zu sein.«

»Scheint«, sagte Wegener. »Mehr weiß keiner.«

»Nur für das weitere Verfahren …« Jocicz rückte einen Beistellwagen mit Sezierbesteck gerade. »Leiten Sie diese Ermittlung, ich meine operativ, oder macht das ab jetzt unser Neuzugang?«

Wegener sah Jocicz an. »Würden Sie sich mir gegenüber

anders verhalten, wenn ich diese Ermittlung in fünf Minuten nicht mehr leite, Herr Doktor?«

Jocicz überlegte kurz und lächelte eckig. »Vermutlich sollte man auf so eine Frage nicht antworten.«

»Vermutlich nicht. Bis auf Weiteres leiten Herr Brendel und ich diese Ermittlung gemeinsam. Wenn sich daran etwas ändert, werden wir Sie informieren.«

Zwei grelle Lichtflecken wischten über die Sprossenfenster und warfen für eine Sekunde verzerrte weiße Vierecke an die alten Ziegel.

»Es geht los«, sagte Lienecke.

Draußen knirschten Reifen im Kies, mehr war nicht zu hören. Kein Motorbrummen, kein Knattern, kein Röhren. Lienecke kletterte auf einen der alten Trafokästen.

»Was zu sehen?« Jocicz hatte die Idee mit den Trafokästen offenbar auch gehabt und wollte jetzt nicht Zweiter sein.

»Mercedes S 600«, sagte Lienecke und versuchte gar nicht erst, die Ehrfurcht in seiner Stimme zu verstecken. »Man kann von den Kapitalisten halten, was man will, aber Beinfreiheit haben sie.«

Wortlos stieg Jocicz neben Lienecke auf den Kasten. Wegener zögerte, dann kletterte er auch.

Im Hof stand ein glänzender schwarzer Panzer. Zwei scharf geschnittene Dreiecke aus gleißendem Glas als Scheinwerfer. Die lang gestreckten Flanken der Limousine schimmerten metallisch, der Mercedesstern über dem gewaltigen Kühlergrill funkelte. Hinter den dunklen Scheiben war niemand zu sehen.

»Viel Spaß mit unserer Schlaglochkollektion«, sagte Wegener.

»Luftfederung«, raunte Lienecke, »Infrarot-Nachtsichtassistent, 120 Meter Sichtweite, Pre-Safe, Distronic-Plus mit

Nahbereichsradar, Müdigkeitserkennung, 272 PS. Und man hört nichts. Überhaupt nichts.«

»Du erstaunst mich immer wieder.«

»Geh mal auf *su.gruenvorneid.ddr.*«

»Wäre was für die Sicherheit, so ein Schlitten«, sagte Jocicz.

»Ich glaube, die reisen lieber unauffällig.« Wegener kletterte vom Trafokasten. »Ulf, wenn der Brendel dich so am Fenster kleben sieht, lässt er dich morgen den Wagen waschen.«

»Und weißt du was?« Lienecke starrte weiter nach draußen. »Ich würde es tun. Stundenlang. Inklusive Innenreinigung.«

»Ich auch.« Jocicz sprang auf den Kachelfußboden und postierte sich am Seziertisch. Offenbar fühlte er sich in der Nähe seiner Leiche sicherer. »Wenn ich dafür mal fahren dürfte.«

»Das kann doch nicht sein, dass bei denen jeder Sokochef so eine Bonzenkarre hat!« Lienecke drehte sich um und breitet hilflos die Arme aus. »Was sollen denn dann die Bonzen fahren?«

»Guck dir das Kennzeichen an«, sagte Wegener, »B – GS 38. Das ist ein Wagen vom Bundesgrenzschutz.«

»B – GS 38«, äffte Lienecke nach, »das ist *Brendels grenzübergreifendes Superermittlungsmobil*! Warum soll denn der Bundesgrenzschutz S-Klassen kaufen?«

»Warum leckt sich die Artistin die Muschi?«

»Sag es mir.«

»Weil sie es kann.«

Draußen schmatzten nacheinander vier Autotüren ins Schloss. Kiesschritte. Eine Männerstimme lachte gedämpft. Borgs, dachte Wegener, der große Schweiger. Lachen kann er ab und zu, denn Lachen ist inhaltslos. Unverbindlich. Wenn die Angelegenheit Hoffmann schiefläuft, wenn das richtig danebengeht, dann kann es sein, dass auch Borgs irgendwann den Mund aufmachen muss. Aber nicht um zu lachen.

Als sich die schwere Holztür mit leichtem Quietschen öffnete und Kallweits Wichtiggesicht freilegte, lehnte Lienecke schon wieder lässig an einer der Pumpen und sah aus, als hätten ihn Autos noch nie interessiert. Jocicz stand am Seziertisch stramm.

»Meine Herren – wir haben Verstärkung bekommen.« Kallweit machte eine Handbewegung wie der Quizmoderator der *Kollektivgewinn-Gala*, wenn er den wöchentlichen Hauptpreis enthüllte, einen neuen Phobos Flux GL II mit elektrischem Phenoplastverdeck in Florena-Blau.

Hinter Kallweit kam Borgs, nickte stumm in die Runde, dann erschien ein großgewachsener, schlanker Mann mit grauen Haaren. Schönling, dachte Wegener, ein paar Jahre älter als ich, trotzdem mehrere Kategorien besseraussehend, Kommissarsschauspieler, einer, aus dem was wird, weil er so aussieht, als müsse was aus ihm werden. Der Schlanke sondierte. Ein Blick aus hellblauen Augen schwenkte durch den Raum, pendelte in aller Ruhe von Lienecke zu Jocicz zu Wegener zur Leiche und wieder zurück. Nicht freundlich, nicht unfreundlich.

Obwohl Wegener seit dreiundzwanzig Jahren nackte Tote in der Gerichtsmedizin liegen sah, kam ihm der bleiche, aufgesägte Hoffmann plötzlich entwürdigt vor. Als gehöre Brendel einer anderen Lebensform an. Als sei es grober Verrat, dieser anderen Lebensform einen der eigenen Männer so bleich und aufgesägt zu präsentieren. Dabei kam Hoffmann ja aus Heidelberg. War also einer von denen. Wegeners Blick streifte die spitzen Hüftknochen, den schrumpeligen Penis, der wie ein verendeter Nacktmull in seinem Nest aus grauem Schamhaar lag, die längliche Vorhaut, die sich vorn zu einem farblosen, fleischigen Knoten verdickte.

»Richard Brendel«, sagte der Schlanke, ging mit großen Schritten in Richtung Seziertisch und wurde sofort zum Eroberer, zum Initiator, zu einem Guterzogenen, der den Anfang gemacht hatte, während alle anderen stehen geblieben waren, statt ihren Gast zu begrüßen. Null zu eins.

Gerade erst angepfiffen und schon liegt der Westen vorne, dachte Wegener und fragte sich, ob Jocicz immer noch so kräftig zudrückte wie vorgestern oder ob dieser Kraftaufwand für die ostdeutschen Kollegen reserviert war. Bevor Brendel ihn erreichte, kam sein Eau de Toilette an. Schwerer, süßer Duft, der irgendwas von Bonbons hatte. Eine Lakritznote. Ein bisschen Rose. Ein bisschen Brausepulver. Wegener merkte gleichzeitig, dass er diesen Duft mochte und dass es ihn ärgerte, dass er diesen Duft mochte. Dann griffen die Hände ineinander, ein normaler, fester Druck, ein kurzer Blick in die Blauaugen. Brendels Mund lächelte ein feines Lächeln. Oder der Mund war so geformt, dass er aus der Nähe fein lächelnd wirkte. Zu dem Besitzer dieses Mundes musste man aufsehen. Eins fünfundachtzig mindestens, vielleicht eins neunzig. Die Gesichtszüge eine gutaussehende Festung, hinter der alles Mögliche stecken konnte. Der Kapitalismus hatte nicht nur mehr Beinfreiheit, er roch auch besser.

Der zweite Mann, der jetzt händeschüttelnd die Runde machte, sah aus wie ein intellektueller Schläger. Kräftiger Körper, geschorene Glatze, randlose Brille. Kein feines Lächeln, sondern ausdrucksloser Ernst. Oder eine Spur Herablassung. Oder, dachte Wegener, man deutet die Herablassung nur in so ein Westgesicht hinein, weil man sie genau dort erwartet.

»Regierungsrat Doktor Christian Kayser, unser Verbindungsmann beim Bundesnachrichtendienst«, sagte Brendel. Kayser blieb so regungslos, als müsse er sich noch selbst an seinen Titel gewöhnen. In der randlosen Brille spiegelten sich die Strahler des Seziertisches.

Das ist er also, dachte Wegener, der zweihunderteinundfünfzigste BND-Mann in der Deutschen Demokratischen Republik.

Kallweit stolzierte in die Mitte des Raumes. Ein Gockel, der sich ab sofort an seinem eigenen Pathos berauschen würde.

»Meine Herren, außergewöhnliche Umstände haben immer schon außergewöhnliche Maßnahmen erfordert.« Kallweit machte ein konzentriertes Gesicht, das so tat, als habe er nicht schon stundenlang über seine Ansprache nachgedacht. »Das hier ist sicherlich die außergewöhnlichste Maßnahme meiner Amtszeit. Aber sie ist nicht nur von unserem Staatsratsvorsitzenden und vom Kanzleramt in Bonn einvernehmlich gewünscht und somit die erste polizeiliche Ermittlung in der Geschichte unserer beiden Staaten, in deren Verlauf westdeutsche Beamte eigenständig auf dem Gebiet der DDR arbeiten können, sondern sie ist, das haben wir sicher mittlerweile alle erkannt, von größter politischer Tragweite. Der Ausgang dieser Angelegenheit kann den Verlauf der deutsch-deutschen Konsultationen beeinflussen, und er kann im schlimmsten Fall gravierende wirtschaftliche Nachteile für die DDR mit sich bringen – und für die BRD.«

Kallweit sah zu dem Toten, die Blicke der anderen folgten.

Da liegt er, unser Verursacher der gravierenden wirtschaftlichen Nachteile für DDR und BRD, dachte Wegener, ein kaltes Klappergestell mit ausgelagertem Hirnklumpen. Was in diesem Klumpen einmal vor sich gegangen ist, kann die Geschichte ändern. Oder hat sie längst geändert. Und jetzt entwickeln sich die Dinge.

»Ich möchte also auch im Namen von Minister Schily und Generaloberst Steinkühler, die in dieser Stunde den Staatsratsvorsitzenden Krenz über die weiteren Schritte informieren, darauf hinweisen, dass wir in der bevorstehenden Operation quasi gesamtdeutsche Interessen vertreten.« Kallweit drückte den Rücken durch. Ein kleiner Bauch wölbte sich unter dem langen, schwarzen Mantel. »Westdeutschland ist auf das russische Gas angewiesen, wir sind auf die Transitgebühren angewiesen. So einfach ist das. Wir haben jetzt dafür zu sorgen, dass die entsprechenden Verträge gemacht werden können. Kollege Wegener, Kollege Brendel – bitte.«

Brendel machte eine Geste in Richtung Wegener, als erteile er ihm das Wort.

»Ich fasse kurz den Stand der Dinge zusammen«, sagte Wegener und wandte sich dem Seziertisch zu. »Wir gehen zur Zeit davon aus, dass hier die Leiche von Albert Hoffmann vor uns liegt. Bislang gibt es keinen Zeugen, der Hoffmann in den letzten Jahren gut genug kannte, um ihn zweifelsfrei zu identifizieren. Hoffmanns Wohnung wird gerade durchsucht, dort hat man eindeutiges Trägermaterial gefunden, eine DNA-Analyse läuft. Wir müssen uns also vorerst mit 99 Prozent begnügen. Hoffmann wurde vor dreiundvierzig Stunden tot aufgefunden, erhängt an der Nordmagistrale, im Gebiet Stadtforst Köpenick. Das ist circa vierzig Kilometer vor der Potsdamer Hand.«

»Die Nordmagistrale teilt sich bei Potsdam in fünf kleinere Versorgungsleitungen«, erklärte Kallweit, »die Ostberliner nennen das die Potsdamer Hand, weil ...«

Brendel und Kayser nickten.

»Der Todeszeitpunkt wird von Doktor Jocicz auf rund

zwei Tage vor dem Fund datiert«, sagte Wegener, »das wäre also Montag, der 17. Oktober, im Bereich des späten Nachmittags.«

»Zwischen 15 und 17 Uhr.« Jocicz sah in die Runde. »Genauer lässt es sich leider nicht eingrenzen.«

»Am Tatort stand ein Phobos Prius. Die Täter haben Hoffmann offenbar gezwungen, auf das Wagendach zu steigen, der Prius diente sozusagen als Falltür. Beide Kennzeichen wurden entfernt, allerdings ist exakt dieses Modell auf Hoffmann zugelassen, wir gehen also davon aus, dass es sich um seinen Wagen handelt. Demnach wäre er selbst in den Wald gefahren. Was nahelegt, dass er die Täter kannte.«

Brendel und Kayser nickten.

»Die Spurenlage ist leider äußerst dürftig. Es gibt den Knopf, der eindeutig zu Hoffmanns Mantel gehört. Und es gibt ein paar Tropfen Motoröl, das ist alles.«

»Analyse?«

»Läuft. Jetzt kommen die Punkte, die es heikel machen.« Wegener sah Kallweit an. »Das Erhängen, die Schnürsenkel, die acht Törns des Stricks. Diese Mordmethode entspricht einer Legende über angebliche interne Verräterbestrafung der Staatssicherheit in Zeiten der Wiederbelebung. Uns liegt nichts vor, was diese Annahme bestätigt, das sage ich gleich dazu. Trotzdem ist das Zeichen natürlich eindeutig. Hoffmann sollte als Verräter gebrandmarkt werden.«

»War Hoffmann bei der Stasi?« Kaysers Brille funkelte.

»Laut Auskunft von Generaloberst Steinkühler nicht.«

Kayser lächelte.

»Wie wir alle wissen, erscheint nach derzeitigem Kenntnisstand am Montag ein SPIEGEL-Titel, der den Mord an Hoffmann thematisiert.« Wegener versuchte, Kaysers Lächeln zu ignorieren. »Darin wird ein Informant zitiert, der behauptet, als Angehöriger der Staatssicherheit Zeuge der Tat gewesen zu sein. Der Informant beteuert seine persönliche Unschuld und beschuldigt die Staatssicherheit. Er besitzt außerdem Fotos der Leiche vom Tatort – das bedeutet, er war entweder tatsächlich dort oder kennt zumindest eine oder mehrere Personen, die dabei gewesen sind. Wir wissen außerdem, dass Hoffmann in Marzahn unter dem Namen Emil Fischer eine Einraumwohnung angemietet hatte. Seit wann genau, ist bislang nicht geklärt, zu welchem Zweck auch nicht.«

»In der Wohnung irgendetwas?«

»Absolut nichts«, sagte Wegener. »Die reinste Schläferbude.«

»Zwei Kollegen von der Kripo Hamburg sind an der SPIEGEL-Sache dran«, sagte Brendel, »aber da können wir mit unseren Quellenschutzgesetzen nicht viel erwarten. Wir haben also drei zentrale Fragen: War Hoffmann bei der Stasi, vielleicht als Inoffizieller? Wenn nicht, warum wird diese Fährte von den Tätern gelegt? Wer ist der Informant, wie kommt er an das Material, warum sucht er damit die Öffentlichkeit? Es geht um Stimmungsmache, nicht um Geld. Da gäbe es nämlich Institutionen, die weitaus besser zahlen als der SPIEGEL.«

Wie man sich einen Westler vorstellt, dachte Wegener, denkt sofort ans Geld.

Kallweit streckte sich. »Was ist Ihr erster Eindruck?«

»Eine Spekulation«, sagte Brendel, »aber wenn wir davon ausgehen, dass die Täter die Konsultationen platzen lassen wollen, haben sie ihr Ziel nach dem Stand der Dinge erreicht. Die Auftraggeber könnten also überall dort sitzen, wo man von teuren Gaspreisen in Westeuropa profitiert.«

»Profitieren würden einige.« Kallweit sah an sich herunter und zog den Bauch ein. »Die Opec-Staaten genauso wie konkurrierende Gaslieferanten. Zum Beispiel im Nahen Osten. Profitieren würden in Westdeutschland übrigens auch die Anbieter alternativer Energien. Wenn der Gaspreis steigt, steigt auch der Druck, die Subventionen für Solar- und Windenergie aufrechtzuerhalten.«

Brendels Blick tastete den toten Körper ab. »Das Aufhängen, die Schnürsenkel. Sieht nach vielem aus, aber nicht nach einem professionellen Job mit internationalem, wirtschaftspolitischem Hintergrund. Und unsere Dienste haben bislang auch nichts, was auch nur irgendwie in diese Richtung geht. Christian?«

Der Glatzkopf stand wie versteinert, die Arme hinter dem Rücken. »Das Kanzleramt hat grünes Licht gegeben, ich kann Ihnen also ganz offiziell mitteilen, dass der Bundesnachrichtendienst über keinerlei Informationen verfügt, die den Verdachtsmoment gegen Ölstaaten oder andere Länder mit einschlägigen Bodenschatzvorkommen begründen. Was nicht heißt, dass es solche Spuren nicht trotzdem geben kann. Sie sind nur extrem unwahrscheinlich.«

»Alles führt immer wieder zu einer Frage«, sagte Wegener. »Warum Hoffmann? Er hat vor einundzwanzig Jahren im Beraterstab des Staatsratsvorsitzenden gesessen. Es wäre ein gewaltiger Zufall, wenn sein Tod damit nichts zu tun hat.«

»Späte Strafe für einen Verräter«, sagte Brendel, »ob er nun bei der Stasi war oder nicht. Das sagt das Bild. Wir sollen glauben, dass er von jemandem zur Rechenschaft gezogen wurde. Was hat der Mann das letzte Vierteljahrhundert gemacht?«

»Ein Doppelleben geführt.« Wegener lehnte sich an das schwarz glänzende Pumpenmetall. »Das ist alles, was wir wissen.«

»Dann wird es Zeit, sich genau mit ihm zu beschäftigen. Ist außer der Schläferbude auch seine richtige Adresse bekannt?«

»Seit heute Morgen«, sagte Wegener. »Greifenhagener Straße. Prenzlauer Berg. Wir fahren nachher zusammen hin.«

»Die Spurensicherung ist schon sechs Stunden zugange«, sagte Lienecke, »müsste also bald durch sein.«

Kallweit hüstelte. »Meine Herren, eines sollten wir in jedem Fall bedenken. Der Staatsratsvorsitzende würde Generaloberst Steinkühler sicherlich informieren, wenn er irgendeine Idee hätte, inwiefern der Tod von Albert Hoffmann mit seiner damaligen Tätigkeit …«

Kaysers Lächeln brachte Kallweit zum Verstummen.

Es wurde still im Pumpenhaus.

Jocicz hustete.

Kallweit ging durch den Raum, als suche er sein Satzende, schlug einen Haken, blieb am Seziertisch stehen. In dem schwarzen Mantel wurde er zu einem Priester, der dem leuchtenden Leichnam gleich die letzte Ölung verabreicht. »In diese Richtung darf nur sehr behutsam ermittelt werden. Ich halte das ehrlich gesagt überhaupt nicht für nötig, Herr Hauptmann.«

Gedämpfte Orchestermusik. Brendel wühlte in den Manteltaschen. Die Musik wurde lauter. »Hat mein Sohn mir gestern draufgespielt.« Brendel grinste. »Als Vorbereitung auf den Auslandseinsatz, sozusagen.«

Grinsend ist er noch schöner, dachte Wegener.

Lienecke und Jocicz sahen sich an.

Brendel hatte sein Mobiltelefon in der Innentasche gefunden und meldete sich. Die Musik brach ab.

Kayser zog fragend die Augenbrauen hoch.

»Die Titelmelodie einer alten DDR-Serie«, sagte Lienecke. »*Das unsichtbare Visier.* Gut vorbereitet, der Mann.«

Kayser ließ seine Augenbrauen wieder herunter. »Muss ich nicht kennen.«

»Müssen Sie nicht«, sagte Lienecke. »Kulturgut des Ostens.«

Brendel hörte zu, bedankte sich, drückte das Gespräch weg. »Wir haben einen ehemaligen Mitarbeiter von Hoffmann ausfindig gemacht, aus seiner Zeit im Westen. Einen Doktor Werner Blühdorn. Wohnt immer noch in Heidelberg, soll aber am 24. einen Vortrag an der Humboldt-Universität halten.«

»Zufälle gibt's«, sagte Kayser.

Borgs war von seinem Trafokasten aufgestanden. »Herr Jocicz, bitte erklären Sie unseren Kollegen aus Westdeutschland noch einmal die pathologische Faktenlage. Ihre Leiche wird ja langsam warm.«

Immerhin, dachte Wegener, zwanzig Worte.

9

Das dämmrige Berlin machte es Borgs nach und hielt die Klappe, bewegte sich wie immer, sagte aber keinen Ton, sein ganzes nörgelndes Geknatter ausgesperrt von gepanzerten Türen und Scheiben: *S-Guard Sonderschutzausstattung.* Kleine Lederaufnäher in der Seitenverkleidung.

Wegener beugte sich nach vorn und starrte über Kaysers Schulter auf die Tachoscheibe: ein safrangelb hinterleuchtetes Halbrund, die letzte Zahl rechts unten hieß 340. Die letzte Zahl auf einer plump von oben angestrahlten Phobos-Tachoscheibe hieß 170. Genau die Hälfte. Die höchste Geschwindigkeit, die ein Phobos erreichte, lag noch mal zehn bis zwanzig km/h darunter, je nach Zuladung. Wegener ließ sich wieder in die hellen Lederpolster der Rückbank sinken. Ihm fiel der schlechte Witz ein, dass der Phobos auf westdeutschen Autobahnen schon viele vws hinter sich gelassen habe. Wenn er auf einem Mercedes-Abschleppwagen an ihnen vorbeigezogen sei.

»Ach so, Sitzheizung, Herr Wegener?« Brendel drehte sich halb nach hinten. »Dieses Leder ist ziemlich kalt.«

Wegener überlegte zwei Sekunden lang, ob die Frage ernst gemeint war. Brendel sah aus, als ob er sie ernst gemeint hätte.

»Aber nur, damit Ulf Lienecke sich schwarz ärgert.«

»Ich stell sie Ihnen auf Stufe 3. Wenn das zu warm ist, sagen Sie Bescheid.«

Wegener machte ein zustimmendes Geräusch und fragte sich, ob man einem westdeutschen Polizeikollegen einen zu heißen Hintern beichten konnte. Vermutlich war das unmöglich.

Brendel bremste den Wagen sanft und stoppte. Wie an den Ampeln vorher blieben die Menschen stehen, gafften, glotzten, sahen aus, als wäre gerade die Mauer umgekippt. Einige staunten mit offenem Mund. Der Fahrer eines uralten Wartburgs hatte seinem Rückspiegel offenbar nicht geglaubt, war ausgestiegen, stand entgeistert vor der glänzenden Motorhaube. Der Stern ein Fadenkreuz, das auf sein Geschlecht zielte. In den Gesichtern der Passanten Begeisterung, Entsetzen, Häme. Ein älterer Mann wandte sich ab.

Brendel und Kayser schwiegen.

Wegener merkte, dass er sich schämte. Für diese Gaffenden, die hier Kreuzung für Kreuzung den Wagen umlagerten und ihren Staat verrieten. Denen die Armut ihres Landes, die Unfähigkeit, höchste Qualität und echten Protz zu produzieren, ins Gesicht geschrieben stand, sobald sie einem Benz gegenüber standen. Denen der Neid zu einer plumpen Kindermimik gerann. Deren Gedanken man plötzlich lesen konnte. Und Wegener merkte, dass er sich trotz seiner Scham Karolina an diese Ampel wünschte. Karolina sollte ihn im Fond dieser BGS-Sonderschutz-Staatskarosse bestaunen, sollte sein Gesicht hinter der herabgleitenden dunklen Scheibe auftauchen sehen, sollte ihn anstarren, ungläubig und bewundernd, wie er entspannt mitten in so viel Luxus lehnte. Die beleuchteten Aschenbecher schimmerten in rotbraunem Wurzelholz. Tasten und Knöpfe leuchteten im gleichen Safrangelb wie die Tachoscheibe und sämtliche Bordinstrumente. In die Kopfstützen der Vordersitze waren Bildschirme eingelassen. Dimmbare Leselampen im gepolsterten Wagenhimmel, lederbezogene Armlehnen, silbrige Zierleisten. So müsste Karolina ihn erleben. Als Erste-Klasse-Ermittler im nationalen Sondereinsatz. Mit leicht angewärmtem Hintern. Gefahren von einem bonbonduftenden Bonzenkommissar aus Westberlin. Und damit für diese halbe Stunde der bestchauffierte Mann der DDR. Jedes ZK-Mitglied in seinem Volvo fiel gegen so eine S-Guard-S-Klasse ab, kein anderer Mensch im Land konnte mit dieser safranfarbenen, silbrigen, ledernen, arschwarmen S-Sitzsituation mithalten. Brendels Angeberauto als Hochzeitswagen, dachte Wegener, Karolina und er in Weiß und Schwarz, Früchtl taucht wieder auf und wird Trauzeuge, alle in diesem riesigen Mercedes durch Berlin, woher kamen solche Gedanken, was löste die aus, Früchtl hupt, Karolina laufen die Tränen, das Volk wirft Blumen, Hauptmann Hängebacke hat seine große Liebe zurück, es gibt noch gute Nachrichten, Gratulation von Achtung Krenz: Schenken wir Ihnen, lieber Martin, und Ihrer betörenden Gas-Nutte die Ausreisegenehmigung, rostiges Dach, feuchter Keller, stecken Sie einen für mich mit rein, aber schön von hinten, wie wir harten Hunde es lieben, gell.

Dass du nicht aufhören kannst, Karo zu lieben, sagte Früchtl, dass du nicht endlich mal aufhören kannst, damit.

Sag das nicht mir, Josef, sag das meiner Liebe.

Deine Liebe ist auf beiden Ohren taub.

Hast du was gesagt?

Die Ampel sprang um. Grün.

»Kriegt man ein Minsk hier eigentlich ohne Vertrag?« Brendel kurvte um den Wartburg herum. Der Fahrer stand immer noch auf der Straße.

Wegener beugte sich nach vorne. »Kriegt man, ist aber sauteuer. Ansonsten zwölf Monate Mindestlaufzeit. Beim VEB Telemedien. Als Staatsbürger. Als Nichtstaatsbürger – keine Ahnung.«

Brendel musste einem einparkenden Lieferwagen ausweichen, zog nach links und wieder nach rechts. Der Mercedes blieb in der Spur, als hätte es keine Lenkbewegung gegeben. »Haben Sie zufällig irgendwo ein altes M5 rumliegen? Ein M6 kostet bei uns mittlerweile mehr als ein iPhone.«

»Leider nicht. Aber ich kann mal bei den Kollegen fragen.«

Kayser drehte sich um. »Ist das eigentlich ein Gerücht, Herr Wegener, dass die DDR in dieser Beziehung bis heute einen signifikanten Entwicklungsvorsprung hat, weil das alles Stasitechnik ist?«

»Kein Gerücht«, sagte Wegener. »Angeblich benutzt die Staatssicherheit heute Geräte, die zwei Generationen weiter sind als alles, was in den Verkauf geht. Die sollen schon ein M9 im Einsatz haben.«

»Mit Abhörfunktion?«, fragte Kayser.

Brendels Kopf sank ein Stück auf die Brust.

»Mit Abhörfunktion und automatischer Geruchsprobenentnahme«, sagte Wegener. »Aber keine Sorge, die Geruchsprobenentnahme funktioniert nur bei Ostdeutschen.«

»Welches Modell haben Sie?«, fragte Brendel.

»Ein M5. Das Proletariat kriegt hier sowieso nichts anderes als M5 oder M6. Der Rest wandert zu Ihnen rüber.«

»Und so kann man dann bei uns für teuer Geld die Evolution der sozialistischen Geheimdiensttechnik subventionieren«, sagte Kayser. »Das nenne ich den Kapitalismus mit seinen eigenen Waffen schlagen.«

»Nachdem unser Präsidium neulich mit dem Kauf eines neuen Thyssen-Fahrstuhls die Produktion imperialistischer

Kriegsschiffe unterstützt hat, können Sie ruhig unsere Telefone kaufen.«

Brendel drehte sich ein Stück nach hinten. »Also, wenn Ihnen die Tage mal jemand ein M5 anbietet und an Euros interessiert ist …«

Wegener nickte. »Aber ein Navodobro haben Sie schon, wie ich sehe.«

»Konnte Kallweit aus Ihrem Bestand besorgen. Unser Bord-Navi erkennt nur GPS-Signale, kein GLONASS.«

»Mal ein ganz anderes Thema: Was machen eigentlich Ihre bourgeoisen Terroristen?«, fragte Kayser. »Mit denen hatte ich früher gelegentlich zu tun.«

»Keine Ahnung.« Wegener sah aus dem Fenster. »Beschäftigt sich die Westpresse mit den Typen?«

»Nicht wirklich. Aber ich les immer mal wieder interne Berichte.«

»Was für Terroristen?«, fragte Brendel.

»Nennen sich Brigade Bürger«, sagte Kayser, »nach irgendeinem Alexander Bürger, den keiner kennt.«

»Nie was von gehört. Was machen die so?«

»Schreiben Drohbriefe«, sagte Wegener, »und das war's.«

»Dann sind es keine Terroristen, sondern Autoren.«

Kayser schnalzte mit der Zunge. »Sind nicht alle Autoren Terroristen? Die wollen auch die Welt verändern und sind nur zu feige, ne Kanone in die Hand zu nehmen.«

»Es gibt doch überhaupt keine politischen Autoren mehr.« Brendel blinkte links und bog ab. »Die suchen alle verzweifelt nach der richtigen Sprache, um andere mit ihren Befindlichkeiten zu drangsalieren, und verachten Geschichte, weil sie keine Geschichten haben.«

»Um Ihre Frage zu beantworten: Die Staatssicherheit wird die Bürger-Leute schon kontrollieren«, sagte Wegener. »So gesundgeschrumpft, wie sie gern behauptet, ist die Stasi nicht.«

»Wo wir gerade beim Thema Stasi sind«, sagte Brendel. Im Navodobro-Display blinkte ein Abbiegepfeil nach rechts, *150 Meter, Zielentfernung 11 Kilometer, Ankunftszeit 19:36.* »Ich wollte Kallweit nicht direkt darauf ansprechen, aber es wäre gut zu wissen, bis zu welcher Sicherheitsstufe wir Akteneinsicht nehmen können. Ich hatte das Gefühl, er weiß das selbst noch nicht.« Brendel schaltete einen Gang runter. Der Wagen ging in die Kurve. »Für morgen früh ist ja dieses Gespräch mit einem Major angesetzt …«

»Wischinsky«, sagte Kayser.

»… Borgs hat das zumindest *ein Gespräch* genannt. Herr Wegener, wir werden auch gegen die Staatssicherheit ermitteln müssen. Das ist Ihnen klar.«

»Ist mir klar.« Wegener merkte, dass die Ledersitze jetzt unangenehm warm wurden. »Sie können sich vorstellen, so was gehört nicht zum täglich Brot eines Volkspolizeihauptmanns.«

»Das kann ich mir gut vorstellen«, sagte Kayser. »Vermutlich auch nicht zu seinen Lieblingsaufgaben.«

»Kommt darauf an, wie viel potenzielle Karriere man sich noch versauen kann und wie schnell man das hinter sich bringen möchte.«

Na, das hast du ja nun schon hinter dir, sagte Früchtl.

»Da können wir im Zweifel den Kopf hinhalten«, sagte Brendel. »Aber sind die Herrschaften darauf vorbereitet, dass das Verhör diesmal andersherum läuft?«

Wegener rutschte auf dem heißen Leder hin und her. »Steinkühler hat das heute Vormittag so ausgedrückt: Ich ginge als erster Polizist in die Geschichte ein, der gegen die Staatssicherheit ermittelt, aber nicht als erster Polizist, der erfolgreich gegen die Staatssicherheit ermittelt.«

»Mindestens in einem Punkt hat der Herr Steinkühler schon mal Unrecht«, sagte Brendel und stellte die Sitzheizung ab. »Wir sind drei Polizisten, die gegen die Staatssicherheit ermitteln.«

*

Als der Mercedes in die Greifenhagener Straße einbog, war es fast dunkel. Neben dem Backsteinturm der Gethsemane-Kirche leuchtete ein letzter, violetter Streifen Sonnenuntergang, der mit jeder Minute weiter hinter die Hausdächer schrumpfte. Die hohen Fenster der Altbauten waren gelblich-düstere Rechtecke, zeigten Ausschnitte von Schränken, Bücherwänden, Bildern, unmodernen Tapeten. Antike Kronleuchter, Kerzen und schiefe Lampenschirmchen verbreiteten funzeliges Licht. Brendel hielt im Halteverbot vor einem verbeulten Phobos Universal, kramte seine in Plastik eingeschweißte Sondergenehmigung aus dem Handschuhfach, klemmte sie hinter die Windschutzscheibe, schien sich plötzlich zu erinnern, wo er war, und packte die Plastikkarte wieder weg.

»Klassenfeind im Absoluten«, sagte Kayser und hievte sich von seinem Sitz. »Dich sehen wir so schnell nicht wieder.«

Die Zentralverriegelung ließ sämtliche Blinklichter am Wagen zweimal aufleuchten. Autos und Häuserwände wurden für Sekunden in fröhliches Orange getaucht, das Wegener irgendwie unpassend vorkam. Er spürte die kalte Luft an seinem Hintern. Vom Sonnenuntergang waren nur noch glühende Dachfirste übrig, hinter denen ganz Deutschland lichterloh zu brennen schien.

»Welche Nummer?«

»51.«

»Dann hab ich gut geparkt. Genau gegenüber.«

Hoffmanns Haus überragte die anderen in der Reihe um zwei Geschosse, ein siebenstöckiger Gründerzeitbau mit rostigen Balkongeländern, ergrautem Stuck und breitem Doppelerker in der Mitte der Fassade. Wegener zog sein Minsk aus der Manteltasche, klickte sich in den TNT-Speicher, kontrollierte die Adresse. Nummer 51, siebter Stock. Kein erleuchtetes Fenster in der obersten Etage. Wegener zählte noch mal nach.

Brendel sah sich um. »Falsche Hausnummer?«

»Nein, aber da oben ist alles dunkel. Und laut Lienecke sollte die Spurensicherung ja noch da sein.«

»Vielleicht hat Hoffmann seine Stromrechnung nicht bezahlt«, sagte Kayser. »Unser erstes Motiv für den Mord an der Gasleitung.«

Wegener ging fünf ausgetretene Stufen hinauf. Die Haustür war offen. Im Flur lehnte ein Vopo, spielte etwas auf seinem Minsk, steckte es plump-eilig weg, als er Wegener sah, und bohrte einen Zeigefinger in die Luft: »Siebter Stock links, Herr Hauptmann.«

»Also doch«, sagte Brendel. »Die Toten wohnen immer oben.«

»Im Osten wie im Westen«, sagte Wegener, atmete einmal tief durch und begann mit der Ersteigung einer enorm knarzenden Treppe. Brendel und Kayser knarzten hinter ihm her. Im zweiten Stock kamen ihnen Spurensicherungsleute entgegen, vier gelangweilte Gesichter in weißen Ganzkörperkostümen, Schachteln und Aktenordner vor der Brust.

Hoffmanns Wohnungstür stand offen. Im Flur Karton-Chaos, gerufene Anweisungen und Nachfragen, ab und zu Blitzlicht. Der obligatorische, fetthaarige Computerexperte schleppte gerade einen Robotron Sigma und ein mittelgroßes Nanotchev Omikron aus der Wohnung und grüßte grunzend. Sein kariertes Hemd roch man noch, als er schon im sechsten Stock mit der Treppe um die Wette ächzte.

Wegener hielt nach Frank Stein Ausschau, aber hier gab es nur gebückte, weiße Gestalten, die schon ihren Kram zusammenpackten.

»Der Boden ist sicher, die Herren. Bitte einzutreten.«

Wegener drehte sich um. Stein stand hinter ihm, die Tür vom Gäste-wc war jetzt offen.

»Wenn die Polizei beim Mordopfer aufs Klo geht, muss die Spurensicherung schon ziemlich weit sein«, sagte Wegener.

»Fast fertig.« Stein nickte. Seine dunklen Haare pappten ihm platt am Schädel und sahen aus wie die Kappe eines Mephisto-Kostüms, die er seit Karneval nicht abgesetzt hatte. Das stählerne Brillengestell war auf die dünne Nasenspitze gerutscht, der graue Anzug schlotterte um einen Halbstarkenkörper. Dass er von den Kollegen Frankenstein genannt wurde, wusste er, und die Kollegen wussten, dass Frankenstein das wusste. Unvermeidlich, so ein Spitzname, pflegte Stein zu sagen, und im Übrigen sei er sicher, sein Vater, das Cottbusser Früchtchen, habe diese Vornamen-Nachnamen-Kombination aus purer Boshaftigkeit ausgesucht, denn der habe immer nur eine dralle Tochter gewollt und nie einen dürren Kriminalisten.

»Bericht oder Wohnungsführung?«

»Erst Führung. Dann Bericht.«

Frankenstein deutete eine Verbeugung an, schlenderte durch einen Hindernisparcours aus Kartons, Kisten und Wäschekörben voller Papiere in ein meterhohes Zimmer. Ringsum Bücherregale bis unter die Decke.

»Eine Bibliothek!« Frankenstein breitete die Arme aus und drehte sich im Kreis wie eine magersüchtige, angetrunkene Tänzerin. Kein Haar bewegte sich. »Die ganze Wohnung eine einzige Bibliothek! Aufgepasst!« Die Tänzerin taumelte durch eine weiße Flügeltür in den nächsten Raum. »Er hat sogar die Fenster zugebaut. Alle, die nach vorne rausgehen, und bis auf drei auch die nach hinten.«

Wegener, Brendel und Kayser sahen sich um, sahen sich an, folgten Stein, der schon ein Zimmer weiter war.

»Wir haben hier, bitte festhalten, neun solcher Räume, neun Räume voller Bücher und acht davon ohne Fenster. Wir dachten zuerst, das hört gar nicht mehr auf, man betritt so eine Mietswohnung und dann: Ein Paralleluniversum! Eine Paralleluniversums-Bibliothek!« Stein war jetzt ein Hausherr, dem sein eigener Reichtum unbegreiflich ist. »Aber weit gefehlt, meine Herren, hier hat alles seine Richtigkeit, wir befinden uns nach wie vor in Prenzlauer Berg. Die Erklärung: Zum einen geht dieses Haus viel weiter in die Tiefe, als man es von vorne erwartet, das ist nämlich eine Art Riesenaltbau, zum anderen hat unser Mann genau hier einen Durchbruch machen lassen.«

Stein schlenderte weiter. Der Raum, der jetzt kam, war doppelt so groß wie die vier davor. Zwei Altbau-Salons gingen ineinander über, zwei identische Kronleuchter hingen aus identischen Stuckrosetten. Quer durch das Zimmer lief eine helle Linie neuer Dielenbretter.

Wegener drehte sich um die eigene Achse. Endlose Regalreihen, unten mit dunklen Schranktüren verschlossen, darüber, in akribisch genaue Aufstellung gezwungen, die bunte Wucht tausender Buchrücken. Abgewetzte Folianten lagerten hinter Glastüren, die goldgeprägten Lederrücken von Gesamtausgaben und Lexika glänzten in Schwarz, Braun, Rot.

Aus den meisten Bänden ragte ein Strauß Lesezeichen, machte die Bücher zu honorigen Punkern mit bunten Zettel-Frisuren. In der Zimmermitte ein antiker, lederbezogener Schreibtisch. Gegenüber vom Schreibtisch das erste Fenster, das Wegener in dieser Wohnung sah, ein mächtiger, gläserner Rundbogen, unterteilt in zwei große Flügel. Durch den Bogen hatte man den Ostberliner Nachthimmel im Blick: die glitzernde Fernsehturmkugel, das EastSide, die Domkuppel, den Palast der Republik mit seinen Lichtersäulen.

Kayser stellte sich stumm vor die Aussicht. Hände auf dem Rücken. Sein Gesicht eine staunende Scheibenspiegelung.

Wegener ging zu einem der Regale, beugte sich vor und las: Altvater, Mahnkopf: *Grenzen der Globalisierung.* Bredow, Brocke: *Krise und Protest.* Mathias Jopp: *Dimensionen des Friedens.* Eine gebundene Sammelausgabe der OSZE-Jahrbücher von 1982 bis 2010.

»Gibt es bei Ihnen immer noch Wohnraumzuweisungen?« Brendel stand plötzlich neben Wegener. »Entschuldigen Sie dieses *bei Ihnen.* Das ist ein ziemlich seltsames Westdeutsch. Also: Gibt es in der DDR immer noch Wohnraumzuweisungen?«

»Jetzt sind wir sozusagen bei den Nachbarn«, rief Stein. »Das ist noch mal die gleiche Anordnung, aber verkehrt herum!«

Wegener schüttelte den Kopf. »War schon 91 überflüssig. Von sechzehn Millionen runter auf vierzehneinhalb, da hatte sich die Wohnungsnot erledigt.«

Gemeinsam folgten sie Frankenstein ins nächste Zimmer.

»Dann ist es normal, wenn ein emeritierter Politikprofessor rund zweihundertfünfzig Altbauquadratmeter Bibliothek bewohnt. Voll mit den neuesten Westpublikationen.«

»Ich fürchte, das wird bei uns leider niemals normal werden. Auch nicht, wenn wir nur noch eine Million wären.«

Brendel sah für einen kurzen Moment so aus, als wolle er etwas antworten, sagte aber nichts.

Wegener ging langsamer. »Sie fragen sich, wen ein Mann in der DDR erpressen muss, damit er an so eine Wohnung kommt.«

Brendel nickte. »Das frage ich mich. Und Sie fragen sich das offenbar auch. Wie wär's mit dem Staatsratsvorsitzenden?«

»Es kann auch der Generalsekretär sein. Oder der Stellvertreter des Staatsratsvorsitzenden. Oder der Vorsitzende des Ministerrats. Zum Beispiel.«

»Gysi?« Brendel runzelte die Stirn. »Ich dachte immer, der Ministerrat ist nur Dekoration.«

»Selbst Gysi hat bestimmt genug Macht, um jemandem so eine Wohnung zu besorgen.«

»Auch genug Macht, jemanden aufhängen zu lassen?«

Wegener sah Brendel in die blauen Augen. »Das dürfen Sie morgen früh diesen Major Wischinsky fragen.«

»Dann besorgt der mir aber kein M9 mehr.«

»Vielleicht gerade dann. Damit er Sie abhören kann.«

»Hier endet die Bücherei!«, rief Frankenstein.

Wegener und Brendel betraten einen vollgestellten Raum, der offenbar alles unterbringen musste, was in den anderen neun Zimmern keinen Platz gefunden hatte: ein Doppelbett, zwei Kleiderschränke, einen kleinen Esstisch mit zwei Stühlen, einen Fernseher und eine Zweiercouch, die an einem offenen Kamin aus weißem Marmor stand. Vor dem Fenster sieben Blumentöpfe, in denen Rosen wuchsen.

»Nicht schlecht, oder?« Frankenstein freute sich, als würde er nächste Woche in Hoffmanns Wohnung einziehen.

»In der Tat, nicht schlecht«, sagte Brendel und streckte die Hand aus. »Richard Brendel, Kriminalpolizei Westberlin.«

Frankenstein blies die Backen auf: »Entschuldigung, natürlich, Stein, Frank Stein, Frankenstein. Volkspolizei. Volkspolizei Ostberlin. Willkommen auf der anderen Seite des antikapitalistischen Schutzwalls, Herr Brendel.«

»Frank, wie sieht's aus?«, fragte Wegener und drehte sich um. Kayser war nicht zu sehen.

Stein schob seine Brille den Nasenrücken hoch. »Also: Was diese Bibliotheksräume angeht, keine Auffälligkeiten, nichts unter UV-Licht, keine relevanten Spuren auf den Dielen. In der ganzen Wohnung muss innerhalb der letzten drei, vier Tage sauber gemacht worden sein, aber gründlich. Eimer und getrockneter Aufnehmer in der Küche, Scheuermittelspuren am Waschbecken et cetera.«

»Hoffmanns Putzfrau?« Wegener zog einen Finger über den Kaminsims. Kein Staub.

»Die Nachbarschaftsbefragung ist im Gange, aber ich denke, es läuft so oder so auf die Putzfrau hinaus. Auf jeden Fall hat hier niemand versucht, professionell Spuren zu beseitigen. In der Küche gibt es schmutziges Geschirr in der Spülmaschine, das auf mindestens zwei Personen hindeutet. Zwei Fischmesser, zwei Gabeln, zwei Weißweingläser, zwei Sherrygläser und so weiter. Es sei denn, Hoffmann hatte die Angewohnheit, von zwei Tellern gleichzeitig zu essen.«

»Benutztes Geschirr?«, fragte Brendel. »Obwohl jemand sauber gemacht hat?«

»In die Spülmaschine gestellt, aber die war gerade mal zu einem Viertel voll. Wir suchen also eine ökonomisch denkende Putzfrau, die lieber ein bisschen Muff in Kauf nimmt, bevor sie volkseigene Energiereserven verschleudert.«

»Fingerabdrücke?«

Stein ging zu einem Karton, in dem mehrere Plastikbeutel lagen, und griff hinein. »So weit wir feststellen konnten, von drei unterschiedlichen Personen in Küche und Wohnzimmer. Wenn wir die Bibliothek Buch für Buch absuchen müssen, arbeiten wir hier bis zur nächsten Wiederbelebung. Das würde ich gerne vermeiden, wenn sich kein zwingender Anlass ergibt.«

»Drei Personen«, sagte Wegener. »Das bedeutet: Hoffmann, die Putzfrau, sofern sie existiert, und wer noch?«

»Und vielleicht dieses hübsche Kind hier.« Stein legte ein gerahmtes Foto auf den Esstisch.

Wegener und Brendel beugten sich über das Bild. Eine junge blonde Frau am Strand. Die Frau lächelte in die Kamera, hatte sich ein rotes Badetuch um die Brust gewickelt, hielt das Tuch mit einer Hand fest. Im Hintergrund ein paar unscharfe Menschen im knallblauen Wasser.

Früchtl hätte gesagt *sehr gut bestanden*, dachte Wegener, streng nach seinem NVA-Notensystem für Frauenschönheit, und Früchtl hätte Recht gehabt, was anderes als *sehr gut bestanden* kam hier nicht in Frage. Dieses Mädchen war eine Wucht.

»Wie alt?«, fragte Brendel.

»Mitte, Ende zwanzig«, sagte Kayser. Wegener hatte trotz des ächzenden Dielenbodens nicht gehört, dass er hereingekommen war.

»In der Nachttischschublade Kondome.« Stein räusperte sich. »Viele Kondome. Außerdem eine Peitsche, Handschellen, batteriebetriebene Dildos und ein, äh – Potenzmittel.«

»Ein äh Potenzmittel?« Kayser grinste. »Was denn für eins?«

»Es heißt *Aufrecht*. Ein ostdeutsches Produkt. Soll sehr wirksam sein.«

»Glücklicher alter Mann.«

»Frank Stein, Frankenstein.«

»Christian Kayser.«

»Sonst noch Spuren von der Frau?« Brendel nahm das Foto in die Hand.

Stein zog ein Notizbuch aus der Hosentasche und blätterte: »Eine angebrochene Packung Tampons, eine zweite Zahnbürste und Deodorant im Bad. Florena *Action*.«

Wegener hustete.

»Ein bisschen Wäsche in einer der Schubladen im rechten Schrank. BHS, Unterhosen, Socken, Strumpfhosen. Alles sehr gute Qualität.«

Wegener deutete auf das Foto. »Davon brauchen wir schnellstmöglich Abzüge. Was heißt das, sehr gute Qualität?«

Stein sah Brendel und Kayser irritiert an. »Das heißt Westware. Wenn Sie mich fragen.«

»So doll ist die gar nicht«, sagte Brendel. »Meine Socken haben dauernd Löcher.«

Ein Streifenpolizist klopfte an den Türrahmen, nickte in die Runde.

»Weigt, was gibt's.«

»Tschuldigung – Frank, falls du gleich ne Sekunde hast, komm mal kurz runter, lohnt sich.«

»Weil?«

»Ich will hier nicht stören.«

»Tust du nicht.«

Der Polizist präsentierte eine Reihe schiefer Zähne. »Da hat so ein Westbonze im Absoluten geparkt. Benz, ein Riesenschiff. Abschleppwagen ist bestellt, ich weiß nur nicht, ob die das Teil da überhaupt drauf kriegen.«

»Vergessen Sie's«, sagte Kayser, »das Teil passt gerade mal auf den Autozug nach Sylt. Aber wenn Sie es trotzdem versuchen wollen, seien Sie ein bisschen vorsichtig mit der hinteren Stoßstange, da stecken die Sensoren und die Kameras für die automatische Einparkhilfe drin. Die dürften ungefähr das Jahresgehalt Ihres Dienststellenleiters kosten.«

Der Polizist fror ein.

»Hoffmanns Geliebte?« Kayser zeigte auf das Foto. »Oder wie ordnen wir die ein? Eine Hure verschenkt keine gerahmten Bilder.«

»Seine Frau auf jeden Fall nicht«, sagte Brendel. »In der Wohnung wurde genau das deponiert, was eine Frau braucht, um ab und zu mit ihm zu schlafen. Nicht mehr und nicht weniger.«

»Sie braucht Socken, um mit ihm zu schlafen?«

»Alte Männer«, sagte Brendel. »Die probieren gerne mal was Abgefahrenes.«

Wegener betrachtete die Rosen. »Frank, habt ihr irgendwas, das im Zusammenhang mit dem Tatdatum stehen könnte? Hinweise auf eine Verabredung?«

Stein schüttelte hilflos den Kopf. »Hier gibt es körbeweise Aktenordner und Krempel, wie du siehst. Dazu zwei Rechner, einen Sigma und einen relativ neuen Omikron KC. Auf dem Schreibtisch lagen nur Rechnungen und Bücher. Wir müssen suchen.«

»Ok, dann sucht bitte bevorzugt nach drei Themenfeldern, wenn ihr euch das Zeug vornehmt.« Wegener wartete, bis Frankenstein seinen Bleistift gefunden hatte. »Erstens: Alles, was diese Frau auf dem Foto betrifft – Name, Adresse, Liebesbriefe, was weiß ich. Findet die Putzfrau, die wird euch sagen können, wer das ist. Das brauchen wir schnell.«

Stein kritzelte. Für zehn Sekunden war nur die Bleistiftmine zu hören, die über den Block kratzte. Der eingefrorene Vopo verließ wortlos den Raum. Die Dielenbretter knarrten.

»Zweitens: Gibt es Hinweise darauf, dass Hoffmann erpresst wurde oder dass er irgendwen erpresst hat? Schließfachschlüssel, große Bargeldsummen oder andere Wertgegenstände, Verträge über Bankdepots und so weiter. Und im Zusammenhang damit: Gibt es Hinweise darauf, dass Hoffmann irgendwas mit den Konsultationen zu tun hatte oder vielleicht sogar mit dem Transitgeschäft?«

Frankenstein kritzelte. »Drittens?«

»Wie muss man Hoffmann politisch einordnen? In welche Ecke gehörte er? Was war seine Position, was hat er publiziert? Und überhaupt: Was hat er seit der Wiederbelebung gemacht?«

»Noch was?«

»Westkontakte«, sagte Brendel. »Offenbar haben die ja zumindest Unterhosen und BHS für seine Freundin geschickt.«

»Westkontakte, natürlich«, wiederholte Stein kritzelnd.

»Und dann: Warum dieses Doppelleben als Emil Fischer in Marzahn?«

»Das hätte ich fast vergessen …« Stein kramte in dem Karton mit den Plastiktüten herum und zog einen kleinen Beutel heraus. »Zu dem Punkt haben wir was. Lag unterm Schreibtisch.«

Brendel nahm den Beutel und hielt ihn unter die Schreibtischlampe. »Ein Ausweis?«

»Ein Dienstausweis«, sagte Stein und suchte in einer Mappe. »Genauer gesagt, ein Dienstausweis für einen Gärtner. Ausgestellt auf den Namen Emil Fischer, wohnhaft Ludwig-Renn-Straße 32 in Berlin Marzahn.«

»Ein Dienstausweis für einen Gärtner«, sagte Kayser. »Dafür haben sie Geld.«

»Das ist ein Sicherheitsausweis«, sagte Stein. »Eine Zugangsberechtigung zu irgendeinem Sperrbereich. Da steckte die Kopie einer amtlichen Bestätigung der Staatssicherheit dran, dass, einen Moment...«, Stein fischte ein mehrfach geknicktes Blatt Papier in einer Plastikhülle aus seiner Mappe, »dass *der Träger dieses Ausweises, Genosse Emil Fischer, durch die Hauptabteilung VII der Staatssicherheit (Personen- und Objektschutz) erfolgreich den polizeilichen und geheim- dienstlichen Bestimmungsüberprüfungen nach § 123 und § 124 der Kontrollgesetzgebung zwecks Zugangsberechti- gung zur nationalen Sonderschutzzone B-W-1 unterzogen wurde. Gültig bis zum*, dann kommt ein Datums-Stem- pel...« Stein blätterte noch mal um. »*Ausgestellt am 17.9.2006, i. A. Stefan Kröcher, Unteroffizier* HA VII.«

»Ganz schön vielseitig, unser Professor«, sagte Kayser. »Eine Bibliothek, eine Model-Freundin und dann noch einen grünen Daumen.«

»Und ein gebrochenes Genick.« Brendel gab Stein den Aus- weis zurück. »Was ist das, die Sonderschutzzone B-W-1?«

Stein zuckte mit den Schultern. »Keine Ahnung. Aber es klingt nach einer der wichtigsten Sonderschutzzonen, die wir haben.«

10

Major Hacksteak sieht mit jedem Quartal Rente besser aus, würde ich jetzt denken, dachte Wegener, Major Hacksteak genießt seine freie Zeit offensichtlich nach wie vor meistens draußen, lässt sich von der Herbstsonne bräunen, die auch vor dem Sozialismus nicht haltmacht, und weiß dabei ganz genau, wie unverschämt gut alten Herren so eine Altherrenbräune steht. Vorausgesetzt, sie haben schneeweiße Haare. Noch besser: Sie haben nicht nur schneeweiße Haare, sondern auch grüne Augen. So grün wie die von Major Hacksteak, der jetzt durch den »Schusterjungen« geschlendert käme, nach links und rechts grüßend, von links und rechts zurückgegrüßt werdend, der bei dem fülligen, vollbärtigen Wirt ein großes Bürgerbräu bestellen würde, indem er mit zwei flachen Händen einen bierkruggroßen Abstand andeutete, der dann seinen Beobachter entdeckte, lächelte, näher kam und ihm gegenüber ächzend auf einen der verschrammten Kneipenstühle sackte. Da saß er, da saß er nicht, der gute alte fettsüchtige Josef Früchtl, der jetzt im Geiste eine seiner drei dämlichen Lieblingsbegrüßungsfragen stellte, heute: Wo sind deine Haare hin? In den Westen?

Sondereinsatz, sagte Wegener.

Deine Matte in geheimer Mission. Und du musst daheimbleiben.

Wir müssen ja alle daheimbleiben.

Reisende soll man nicht aufhalten, sagte Früchtl, während

er sich den Mantel auszog, und wenn es die eigene Frisur ist. Wie geht's dir?

Gut. Oder zumindest wie immer.

Gut oder wie immer? Das ist ein Unterschied.

Für dich nicht, so wie du aussiehst.

Vielen Dank für die Maiglöckchen.

Der Wirt schnaufte heran und rammte einen großen, schaumtriefenden Bierkrug auf den Tisch. »Zum Wohle, Herr Hauptmann. Das Hacksteak?«

»Das Hacksteak«, sagte Wegener. »Mit zwei Spiegeleiern, bitte.«

»Pommes oder Bratkartoffeln, Herr Hauptmann?«

»Pommes. Mit doppelt Mayo.«

Der Wirt hatte offenbar nichts anderes erwartet, ging sich mit dem Hemdsärmel über die feuchte Stirn, walzte in Richtung Küche.

Essen ist die Erotik des Alters, sagte Früchtl.

Das hast du vor zwanzig Jahren auch schon behauptet.

Und Recht gehabt. Vor zwanzig Jahren war ich fünfundfünfzig. Findest du das jung?

Auf jeden Fall zu jung, um das Thema Frauen ad acta zu legen.

Früchtl schüttelte traurig den Kopf. Du lernst es nie, Martin, ich habe von Erotik gesprochen, nicht von Sex. Essen ist die Erotik des Alters. Sex ist der Sex des Alters. Was machen die Weiber?

Karriere.

Sonst nichts?

Gas-Russen treffen und Verträge aushandeln. Das Vaterland retten.

Deine Ministeriumskonkubine. Immer noch.

Wegener verzog das Gesicht.

Sei doch froh, dass Schluss ist.

Weil?

Früchtl hob entrüstet die Hände. Weil Beziehungen erfolgreicher Frauen mit erfolglosen Männern in Suizid oder Impotenz enden! In *deinem* Suizid oder *deiner* Impotenz!

Und so was muss man sich von einem Opa sagen lassen, der Hackbraten erotisch findet.

Nicht nur Hackbraten, raunte Früchtl und spähte in Richtung Küchentür, auch Pommes mit Mayo. Aber sag's keinem. Frauen orientieren sich himmelwärts, Martin. Frauen wollen immer einen Mann, zu dem sie aufsehen können. Wenn die Frauen auf der Leiter nach oben klettern, müssen die Männer noch höher. Damit der Abstand gewahrt bleibt. Wenn sie nicht mitklettern können, werden sie ersetzt. Oder auf DDR-Deutsch: Frauen wollen nur Männer, die noch ein paar Ärsche mehr von innen gesehen haben als sie selbst.

Die Ansicht eines pathologischen Machos, der vierzig Jahre Emanzipation verschlafen hat, weil er damit beschäftigt war, Abhängigkeitsverhältnisse seiner Affären zu manifestieren.

Früchtl grinste. Die Ansicht eines pathologischen Machos, dem auch die stolzesten, erfolgreichsten und intelligentesten – oder wie du sagen würdest: emanzipiertesten – Weiber in ihren schwachen, also ehrlichen Momenten nie etwas anderes gebeichtet haben.

Wegener stöhnte.

Martin, wie soll sich eine Frau denn von einem Kerl beschützt fühlen, der weniger auf dem Konto hat als sie selbst?

Ich hab einen Waffenschein.

Einen Waffenschein! Früchtl machte ein Gesicht, als hätte er ein Rudel Hundewelpen entdeckt, das den eigenen Schwänzen hinterherjagt. Was willst du denn mit einem Waffenschein? Ein Staatssekretär im Energieministerium braucht keinen Waffenschein. Der holt sein M7 raus und ruft irgendwen an und dann kriegt er einen Tisch im Séparée vom »Molotow« oder einen Phobos Datscha mit Klimaanlage und Anhängerkupplung oder eine Einladung zu einer Fistingfete nach Rügen, wo sie dir echte Bananen hineinintegrieren, und zwar lateinamerikanische und nicht diese mickrigen Euro-Dinger.

Wegener trank den letzten Schluck seines Biers aus und drehte das leere Glas in der Hand. Und was rät Major Frauenversteher?

Es gibt keinen Rat, sagte Früchtl, es gibt nur Zeit, die durch unser schönes halbes Land zieht. Ich hab noch nie von Liebeskummer gehört, der länger als achteinhalb Jahre gedauert hat.

Dann sind es ja jetzt nur noch siebeneinhalb.

Früchtl nickte so ernst, dass Wegener das Grinsen verging. Eine volle Minute sagte niemand etwas.

Dann wechselte Früchtl das Thema: Was macht deine Verschluss-Sache?

Mein lieber Josef, diese Verschluss-Sache hat einen extra dicken Verschluss. Diesmal musste ich nicht nur einen gelben Zettel unterschreiben, sondern auch einen roten.

Früchtl runzelte die Stirn. Er drehte sich zu beiden Seiten um. An den Nebentischen saß niemand.

Wusstest du, dass sie auch rote Zettel haben?

Nein.

Haben sie aber. Ein hübsches Rot. So wie dein alter Lada.

Früchtl zog anerkennend die Augenbrauen hoch. Und dann hockst du hier rum und frisst mein Leibgericht, statt zu arbeiten?

Die Herren Westermittler sitzen im EastSide und machen

Telefonkonferenz mit Bonn. Da müssen Hauptmänner draußen bleiben.

Zerschneidest du eigentlich das Eigelb?

Ich muss nicht jede Marotte von dir übernehmen, Josef.

Es gibt auf der ganzen Welt nichts Schöneres, als zerlau-
fendes, warmes Eigelb. Hat ein bisschen die Konsistenz von
Blut.

Wegener hob sein leeres Glas und wartete auf die Aufmerksamkeit des Wirts.

Früchtl schwieg.

Wegener schwieg.

Der Wirt zapfte mit der einen Hand ein Weizen, in der
anderen hielt er die Bedienung für den Fernseher, der über
der Toilettentür auf einem Brett thronte. Es rauschte. In das
Rauschen sagte jemand *konnten der VEB Robotron-Büroma-
schinenwerk »Ernst Thälmann« und der VEB Robotron-Mess-
elektronik »Otto Schön« mit einem Exportplus von 6 Prozent,* Rauschen, *auf den gestiegenen Absatz des portablen
Kleincomputers Nanotchev Omikron KC 2.0 in West- und
Südeuropa zurückgeführt,* Rauschen, Fragmente eines Nach-
richtensprechers erschienen, aus seinem Kopf flimmerten
nach links und rechts längliche Hautbeulen heraus, der ganze
Schädel wurde zu einem Ziehharmonika-Blasebalg, jemand
drückte das Sprecher-Gesicht durch einen Eierschneider, die
Gesichtsstreifen sagten *zukünftig mit der Entwicklung des
Nanotchev Rho sowie des Klangspielers Musikus M06 im VEB
Robotron-Mikroelektronik »Wilhelm Pieck« angestrebt werden soll. Zum Sport,* Rauschen, Schnee fiel, dann beruhigte
sich das Bild, und der Schriftzug *Aktuelle Kamera* formierte
sich, aus den Beulen floss ein runder Kopf zusammen, unter
dem Kopf stand *Axel Kaspar.*

Der Wirt stellte den Ton ab. Michael Ballack trug im Trainingslager auf Hiddensee mehrere Pylonen über den Trainingsplatz. Matthias Sammer dirigierte von der Trainerbank aus und bewegte den Mund dazu. Er hatte schlechte Zähne.

Ballack machte ein unglückliches Gesicht und beschwerte sich bei Sammer über irgendetwas. Schnitt auf den Trainingsplatz von oben. Die Spieler liefen in weißen Trikots über eine künstlich wirkende grüne Fläche, drehten den Oberkörper nach links, nach rechts, nach links. Jetzt redeten Sammers schlechte Zähne in die Kamera.

Kennste noch Hulvershorn?, fragte Früchtl.

Wegener schüttelte den Kopf.

Ein Klotz von Frau, drei Kubikmeter pure Polizei. Hieß überall nur die Berliner Sau, weil sie so ein Schweinegesicht hatte. War lange im Kommissariat Mitte. Nichts und niemand konnte die aus der Fassung bringen. Seit zwei Jahren halbseitig gelähmt rechts. Schlaganfall. Hab sie neulich besucht, liegt mit zwei Sabbermännern in so nem runtergekommenen Puff in Pankow und hatte Tränen in den Augen, weil ihr die Rosette juckte wie nichts Zweites.

Der Wirt brachte ein frisches Bier und schaltete um. Eislaufen.

Ist mittags auf dem Pott gewesen, die Arme, und der Pfleger hat nicht richtig abgeputzt. Jetzt liegt die Hulvershorn gefühlte Dekaden mit ihrem juckendem Arsch im Bett, klingelt wie verrückt, aber niemand erscheint. Kann sich ja nicht kratzen, kommt ja nicht dran!

Wegener lehnte sich zurück.

Ich also wen gesucht – niemand zu finden. Im ganzen Haus nicht. Das Ende vom Lied: Aidshandschuhe aus dem Wagen geholt und der Berliner Sau die Ritze ausgewischt. Früchtl zuckte mit den Schultern. Da hab ich gemerkt, du musst hier raus. Das ist kein Land für alte Leute.

Das ist auch keins für junge.

Mag sein. Aber du erreichst den eigenen Arsch. Hulvershorn nicht. Was die Prenzlauer Rowdies und die Stasi und zwei Scheidungen vier Jahrzehnte lang nicht geschafft haben, dafür brauchte das Genossenpflegeheim Pankow nur zwei Stunden: Die Berliner Sau hat geweint.

Und da hast du dir gedacht, du verschwindest einfach, sagte Wegener. Weil du Angst hast vor einer juckenden Rosette.

Jeder hat seinen eigenen, guten Grund, zu verschwinden, Martin. Angst vor einer juckenden Rosette wäre nicht der schlechteste. Dieser Staat ist eine brennende Bruchbude kurz vorm Tropensturm. Das Einzige, was hier auf Weltniveau produziert wird, heißt Ungerechtigkeit.

Ich weiß, sagte Wegener, ich bin an der Produktion beteiligt.

Manche werden auch verschwunden, weil sie selbst ein Juckreiz sind, ein Juckreiz im Arsch des Staates. Irgendwann kommt die große Hand und kratzt, und wenn du Pech hast, kratzt sie dich ab. An der staatlich verwalteten Korrelation von Jucken und Kratzen hat sich in den letzten zwanzig Jahren nicht das Geringste geändert.

Was hast du rausgefunden, Josef? Was haben sie mit dir gemacht?

Als ich 14 war, warfen sie den Nachbarn aus dem Haus, die Treppe runter. Kam gerade vom Jugenddienst, in meinem braunen Hemd, mit dem schwarzen Halstuch, das aussah wie ein abgeschnittener Schwalbenschwanz.

Josef …

Der fiel hart hin, der Nachbar, der blutete, wurde getreten, aber mich lächelte er an, als ich vorbeilief, und später dachte ich immer, vielleicht ist das sein letztes Lächeln gewesen, das er einem vierzehnjährigen Pimpf mitgab. Sollte dieser Pimpf doch sehen, was er anfing mit so einem lebenslang haltbaren Lächelrest.

Hör mal, Josef ...

Nach 45 ging alles von vorn los. Du weißt es, Martin, ich war immer mittendrin, immer ganz vorn dabei, rückblickend lässt sich das sagen: alles falsch. Aber auch du wärst gewesen wie wir. Alle wären gewesen wie wir. Blöderweise hatten wir das Pech, dass wir wir sein mussten, tagein, tagaus, ganz ohne Konjunktiv. Der Deutsche konnte im 20. Jahrhundert ein weltweites Patent auf den Opportunismus erwerben und ...

Hör auf mit diesem ewigen Nachdemkrieg, sagte Wegener und war selbst erstaunt, wie heftig er klang, ich will wissen, was sie mit dir gemacht haben! Nicht 1945, sondern 2010!

Früchtl lächelte nur.

In die Stille hinein lieferte der Wirt eine polizeihandbuch-dicke Scheibe Hackbraten mit einer Haube aus dampfenden Spiegeleiern und wünschte gutes Gelingen.

Wegener betrachtete den leeren Stuhl auf der anderen Seite des Tisches. Dann zerschnitt er das Eigelb.

Samstag, 22. Oktober 2011

11

Wir werden beide immer grauer, die Normannenstraße und ich, dachte Wegener, wir verkommen langsam, aber stetig, wir halten uns aufrecht, egal, was passiert. Vor einem Jahr war ihm die Zentrale schon auf eine monströse Weise farbloser vorgekommen als jedes andere Gebäude Berlins, inzwischen hatten Witterung und Umweltverschmutzung das Stasihauptquartier Normannenstraße 1 zu einem noch unwirklicheren Monolithen vergrößert. Klotzig und stur ragte der fußballfeldlange Kasten in den nieselnden Himmel, die beiden Seitenflügel machten ihn zur Kaserne einer unsichtbaren Armee, zu einem mutierten Karzer, den ein unsterblicher Geheimdienstgrößenwahn immer weiter anschwellen ließ, bis der ganze Bezirk, das ganze Land zu seinem Hinterhof geworden war, jederzeit bequem zu beobachten aus zehntausend Fenstern, deren Holzrahmen vor sich hin gammelten und kleine nikotinfarbene Lack-Schuppen auf die Betonbrache vor dem Haupteingang streuten. Wie ein Schwamm hatte der grobe Fassadenputz jahrzehntelang alles in sich hineingefressen, den Dreck der Trabantmotoren, den Ruß der Braunkohleöfen, das Fett der Phobos-Abgase, hatte sich einen schmierigen Mantel übergezogen, die Tarnkleidung Ostberlins, um die niemand herumkam, die auch von sämtlichen hauptamtlichen Mitarbeiter getragen wurde, undefinierbar, stumpf, nichtssagend, *stasifarben*, dachte Wegener.

Der Uniformierte in dem Miniatur-Wachhäuschen sah alle zehn Sekunden zu ihm herüber, starrte wieder nach vorn, schaute zu ihm, starrte nach vorn, ausdruckslos und unschlüssig, ob er sein lächerliches Puppenhaus bei diesem Geniesel verlassen sollte, um Autorität zu spielen und den Heini, der seit zehn Minuten im Hof herumlungerte, vorschriftsmäßig anzublöken: Papiere! Besuchervisum! Terminschein!

Vor einem Jahr hatte es auch geregnet, erinnerte sich Wegener. Ein kurzes Gespräch in einem fast leeren Zimmer, drei Stühle, ein Tisch, eine Lampe, sonst nichts, zwei Männer, einer redete, der andere schwieg. Vor ihm die Akte MW-B-1101-IV/2010 (Vpb), die penibler geführt war als das Tagebuch einer verliebten Vierzehnjährigen, *die Stasi ist mein Eckermann*, das war ihm mittendrin eingefallen und er musste sich zusammenreißen, um nicht die passende Melodie zu summen. Abends hatte er die alte Platte rausgekramt und laut mitgebrüllt und sich mit Curaçao besoffen.

Vielleicht nieselte es in der Normannenstraße ja das ganze Jahr. Aus einer Wolke voller Wut und Trauer über das, was man zu hören bekam, wenn man seine Landsleute verwanzte. Der Lauscher an der Wand, sagte Wegener halblaut zu sich selbst und drehte den neuen Schirm am Griff um die eigene Achse, dass der Regen spritzte. Plötzlich musste er an Karolina denken. Vielleicht, weil die sich immer über seine Schirmlosigkeit lustig gemacht hatte. Er holte das Minsk aus der Manteltasche und steckte es wieder ein. Eine Minute später holte er es wieder raus und wählte. *Sie sprechen mit dem Ministerium für Energieexport und Transitwirtschaft der Deutschen Demokratischen Republik*, sagte eine klebrige Frauenstimme, und Wegener dachte: Ich spreche doch gar nicht, du sprichst doch die ganze Zeit, Retortenkind, *Abteilungen eins bis vier und sieben sowie Unterabteilungen A bis H, An-*

schluss, dann kam eine Pause. *Karolina Enders*, sagte Karolinas Stimme nicht halb so freundlich wie die Klebrige, noch eine Pause, ein lang gezogener Piepton. Wegener drückte die Verbindung weg.

Als die S-Klasse ein paar Minuten später vorfuhr, hatte es aufgehört zu regnen. Auf den Betonplatten des Innenhofs spiegelten flache Pfützen helle Himmelflecken. Wegener klappte den Schirm zusammen. Der Puppenhausbewohner blätterte hastig auf seinem Klemmbrett, suchte die Ankündigung irgendeiner West-Minister-Visite, die er verpennt hatte.

»Kann man hier parken?« Brendel war schon halb ausgestiegen, schwarzer Anzug, weißes Hemd, rote Krawatte. »Guten Morgen erst mal.«

»Platz genug ist ja da«, sagte Wegener. »Morgen.«

Kayser kletterte ächzend vom Beifahrersitz, grüßte kurz mit erhobener Hand und legte den Kopf in den Nacken. »Hübsche Wandfarbe.«

Ebenfalls Anzug, ebenfalls Krawatte, stellte Wegener fest und fragte sich, was die Herren Kollegen über seine Cordhose und den Wollmantel dachten. Ossibulle.

Brendel griff eine Aktentasche von der Rückbank. »Kennen Sie den Laden?«

»Lieber nicht.«

Brendel lächelte verschwörerisch, während Kayser dem Uniformierten ein paar Zettel unter die Nase hielt. Der Uniformierte nickte, sprach in einen Telefonhörer, nickte wieder. Ein Genickmechanismus, der aktiviert wird, wenn er mit BND-Leuten oder Vorgesetzten zu tun hat, dachte Wegener und betrachtete die Wand aus eckigen Betonwaben, die die Glasfront des Entrées zum Hof hin abschirmte und das Vordach stützte. Er versuchte sich Mielke vorzustellen, wie der damals unter dieses Dach chauffiert worden war, in einem schwarzen Volvo mit Chromleisten und rotem Leder. Es gelang ihm nicht. Zweiundzwanzig Jahre lag die Wiederbelebung jetzt schon zurück. Wegener staunte, als er sich das vorrechnete. Das Wiederbelebungs-Regime war längst selbst Geschichte geworden, sämtliche alten Machthaber bis zur Unkenntlichkeit verblasst, die beiden Erichs nur noch Pappfiguren, historische Hanswürste in einem antiken Gruselkabinett, die gezwungen gewesen waren, ihre angesägten Stühle für ebenbürtige Nachfolger zu räumen, und die sich trotzdem nicht grämen mussten, denn ihre Nachfolger würde es eines Tages genauso erwischen wie sie selbst, heimlich, still, leise, ostdeutsch.

Ein zweiter Uniformierter erschien, um den ersten abzulösen. Der erste grüßte mit Hand an der Schirmmütze in Richtung Mercedes und stiefelte zum Haupteingang. Kayser folgte ihm, imitierte den militärischen Gang, drehte sich grinsend um.

Als Wegener hinter Brendel das Foyer betrat, stieg seine Nase sofort in die Stasizeitmaschine: Staub, PVC, Scheuermittel, abgestandene Luft, Beamtenmief, Raumerfrischer, Akten. Ein Geruchsgrau, das noch in hundert Jahren durch diese Mauern wabern würde. Wegener erkannte die eckigen Säulen aus rotem Marmor wieder, die Galerie im ersten Stock, das Wappen mit Fahne und Bajonett, die Gummibäume, Marx' Bartkopf samt Oberkörper, der aus einem Block Bronze ragte. Da steckte er nun, der Karl, nur noch ein Rumpf und trotzdem zu schwer zum Wegwerfen.

»Wahnsinn«, sagte Kayser, »das glaubt mir in Pullach keine Sau.«

Der Uniformierte sprach kurz mit dem Teigklumpen am Empfang, dann eilte er weiter. Kayser blieb direkt hinter ihm, drehte im Laufen eine verstolperte Pirouette, wollte sich keinen Gummibaum, keine Büste, kein Foto entgehen lassen. Geheimdiensttourismus, dachte Wegener und sah noch, dass der Empfangsklumpen jetzt ebenfalls telefonierte. In drei Minuten wusste das ganze Haus Bescheid.

Eine dunkle Marmortreppe führte in den ersten Stock, dann in den zweiten, in den dritten, der Uniformierte und Brendel bewiesen Kondition, Kayser und Wegener keuchten. Durch die Fenster des Treppenhauses freier Blick auf noch mehr graue Plattenblöcke, verschachtelte Anbauten, schmale Brücken über Innenhöfe, dahinter endlose Flachdachlandschaft. Stasi Stadt.

»Wahnsinn«, sagte Kayser.

»Das glaubt dir in Pullach keine Sau«, sagte Brendel.

Im vierten Stock bogen sie nach links in einen Gang, nach fünfzig Metern eine Schleuse, noch zwei Uniformierte, gründliche Ausweisprüfung, Aktentaschenkontrolle, Abtasten, ein ausgeschalteter Metalldetektor, wieder fünfzig Meter Flur, jetzt Teppich statt PVC, dann nach rechts, zahllose Türen, kein einziges Namensschild. Der Flur endete in einem großzügigen Vorzimmer mit zwei Schreibtischen, hinter denen bebrillte junge Männer saßen, die kaum von ihren Papieren zu unterscheiden waren, ringsum Aktenstapel und Nanotchev-Modelle, die Wegener noch nie gesehen hatte. In einer gepolsterten Wand eine gepolsterte Tür, der nächste Raum noch größer, Holzvertäfelung, Fahne, Schily-Bild, ein snookertischgroßes Siebziger-Jahre-Möbel, und dahinter, in einem schweren Ledersessel, die Besitzerin eines Friseursalons mit angeschlossenem Sonnenstudio.

»Major Renate Wischinsky«, bellte der Uniformierte mit leerem Blick, schlug die Hacken zusammen, marschierte aus dem Zimmer.

Die Polstertür fiel geräuschlos ins Schloss.

Die Friseuse erhob sich. Ihr plattes Gesicht musste das Ergebnis einer Kooperation zwischen Steinmetz und Sattler sein. Gemeißelte Sehschlitze und Mundspalte, dürrer Nasenhöcker, hartes Kinnviereck, alles mit gegerbtem Ziegenleder überzogen und im Ton der Wandvertäfelung gefärbt. Auf dem Kopf ein Strauß blondiertes Haar, das bis zu den Schultern herabrankte.

Wegener war baff.

Kayser übernahm die Vorstellung. Wischinsky nickte die Namen und Dienstränge ihrer Gäste ab, ließ die Mundspalte geschlossen, setzte sich wieder. Der Snookertisch hielt jeden, der auf die absurde Idee gekommen wäre, Renate die Hand zu geben, auf Distanz. Als Kayser fertig war, präsentierte Wischinsky mit sparsamer Geste drei hölzerne Besucherstühle ohne Kissen.

»Um gleich zur Sache zu kommen«, sagte Brendel schon im Hinsetzen, »ich gehe davon aus, dass Sie über die Faktenlage in der Causa Hoffmann genauestens informiert sind.«

»Sie gehen richtig«, sagte Wischinsky.

Und abends schneidest du mit deiner Stimme Brot, dachte Wegener.

Brendel nickte. »Dann erlauben Sie mir, eine offene Frage zu stellen.«

Wischinskys Mundwinkel wanderten zwei Millimeter nach oben.

Brendel wurde noch ein bisschen freundlicher. »Wie beurteilen Sie die Art und Weise der Tötung?«

»Naiver Dilettantismus«, sagte Wischinsky.

Kayser freute sich. »Dann hat die Staatssicherheit in Zeiten der Wiederbelebung dilettantisch gearbeitet?«

»Die Staatssicherheit hat nie dilettantisch gearbeitet.«

»Das ist mir neu.«

»Sie sind Verbindungsmann, oder?«

»Korrekt.«

»Kein Wunder, dass Sie es nicht zu mehr gebracht haben.«

»Toll«, sagte Kayser, »ich steh auf freche Stasifrauen.«

»Wer hat denn dilettantisch gearbeitet?«, fragte Brendel.

»Die Dilettanten waren auf eigene Faust operierende Alt-kader.« Wischinsky sah von einem zum anderen. »Männer, die glaubten, die DDR dürfe sich nicht entwickeln. Männer, die nicht akzeptierten, dass Herr Honecker in den wohlver-dienten Ruhestand wollte und Herr Krenz bei der Auswahl seiner Geheimdienstbeamten mehr Wert auf berufliche Befä-higung als auf alte Kontakte legte. Diese Männer waren nicht mehr bei der Staatssicherheit beschäftigt und handelten folg-lich nicht in deren Auftrag.«

»Als sie …?« Kayser beugte sich ein Stück vor.

»Als sie ihre von Krenz eingesetzten Nachfolger angrif-fen.«

»Dann gab es diese Morde tatsächlich.«

»Es gab sieben Fälle und einen Versuch. Die Täter wurden gefasst und in einem internen Verfahren verurteilt. Die meis-ten sind inzwischen gestorben, einige wenige sitzen noch ein.«

»Das ist alles?«

»Das ist alles. Ich war 1993 Assistentin des Anklagever-treters. Sie werden hier im Haus also niemanden finden, der Ihnen exaktere Angaben zu diesen Vorgängen machen kann als ich.«

»Deshalb sind Sie heute unsere Gesprächspartnerin.«

»Exakt.«

Kayser und Brendel schwiegen. Ob aus Taktik oder Über-raschung, konnte Wegener nicht feststellen.

»Sie glauben, dass die Staatssicherheit in der Hoffmann-

Sache drinhängt«, sagte Wischinsky. »Ich kann Ihnen nur so viel mitteilen: Mir ist weder ein Täter bekannt noch ein Motiv.«

»War Hoffmann bei der Staatssicherheit?«, fragte Wegener.

»Nein.«

»Auch nicht inoffiziell?«

»Nein heißt nein, Hauptmann Wegener.«

»Weshalb sollte man ihn dann auf diese Weise umbringen?«

»Sie sind der Ermittler.«

»Gibt es eine Akte Hoffmann?« Wegener schlug ein Bein übers andere.

Wischinsky musterte ihn zwei Sekunden lang wie etwas Essbares. »Es gibt eine Akte, die ab 1985 über einen Zeitraum von sechs Jahren unregelmäßig geführt wurde. Der letzte Eintrag datiert vom 23.11.1991.«

»Danach hat es keinen weiteren Vorgang gegeben?«, fragte Kayser.

»Nicht mal ein internes Memo mit der Anregung, einen neuen Vorgang zu eröffnen«, erklärte Wischinsky betont langsam. »Hoffmann hatte seine Arbeit im Beraterstab des Staatsratsvorsitzenden an diesem Tag in aller Form niedergelegt und sonst keine weiteren offiziellen oder inoffiziellen Ämter inne.«

»Zu dieser Zeit wurde die Mauer wieder geschlossen«, sagte Brendel. »Hatte Hoffmann damit irgendwas zu tun?«

»Vermutlich überschätzen Sie den Einfluss eines politischen Beraters«, sagte Wischinsky. »Von Hoffmanns Sorte stehen dem Staatsratsvorsitzenden rund vierzig Leute zur Seite. Spezialisiert auf diverse Fachgebiete.«

»Warum hat Hoffmann nur zwei Jahre nach der Wiederbelebung kapituliert?«, fragte Kayser.

Wischinskys gegerbte Gesichtsmaske zuckte. »Kapitulation ist Ihre Interpretation. Hoffmann war damals um die 60. Er war müde.«

»Die meisten Menschen arbeiten länger.«

»Wenn es Sie stört, dass in der Bundesrepublik notorisch das Renteneintrittsalter angehoben wird, sollten Sie vielleicht auch mal darüber nachdenken, überzusiedeln«, sagte Wischinsky und zog eine abstruse Grimasse.

Das war ein Lächeln, dachte Wegener.

»Politische Berater sind oft bis ins hohe Alter aktiv«, stellte Brendel nüchtern fest. »Aber wir müssen auch nicht drum herumreden, Frau Major. Wir hätten gern eine Kopie der Akte Hoffmann.«

»So, hätten Sie also gern.« Wischinsky nickte verständnisvoll. »Da muss ich Sie leider enttäuschen.«

»Och«, sagte Kayser, »Männer werden so ungern von Frauen enttäuscht.«

Wegener sah auf die Uhr. Gesprächsminute fünf, Zeit für die Geschlechterkarte.

»Sie dürften daran gewöhnt sein, Herr Kayser. Im Übrigen ist die Akte ein Dokument der Geheimhaltungsstufe 1.«

Kayser staunte.

»Die observierte Person stand in direktem Kontakt mit Regierungsmitgliedern.« Wischinsky war jetzt eine Märchentante, die Kindern aus Westdeutschland das MfS erklärt. »Stufe-1-Akten dürfen nicht kopiert werden. Nie, wenn Sie verstehen, was ich meine.«

»Wir nehmen auch gerne vor Ort Einsicht«, sagte Brendel.

Wischinskys Augenschlitze wurden noch eine Spur schmaler. »Die Akte befindet sich nicht im Haus. Oberst Steinkühler hat sie an sich genommen. Er will sie in aller Gründlichkeit einsehen.«

Kayser kicherte, als hätte er einen Witz gehört, den man erst versteht, wenn man schon lacht. Er schlug sich mit einer Hand auf den Oberschenkel und schüttelte den Kopf. Das Kichern wurde noch ein bisschen greller. An seinem kahlen Schädel trat eine dicke Ader hervor.

Brendel und Wischinsky fixierten sich.

Das Kichern sackte langsam ab.

»Wissen Sie, was ich so lustig finde?« Ein etwas irres Grinsen verzerrte Kaysers rotes Gesicht. »Wir stecken dieser desolaten Diktatur hier Jahr für Jahr Milliarden Euro brüderlicher Subventionen in den Arsch, und wenn man dann rüberkommt und auch noch dabei helfen will, die Scheiße abzuwischen, weil ihr nicht mal das allein hinkriegt, dann wird ganz fix die Buxe hochgezogen, damit bloß keiner das Loch sieht.«

Hulvershorn würde sich freuen, dachte Wegener, über so viel hygienisches Engagement.

»Frau Major, wir ermitteln in einer Mordsache.« Brendel klang noch ein bisschen freundlicher als vorher. »Sie verstehen doch sicher, dass wir uns vergewissern müssen, ob die Angelegenheit etwas mit Hoffmanns früherer Tätigkeit zu tun hat.«

Wischinsky nickte schon wieder. »Sehen Sie, Herr Brendel, selbst wenn ich die Dokumente hier im Schreibtisch hätte, dürfte ich Sie Ihnen nicht geben, ohne Geheimnisverrat zu begehen. Stellen Sie einen Antrag auf Sichtung, alles Weitere liegt bei Generaloberst Steinkühler und Minister Schily.«

Kayser starrte an die Decke.

»Sie haben die Papiere ja offenbar gründlich gelesen«, sagte Brendel. »Gab es da Ihrer Meinung nach Informationen, die für unsere Ermittlung relevant sind?«

Wischinsky überlegte einen Moment. Offenbar hielt sie

die Frage für eine Falle. »Sagen wir mal so, ich habe mich beim Lesen ziemlich gelangweilt. Und das kommt bei Stufe-1-Akten nicht oft vor.«

Wegener räusperte sich. »Vielleicht können Sie sich ja doch noch zu ein bisschen mehr Ausführlichkeit durchringen. Es dürfte doch auch in Ihrem Interesse sein, dass Hoffmanns Mörder gefunden wird. Die Westpresse wird Ihre Behörde beschuldigen. Die Tatumstände legen das ja auch nahe. Vielleicht will jemand aus Ihrem Haus der Staatssicherheit schaden. Jemand, der ohne Auftrag handelt.«

»Es gibt bei uns keine Aufträge, Staatsbürger zu ermorden.«

»Es gibt aber, wie Sie wissen, in Hamburg einen Informanten, der behauptet, Zeuge des Mordes an Hoffmann sowie Mitarbeiter der Staatssicherheit gewesen zu sein«, sagte Wegener. »Und der eine Menge Interna ausgeplappert hat.«

»Vermeintliche Interna über Ihren Mordfall vielleicht, aber keine Interna über die Staatssicherheit.« Wischinsky lehnte sich in ihrem Sessel zurück. Das Leder knarzte. »Niemand glaubt die Geschichte vom meuchelnden DDR-Geheimdienst. Der SPIEGEL verfasst gerade seine persönlichen Hitler-Tagebücher.«

»Vermissen Sie einen Ihrer Mitarbeiter?«

»Das Einzige, was ich vermisse, ist das Benehmen von Herrn Kayser. Da wir keinen aktuellen Vorgang Hoffmann haben, gibt es auch keine betroffenen Mitarbeiter, nach denen ich suchen könnte. Das verstehen Sie doch, oder?« Wischinsky guckte fragend in die Runde. »Und zu Ihrer Information: Neunundneunzig Prozent der Mitarbeiter des Ministeriums für Staatssicherheit sind entgegen anders lautender Gerüchte Bürokräfte und keine Berufskiller. Wir haben eine bewaffnete Sondereinheit, deren Gruppenstärke ich Ihnen nicht nennen werde. Diese Herrschaften befinden sich vollzählig auf dem Territorium der Deutschen Demokratischen Republik, und falls sie aktiv werden, dann nicht, um alte Männer zu erhängen und ihnen die Schnürsenkel zusammenzubinden.«

»Und jemand, der vor der Wiederbelebung für die Stasi gearbeitet hat?«, fragte Brendel. »Vielleicht irgendein Ex-IM?«

Wischinsky versuchte es noch mal mit einem Lächeln. »Wir reden hier von 90 000 hauptamtlichen und mehr als 180 000 inoffiziellen Mitarbeitern, Herr Brendel. Im Zuge der Wiederbelebung sind große Aktenbestände vernichtet worden. Der Rest ist nur zu rund 15 Prozent digitalisiert. Wie sollen wir da Ihrer Meinung nach vorgehen?«

»Jetzt hören Sie mal zu«, sagte Kayser laut, »ab Montag werden sämtliche westdeutsche Medien über einen Stasimord berichten, die Konsultationen sind so gut wie abgesagt, im nächsten Frühjahr ist Ihr sozialistisches Schlaraffenland pleite, samt seiner kommoden Rentenregelungen. Wie wär's mit ein bisschen Vaterlandsliebe, Renate?«

Gleich platzt die Lederhaut, dachte Wegener, reißt ein, pellt sich ab, Frau Major greift sich in Agentenfilm-Manier an den Kragen, zieht die braune Maske samt Perrückenranke vom Kopf, darunter ein hagerer, zahnloser Greisenschädel mit dünnem Flaum und speichelnden Mundwinkeln – Mielke.

»Wenn ich das richtig sehe«, sagte Wischinsky in Gefriertemperatur, »sitzen hier drei Sonderermittler, die einen Toten haben, dessen Ermordung stümperhaft eine seit zweiundzwanzig Jahren nur gerüchteweise bekannte, illegale Praxis subversiver Elemente zitiert. Drei Sonderermittler, die des Weiteren selbst gar nicht an einen Täter in den Reihen der Staatssicherheit glauben, weil es nirgendwo das kleinste Motiv gibt, und die außerdem keine blasse Ahnung davon haben, wie man einen solchen Täter ermitteln sollte, wenn es ihn denn gäbe. Ich bin angehalten, in dieser Ausnahmesituation mit Ihnen zu kooperieren, meine Herren, aber ich bin weder dazu angehalten, Ihnen geheimdienstliche Dokumente zu beschaffen, zu deren Kenntnisnahme Sie nicht befugt sind, noch Ihnen eine Erfolg versprechende Suche nach mysteriösen, mordenden Ex-Agenten in streng geheimen Ex-Agenten-Dateien zu suggerieren, die nicht existieren. Wenn Sie einen Rat wollen: Machen Sie Ihre Arbeit und machen Sie sie gut. Gibt es noch irgendetwas, das wir besprechen müssten?«

Was für eine Stille, dachte Wegener. Sie funktionieren immer noch, die alten Polsterwände. Sie schaffen schallisolierte Inseln, Totenruheräume mitten im kreischenden, jaulenden, ächzenden Berlin, geräuschfreie Zonen, in denen Gedanken aufeinanderprallen können wie Kettenpanzer beim Frontalzusammenstoß, maximal konträre Kräfte. Weil es gerade so schön still war, legte er Fischers Gärtnerausweis auf den Snookertisch. Ein leises Schnappen, als das Plastikkärtchen auf die Holzfläche flatschte.

Wischinsky griff nach dem Ausweis und betrachtete ihn. Ihre Augenschlitze wurden millimeterweise größer.

»Können Sie uns sagen, auf welches Objekt sich dieses Dokument bezieht?«, fragte Wegener freundlich. Die Ledermaske nahm jetzt einen Ausdruck an, den er bislang für unmöglich gehalten hätte. Irgendetwas zwischen Unglauben und Erkenntnis, das nicht mal in einem gemeißelten Gesicht versteckt werden konnte.

»Wo haben Sie den her?«

»Ich nehme an, Frau Major, dass Sie uns sagen können, was das Kürzel bedeutet?«

»Berlin Wandlitz, Sonderschutzzone 1.« Wischinsky hob

den Blick und sah Brendel an. »Dieses Papier berechtigt zum Betreten des Regierungsviertels.«

»Sie erwähnten, Sie seien angehalten, mit uns zu kooperieren«, sagte Kayser. »Welche konkreten Maßnahmen umfasst diese Kooperation?«

Jetzt war Renate aus dem Konzept. Die zweite emotionale Regung innerhalb einer Minute, stellte Wegener fest: Verwirrung.

»Herausgabe von Dokumenten bis Geheimhaltungsstufe 3«, spulte Wischinsky ab, »Nennung nicht streng vertraulicher Quellen, Durchführung nachrichtendienstlicher Maßnahmen.«

»Abhöraktionen?«, fragte Brendel.

Wischinsky ließ den Ausweis sinken und legte ihn vor sich auf den Tisch. »Akustische Wohnraumüberwachung und Personenobservation.«

»Dann wenden wir uns im Bedarfsfall direkt an Ihr Büro. Ich möchte Sie bitten, die von uns angeforderten Maßnahmen intern weder zu kommunizieren noch zu dokumentieren.«

»Das kann gewährleistet werden«, sagte Wischinsky hölzern. Ihr Lederkopf war immer noch in Wandlitz.

Brendel und Kayser standen auf.

Wischinsky blieb sitzen. »Von dem Ausweis lasse ich Ihnen eine Kopie machen.«

»Tut mir leid«, sagte Kayser und grapschte sich das Kärtchen mit einer sportlichen Bewegung vom Schreibtisch, »aber der Ausweis ist Asservat in einer bilateralen Sonderermittlung und unterliegt den Geheimhaltungsbestimmungen der Stufe A. Dokumente der Stufe A dürfen nicht kopiert werden. Nie.«

Wischinskys Mundschlitz bebte. Für eine Sekunde schien

ihre rechte Hand nach einem Alarmknopf oder einem Maschinengewehr oder einer russischen Atomrakete zu tasten, dann ballte sie eine Faust, dass unter der negerbraunen Solariumshaut weiße Knöchel hervortraten.

»Wir freuen uns auf die weitere Zusammenarbeit und wünschen noch einen schönen Tag«, sagte Brendel.

Kayser und der Ausweis waren schon draußen.

Vor der Polstertür warteten zwei neue Uniformierte, die die Führung bis zum Haupteingang übernahmen. Einer ging vorn, einer hinten.

Als sie auf den Hof traten, posierten rund zwanzig Männer in stasifarbenen Anzügen abwechselnd an der Mercedes-Motorhaube und fotografierten sich gegenseitig mit ihren Minsk-Kameras.

Dann krachte es.

12

Vielleicht eine Gasleitung«, sagte Borgs.

Die maroden Kachelwände der Karl-Marx-Allee fuhren an Wegener vorbei, ihre pompösen Boulevardlüster, die ihm immer wie Nazi-Laternen vorgekommen waren, darunter leere Gesichter auf dem breiten Bürgersteig, telefonierende, ängstliche, starrende. Die schwarze Rauchwolke war inzwischen so hoch gestiegen, dass sie über den Flachdächern erschien, eine wachsende, höhnische Riesenfratze, an den Seiten vom Wind ausgefranst.

Brendel stoppte an einer roten Ampel.

»In der Normannenstraße haben auf jeden Fall die Wände gewackelt«, sagte Wegener, presste das Minsk ans Ohr und drückte auf den Fensterheberknopf aus Wurzelholz. Die Wagenscheiben fuhren hoch, aber Borgs' Antwort ging trotzdem unter, der Gegenverkehr hatte schon den nächsten Schwung Feuerwehrwagen herangeschwemmt. Ein panischer Sirenenchor steigerte sich bis zur Schmerzgrenze.

Brendel rief Kayser etwas zu, Kayser rief etwas zurück.

Draußen hielten sie sich die Ohren zu. Fahle Sonne tauchte die Kreuzung in kaltes Licht, Passanten mit Elfter-September-Mimik überquerten die Straße, die Blicke in den Himmel gehoben. Zum ersten Mal beachtete niemand die S-Klasse.

Endzeitstimmung, dachte Wegener und sah auf sein Minsk. Die Verbindung zu Borgs war angezeigt, hören konnte er nichts. Für ein paar Sekunden hatte er das Gefühl, nur noch

Zuschauer zu sein. Als ginge ihn das Ganze hier nichts mehr an. Ausreiseantrag gestellt, bewilligt, nachher über die Grenze und nie wieder zurück. Karolina, ihr eisernes Desinteresse an ihm, der sozialistische Trümmerhaufen, die staatlichen, amtlichen, privaten Lügen, alles verlassen, vergessen, gekündigt, für immer. Noch ein letztes Mal Stadtrundfahrt durch den wilden Osten: die Mittagstisch-Schlange vor dem »Jelzin«, trotz des Lärms alle Wartenden mit Telefon am Ohr. Auf den Dächern der gammelnden Arbeiterpaläste steinerne Statuen wie Reihen tiefgefrorener Scharfschützen, dahinter die wuchernde, schwarze Wolke, die aussah, als hätte sie in einer Stunde ganz Berlin im Griff, eingehüllt, auf ewig verdunkelt. Ein großer Verlust wäre es nicht: rostende Phobosse am Straßenrand, die Kiosk-Markise mit dem verblichenen Club-Cola-Schriftzug; die BULETTA Imbiss-Station mit der Wart-Burger-Reklame, auf der sich zwei übertrieben große Gesichtsklöpse zwischen ihren Brötchenhälften anlächelten, das gelbe B von BULETTA auf dem Rücken liegend, die billige Kopie des westlichen M. An die Kachelwand daneben hatte jemand DDR gesprüht und den mittleren Buchstaben mit einem schwarzen Kreuz für tot erklärt.

»Hallo?«, rief Wegener in sein Minsk und merkte zu spät, wie lächerlich hilflos das klingen musste.

Brendel fuhr wieder an. Der Sirenenlärm war im Hintergrund abgebogen. *Die Verbindung zu Borgs' Mobil wurde unterbrochen.*

Kayser drehte sein fragendes Gesicht in Richtung Rückbank.

»Eine Explosion am Palast«, sagte Wegener.

Kayser nickte, als hätte er nichts anderes erwartet. »Und?«

»Gasleitung. Wird vermutet.«

»Ach, das liebe Gas.« Kayser guckte schon wieder nach vorn.

Karolina, dachte Wegener, die hat doch ab und zu Termine im Prozzo. Er klickte sich in die Anruflisten und drückte auf Wählen. Im Display blinkte *Netzstörung*.

Neuer Sirenenlärm kam näher, Streifenwagen rauschten vorbei, dahinter Mannschaftsbusse, dann noch ein Streifenwagen.

Brendel suchte Wegeners Blick im Rückspiegel. »Vielleicht ist das doch nicht der richtige Zeitpunkt für einen Besuch in Wandlitz.«

»Oder gerade. Viel mehr gibt's ja nicht zu tun.«

»Da hat er Recht«, stellte Kayser fest. »Dank dieser faschistoiden Majors-Trockenpflaume. Bei der steht vielleicht ne Menge in ihren heißgeliebten Akten, aber von der Wandlitz-Sache hatte sie keinen Schimmer.«

»Wenigstens wissen wir jetzt, dass der Ausweis echt ist«, sagte Brendel. »Oder eine erstklassige Fälschung.«

Wegener starrte aus dem Fenster. Ein irre gewordener Ameisenhaufen, den irgendjemand mit dem Stiefel erwischt hatte, mitten rein, empfindlich getroffen. Ein Gedanke schlich sich an, kam näher, machte sich breit: Hoffmanns Ausweisfälscher. Wenn man den hätte. Diesen Typ dazu bringen, einen BRD-Pass zu machen. Und einen Polizeiausweis, Kripo Berlin West. Wenn der Typ keine Lust hat, krieg ich ihn dran, dachte Wegener, Urkundenfälschung im Fall Hoffmann, Unterstützung von Staatsfeinden, ab nach Bautzen. Also hat er Lust. Fälscht für mich zusammen, was immer ich will. Brendel besorgt über Beziehungen die nötigen Blankodokumente. Wenn die Mordsarbeit erledigt ist, reisen nicht zwei, sondern drei Beamte zurück in den Westen. An irgendeiner alten Grenzstation in Thüringen. An einer mit alten, störungsanfälligen Kameras. Als Duo rein, als Trio wieder zurück. Die Exportnation DDR macht ihrem Namen alle Ehre.

*

»Wie geht's denn dem ollen Borgs? Raucht immer noch wie Eisenhüttenstadt, was?« Karl-Heinz Meffert schlurfte über den weißen Kies auf einen gepflegten Garagenhof zu und grinste wie ein Pferd. »Kriegte damals schon sein Kraut aus Kuba. Weiß der Geier, wen von den Kastraten er an den Eiern hat! Harr-harr!«

»Raucht und hustet«, bestätigte Wegener.

»Aber gute Ware«, sagte Brendel, »ich durfte mal.«

Mefferts Pferdegrinsen wurde zum Kamelgrinsen. »Und bei Ihnen drüben ist das alles schon ad acta mit der Quarzerei, überall verboten und so, was? Sic transit, Freunde des Genusses, sic transit!«

»Privat ist noch. Das war's.«

»Lieber eine Diktatur des Proletariats als eine Diktatur des Protektariats.« Meffert war vor einer Doppelgarage stehen geblieben, kramte den Schlüsselbund eines vielbeschäftigten Gefängniswärters aus der Jackentasche und schloss auf. »Jetzt fällt Ihnen gleich die Fettbemme aus dem Gesichtsfeld, das ist ein Versprechen!«

Der rechte Torflügel öffnete sich ohne jedes Quietschen.

Ein Papamobil, Unfallwagen, dachte Wegener. Oder ein viersitziger Rasenmäher.

Meffert kratzte sich die glänzende Glatze. »Bitte Platz zu nehmen auf einem waschechten Staatsgeheimnis. Wer Kayser heißt, soll vorne sitzen. Die anderen Herren bitte nach hinten.«

»Ein Buggy?«, fragte Brendel ein bisschen fassunglos. »Von Trabant?«

Meffert sackte hinters Steuer. »Buggy kenn ich nicht. Hier heißt das Ding nur *unser Golf.*« Er drehte den Zündschlüssel um, der Motor sprang knatternd an. »Sie verstehen?«

Wegener setzte sich neben Brendel auf die Rückbank. Weiche Kunststoffpolster, keine Anschnallgurte. Der Auspuff röhrte. Meffert hatte sich in seinem Fahrersessel halb umgedreht, legte den Arm um den Beifahrersitz und steuerte mit gebleckten Zähnen rückwärts aus der Garage. Es roch nach faulen Eiern und Brendels Bonbonparfum.

»Der fährt aber nicht mit Sonnenblumenöl.«

»Der letzte Diesel der DDR«, rief Meffert, »naja, fast!«

Kayser lächelte. Zum ersten Mal, dachte Wegener. Keine Arroganzmimik, keine Blasiertheitsgeste, kein Überlegenheitsgetue. So sieht Herr Kayser vom BND aus, wenn er glücklich ist. Vielleicht, weil er vorne sitzen darf. Oder weil Meffert den Arm um seinen Sitz gelegt hat. Ein feixendes Liebespaar, Ost und West. Beide keine Haare, aber fröhlich vereint auf einer motorisierten Hutschachtel.

»Hier ist ja damals alles plattgemacht worden, zweiundneunzig. Das ganze Wandlitzer Ghetto. Standen nur noch die Bäume.« Meffert kurbelte mit rechts und malte mit links einen Kreis in die Luft. »Areal verfünffacht, alles neu aufgebaut, größere Häuser, größere Grundstücke und hinten dran ein Golfplatz. Wunsch vom Chef.«

»Achtzehn Loch, nehme ich an«, sagte Brendel.

»Gott bewahre. Neun!« Meffert schaltete in den Vorwärtsgang, gab Gas und preschte über den Hof, dass der weiße Kies flog. »Wir sind in der DDR, da gibt's ohnehin schon zu viele Löcher. Sie verstehen?«

Wegener beugte sich vor. »Achtung spielt Golf?«

»Er versucht es.« Meffert bog hinter der letzten Garage auf einen asphaltierten Weg ab. »Hat ja oft Staatsgäste hier, dachte vielleicht, die wollen auch mal. Und damit man nicht den ganzen Tag rumlatscht, sondern auch bisschen Zeit übrig hat, um den Sozialismus zu retten, wurde dann die Karre hier in Auftrag gegeben.«

»Von Krenz persönlich?«, fragte Kayser.

»Von Achtung persönlich«, bestätigte Meffert. »Prototyp.«

»Was soll das eigentlich immer mit diesem *Achtung*?«, fragte Kayser.

»Der Achtung heißt halt Achtung«, sagte Meffert, »ein Spitzname. Das kommt von den Alpen, Herr Wegener, oder?«

»Fragen Sie mich nicht.«

»*Egon* ist ein Warnruf der Bergsteiger«, sagte Brendel. »Bedeutet so viel wie *Achtung, Steinschlag!*«

»Die ewige ostdeutsche Angst, eins auf den Kopf zu kriegen«, sagte Kayser. »Fährt Achtung denn auch mit seinem Prototyp?«

»Nee, fahren muss ich ihn!« Mefferts Kamelgrinsen blühte wieder auf, er ging vom Gas, steuerte einen Miniaturkreisverkehr an. In der Mitte des Kreisels verblühte Rosenrabatten. Wohin man sah, gepflegte Parklandschaft: alte Hängebuchen, Linden und Weiden auf kurzgemähtem Rasen. Kaninchen hoppelten herum, die Ohren aufgestellt. Professionelle Lauscher, dachte Wegener. Stasitiere. Überall in Wandlitz versteckt, um die Regierung auszuhorchen. In diesem Land ist man nirgendwo sicher und am wenigsten dort, wo man es erwartet. Der misstrauische Ermittler misstraut Wandlitz, hätte Früchtl gesagt. Und den Kaninchen.

»Wie lange machen Sie das schon?«

»Dreiundzwanzig Jahre und fünf Monate«, sagte Meffert, ohne zu überlegen, und bog in den ersten Abzweig des Kreisverkehrs ein. »Zwei Jahre am Haupttor, Kontrollposten. Dann Einzelobjektbewachung. Nach der Wiederbelebung Fortbildung zum Sicherheitsreferenten, irgendwann stellvertretender Sicherheitsbeauftragter nationale Sonderschutzzone B-W-1, dann Sicherheitsbeauftragter nationale Sonderschutzzone B-W-1.«

»Eine Karriere«, sagte Kayser.

»Sie meinen: eine Stasikarriere«, sagte Meffert und verschaltete sich. Das Getriebe kreischte, der Wagen zuckte, dann war der richtige Gang drin.

Jetzt beugte Brendel sich vor. »Der Sicherheitchef macht den Golfplatzchauffeur für Krenz?«

Meffert bellte ein kurzes Lachen. »Das sind unsere Besprechungstermine, Herr Brendel! Da wird alles bekakelt, was das Quartier betrifft. Frische Luft, niemand hört und niemand stört. Zwischendurch macht der Chef Abschlag. Und dann wird einer eingelocht. Sie verstehen?«

»Würde mir auch Spaß machen, mit diesem Ding hier rumzugasen«, stellte Kayser fest. »Das kann was.«

»Ja, klar!« Mefferts Kopf wippte. »Trabant de luxe. Besser gefedert als jeder Phobos, bessere Sitze, besserer Motor.«

»Und bessere Gegend«, sagte Wegener.

Hinter Baumkronen, Hecken und schmiedeeisernen Zäunen versteckten sich die ersten Villen. Schwarz glasierte Dachziegel und weiße Fassadenteile blinkten durch die Blätterwände. An sämtlichen Torpfosten Überwachungskameras. Auf den Zäunen gerollter Stacheldraht.

»Sieht ganz schön nach Westen aus, der Osten, was?«

»Sieht manchmal auch ganz schön nach Osten aus, der Westen.«

»Harr-Harr!« Meffert bog in eine breite Parkallee ein. Alte Eichen standen sich gegenüber. Große Schattenflecken auf dem glatten Asphalt. Kein einziges Schlagloch, stellte Wegener fest und legte den Kopf auf die gepolsterte Nackenstütze. Über ihm griffen die knorrigen Äste der Bäume ineinander, kreuzten ihr schweres Holz, reichten sich über die geteerte Grenze hinweg hundert Hände mit mageren Fingerchen, wurden zu einem dunklen Dach, von hellen Punkten durchstochen. Meffert gab Gas und die Punkte verschwammen, der Blätterbaldachin wurde flächig.

Plötzlich dünnes Reifenquietschen.

Gedämpftes Röhren.

Wegener und Brendel drehten sich gleichzeitig um.

Etwas flog ihnen vom Ende der Allee hinterher, kam auf sie zu, blitzte, wenn es von den Lichtpunkten getroffen wurde. Das Röhren steigerte sich in Sekundenschnelle, wurde zur glotzenden Kühlervisage eines breiten, schwarzen Volvos, zu vier, fünf, sechs schwarzen Volvos, die wie an einer Schnur gezogen vorbeisausten, verzerrte Spiegelungen des Buggys und der Eichenstämme in den getönten Scheiben, sechs identische Momentaufnahmen, dann waren die Wagen wieder in den Baumschatten abgetaucht, nicht mehr zu sehen, Tarnkappenlimousinen, nur das Röhren blieb in der Luft, als schwebe direkt über ihnen eine alte Tupolev. Irgendwo weit vorn brannten rote Bremslichterflecken. Reifenquietschen. Das Röhren ebbte ab.

Niemand sagte etwas.

Der Hase Hoffmann, dachte Wegener während der Fahrtwind ihm kräftig in die Haare griff, was hat der Hase Hoffmann in Wandlitz belauscht, hinter den Hecken, die er als Emil Fischer zurückschneiden musste? Was hatte er mitgehört, rasenmähend und blumengießend, während die Bonzen

Bonzenkaffee auf der Bonzenterrasse tranken oder Bonzenwhisky in der Bonzenbibliothek? Was war ihm zu Ohren gekommen und hatte ihn seinen faltigen Hals gekostet? Als Wegener den Kopf nach links drehte, sahen Brendels Blauaugen ihn an, durchschauten ihn, direkt und ohne sich für diesen Blick zu schämen. Für ein, zwei Sekunden unterhielten sich vier Augen, zwei blaue und zwei graugrüne, auf der ledergepolsterten Rückbank des einzigen DDR-Buggys der Welt, in dem demnächst vielleicht Krenz und Lafontaine sitzen und sich genauso brüderlich-entfremdet anstarren würden. Wegener schaute wieder nach oben ins Blätterdach und wusste nicht, was er gerade im Blau von Brendels Augen gelesen hatte.

Am Ende der Allee bremste Meffert und bog von der Straße auf den Rasen ab, umkurvte einen Teich mit dichten Schilfrändern, fuhr an einer Gruppe Eichen vorbei, einen Hügel hinab. Der Buggy holperte über Wurzeln, rumpelte, alle hopsten auf ihren Sitzen, dann waren sie unten. Eine sportplatzgroße Wiese öffnete sich. Weit hinten leuchtete eine cremefarbene Villa.

»Der Tempel da drüben«, rief Meffert, »die Residenz Krenz! Heißt bei uns nur *Avecsouci*! Sie verstehen?«

Dann trat er das Gaspedal durch. Der Buggy machte einen Satz und schoss auf die freie Fläche. Kayser hielt sich mit beiden Händen am Seitenholm fest, ein kräftiger Luftzug pfiff durch den offenen Wagen, Wegener duckte sich, Brendel versuchte, seine flatternde Krawatte einzufangen. Die Tachonadel stieg auf 50, dann auf 60 km/h.

»Und da sind die Volvos gerade hingefahren?«, rief Brendel. »Zu Krenz?«

Meffert lenkte nur mit der rechten Hand. Der Gegenwind schien sein Grinsen noch breiter zu machen. »Innenministerium, Außenministerium, Sicherheit, Begleitfahrzeuge. Ich hab Kennzeichen in meinem Schädel, das glauben Sie gar nicht! Die ganze Birne, alles voll Kennzeichen! Wollte mich schon bei Lippert anmelden! Wetten, dass ich …«

»Also ist irgendwas im Busch!«, schrie Kayser gegen das Pfeifen an.

Die Nadel stand jetzt bei 70 km/h.

»Solche Fragen bitte an den Chefgärtner! Sie verstehen? Harr-Harr!« Meffert ging abrupt vom Gas, stieg auf die Bremse, Brendel und Wegener rutschten gegen die Vordersitze. Meffert schlug das Lenkrad ein und steuerte auf ein Birkenwäldchen zu.

Der Buggy nahm wieder Fahrt auf. Wegener sah, wie Kayser sich krümmte. Die Kayser-Fäuste klammerten sich an den Seitenholm. Das Birkenwäldchen kam näher, Meffert bremste nicht, gab lieber noch mehr Gas, wurde schneller, hielt das Steuer mit einer Hand auf Kurs, saß wie erstarrt, peilte, lenkte, rauschte exakt zwischen zwei grauweißen Stämmen durch.

Kayser richtete sich langsam auf.

Wegener merkte, dass sein Herz raste.

»… Wetten, dass ich sämtliche Kennzeichen der für Wandlitz autorisierten Personenkraftwagen anhand der ersten drei Stellen erkenne?«, rief Meffert und lachte ein einsames Lachen.

Der schmale Weg führte durch dichten Birkenbestand, schlängelte sich sanft nach links, dann nach rechts, ließ die Bäume hinter sich und endete auf dem ersten Golfplatz in Wegeners Leben. Saftig grüne Rasenflächen, geschoren wie der graue Kranz um Kaysers Glatze. Hügel, Teiche, eine Sandgrube. Niemand spielte.

Meffert ließ den Wagen auf ein Green zurollen, an dem

zwei Männer in olivfarbener Arbeitskleidung standen. Ein Rothaariger mit kantigem Gesicht redete mit einem Jüngeren, deutete in Richtung Himmel, griff mit beiden Händen in die Luft, als knete er einen schwebenden Teig. Dann sah er den Buggy und machte eine brüske Armbewegung. Der Jüngere nickte und zog enttäuscht ab.

»Anton Dörnen«, sagte Meffert und hielt an. »Gärtnereisicherheitsbeauftragter der Sonderschutzzone B-W-1.« Meffert zeigte Zähne. »Witz gemacht. Den Titel gibt's noch nicht.«

»Harr-Harr«, sagte Kayser.

Dörnen war ein paar Schritte auf den Wagen zugegangen. Mitte vierzig, schätzte Wegener. Ehrliches, hartes Gesicht. Ein dünner, rotblonder Schnurrbart, den man erst sah, wenn Dörnen direkt vor einem stand.

Meffert wartete, bis alle ausgestiegen waren.

»Anton, großes Aufgebot. Wir haben Besuch von Herrn Kayser, Bundesnachrichtendienst der Bundesrepublik Deutschland, Herrn Brendel von der Kripo Berlin West, und von Herrn Wegener, Volkspolizei Berlin. Es geht um Emil.«

Dörnen verteilte kräftige Händedrücke, kreuzte anschließend soldatisch stramm die Arme hinter dem breiten Rücken und guckte mäßig erwartungsvoll in die Runde.

»Mehr weiß ich selbst noch nicht«, sagte Meffert in Richtung Dörnen, zog ein silbernes Etui aus der Hosentasche und nahm ein Zigarillo heraus. »Dachte, wir besprechen das gleich gemeinsam. Kannte den Emil ja nicht so gut wie du.«

Dörnen nickte.

Wegener lehnte Mefferts Zigarilloangebot mit einem Kopfschütteln ab. »Herr Dörnen, seit wann ist Emil Fischer hier in Wandlitz beschäftigt?«

»Ich bin seit 2003 dabei«, sagte Dörnen mit Bass-Stimme, »da war Emil schon da. Ich würde sagen, Ende der Neunziger. Das genaue Datum haben wir in den Akten.«

»Ende der Neunziger kommt hin«, sagte Meffert.

»Ist ein Achtzigjähriger nicht viel zu alt für so einen Job?«

»Überhaupt nicht«, sagte Dörnen. »Emil ist topfit, wie man bei Ihnen sagen würde. Unser Rosenexperte. Züchtet selbst. Keiner, den ich kenne, hat mehr Erfahrung als er.«

»Seine Tätigkeit hier kostet ihn kaum körperliche Kraft«, erklärte Meffert. »Er liebt seinen Job, kommt unter Leute, hat eine Beschäftigung. In der DDR wird die Arbeitskraft älterer Menschen geschätzt.«

»Leider auch an der Staatsspitze«, sagte Kayser.

»Und was ist Fischer für ein Typ?«, fragte Brendel.

»Ein guter«, sagte Dörnen. »Zuverlässig, freundlich und schlau. Wir nennen ihn den Professor.«

Wegener nickte. »Vielleicht kommt Ihnen die Frage seltsam vor, aber haben Sie jemals gedacht, dass mit diesem Emil Fischer etwas nicht stimmen könnte?«

Dörnen sah aus, als wären ihm gerade seine neun Greens verwelkt. »Nein.«

»In den ganzen Jahren keine ungewöhnlichen Vorkommnisse?«

»Als er vor vier Tagen nicht zur Arbeit erschien, ohne sich abzumelden, da haben wir uns Gedanken gemacht. Seitdem können wir ihn nicht erreichen. So was ist völlig untypisch für Emil.« Dörnen betrachtete seinen Rasen. »Ich nehme an, er ist rüber?«

»Warum nehmen Sie das an?«

»Das ist doch wohl klar.«

»Nein, das ist mir überhaupt nicht klar.«

Dörnens hartes Gesicht sah aus, als wollte es gleich lächeln. »Sind die Herrschaften aus dem Westen zum Golfspielen hier?«

»Klettern Ihre Gärtner öfter über die Mauer?«, fragte Kayser.

»Kommt drauf an, welche Mauer Sie meinen.«

Meffert bellte ein kurzes Lachen und klopfte Kayser auf die Schulter. »Grundkurs Wandlitz, Folge eins: Die DDR hat drei Mauern. Eine an der innerdeutschen Grenze, die kennen Sie zur Genüge, eine um die Sonderschutzzone Wandlitz, eine um *Avecsouci*. Wir sind hier also, wie man bei uns sagt, hinter der zweiten Mauer.«

»Es wäre nett, wenn Sie jetzt mal erzählen, was mit Emil ist«, sagte Dörnen. »Wir machen uns nämlich Sorgen.«

»Er ist tot«, sagte Kayser.

Dörnens Gesicht verhärtete sich noch mehr.

Ahnungslos, dachte Wegener. Hatte neun Jahre lang ein Ei im Nest und hält seinen Emil für einen Republikflüchtling.

»Herr Meffert, wie umfangreich werden die Leute durchleuchtet, bevor man sie in Wandlitz arbeiten lässt?«, fragte Brendel.

»Umfangreicher als irgendwo sonst.« Meffert blies eine Rauchwolke in die Luft. »Polizeiliches Führungszeugnis, zwei unabhängige psychologische Gutachten, Gesinnungsgespräch, detaillierte Überprüfung der Biografie, des gesamten Umfelds. Falls was vorliegt, auch geheimdienstliche Erkenntnisse. So läuft das heute. Früher war es ein bisschen weniger. Und was kommt jetzt?«

»Nicht viel«, sagte Kayser. »Aber vielleicht besprechen wir das in Ihrem Büro.«

Meffert zuckte mit den Schultern, zog an seinem Zigarillo, blies Qualm in die Luft. »Wenn wir hier wirklich ein Leck haben, stehe ich dafür gerade. Und die Bereichsleiter werden sowieso informiert.«

Brendel sah dem Qualm hinterher. »Emil Fischer hat unter falschem Namen bei Ihnen gearbeitet. Er hat ein Doppelleben geführt.«

Schweigen.

»Ich nehme an, er war hier nicht Vollzeit beschäftigt?«

»Zwei, drei Tage die Woche«, sagte Dörnen. Sein hartes Gesicht zeigte nicht die geringste Regung. »Jeweils von März bis Oktober.«

»Hatte er Zugang zu besonders sensiblen Bereichen? Stand er durch seine Tätigkeit mit Regierungsmitgliedern in Kontakt?«

»Nein, absolut nicht.« Dörnen schüttelte den Kopf. »Er war natürlich im ganzen Quartier im Einsatz. Aber zum Rosenschneiden, nicht zum Reden.«

»Zu irgendjemandem muss er Kontakt gesucht haben«, sagte Wegener. »Er hat es geschafft, mit einer falschen Identität hier reinzukommen. Er hat hier jahrelang als Gärtner gearbeitet, und das bestimmt nicht nur aus Liebe zu Rosen.«

»Wie war sein richtiger Name?«, fragte Meffert.

»Den behalten wir vorerst für uns«, sagte Brendel. »Um noch mal auf die Frage von Kollege Wegener zurückzukommen – was kann Fischer hier gewollt haben?«

Meffert achtete auf den Rasen. »Sie dürfen sich das nicht so vorstellen, dass hier einer als Gärtner oder als Koch oder als was-weiß-ich-was angestellt ist, und dann spaziert der nach Lust und Laune herum, schaut bei irgendeinem Minister rein, und wenn zufällig die Terrassentür offen steht, durchsucht er den Schreibtisch.«

»Sondern?«

»Es gibt Dienstpläne mit konkreten Einsatzbereichen und

Zeitvorgaben. Wenn einer vormittags auf dem Golfplatz drei Stunden das Semi-Rough schneiden soll, und mäht stattdessen bei Staatssekretär Kant den Rasen, fliegt er raus.«

»Aber sie haben doch nicht jeden Einzelnen andauernd im Blick.«

»Alle Arbeiter auf dem Gelände tragen einen GLONASS-Sender mit personalisiertem Signal bei sich. Wir wissen immer, wo unsere Leute gerade sind.«

»Das hat in der DDR ja Tradition«, sagte Kayser. »Demnach können wir uns in Ihren Dienstplänen anschauen, was Emil Fischer die letzten sechs Monate alles geschafft hat.«

»Sie können sich anschauen, was er in den letzten zehn Jahren geschafft hat«, sagte Dörnen. »Welche Einsatzabschnitte, welche Zeiten. Wir löschen nichts. Das hier ist eine nationale Sonderschutzzone.«

»Gibt es Bewohner im Regierungsquartier, die so was wie Stammkunden waren?«, fragte Wegener. »Die ihre Rosen nur von Fischer gegossen haben wollten und von niemandem sonst?«

»Die meisten lernen den, der sich um ihren Garten kümmert, gar nicht kennen. Die sind morgens um sieben weg und abends spät wieder da.«

»Aber die Ehefrauen bleiben meistens zu Hause, oder?«

»Dr. Wanser«, sagte Dörnen. »Emil war häufig bei Dr. Wanser. Und der hat keine Ehefrau.«

»Das tut uns natürlich leid«, sagte Kayser. »Was hatte Dr. Wanser denn Schönes für unseren Emil?«

»*Confetti*, *Fair Play* und *Helmut Schmidt*«, sagte Dörnen.

»Ich tippe auf Rosen«, sagte Brendel. »Andernfalls müsste ich Sie fragen, ob Sie getrunken haben.«

»Und natürlich die *Süße Mielke* und *Honeckers Hochgenuss*. Fischers eigene Zuchtlinien.«

»Wer ist dieser Wanser?«

»Dr. Gert Wanser«, sagte Meffert. »Die Rechte Hand von Dath.«

»Kulturminister«, erklärte Wegener.

»Aha.« Kayser sah enttäuscht aus. »Und ist der zu sprechen, dieser Dr. Wanser?«

Meffert warf das Zigarillo in Richtung Waldrand und blies den letzten Rauch durch seine gelblichen Zähne. »Seit zwei Tagen mit Dath in Bulgarien. Irgendeine Literaturrundreise.«

»Aber wir können Kontakt aufnehmen?«, fragte Brendel.

»Über das Ministerium«, sagte Meffert. »Telefon müssten sie mittlerweile haben, die Bulgaren. Was glaubt denn die Polizei, worum es Fischer ging? Anschlagspläne?«

»Nein.« Brendel lehnte sich an den Buggy. »Dafür hätte er keine zehn Jahre in der Erde wühlen müssen. Und ich nehme an, Bomben oder Waffen hätte selbst Fischer hier nicht reinbekommen, oder?«

Meffert lächelte. »Das nehme ich auch an. Was dann? Spionage?«

»Wir wissen es nicht«, sagte Wegener. »Vielleicht auch nur Informationsbeschaffung für den Eigengebrauch. Oder er hatte ein brennendes Interesse an bulgarischen Literaturreisen.«

»Warum denken Sie eigentlich sofort an einen Anschlag?«, fragte Kayser.

Meffert sah prüfend in die Runde. »Na, wegen dem Knall natürlich.«

Kayser machte ein Kindergesicht. »Da ist doch nur eine Gasleitung hoch gegangen.«

Meffert sah ihn an. »Genau. Und die sechs Volvos eben, das war der Kundendienst von Gazprom.«

13

Ich war Nazi, hatte Früchtl mit schwerer Goldkronezunge gesagt, tief in seinen grünen Sessel versunken, dann war ich Kommunist, ich war jung, was hätte ich damals anderes sein sollen, als Nazi, Kommunist, Faschistensozialist. Und heute bin ich Bürger. Ein festgesetzter, alter Bürger hinter Mauern zwar, aber ein Bürger. Wenn diese Nazi-Kommunist-Bürger-Erfahrung in irgendeiner Form lokalisierbar wäre, extrahierbar, aus dem Stammhirn abzusaugen, in ein Serum verwandelbar, das man Neugeborenen spritzen könnte, hatte Früchtl gesagt, gern in den Hinterkopf, dann hätte ich mein vermaledeites Leben nicht umsonst gelebt, dann wäre endlich Schluss mit den ewigen Irrwegen jeder neuen Jugend, deren Ideologiewegweiser immer nur nach rechts und links zeigten und niemals geradeaus. Dann hätte mein eigenes Überlaufen und Umdrehen und Hitlergrüßen und Stalinküssen wenigstens einen Zweck gehabt, wäre nicht umsonst gewesen, hatte Früchtl gesagt, Josefs Menschheitsdienst zur Hervorbringung eines Heilmittels gegen die gottverdammte Seuche *Redundante Politische Generationendämlichkeit*. Dann besäße der große Verlust vielleicht einen kleinen Sinn. Ach, du Kindheit! Du Jugend! Du Mannesalter! Du beste Zeit! Du elende Scheiße!, hatte Früchtl gerufen, solange die eigene Generation beweglich genug gewesen sei, um vor jemandem zu buckeln, habe sie auch gebuckelt, so ausgiebig gebuckelt, bis allesamt einen Buckel bekommen hätten, und nun sei die eine

Hälfte der Kameraden lange tot, eingegangen an Führern und Verführern des verstorbenen Jahrhunderts, des beschissensten seit Menschengedenken, während die andere Hälfte steif geworden wäre, erstarrt in krummer Demut, für immer verbogen vom gruseligen Untertanengeist, schief und feist und nie gereist. Wenn man im Hirn nur das Ideologiezentrum finden könnte, den Punkt, an dem sich politische Verblendung verdichtet, und wenn man da mein Erfahrungsserum reinspritzen könnte, hatte Früchtl geschrien, ampullenweise Weisheit, die im Schädel augenblicklich zur klebrigen Erkenntnis karamellisiere, zur dauerhaftenden Einsicht, wenn man diese Stelle hätte, um sofort das Gelernte abzusaugen, zu kopieren, um die Menschheit zu impfen: dann würden wir uns eine Bürgermenschheit erfinden, von Kindesbeinen an politisch zentriert, die erste schlaue Schöpfung, immun gegen jede Sorte Extremisteneinfluss. Gottes Murks und Früchtls Beitrag. Der Logik nach müsse diese Erkenntnis übrigens weder rechts noch links im Kopf zu finden sein, sondern überaus exakt in der Mitte.

Ich war Nazi, dann war ich Kommunist, sagte Wegener, setzte die Bierflasche an und trank. Vor eineinhalb Jahren hatte das Minsk noch keine Diktierfunktion, sonst hätte er Major Hacksteak jedes Mal mitgeschnitten, nur ein Knopfdruck und der Alte wäre angesprungen mit seinen Welterklärungen, hätte aus dem Stegreif Volkskammerreden gehalten und Faschisten und Sozialisten gleichermaßen stundenlang mit Dreck beworfen, ohne einmal Luft zu holen, während seine Haushälterin Erna Bock in einer ihrer wild geblümten Schürzen am Herd stand, in Töpfen rührte, köchelte, siebte, brutzelte, würzte, abschmeckte, Abend für Abend die einzige Zuhörerin eines der größten Redner der DDR, Plenum, Volk und Fernsehpublikum in einer geblümten Person. Was für eine Bürde, dachte Wegener. Erna Bock hatte diese Bürde getragen, mit dem gleichen Stolz, mit dem sie ihre Blumenschürzen trug. An den Sonntagen war Wegener zum Ersatzbürdenträger geworden, zum Zweithörer, Hilfskoch, Mitesser. Plötzlich merkte er, wie sehr er diese Stunden in Früchtls verrauchtem Häuschen vermisste. Wie er die Ansprachen, den Bratengeruch, die Blumenschürzen vermisste. Nicht eine einzige Tonaufnahme der anklagenden, dunklen, ironischen Stimme aus dem Sessel besaß er. Dabei hätte man damals nur das Protokollgerät aus dem Präsidium mitnehmen müssen. Nur ein einziges Mal. Wenn man nicht zu blöd dazu gewesen wäre, Gegenwart als Glück zu erkennen. Wenn man nicht immer wieder den stumpfen Fehler beginge, alles, was man liebt, für ewig zu halten, weil einem aus purem Selbstschutz die Fantasie für ein wirklich brutales Verlustausmaß fehlt.

Ich bin niemand, der sich mit einer Flasche Bier auf einen Friedhof setzt, dachte Wegener, und jetzt sitze ich mit einer Flasche Bier auf einem Friedhof, vor dem efeubewachsenen Elterngrab, und das nicht als verspäteter Totenwächter, sondern weil Karolina um die Ecke wohnt, nur zwei Straßen weiter, und weil der Friedhof immer schon eine simple Rechtfertigung war, um in ihrer Nähe zu sein. Als hätten die Alten das Doppelgrab in Weißensee ausgesucht, damit ihm für alle Zeit unnötige Wege erspart blieben. Eine praktische Trauer-Kombistation: Um Vater, Mutter, Früchtl und Karolina konnte man hier im Paket weinen.

Wegener fragte sich, was Brendel denken würde, wenn der ihn hier sähe. Brendel, dem es um ein Haar gelungen wäre, das Ledergesicht Wischinsky mit Charme und Bonbonparfum einzuwickeln. Der Meffert mit einem Lächeln die Kopien sämtlicher Dienstpläne und Personalunterlagen aus dem

Kreuz geleiert hatte. Der im Lauf dieser Ermittlung niemals unfreundlich werden würde, zu niemandem, und wenn sie ihm im Prenzlberg den Mercedesstern abbrächen. Der sich nicht anmerken ließ, was er von diesem verfaulenden Land, dem Wandlitzer Bonzenpark, den alten Hosen seines Ostberliner Kollegen hielt. Wegener stellte fest, dass man Richard Brendel anhimmeln musste, wenn man Martin Wegener hieß. Etwas anderes als pure Bewunderung war gar nicht möglich angesichts eines solchen Höhenunterschieds. Brendel verbuchte Dienstgrad, Westherkunft, Statur, Bonbonparfüm und ein schmal geschnittenes Filmschauspielergesicht inklusive blauer Augen auf seinem Siegerkonto. Und als Bonus einen Dienstwagen, nach dem sich ganz Ostberlin umdrehte. Nicht mitgerechnet all das, was sich noch hinter diesem Schönling verbarg. Sicherlich kochte der Mann perfekt italienisch. War mit einer brünetten Galeristin verheiratet. Und musikalisch. Spielte Klavier. Oder wenigstens Volleyball.

Und dann Wegener: Ostler, einen Kopf kleiner, weniger Haare, weniger Karriere, ein kaputter Wartburg Aktivist, kein Klavier, keine Eltern, keinen Früchtl und keine Frau. Dafür Cordhosen. Wenn es Karolina noch gäbe, dachte Wegener. Wenn die Karolinaschönheit auf mich warten würde, vor der Präsidiumstür, was sie noch nie gemacht hat, aber wenn sie es ab jetzt täte, in den Klamotten dieses Currywurstbudenabends, dann wäre es egal, dass mein Leben mittlerweile hauptsächlich aus *weniger* und *kein* besteht. Karolina würde Brendels Besitztümer aufwiegen. Eine schöne Frau war schon immer der Joker gewesen, der alles andere stach. An der Seite einer schönen Frau wurde spärliches Haar zur intellektuellen Frisur, mangelnde Karriere zur Unangepasstheit, das fehlende Auto zum Umweltbewusstsein, die ostdeutsche

Cordhose Kult. An der Seite von Karolina wäre Brendels Glück eine klischierte Kulisse. Ein bösartiger Bumerang. Plötzlich würden alle Erfolge und Statussymbole nur noch deutlicher machen, dass Brendel keine Karolina besaß. So wie ich selbst keine Karolina besitze, dachte Wegener, was vielleicht weniger furchtbar wäre, wenn es nicht eine Zeit gegeben hätte, in der ich eine Karolina besaß. Dass ich Karolina mal gehabt habe und jetzt nicht mehr habe, das ist, als würde man den allerletzten Menschen der Welt mit den allerletzten Alkoholreserven der Welt süchtig machen.

Das Minsk klingelte.

Telepathie. Brendel oder Karolina. Oder beide. Eine Konferenzschaltung zum Thema Haarausfall und Minderwertigkeitskomplexe.

Wegener zog das Telefon aus der Hosentasche.

»Frank?«

»Diese Unterlagengebirgskette!« Stein klang weinerlich. »Dieser Dokumentenozean! Ich lese noch Hoffmanns Essays und Stromrechnungen, wenn der Sozialismus in den Kommunismus übergeht!«

»Dann ist es wirklich viel.«

»Man wird ein halber Politikwissenschaftler. Wenn ich das richtig verstehe, predigt Hoffmann eine Mischform aus DDR und Bundesrepublik. Verrückt, oder? Das Beste aus zwei Welten, eine Mischform von West und Ost, sozusagen. Und das nennt er den, warte – den: Posteri … scheiße ….«

»Den was?«

»Po-steri-ta-tismus.«

»Ich war Nazi, dann war ich Kommunist«, sagte Wegener.

»Was warst du?«

»Hilft uns der Krempel weiter?« Wegener trank einen Schluck Bier.

»Dieser Posterischeiß? Man weiß es nicht. Aber einer der Aktenordner hier vielleicht.« Papier raschelte. »Hab ich heute Morgen gefunden, Kopien eines Grundbucheintrags. Hoffmann besitzt zwei Mehrfamilienhäuser in Heidelberg, die er vermietet. Daher der Wohlstand. Außerdem hat er offenbar eine Datsche in Mecklenburg.«

Wegener trank noch einen Schluck und ließ seinen Blick über den Friedhof wandern. Die Dämmerung hatte inzwischen sämtliche Farben verschluckt. Nur zwei Reihen roter Grablichter leuchteten an beiden Seiten des Hauptwegs. Eine zu klein geratene Startbahn, dachte Wegener, für ausreisende Seelen. Das Grab seiner Eltern war dunkel.

»Martin?«

»Da müssen wir dann wohl mal hin, zu dieser Datsche. Und in Sachen Hoffmann-ist-Fischer irgendwas?«

Frankensteins Tonfall wurde eine Spur fröhlicher. »Keine Zeile, nichts. Bis auf den Ausweis, den ihr schon habt.«

»Hat Brendel noch mit dir geredet?«

»Der hat uns die Wandlitz-Infos reingegeben. War wohl auch nicht so berühmt.«

»Dieser Dr. Wanser«, sagte Wegener, »wäre gut, wenn du dir den mal anguckst. Wahrscheinlich weiß er genauso wenig wie der Rest. Was Hoffmann angeht, ist das ein Tal der Ahnungslosen da draußen.«

»Wanser geht klar. Konferenz morgen um halb neun. Kallweit hat ne Stunde vorverlegt.«

»Wird ja wieder ein grandioses Wochenende.«

»Allerdings. Die Papiere hab ich bis dahin noch nicht durch, das sag ich dir gleich.«

»Und die Explosion? Gasleitung?«

»Niemand weiß was. Das macht das K5 höchstpersönlich, also absolutes Schweigen. Ach so, bevor ich's vergesse, amouröse Briefe haben wir bei Hoffmann gefunden, so was haste noch nicht gesehen, fünfzig Prozent Herzschmerz, fünfzig Prozent Politik.«

»Von der jungen Schönheit?«

»Nee, die sind uralt. Das ist fünfundzwanzig Jahre her. Nur mit einem Kürzel unterschrieben, M. T.«

»Fraglos, die Zeit hasst die Liebe.«

»Mon commandant«, sagte Frankenstein militärisch, »ich muss weitermachen. Bis morgen.«

»Halb neun.«

»Leider.«

Wegener stand von seiner Bank auf, warf die leere Bierflasche in einen Abfallkorb und versuchte sich vorzustellen, dass die vergammelten Reste seiner Eltern tatsächlich zwei Meter unter ihm in dieser kalten Erde lagen. Immerhin hatte ihnen irgendjemand das Efeu gestutzt. Vielleicht die Angehörigen von Eduard Wickensack, 1912–1993, der nebenan lag. Oder der kettenrauchende Sohn der Friedhofsgärtnerei Dierssen.

Im nächsten Sommer pflanze ich, dachte Wegener, ich pflanze ein Beet, das so geblümt ist wie Erna Bocks Schürzen. Ein Schürzenbeet.

Dann ging er über die Grablichterstartbahn in Richtung Westausgang.

*

Als er fünf Minuten später vor Karolinas beigebraunem Gründerzeitbau in der Colombetstraße stand, wünschte Wegener, er hätte fünf Bier getrunken und nicht nur eins. Selbst Verzweiflungstaten wurden immer schwieriger, je länger die Beziehung zurück lag. Am Anfang hatte er es ein paar

Mal geschafft, den waidwunden, besoffenen Liebeskranken zu geben und mitten in der Nacht zu klingeln, ohne sich zu schämen. Irgendwann hatte sich die Scham eingestellt und war nie mehr verschwunden. Mit dieser Scham konnte er nicht mehr klingeln. Egal, wie viel er getrunken hatte. Seine nächtliche Zwangshandlung war zum Plan verkommen. Also durchdacht. Also inklusive zahlreicher Hintergedanken. Selbstmitleid, Eifersucht, Wut und natürlich die Hoffnung auf einen schwachen Moment, der vielleicht zu einer spontanen Vögelei führen konnte, wenn man mit einer Flasche *Rotkäppchen Damenwahl* nachhalf.

Sein Voyeurshauseingangsversteck wie immer: dunkel und leer.

Bei Karolina brannte Licht. Das letzte Stadium einer Beziehung ist das Beobachten des anderen, dachte Wegener, das Abzählen von erleuchteten Fenstern, das Draußensein, während der andere drinnen ist. Nur noch zusehen. Oder zuhören. Teilnehmen, ohne in Erscheinung zu treten. Vielleicht war das ja eine Hauptmannskrankheit. Vielleicht sogar eine Osthauptmannskrankheit. Obsessive Observation. Das Ausleben einer Liebe, die man dem anderen nicht mehr zeigen darf. Weil sie nicht mehr vorzeigbar ist. Eine Liebe, die man nur noch sich zeigt. So eine Liebe ist vielleicht gar keine Liebe mehr, dachte Wegener, so eine Liebe ist vielleicht schon nur noch die Lust am eigenen Leid. Er zog das Minsk aus der Hosentasche und wählte. Nach dem vierten Freizeichen nahm sie ab.

»Martin, ich kann gerade nicht.«

»Schade. Sonst hätte ich noch geklingelt.«

»Tut mir leid.«

»Mir auch.«

»Wo bist du?«

»Auf dem Friedhof, und du?«

»Im Ministerium.«

Früchtl stöhnte im Gehirn, das Stöhnen eines ausgiebig Gefolterten, dem gerade der Folterplan der nächsten Woche aufgemalt wird.

Wegener spürte, wie sein Herz einen Schlag aussetzte. Das erleuchtete Fenster. Karolina vergaß niemals, das Licht auszuschalten, wenn sie das Haus verließ. Für eine Sekunde glaubte er, einen Schatten gesehen zu haben. Einen Schatten, der sich hinter der Gardine bewegte. Viel größer als ein Frauenschatten. Eher der Schatten eines hochgewachsenen Mannes. Ein Brendelschatten.

»Martin?«

»Dachte, du hast wenigstens Samstagabend frei.«

»Die Konsultationen. Ich muss tausend Sachen regeln.«

»Lässt du mir gerade das Gas abstellen?«

Karolina lachte nicht. »Ich meld mich morgen. Oder war was?«

»Wollte nur wissen, ob du heute Mittag im Palast warst und ich dich für den Rest meines Lebens pflegen muss.«

Das wäre die Lösung, sagte Früchtl, dann darfst du die Frau endlich anschauen, solange du willst, sie kann nicht weg, du ziehst sie aus und an und kannst an ihren Öffnungen schnuppern, an ihren Drüsen, alles steht zur Verfügung, eine wehrlose, körperwarme, heterotrophe Duftpuppe aus weißem Fleisch.

»Pech gehabt. Ich bin ganz.« Drei Sekunden Stille. »Wir sprechen morgen, ja?«

»Schlaf gut. Wenn du zu Hause bist.«

»Du auch.«

Er drückte die Verbindung weg, steckte das Telefon in die Hosentasche und hatte wacklige Beine, ein Herz, das gerade irre wurde, hellen Dunst im schweren Kopf. Er setzte sich auf die Bordsteinkante. Zwischen den Gehwegplatten Unkraut. Eine zerdrückte Schachtel Duett. Von sechs Laternen brannten vier. Ein Lada bog um die Ecke, röhrte vorbei. Brendel, dachte Wegener und hielt sich mit einer Hand die Nase zu. Wenn Karolinas Besuch Brendel wäre. Das konnte natürlich nicht sein. Sie kannten sich gar nicht, konnten sich nicht kennen. Keinerlei Berührungspunkte. Außerdem stünde der Wagen irgendwo rum. Oder gerade nicht. Brendel wäre ja kaum so blöd, seinen Mercedes direkt vor ihrem Haus zu parken. Wegener fragte sich, ob die Abwesenheit des Mercedes als ausreichendes Indiz für Brendels Anwesenheit in Karolinas Wohnung gewertet werden konnte. Es passte einfach zu gut. Brendel in seinem dunklen Anzug mit sandfarbenem Trenchcoat. Sie in ihrem Kostümchen. Beide perfekt. Makellos. Von einer Schönheit, die man nicht übersehen konnte. Der man sich widmen musste, ob man wollte oder nicht. Vervielfacht durch den Paar-Effekt. Die beiden nebeneinander: Hand in Hand. Lachend. Potenzierte Ausstrahlung. Der Benz-Prinz und seine rote Zora. Eine Liebe ohne Grenzen. Wegener lächelte, obwohl ihm nicht danach zumute war. Dann sah er die beiden Glutpunkte. Zwei Raucher in einem Phobos direkt vor Karolinas Tür.

Seine Hosentasche klingelte. Er lehnte sich ein Stück nach hinten und zog das Telefon wieder heraus. Unterdrückte Rufnummer.

»Hallo?«

Am anderen Ende der Leitung Einatmen, Ausatmen. »Herr Wegener?«

»Wer ist da?«

»Ich muss mit Ihnen reden.«

»Das tun Sie doch schon.«

»Persönlich.«

»Aha. Worum geht es?«

»Nicht am Telefon.«

Die Männer im Phobos schnippten ihre Zigarettenstummel durch die offenen Fenster. Wegener sprach leiser.

»Wer Sie sind, ist mir egal. Aber ich wüsste gern, worum es geht.« Er stand auf, ging über die Straße auf den Phobos zu.

»Um Hoffmann. Reicht Ihnen das?«

»Das reicht.« Wegener ging schneller. »Wann?«

Der Motor startete.

»Ich melde mich wieder.«

»Wollen Sie mir nicht sagen …«

»Sie können es sich sparen, den Anruf verfolgen zu lassen, ich rufe aus einer Zelle an.«

Wegener lief, aber der Phobos rollte schon, gab Gas, sauste durch die Colombetstraße davon. Zwei Bremslichter, dann war er um die Ecke. Der Anrufer hatte aufgelegt. Das Licht in Karolinas Wohnzimmer brannte. Geruch von altem Frittierfett in der kühlen Abendluft.

Sonntag, 23. Oktober 2011

14

*M*arx schlürft Coca Cola durch einen rot-weiß gestreif-
ten Strohhalm. Er schließt genießerisch die Augen und
bietet Engels einen Schluck an. Engels nimmt die Cola und
reicht Marx dafür die Hälfte seines angefangenen Hamburger Royal ᴛꜱ. Die beiden lächeln. Jetzt trinkt Engels Cola und
Marx beißt in Engels Burger. Der gelb-orangene Cheddar-
Schmelzkäse zerläuft auf dem heißen Fleisch. Die ᴛꜱ-Sauce
tropft, die Zwiebeln knacken. Marx leckt sich glücklich die
Finger ab. Eine Szene, die man in der Deutschen Demokratischen Republik und in der Bundesrepublik Deutschland gleichermaßen skurril, abstoßend oder sogar blasphemisch finden
mag. Und eine Szene, die auf den Punkt bringt, was die beiden Hälften Deutschlands teilt: unsere Klischees zweier kon-
kurrierender Systeme, deren Antagonismen das Weltgesche-
hen der letzten einhundert Jahre diktiert haben und die dabei
stets als unversöhnliche Wettbewerber um die Gunst der ideo-
logiewilligen Massen gesehen wurden, als irdische Derivate
von Himmel oder Hölle, je nach Lesart des jeweils anderen
politischen Lagers. Obwohl sich der Kommunismus reinen
Glaubens schon mit der Erosion der Sowjetunion in den neunziger Jahren des 20. Jahrhunderts eine Sterbeurkunde ausgestellt hat; obwohl der Raubtierkapitalismus nach der glo-
balen Finanzkrise kurz vor dem letalen Kollaps steht, hat sich
unser Blick auf den dogmatischen Dualismus nicht im Geringsten geändert. Nach wie vor bilden Marktwirtschaft und

Sozialismus These und Antithese, deren Synthese niemand zu denken bereit ist. Marx und Engels sollen bis ans Ende ihrer Tage keinen Hamburger Royal essen dürfen.

»Keinen was?« Kallweit glotzte Frankenstein an.

»Keinen Hamburger Royal.«

»Lecker.« Kayser schmatzte. »Schönes, dickes Rindfleischpatty.«

Kallweit ging sich mit der Zunge über die Lippen.

Ein Ochse, der dumpf seine eigene Schlachtung ahnt, dachte Wegener, und der langsam Angst bekommt, als schönes, dickes Patty auf einem Hamburger Royal zu enden.

»Das ist aus dem Vorwort von *Gerechtigkeit, satt*«, sagte Frankenstein, hielt ein blaues Buch mit einem Leihbüchereisiegel hoch und las den Untertitel vom Umschlag ab: »*Wie wir den Systemkrieg überwinden.*«

»Und das ist von Hoffmann«, stellte Kallweit fest.

Frankenstein nickte. »Im ersten Kapitel geht es darum, dass sogenannte entartete Mischformen von Kapitalismus und Kommunismus in China oder Vietnam als Modelle für Deutschland ausscheiden, weil diese Systeme ausschließlich durch Korruption und ...«

»Ja, ja.« Kallweit winkte ab. »Wann ist der Hokuspokus erschienen?«

»Vor zwei Jahren. Im Aufbau-Verlag. Das Buch war Hoffmanns letzte Publikation, laut Bibliothek so was wie eine Zusammenfassung und Aktualisierung seiner Texte zum Posteritatismus aus den siebziger und achtziger Jahren.«

»Po-was?«

»Posteritatismus«, sagte Frankenstein stolz.

»Und?«

»Ich denke, wir müssen uns klarmachen, dass Hoffmann, wenn man so will, ein Freund beider politischen

Systeme war. Und damit auch ein Feind beider politischen Systeme.«

Kallweit hatte immer noch den Ochsenblick. »Das bedeutet?«

»Dass wir hinsichtlich des Mordmotivs keinerlei Eingrenzung vornehmen können«, sagte Brendel. »Falls wir es überhaupt mit einer politisch motivierten Tat zu tun haben.«

Kallweit seufzte. »Schlecht. Weiter.«

Frankenstein zog Blätter mit handgeschriebenen Notizen aus einer Klarsichtfolie.

»Im Schnelldurchlauf, bitte«, sagte Kallweit und sah auf die Uhr, »ich hab noch vierundzwanzig Minuten.« Er tippte mit seinem krummen Zeigefinger auf die *Volkswacht*, die vor ihm auf dem Tisch lag. Der Palast der Republik prangte sechs Spalten breit auf dem Titel, das schwarze Loch klaffte mitten in der goldenen Fassade: ein vor Schreck aufgerissener Mund. In dem Mund krümmten sich Stahlträger, darüber hing das rußgeschwärzte Staatswappen.

»Also im Schnelldurchlauf«, sagte Frankenstein. »Die Befragung der Nachbarschaft hat so gut wie nichts ergeben. In der Greifenhagener Straße kannten sie Hoffmann immerhin, er wurde ausnahmslos als, Zitat, *freundlich und zurückhaltend* beschrieben. Man hat ihn seit seinem Einzug, das war 2009, auch mehrmals in Begleitung der jungen Frau gesehen. Hand in Hand.« Frankenstein machte eine dramatische Pause. »Es gibt aber keinerlei Hinweise zur Identität des Mädchens. Immerhin wurde bestätigt, dass Hoffmann eine Putzfrau hat. Kommt wohl immer montags. Also warten wir morgen auf sie.«

»Finanzielle Verhältnisse?«, fragte Kallweit.

»Zwei Mehrfamilienhäuser in Heidelberg, komplett vermietet. Da kommen monatlich nach Abzug aller Kosten rund

5000 Euro aus Westdeutschland rüber. Dagegen sieht seine DDR-Rente bescheiden aus, circa eintausendvierhundert Mark. Als Emil Fischer hat er mit Rosenschneiden durchschnittlich 450 Mark im Monat verdient. In den Wintermonaten war er ja nicht in Wandlitz.«

»Diese Einnahmen dürften seinen Lebensstandard problemlos gedeckt haben«, sagte Wegener. »Er war also finanziell unabhängig.«

Kallweit ließ seinen Ochsenblick durch die Runde wandern. »Die Emil-Fischer-Wohnung in Marzahn war gemietet?«

»Ja«, sagte Brendel. »Vermutlich hat eine Mietwohnung die Sicherheitsüberprüfung durch Wandlitz damals vereinfacht.«

Kallweit rieb sich mit seinen krummen Zeigefingern die Augen. »Gibt es Kollegen aus seiner aktiven Zeit in der Politik?«

Frankenstein ließ die Papiere sinken. »Das Innenministerium konnte uns keine Namen nennen. Wir haben bislang nur diesen früheren Heidelberger Kollegen, einen Doktor Werner Blühdorn. Der kommt praktischerweise übermorgen für einen Vortrag an die Humboldt, danach sprechen wir mit ihm. Was uns fehlt, ist jemand aus Hoffmanns Zeit im Beraterstab von Krenz.«

Kallweit schüttelte so heftig den Kopf, dass die Hängebacken wackelten. »Haben Sie den Säcken klargemacht, welche Tragweite diese Angelegenheit hat?«

»Hoffmann war damals eine Art externer Mitarbeiter«, sagte Frankenstein.

»Der saß nicht den ganzen Tag im Ministerium.«

Karolina sitzt auch nicht den ganzen Tag im Ministerium, dachte Wegener, aber sie behauptet es, und stattdessen sitzt sie zu Hause und erzählt mir, sie säße im Ministerium, also, wer weiß, wo Hoffmann wirklich gesessen hat.

»Das macht es so schwierig«, fuhr Frankenstein fort. »Seine Sekretärin und sein Kontaktmann zum Politbüro leben nicht mehr. Die Aktenbestände liegen in irgendwelchen Kellern.«

»Das gibt's doch nicht, dass da kein Arsch zu finden ist, der diesen Hoffmann kennt! Der war doch nicht Mark, das Bankgespenst!«

»Momentan sieht es leider so aus.«

»Und Krenz?« Kallweit wurde offenbar erst ein paar Sekunden später klar, was ihm gerade rausgerutscht war. Er drückte die Zeigefinger auf die Augenlider und rieb in kreisenden Bewegungen.

»Dazu brauchen wir Ihr Placet«, sagte Wegener.

Kallweit rieb jetzt so kräftig, als wollte er möglichst schnell erblinden. »Scheiße ist das alles! Alles Scheiße!«

»Wandlitz«, sagte Brendel. »Dr. Wanser.«

Frankenstein holte noch ein beschriebenes Blatt aus der Folie. »Wanser habe ich heute Morgen erreicht. Staatssekretär im Kulturministerium. War erst schockiert von Hoffmanns Tod und dann noch schockierter, als er hörte, dass sein persönlicher Rosenbetreuer sich unter falschem Namen ins Regierungsviertel eingeschlichen hat. Konnte sich nicht erklären, warum. In all den Jahren kein einziges Mal Zweifel an der Identität von Emil Fischer.«

Kallweit starrte an die Decke und faltete die Hände.

»Er kann einen Anschlag geplant haben«, sagte Brendel, »oder er hat spioniert. Das sind die beiden denkbaren Möglichkeiten. Unser Problem ist, dass nichts für eine der beiden Varianten spricht.«

Kallweit schloss die Augen. Er betet, dachte Wegener.

Zum heiligen Egon, dass der ihm Geduld gebe in diesen schweren Zeiten der Gasexplosionen an Regierungsgebäuden und der unechten Gärtnermeister. Und dass er ihm einen schnellen Ermittlungserfolg verschaffe, mit ein paar schönen Fotos für die Seite eins der *Volkswacht*. Auf dass die Nachfolge des stellvertretenden Innenministers gesichert sei. Amen.

Kallweit entfaltete seine Hände und rieb sich zum dritten Mal die Augen. »Von Egon Krenz musste er sich ja fern halten. Der hätte ihn doch erkannt. Wegen damals.«

»Hoffmann hatte früher einen Schnurrbart«, sagte Wegener, »der war dann in Wandlitz ab. Dafür trug er eine Brille, längere Haare, die Arbeiteruniform. Keine spektakuläre Maskerade, aber ausreichend.«

»Er interessierte sich gar nicht für Krenz.« Brendel klappte ein kleines Notizbuch auf. »Wir haben ja seine Personalunterlagen. Demnach hat Hoffmann es vor fünf Jahren abgelehnt, in den Arbeitstrupp zu wechseln, der die Privatgärten der Regierungsspitze betreut. Das wäre seine Gelegenheit gewesen, wenn er es auf Krenz abgesehen hätte.«

»Elitegärtner«, grunzte Kallweit und spuckte ein paar Speicheltropfen auf den ramponierten Palast der Republik. »Der arbeitet da satte elf Jahre und macht nichts außer Rosen beschneiden. Will nicht in die Nähe von Krenz. Will offenbar nicht in die Nähe von irgendwem. Was sagen die Gärtnerkollegen aus Wandlitz?«

»Alle einbestellt«, sagte Frankenstein. »Nehm ich mir heute Nachmittag vor. Sind allerdings schon intern vernommen worden, ohne Ergebnis. Das mag ein wenig absurd klingen, aber vielleicht wollte Hoffmann wirklich nur da arbeiten. Im Zentrum der Macht. Entzugserscheinungen nach dem Ausstieg.«

»Schon möglich«, sagte Wegener. »Seine Gründe müssen

nicht illegal gewesen sein. Vielleicht hat es ihm Spaß gemacht, in der Erde von Leuten zu wühlen, mit denen er früher an Konferenztischen saß. Vielleicht war das seine Art, denen den Mittelfinger zu zeigen.«

Kallweit machte den Mund auf und wieder zu.

»Und vielleicht hat er dabei was mitgekriegt«, sagte Wegener. »Aus Versehen. Geht an einem offenen Fenster vorbei und wird Zeuge einer Unterhaltung, die er unter keinen Umständen hätte hören dürfen. Oder jemand dachte nur, er hätte was gehört.«

»Dafür gibt es nicht den geringsten Hinweis.« Kallweit schüttelte den Kopf. »Was soll er denn da bitteschön gehört haben, Herr Wegener?«

»Zum Beispiel irgendwas, das mit den Konsultationen zusammenhängt. Bestechung, Abzweigung von Gas auf dem Transportweg, was weiß ich.«

»Ach, Blödsinn.«

»Wir dürfen das nicht ausschließen«, sagte Brendel. »Bis wir wissen, was Hoffmann in Wandlitz wollte.«

»Dann schließen Sie es meinetwegen nicht aus, aber dieser Punkt bleibt bitte unter Verschluss!« Kallweit sah Wegener an. »Das wird nirgendwo schriftlich festgehalten, das wird nicht mündlich erwähnt, niemandem gegenüber, das wird nicht mal angedeutet!«

»Wie Sie wollen.«

»Hatte Borgs inzwischen Kontakt zum Energieministerium?«

Frankenstein sah auf die Uhr. »Ist gerade da.«

»Wir haben noch knapp dreizehn Minuten«, sagte Kayser. »Ich stelle mal vor, was mein Dienst geliefert hat.«

Kallweit nickte so resigniert, als würden ihm jetzt seine privaten Abhörprotokolle vorgelesen.

Kayser klappte eine Ledermappe auf, in der sich Faxe und Computerausdrucke stapelten. »Um mal mit dem anzufangen, was wir ausklammern können: Es gibt, jetzt kommt ein bisschen Bürokraten-Jargon, *keine glaubwürdigen Hinweise darauf, dass Interessenorganisationen oder Spezialkräfte ölfördernder Länder beziehungsweise anderer energierelevanter Staaten augenblicklich Operationen durchführen,* die mit unserem Fall in Verbindung stehen könnten. Und zwar aus mehreren Gründen. Zum einen sind die Gasmengen, die momentan über die DDR nach Westeuropa transportiert werden, letzten Endes noch vergleichsweise gering. Zum anderen würde man nicht so konfus vorgehen.«

»Sie meinen, man würde nicht Hoffmann ermorden, um die Konsultationen zu beschädigen«, sagte Wegener.

»Man würde vor allem nicht mit Fotos der Leiche und dubiosen Zeugenaussagen an die Presse gehen. Der Weg ist immer, Öffentlichkeit mit allen Mitteln zu vermeiden, und nie, sie offensiv zu suchen.«

»Was würde, sagen wir, ein einflussreicher Ölstaat dann unternehmen? Wenn er die Konsultationen verhindern will?«, fragte Kallweit.

»Politischer Druck, Bestechung, Erpressung, Korruption«, sagte Kayser. »Sicher im Einzelfall auch Körperverletzung oder Mord, aber nicht inszeniert und publiziert.«

»Also fallen sämtliche halbgaren Verschwörungstheorien unter den Tisch. Das ist ja schon mal was.«

»Zumindest fast alle. Wir haben vom BKA einen Hinweis auf Greentec bekommen. Die sind in den letzten Jahren unangenehm aufgefallen.«

Kallweits Gesicht war ein hängendes Fragezeichen.

»Greentec ist ein Konsortium alternativer westeuropäischer Energiekonzerne«, sagte Brendel. »In Westdeutschland

Marktführer und weltweit irgendwo in den Top Ten. Solarzellen, Windräder, Wasserkraft.«

»Das ist doch nicht Ihr Ernst!« Kallweit spuckte eine zweite Salve auf die Volkswacht. »Ein westdeutscher Solarzellenhersteller, der in der Deutschen Demokratischen Republik Menschen an Gasleitungen erhängt! Wenn ich das heute Abend dem Generalsekretär als Hauptlinie vorlege, können wir uns gleich daneben hängen!«

»Bleiben wir mal bei den Fakten«, sagte Kayser. »Einer der Hauptanteilseigner von Greentec ist ein Investor aus München, der vom Verfassungsschutz als Strohmann der albanischen Mafia eingestuft wird. Hinter dem Unternehmen stehen also Geldgeber, die es gewohnt sind, ihre wirtschaftlichen Ziele mit illegalen Mitteln durchzusetzen.«

»Und?«, fragte Kallweit.

»Wenn die neuen Transitverträge zustande kommen, wird Westeuropa für zwanzig Jahre mit billigem Gas überschwemmt, dann kauft kein Schwein mehr Erdwärmeheizungen und Solardächer. Gleichzeitig hat Lafontaine angekündigt, die Subventionen zu kürzen. Es geht also, wenn man das auf zwei Jahrzehnte rechnet, um Milliarden.«

»Aber warum ausgerechnet Albert Hoffmann?«

Kayser gab sich Mühe, geduldig zu klingen. »Wenn die es wirklich so aussehen lassen wollen, als ob die Staatssicherheit jemanden umbringt, dann müssen sie auch ein Opfer wählen, bei dem das Sinn macht. Und da ist Albert Hoffmann ja wohl ein Volltreffer. Politischer Kopf, Westdeutscher, einflussreich während der Wiederbelebung.«

Hinter Kallweits Stirn knirschte es. Die Maschinerie war angesprungen. Kleine Räder setzten sich in Bewegung, drehten sich zentimeterweise, trieben größere Räder an, Rost bröckelte, Dampf trat aus, heiße Luft, dachte Wegener, die sich langsam ihren Weg durch die zahlreichen Hohlräume suchte, vorbei an verkalkten Leitungen, an verstopften Rohren, während die Apparatur ächzend Fragen und Schlüsse produzierte, wieder einstampfte, noch mal neu zusammensetzte, bis das ganze Geblubber schließlich mit der üblichen Verspätung durch die Mundhöhle entwich.

»Gut, wir haben dieses Greentec. Ein etwas abenteuerlicher Verdacht«, stellte Kallweit fest. »Ansonsten wissen wir, dass sich Hoffmann ins Regierungsquartier eingeschleust hat, aber wir wissen nicht, warum. Dafür haben wir nicht mal den Ansatz einer Erklärung. Es gibt eine nicht identifizierte Lebensgefährtin. Dazu einen SPIEGEL-Informanten, an den wir nicht herankommen. Wir haben also keinerlei Zeugen für irgendwas. Wir haben kein Motiv. Wir haben nicht viel, meine Herren.«

»Wir haben noch etwas nicht«, sagte Brendel. »Hoffmanns Stasiakte. Weil wir die nicht einsehen dürfen.«

15

Der Tote baumelte hin und her. Vielleicht hatte ihn jemand angestoßen. Und jetzt ließ der Schwung gar nicht mehr nach, obwohl der Schwunggeber schon längst weg war. Wie im luftleeren Raum pendelte der Körper von rechts nach links, in einer immergleichen Bewegung, die Beine eng zusammen, die Hände an den Hosennähten, ein schaukelndes Hoffmannbrett, aus einem Stück gesägt und in einen hellen Trenchcoat gewickelt. Irgendwer warf mit vollen Händen Laub vom Himmel. Wegener ging durch gelben Blätterregen auf das Geschaukel zu. Als er die Pipeline erreicht hatte, sah er Karolina. Die stand halb hinter einem Eichenstamm und starrte Hoffmann an wie ein Wimbledon-Finale. Ihr Kopf folgte den Pendelbewegungen. Tränen liefen aus den Rehaugen. Wegener nahm sie in den Arm. Karolina war durchgefroren.

Mir ist warm, sagte Karolina.

Du lügst, sagte Wegener.

Und du sagst die Wahrheit, Martin.

Reiß dich zusammen, radikales Verdauen in radikalen Zeiten!, rief Wegener. Dann sah er es: Die Leiche war unter dem Trenchcoat nackt. Ein steifer Penis ragte zwischen den Mantelhälften heraus. Und der Tote hieß natürlich auch nicht Hoffmann. Hoffmann trug schließlich keine Trenchcoats.

Postmortale Erektion, sagte Karolina.

Igitt, sagte Wegener.

Ein rhythmisches Knarzen. Jedes Mal, wenn die Leiche von einer Seite zur anderen schwang. Das Seil schrammte an der Pipelineverkleidung. Von Karolina ging leichter Bonbonduft aus.

Sie haben mir ein Loch in den Kopf gebohrt und geschrotetes Blei reingefüllt, dachte Wegener, genau wie in das geriffelte weiße Ei, das als Gewicht an Mutters alter Küchenlampe hing, eine vermackte, unausgebrütete Porzellangeburt.

Weiter vorn auf dem Waldweg rüttelte der verschwommene Brendel an einer Schranke. Er hatte sie mit beiden Händen gepackt und würgte sie wie eine rot-weiß-gestreifte Schlange, die sich vor lauter Angst tot stellte. Dann schüttelte er den Kopf und ließ das Vieh in Ruhe.

Wegener wachte auf.

Er streckte sich. Der Traum floss so langsam ab wie geschrotetes Blei. Sein Kopf wurde leichter. Die schaukelnde Ständerleiche im Trenchcoat verblasste. Warme Waldluft wehte durch die offene Fahrertür in den Mercedes. Die Sonne schien. Es roch nach Moos.

Brendel ging in die Hocke. Er fischte Schlüssel aus einem kleinen Plastikbeutel und hantierte an etwas herum. Nach einer Minute kam er zurück zum Wagen.

»Abgeschlossen. Und keiner passt.«

Wegener gähnte. Er versuchte, sich in dem warmen Ledersitz aufzurichten. Sein Hemd war am Rücken durchgeschwitzt.

Brendel drehte den Touchscreen des Navodobros zu sich und drückte auf das Feld *Alternative Route*. Die Silhouette einer Eieruhr erschien. Digitale Sandpixel sickerten aus der oberen in die untere Eieruhrhälfte. Dann drehte sich die Uhr um 180 Grad, und die Pixel sickerten zurück.

Wegener versuchte vergeblich, ein zweites Gähnen zu unterdrücken. Brendel griff unter seinen Sitz und hatte jetzt eine silberne Thermoskanne in der Hand, drehte den Deckel ab, goss ihn zur Hälfte mit dampfendem Milchkaffee voll und hielt ihn Wegener hin.

»Wir waren gestern Abend noch im Intershop«, sagte Brendel.

»Kaffee und Bananen?«

»Kaffee und Klopapier. Kayser hat auf dem Thron so sehr gelitten, dass wir beschlossen haben, uns zwölf Rollen zu gönnen.«

»Im EastSide gibt es kein Westklopapier?«

»Im Präsidium nicht. Im EastSide schon.«

»Verstehe. Und wie ist der Laden sonst so? Koksorgien auf dem Steinway?«

»Schön wär's. Ziemlich viele Russen, ansonsten Durchschnitt.«

Wegener trank. Der Kaffee brühte in ihm weiter, kroch heiß die Speiseröhre hinunter, wurde im Magen zum Glutpunkt. Unmöglich, jetzt etwas über dieses Aroma zu sagen. Man kann sich als Deutscher mit einem Deutschen im Jahr 2011 nicht über den grandiosen Geschmack von echtem Kaffee unterhalten, ohne sich selbst zu erniedrigen, dachte Wegener. Wir sind ein Volk von Zwergen, 14,5 Millionen Wichte, eine Nation der Schrumpfgermanen, wir sind alle viel zu klein für den Intershop, und wir werden es immer bleiben.

»Das ist aber auch eine ganz schöne Pappe, die sie einem hier anbieten.« Brendel starrte auf das Display. Offenbar ließ ihn das Klopapierthema nicht los. Die Eieruhr drehte sich. »Muss ja nicht gleich vierlagig sein. Aber Holz?«

»Alte Zeitungen«, sagte Wegener, trank den Kaffee mit einem großen Schluck aus und gab Brendel die Verschlusskappe zurück. »Alles alte Zeitungen. Die DDR putzt sich den

Hintern mit der Propaganda von vorgestern ab. Sie sehen, das Politbüro ist vollkommen ironiebefreit.«

»Das Politbüro hat vermutlich auch richtiges Klopapier.«

»Sind ja professionelle Arschlöcher.«

Im Display blinkte ein Ausrufezeichen: *Es steht keine alternative Route zur Verfügung.*

»3,4 Kilometer zu Fuß«, sagte Brendel und stieg aus. Er nahm seinen Aktenkoffer von der Rückbank, wartete, bis Wegener aus dem Wagen geklettert war, drückte auf den Funkschlüssel. Die Warnblinklichter leuchteten, vier Türknöpfe verschwanden geräuschlos in der ledernen Versenkung.

»Wenn hier ein Wanderer vorbeikommt und den Wagen sieht«, sagte Wegener, »der denkt doch, er hat zu lang geschlafen und die Wiedervereinigung verpasst.«

Brendel grinste. »Wären Sie für die Wiedervereinigung?«

»Schon. Aber die Ostdeutschen würden weitermotzen, auch im Wohlstand. Glauben Sie mir.«

»Weil sie in Wahrheit doch nicht wollen, dass die Mauer fällt? Oder weil es ihnen nicht schnell genug ginge?«

»Weil sie das Motzen seit 60 Jahren professionalisiert haben. Da kann man nicht einfach aufhören. Wir sind Motzweltmeister.«

»Dann lassen wir das mit der Vereinigung vielleicht lieber.«

»Dann motzen wir darüber, dass Sie das lassen.«

Wegener bückte sich unter der Schranke durch. Brendel flankte drüber. Das Jackett hing über dem Arm, mit dem er den Aktenkoffer trug. Die Hemdsärmel hochgekrempelt, die drei obersten Knöpfe offen. Heute keine Krawatte. Auguststimmung im Oktober.

Brendel lächelte ein Losgehtslächeln, dann liefen sie nebeneinander über weichen Tannennadelteppich. Der Weg lag tiefer als der Wald, ein gewundener Schützengraben, in dem man mit einer ganzen Volksarmeekompanie auf die Truppen der Bundeswehr lauern konnte, wenn es doch mal zum Bruderkrieg kam. Farne wucherten an den schattigen Böschungsrändern, schillernde Käfer kämpften sich durch Gebirgsketten, die einmal von Traktorrädern in die Erde gepresst worden waren. Keine Sonne am schmalen, blassblauen Himmelsausschnitt.

Ich werde noch zum Wanderer, dachte Wegener und sah wieder das Stück Landkarte auf Brendels Laptop vor sich: ein Pfeil, der den Standort der Datsche markierte, ringsum grüne Waldflächen mit kleinen schwarzen Tannen-Symbolen, gelbe Ackerlandquadrate, dann die fette, schraffierte Linie, die den Sozialismus vom Imperialismus trennte und die Wegener an den Schnitt in Hoffmanns blassem Brustkorb erinnert hatte. Nicht mehr als vierzig Kilometer bis zur Grenze, das war allen klar gewesen, die diese Karte sahen, Brendel, Kayser, Frankenstein, ihm selbst. Mit ein bisschen Anstrengung innerhalb einer Nacht zu schaffen.

Wegener dachte an den Bilderbuchhelden *Franjo Fuchs*, der ein Loch in der Maschendrahtausgabe des Antikapitalistischen Schutzwalls gefunden hatte, als der noch Antifaschistischer Schutzwall hieß. Franjo war durch dieses Loch gekrochen, das fröhliche Liedchen *Im Westen werd ich mich mästen* auf den schwarzen Fuchslippen, das man als kindlicher Leser dank abgedruckter Noten mitträllern konnte, nur um dann im bundesrepublikanischen Naturzustand lauter deprimierende Erfahrungen zu machen, mit geizigen, imperialistischen Artgenossen, die ihre gerissenen Gänse nicht teilten, mit Hühnern, die sich vor lauter Ausgebeutetwerden von ihren Stangen stürzten, und mit dem Jäger Jasper, der

Franjos Pelz für die Gattin des CDU-Kreisvorsitzenden Kriegbaum zum Mantelkragen umarbeiten wollte. Abgemagert, aber schlau geworden, hatte Franjo sich nach einer Woche der bitteren Wahrheiten auf den Heimweg ins Paradies gemacht, *Am besten nie in den Westen* singend, zur gleichen Melodie, zu der vorher noch seine Hymne der Verblendung erklungen war.

»Wenn ich jetzt einen Rucksack dabei hätte«, sagte Wegener, »und wenn ich Sie bitten würde, mich hier im Wald zu vergessen ...«

Brendel sah im Gehen vor seine Füße. Der Aktenkoffer schlenkerte. Ein eleganter Geschäftsmann mitten in der ostdeutschen Provinz, dachte Wegener, die Frage ist nur, was er verkauft.

»In Westberlin bin ich gefragt worden, ob ich wen mitnehmen könnte in den Osten«, sagte Brendel. »Im Kofferraum. Weil ich doch mit den ganzen Sondergenehmigungen nicht durch die Kontrolle müsste.«

Franjo Fuchs, dachte Wegener, es gibt ihn auch auf der anderen Seite. Und der Sokochef ist das Loch im Maschendraht.

»Dann wurde ich zweimal kontrolliert.« Brendel wechselte Jackett und Aktenkoffer zum anderen Arm. »Die einen wollen unbedingt rein, die anderen wollen raus. Ein typisch deutsch-deutscher Zustand. Viel komplizierter, als es sein müsste.«

»Aber diejenigen, die reinwollen, werden angeblich immer mehr.«

»Zur Zeit ja. Es gibt bei uns ne Menge Hartz-IV-Empfänger, die sich nichts Schöneres vorstellen können, als von heute auf morgen Mitbesitzer eines ganzen Landes zu sein. Und es gibt die neuen Antikapitalisten, die Hautausschlag kriegen, wenn sie das Wort Rettungsschirm hören.«

»Diese Entwicklung hat für Insassen wie mich natürlich eine zynische Dimension, das verstehen Sie ja sicher.«

Brendel nickte. »Ihnen muss das vollkommen absurd erscheinen.«

»Vollkommen absurd trifft es.« Wegener zog sein Minsk aus der Tasche. Kein Empfang. »Hätte sich die alte Tante DDR nicht träumen lassen, dass ihr der Westen noch mal die Bude einrennt.«

»Die DDR kann sich bei den amerikanischen Banken bedanken. Lafontaine übrigens auch. Ohne die Hypothekenkrise stünde Roland Koch noch in der Bonner Küche. Und jetzt hat plötzlich der Sozialismus Konjunktur.«

»Wissen Sie, was das Erstaunliche am Sozialismus ist? Der hat immer dort Konjunktur, wo er nicht praktiziert wird.«

Brendel lächelte ein sarkastisches Lächeln. »Und Sie wissen, was das bedeutet.«

»Natürlich, das bedeutet Unsterblichkeit. Die Herren Marx und Engels werden nie untergehen, aber auch nie Erfolg haben. Der Kommunismus ist ein halbharter Schwanz, hat mein alter Chef immer gesagt: Er macht nicht schlapp und er spritzt nicht ab. Auch ein bitteres Los.«

»Und *Ihr* bitteres Los?« Brendels Blauaugen betrachteten Wegener neugierig.

»Mein bitteres Los ist das bittere Los aller Ostdeutschen. Zur falschen Zeit am falschen Ort. Und jetzt ist man lebenslang Versuchskaninchen in der empirischen Nivellierungs-Forschungsgruppe DDR. Mit Klopapier, das man auch zum Möbelabschleifen nehmen kann, und mit dem völligen Verzicht auf jede Form von Wahrheit. Ich finde immer noch, es sagt am meisten über den Sozialismus aus, dass der sich so schlecht mit der Wahrheit verträgt.«

»Mit keiner Form von Wahrheit würde aber bedeuten,

dass man hier als Polizist gar nicht arbeiten kann«, sagte Brendel. Er hielt plötzlich an, ging ein paar Schritte in den Wald, stellte den Aktenkoffer ab, legte das Jackett darüber. Dann kniete er im Farn. Das hellblaue Hemd spannte über dem breiten Rücken. Ein kleines Taschenmesser blitzte. Brendel beugte sich vor. Brendel säbelte. Brendel stand wieder auf, griff seinen Koffer, kam zurück, in der rechten Hand einen ausgewachsenen Steinpilz. Der braune Hut leicht fleckig, darunter der olivfarbene Schwamm und ein weißer, keulenförmiger Fuß, an dem noch Erde, Tannennadeln und Moosreste hingen.

»Es ist schon möglich, hier als Polizist zu arbeiten«, sagte Wegener. »Wenn man mit den Bedingungen leben kann.«

»Wie meinen Sie das?«

»Ist der Steinpilz madig?«

Brendel betrachtete seinen Fund kritisch. »Dazu müsste man ihn durchschneiden. Der Fuß sieht gut aus. Ich würde sagen: nein.«

»Aber Sie wissen es nicht. Genau wie bei den Menschen in diesem Land. Madig oder nicht madig? Manchmal kommt einer unbestechlich rüber, und dann hören Sie um zwei Ecken, der ist Informant. Aber vielleicht stimmt das auch gar nicht. Vielleicht hat jemand Gerüchte über ihn in die Welt gesetzt. Andererseits können Gerüchte auch zutreffen, selbst wenn sie jemand absichtlich erfunden hat. Und so weiter. Sie werden sich nie ganz sicher sein. Es gibt keine verlässlichen Indizien. Sie können nur raten. Und wenn Sie beschließen, jemandem zu vertrauen, reicht eine Kleinigkeit, um wieder zu zweifeln. Ein unüberlegter Satz. Ein Witz. Ein Wort. Manchmal auch kein Wort. Kein Witz. Sie werden zur Misstrauensmaschine.«

»Was man als Ermittler ohnehin sein muss.«

Wegener nahm Brendel den Steinpilz aus der Hand und

betrachtete ihn. Festes Fleisch. Der Schwamm hatte nur zwei kleine Schneckenlöcher. Der Hut war unversehrt. »Aber *Sie* können Ihr Misstrauen im Verhörraum lassen. Bei Ihnen ist damit Schluss, wenn Sie nach Hause gehen. Hier ist das ganze Leben eine einzige Ermittlung, vierundzwanzig Stunden am Tag. Hier verdächtigt man alle. Immer.«

»Sie halten die BRD für ein Land, in dem es nur ehrliche Menschen gibt?«

»Ich halte die DDR für ein Land, in dem es keine ehrlichen Menschen gibt.«

»Keinen einzigen? Das können Sie mir nicht erzählen. Was ist mit Ihnen?«

Wegener lächelte. »Ich bin ein Mann. Männer sind immer unehrlich.«

Brendel musste lachen. »So hab ich das noch nicht gesehen. Aber vermutlich stimmt es. Und ehrliche Frauen gibt es auch nicht?«

»Doch, eine.«

»Dann haben Sie eben gelogen.«

»Sag ich doch.«

Brendel nahm den Pilz zurück, wischte Erde und Moos vom Fuß und schob ihn in die Tasche des Jacketts.

Jetzt gingen sie wieder nebeneinander über das Nadelpolster. Der Pilzhut ragte aus der Jackett-Tasche wie ein großes samtiges Brötchen. Ein unsichtbarer Vogel krächzte seinen immergleichen Schrei aus den dunklen Wipfeln, zweimal kurz, einmal lang: Ak-Ak-Aaaaak.

Der Weg machte einen scharfen Linksknick. Richtig, dachte Wegener, die Röhren sind ja nicht eingezeichnet.

Brendel blieb stehen.

Fünfzig Meter vor ihnen zog sich der lang gestreckte Wulst einer Pipeline durch den Wald. Der nördlichste Finger der

Potsdamer Hand, nicht ganz so dick wie die Magistrale, aber immer noch beeindruckend. Die hageren, kahlen Kiefernstämme wurden zur Zahnstocherzucht, durch die man einen Lindwurm gefädelt hatte, hochgebockt auf A-förmigen Betonpfeilern, eine abstrakte russisch-ostdeutsche Installation, beschallt von einem einsamen Lautsprecher: Ak-Ak-Aaaaak.

»Ich hab vor meiner Einreise Ihre Personalakte angefordert«, sagte Brendel und ging langsam weiter. »Ich musste entscheiden, mit wem ich vor Ort zusammenarbeite. Sie waren von Anfang an dem Fall dran, das passte schon mal gut.«

»Und außerdem gab es noch dieses hübsche Disziplinarverfahren.« Wegener wich einer großen Wurzel aus. »Qualifikation Querulantentum.«

»Das soll keineswegs Ihre Kompetenz in Frage stellen«, sagte Brendel. »Es kam alles zusammen. Ein erfahrener Beamter, der erste am Tatort, kein Genosse. Mit einem Genossen im Gepäck wäre es schwierig geworden.«

»Das könnte sein.«

»Kriegen Sie die Sache von damals noch zu spüren?«

»Bei uns im Haus kriegt man das nicht so zu spüren, wann man was zu spüren kriegt. War ne Weile Ruhe. Vorgestern hat Steinkühler es erwähnt, damit ich verstehe, warum ich für Sie der Auserwählte bin.«

Brendel nickte. »Das klingt jetzt vielleicht pathetisch. Aber ich bewundere durchaus, was Sie gemacht haben.«

»Sie haben Recht, es klingt pathetisch.«

»Dass man sich in einem Land wie der DDR gegen die Autoritäten stellt, ist nicht selbstverständlich.«

Wegener zuckte mit den Schultern. »Es ging mir auch nicht darum, mich gegen die Autoritäten zu stellen. Die Zeiten, in denen hier Leute versucht haben, den Helden zu spielen, sind lange vorbei.«

»Helden gibt es also auch nicht.«

»Helden müssen wir importieren. Merken Sie doch.«

Brendels freier Arm machte eine undefinierbare Bewegung. »Worum ging es Ihnen dann?«

»Sagen wir mal, es ging um die Wahrheit.« Wegener sah Brendel an. Leicht verschwitzte Stirn, freundlicher Blick aus blauen Augen, der anerkennende Gesichtsausdruck eines Mannes, der immer noch daran glaubte, dass ein böser Staat zwangsläufig gute Menschen hervorbringen müsse. Vor ihnen überquerte die Pipeline auf zwei Pfeilern den Waldweg wie ein futuristisches Tor zu einer anderen Welt. Neuere Blechelemente glänzten silbrig neben der alten Verschalung. Am rechten Pfeiler führte eine Metallleiter hinauf, oben Stacheldraht und Gitter mit Zackenkronen, dahinter schwere Drehverschlüsse, gesichert mit stählernen Krallen.

»Ich habe nach einem Freund gesucht«, sagte Wegener. »Er war mein Ausbilder, lange vor der Wiederbelebung. Falls ich irgendetwas kann, habe ich es von ihm gelernt.«

Brendel ließ sich nichts anmerken.

Das Pipelinetor war jetzt über ihnen. An der Unterseite der Leitung saß eine Horde rostiger Schrauben, die sich gleichmäßig über die dunkle Rundung verteilte. Jetzt trat Brendel in den Schatten der Röhre.

»Ihr Freund ist immer noch verschwunden?«

»Ja.«

»Wie heißt er?«

»Josef Früchtl. Major a. D.«

An dieses a. D. werde ich mich nie gewöhnen, sagte Früchtl, das klingt wie alter Depp oder altersschwacher Dandy oder ausdemverkehrgezogener Detektiv.

»Was glauben Sie, was passiert ist?«

Wegener zögerte einen Moment. Brendels Gesicht war im

Schatten schwer zu erkennen. »Josef hat nach seiner Pensionierung als privater Ermittler gearbeitet. Vor etwas mehr als einem Jahr wurde ihm ein Job angeboten. Eine Recherche. Was Politisches. Von wem in Auftrag gegeben, worum es ging, hat er nicht erzählt.« Wegener trat als Erster aus dem Schatten. »Es klang ziemlich brisant. Aber Josef war nicht der Typ, der vor irgendwas oder irgendwem Angst hatte.«

Das klingt schon besser, sagte Früchtl, angstbefreiter Draufgänger.

Jetzt sage ich schon war und hatte, dachte Wegener, jetzt rede ich schon von dem Alten, als läge er irgendwo in diesem Wald, metertief verscharrt und damit für immer unauffindbar.

»Und dann war er plötzlich verschwunden?«

»Von einem Tag auf den anderen. Spurlos. Keiner wusste was, keiner kannte den Vorgang, keiner hatte irgendwas gehört oder gesehen. Also bin ich unter einem Vorwand in die Normannenstraße marschiert und hab mich abends im Gebäude einschließen lassen.«

Brendels Gesicht klemmte zwischen Entsetzen und Bewunderung fest. »Sie haben sich selbst bei der Stasi eingesperrt?«

»Ich hab die Nacht im Keller verbracht und das Archiv gesucht. Als ich es hatte, kam ich nicht rein. Also in irgendwelchen Büros irgendwelche Aktenschränke durchwühlt. Hinterher stellte sich raus, das waren die Unterlagen vom Fahrdienst. Sind ein paar schöne Aufnahmen entstanden: Hauptmann Wegener, wie er ängstlich in die Überwachungskamera mit Nachtsichtfunktion starrt. Die hatten mich schon identifiziert, bevor sie ankamen.«

»Und das war's dann.«

»Disziplinarverfahren, Abmahnung, Androhung der fristlosen Suspendierung mit unanfechtbarem Verlust der Pensionsansprüche im Wiederholungsfall. Aber es hätte noch schlimmer kommen können.«

»Sie suchen nach der Wahrheit, sogar unter größtem persönlichem Risiko. Und trotzdem behaupten Sie, dass es in der DDR keine Wahrheit gibt?«

»Wenn ich sage, dass sich der Sozialismus schlecht mit der Wahrheit verträgt, dann meine ich die öffentliche Wahrheit. Die faktische Wahrheit existiert natürlich trotzdem.«

Wegener trat auf einen dicken Tannenzapfen, der sich schmerzhaft durch die Schuhsohle drückte. »Das Ding ist: Selbst wenn ich bei meiner dümmlichen Aktion irgendwas gefunden hätte – bei uns kann man nicht zum SPIEGEL rennen und einen Skandal lostreten. Man kann keine Beschwerde an irgendeine interne Abteilung schreiben, die dann den Laden ausfegt. Der Laden wird niemals ausgefegt. Der Dreck liegt meterhoch. Die Wahrheit im Sozialismus ist die Wahrheit, die Sie für sich behalten müssen.«

»Eine wirkungslose Wahrheit.«

»So wirkungslos wie der Sozialismus.«

Ak-Ak-Aaaak, schrie es durch die Tannen, dann flatterte etwas davon.

Stumm stapften sie über den immer sandiger werdenden Boden. Die Pipeline war jetzt ein ständiger Begleiter, blieb in der Nähe, knickte kurz ab, kehrte sofort zum Waldweg zurück, ein treuer Gas-Lindwurm, der nach Hunderten Kilometern sibirischer Ödnis nicht mehr allein sein wollte. Wegener fragte sich, ob es ein dummer Zufall war, dass Hoffmanns Hütte in der Nähe der Pipeline lag, an der man ihn schließlich aufgehängt hatte. Laut Frankenstein befand sich die Datsche seit mehr als zwanzig Jahren in seinem Besitz. Die große Welle im Pipelinebau hatte schon vor rund fünfzehn Jahren begonnen. Wahrscheinlich war also nicht Hoffmann zur Pipeline gekommen, sondern die Pipeline zu Hoffmann.

Wir sind eine Woche zu spät, dachte Wegener, das alte Raum-Zeit-Dilemma der Kriminalisten. Ständig hat man hundert Fragen an Leute, die nicht mehr antworten können. Vorher lebt man mit diesen Leuten dreißig, vierzig, fünfzig Jahre in einem Land, in derselben Stadt, sitzt neben ihnen in der U-Bahn oder in der Eckkneipe, trifft sie an der Kinokasse und auf dem Bahnhofsklo, alles, ohne sie zu kennen, ohne zu ahnen, dass man irgendwann einmal Wochen und Monate damit beschäftigt sein würde, das Leben dieses Biertrinkers am Kiosk, dieser Zeitungsleserin auf der Parkbank, dieser Rumänenhure am Straßenrand zu rekonstruieren, nachdem man doch zuvor alle Zeit der Welt gehabt hätte, ihnen am Kiosk oder auf der Parkbank oder am Straßenrand jede beliebige Frage zu stellen, ihre Mordmotive, ihre Ermordetwerdenmotive herauszufinden, auf Band aufzunehmen, abzutippen, den ganzen Papierkram von Opfern und Tätern unterschreiben zu lassen und als einen aufs Gründlichste gelösten Fall in den Aktenordner mit der Aufschrift *aufgeklärte zukünftige Verbrechen* einzusortieren.

Sein Minsk war immer noch auf Netzsuche. Am Vormittag kein Anruf von Karolina. Ob Brendel gestern doch bei ihr gewesen war, dachte Wegener. Die Akte MW-B-1101-IV/2010 (Vpb) hatte die Westberliner Kripo von der Stasi bekommen, also kannte Brendel das Leben seines Ossikollegen bis ins Detail, also kannte er auch Karolinas Namen, also kannte er auch ihre Adresse. Vielleicht hatte man sie im Vorfeld überprüft. Als Ministeriumsangestellte war sie die klassische Quelle, die sich bequem unter Druck setzen ließ. Brendel könnte sie über Vergangenheit, Charakter, Angewohnheiten,

Schwachstellen ihres Ex-Lebensgefährten ausgehorcht haben. Die beiden lernen sich kennen, bevor er selbst Brendel zum ersten Mal trifft. Man ist sich sympathisch. Man findet sich attraktiv. Kein Wunder. Und man begegnet sich in aller Unverbindlichkeit. Die beste Versicherung gegen postkoitale Komplikationen ist immer noch der 170 Kilometer lange Affärentrenner aus Beton, der sich mitten durch die Stadt zieht. Man riskierte nichts. Also konnte man es riskieren.

»Ich hab vielleicht was für Sie aufgetan«, sagte Wegener. »Ein Kollege verkauft ein M6.«

»Da wäre ich dem Kollegen aber dankbar.« Brendel kämmte mit seinem Blick die Böschung. »Kostet?«

»Zwanzig Kilo Ritter Sport Olympia. In unnummerierten Tafeln. Oder eine Tonne Klopapier.«

Brendel grinste. »Schick ich Ihnen rüber.«

Der Weg stieg jetzt langsam an. Dickere Tannenstämme standen in größeren Abständen, dazwischen wuchs braungelbes Gras. Unzählige Brombeersträucher arbeiteten daran, den Wald unter einem Geflecht dorniger Ranken zu ersticken.

»Würden Sie wirklich rübermachen, Martin?« Brendels Blick blieb auf dem Boden. »Wenn sich die Gelegenheit ergäbe?«

»Man denkt immer wieder darüber nach. Aber es ergibt sich keine Gelegenheit. Also weiß man es nicht.«

»Und Ihre Freundin?«

»Macht Karriere.« Wegener merkte, dass er glühte. Der Kaffee kochte wieder hoch, stieg ihm in den Kopf, trieb ihm den Schweiß auf die Stirn. »Und ist schon seit einem Jahr nicht mehr meine Freundin. Falls Freundin jemals das passende Wort war.«

»Ich habe die privaten Angaben in der Akte übersprungen«, sagte Brendel schnell. »Ich weiß nur, dass Sie zum Zeitpunkt des Disziplinarverfahrens in einer Beziehung waren.«

Ich bin nackt, dachte Wegener. Ich trage eine Unterhose, eine Cordhose, Hemd, Socken, Schuhe, aber ich bin nackt. Nackt laufe ich neben Benz-Brendel durch den Wald. Nackt stehe ich abends in einem trostlosen Hauseingang und schaue hoch zu Karolinas Liebesnest, das einmal unser Liebesnest war. Nackt muss ich meinen bankrotten Staat vor dem Bankrott retten. Nackt haben mich die Angezogenen am liebsten.

»Ihre Ex-Freundin.« Brendel zögerte. »Ist das die Frau, der Sie vertrauen?«

»Wer mich so durchschaut, der sollte *du* zu mir sagen.«

»Dann tut mir die ganze Sache wirklich leid für dich«, sagte Brendel.

»Tut mir auch leid für mich.«

Wenn er mir jetzt noch einen kumpelhaften Klaps gibt, dachte Wegener, dann weine ich ihm sein 350-Euro-Hemd voll.

»Kayser kennt deine Akte übrigens nicht.«

Wegener nickte. »Danke.«

»Wofür?«

»Dass du es mir erzählt hast.«

Am Ende der Steigung gabelte sich der Weg. Die Pipeline blieb neben dem linken Abzweig, der rechte verschwand in buschigem Gras, krümmte sich, wurde zu einer kleinen Lichtung, auf der ein flaches, heruntergekommenes Holzhaus hockte. Die Sonne hatte sich plötzlich an ihre Aufgabe erinnert, war von irgendwoher erschienen, verwandelte die Lichtung in die Imitation einer heruntergekommenen, skandinavischen Idylle. Grillen zirpten. Von den Bretterwänden des Hauses blätterte dunkelrote Farbe ab. Dachziegel aus getrocknetem Moos. Geschlossene Fensterläden, die einmal weiß gewesen sein mussten. Ein alter Hackklotz faulte neben der Eingangstür vor sich hin. Früher die Schlachtbank und demnächst das Opfer, dachte Wegener. Der Geruch von Harz schlug ihm so kräftig entgegen, als wäre gerade der halbe Wald abgeholzt worden.

»Schön hier«, sagte Brendel. »Und einsam.«

»Vielleicht genau das Richtige für einen einsamen Mann.«

»Ich kriege Hoffmann nicht zusammengesetzt.« Brendel zog die Plastiktüte mit den Schlüsseln aus der Hosentasche. »Diese Hütte passt nicht zu seiner Wohnung. Die Wohnung passt nicht zum Gärtnerjob. Der Gärtnerjob passt nicht zu seinen politischen Schriften. Die politischen Schriften passen nicht zu einer zwanzigjährigen Geliebten. Und dass die Geliebte verschollen ist, passt auch nicht.«

»Und die Pipeline«, sagte Wegener, »wozu passt die?«

Brendel drehte sich zur Gasleitung um, betrachtete sie sekundenlang, schüttelte den Kopf. Dann nahm er den Schlüsselbund aus der Tüte, wich ein paar Brombeerranken aus und bahnte sich einen Weg über die Lichtung zur Haustür. Wegener blieb hinter ihm.

Eine Brigade DDR-Spinnen musste an Hoffmanns Datsche ihren persönlichen 5-Jahres-Plan abgearbeitet haben: Die fleckigen Holzwände waren von glitzernden Netzen bedeckt. Brendel suchte den ältesten und längsten Schlüssel aus, prokelte damit im Schloss herum, drehte. Der Schlüssel griff. Ein Riegel klackte. Die Tür schwang mit leisem Quietschen in den dunklen Raum, als würde sie gerade von innen geöffnet. Muffige Luft. Plastikgeruch. Die Fensterläden malten verzerrte Lichtgitter auf den grauen PVC-Boden. Wegener erkannte die Umrisse von Sesseln, einem Kanonenofen, Schemen eines Schranks. Der hintere Teil des Zimmers lag im Dunkeln. Niemand zu Hause.

Brendel hatte seinen Koffer aufgeklappt, holte zwei Schutzanzüge, Handschuhe, Plastikbeutel und eine Kamera heraus. Ich bin nackt und ich bleibe nackt, dachte Wegener, während sie in die Anzüge stiegen, und Brendel zieht sich mit jedem Tag mehr an, wird immer bekleideter, immer geschützter, der hat nicht nur seine undurchdringliche Gesichtsmaske, der hat auch einen wachsenden Fundus an Kostümen, das Kommissarskostüm, das Kumpelkostüm, das Kompetenzkostüm, das Karolinaliebhaberkostüm.

»War ein Foto von ihr in der Akte?«

»Ja.«

Es traf Wegener wie ein Stich, dass Brendel sofort verstand, wonach er gefragt hatte. »Gut getroffen?«

»Ich fand schon.«

»Einer Frau hinterherzutrauern ist die Hölle, aber einer Schönheit hinterherzutrauern ist die mittelalterliche Folterkammer der Hölle.«

»Einer verstorbenen Frau hinterherzutrauern ist vielleicht noch schlimmer. Aber manchmal sicher auch leichter.«

Wegener sah auf.

Brendel zog den Reißverschluss seines Anzugs zu. »Wenn wir die Spurensicherung anrufen, sollen die einen Bolzenschneider mitnehmen. Für das Schrankenschloss.«

»Ich richte es Frank aus.«

»Martin, mir ist wichtig, dass du mir das glaubst.« Brendel fummelte immer noch an seinem Reißverschluss herum. Wegener streifte die Handschuhe über.

»Ich habe deine Abhörprotokolle nicht gelesen. Und ich möchte nicht, dass du glaubst, dass ich sie gelesen habe.« Brendels Blick blieb für eine Sekunde an Wegeners hängen, dann drehten sie sich gleichzeitig in Richtung Waldweg um.

Das Knattern kam näher, wurde lauter, Vogelgeschrei, ein

weißer Phobos II mit roten Ralleystreifen tauchte hinter den Stämmen auf, rumpelte bis zur Weggabelung und bremste scharf.

Wegener und Brendel standen regungslos.

Der Wagen starrte sie mit seinen runden Doppelscheinwerfern an. Die Sonne spiegelte sich in der Frontscheibe.

Dann krachte das Getriebe. Der Rückwärtsgang jaulte. Die Räder drehten durch. Eine Staubwolke wuchs in Sekundenschnelle unter dem Wagen heraus zwischen die Baumstämme wie ein kleiner, beigebrauner Atompilz.

16

Der Mecklenburger Dreck schmeckte erdig-bitter, brannte in den Augen, wurde zur staubtrockenen Pumpe, die den Lungen die Luft absaugte, kroch überallhin, in die Ohren, in die Nase, in jede Pore. Wegener sah Brendels rennenden weißen Schutzanzug vor sich, eine bizarre Mischung aus Astronaut und olympischem Sprinter, die angewinkelten Arme schnellten im Laufrhythmus vor und zurück, er sah seine eigenen Beine, zwei Plastikwürste, die nach vorne flogen, nach hinten wegklappten, immer abwechselnd in den dumpfen Sandboden hämmerten wie konditionslose Klöppel einer völlig sinnlosen Maschine, der Rückwärtsgang des flüchtenden Phobos kreischte in seinem Kopf, hatte sich bis zum schrillsten aller Töne gesteigert. Brendels weißer Anzug bewegte sich in der wachsenden Staubwolke wie in einer schmutzigen Blase: ein Dauerläufer auf einem Wüstenplaneten, ein Space-Sheriff im Sandsturm, verzweifelt kämpfend und doch ohne Chance, das Ziel zu erreichen. Wegener spürte, wie sein Magen sich zusammenkrampfte, wie seine Lungen brannten, wie die weißen Plastikwürste unter seinem Oberkörper vor Anstrengung taub wurden, wie diese wabbeligen Schläuche ihre letzte Kraft verspielten, zu lahmen begannen, Arbeitsverweigerung, sollten doch die Kapitalistenbeine Überstunden machen, die Ostoberschenkel bestimmt nicht, Tagesvorgabe erfüllt, Feierabend, nach uns die Sintflut.

Brendel verschwand hinter der Biegung, Wegener lief langsamer. Blieb stehen und beugte sich vornüber. Merkte, dass er kippte. Seine Schulter tauchte in den sandigen Weg wie in ein Federbett, er spürte Fichtennadelstiche an der Wange, der Harzgeruch war plötzlich wieder da, das ohrenbetäubende Keuchen war sein eigenes ohrenbetäubendes Keuchen, er atmete keine Luft mehr, sondern Dreck, der Dreck war in ihm, im Magen, in den Adern, er war komplett zugesetzt, eine japsende Mecklenburger Made kurz vorm Kollaps.

Dann kotzte es aus ihm raus. Ein großer warmer Schwall. Und noch ein großer warmer Schwall. Wegener schmeckte Milchkaffee, Magensäure, Tannenzapfen, Sand, Pilze, Erde. Ein dritter Schwall bahnte sich an, platzte ihm aus dem Mund, diesmal schwächer, traf ihn selbst, lief ihm stinkend am Kinn runter.

Er lag auf dem Rücken und hustete. Seine Augen tränten. Vielleicht heulte er auch. Vor lauter Anstrengung. Vor lauter Enge. Vor lauter Karolinavermissen. Das kenne ich, dachte Wegener, dass ich schwach sein muss, um noch schwächer zu werden. Dass nur eine kleine Traurigkeit eine große Trauer auslösen kann. Dass ich wegen irgendwas heulen muss, um wegen Karolina heulen zu können. Dass ich mir wünsche, sie sähe mich so liegen, so selbstgeschwächt, so verloren, so elend, um wenigstens die schale Zärtlichkeit des Mitleids abzugreifen, wenigstens einen bedauernden Blick, der eine gewisse Ähnlichkeit mit dem liebevollen, bewundernden Blick von damals besäße, der für ein paar Sekunden mit diesem Damalsblick verwechselbar sein könnte und in Wahrheit natürlich nur der degenerierte, asoziale Cousin dieses früheren, liebevollen Blicks wäre, aber lieber den degenerierten, asozialen Cousin als gar nichts.

Plötzlich wusste Wegener, dass er nie wieder mit Karolina zusammen sein würde. Vielleicht brauchte er diese Staubwolke, um klar sehen zu können. Es ist alles vorbei, längst vorbei, wird nie wieder was werden, sagte die Wolke. Karolina würde auf keinen Fall an dich denken, wenn sie selbst irgendwo japsend herumläge, sagte die Wolke. Du würdest immer an sie denken, aber sie nie an dich. Karolina würde an jemand anderen denken. Und wenn es keinen anderen gäbe, würde sie zur Not an gar nichts denken. Nur, um nicht an dich denken zu müssen. Du bist tot, sagte die Wolke, sieh doch ein, dass du für sie gestorben bist. Du kennst doch die Wahrheit. Du willst doch immer die Wahrheit kennen und diese Wahrheit hier kennst du, aber die ist dir unangenehm, also egal. Bitteschön. Aber wenn du die Wahrheit ignorierst, musst du sie auch nicht wissen. Dann kann sie dir scheißegal sein, die Wahrheit. Und wenn sie dir scheißegal ist, kannst du sie auch in Ruhe lassen. Entweder, die Wahrheit ist dir wichtig oder nicht. Aber dann darfst du keinen Unterschied machen. Dann kann dir nicht die private Wahrheit unwichtig sein und die berufliche Wahrheit wichtig. Wahrheit ist Wahrheit. Wahrheit ist das, was du nicht ändern kannst. Wahrheit ist das Faktische. Dein Beruf ist es, das Faktische herauszufinden. Auch das Faktische, das dich betrifft. Schließ die Akte Karolina Enders, Fall gelöst, der Schuldige ist der Hauptmann selbst, die Zeugin wird freigesprochen von jeder Verantwortung für das Scheitern der Beziehung. Der Schuldige bekommt trotzdem keine Strafe. Selbst für sein Beziehungsscheitern gesorgt zu haben und jetzt heulend und kotzend auf Waldwegen in Mecklenburg-Vorpommern liegen zu müssen, ist Strafe genug.

Irgendwann verzog sich der Staub. Irgendwann hörte das

Husten auf. Irgendwann stand Brendel über ihm, ein Sandmann, der nur den Kopf schüttelte und nichts sagte. Wegener
fühlte sich, als hätte dieser Sandmann ihn gerade besiegt.

*

»Hallo?«

»Herr Doktor Braun?«

»Wer spricht?«

»Martin Wegener, Kriminalkommissariat der Volkspolizei
Köpenick. Haben Sie eine Minute für mich?«

»Ich habe auch zwei Minuten. Aber nicht viel mehr.«

»Herr Doktor Braun, ich war vorgestern bei Ihnen im
Haus …«

»Der Besuch von Frau Enders.«

»Richtig. Ich habe gehört, das hat für Aufregung gesorgt.«

»Nu, das war eine Visite mit Dienstmarke.«

»Alte Beamtengewohnheit. Die Sache war privat.«

»Frau Enders erzählte davon. Wir hatten ein kurzes Gespräch.«

»Ich hoffe, es gab keinen Ärger.«

»Nu, es gab Irritationen. Wir befinden uns in den Vorbe-
reitungen der Konsultationen. Da haben offenbar einige Mitarbeiter überreagiert.«

»Das kann ich mir vorstellen.«

»Herr Borgs hat das auch schon richtig gestellt. Ein Kollege von Ihnen, der heute Morgen bei Herrn Doktor Moss
war.«

»Ja, in einer Ermittlungsangelegenheit.«

»Nu, dann hätten wir das ja geklärt. Herr Wegener –«

»Herr Doktor Braun, vielen Dank für Ihre Zeit.«

»Auf Wiederhören.«

Wegener drückte das Gespräch weg. Der Chef von Karolina war ein blöder Sack, keine Frage. Sicher ein Doppelkinnscheusal. Ein feister, überkorrekter Energie-Bürokrat. Vielleicht ein IM. Vielleicht keiner. Vielleicht waren beide Chefs von Karolina IMs. Doktor Braun und Doktor Moss. Und der erste Doktor wusste nichts von dem, was der zweite Doktor machte. Beide Doktoren arbeiteten permanent für die gleiche Sache und trotzdem gegeneinander. Dokterten an den Privatsachen des Kollegen herum. Verdächtigten sich abwechselnd. Versteckten Unterlagen, die der andere suchen musste. Erledigten alles doppelt. Dachten sich Finten und Sackgassen aus, wurden beide andauernd in die Irre geführt und führten die Stasi mit den Finten und Sackgassen des anderen in die Irre, weil sie alles ungefiltert weitergaben, weil dadurch ein unendlicher Wust von Dichtung und Halbwahrheit auf den Tischen irgendwelcher überarbeiteter Führungsoffiziere landete, die aus tausend Quellen tausend widersprüchliche Angaben bekamen, die am Ende alles hatten, die Tatsachen und jede erdenkliche, fantastische Variante der Tatsachen, die als hilflose Goldgräber bis zum Hals im Informationsfluss standen und aufpassen mussten, nicht weggerissen zu werden von lauter Tonbandprotokollen und Kopien und Notizen und Fotos und Beurteilungen. Was für eine Anstrengung, dachte Wegener. Was für ein anstrengender Staat. In dem es kein richtiges Klopapier gibt, aber dafür Hunderte gut bezahlter Archivare des obsoleten Chaos.

Es klopfte.

Bevor Wegener etwas rufen konnte, war die Bürotür schon offen. Ein verschwitztes Hemd kam herein, Frankenstein guckte gequält aus dem Kragen. Seine betonierte Mephistofrisur hatte in den letzten Stunden heftig gelitten.

»Nichts. Das können wir vergessen.«

Wegener legte die Beine auf den Schreibtisch und merkte zu spät, dass er in diesem Moment zum Borgs-Imitator geworden war.

»Wenn ihr wenigstens einen Teil des Kennzeichens erkannt hättet.« Frankenstein wischte sich mit dem Ärmel über die feuchte Stirn. »Aber nur ein weißer Phobos II, wie soll das gehen?«

»Ein weißer Phobos II mit roten Ralleystreifen.«

»Meinetwegen auch mit roten Ralleystreifen. Als ihr angerufen habt, war der längst hinter Rostock, samt seinen Ralleystreifen.«

»Wie gesagt, es gab kein Funknetz.«

Frankenstein zog sich einen Stuhl zum Schreibtisch und setzte sich. »Wir haben uns die Karten noch mal genau angeguckt. Da ist noch eine zweite Zufahrt zu der Datsche. Von der anderen Seite sozusagen. Das Navo hat sie nicht angezeigt, weil das keine Straße ist, sondern ein Wirtschaftsweg.«

»Und der Acker, auf dem wir geparkt haben, das ist kein Wirtschaftsweg, oder was?«

»Frag mich nicht. Diese Straße, oder was auch immer das ist, macht einen Bogen. Ziemlich genau in der Mitte dieses Bogens liegt die Datsche. Ab da heißt die linke Schleife laut Karte *Wirtschaftsweg*. Die rechte nennt sich *Privatzuwegung*. Die *Privatzuwegung* ist im Navo, der *Wirtschaftsweg* nicht. Der Phobos ist also über den Wirtschaftsweg gekommen und da gibt es offenbar keine Schranke. Egal, vergiss es. Lienecke rief gerade an, die sind mit der Hütte durch. Nichts.«

»Hätte mich auch gewundert.«

»Wir stehen nicht besonders gut da.«

»Das stimmt.«

»Ich hab gehört, Brendel will weg. Ausgerechnet jetzt.«

»Nur für einen Tag. Er muss Bonn berichten. Die haben ihn zum Rapport bestellt, da kann er nichts machen.«

Frankenstein sah skeptisch aus. »Hoffmann hätte einen guten Schily abgegeben. Perfekte Geheimniskrämerei. Seine Kollegen aus Wandlitz wollten mir bis zum Schluss nicht glauben, dass der kein Gärtner war und nicht Emil hieß.«

»Vielleicht war er ja tatsächlich Stasichef und hieß auch wirklich Emil«, sagte Wegener. »In diesem Land ist alles möglich. Das ist doch das Schöne bei uns: Es wird nie langweilig, die Dinge nehmen immer eine noch unerwartetere Wendung.«

»Apropos unerwartete Wendung, hast du dir schon das Explosionsloch angeguckt? Die müssen dicke Gasleitungen haben, im Prozzo.«

»Wollte gleich mal kurz hin.«

Frankenstein ging zur Tür. »Ich würd dich gern noch was fragen.«

»Du fragst mich doch sonst auch nicht, ob du mich was fragen kannst.«

Frankenstein versuchte mit einer Hand, seine lädierte Frisur in Form zu bringen. »Vertraust du denen?«

»Brendel und Kayser?«

»Genau.«

Wegener ließ seine Beine wieder vom Schreibtisch rutschen. »Frank, ich hab mir das Vertrauen so ziemlich abgewöhnt. Ich weiß gar nicht mehr, wie das geht. Ich höre, was die sagen, und ich finde es vernünftig und zielorientiert und alles, ich hab keinen Grund, an den beiden zu zweifeln. Aber wenn du mir jetzt verrätst, dass du gerade einen Tunnel gräbst und in einem Monat drüben bist, dann würde ich das weder Brendel noch Kayser erzählen. Einfach, weil man nie hundert Prozent sicher sein kann. Du weißt das, ich weiß das.«

»Aber 99 Prozent gibst du den beiden.«

»89 Prozent. Also Höchstnote. Du nicht?«

Frankenstein war mit seiner Frisur fertig. »Mir ist nur aufgefallen, dass du Brendel duzt.«

Wegener lächelte. »Du findest, dass ein du Vertrauen ausdrückt?«

»Du nicht?«

»Nein. Ich finde, es macht das spätere Gespräch über den Vertrauensbruch einfacher. *Du hast mich von vorn bis hinten beschissen* klingt nicht so albern wie *Sie haben mich von vorn bis hinten beschissen.*«

»Immerhin, dein Zynismus tut's noch«, sagte Frankenstein im Rausgehen und zog vorsichtig die Tür zu.

Dir würde ich es verraten, Karolina, dachte Wegener, falls Franky sich demnächst nachts mit einem Spaten nach Westberlin durchkämpft, dir würde ich es beichten, wenn ich Fischer-Hoffmann höchstpersönlich an seine Pipeline gebunden hätte, alles würde ich dir erzählen, ich würde dir sogar erzählen, dass ich dich immer noch rücksichtslos liebe, dass ich beim Rasieren, beim Onanieren, beim Frittieren an dich denke, weil alles, was mich zu Martin Wegener macht, mit dir besser erträglich war als mit irgendjemandem sonst. Gegen meinen Willen, gegen meine Absichten, gegen alle Prinzipien würde ich dir anvertrauen, dass du dein Leben lang auf mich zurückgreifen kannst wie auf eine fristlos entlassene Strickjacke aus den 8oern, die eines Tages nicht mehr gut genug war, die vielleicht wirklich ein wenig kratzte und die jetzt geduldig im Schrank ausharrt, denn vergiss nicht, mein erkalteter Energieengel, die verabschiedeten Dinge werden mit wachsendem Abstand immer schöner, sie blühen im Altern auf, sie warten sich attraktiv, das ist ihre subtile List, sie sind plötzlich wieder da und sofort unwiderstehlich, weil sie dir etwas

Vertrautes zeigen, in einer Welt, die dir täglich wie ein neues Ausland vorkommt, sie sind ein Heimatsignal, sie bieten die Möglichkeit zur Rückkehr inmitten von lauter Vorwärts, und deine lebenslange, persönliche, sture Strickjacke bin ich, Karolina, und ich verspreche dir, ich werde immer diese sture Strickjacke für dich sein, ich wärme bei Bedarf und ich halte durch, so gut ich kann, nur eins musst du mir sagen, damit ich das schaffe: Warum hast du mich gestern zum ersten Mal, seit wir uns kennen, angelogen?

Wegener nahm sein Minsk, öffnete eine TNT, schrieb *ich muss dich sehen, radikales Vertrauen in radikalen Zeiten* und drückte auf Versenden.

Dann starrte er auf die Wand seines Büros. Die Wand hatte zwei Risse. Ein Riss lief von rechts oben nach links unten. Der andere von links oben bis zur Wandmitte. Zusammen ergaben die beiden Risse ein Ypsilon. Von diesem Ypsilon konnte er plötzlich nicht mehr wegsehen. Auf diesem Ypsilon konnte sich sein Blick ausruhen, auf dieses Ypsilon starrend, konnte er sich selbst ausruhen, konnte die ganze Bagage für eine Weile vergessen, von Frankenstein bis Braun, von Brendel bis Borgs, samt den endlosen Fragen, die ihm andere stellten und die er sich selbst stellte, diese lebenslange Suche nach Antworten und dann nach neuen Antworten und dann nach noch neueren Antworten und so weiter und so fort.

Als ein paar Minuten später sein Minsk vibrierte und eine TNT meldete, genoss er es minutenlang, nicht nachsehen zu müssen und die Antwort trotzdem zu kennen.

17

Wegener horchte in sich hinein. Prüfte, ob er etwas spürte. Genugtuung vielleicht. Oder Hohn. Oder etwas so Obskures wie gekitzelten Nationalstolz. Aber nichts tat sich auf. Nichts schmerzte, stachelte an, wurde spürbar. Er starrte mit dem gleichen empfindungslosen Blick auf die riesige goldverspiegelte Fassade mit dem reihenhausgroßen Loch wie vorhin auf den Ypsilonriss in seinem Büro. Das Flutlicht der Technischen Brigade setzte blendende Leuchtpunkte auf die Goldwand, lange Scheibenbruchstücke wurden von schwarzen Zwergen weggetragen, reflektierten immer wieder grell die Brigadestrahler, als wollten sie ganz Berlin mit verspäteten sos-Signalen kirre machen. Auf Kipplastern stapelten sich Betonbrocken, Drahtgitterfetzen, krumme Rohre. Überreste eines invaliden Titanen. Ein Kran schwenkte seinen knochigen Arm hoch über den Palast der Republik und kreuzte die hellen Säulen des Lichterdoms, die in den dunkelblauen Himmeln wuchsen, als sei nichts passiert.

Wegener ging in Richtung Absperrung, tauchte in die stumme Schaulustigenmasse ein, die seit sechsunddreißig Stunden nicht kleiner geworden war, die sich andauernd unmerklich erneuerte, die auch in der Nacht nicht schrumpfte, die den angeschossenen Lampenladen umlagerte wie eine schockierte Sekte ihren geschändeten Tempel. In dieser Masse herrschte das Gebot des Schweigens. Hier hatte man sich längst alles erzählt, hatte jeden Satz der Nachrichten zu oft zitiert, hatte sich leerspekuliert und nichts mehr zu sagen. Wegener drückte sich an Männern und Frauen aller Altersgruppen vorbei, das ganze Volk war in repräsentativer Abordnung erschienen, wenn schon kein Loch in der Mauer, dann wenigstens eins im Prozzo, und was für ein Ding, *Schätze schweigend den Krater*, das Spiel für die ganze ostdeutsche Familie, empfohlen von 9 bis 99 Jahre. Die alten Männer trugen immer noch ihre Ushankas, die alten Frauen Tücher und Wollmützen, Hauptsache irgendwas auf dem Kopf, das einen behütet, falls doch mal die Staatspleite vom Himmel fällt. Die Jugend war helle Jeansimitationen und gefälschte Baseballkappen nach wie vor nicht leid, alle Punker sahen mit ihren verunglückten Stachelfrisuren, mit ihrem krampfhaften Wunsch, unbürgerlich zu wirken, genau so affig aus wie vor dreißig Jahren, nichts und niemand hatte sich verändert, Lederjacken mit Nieten, Tennissocken in Slippern und Sandalen, Kunststoffkleider und Plastikjacken mit Pelzkragen. Wegener merkte, er war ein vollwertiges Mitglied dieser Bande. Der Vertreter der Cordhosen-Fraktion. Hier und jetzt ließ sich das nicht mehr ignorieren. Er war sich selbst in die Falle gegangen mit seinem Bad in der Menge. Da half kein Zynismus und keine Hauptmannsstellung, kein Glaube daran, dem dummen Regime mit seinen Kindergartenmethoden, seinem Zuckerbrotkontingent und seinen Peitschenkomitees haushoch überlegen zu sein, es half kein Selbstbildnis als spöttischer Beobachter, als kritischer, unverwundbarer Geist, der nie zu fassen ist, weil er selbst bestimmt, was ihn betrifft und was nicht. Das Regime lügt dich an, dachte Wegener, deine Leute lügen dich an, du selbst lügst dich an. Du bist ein verlogener Angelogener. Du kannst nicht mal Martin Wegener trauen. Du bist wie die pummelige

Großmutter vor dir, wie der schnurrbärtige Halbstarke neben dir, wie die pickligen, spitztittigen Mädchen hinter dir, ein Rädchen im Getriebe, eine namenlose Nummer, ein zehnstelliger Aktenvorgang, ein beliebiger Insasse im staatsgroßen Entmündigungsknast, und es gibt tatsächlich nicht den geringsten Grund, dich als etwas Besseres, als etwas Unabhängigeres zu betrachten.

Wegener wurde plötzlich klar, dass jeder, der hier stand, so dachte wie er. Dass jeder sich selbst rauszog, sich in Gedanken zum lächelnden Außenseiter ernannte, zum seelischen Nichtstaatsbürger, der im Geist geflüchtet war, durch die Spree oder über die Ostsee, und jetzt im Westen lebte, Hirnhausen, Kreis Freiheit. Alle, die hier standen, die ganze Republik, jeder Einzelne hatte den Absprung längst geschafft, hatte sich seit Ewigkeiten verabschiedet vom Vaterland, von der Heimat, vom Traum einer gerechten Gesellschaft, alle um ihn herum hatten schon vor langer Zeit ins gedankliche Exil rübergemacht, gingen seit Jahren mit ausgeräumten Köpfen durch die löchrigen, fettigen, grindigen, zerbröselnden Straßen Berlins, waren rein körperlich anwesend, Golemgenossen, tumbe Befehlsempfänger, die mit ihren hohlen Schädeln nur noch Pelzmützen, Filzhüte, Kopftücher spazieren trugen. Das Land ist leer, dachte Wegener. Wir sind ein Geisterstaat.

Neben ihm hatte ein Mann sein Minsk aus der Manteltasche geholt und hielt es in Bauchhöhe vor sich, ein M7 stellte Wegener fest, also war der Typ bei der Sicherheit, bei der Regierung oder bei Robotron, oder seine Frau war bei der Sicherheit, bei der Regierung oder bei Robotron. Im Display füllte sich ein Ladebalken, der Kopf von Angelika Unterlauf erschien als Standbild, das Gesicht zuckte, riss den Mund auf und grinste bewegungslos in die Kamera, dann war die Echtzeitübertragung geladen, lief mit leicht versetzter Tonspur an, *heute beschlossen, das Einbürgerungsverfahren für DDR-Immigranten aus der Bundesrepublik Deutschland deutlich zu vereinfachen und zu beschleunigen,* Unterlaufs Kopf stand jetzt wieder still und redete trotzdem weiter, *Ziel sei es, der nach wie vor steigenden Zahl von Einreiseanträgen Herr zu werden,* teilte ein Sprecher des Politbüros mit. *Dabei solle den Bundesbürgern, die künftig die sozialistische Gesellschaft der DDR mit ihrer Arbeit, ihrer Solidarität und ihren Ideen bereichern wollten, geholfen werden, den Wechsel der Staatsangehörigkeit innerhalb der gesetzten Fristen zügig durchzuführen. Gleichzeitig sei sowohl das Einbürgerungsauswahlverfahren verschärft als auch das Begrüßungsgeld für Neubürger aus Westdeutschland von derzeit 850 auf 1000 Mark ab dem 1. Januar 2012 angehoben worden.* Unterlaufs Kopf zuckte, wackelte, stand still, *gilt die Regelung für alle Bürger der Bundesrepublik Deutschland, die 1970 und später geboren wurden und entweder ein langjähriges, linkspolitisches Engagement – wie im aktuellen Fall des populären Immigranten und Politaktivisten Horst Streicher – oder, in Bezugnahme auf die Härtefallregelungen, eine Verletzung ihrer Menschenwürde durch das kapitalistische System nachweisen können. Die nächsten Nachrichten sehen Sie um 23:15 nach der Landesschau mit Andrea Kiewel.*

Im Display wehte jetzt die Deutschlandfahne. Der Mann im Mantel drückte die Übertragung nicht weg. Die ersten Takte der Nationalhymne erklangen. Wegener sah auf. Die Technische Brigade hatte ihre Strahler in Richtung Palast verstellt, der Chor stieg ein, *Auferstanden aus Ruinen,* aus dem schwarzen Explosionsloch zuckten die dünnen, bläulichen Blitze von Schweißgeräten, Dampf stieg auf, dann ein lautes, metallisches Kreischen, das riesige, verrußte Staatswappen sackte jetzt nach unten weg, baumelte an dicken Stahlseilen unter dem Arm des Krans, der Mann im Mantel klickte die Nationalhymne auf maximale Lautstärke, der Chor schwoll an, *Alte Not gilt es zu zwingen und wir zwingen sie vereint*, der schwarze Ährenkranz mit Hammer und Zirkel schwebte vor der erstrahlten Goldwand, pendelte leicht von links nach rechts, dann gab es einen Ruck und das Wappen stieg langsam in den Himmel, verfolgt von den Strahlern, *deutsche Jugend, bestes Streben unsres Volks in dir vereint*, Wegener merkte, dass inzwischen die ganze Golem-Armee ringsum mitsang, ohne Ausnahme, der komplette Marx-Engels-Platz spulte Bechers Text ab, hatte den Minsk-Chor längst übertönt, schmetterte Zeile um Zeile in die Dunkelheit, grölte sie Hammer, Zirkel und Kranz hinterher, die immer höher stiegen, die alten Männer, die Punker, die Verlorenen, die Gewinner, die spitztittigen Mädchen, die Spitzel, die Bespitzelten, alle starrten lauthals singend in den Berliner Himmel, in dem das Wappen jetzt zwischen den Säulen des Lichterdoms hing wie ein auferstandenes Brandopfer und schließlich vom Kran Meter für Meter nach hinten geschwenkt wurde, in der Nacht verschwand. Wegener lief es kalt den Rücken herunter, er spürte, dass er nie an die Geschichte mit der Gasleitung geglaubt hatte, *wirst du Deutschlands neues Leben, und die Sonne schön wie nie über Deutschland scheint*, hier wurde schon wieder die nächste Riesenlüge verbreitet und die Wahrheit vertuscht, und das ganze verdummte Volk stand als blökende Schafherde direkt vor dem goldglänzenden Beschiss und merkte nichts, einfach immer weiter mitmachen und mitlaufen und mitsingen, genau wie ich, dachte Wegener, *und die Sonne schön wie nie über Deutschland scheint…*

*

»Du lebst ganz schön ungesund.«

»Ach, ja?« Karolina sah nicht besonders überrascht aus. »Die Currywurst am Donnerstag hast du mir eingebrockt.«

»Das war eine doppelte Currywurst«, sagte Wegener.

»Meinetwegen.«

»Und jetzt ein großer Wart-Burger mit Speck und zwei kleine Branden-Burger. Damit hab ich nichts zu tun.«

»Sei doch froh, dass ich nicht noch den Aktions-Magde-Burger genommen hab.« Karolina drehte sich in Richtung Tresen um. »Wenn der Fraß wenigstens mal käme, ich fall vom Stuhl vor Kohldampf. Außerdem ist auf dem Wart-Burger frische Rauke drauf. Rauke ist gesund.«

»Die Rauke ist in der Mayonnaise, wahrscheinlich ein Blatt pro Wart-Burger, wenn nicht noch weniger.«

»Blödsinn.« Karolina deutete auf einen Leuchtreklamekasten, der ein idealisiertes Bulettenbrötchen in einem Salatbeet zeigte. Die obere Brötchenhälfte hatte fröhliche Comicaugen, zwei Käsescheiben bogen sich zu einem gelben Lächeln. »Da steht: Mich gibt's jetzt auch mit frischer Rauke!«

»Und dahinter ist ein kleines Sternchen.«

»Martin, mein kleines Sternchen.« Karolina zeigte ihre makellos weißen Zähne. »Halt's Maul, ok? Was ist überhaupt los?«

Wegener holte Luft.

»Sprich es aus.«

»Ich sag schon mal vorab: Es tut mir leid.«

»Weiter.«

»Ich war gestern Abend auf dem Friedhof.«

»Und?«

»Wir haben telefoniert, du warst nicht zu Hause.«

»Und?«

Wegener spürte, dass er rot wurde.

Karolina sah ihn an. »Das ist nicht dein Ernst, oder?«

»Was ist nicht mein Ernst?«

»Du hast gesehen, dass bei mir Licht brannte.«

Wegener wich Karolinas Blick aus und betrachtete das Reklameplakat. Der Wart-Burger strahlte ihn an. Daneben hing ein Porträt des BULETTO-Gründers S. Seifer. Der grinste noch feister als sein Essen.

»Jetzt bin ich enttäuscht.«

»Es tut mir leid. Ich hab's vorher gesagt.«

»Martin! Ich hatte morgens vergessen, die Wohnzimmerlampe auszumachen! Als du angerufen hast, saß ich im Ministerium hinter meinem Schreibtisch! Um elf Uhr kam das Taxi, zehn vor zwölf war ich zu Hause und hab gesehen, dass bei mir den ganzen Tag Licht gebrannt hat, ich weiß, nicht sehr vorbildlich, wenn man im Energieministerium arbeitet. Sonst noch irgendwelche Fragen?«

Du Vollidiot, sagte die Früchtlstimme.

Wie doppeltschön sie ist, wenn sie richtig wütend wird, dachte Wegener, und ich bin der Misstrauer Nr. 1, Josef, was hast du aus mir gemacht.

Sei doch froh, dass du auch mal in irgendwas die Nr. 1 bist, sagte Früchtl.

Karolina schüttelte den Kopf. »Klar, ich hab's nötig, dir irgendwas zu erzählen! Warum eigentlich?«

»Es war Zufall, Karo. Ich geh halt durch deine Straße, wenn ich zur S4 will, und dann brennt bei dir Licht.«

Karolina starrte auf ihr Plastiktablett.

Wegener nahm ihre Hand.

»Hast du dein Versprechen gehalten?« Karolina schloss die Augen. Sie sah aus, als wüsste sie die Antwort schon.

»Nein«, sagte Wegener, »habe ich nicht, weil ich alles falsch mache, was ich nur falsch machen kann, weil ich einen verdammt undankbaren Job erledigen muss, und wenn dann auch noch Pech dazu kommt, oder Politik, oder was auch immer, dann passieren die Dinge ohne mein Zutun.«

Karolina kniff die Lippen zusammen.

»Karo.«

»Martin. Wir sitzen hier an einem Sonntagabend in einer BULETTO-Filiale, weil ich vergessen habe, in meinem eigenen Wohnzimmer das Licht auszuschalten. Ich mach mir Sorgen um dich. Es geht mich eigentlich nichts mehr an, aber einer muss es dir ja mal sagen: Du bist ein anderer geworden, seit Früchtl verschwunden ist. Du siehst Gespenster. Ich weiß nicht, wie ich es anders ausdrücken soll. Manchmal glaube ich, du wirst langsam paranoid.«

»Ich glaube manchmal, ich bin es längst.«

»Deine Ironie macht es nicht besser.«

»Das war Zynismus.«

»Ein DDR-Bürger, der im Westfernsehen eine Reise gewinnt, das ist Zynismus.«

»Nein, das ist Ironie.«

»Nichts«, sagte Karolina, »ist schlimmer als ein ungebildeter Besserwisser.«

»Du solltest nicht so kritisch mit dir sein, Karo.«

»Zwei Branden-Burger, ein Wart-Burger mit Käse?« Der schnurrbärtige junge Mann tat so, als hätte er nichts gehört.

»Für mich«, sagte Karolina. »Ist auf dem Wart-Burger frische Rauke?«

»In der Mayonnaise ist Rauke.«

»Nur in der Mayonnaise?«

»Das steht aber auch überall.«

»Was sehen Sie da drüben auf diesem bescheuerten Plakat?«

Der Schnurrbärtige nahm sich ein Herz. »Einen Käse-

Wart-Burger in einer Salatdekoration. Das ist aber nur ein Serviervorschlag.«

»Dann servieren Sie mir das Ding bitte genau so.«

»Es tut mir leid, aber das geht nicht.«

»Das heißt also, *Sie* schlagen *mir* vor, dass *ich mir* diesen Wart-Burger *selber* so serviere?«

»Auf dem Werbeaushang steht, dass ....«

»Mich gibt's jetzt auch mit frischer Rauke«, sagte Karolina. »Das steht da.«

»Im Sternchentext wird darauf hingewiesen ...«

»Auf was wird denn in diesem Sternchentext noch hingewiesen? Ich hab leider mein Elektronenmikroskop nicht dabei.«

»Dass der Käse Analog-Käse ist«, sagte Wegener, »dass das Fleisch nur zu 25 Prozent aus Rindfleisch besteht, dass die pflanzlichen Fette Spuren von Speck enthalten können, und dass die Brötchen mit Zuckerersatzstoffen hergestellt sind, die im sozialistischen Ausland produziert werden, ich tippe auf Kuba.«

Der Schnurrbärtige nickte unglücklich.

»Ach, vergessen Sie's.« Karolina winkte ab. »Aber unterstehen Sie sich, mir einen guten Appetit zu wünschen.«

Der Schnurrbärtige verkrümelte sich.

»Ganz paranoid bin ich wohl doch noch nicht«, sagte Wegener.

»Halbparanoid ist noch schlimmer, Sternchentextexperte. Wie soll das weitergehen?« Karolina packte einen der Branden-Burger aus, betrachtete ihn skeptisch und biss hinein. »Redest du wenigstens mit mir darüber?«

»Mit wem sonst.«

Karolina kaute, schluckte. »Natürlich war das mit Josef ein Schock. Es ist völlig normal, dass du nach einer Erklärung suchst. Aber die Erklärung besteht nicht darin, dass hinter jeder versehentlich brennenden Lampe eine Verschwörung steckt.«

»Es ist mein Beruf«, sagte Wegener, »hinter brennenden Lampen eine Verschwörung zu erkennen.«

»Dann schalt deinen Berufsmodus ab nach 18 Uhr.«

»Klar, ich hab ja diesen Hebel am Hintern.«

»Josef weg, und dann unsere Trennung. Alles zur selben Zeit.« Karolina legte den angebissenen Burger auf das Tablett. »Du hast es nicht gepackt, Martin. Du packst es immer noch nicht.«

Wie knallhart sie geworden ist, dachte Wegener, wie radikal, wie mitleidslos.

Also ich stand ja immer auf diese eisgekühlten Amazonen, sagte Früchtl, was gibt es denn bitte schärferes, als so ein siegreiches, bildhübsch-brutales Alphaweibchen, dem du dich vor die Füße schmeißen kannst, Martin, das mit dir macht, was es will, das dich vertrimmt, verliebt, verspielt, deine persönliche Privatherrscherin, die Lust der Unterwerfung wird ja immer noch maßlos verkannt, wie viele Generationen haben davon geträumt, endlich mal von einer jungen Diktatorin geknechtet zu werden und nicht schon wieder von so einem vertrockneten Tyrannen …

Josef. *Bitte.*

»Ich hatte es leichter, weil ich stinksauer auf dich sein konnte«, sagte Karolina.

»Wir wissen beide, wer der Schuldige ist.«

»Posttraumatisches Stresssyndrom. Schon mal gehört?«

»Klar. Ich wache ja jeden Morgen damit auf.«

»Du hast den Glauben an die Menschen verloren.« Karolina griff ihm so kräftig ins Haar, dass es weh tat. Ihre Hand rutschte auf seine Wange ab, streichelte ihn, zehn

Sekunden lang, sank zurück auf den Tisch. »Das ist dein Problem.«

Wegener spürte, wie ihn diese brutalzärtliche Karolina-berührung lähmte. Er wollte etwas antworten, aber wusste nicht, was.

Karolina sah ihm in die Augen. »Geh zum Arzt.«

Wegener starrte Karolina an.

»Ich mein's ernst. Was ist die letzte Wahnvorstellung, die dir durch den Kopf gegangen ist? Nachdem du vermutet hast, dass ich mir die Mühe mache, dich bezüglich meiner Aufenthaltsorte kategorisch anzulügen?«

»Ich habe nicht behauptet, dass du mich anlügst.«

»Natürlich hast du das.«

Wegener zuckte mit den Schultern. Am Verkaufstresen wurden Stimmen laut. Der Schnurrbärtige diskutierte mit mehreren aufgeregten Gästen, die immer wieder auf die An-gebotsmonitore zeigten.

»Noch welche, die auf den Rauke-Trick reingefallen sind«, sagte Wegener.

»Lenk nicht ab«, sagte Karolina. »Erzähl's mir. Was kreist noch so durch deinen kranken Kopf?«

Der Schnurrbärtige drückte jetzt auf einer Fernbedienung herum, die Burger verschwanden von den Bildschirmen, die Abendnachrichten erschienen, Michael Illner blickte irritiert in die Kamera, zur Seite, wieder in die Kamera.

»Wenn ich dir das sage, schickst du mich ins Irrenhaus.«

»Martin.« Karolina schüttelte den Kopf. Sie nahm den Rest ihres Branden-Burgers und steckte ihn in den Mund. »Ich hab dir doch gerade erklärt …«

Jetzt flimmerten Bilder des Schlossplatzes über die Schirme, der Ton war plötzlich viel zu laut, viel zu hysterisch, *der Sprecher des Berliner Polizeipräsidenten offiziell, dass es sich bei der Explosion, die gestern Morgen den Palast der Republik und den Volkskammersaal erheblich beschädigte, nicht wie bisher angenommen um eine defekte Gasleitung, sondern um einen terroristischen Akt handelte.*

Karolina verschluckte sich. Sie drehte sich hustend zum Tresen um.

In ersten Kommentaren zeigten sich Mitglieder des Politbüros fassungslos und entsetzt darüber, dass der Terrorismus, der die imperialistische Welt seit Jahren mit unverminderter Härte heimsucht, nun auch unsere Republik getroffen haben soll.

Wegener war aufgestanden und klopfte Karolina auf den Rücken, ihr Husten wurde heftiger, dazwischen verzweifelte Versuche, Luft zu kriegen, gieriges, hilfloses Einatmen, ein wunderschöner roter Fisch, der an einer unsichtbaren Angelschnur aus dem südseewarmen Wasser gerissen worden war und sich plötzlich auf dem felsigen Festland der Realität wiederfand.

Die BULETTO-Gäste drängten stumm in Richtung Monitore.

Über das Vorliegen eines Bekennerschreibens ist bislang nichts bekannt. Um die Ermittlungen unter keinen Umständen zu gefährden, wurde vom Innenministerium eine sofortige Informationssperre verhängt. In einer ersten Pressekonferenz versicherte der Polizeisprecher, dass von den verantwortlichen Behörden alles dafür getan werde, um die Hintergründe dieses feigen Attentats aufzuklären. Die Frage, ob die sogenannte Brigade Bürger, eine illegale Gruppierung, die in der Vergangenheit durch das Versenden von Drohbriefen auffällig geworden war, hinter dem Bombenanschlag stecken könnte, ließ die Polizei vorerst unbeantwortet.

Karolinas Husten wurde schwächer. Sie sah Wegener aus nassen Augen an, dann würgte sie, bäumte sich auf und erbrach den Branden-Burger in einem eleganten Strahl auf den schwarzweißen BULETTO-Fliesenboden, zerkautes Mischfleisch, Brötchenpampe mit kubanischen Zuckerersatzstoffen, Analogkäsebrocken, Fettspeck, Magensäure spritzten an Stuhl-, Tisch- und Wegenerbeine. Wegener hielt Karolina von hinten fest, streichelte ihren Kopf, küsste ihren duftenden Haarhelm, während sie spuckte, krampfte, spuckte, ein langer Speichelfaden hing ihr aus dem Mund und pendelte, ohne sich abzulösen, unter dem zuckenden Gesicht, du hast Unrecht, du verdammte Mecklenburger Staubwolke, dachte Wegener, Karolina denkt auch an mich, wenn sie kotzt, wir denken beide aneinander, wenn wir kotzen, egal, ob auf Wirtschaftswegen oder in Schnellrestaurants, wir halten zusammen, auch wenn die Zeiten schwer sind, auch wenn Wohnzimmerlampen brennen und Früchtls verschwinden und Bürgerbomben hochgehen, uns kann nicht mal eine Trennung trennen, weil wir Martin und Karolina sind, die sozialistische Ausgabe des klassischen Liebespaars, das unglücklich sein *muss*, weil nur verhinderte Gefühle wirklich groß werden können, weil Happy Ends uns langweilen, keine Tragik besitzen, weil in diesem Scheißstaat nicht sensationeller Sex oder transparente Treue oder ewige Ehe die höchste Beziehungsbewusstseinsstufe darstellen, sondern gemeinsame Vergangenheit, das Wissen darum, was einen erwartet, das Vermeiden jeder weiteren Überraschung, die Sicherheit, seine künftigen Enttäuschungen bereits zu kennen.

»Die letzte Wahnvorstellung, die durch meinen kranken Kopf kreiste«, flüsterte Wegener in das niedliche Ohr, das direkt vor seinem Mund aus den roten Haaren herausschaute,

»die wollte mir doch tatsächlich weismachen, dass es sich bei der Explosion am Prozzo in Wahrheit um eine Bombe gehandelt hat...«

Karolinas Würgen war schon zu einem Winseln geworden.

Montag, 24. Oktober 2011

18

Blühdorns massige Gestalt sackte über dem Rednerpult zusammen, sein Kopf sank auf die breite Brust, der glänzende, runde Hautkreis des halbglatzigen Schädels starrte jetzt ins Auditorium Maximum wie Kosmos-Kali, der augenlose Außerirdische aus der Margonwasser-Werbung: eine fleischfarbene Kugel ohne jedes Sinnesorgan, mit einem grauen, kurz geschorenen Kranz um das nicht vorhandene Gesicht. Die beschwörende Bärenstimme, die sanft aus den Deckenlautsprechern suppte und den Saal füllte wie klebriger akustischer Sirup, konnte unmöglich aus diesem theatralischen Brocken kommen, der gerade eine Stunde lang gebrüllt hatte, zum Schluss krebsrot, schweißtriefend, wild gestikulierend vor der erstarrten Studentenschaft, die auf ihren hölzernen Klappsitzen immer kleiner geworden war, *und deshalb, Genossen und Genossinnen, kommt es auf euch an. Es ist immer auf euch angekommen in den letzten 60 Jahren. Wir, das andere, westliche Deutschland, wir haben uns versündigt, haben einen Irrweg eingeschlagen, damals, in einer Zeit, in der niemand mehr wusste, was falsch und richtig ist. Verurteilt uns dafür. Aber verurteilt uns mit dem großen Herzen von Brüdern und Schwestern, die verzeihen können. Verurteilt uns als völkische Familie, die am Ende doch zusammensteht, ganz egal, was vorgefallen ist. Weil es zur Familie keine Alternative gibt. Weil es zum Volk keine Alternative gibt. Weil der Verlust des Volks den totalen Verlust von allem für alle bedeuten würde. Verliert nie aus den Augen, dass uns ein historischer Zufall auf verschiedene Lager verteilt hat. Wir hätten ihr sein können – und ihr wir.*

Tatsachen kann man nicht ändern. Der Mensch hat keinen Einfluss auf die Vergangenheit, sosehr er das auch wünschen mag. Aber die Zukunft liegt zu jeder Sekunde in unseren Händen. In euren Händen! Wenn ihr dem Sozialismus den Rücken kehrt, waren die Verzweiflung, der Glaube und das Leid eurer Väter und Großväter, Mütter und Großmütter umsonst, dann waren Jahrzehnte des sozialistischen Kampfes vergeblich, und glaubt mir, auch wenn ich diesen Kampf auf der anderen Seite der Grenze gekämpft habe, ich weiß, wie hart und entbehrungsreich dieser Kampf für euch und eure Familien war, welche Rückschläge er mit sich brachte, wie viel Unrecht und Schikane ihr vor der Wiederbelebung erdulden musstet. Und ich weiß auch, dass ihr euch in den letzten zwanzig Jahren schnellere Veränderungen gewünscht hättet, radikalere Reformen, dass ihr ungeduldig seid und euch fragt, wie lange es denn noch dauern soll, bis ihr endlich ein Leben führt, das all die Freiheiten bietet, die wir im Westen vermeintlich schon so lange genießen.

Aber täuscht euch nicht. Wir Westler sind die wahren Sklaven der letzten sechs Dekaden unserer Zeitrechnung, wir sind die Unfreien, die Unterdrückten. Wir dürfen reisen, ja, wir können kaufen, was wir wollen, natürlich, den dritten BMW, die siebte Uhr, das fünfzigste Paar italienische Schuhe, aber um welchen Preis? Glaubt nicht, dass der Großteil der Menschen, die ihr immer beneidet habt, glücklich ist. Glaubt nicht, dass diese Menschen ein erfülltes Leben führen, am Ballermann und in den Shopping-Malls und vor ihren gigantischen Fernsehern, die genau so flach sind wie alles, was sie zeigen, 55-Zoll-Spiegel ihrer verlorenen Seelen, bis an den Rand ge-

füllt mit Hampelmännern wie Mario Barth und Tine Wittler und Carmen Nebel, mit amerikanischem Abfall, schäbigem Schnellschnell, Fastfoodfernsehen, bei dem Reinziehen und Ausscheiden zum simultanen Prozess werden, seichte Ablenkung vom eigenen Menschenmülldasein, die selbstgezappte Vorstufe der Matrix. Diese Zuschauerzombies sind die Knechte des Kapitals, immer auf der Jagd nach Mehr und dann nach noch Mehr, brav begehrend, was sie von den Werbeblockwarten vorgekaut kriegen, um den Preis ihrer Freiheit, Gefangene in einem Hamsterrad der Statussymbole und Ersatzbefriedigungen. Sie überschulden sich, sie sind unfähig, ihre Gier zu zügeln, süchtige Opfer der Oberflächlichkeit, und das wäre vielleicht alles noch hinnehmbar, das fiele vielleicht alles noch unter die Autarkie des Individuums, das sich selbst unglücklich machen darf, aber, Genossinnen und Genossen: Ich habe in diesem Tollhaus gelebt, nicht, weil ich dieses Tollhaus wollte, sondern weil ich es verändern wollte, und ich habe tausendfach gesehen, was der Kapitalismus mit den Menschen macht – er stumpft sie ab, er saugt ihnen das erbsengroße Resthirn aus und rückt den Besitz, den immergleichen Tand, den plumpen Geldgott an die Stelle dessen, was zählt. Er tötet das Mitgefühl, das Gerechtigkeitsbewusstsein, den Wunsch nach wahren Werten, er tötet sogar den Anstand, und damit tötet er am Ende den Menschen selbst. Nicht der Millionär hilft seinem verarmten Nachbarn, der verarmte Nachbar hilft im Zweifel dem Millionär. Während die Millionäre nicht mal ihresgleichen helfen. Weil sie alle Schaeffler sind, verblendete Egomanen, die am liebsten den Ausgabeschlitz ihres Bankomaten beschlafen würden. Weil das Leid des Armen für den Millionär längst abstrakt geworden ist, zu weit weg, um es zu verstehen, die Sorgen einer anderen Spezies, die Probleme eines fremden Planeten. Der Mammon macht den Menschen

zum dumpfen Androiden, der die anderen für dumpfe Andro-
iden hält. Leeres Wort: des Armen Recht, leeres Wort: des Rei-
chen Pflicht, hat Luckhardt übersetzt. Solidarität gibt es nur
unter Gleichen. Wir können wünschen, dass das anders sein
möge, aber es ist nicht anders und wird niemals anders sein.

Und deshalb brauchen wir den Sozialismus. Nicht, weil wir
so freiheitsfeindlich sind, dass wir nicht sämtlichen Idioten ihr
Idiotentum gönnen würden, die Verschwendung des einzigen
Lebens, das sie besitzen, auf geht's, rufen wir ihnen noch fröh-
lich und hoffnungsvoll zu, rubbeldiekatz, bringt euch um
euren kümmerlichen Verstand, bringt euch um eure Würde,
bringt euch um eure Zukunft, bringt euch um, ihr kulturlosen
Egoisten, ihr begrenzt sprachfähigen Tiere, ihr hanebüchenen
Organansammlungen, je schneller das Geistesprekariat seine
spezialisierten Zellen abnutzt, desto schneller kommt der für
alle gleichermaßen erlösende Tod, rafft euch dahin, verwan-
delt euch in ein Häufchen Biomasse, aus dem wir mehr Wärme
gewinnen, als ihr euren Mitmenschen zu Lebzeiten gegeben
habt. Nicht aus Mitleid kämpfen wir für die armen Seelen, so
wie die noch ärmeren Abergläubischen es tun, sondern weil
die Dummheit der Dummen uns betrifft! Weil diese Dumm-
heit ein Loch in unser deutsches Boot bohrt und uns alle run-
terzieht in den tiefen Schlund viehischer, vergeblicher, nichts-
würdiger Existenz. Weil sie die Gesellschaft, in der wir leben
möchten, unmöglich macht. Denn diese Gesellschaft gibt es
nur ganz oder gar nicht, es gibt sie nur mit der Beteiligung je-
des Einzelnen – oder sie ist zum Scheitern verurteilt.

Deshalb mischen wir uns ein. Deshalb erlauben wir uns ein
wertendes Urteil über das Leben unserer Mitbürger, deshalb
fordern wir sie zu Verhaltensänderungen auf, deshalb müssen
wir Konsequenzen ziehen, wenn man unser Projekt sabotie-
ren will. Der Kapitalismus in Westdeutschland hat Hundert-

tausende, Millionen solcher Homunculi hervorgebracht, ihre Priester heißen Oliver Geissen und Andy Borg, ihre Heiligen Tommy Hilfiger und Steve Jobs, ihr Leben ist ohne Not und deshalb ohne Mitmenschlichkeit, sie kämpfen nur für sich und ihre spießigen Pfründe, sie haben noch nie etwas für einen anderen getan, sie waren noch keine Sekunde ihres Lebens Humanist, sie wollen genießen und dabei seicht unterhalten werden, eine Hühnerkeule im Mund und eine Mätresse im Arm, die ihnen mit Pfauenfedern das Skrotum kitzelt, sie sind satte, müde Tiere, Schlaraffenland-Schlappschwänze, die die nächste Herrschaft des Faschismus jederzeit möglich machen würden, weil ihnen in ihrer kommoden Degeneriertheit das Leid der eigenen Geschichte so fremd geworden ist, wie sie dem Ursprung ihrer Rasse entfremdet wurden.

Und es gibt die Erwachten. Sie haben sich an den eigenen Haaren aus dem Schlamm der Entmenschlichung und der Verblödung gezogen, sie haben sich getraut, die Augen zu öffnen und anderen beim Augenöffnen behilflich zu sein. Sie haben einen badischen Rollstuhlfahrer seine schwarzen Koffer packen lassen und ihn ins Altenheim abgeschoben, sie haben für die alte, neue, ehrenwerte Partei votiert und nach jahrelangen Anstrengungen mit Oskar Lafontaine schließlich einen Mann zum Bundeskanzler gemacht, der nicht, wie alle anderen, aus purem Machtwillen in dieses Amt strebte, keiner von den Eitlen, Selbstverliebten, die nur sich selbst reden hören wollen, im Fernsehen und auf Parteitagsbühnen, die ihre Köpfe überall plakatieren lassen, damit sie sich selbst in die Augen schauen können, wenn sie durchs Land fahren, weil sie ihre Augen für die schönsten der Republik halten, weil sie sich nicht sattsehen können am eigenen Konterfei. Oskar Lafontaine, meine Damen und Herren, ist Mensch geblieben. Und dieser Mensch hat die Westdeutschen wachgerüttelt.

Zuerst, indem er mit der Neuausrichtung der SPD ein Signal gegeben hat: Die etablierten Kräfte verändern hier nichts mehr!

Dann, indem er das Volk in seine Politik einband, Autobahnen und Flughäfen okkupierte, die Infrastruktur blockierte, die Massen mobilisierte, die Banken halbierte, das politische Proletariat elektrisierte, die Regierung drangsalierte, dazu zwang, umzudenken, der ausgedörrten Demokratie wieder Leben einzuhauchen – denn wir, die denkenden Arbeiter und diejenigen, die wie Arbeiter denken, sind – zum Glück – immer noch in der Mehrheit, auch im Westen.

Wir haben Lafontaine von 2,6 Prozent 2003 auf 18,3 Prozent 2007 auf 33,1 Prozent 2011 gebracht. Wir haben den ersten Schritt der Überwindung des Kapitalismus geschafft, aber, liebe Genossinnen und Genossen: nur den ersten Schritt. Der Weg zum Ziel ist unendlich weit, Filz in unseren Breitengraden härter als Stahl, die Umstellung eines festgebackenen Wirtschaftssystems langwierig, mit Rückschlägen verbunden, die unser ganzes Durchhaltevermögen herausfordern. Noch ist Lafontaine auf die Koalition mit der Karnevalsfigur Claudia Roth und ihren grünen Jungs angewiesen, die sämtliche grundlegenden Entscheidungen blockieren, die sich Gerechtigkeit ins Stammbuch schreiben, aber nicht Wort halten, wenn sie Tatsachen schaffen sollen. Unser Fortschritt ist fragil.

Und deshalb seid ihr so wichtig: Wir im Westen brauchen ein Land, zu dem wir aufschauen können. Lafontaine muss seinen Leuten ein Vorbild bieten. Auf dem steinigen Weg, der vor ihm liegt, muss er mit dem Finger auf eure Hartnäckigkeit zeigen dürfen, er muss die Chance haben, die Menschen drüben zu fragen: Ihr wollt schon aufgeben, und eure Brüder und Schwestern im Osten halten seit 62 Jahren durch? Wenn ihr das Handtuch werft, werft ihr es für uns mit. Dann wirft

*ganz Deutschland den Sozialismus und mit ihm die Lebens-
leistung von Generationen aufrechter Sozialisten und Kommunisten in den Müllschlucker, dann wird es erst recht heißen: Die sozialistische Idee funktioniert nicht, ihr seht doch,
dass sie gescheitert ist, gibt es die DDR noch oder gibt es sie
nicht? Ihr seid unsere Lebensversicherung. Und wir sind eure:
über Devisenzahlungen, Transitabkommen, Wirtschaftsför-
derung. Wir sind aufeinander angewiesen. Und wir können
voneinander lernen. Lasst uns den Sozialismus weiter verbessern, lasst uns die letzten Fehler ausmerzen, lasst uns das
historische Werk vollenden, das nach dem Zweiten Weltkrieg
begonnen wurde und das immer noch heißt: Nie wieder Faschismus, nie wieder Krieg, stattdessen Gleichberechtigung,
soziale Gerechtigkeit, Frieden und – endlich, liebe Genossinnen und Genossen – endlich wahre Freiheit!*

Blühdorn hob den Kopf und starrte mit seinem fleischigen
roten Gesicht ins Publikum, das jetzt zögernd anfing zu klat-
schen, sich steigerte, immer lauter wurde, bis es kräftig ap-
plaudierte.

Wegener betrachtete sein Minsk, das vor ihm auf dem
ausgeklappten Mini-Schreibpult lag. Das Display leuchtete.
Er klickte die Tastensperre weg. *Frank Stein hat Ihnen eine
TNT geschickt: Bitte um Rückruf! Putzfrau getroffen, das
Mädchen auf dem Foto ist Hoffmanns Tochter: Marie Schütz!*
Die Studenten klatschten immer lauter. Dann standen sie
klatschend auf. Ein wilder Beifallssturm brach los, spülte
Blühdorn aus dem Audimax und riss immer noch nicht ab,
als er schon verschwunden war.

Wegener sah zu Kayser rüber. Der hing mit halb geöffne-
tem Mund auf seinem Klappsitz und schnarchte.

*

»Musste er leiden?« Blühdorn hatte sein nasses Hemd ausgezogen und saß mit nacktem Oberkörper auf einem Hocker. Sein Bauch war ein aufgedunsener Medizinball, der sich bis über die Oberschenkel wölbte. Die dunkle Behaarung des Balls wuchs in der Bauchmitte zu einem schwarzen Saum zusammen und kroch über den Nabel bis in den Hosenbund. Im kalten Licht des Besprechungszimmers wurde der Mann zu einem triefenden Gorilla, sein Rückenpelz wucherte ihm über die Schultern wie eine ungemähte Wiese, Wegener sah Nasenhaarbüsche, Ohrenhaarbüsche, Fingerhaarbüsche, dunkles Dickicht, das ihm Lust machte, einen alles versengenden Flammenwerfer anzuschmeißen. Von Blühdorns Stirn tropfte es auf seine eleganten Lederschuhe und den grauen Linoleumboden.

»Wir gehen davon aus, dass er sofort tot war«, sagte Wegener. »Wie bei einer Hinrichtung. Genau so brutal, aber auch genau so schnell.«

Blühdorn nickte.

Wegener ließ ihm ein paar Sekunden Zeit. »Sie waren befreundet?«

Blühdorn nickte einfach weiter. »Waren wir. Aber das ist lange her.«

»Gab es Streit?«, fragte Kayser.

Blühdorn blickte auf. Sein fleischiges Gesicht sah amüsiert aus. »Nein, warum? Albert ist in die DDR emigriert, und ich habe ihn dafür immer bewundert. Wir hatten regelmäßigen Briefkontakt, auch nach der Wiederbelebung. Bis Krenz die Mauer wieder zumachte. Danach hat Albert sich vollständig zurückgezogen.«

»Auch von Ihnen.«

»Von allen, soweit ich weiß.«

»Wann genau haben Sie zum letzten Mal von ihm gehört?«

Blühdorn zuckte mit seiner haarigen Schulter. »Vermutlich mit der Weihnachtspost 1991 oder so. Sie finden nicht viele Leute, die Ihnen was über Albert erzählen können, stimmt's? Das hab ich mir gedacht.«

»Wie würden Sie ihn beschreiben?«

Das Fleischgesicht lächelte. »Intelligent. Entschlossen. Weitsichtig. Besonnen. Gebildet. Mutig. Der überzeugteste Sozialist, den ich jemals gekannt habe. Und der überzeugteste Freiheitskämpfer.«

»Vielleicht hätten Sie ihn heiraten sollen«, sagte Kayser.

»Dann hätten wir ausgesehen wie Dick und Doof«, Blühdorn lächelte. »Was macht eigentlich ein Westbeamter wie Sie hinter der Mauer?«

»Und was macht ein Westdoktor hier?«

»Das wüssten Sie, wenn Sie in meiner Vorlesung wach geblieben wären.« Blühdorn wischte sich mit dem zusammengeknüllten Hemd den Schweiß von der Stirn. »Ich habe Adleraugen, mein Herr. Ich sehe sogar die Zukunft.«

»Sie sehen den Sozialismus und halten ihn für die Zukunft«, sagte Kayser. »Das ist ein Unterschied.«

Blühdorn wuchtete sich hoch, nahm eine beinahe aufrechte Haltung ein und watschelte zum Tisch, auf dem seine Reisetasche stand. »Albert war das Genie in Heidelberg. Er konnte Politik nicht nur rückblickend analysieren, das können sie alle, Albert benannte Fehlentscheidungen, bevor sie getroffen wurden. Glasklar. Und er hatte fast immer Recht.«

»Weil er schlauer war als die anderen?«

»Schlauer war er sowieso.« Blühdorn stopfte sein verschwitztes Hemd in eine Plastiktüte und zog ein frisches aus der Tasche. »Aber er war vor allem zweierlei: ein grandioser Humanist und ein grandioser Stratege. Verstehen Sie, was ich meine? Die Mélange? Er wusste, was die Menschen wollen, weil er denken konnte wie sie. Und er wusste, was man tun muss, um die Wünsche der Menschen zu erfüllen, weil er multidimensional kalkulierte und nichts außer Acht ließ, nur weil es vielleicht auf den ersten Blick störte. Er hat seine Theorie den Tatsachen angepasst, nicht die Tatsachen der Theorie. Bis alles saß. Da können Sie lange suchen, bis Sie unter Wissenschaftlern einen finden, der so ehrlich zu sich selbst ist.«

»Herr Doktor Blühdorn.« Kayser ließ sich auf einen verschlissenen Stuhl sinken. »Wenn Albert Hoffmann ein Orakel gewesen wäre, würde er noch leben.«

»Glauben Sie? Ich hatte schon viel eher mit seinem Tod gerechnet.«

Wegener setzte sich auf den frei gewordenen Hocker.

Blühdorns Blick suchte in dem kahlen Zimmer einen weiteren Stuhl und fand keinen. »Leute, die neue politische Ideen vertreten, leben in Parteidiktaturen immer gefährlich. Albert ist damals nicht rüber, weil er im Westen kein bequemes Leben gehabt hätte, das können Sie sich denken. Er wollte eingreifen, mitmischen, seine Fähigkeiten unter Beweis stellen. Er wollte keine Nachtragswissenschaft mehr, keine *ex-post*-Klugscheißerei, sondern Praxis, Fortschritt, Tatsachen, den Sozialismus demokratisieren. Er war in den Jahren vor der Wiederbelebung der engste Weggefährte von Egon Krenz.«

»Er war einer unter vielen Beratern«, sagte Wegener.

Blühdorns Fleischgesicht wurde höhnisch. »Von wem kriegen Sie Ihre Informationen, Herr Hauptmann? Von der Staatssicherheit?«

»Schön wär's«, sagte Kayser.

Wegener stellte sein Minsk auf Diktierfunktion und sah den Fleischberg an. Der hatte seinen beachtlichen Hintern auf den Tisch gewuchtet und thronte da wie Buddha. Das frische Hemd hielt er immer noch in der Hand. Dieser Buddha bluffte nicht, das sah man ihm an. Der ahnte, dass er die erste echte Quelle war.

»Gibt's noch was, das Sie wissen wollen?«, fragte die Quelle.

»Wie ist Hoffmann vom westdeutschen Professor zum ostdeutschen Politstrategen geworden?«

»Seine Publikationen zum Posteritatismus haben Ende der Siebziger für Aufsehen gesorgt. Auch in der DDR. Jemand von der Humboldt hat ihn einem Staatssekretär des Politbüros empfohlen, der ließ Kontakt aufnehmen, und Krenz holte ihn Anfang der Achtziger rüber.«

»Als eine Art Sonderberater.«

»Offiziell als Professor für Marxismus-Leninismus. Inoffiziell als persönlichen Strategen, integriert in den Beraterstab.«

»Und was genau war Hoffmanns Aufgabe?«

»Die Zukunft der DDR. Die Zukunft des Sozialismus.«

»Also das, was wir heute erleben«, sagte Kayser.

Blühdorn verzog keine Miene. »Das, was wir heute erleben, würden Sie nicht wiedererkennen, wenn Albert Hoffmann Egon Krenz auch nach 1991 beraten hätte.«

»Warum ist er dann ausgestiegen?«, fragte Wegener.

»Krenz war nicht der richtige Mann für Hoffmanns Visionen. Am Anfang hat er mitgemacht. Dann verließ ihn der Mut, und der Politiker kam durch. Die ewige Angst um die Macht. Kein Wunder, vor Albert hatte der Egon ja auch nur minderwertige Mentoren.«

»Welche Visionen meinen Sie?«

Blühdorn zog die Augenbrauen hoch. »Welche Visionen? Alle Visionen! Glauben Sie, Krenz hat oder hatte irgendeine

Idee, wie er seinen DDR-Karren in dem Dreck, den Ulbricht und Honecker und die ganzen behämmerten Greise ihm eingebrockt haben, auch nur einen Millimeter bewegen kann? Alberts wichtigstes Projekt war die Öffnung der Mauer. Ich sage Ihnen ja, er dachte wie die Menschen. Und er wusste, dass der Sozialismus niemals funktionieren kann, wenn man das Volk einsperrt, um es zu seinem Glück zu zwingen. Wie erziehen Sie Ihre Kinder? Drohen Sie mit Hausarrest, damit die ihren Spinat aufessen, oder versprechen Sie eine Stunde länger Fernsehen? Diese Jahrhundertkretins von DDR-Politikern propagieren den seligmachenden, ultragerechten Staat und schießen den eigenen Leuten in den Rücken, wenn sie anderer Meinung sind, was ist denn das für ein historischer Scheißhaufen? Wie konnte von denen auch nur eine Sekunde jemand annehmen, dass so was länger als einen geschichtlichen Augenblick funktioniert? Albert wusste schon 1970, was Image ist. Er wusste, dass ein neues Staatsmodell gerade während der ersten Kinderkrankheiten einen möglichst guten Ruf braucht, der seine praktischen Schwächen kaschiert. Allein der Name: Deutsche Demokratische Republik! Länder, die sich demokratisch nennen, sind es nie, ist Ihnen das mal aufgefallen? Unter Marketinggesichtspunkten war die DDR Lichtjahre hinter dem Dritten Reich. Ein verlogener, korrupter Unrechtsstaat, der nicht mal genug Fantasie und Weitblick hatte, um die eigenen Verbrechen zu verschleiern.«

»Also war das Hoffmanns Idee, 1990 die Mauer zu öffnen?«, fragte Wegener ungläubig.

»Natürlich!« Blühdorn rutschte von seinem Schreibtisch und begann, das zeltgroße Hemd anzuziehen. »Und es war ihm von vornherein klar, was das bedeutet: erst mal Massenflucht. Von 16,67 Millionen runter auf 14,3 Millionen, nach den härtesten Berechnungen auf unter 14.«

»Und dann hat Krenz wieder dichtgemacht, weil ihm der Arsch auf Grundeis ging«, sagte Kayser.

Blühdorn nickte, knöpfte sein Hemd zu und schwieg. Er sah plötzlich um Jahre gealtert aus. Der schwarze Stoff hing ihm um den massigen Leib wie ein Batman-Cape. Der Lautsprecher des Sozialismus war plötzlich kein Kraftprotz mehr, sondern ein trauriger, pelziger Sack voll Speck, den Medizinballbauch aufgeblasen von gescheiterten politischen Träumen, die er nicht verdauen konnte. Was Wegener im Hörsaal für unmöglich gehalten hätte: Der Dicke tat ihm irgendwie leid. Der konnte losledern, wenn er hinter einem Rednerpult stand, der konnte den Klassenkämpfer simulieren, andere mitreißen und antreiben, aber er selbst war längst ausgehöhlt und schwach angesichts von so viel Scheitern, ausgestopft mit lauter verwelkten Illusionen.

»Das wäre die historische Chance gewesen«, sagte Blühdorn. Seine Stimme war überraschend fest. »Albert hatte Krenz und seinem Politbüro die Zukunft aufgeschrieben, ein zweihundert Seiten starkes Programm. Der sogenannte Plan D. Grenzöffnung, sukzessiver Abbau der Staatssicherheit, Verzicht auf politische Restriktionen und Zensur, Einführung eines echten Parlamentarismus. Das ist der Posteritatismus, an dem Albert sein Leben lang gearbeitet hat: die soziale Gerechtigkeit des Kommunismus, gepaart mit der demokratischen, freiheitlichen und rechtsstaatlichen Qualität westlicher Marktwirtschaften. Klar, wie soll das gehen, wer soll das finanzieren und so weiter – aber genau darin bestand ja Alberts Genie, Prophetie, gepaart mit Strategie, er hätte das hingekriegt, wenn ihm die Geschichte eine Chance gegeben hätte. Lesen Sie den Plan D, falls die Regierung ihn nicht weggeworfen hat: Investitionen in umweltfreundliche Technologien, das Abwerben sozialistisch gesinnter Spitzenforscher aus dem kapitalistischen Ausland, Entwicklung zum grünen Sozialstaat in vierzig Jahren, weltweit führende Rolle in der Produktion von Elektroantrieben, Wasserstoffantrieben, Windrädern, Solarzellen. Soziale Gerechtigkeit durch Umweltgerechtigkeit, Ökologie plus Ökonomie, diese Vision gibt es nicht erst seit den Grünen, die gibt es seit Hoffmann! Das alles könnte die DDR heute sein. Die Sozialistisch-Ökologische Republik Deutschland.«

»SÖRD«, sagte Kayser. »Klingt nach schwedischem Knäckebrot.«

Wegener räusperte sich. »Haben Sie eine Ahnung, wer Hoffmann umgebracht haben könnte?«

Blühdorn sah von Kayser zu Wegener zu seinen Schuhspitzen. Dann schüttelte er traurig den Fleischkopf.

»Fällt Ihnen ein mögliches Motiv ein? Könnte der Mord mit Hoffmanns Arbeit für Krenz zusammenhängen?«

»Zwanzig Jahre danach? Ich glaube kein Wort von dem, was der SPIEGEL schreibt. Das tut übrigens niemand in Westdeutschland.«

»Die Stasi mordet wieder«, sagte Kayser.

»Ich bitte Sie!« Blühdorn stopfte das Hemd in die Hose. »Ein billiger Agentenfilm. Vielleicht hätte das 1990 so ablaufen können. Das hätte mich auch gewundert, aber vielleicht nicht ganz so maßlos wie heute.«

»Hatte Hoffmann damals Zugang zu vertraulichen Informationen?«

»Sie meinen, er hat damals was mitgekriegt, und dafür hängt man ihn jetzt auf? Zwei Jahrzehnte später? Da müsste Albert aber Fotos gesehen haben, wie Krenz von Ackermann mit einem Good Delivery in den Arsch gefickt wird.«

»Sie haben also keine Erklärung für den Mord«, stellte Kayser fest.

»Ich denke das, was Sie vermutlich auch denken«, sagte Blühdorn. »Dass Albert in den letzten zwanzig Jahren an irgendwas dran war, von dem er niemandem erzählt hat. Und diesmal hat er sich vielleicht zum ersten Mal verrechnet. Das Ding ist hochgegangen. Ich hab mir immer gedacht, dass der Spielmacher die Finger nicht stillhalten kann.«

»Der wer?«

»Der Spielmacher.« Blühdorn kramte eine rote Krawatte aus seiner Tasche. »Das war sein Spitzname in Heidelberg, nachdem er rüber ist. Der Strippenzieher, verstehen Sie? Der Mann im Hintergrund, der die Fäden in der Hand hält, der bestimmt, wo's lang geht. Ein Libero, der das Toreschießen den anderen überlässt.«

»Sie haben gerade von Hoffmanns Plänen gesprochen, die DDR zu einem Vorbild in Sachen regenerative Energien zu machen«, sagte Kayser. »Der frühere Rektor der Universität Heidelberg, ein Professor Doktor Granz, ist seit mehr als zehn Jahren Aufsichtsratsvorsitzender von Greentec. Hoffmann wurde an einer Gaspipeline aufgehängt. Wenige Wochen vor den entscheidenden Konsultationen zur Sicherung der Energieversorgung Westdeutschlands. Was sagt Ihnen das?«

»Dass Sie nicht weiterwissen.« Blühdorn hatte die Krawatte um den Hemdkragen gelegt, seine feisten Hände machten sich an einen routinierten Windsor-Knoten. »Sonst würden Sie mir solche Fragen ersparen. Albert und Granz kannten sich natürlich. Als der Plan D entstanden ist, war Granz allerdings noch weit weg von einem Job in der Energiewirtschaft. Mag sogar sein, dass die beiden in den letzten zwei Jahrzehnten Kontakt aufgenommen haben. Aber Albert hatte in der DDR nichts mehr zu sagen. Wenn Granz ihn um Hilfe gebeten hätte, was hätte Albert tun sollen? Er war Rentner.«

»Vielleicht Pipelines sabotieren«, sagte Kayser. »Greentec

wird unter den neuen Transitverträgen leiden. Und Hoffmann hätte die DDR offenbar auch lieber als sozialistischen Windpark gesehen und nicht als Transitland für russisches Billiggas. Das könnte eine Allianz ergeben.«

»Gehen Sie damit zum SPIEGEL, die drucken es bestimmt.« Blühdorn zurrte seine Krawatte fest und griff nach der Reisetasche. »Mein Flieger startet um 14 Uhr, vorher muss ich durch vier Nacktscanner, um den Ossigirls meine haarigen Klöten zu zeigen. Sie sollten sich mit Ihren Fragen beeilen.«

»Ich hab nur noch eine.« Wegener stellte die Diktierfunktion aus und steckte sein Minsk in die Hosentasche. »Wer außer Krenz kann uns weitere Informationen über Hoffmann und seine Beratertätigkeit geben?«

»Die Staatssicherheit.«

»Vielen Dank«, sagte Kayser, »aber die Hauptabteilung VIII ist gerade kollektiv zum Eimersaufen auf Kuba. Noch wer?«

»Niemand, den ich kenne. Lassen Sie sich einen Termin bei Egon geben, für seinen alten erhängten Freund wird er ja wohl ne halbe Stunde locker machen.«

»Was ist mit Hoffmanns Tochter?«, fragte Wegener.

Blühdorn erstarrte. »Mit seiner Tochter?«

»Sie wissen nicht, dass er eine Tochter hat?«

»Was denn für eine Tochter?« Blühdorn sah plötzlich blass aus, »mit wem soll Albert denn bitte eine Tochter haben?«

»Das wissen wir auch nicht.«

Blühdorn schüttelte den Kopf. »Blödsinn. Das glaube ich nicht.«

»Wegener, zeigen Sie ihm die TNT«, sagte Kayser.

»Was soll mir denn eine TNT beweisen?« Blühdorn sah jetzt ärgerlich aus. »Sie können Ihr Handy stecken lassen. Wenn Albert eine Tochter hätte, wüsste ich das.«

»Themenwechsel«, sagte Kayser. »Hatte Hoffmann in der

DDR politische Weggefährten, die Sie kennen? Freunde? Verwandte?«

Blühdorn starrte Kayser an. »Mensch, besorgen Sie sich doch einfach seine Akte! Die Stasi hat ihn damals garantiert überwacht, da steht jeder Schuster drin, den Albert von 83 bis 91 angerufen hat!«

»Danke für den heißen Tipp.«

Wegeners Minsk klingelte. Unterdrückte Nummer.

Kayser zog ein Notizbuch aus der Jackentasche. »Dann hätten wir jetzt gerne Ihre Adresse in Heidelberg und sämtliche Telefonnummern, unter denen wir Sie erreichen können, Herr Doktor.«

»Ich geb Ihnen meine Karte.« Blühdorn klang erschöpft.

Das Minsk klingelte immer noch.

Wegener drückte auf Annahme. »Hallo?«

»Pankow, in einer Stunde.«

»Wo genau?«

»Kennen Sie das Irrenhaus in Berlin-Buch?«

»Kenn ich.«

»Fahren Sie auf der U85 in Richtung Blankenfelde, lassen Sie das Irrenhaus rechts liegen, dann kommt nach zwei Kilometern der VEB Behindertenwerkstätten Horst Sindermann, ein brauner Flachbau.«

»Ok.«

»Direkt dahinter geht eine kleine Straße rechts ab, da steht ein Schild *Universum Alt-Auto-Verwertung.*«

»Gut.«

»Folgen Sie der Straße, fahren Sie auf das Gelände, einfach immer geradeaus, irgendwann kommen Sie automatisch zur Schrottpresse. Dort warte ich.«

Blühdorn hatte Kayser eine Visitenkarte in die Hand gedrückt und schulterte seine Reisetasche.

»Ich komme nicht allein«, sagte Wegener. »Ein Beamter aus Westdeutschland begleitet mich.«

»Ist das Ihr Ernst?«

»Absolut.«

Kayser verstaute die Karte in seinem Notizbuch.

»Sehr gut. Der kommt wie gerufen.«

»In einer Stunde also«, sagte Wegener und legte auf.

Blühdorn grüßte mit seiner haarigen Pranke in die Runde, dann walzte er gebeugt aus dem Raum.

»Da stapft er hin«, sagte Kayser, »zurück in sein Hamsterrad der Statussymbole, noch ein paar Runden strampeln.«

19

Voss steuerte den Volvo stumm durch das Nachmittags-verkehrschaos der Friedrichstraße. Phobosse und Wartburgs schoben sich im Schritttempo voran, Fritteusengeruch aus Hunderten knatternder Ölmotoren waberte durch die verstopfte Häuserschlucht, fettiger Smog, der Ostberlin zur größten und baufälligsten Pommesbude der Sozialistischen Union machte. Hinter den Windschutzscheiben harte Alltagsgesichter, ausgeleerte Köpfe, eine Armee von Verkehrsuntoten, die schalteten, Gas gaben, bremsten. Wegener kam sich auf der ledernen Rückbank des Volvos vor wie ein Mitglied des Politbüros, links neben ihm Politbüromitglied Kayser, hinter dem Steuer Politbüromitgliedschauffeur Voss, fehlten nur noch die Motorradeskorte und zwei Hammer-und-Zirkel-Fahnen an den Kotflügeln. Durch die getönten Scheiben sahen die rissigen Gründerzeitfassaden mit ihren offenen Putzwunden noch düsterer aus. So blickt also die Parteiführung auf unser Land, dachte Wegener, durch dunkles Glas, das alles noch schlimmer macht, als es ohnehin schon ist. Rosarot müssten die Scheiben der Bonzenkarren eigentlich sein, mit einem hübschen Zerreffekt, der die Mundwinkel der Passanten merklich anhebt.

»Es bringt nichts, sich Vorwürfe zu machen«, sagte Kayser. »Das Kind ist in den Brunnen gefallen und ersoffen. Konnte niemand von uns ahnen, dass die Süße seine Tochter ist, selbst Blühdorn wusste anscheinend von nichts. Und die beiden waren zur Zeit der Geburt ja offenbar noch beste Freunde.«

»Ich würde sagen, das Kind ist in den Brunnen gefallen und abgetaucht«, sagte Wegener.

»Sehen wir es mal so, wenn die Schlampe Wischinsky Hoffmanns Akte rausgerückt hätte, wäre das nicht passiert. Die kann Ihnen auf Knopfdruck die Dioptrienwerte von Hoffmanns Schwippschwager besorgen, wenn sie will. Aber sie tut es nicht.«

Wegener zuckte mit den Schultern. »Ich hör schon Kallweit toben. Erst kriegen wir nichts raus, dann brauchen wir auch noch Tage, um überhaupt mal die grundlegenden Familienverhältnisse des Opfers zu klären. Damit traut er sich nicht zum ZK, liegt nachts wach, kriegt ein Magengeschwür oder einen halben Herzinfarkt und wir sind schuld.«

»Wenn wir Glück haben, kriegt er einen ganzen. Und was erwartet uns jetzt in Pankow?«

»Auf jeden Fall ein Wichtigtuer. Vielleicht ein Wichtigtuer, der was weiß.«

»Das wär ja mein innerer Reichsparteitag mit Fackelzug und Führerrede, wenn hier mal irgendwer irgendwas wüsste. Warum wir dafür in die Walachei fahren müssen, versteh ich trotzdem nicht.«

»Wo trifft denn der BND seine anonymen Informanten? Mitten auf dem Marienplatz?«

Kayser drückte mehrere Tasten an seinem Handy und steckte sich den Knopf der Freisprecheinrichtung ins Ohr. »Christian hier. Ja. Ich warte.«

Voss fuhr hupend an der röchelnden Autoschlange vorbei, die sich von der Rosneft-Tankstelle bis in die Jägerstraße bog. Am Straßenrand klebte ein Vietnamese Plakate, DER OST-BLOCKBUSTER IST DA: *Sahra Wagenknecht und Peter Sodann in* RED REVENGE – *ab 28.10. nur im Kino!* Irgendwer hupte zurück. An der vorderen Zapfsäule stritten sich zwei Bierbäuche, einer mit Kanister in der Hand, der andere in Sandalen, Rapsol 32 Pfennig der Liter, Voss kratzte sich im Schritt. Immerhin roch er heute nicht. Wegener machte die Augen zu, er konnte das alles nicht mehr sehen.

»Ja, Christian. Jens muss mir ne komplette Verbindungsliste besorgen, Handy, Festnetz, Zweithandy, Dienstanschluss, alles, was es gibt, aber ohne die Richterscheiße, das reichen wir notfalls nach. Wenn die Probleme machen, komm ihnen mit dem Kanzleramt. Was? Nein, heute noch.«

Wegener spürte sein Minsk in der Hosentasche vibrieren. Er zog es so weit heraus, dass er das Display sehen konnte, Stummschaltung, *Karolina Büro ruft an*, dann schob er es so tief wie möglich zurück und schloss die Augen. Der Vibrationsalarm kitzelte ihn an der Innenseite des linken Oberschenkels.

»Das weiß ich auch. Nein, ist mir egal. Da sitzt ein Typ, der muss nur irgendwelche Nummern eingeben, dann kriegt er eine Datei, die druckt er aus und faxt sie dir, fertig.«

Karolina, du bringst meine Eier zum Tanzen, dachte Wegener, früher haben deine Hände gereicht, deine geschickten, kleinen, schönen Hände mit den eleganten Kratznägeln, heute brauchst du ein Minsk, eine Tastenkombination und ein paar Funkmasten, aber du schaffst es immer noch.

»Das ist eine Sache von fünf Minuten. Und ich will, dass dieser Typ nach der Mittagspause damit anfängt.«

Du weißt nichts davon, aber wir haben gerade Telefonsex, dachte Wegener, eigentlich musst du mit Doktor Nu längst über irgendeinen Transitvertrags-Notfallplanscheißdreck reden, deine Gedanken schweben mitten in einem usbekischen Erdgasvorkommen, drehen sich um sich selbst, sind überall, nur nicht bei mir, aber dein Anruf zuckt nur drei Zentimeter von meinem Schwanz entfernt, du hast dein Ohr direkt an meinen Hoden, während ich auf schwedischem Leder durch Berlin schleiche, und wenn ich die grüne Taste drücken würde, könntest du hören, wie sie klopfen, wie du sie anspornst, wie du sie wachküsst, wie sie dich und deinen Mund vermisst haben, dein stures Karolinakribbeln in meinem Schritt, das fehlt uns so sehr, das können wir gar nicht beschreiben.

»Ja. Werner Blühdorn. Doktor. Grüner Weg 55, Heidelberg. Weiß ich nicht. Die letzten zwölf Monate. Und bitte schon mal auf interdeutsche Verbindungen in die DDR durchsehen. Ja, an mich. Wegen Greentec ruf ich heut Abend an.«

Wegener zog den Mantel über seinen Schoß, damit Kayser die Erektion nicht sah. Das Vibrieren hatte aufgehört. Von draußen knatterten Phobosmotoren ihre Pommesabgase in die Volvo-Lüftung, Voss hatte jetzt freie Bahn und wurde schneller, der Wagen schmiegte sich in die Kurven, niemand sprach.

Kleines, früher war es irgendwie persönlicher, dachte Wegener.

*

»Nicht zu glauben.« Kayser grinste.

»Was genau?«

»Es gibt ja auch eine Sonne in diesem Staat.«

Wegener sah aus dem Fenster. Flache Weidelandschaft mit Hecken, Büschen, Zäunen. Vereinzelte Obstbaumwiesen, reglose Pferdescherenschnitte. Im Hintergrund ein Spielzeugtraktor, der über einen penibel gekämmten Acker kroch. Dazu wolkenloser, eisblauer Himmel, ein helles Licht, das

Grün und Braun und Hellgelb möglich machte. Kein Grau, dachte Wegener, das ist selten.

»Sie sollten mehr frische Farben tragen«, sagte Kayser fröhlich. »Nicht immer diesen dunklen Cord.«

»Ja, Schatz«, sagte Wegener, »vielleicht schickst du mir mal was Elegantes rüber.«

»Größen her, und ich mach es.«

»33er Bundweite, Schuhgröße 45. Gut zu merken, sehr deutsche Zahlen.«

Kayser grunzte zustimmend.

Die Straße krümmte sich zu einer leichten Linkskurve, durchquerte ein paar hundert Meter lichten Nadelwald voller Farne und moosiger Felsbrocken. Jetzt erfassten die Sonnenstrahlen den Volvo, brachen durch die Windschutzscheibe, ließen das abgenutzte, rote Leder leuchten und bescherten Wegener plötzlich eine unverhofft gute Laune, Ausflugsstimmung, die schwachsinnige Lust, laut zu singen.

Die Asphaltdecke endete und ging in einen unbefestigten Platz voller Schlaglöcher über, Voss wurde langsamer, rollte geradeaus auf ein geöffnetes Eisentor zu, von dem sich zu beiden Seiten angefressene Wellblechwände in die Landschaft stemmten.

»Wow«, sagte Kayser und beugte sich vor.

Hinter der Wellblechsperre verdunkelte eine Skyline aus gestapelten Trabantleichen den gut gelaunten Himmel, eine nirgendwoendende, grob gemauerte Phenoplastfestung, die sich in kantigen Wellen hob und senkte, die sich bis zum Horizont zu erstrecken schien und ihre Besucher aus Tausenden blinder Scheinwerferaugen anstarrte. Die mobile DDR meiner ersten Lebenshälfte, dachte Wegener, abgeladen, für immer vergessen, irgendwo steht vielleicht auch unserer, der heiß geliebte Hannibal, vermutlich mittendrin.

Voss fuhr durch das Tor und war jetzt auf dem Boulevard der Wrackstadt. Zu beiden Seiten gingen alle fünfzig Meter gewundene, von haushohen Schrottblöcken verschachtelte Nebenstraßen ab, schlängelten sich in die Tiefe und ergaben Block für Block die verwitterte Kolonie Sachsenring, errichtet aus der Automobilproduktion von Dekaden, unter Dreck und Rost die Reste der ausgeblichenen Pastell-Lackierungen, die ein halbes Jahrhundert lang das Bild des Ostens geprägt hatten: babyblau, lindgrün, sandgelb, ocker.

»Kannten Sie das?« Kayser staunte abwechselnd aus beiden Seitenfenstern.

»Nie gesehen«, sagte Wegener, »nie von gehört.«

Kayser drehte sich nach hinten und beobachtete durch die Heckscheibe, wie das Gittertor immer kleiner wurde, drehte sich wieder um, sah die schnurgrade Hauptstraße hinunter und schüttelte fassungslos den Kopf. »Da sind sie. Aber wirklich alle.«

»Herr Hauptmann«, sagte Voss ungerührt, »das nimmt kein Ende hier.«

»Das nimmt ein Ende«, sagte Wegener, »irgendwann nimmt alles ein Ende, Voss, darauf verwette ich des Kaysers neue Kleider, die mich demnächst von der Bread & Butter erreichen.«

»Jawoll, Herr Hauptmann.«

Kayser staunte immer noch.

Nach einem Kilometer ließ sich erahnen, dass Wegener Recht gehabt hatte, nach weiteren 500 Metern endete der Boulevard in einem enormen Platz, umrahmt von schiefen Rostlaubenwänden. In der Mitte standen zwei Schrottpressenungetüme, die anscheinend schon am ersten Tag kaputt gegangen waren: Einzelne Trabantwürfel lagen herum, als hätte jemand an den Maschinen geübt und gleich wieder aufgegeben. Vielleicht wusste auch einfach niemand, wie man die Dinger richtig bedient, dachte Wegener, vom Russen gekauft und gleich in Rente geschickt. Jetzt wuchsen junge Birken zwischen den Würfeln und machten das Rondell zu einem seltsamen Mausoleum für längst vergangene Kindheiten auf längst vergangenen Rückbänken.

Voss stoppte den Volvo unschlüssig in der Mitte des Platzes. Alle drei stiegen aus, sahen sich um, ließen die bizarre Kulisse auf sich wirken. Kayser machte Handyfotos. Acht, neun Meter haben sie bestimmt, dachte Wegener, die Karosseriemauern, wenn nicht noch mehr. Er zog sein Minsk aus der Tasche, klickte sich ins Transnetz, wählte die Standortbestimmungsfunktion und beobachtete, wie sich das Satellitenfoto nach und nach aufbaute: Dunkle Rechtecke erschienen, getrennt von hellen Linien, in der Mitte ein kleiner Kreis, der den Punkt markierte, an dem sie zu dritt standen. Drumherum das chaotische Geflecht unzähliger Wege, Querverbindungen, Sackgassen. Ein Rom aus Schrott, von weit oben aufgenommen und trotzdem kein bisschen übersichtlicher.

Ich sollte Karolina hierher bringen, dachte Wegener, ihr dieses Mahnmal der Vergänglichkeit zeigen, damit ihr die toten Trabbis erzählen, wie wenig Zeit uns bleibt, wie schnell das tägliche Jetztleben zum grausamen Gestern wird, während wir uns längst im freien Fall befinden, der Boden schon in Sichtweite, und wir verschließen die Augen vor diesem Sturz.

Ein schriller Ton ließ die Stille platzen.

Voss zuckte zusammen und bewegte sich wie ein panischer Robotronroboter, der zeitgleich mehrere, widersprüchliche Befehle erhält.

Kayser stand still, schützte die Augen mit beiden Händen vor der Sonne und hielt Ausschau.

Rückkopplung, dachte Wegener und drehte sich suchend um die eigene Achse, das gleiche Geräusch wie im Weltsaal, nur sehr viel lauter.

Das schmerzhafte Fiepen hörte so plötzlich auf, wie es gekommen war.

»Herr Wegener«, sagte eine metallische Stimme über Lautsprecher, »danke, dass Sie gekommen sind. Das gilt auch für Ihre Begleiter.«

Wegener sah Kayser an. Der nickte in Richtung rechte Schrottpresse.

»Wo sind Sie?«, rief Wegener.

»Einstweilen im Hintergrund«, sagte die Lautsprecherstimme. »Ich wollte gern persönlich mit Ihnen reden, habe aber momentan nicht die Absicht, mich zu zeigen. Deshalb die etwas ungewöhnliche Gesprächssituation. Das bitte ich zu entschuldigen. Dafür bin ich gut zu verstehen.«

»Warum verstecken Sie sich?«

»Sie müssen nicht schreien, ich habe ein Richtmikrofon installiert.«

»Also, warum verstecken Sie sich?«

»Es garantiert beiderseitige Unabhängigkeit. Ich werde mir erlauben, einige Bedingungen zu stellen. Erfüllen Sie diese Bedingungen, kooperiere ich mit Ihnen, erfüllen Sie sie nicht, werde ich mich verabschieden.«

»Wie heißen Sie?«

Ein aufrichtiges Lachen aus den Lautsprechern. »Das ist wohl momentan das am wenigsten Wichtige.«

»Sie haben hier mal gearbeitet, oder?«

»Sehr gut, Herr Hauptmann, das stimmt. Deshalb könnten Sie auf diesem Gelände tagelang suchen, ohne mich zu finden.«

»Ich hab gar keine Lust, Sie zu suchen«, rief Wegener, »was ist Ihr Angebot und wie lauten die Bedingungen?«

Es klackte. Irgendeine Einstellung war verändert worden, die Lautsprecherstimme dröhnte jetzt aus einer anderen Richtung über den Platz und klang noch blecherner: »Im Gegenzug für meine Aussage im Mordfall Albert Hoffmann verlange ich ein höchstpersönliches Zeugenschutzprogramm. Freies Geleit in den Westen. Ein einfacher, fairer Handel, denke ich. Umso schöner, dass Sie direkt einen Herrn aus der BRD dabei haben.«

Kayser setzte sich in Bewegung und kam auf Wegener zu. »Entweder, der Typ ist krank«, sagte er leise, »oder hier hockt der Hauptgewinn in irgendeinem Trabant-Kadaver.«

»Ich kann niemandem Zeugenschutz versprechen«, sagte Wegener genau so leise, »und eine Fahrt nach Westdeutschland erst recht nicht.«

»Der ist kein Dummkopf. Seien Sie ehrlich zu ihm, mal gucken, was er sich ausgedacht hat.«

Wegener sah in die Richtung, aus der die Stimme zuletzt gekommen war. Ein Trabant über dem anderen, alle mit dem gleichen traurigen Kühlergesicht. »Das wird schwer«, rief er, »ein Ausreiseantrag kann nur vom Zentralkomitee nach Prüfung durch die Staatssicherheit bewilligt werden und ist Ergebnis eines komplizierten Prozesses. Dazu müssten wir erst mal Ihre Aussage kennen. Wie stellen Sie sich das vor?«

»Ganz einfach«, sagte die Lautsprecherstimme, »bitten Sie den Herrn aus dem Westen zu telefonieren. Wenn ich richtig informiert bin, ist Ihre aktuelle Arbeit von einer gewissen Bedeutung für die Zukunft beider Deutschlands. Da machen die bestimmt gern eine Ausnahme.«

»Aber das geht nicht von jetzt auf gleich!«

»Doch, das geht durchaus. Die Staatsanwaltschaft schickt mir per Virtualpostverfahren ein RVD, in dem mir bei Aussage zum Fall Hoffmann Straffreiheit und Aufnahme in den Zeugenschutz zugesichert werden. Auf dem gleichen Weg erhalte ich die notwendigen Ausreisepapiere. Und keine Sorge, sie verhelfen keinem Mörder zur Flucht, ich hab niemanden umgebracht.«

»Wenn wir ein so aufwendiges Verfahren in Gang setzen sollen, müssen wir wenigstens in etwa wissen, was Sie zu bieten haben.«

Knack. Wieder der erste Lautsprecher: »Ich kann Ihnen nicht sagen, wer genau Hoffmann ermordet hat. Dafür weiß ich, welche Interessengruppe dahintersteckt. Und ich nenne Ihnen einen weiteren wichtigen Zeugen.«

»Den wir dann erst mal suchen müssen.«

»Den finden Sie schnell, der sitzt schon im Bau.«

Wegener zögerte. »Waren Sie dabei, als Hoffmann ermordet wurde?«

»Nein. Aber ich kenne wie gesagt das Umfeld der Täter.«

»Ein bisschen vage das Ganze, für einen Freischein ins Paradies, oder?«

Die Lautsprecherstimme klang belustigt. »Dass der Westen ein Paradies ist, wäre mir neu.«

»Paradiesischer als dieser Schrottplatz ist er allemal.«

»Ohne meine Hinweise drehen sich Ihre Ermittlungen in zehn Jahren noch im Kreis. Mithilfe meiner Hinweise können Sie die Sache in absehbarer Zeit klären. Was Ihnen das wert ist, müssen Sie selbst entscheiden.«

»An welche Adresse ginge das RVD?«

»Ganz leicht zu merken, extra eingerichtet: letztehoffnung@sozialismus.ddr. Nur, damit Sie die Situation richtig einschätzen: Sie werden von einer Videokamera gefilmt, die unser Gespräch auf einen gesicherten Server streamt, diesen Server überwacht ein Freund. Das RVD leitet sich ebenfalls automatisch an diesen Freund weiter. Wenn Sie sich entschließen, meine Bedingungen zu akzeptieren, sollten Sie es ernst meinen, sonst mache ich Sie alle gemeinsam zum nächsten großen Transnetzskandal.«

Schatten. Die Sonne war hinter einer Wolke verschwunden.

»Scheißtechnik«, sagte Kayser.

Wegener sah ihn an. »Telefonieren Sie mit Brendel, der soll dafür sorgen, dass Bonn in der Sache auf höchster Ebene Druck macht. Das geht schneller, als wenn ich versuche, hier über Borgs die Bürokratie anzuschmeißen.«

»Was ist ein RVD?«

»Ein rechtsverbindliches virtuelles Dokument. Eine elektronische Urkunde.«

Kayser nickte, wählte und schlenderte mit dem Handy am Ohr in Richtung Boulevard.

»Sie versuchen es«, stellte die Lautsprecherstimme fest. »Schön.«

»Das hätten wir auch alles telefonisch besprechen können«, rief Wegener. »Warum dieser Aufwand?«

»Ich bin ein wenig in Eile, Herr Wegener. Diese Szenerie hilft Ihnen zu verstehen, dass Zeit das wertvollste Gut des Menschen ist. Außerdem werden Schrottplätze im Gegensatz zu Telefonleitungen nicht abgehört. Es sei denn, von mir.«

Ein lautes Knacken. Der Lautsprecher war abgeschaltet.

Kayser stand auf dem Boulevard, sprach in sein Handy und sondierte währenddessen die Umgebung. Er spazierte zum nächstgelegenen Autoblock, klopfte beiläufig auf eine Phenoplastmotorhaube, lauschte ins Telefon, sprach wieder.

Voss lehnte unbeweglich am Volvo.

Leichter Wind wehte durch die Geisterstadt und ließ Schwärme senffarbener Schaumstoffbrocken im Dreck spielen, ewig haltbare Polsterungsreste, die jetzt ein aufregendes Eigenleben führten. Die Sonne war wieder da. Überall in der Trabantkulisse leuchteten kleine Glassplitter auf, als hätte jemand dieses gigantische Kunstwerk mit Kristallzucker bestreut. Wegener setzte sich auf einen der Schrottwürfel und schwenkte seinen Blick langsam über die Wagentürme. Nicht die kleinste Bewegung.

Nach fünf Minuten kam Kayser zurück und setzte sich neben ihn. »Wir haben Glück, Brendel hockt sowieso gerade mit denen zusammen. Das Kanzleramt hat das Büro von Krenz informiert, die kontaktieren jetzt das Innenministerium. Aber Brendel braucht einen Namen, wenn hier im Eilverfahren ein Ausreiseantrag bewilligt werden soll.«

Lautes Knacken. »Stellen Sie das RVD auf Ronny Gruber aus«, sagte der Lautsprecher. »Ronny mit Ypsilon.«

»Scheint ein gutes Richtmikrofon zu sein.« Kayser schüttelte den Kopf und tickerte eine SMS in sein Handy.

»Die Sache läuft«, sagte Wegener laut. »Ich denke, Sie können rauskommen.«

»Sobald das RVD eingetroffen ist.«

»Wie viele Trabants lagern hier?«

»Gute Frage. Eine halbe Million, würde ich schätzen.«

»Und die werden noch verschrottet?«

»Rentiert sich nicht. Begreifen Sie diesen Ort als Symbol für unser Land, Herr Wegener, dann können Sie sich alle weiteren Fragen selbst beantworten.«

»Dann würde ich sagen, unser Land steht in 100 Jahren noch.«

»Das war witzig«, sagte die Lautsprecherstimme trocken. »Sie haben Recht, Phenoplast rostet natürlich nicht, nur die tragenden Teile. Aber ich denke, Sie stimmen mir zu, dass es hier nicht unbedingt schöner wird.«

»Es sei denn, man mag es morbide.«

»Ich mag es eher lebendig.«

»Sie gehören zur Brigade Bürger«, sagte Wegener.

Die Lautsprecherstimme lachte. »Das dauert ja, bis bei Ihnen der Groschen fällt. Das Präsens ist allerdings unkorrekt, sonst säßen wir nicht hier.«

»Gut. Präteritum. Sie *gehörten*. Und warum sind Sie ausgestiegen?«

»Können Sie sich nicht denken, warum man in diesen Tagen bei denen aussteigen will?«

»Also wegen der Bombe.«

»Ich halte nicht viel von Bomben. Die hinterlassen in der Regel große Verständigungslöcher. Der Eingang des RVDS wird gerade angezeigt. Ich prüfe das nach, dann komme ich zu Ihnen.« Ein kurzes Fiepen der Rückkopplung, dann waren die Lautsprecher tot.

Voss saß im Volvo und hörte bei offener Tür Radio, der Wind wehte Schlagermusik über den Platz, *Fraglos, die Zeit hasst die Liebe… fraglos, Schatz, dafür hass ich die Zeit… heute sind wir noch Glückstagediebe, aber morgen schon blüht uns das Leid, aber morgen schon blüht uns das Leid…*

Dieser beschissene Schlager verfolgt mich, dachte Wegener, als Frischverliebter würde ich den Dreck gar nicht hören, selbst wenn ich mir die Kompaktplatte kaufen und in meinen Kompaktplattenspieler schöbe, käme kein Ton aus den Lautsprechern, keine Silbe, denn dem Glücklichen fehlt das Organ für Jammerkitsch, er kann ihn nicht aufnehmen, wahrnehmen, das Zeug läuft ins Leere, verhallt ungehört, aber sobald man leidet, unter Frauenfrust, Vertrauensverlust, unter Karolinas Nichtleiden, unter ihrer widerwärtigen, unantastbaren Zufriedenheit mit den Dingen, wie sie gekommen sind und für immer bleiben sollen, sobald man also der Fraktion der tagtäglich tatsächlich Unglücklichen zugerechnet werden kann, ab diesem Moment werden im Innenohr eine Million Drüsen aktiviert, die Schmalz anziehen, die pathetische Klagelieder jederzeit orten und verstärken und einem so die banalsten Zeilen ins Hirn brennen, *Fraglos, die Zeit hasst die Liebe ... fraglos, Schatz, dafür hass ich die Zeit,* und plötzlich wirken diese Sätze wie unumstößliche Wahrheiten, wie Philosophie zum Mitsingen. Die ganze Welt, das eigene exorbitante Elend, alles geht in einem albernen Reim auf, wird in einer logischen Kinderformel erklärbar, die einem das Wasser in die Augen treibt, je blödsinniger der Text, desto stärker der Tränenfluss, *heute sind wir noch Glückstagediebe, aber morgen schon blüht uns das Leid, aber morgen schon blüht uns das Leid,* genau so ist es doch, plötzlich wird Banalität zur Erkenntnis, natürlich hasst die Zeit die Liebe, sie lässt ja nichts von ihr übrig, nutzt sie nach Kräften ab, reibt sie auf, pflanzt ihr kleinste Emotionsmutationen ein, die sich fortan teilen, verteilen, wuchern und die Liebe verändern, verhärten, vergrätzen und gerinnen lassen, die etwas ganz anderes aus ihr machen als das, was sie ursprünglich war, vielleicht eine Duldung, vielleicht eine Stumpfheit, vielleicht eine Gleichgültigkeit. Und plötzlich ist aus Martin und Karolina, die vor sechzehn Monaten noch nackt im Wannsee schwammen und danach überreife Erdbeeren auf einer karierten Decke aßen, eng umschlungen im Gras lagen, den Sommer rochen, den anderen rochen, betasteten, bewunderten, für genau so unsterblich hielten wie sich selbst, wie diesen zarten Moment, wie diesen Grasgrillgeruch und die langsam trocknenden Wannseewasserperlen auf der Haut, plötzlich ist aus diesen beiden, die doch, bitteschön, zusammengehörten wie niemand sonst zusammengehörte, plötzlich ist aus denen eine schwarzweiße Postkarte geworden, eine vage Möglichkeit, dass es vielleicht so gewesen ist, an jenem Tag, zu jener Stunde, und selbst wenn es so war, kommt es jedenfalls nicht mehr wieder, und deshalb hasst die Zeit die Liebe, dachte Wegener, und deshalb hasse ich die Zeit, und deshalb summe ich diesen Schlager mit und deshalb guckt Kayser mich an, als sei mein Kopf kurz, aber heftig in die Schrottpresse geraten.

Leises Knirschen.

Beide drehten sich gleichzeitig um.

Ein drahtiger junger Brillenträger in schwarzen Klamotten kam aus Richtung des Boulevards auf sie zu. Wegener musste sich eingestehen, dass er ihn genau auf der entgegengesetzten Seite vermutet hatte. Der Drahtige trug ein Nanotchev unterm Arm und nickte freundlich in die Runde.

»Vielen Dank für Ihre Bemühungen und herzlich Willkommen in einem historischen Augenblick. Der mit Abstand am schnellsten bewilligte Ausreiseantrag in der Geschichte der DDR, zustande gekommen durch eine effiziente und vom Geist der Verständigung getragene Kooperation zwischen Ost und West. Sie können stolz auf sich sein, meine Herren.«

»War uns ein Vergnügen.«

»Ronny Gruber«, sagte der Drahtige.

»Kayser«, sagte Kayser.

»Wegener«, sagte Wegener. Niemand streckte die Hand aus.

»Die Dokumente sind tatsächlich angekommen.« Gruber zündete sich eine Zigarette an. Um seinen Hals hing ein Headset. Dunkle Kurzhaarfrisur, harte Züge. Schnelle Augen hinter eckigen Gläsern. »Und echt sind sie auch noch.«

Gruber inhalierte tief und blies Rauch in die Luft. Dann sank er auf einen der Würfel, beugte sich vor, stützte dünne

Arme auf dünne Oberschenkel und atmete, als sei er gerade einen Marathon gelaufen.

»Also?«, fragte Kayser.

Gruber schloss die Augen. »Sie wollen jetzt meine Aussage hören?«

»In einer halben Stunde werden Sie genau hier von einer Spezialeinheit des K5 abgeholt, die Sie noch heute Nacht über die Grenze bringt. Soll ja nicht gleich das ganze Land erfahren, wie leicht man hier rauskommt. Also, es eilt.«

»Die Brigade Bürger hat Hoffmann umgebracht.«

Eine Krähe erschien am Himmel, kam über die Schrottberge näher, zog drei unschlüssige Kreise und ließ sich schließlich auf einem eingedrückten Trabantdach nieder. Von dort schielte sie auf Voss wie auf eine Rekordbeute.

Karo, dachte Wegener, wie gern würd ich dich jetzt am Wannsee durchbumsen, mit der unbeugsamen Erektion von vorhin, mit dir ein Kind zeugen, das wir streng in Früchtls Sinne erziehen, zum Minibürger, weit weg von rechten und linken Lügen und diesem ganzen Stasibrigadeschwachsinn. Wegener rieb seine Augen. Zwang sich zur Konzentration.

»Warum?«, fragte Kayser.

»Aus zwei Gründen. Hoffmann war im Besitz brisanter Papiere. Staatsgeheimnisse. Aus seiner Zeit im Beraterstab. Das Zeug muss für Alexander Bürger unglaublich wichtig sein. Warum auch immer.«

»Haben die Täter diese Unterlagen von Hoffmann bekommen?«

»Da bin ich überfragt. Ich war nicht dabei am Müggelsee.«

»Und der Zeuge, den Sie uns nennen wollen?«

»Ich schick Ihnen eine TNT, wenn ich im Westen bin. Kleine Vorsichtsmaßnahme.«

Kayser seufzte. »Die Geschichte mit den Schnürsenkeln?«

»Fingiert. Um die Staatssicherheit zu belasten.«

»Es ging also darum, die Konsultationen zu verhindern.«

»Klar.« Gruber zog mit geschlossenen Augen an seiner Zigarette. »Hätten Sie auch selbst darauf kommen können, oder?«

Die Krähe beschloss, dass Voss eine Nummer zu groß für sie war und schwebte davon.

»Wir warten jetzt mit Ihnen auf die Leute vom K5«, sagte Kayser »und sorgen dafür, dass Sie freundlich in Empfang genommen werden. Damit uns bei diesem kleinen Service nicht langweilig wird, erzählen Sie dem Kollegen Wegener noch ein paar Details über den Anschlag auf den Palast der Republik. Verstehen wir uns?«

Gruber nickte.

Wegener sah den Schaumstofffetzen zu, die vor seinen Schuhen herumgescheucht wurden. Immer, wenn er eine Ahnung hatte, in welche Richtung sie sich als Nächstes bewegen könnten, veranstaltete der Wind das Gegenteil. Hellblauen Nagellack hatte Karolina am Wannseetag auf ihren hübschen, kleinen Zehen getragen. Wie aus weiter Entfernung hörte er Gruber reden.

20

*E*astSide Resort – *der Westen im Osten. Am Alexander-platz 1, Berlin (O).* Wegener legte die Visitenkarte zurück auf den polierten Nussbaumschreibtisch und griff nach dem Verzeichnis der Minibar, *Wodka Putin 2 cl nur 9,20 Euro/27,60 Mark, Rotkäppchen Sekt halbtrocken, 0,2 l nur 12,50 Euro/37,50 Mark, Radeberger, 0,33 l nur 7,40 Euro/22,20 Mark,* dann legte er die Liste weg und kniete sich auf den knallblauen Teppich, der alle fünfzig Zentimeter von einer goldgelben Königswappenimitation durchwebt war, weich und kurzgemäht wie das Green des Wandlitzer Golfplatzes.

Wegener ließ sich auf den Bauch kippen. Griff mit beiden Händen in die flauschige Fläche. Drückte seine Wange fest auf den Boden. Rieb sein Gesicht an der samtigen Wolle, hin und her. So fühlten sich die ostdeutschen Mädchen also, wenn sie in den Penthousesuiten der Gas-Russen und Geld-Wessis von hinten genommen wurden. Gedemütigt und geborgen und gebumst. Zwischen Nussbaum und Messing. Vom zugekoksten Ivan, vom stinkbesoffenen Schwaben über den royalen Flaum geschoben. Teppichbrandgefahr gleich null dank Qualitätsauslegeware. Wegener drehte sich auf den Rücken. Beinahe bequemer als das eigene Bett. Die Zimmerdecke der cremefarbenste Himmel. Mit weißem Stuck und Glühbirnchensternen. Luxus-Lichtstimmung. Safranfarbene Tapeten. Der Ton der Mercedes-Tachoscheibe:

Ägypten bei Sonnenuntergang. Eine Männerstimme auf dem Flur. Die Stimme kam näher. Noch nie war ich Ägypten so nah, dachte Wegener und stand auf.

Das Schloss der Zimmertür klickte, Kayser kam herein, das Handy zwischen Ohr und Schulter eingeklemmt. »Kann sein. Und was haben Sie dem erzählt? Tja. Meine Frau würde sagen: der Mittelweg ist der Tod.« Er wedelte mit einem dünnen Blatt Faxpapier, drückte Wegener das Fax in die Hand und verzog das Gesicht zu einer schiefen Triumphmimik. »In meiner Suite, hab hier oben ganz guten Empfang. Du, Richard ist heute Morgen nach Bonn geflogen. Macht nichts. Aber ich kann mal gucken, ob ich was bei ihm rumliegen sehe.« Kayser stemmte die schwere Verbindungstür zum Nebenzimmer auf und ließ sie mit einem Rums hinter sich zufallen. An der Messingklinke schaukelte ein Plastikanhänger: *Bitte nicht stören, träume von der Globalisierung.*

Wegener überflog das Fax:

Ü. P.: Blühdorn, Werner; Grüner Weg 55, 69117 Heidelberg (BRD)

Ü-Z.: 24.10.10. – 24.10.11.

Auslandsgespräche (selektiert: DDR) aus dem Festnetz; Dt. Telekom; (Anschluss-Nr.: 06221 – 566 78 90; Anschlusseigner: Ruprecht-Karls-Universität Heidelberg; Seminarstraße 2, 69117 Heidelberg): Anzahl 0

Auslandsgespräche (selektiert: DDR) aus dem Mobilfunknetz; O2-Germany; (Anschluss-Nr.: 0176 – 13 22 487; Anschlusseigner: Blühdorn, Werner; Grüner Weg 55, 69117 Heidelberg): Anzahl 0

Auslandsgespräche (selektiert: DDR) aus dem Festnetz; Dt. Telekom; (Anschluss-Nr.: 02171 – 334 23 00; Anschlusseigner: Blühdorn, Werner; Hoeningsweg 1, Leverkusen-Opladen): Anzahl 4

Einzelverbindungsnachweis:

0037 / 0182 356 6 24 / 24. 10. 11. / 13 :02 (24,73 Euro)

0037 / 0182 356 6 24 / 24. 08. 09. / 3 :52 (2,87 Euro)

0037 / 590 5 60 0 / 23. 08. 09. / 14 :08 (12,54 Euro)

0037 / 0182 356 6 24 / 23. 08. 09. / 1 :24 (1,09 Euro)

0037 / 0182 356 6 24 / 22. 08. 09. / 2 :56 (2,23 Euro) Anschlusseigner d. i. Einzelverbindungsnachweis aufgef. Rufnummern:

Rufnummer 0037 / 590 5 60 0 (FN) – Humboldt-Universität zu Ostberlin; Unter den Linden 6, 1012 Berlin (Ost); (A-Tr.: Sekretariat Rektorat der Humboldt-Universität zu Ostberlin)

Rufnummer 0037 / 0182 356 66 24 (M) – Schütz, Marie; Ludwig-Renn-Straße 32, 1046 Berlin (Ost)

Liebe Marie Schütz, dachte Wegener, wenn dich Onkel Blühdorn heute um 13:02h angerufen hat, fünf Minuten nachdem er uns weismachen wollte, dass er überhaupt gar nichts von einer Albert-Hoffmann-Tochter weiß, dann bist du mit 99-prozentiger Wahrscheinlichkeit des Spielmachers Kind.

Er tippte die Rufnummer in sein Minsk. Öde Tonwahl-Melodie. Lautes Knacken. Eine Computerstimme: *Der Teilnehmer des Anschlusses 0-1-8-2-3-5-6-6-6-2-4 ist zur Zeit nicht erreichbar, Sie können,* Wegener legte auf. Er kopierte die Nummer ins TNT-Feld und schrieb:

Sehr geehrte Frau Schütz, ich würde Sie gerne vor der Staatssicherheit ausfindig machen. Mit freundlichen Grüßen, Hauptmann Martin Wegener, Volkspolizei Berlin, Kriminalkommissariat Köpenick

Dann drückte er auf *Senden*. Der grobkörnige Briefumschlag flatterte durchs Display, drehte sich um sich selbst, als wäre er von einem digitalen Windstoß erfasst worden, verschwand nach unten. Eine Textzeile blendete ein: *Ihre Nachricht wurde erfolgreich an »01823566624« gesendet! Es grüßt Ihr VEB Telemedien-Team.*

Wegener stand auf, schlurfte über die Teppichwatte zur Minibar, nahm den Rotkäppchen-Piccolo aus der Kühlung, riss den dünnen Hut aus Alufolie ab und drehte den Schraubverschluss auf. Dann griff er sich ein Glas aus dem glänzenden Kirschholzregal neben dem glänzenden Kirschholzschreibtisch, goss den schäumenden Sekt ein, fischte die Packung Ültje-Erdnüsse aus der Glasschale, trat die Minibartür mit dem Fuß zu, schlurfte zehn Meter zu der Wand aus sandfarbenen Vorhängen und zog den glänzenden Stoff mit kräftigen Bewegungen nach links und rechts zur Seite: eine Fensterfront vom Boden bis zur Decke, schallisolierte Doppelglasscheiben und darunter Berlin, Alexanderplatz, ein endloser Zivilisationsozean in graublauer Abenddämmerung, ein Großstadttiefseegraben mit Plattenbauriffen und Betonklippen, voller Phobos-Schwärme, stoßweise nach vorn schnellend und wieder anhaltend, dann wieder vorschnellend, mit ihren leuchtenden Vierfachaugen immer auf der Suche nach dem Vordermann, nach einem asphaltierten Weg durch die Finsternis, ihr irrlichternden Idioten, dachte Wegener, glaubt, ihr könnt euch frei bewegen, und wenn ihr nur ein einziges Mal falsch abbiegt, klatscht ihr vor die Wand eures Aquariums.

Dann trank er. Der eisige, blubbernde Sekt kratzte im Hals, erfrischte, machte hellwach, verpuffte zum duftenden Dampf. Wegener legte die Stirn an die kalte Glasscheibe, starrte nach unten. So fühlten sie sich also, die Geschäfts-

Wessis, die EastSide-Ausländer, für die das alles nur ein Zoobesuch war, Diktatourismus mit dem romantischen Kitzel des abgesicherten Abenteuers, der gekauften Gefahr, eine Nacht im Gefängnis, Schatz, wünsch mir Glück. Das Einfamilienhaus in Frankfurt, das Segelboot in Hamburg, der Porsche in München, die Loftküche in Düsseldorf, alles wurde, von Ostberlin aus betrachtet, noch viel attraktiver, die Distanz war eine Lupe, machte den Besitz erst richtig sichtbar, nur durch diesen Abstand gewann der eigene Reichtum eine wirklich beeindruckende Größe, die Heimkehr zu diesem Vermögen war ab sofort das Wertvollste überhaupt, man konnte seine Errungenschaften wieder genießen, weil man sie kurzzeitig vermisst hatte, durch die Entfernung war man ihnen näher gekommen, jetzt wusste man, dass in ganz Ostdeutschland niemand so ein Einfamilienhaus, so ein Segelboot, so einen Porsche, so eine Loftküche sein eigen nennen konnte, dass man also mehr besaß als ein ganzes Volk, mehr als eine ganze Nation, dass man in Düsseldorf der Loftküchenkönig der DDR sein konnte, dass einem erst der Sozialismus die Freude am Kapitalismus wiedergegeben hatte.

Wegener machte den zweiten Piccolo auf, stopfte sich die salzigen Ültje-Nüsse in den Mund, belächelte das Alexanderplatz-Aquarium von oben herab, war für ein paar Minuten Devisendieter, westdeutscher Geschäftsmann, Industrieller, Stahlhändler oder Schokoladenfabrikant, freute sich auf die Rückkehr in die BRD und deshalb am Anblick der Deutschen Demokratischen Republik, konnte ihre exotische Hauptstadt plötzlich bewundern, wusste die schäbige Größe, den geschmacklosen Gigantismus zu schätzen, war ergriffen von ihrer Anonymität und Entstelltheit, von ihren krustigen Narben, von der alles bedeckenden Patina aus Rost, Moos,

Schmutz und Fett, atmete ihren abgewrackten Reiz durch die Doppelglasscheiben der EastSide-Fassade, hörte das morbide Herzklopfen aus S-Bahn-Qietschen, Motorengeknatter und der dumpfen Stille fernsehturmtiefer Tauchgänge in die dunklen Abgründe einer zerfallenden Metropole, schmeckte zwischen den Erdnussbröseln die öligen Phobosabgase heraus, roch sogar den Zitrus-Staub-Bohnerwachs-Charme des Stasi-Entrées, das frisch gemähte Gras von Marzahn, Karolinas kunstblumiges *Action*-Deo, Wegener roch sein ganzes Land, den schimmeligen Muff der schwitzenden Altbauten, das Unbeholfene und Zurückgeworfene der Jugend, die Selbstzerfleischung der Oppositionellen, das Poröse und Halbgare der Produktionen und VEBS, das Selbstherrliche der staatlichen Inszenierung, die mandelbittere Frustration einstiger Kämpfer, die überteuerte, sauer gewordene Westsahne in den Intershops, das eiserne Misstrauen der Überwachten, die speckigen Plastikjacken und Pelzkrägen der Alten, den blassen Duft von Nautik-Seife, das harzige, baumwollverstärkte Phenoplast der Phobosse, die nussige Intimwaschlotion *Yvette*, er roch Kasseler, Broiler, Soljankas, Bino-Soßenwürfel, Würzfleisch, Thüringer Klöße, Leipziger Allerlei, Letscho, die feuchten Füße junger Frauen in braunen Esda-Kunststoffstrumpfhosen, den Pilz zwischen ihren Zehen, die Nässe ihrer haarigen Achseln und Mösen, er roch die blassen Arschritzen des Politbüros, die fade und ausgelutschte Allmacht der Schnüffler, die trügerische Sicherheit der Arbeiter und Bauern, den Grünspan aller zerfressenen Lenin-Bronzen, den schwarz-weißen Taubenkot auf dem Palast der Republik, er roch das unweigerliche Ende, das langsam näher kam und noch so weit entfernt war.

Wegener setzte den Piccolo an, trank die Flasche leer, ließ sie auf den weichen Teppich plumpsen und stellte sich einen

Moment lang vor, wie es wäre, aus dieser Höhe auf den Alex zu springen, stilvoll kopfüber vom 60-Meter-EastSide-Brett, vorbei am Plasma-Mega-Poster,

DER WECHSEL VON DER PLAN- ZUR MARKTWIRTSCHAFT IST
WIE DIE RÜCKVERWANDLUNG EINES OMELETTS IN ROHE EIER
Margaret Thatcher

vorbei an der GOLDKRONE-Leuchtschrift, immerhin, die letzte Werbung dieses Lebens eine Schnapsreklame, dann konsequenter Sinkflug, der ehemalige Mensch, im Moment des Aufschlags schon ein Fleisch-und-Knochenhaufen, für alle Zeit hinüber, einer, der nicht mehr wollte und sich in die Stadttiefe stürzte, als Zuschauer der entsetzte Wurst-Wilfried, Blut und Hirn nicht länger nur in seinem Essen, sondern jetzt auch an seiner karierten Schürze, an den Glutdrähten seines zischelnden Heizsoldaten, an seinem hellblauen Bistro-Wohnwagen und zwar von oben bis unten.

»Meine Leute glauben Gruber.«

Wegener drehte sich um. Er sah Kaysers Blick von seinem Gesicht abrutschen, auf die Erdnusskrümel an seinem Kinn, auf das leere Sektglas in seiner Hand, auf den Rotkäppchen-Piccolo am Boden. »Ich weiß nicht mehr, was ich glauben soll«, sagte Wegener.

»Ich auch nicht«, sagte Kayser. »Ich lass ihn noch mal komplett beim BKA durchrattern, da sind dann auch sämtliche Daten der Landeskriminalämter dabei.« Er drückte auf eine Fernbedienung, der Flatscreen an der Wand hellte sich auf, das Sandmännchen flog in seinem Puppenraumschiff über eine Pipeline, folgte dem Rohr durch endlose Waldlandschaft, lächelte gefroren hinter der kugelrunden Glaskuppel. Wattebauschwolken vor blauem Studiohimmel.

»Bin mal gespannt, wie es ihm im Westen gefällt«, sagte Wegener.

»Und ob er am Stück da ankommt«, sagte Kayser, »oder eher handlich.«

»Was Neues zu Greentec?«

»Kleinkram.« Kayser wedelte mit einem Notizzettel. »So wie es aussieht, wollten die im Vorfeld der Konsultationen Druck aufs Kanzleramt machen. Der dickste Fisch ist wohl die Nummer von Marie Hoffmann. Hat der gute Doktor Blühdorn uns doch tatsächlich angelogen, der unverschämte Fettsack. Kennt die Tochter nicht nur, telefoniert sogar mit ihr.«

»Marie Schütz«, sagte Wegener. »Nicht Hoffmann. Vielleicht der Mädchenname der Mutter. Oder sie hat geheiratet.«

»Schon versucht?«

»Mailbox. Ich hab ihr eine TNT geschrieben.«

Kayser setzte sich aufs Bett. »Wenn Richard gleich kommt, muss ich mit ihm noch zu Stasi-Steinkühler. Das wissen Sie, oder?«

»Jetzt weiß ich es. Worum geht's?«

»Ich denke um Fragen der Akteneinsicht. Uns wurde nichts Konkretes gesagt.«

»Dann können Sie Ihrem Dienst nachher kabeln, wo wir unsere staatlichen Goldreserven versteckt haben.«

»Das ist uns bereits bekannt. Sie treffen sich noch mit Borgs?«

Wegener nickte. »Hat Richard seine Frau verloren?«

»Ja. Aber mehr weiß ich auch nicht. Muss schon lange her sein.«

»Haben Sie eine Frau?«

Kayser sah nicht überrascht aus. »Ich hatte eine.«

»Und?«

»Funktionierte nicht. Hab sie umgetauscht gegen eine elektrische selbstreinigende Wandfotze mit Echthaar.«

»Ihr seid glückliche Leute, da drüben im Westen.«

Das Sandmännchen war auf einer Ostseebrücke gelandet, aus der Glaskuppel geklettert, sprang jetzt vom Brückengeländer ins Wasser. Für einen Moment war es weg, abgesoffen, keine Luft mehr in den Holzlungen, dann tauchte es wieder aus seinem Zellophanmeer auf und winkte fröhlich in die Kamera.

21

M erry Christmas«, sagte die dicke Polizeispinne Borgs, die sich in ein kleines Polstersesselchen gequetscht hatte, natürlich in der Ecke des Foyers, mit dem Hinterkopf zur Fensterfront, damit sie ihr komplettes Netz im Blick hatte. Irgendwann kann man als Kriminaler nicht mehr anders sitzen, dachte Wegener, ab irgendeinem Punkt hockt man immer mit dem Rücken zur Glaswand, muss immer der sein, der alle sieht und nicht gesehen wird, lebenslang auf Posten, und vor sich auf dem wackligen Couchtisch einen Teller mit ...

»Grünkohl!« Borgs löffelte sich eine Portion in den Mund und schmatzte, kaute, schluckte.

Wegener sah sich um. Das ganze Kino International war mit Tannenzweigen und Lichterketten dekoriert, zwischen den Türen zum großen Saal stand ein vier Meter hoher Weihnachtsbaum mit goldener Hammer-und-Zirkel-Spitze, an den Zweigen hingen überdimensionale Patronenhülsen. Vor dem Baum weißer Filzschnee, ein antiker Schlitten, umlagert von groben Stoffsäcken, aus denen bunte Geschenkpakete quollen. Gelangweilte Studenten in rot-weiß-gefleckten Tarnklamotten versuchten, Einschusslochaufkleber auf den schrägen Holzleisten der Wandverkleidung anzubringen.

»Red Revenge«, sagte Borgs. »Am 28. ist Premiere. 30 Millionen Ostmark Produktionskosten. Wir sind wieder wer, Martin.«

»Fragt sich nur, wer.«

Wegener zog ein zweites Sesselchen zum Fenster und setzte sich. »Gehst du rein?«

Borgs' dicke Hände rieben den Kugelbauch. »Ich finde, wenn eine gescheiterte Politikerin den Weihnachtsmann jagt, darf man sich das nicht entgehen lassen. Vor allem, wenn der Weihnachtsmann Peter Sodann heißt und zum Schluss mit einer rostigen Sichel aus Stalins Privatsammlung enthauptet wird. Im *Neuen Deutschland* schreiben sie allerdings, dass…«, der Zauberer Borgs präsentierte eine bislang unsichtbare Zeitung, die offenbar zwischen seiner Hüfte und der Seitenlehne des Sesselchens gesteckt hatte, blätterte, hob den Zeigefinger, »dass *Sahra Wagenknecht-Ruprecht das cocacolafarbene Symbol des Kapitalismus durch ein orgiastisches Kalaschnikowkonzert in den Wahnsinn treibt, obwohl sie Selbiges sicher auch ohne jede Waffengewalt, nur unter Zuhilfenahme ihres gnadenlosen Mimentalents erreicht hätte, das es an Hölzernheit mit jedem Rentierschlitten aufnehmen kann.* Und da denkt man immer, Politiker sind Schauspieler!«

»Sind sie ja auch, aber schlechte.« Wegener hatte die Aktionskarte aufgeschlagen: Stollen, Gänsekeule, Bockwürstchen, Kartoffelsalat, Zimtsterne, Schlesische Weißwürste mit Lebkuchentunke.

»Zwei Glühwein!«, verkündete Borgs einer jungen, mausgesichtigen Bedienung, die sich gerade hinter ihm vorbeiquetschte. Das Mädchen drehte sich um, nickte gehetzt, huschte in Richtung Tresen davon. »Irgendwie tut er mir leid, der Weihnachtsmann. Immer auf die Dicken. Ich bin ja so eine Art ziviles Ebenbild.«

»Aber du verteilst keine Geschenke.«

»Der Wink mit dem Fernsehturm«, stellte Borgs fest. »Sei

vorsichtig, mein Lieber. Ich mach durchaus ab und zu Geschenke. Nur: die Beschenkten merken das nicht.«

»Mir ist klar, dass du während des Disziplinarverfahrens ...«

Borgs senste den Satz mit einer schwungvollen Armbewegung ab. »Im Westen glauben sie an Gruber. Vielleicht, weil sie es wollen.«

»Wäre ja auch nett«, sagte Wegener. »Die Stasi entlastet, die Täter so gut wie ermittelt, die Konsultationen können stattfinden. Kayser ist skeptisch. Mit Brendel hab ich noch nicht gesprochen.«

»Und was denkst du?«

»Ich denke, wir müssen das ohnehin überprüfen. Und so lange alles offen ist, so lange können wir auch weitermachen wie gehabt.«

Borgs streckte sich behaglich in seinem Sesselchen. »Wenn du drauf wetten müsstest, wie die Hoffmannsache gelaufen ist, könntest du dich zu irgendwas durchringen?«

Wegener überlegte ein paar Sekunden. »Nein. Kann sein, dass Gruber die Wahrheit sagt. Nur, was sind das für Papiere, die diese Brigadeleute von Hoffmann wollten? Darüber weiß Gruber angeblich nichts. Ziemlich spärliches Mordmotiv, finde ich.«

»Aber die Schnürsenkel machen plötzlich Sinn.«

»Oder gerade nicht. Wenn ich von mir ablenken will, sorge ich dafür, dass die Spuren auf mich zeigen wie blinkende Pfeile.«

»Martin, Martin.« Borgs starrte auf seinen Grünkohlrest. »Du magst die Staatssicherheit einfach nicht.«

»Wenn die Sicherheit nicht mit drinhängt, weiß ich nicht, warum sie diese Akte vor uns verstecken muss.«

»Gysi hat heute bei Kallweit angerufen.« Borgs streichelte

immer noch seinen Kugelbauch. »Gestern auch schon. Bei denen ist inzwischen angekommen, dass Hoffmann sich ins Regierungsquartier eingeschleust hatte. Dann der Anschlag. Hier passieren plötzlich Dinge, die bislang undenkbar waren. Die Herren bekommen Angst. Und die Angst dieser Herren ist eine Sorte Angst, für die andere bezahlen. Muss ich dir nicht sagen, tue es aber trotzdem.«

Das Mausgesicht rammte zwei Tassen Glühwein auf den Tisch und hielt die Hand auf. Borgs zählte Münzen ab. Die Bedienung bewegte sich nicht. Unter ihrer spitzen Nase wuchs heller Flaum. Eine Laufmasche nagte an der grauen Strumpfhose. Borgs hatte fertig gezählt, das Geld klimperte in einen Lederbeutel.

Wegener wartete, bis das Mädchen zwei Tische weiter war. »Dann sollten die Herren vielleicht ihren Inlandsgeheimdienst bitten, den ermittelnden Beamten die Akte Albert Hoffmann zur Verfügung zu stellen.«

»Und genau da hakt es.« Borgs angelte sich seinen Glühwein. »Diese Herren wollen gerne alles. Den Polterabend des Jahres, aber das Porzellan bleibt bitte heil.«

»Also können wir die Akte endgültig vergessen.«

Borgs nippte und zog eine Grimasse.

»Wenn einem relevante Informationen vorenthalten werden, wie soll man da arbeiten«, sagte Wegener, nahm seinen Glühwein und trank einen kleinen Schluck. Lauwarmer, süßer Spiritus, in den aus Versehen eine Nelke gefallen war. »Wir haben bislang keine Fehler gemacht. Ich wüsste also nicht …«

»Was ist mit Hoffmanns Tochter?« Borgs' Glotzaugen schwebten über dem Tassenrand.

»Es gab keinen Hinweis darauf, dass er eine Tochter hat. In der Greifenhagener Straße ist nur er gemeldet, in der Ludwig-Renn-Straße nur Fischer. Vor Blühdorn hatten wir keinen einzigen Zeugen, der Hoffmann persönlich kannte, es wurden keine Dokumente gefunden. Diese Marie heißt auch nicht Hoffmann, sondern Schütz.«

»Das Foto von dem Mädel am Strand«, sagte Borgs, »Strumpfhosen und Tampons und so weiter in beiden Wohnungen.«

»Und Dildos und Handschellen. Alles sagte: Geliebte. Nichts sagte: Tochter.«

»Über fünfzig Jahre jünger, bildhübsch. Irgendwo in seinem Aktenberg hat er garantiert ein Testament, in dem ihr Name auftaucht. Irgendwo hat er ein Familienstammbuch, alte Mitversicherungsdokumente, ihre Minsk-Nummer, ein Fotoalbum, die Kopie der Geburtsurkunde, eine Kinderzeichnung für Papi. Irgendwann in den letzten Jahren hat er ihr Geld überwiesen oder eine Rechnung für sie bezahlt.«

Wegener schwieg.

Borgs trank einen großen Schluck Glühwein und sah aus, als würde er ihn am liebsten zurück in die Tasse spucken. »Was ich sagen möchte, Martin – wenn die Sicherheit das wüsste, würden die Herren aus Wandlitz dir Fehler und Versäumnisse nachweisen, mangelnden Einsatz, mangelnde kriminalistische Intelligenz, mangelnde sozialistische Gesinnung. Egal, wie groß der Materialberg ist, durch den Frank Stein sich mit drei überarbeiteten Typen fressen muss, egal, ob es nur einen einzigen popeligen Hinweis auf dieses Mädchen gibt, versteckt zwischen den Seiten des neuntausendsten Buchs in Hoffmanns Bibliothek, diese Herren würden dich dafür verantwortlich machen, wenn das plötzlich wichtig wird.«

»Und jetzt?«

»Behalten wir es für uns, du lässt das aus den Akten und arbeitest in die Richtung weiter. Falls was dabei rauskommt, drehen wir es später hin.«

»Ok.«

Borgs stellte die Tasse auf den Tisch und kramte eine Packung Zigarillos aus der Innentasche seines Jacketts.

Hinter ihm war die Fensterfront dunkel geworden. Kaum Verkehr auf der Karl-Marx-Allee. Der silberne Ball des Fernsehturms hing wie eine antiquierte Discokugel im Nichts, daneben der EastSide-Tower, Wegener versuchte abzuschätzen, wo er vor einer halben Stunde gestanden hatte, in welcher der erleuchteten Überflusskabinen er für zwei Piccololängen Zaungast gewesen war, knabbernd, saufend, träumend. Irgendwo da oben lag Kayser in diesem Moment auf seinem Bett, in Unterhose, ließ sich Filetsteak, Warsteiner und Sachertorte aufs Zimmer kommen, war mitten im Westen im Osten, zappte durch die kostenlosen Porno-Kanäle, *Das Anal-Kombinat, Stasischlampen stöhnen leise, Abgehört und Abgewichst, Der kommunistische Manni Fest.*

»Kallweit war vorhin am Werderschen Markt«, sagte Borgs. »Die Parteiführung glaubt natürlich ebenfalls an Gruber, aber sie will es absolut wasserdicht haben. Keine weitere Blamage in der Westpresse. Es geht jetzt also darum, Grubers Aussage zu untermauern.«

»Oder zu widerlegen.«

»Im schlimmsten Fall, ja.«

»Also geht es um die Wahrheit«, sagte Wegener.

»Es ging die ganze Zeit um die Wahrheit«, sagte Borgs, »und nicht darum, der Staatssicherheit zwanghaft etwas nachzuweisen. Deshalb wurde uns auch Zugang zu dem Zeugen gewährt, den Gruber dem K5 genannt hat.«

»Er hat was getan?«

»Er hat den K5-lern von dem Zeugen erzählt, den er euch versprochen hat. Wieso?«

»Uns hat er erzählt, er schickt eine TNT, wenn er drüben ist.«

»Dann hat er sich's wohl anders überlegt.«

Wegener spürte einen plötzlich einsetzenden Bauchschmerz. Er war nicht sicher, ob das vom Glühwein kam.

»Alles in Ordnung mit dir?«

»Was ist das für ein Zeuge?«, fragte Wegener mühsam.

»Gruber hat in der Brigade offenbar als Helfer eines bestimmten Clusters gearbeitet, so nennen die ihre Untergruppen. Immer drei Mann, die allesamt den großen Plan nicht kennen, damit sie im Ernstfall niemandem was verraten können. Plus ein paar Komparsen, die überhaupt nichts wissen.«

»Befehlsempfänger«, sagte Wegener, »kommt mir bekannt vor.«

»Grubers Cluster war offenbar sowohl für Hoffmann verantwortlich als auch für den Palast. Von den drei Attentätern, die an der Ausführung des Anschlags beteiligt waren, ist einer bei der Explosion getötet worden, einer wurde verhaftet, einer konnte entkommen.«

»So hat er es uns auf dem Schrottplatz erzählt.«

»Dann weißt du ja schon Bescheid.«

»Also ist unser Zeuge der verhaftete Attentäter?«

»Exakt, Detektiv Pinky.«

»Und der war am Müggelsee dabei.«

»Das weiß Gruber nicht. Aber der Mann gehörte zur Kerntruppe.«

»Gut. Dann reden wir mit ihm.«

Borgs wiegte seinen runden Doggenschädel. »Da liegt der wunde Punkt. Dieser Zeuge sitzt nicht einfach nur ein. Auf den kommt eine Anklage wegen Hochverrats zu, außerdem haben sie Angst, dass seine Leute ihn da rausholen.«

»Wo ist er? In Bautzen, oder was?«

»Nicht mal das.«

»Ich versteh kein Wort.«

»Dieses Land verfügt noch über ganz andere Kaliber. Dagegen ist Bautzen so gemütlich wie das EastSide.«

»Was willst du mir sagen, Walter?«

Borgs schob den halbvollen Grünkohlteller zur Seite und wuchtete seine kurzen Beine auf den wackligen Tisch. »Als du gegen die Dienstvorschriften verstoßen hast, vor einem Jahr, da wolltest du Josef Früchtl finden. Aber nicht nur, Martin. Du wolltest auch etwas über dein Land herausbekommen. Was hinter der Bühne abläuft. Wie dieser Staat arbeitet, um zu überleben.«

Wegener stellte seine Tasse neben das Sesselchen. »Kann sein, dass ich das wollte.«

Borgs nickte. »Willst du das immer noch?«

»Und wenn?«

»Dann heißt das aushalten, was man sieht.«

Wegener schwieg.

»Und noch ein bisschen mehr, Martin. Es heißt auch, sich selbst kennen lernen. Nicht nur sein Land. Auch sein eigenes, seltsames Herz, dessen man sich immer schön sicher sein kann, solange der Kopf noch im Sand steckt. Aber was macht dieses Herz mit einer Erkenntnis? Wie geht es um mit den Dilemmata, die uns das System, in das wir geboren sind, jeden Morgen vor die Haustür legt? Was machen wir mit diesen halbtoten, zuckenden Mäusen?«

Wegener starrte Borgs an.

Die Bulldoggenaugen waren geschlossen. Nur der Mund bewegte sich. »Trittst du drauf? Schlägst du die Tür zu?

Jemand zwingt dich zu einer Auseinandersetzung mit etwas, das dich quält. Du hast die Maus nicht gefangen und ihr die Gedärme rausgerissen. Das war die Katze. Aber die ist weg. Und auf deiner Treppe stinkt die Schweinerei, vielen Dank. Jemand brockt dir diesen Schmerz und diese Zweifel ein und lässt dich damit sitzen. Immer ist man am Ende allein in diesem Land der uferlosen Solidarität, nicht wahr? Allein mit sich und dem Tumor, den manche das Gewissen nennen. Was du jetzt auch tust, es bleibt etwas zurück. Metastasen dieses miesen Gewissenstumors, die dein Körper absorbiert und nicht mehr ausscheiden kann, die er mit sich herumschleppen muss, bis sie irgendwann ihrerseits Krebs auslösen, stichelnden Gedankenkrebs, der dich von innen auffrisst. Du bist nicht länger Zuschauer, du kannst die Handelnden nicht mehr aus deiner gepolsterten Loge beschimpfen, Martin, du musst jetzt selbst Entscheidungen treffen und du weißt, dass du für jede Entscheidung, die du triffst, beschuldigt wirst. Von anderen, aber vor allem von dir selbst. Trittst du die Maus tot, hast du sie umgebracht. Lässt du sie langsam verrecken, ist es noch schlimmer. Egal wie, der Schmerz der Maus wird zu deinem privatesten Leid. Von dem Moment an, in dem du die Tür aufmachst.« Borgs öffnete die Augen. »Willst du die Tür aufmachen?«

Wegener versuchte, dem Bulldoggenblick von Borgs zu begegnen, aber dieser Blick war zu fordernd, zu amüsiert, zu wissend. Wegener starrte auf den Boden. Verschrammtes, rot-braunes Stabparkett. Unter den rostigen Heizkörpern wölbte sich das Holz, war aufgequollen, rissig, brach Stück für Stück auseinander. Das war es, was Früchtl meinte, dachte er, wenn er sagte, dass ich überhaupt nichts verstanden habe.

»Und wenn ich die Tür nicht aufmache?«

Borgs faltete seine dicken Hände zum Gebet. »Dann leidest du ab sofort unter Sehstörungen, Sprachstörungen, Taubheitsgefühlen, Schwindel und Kopfschmerzen, in einer Stunde bist du in der Notaufnahme der Charité, Verdacht auf Schlaganfall, man behält dich vier bis fünf Tage zur Beobachtung, und ich nehme dich morgen früh um Punkt sieben unumkehrbar aus der Sonderermittlung raus. Und zukünftig in keine Sonderermittlung mehr rein.«

Farbige Lichtpunkte wanderten über das reglose Borgs-Gesicht. Wegener sah zur Decke. Riesige Lüster mit Glasperlenketten, dazwischen Discokugeln, silbern glitzernde Fernsehturmminiaturen, die angefangen hatten, sich zu drehen, und blaue, grüne, gelbe Flecken durch den Raum streuten. Die Mausgesichtbedienung umkreiste den Tisch, schwebte auf ihren dürren Strumpfhosenbeinen durch den bunt gesprenkelten Sesselparcours, balancierte ein Tablett mit leeren Biergläsern, Wegeners Blick klebte an ihr, schwebte mit, sah den spindeligen, hageren Körper plötzlich nackt, die spitzen Rippenbögen unter der weißen Haut, die wandernden Farbpunkte auf den platten Brüsten, die fleischigen, blutroten Zitzen, die dichte Schamwolle zwischen den Beinchen, die fast bis zum Bauchnabel hochwucherte. Jetzt glotzte ihn die Maus mit ihren dunklen Augen an, unvermittelt und direkt, fror in der Drehung ein, durchleuchtete ihn für zwei, drei, vier Sekunden, fotografierte sein Rückenmark und sein Gehirn, seinen Kiefer, sein Herz, seine fettige Leber, hatte alles schwarz auf weiß, wischte mit einer blassen Zunge über schmale Lippen.

Borgs drehte den Kopf, das Mausgesicht duckte sich weg, rannte fast gegen einen Tisch, zwei Gläser rutschten ihr vom Tablett und zersplitterten auf dem rot-braunen Holzboden zu feinen Scherben, die im Discokugellicht bunt blitzten.

Wegener stand auf.

Die Dürre hatte ihr Tablett auf einen Sessel geworfen und rannte jetzt mit krachenden Absätzen durch den Saal, vorbei am Weihnachtsbaum, an den aufgeklebten Einschusslöchern, Gäste und Studenten starrten, dann war sie an der Treppe zum Foyer, flog um die Ecke, rutschte fast aus, ruderte, fing sich, war weg.

Borgs paffte. »Hast du Kabel gesehen?«

»Nein. Vielleicht ein Richtmikrofon mit Sender.«

»Oder nur eine depressive Neunzehnjährige, die um ihren Ex trauert und die Nerven verliert, wenn man ihr auf die nicht vorhandenen Titten glotzt.«

»Das glaubst du doch selbst nicht.« Wegener setzte sich wieder.

Borgs zog an seinem Zigarillo und legte den Kopf in den Nacken. »Glauben, Martin ... Du kannst glauben, was du willst. Vieles davon mag sogar richtig sein. Aber in unserem Beruf geht es leider nicht ums Glauben.«

»Also habe ich die Wahl zwischen Schlaganfall und Kopf-schuss.«

Borgs lächelte. »Ein DDR-Mensch hat immer nur die Wahl zwischen Schlaganfall und Kopfschuss. Alles andere steht auf Wunschzetteln, die dir niemand erfüllt. Der Weihnachts-mann ist tot, Frau Wagenknecht schleift ihn, soweit ich weiß, in der hundertzwanzigsten Minute an den Füßen hinter sei-nem eigenen Schlitten her.«

»Ich merke keinerlei Anzeichen für Sehstörungen«, sagte Wegener, »im Gegenteil. In den letzten Tagen hatte ich das Gefühl, ich sehe immer klarer.«

Borgs drückte das Zigarillo im Grünkohl aus. Es zischte kurz. »Dann stehst du morgen um halb neun vor deinem Haus.«

»Wohin geht die Reise?«

»Ich weiß es nicht. Und du wirst es auch nie erfahren.«

»Kayser und Brendel?«

»Brendel ist dabei, sofern er sich traut, die nötigen Papiere zu unterschreiben.«

Borgs stand auf und zog seinen Mantel an. Er zauberte ein großes, braunes Taschentuch hervor und schnäuzte sich.

»Damit du wirklich kapierst, wovon ich hier rede, Martin. Deine Ex-Freundin, Karolina Enders. Man hat Kallweit gegenüber durchblicken lassen, dass sie Hoffmann kannte.« Borgs faltete das Taschentuch umständlich zusammen und steckte es wieder ein. »Ab jetzt ist alles möglich.«

Wegener hatte das Gefühl, er stünde auf dem Fenstersims von Kaysers EastSide-Suite, unter seinen Schuhspitzen der Betonschlund des Alex, sein Magen Henry Maskes Comeback-Sandsack, und Henry war gut in Form heute, der drosch mit rechts und links drauf, zack, wumm, bäng, Wegener sah sich selbst da oben stehen, 27. Stock, die Toten wohnen oben, sah, wie er sich krümmte, kippte, ab jetzt ist alles möglich, seine Finger quietschten am erleuchteten EastSide-Glas nach unten, Meter um Meter, immer schneller, hinterließen zehn schmierige Streifen im klebrigen Fassadenfettfilm, freier Fall, Karolinas hellblaue Zehennägel im Wannseegras, das enge Bikinihöschen, durch das sich ihr Geschlecht abzeichnete, der Höschenstoff von dem Kamelhuf immer halb aufgefressen, überall in diesem Land kann sich plötzlich ein Spalt auftun, und schon fällt man rein, sagt die tennisballgroße Vossgeschlechtsbeule, sitzt fest im gemeinsten Lügenloch, alles drehte sich, elender Schwindel, in den hinein Borgs ein bedauerndes Gesicht machte, das erste Mal in all den Jahren, dass Borgs ein ernst zu nehmendes, bedauerndes Gesicht gelungen war, dann klopfte er Wegener auf die Schulter und drehte samt seinem bedauernden Gesicht ab, stapfte durch den Saal wie ein mopsiger Einzelkämpfer, lief im Hintergrund einem Tross von Kinoleuten in die Arme, mittendrin Sahra Wagenknecht in ihrem bikiniartigen, roten Kampfanzug, Borgs, der natürlich Zettel und Stift hervorzaubern konnte, bekam ein Autogramm, Zeitlupenposen, ein Foto mit dem Minsk, Wagenknecht und der Zivilnikolaus Borgs in der Disco, Borgs zwei Köpfe kleiner, drei Kinne mehr, alle lachten, Wegener hielt sich an den Lehnen seines Sesselchens fest und hatte das Gefühl, schon wieder kotzen zu müssen, eine Fortsetzung des Brechreizes bahnte sich an, alles wollte raus, um Platz zu machen für einen gerade erst eingeschlafenen und plötzlich schon wieder erwachten martialischen Schmerz, noch gewaltiger diesmal, noch rasender und noch weniger bereit, sich durch irgendetwas besänftigen zu lassen.

Frauen, sagte Früchtl, sind verschmutzte Milchglasscheiben in einer zugemauerten Dunkelkammer, Martin – du blickst nicht durch.

Das Minsk piepte. Ronny, dachte Wegener. Eine TNT lief durchs Display:

Übermorgen, 12 Uhr, Boltenhagen, Seebrücke. Keine Mikrofone, keine Stasi. Bringen Sie ein Paar Handschellen mit. Das ist ein einmaliges Angebot. Marie Schütz

Wegener drückte automatisch auf Wählen, für die Fangschaltung würden sie um diese Zeit jemanden aus dem Bett klingeln müssen, bis dahin hatte die ihre Quetsche längst wieder aus, *des Anschlusses 0-1-8-2-3-5-6-6-2-4 ist zur Zeit nicht erreichbar, Sie können aber nach dem Signal eine Nachricht aufsprechen. Haben Sie schon unser neues Minsk M6 mit nationaler Netzfunktion, 5,0 Megapixel-Kamera und automatischer Spracherkennung? Nein? Dann nichts* wie hin zu Ihrer VEB-Telemedien-Filiale! Denn beim Kauf eines neuen Minsk M6 und gleichzeitigem Abschluss eines Dreijahresvertrages werden Ihnen jetzt sensationelle 150 Vertrauenspunkte gutgeschrieben! Sichern Sie sich Ihre persönlichen Vertrauenspunkte, solange das Angebot gilt! VEB-Telemedien – Jetzt haben Sie Redefreiheit!

Dienstag, 25. Oktober 2011

22

Über Nacht hatte der Winter Berlin gepackt, ein amoklaufender Straßenkehrer, der den kranken Bäumen das letzte Laub herunterriss, vor klapprige Altbaufenster trat, Abfall über die bröckelnden Gehwege trieb, alten Frauen unter die Plastikröcke glotzte und versuchte, Wegener den stumpfen Schmerz aus dem Kopf zu wehen, den das Glühweingesöff, die Flasche Goldkrone und eine schlaflose Nacht hinterlassen hatten. HO-Tüten, zerknüllte *Volkswacht*-Doppelseiten, trockene Blätter, Taschentücher, leere Club-Cola-Dosen, Kaugummipapiere, alles flog an ihm vorbei, verwirbelte auf der durchlöcherten Asphaltdecke zu einem willenlosen Müllmonster, das sich unschlüssig um sich selbst drehte, überfahren wurde, sich wieder aufrichtete, weggeblasen wurde, immer weiter die Straße runter Richtung Westen, bis zur Mauer, an der aller DDR-Dreck hängen blieb und zu einem raschelnden Berg anwuchs, dem man mit Sicherheit die Ausreise verweigerte.

Wegener klappte den Mantelkragen hoch und machte einen Schritt rückwärts in den Hauseingang. Er dachte an das Grab seiner Eltern, an das dunkelgrüne Efeu, das in dieser Minute vierzehn Kilometer weiter nördlich vom Wind zerzaust wurde, an den sturen Grabstein, der exakt jetzt, während er an ihn dachte, vor einem farblosen Himmel stand, kalt und unveränderbar, mit eingemeißelten Namen von Menschen, die ihre Tage und Stunden, ihr Gegenwartskontingent verbraucht hatten und jetzt für alle Zeit vergangen sein mussten, die niemand außer ihm beschreiben konnte, die nur noch in den wenigen Sekunden weiterlebten, in denen er sich an sie erinnerte, und für einen Moment wäre Wegener am liebsten wieder nach oben gegangen, in die stumme Wohnung, in der der Müll nicht tanzte, sondern tot in den Ecken lag, und hätte den ganzen Tag nichts anderes getan, als sich zu erinnern, egal, wie müde er war, hätte sämtliche Fotos rausgesucht, hätte jedes Weihnachten, jeden Streit, jede Hannibalfahrt nach Boltenhagen wachgerufen, nur um seine Eltern wiederzubeleben, um ihnen vierundzwanzig Stunden am Stück zu gönnen, die letzte Chance auf Existenz, indem sie als minimale Stromimpulse durch das Hirn des Sohnes schossen, eine Mischung aus Chemie, Physik und Illusion, und vielleicht hätte er, ganz heimlich und leise und ohne damit irgendetwas Bestimmtes sagen zu wollen, auch Früchtl in seine Erinnerungsorgie eingeschlossen. Wegener fragte sich, ob er mit seinem wuchernden Alleinseingefühl, mit der plötzlich immer lauter bohrenden Einsamkeit zu seinen Eltern gegangen wäre, wenn die nicht auf vier Quadratmetern in Weißensee wohnen würden, sondern nach wie vor als perfekt eingespieltes Doppel in ihrer krebserregenden Altbaugruft, ob er sich, sechsundfünfzigjährig, bei Mami und Papi ausgeweint hätte über dieses Kulissenleben, das Potemkinsche Dorf Ostberlin, das einem nichts ersparte und dem man offenbar nichts ersparen durfte, wenn man durchkommen wollte, oder ob auch seine Eltern ihn noch enttäuscht hätten, ob auch denen noch Lügen, Spitzeltätigkeiten, Morde nachgewiesen worden wären.

Gibst du Karolina den Brief?, fragte die Früchtlstimme.

Ich weiß es nicht.

Lass uns darüber reden.

Nur das nicht.

Wegener lehnte sich an die vergitterte Haustür. Auch Borgs gehörte zu den Mitwissern, zu den Spielmachern, war nur ein anderer Hoffmann, eine weitere Spezies Stratege, vorsichtiger, unideologischer, ein Mann, der sogar seine Zugehörigkeit verschleierte, von dem man nicht wusste, wem er treu war und für wen er hurte. Aber in einem Punkt hatte Borgs Recht, ab sofort gab es kein Zurück mehr, jetzt hieß es laufen, Flucht nach vorn, so schnell wie möglich westwärts, das Licht am Tunnelende finden und dann nichts wie raus hier, wenn man genug wusste, konnte man vielleicht die Ausreise erzwingen, sich abschieben lassen, ein unbequemes Stück Scheiße, das durch irgendein gemauertes Arschloch in den Westen geschissen wird. So wie Ronny Gruber.

Meld dich bei der Verdrängungsolympiade an, sagte Früchtl, dann gewinnst du ein paar hübsche Medaillen.

Wenn du nicht aufhörst, verdräng ich dich.

Spaßvogel, rief Früchtl, ich hab ein lebenslanges Wohnrecht in deinem Kopf, bin Teil des Inventars, unkündbar, nicht rauszukriegen, deine eigene Stimme, Träger der unbequemen Wahrheit, ob ich als staubige Wolke daherkomme oder als verschollener Volkspolizist, ist wurschtegal, ich bin dein kümmerliches Restempfinden für das Richtige, für das, was dir guttut, und das weißt du ganz genau, wenn du mich loswerden willst, musst du dich erst mal selbst abschalten, ich bleib hier hocken in deinem Oberstübchen, der Letzte macht das Licht aus, die Karo wirft den Martin raus, einer tritt immer auf die Maus, will ich sehen, wie du mich, dich, sich selbst verdrängst!

Du hast schon wieder gesoffen.

Aus Kummer darüber, dass du an die falschen Frauen, die falschen Freunde, die falschen Fälle gerätst, aus Sorge darüber, was so viel Falsches aus dir machen wird, Martin, ob du demnächst samt deinem schiefen Grinsen auf die schiefe Bahn gerätst und plötzlich schiefliegst mit deinen Einschätzungen, du weißt, wie viele krumme Dinger ich drehen musste, bis ich aufrecht wurde, bis ich gerade sehen, stehen, gehen konnte, wen ich alles, wie lang, wie oft, wie schlimm …

Wegener gähnte.

Jetzt kamen sie wieder, die Ratschläge aus der dunklen Sesselecke, prasselten auf ihn ein, im goldkronigen Kasernenton, von dem Mann, der Nazi und Kommunist gewesen war, der jeden Fehler des letzten Jahrhunderts zuerst gemacht hatte und dem danach nichts anderes mehr blieb, als morgens, mittags, abends Variationen von erlesener Weisheit runterzuschlingen, eine deutsche Stopfgans, der sie die Lebensklugheit fünfzig Jahre lang mit Kriegen und Niederlagen eingenudelt hatten und die seitdem täglich dicke Erkenntniseier legen konnte, deren fettstrotzende Foie Gras die Antworten auf alle politischen Fragen des Universums hortete. Wie der Berliner Müll flogen ihm die Früchtlbefehle jetzt um die Ohren, bleib standhaft, mach dich nicht gemein, lass dich nicht herab, das kenne ich alles in- und auswendig, Jupp, dachte Wegener, halt deinen Schnabel, du liegst vermutlich längst in der Speckkiste und weißt nicht mehr, wie es ist, zwischen lauter angesägten Stühlen zu sitzen, unter die jemand Sprengfallen montiert hat, für deine Moral musstest du Diktaturen lang sparen, deine Moral kann ich mir nicht leisten, ich sag's dir ganz ehrlich, erzähl's nicht weiter, aber ich bin ethisch pleite.

Das machte den Sesselfurzer natürlich nur noch wütender, dazu hatte der diese ewigen, auf seinen Namen abonnierten Leidlieferungen nicht angenommen, die Entnazifizierung, das Bespucktwerden, das Beschossenwerden, das Immerzuspätkommen, dazu hatte der sich nicht jahrzehntelang zur Fußmatte des marodierenden germanischen Charakterkrüppeltums gemacht, dass sein Quasisohn davon nicht wenigstens profitierte, am Ende sogar noch zum Quasimodosohn wurde, bucklig, missraten, nicht auszuhalten, wenn der jetzt die gleichen Fehler machte, aus den Dummheiten seines Lehrers nicht klug wurde, dann war alles umsonst gewesen, dann setzte sich alles fort, eine detonierende Sprengkette, die nicht mehr gestoppt werden konnte, also fuchtelte der Ex-Nazi, Ex-Kommunist, Ex-Lebendige mit klappernden Knochenhänden, krähte seine Wut heraus, dass es am Ende ja doch nicht helfe, unaufrichtig zu sein, unbürgerlich zu sein, den Regimen zu dienen, die vergänglich sein *mussten*, egal, wie lange sie sich hielten, alles nur Momentaufnahmen, irgendwann sei es ja doch vorbei, weil die Extreme immer faulten, weil es in ihnen gäre, modere, schimmele, zu starke Konzentration giftiger Säfte, kein Ausgleich von Basen und Laugen, nur Säuren, die alles angriffen und von innen verrotten ließen, die sukzessive lebenswichtige Funktionen zersetzten, bis der ganze gammlige Organismus zusammenklappe, zerberste, aufplatze und das Feld für seinen Nachfolger räumen müsse, in dem längst der identische Tod angelegt sei. Für den Moment wäre es hilfreich, erscheine es vielleicht als die einzige Lösung, sich dem System anzugleichen, es zu kopieren, aber wer das System nachahme, dem bleibe nichts anderes übrig, als auch das Ende des Systems nachzuahmen, der gehe mit dem System unter, und jetzt musste Wegener lachen, Josef Früchtl, du geschundener Apostel, erzähl das deinen Würmerfreunden aus der Sarg-WG, das System kopieren, wenn ich das höre, das System übertreffen, Major Mort, ist die einzige Chance, wer gleichauf ist, hinkt schon hinterher, wer gewinnen möchte, muss einen Schritt voraus sein, also eine

Information voraus sein, aber eine entscheidende, denn Information ist alles, Macht, Geld, Sex, Überleben, in diesem Staat noch mehr als in jedem anderen, in dieser Stadt noch mehr als in jeder anderen, heute lässt man den Stahlhelm an der Garderobe und die Knarre in der Sockenschublade, da guckst du dumm aus der Grube, das hab ich mir gedacht, heute hört man zu, hört man ab, schreibt man mit und macht sein Spiel, lässt sich nicht in die Karten schauen und hat immer ein Ass im Ärmel, und wenn man sich verzockt, wie Hoffmann, dann wird der Hals lang und länger, aber wenn man gewinnt, dann sitzt man vielleicht mit siebzig vor seiner Datsche und lässt sich die Sonne auf den haarigen Rücken scheinen.

Als Lump, sagte Früchtl. Als Lebenslump.

Als Überlebenslump, sagte Wegener. Das ist der Unterschied, toter Mann.

Selber toter Mann, sagte Früchtl. Bald.

Bald, sagte Wegener, ist nicht jetzt.

Die Zeitrechnung der Lebenden.

Eine andere habe ich nicht.

Ganz sicher nicht?

Nein.

Ein grauer Barkas-Transporter fuhr langsam ins Bild, stoppte, rollte fünf Meter weiter und stoppte wieder. Der Motor lief. Weiße Buchstaben auf der Seite: *Fischereigroß-handel Badenhoop – offizieller Lieferant der* HO-*Frische-märkte, Heßestraße 69.*

Die Beifahrertür öffnete sich, ein Jeansjackenmann stieg aus, der Wind fönte ihm die Haare zu einer strohblonden Haube. Der Jeansjackenmann ging auf Wegener zu und blieb in ausreichendem Abstand stehen, um seine Hand nicht aus der Tasche holen zu müssen. »Das Taxi ist da.«

»Wenn diese Fischhandlung mal keinen Haken hat.«

Der Strohblonde machte ein Gesicht, als zerfalle er schon beim kleinsten Lächeln zu Asche, drehte sich wortlos um, seine Haarhaube wurde in die andere Richtung geblasen, er latschte zum Barkas, öffnete die Hecktüren und wartete.

Wegener war jetzt ein dummer junger Hund, der endlich die Bedeutung des Hecktürenöffnens kapieren sollte.

Der Blonde sah an ihm vorbei. Ein weiteres gesichtsloses Exemplar unter den zehntausend Kriechtieren der staatlichen Mimikry-Division, bitte nicht anschauen, nicht wiedererkennen, einfach einsteigen und die Fresse halten.

Lass es, sagte die Früchtlstimme.

Wegener zog den Brief an Karolina aus der Tasche und riss ihn durch, riss die Hälften durch, dann die Viertel, bis die Schnipsel so klein waren, dass der Wind sie zerstäubte, mit dem tanzenden Müll mischte, unter die Autos trug, in die Gullyschächte, auf die klapprigen Hausdächer, alle Worte für immer voneinander getrennt, kein einziger Satz dieses wütenden, eitlen Gejaules mehr vollständig, ein polemisches Puzzle für alle Himmelsrichtungen, das selbst die Sicherheit nicht mehr zusammensetzen konnte, egal, wie viele Agenten sie dafür locker machte.

Der Jeansjackenmann starrte dem Papierschnipselschnee nach, als wäre gerade vor seinen Augen die Weltformel vernichtet worden. Wegener ging an ihm vorbei und versuchte, fröhlich auszusehen.

Im fensterlosen Laderaum des Barkas rechts und links schmale Bänke. Aus der Bonbonduftdunkelheit Brendels Stimme: »Jetzt weiß ich endlich mal, wie sich das anfühlt.«

»Da ist der Firma Badenhoop aber ein dicker Fisch ins Netz gegangen.«

»Und dabei gilt für mich Fangverbot. Westware.«

Wegener kletterte in den Wagen. »Ehrlich gesagt, ich glaube, die Typen angeln illegal. Die sortieren nichts aus.«

Die Türen krachten hinter ihm zu. Kein Griff innen. Unter der Wagendecke sprang eine gelbliche Funzel an.

Brendel lächelte schemenhaft. »Wie geht's dir?«

Der Barkas fuhr los.

»War schon besser. Ich hab was für dich.«

»Ronny Grubers traurige Märchenstunde?«

»Die auch. Aber nicht nur. Obendrauf gibt's noch ein Telefon.« Wegener zog ein Minsk M6 aus der Manteltasche und drückte es Brendel in die Hand. »Mit Guthabenkarte, sind noch 7 Mark drauf.«

»Jetzt bin ich sprachlos.«

»Das wär schlecht, wo du grad ein neues Telefon hast.«

Brendel strahlte. »Was kriegst du?«

»Ich schick dir ne Schokobestellung, wenn du wieder in der Heimat bist, mach dich auf was gefasst.« Wegener lehnte sich an die Blechwand.

»Ich hab dir auch was mitgebracht.« Brendel griff in seine Aktentasche, zog den neuen SPIEGEL heraus, überreichte ihn mit beiden Händen und ironischem Ernst im schönen Gesicht.

Wegener betrachtete das Cover. Hammer und Zirkel blutverschmiert, genau wie auf dem Fax im Weltsaal, auch Überschrift und Unterzeile waren gleich geblieben: DIE STASI MORDET WIEDER. *Wie ein unbelehrbarer Geheimdienst Europas Energiezukunft verspielt.* Er blätterte bis zum Artikel und zählte vierzehn Seiten, Fotos vom Müggelsee bei Tag, bei Nacht, im Hintergrund der hängende Hoffmann, alte Aufnahmen von Hoffmann und Krenz, ein Interview mit Jürgen Falter zum Posteritatismus, ein verpixeltes Bild des Informanten auf einem Waldweg, Fotos von Steinkühler, Brendel,

Kallweit, ein großes Foto von Lafontaine, über dessen Kopf die Europasterne wie ein Heiligenschein prangten, daneben eine Sony-Werbeanzeige für Jan »Schmuso« Hermann mit seiner neuen Hitsingle *Fraglos, die Zeit hasst die Liebe*. Jan Hermann strahlte künstlich-heiter in die Kamera, seine Zähne waren weiß wie Zahnpflegekaugummi.

»Kayser hat dich auf den neuesten Stand gebracht?«, fragte Brendel.

»Gestern von halb zwölf bis kurz vor vier.«

Wegener merkte, dass der Barkas langsamer wurde. Jetzt bog er nach links ab. Anemonenstraße.

»Von Hoffmanns Tochter kam eine Textnachricht«, sagte Wegener. »Sie will uns morgen Mittag in Boltenhagen sehen, 12 Uhr an der Seebrücke. Keine Technik, dafür ein Paar Handschellen.«

»Handschellen?«

»Handschellen.«

»Willst du dich auf den Blödsinn einlassen?«

»Klar, wann fragt ne Zwanzigjährige schon mal nach Handschellen. Gestern Abend hab ich noch mit Borgs gesprochen, in der Bar International. Da bekam die Bedienung erst ziemlich große Ohren, und als man sie ein bisschen anguckte, rannte sie auf und davon.«

Der Wagen bog nach rechts ab. Salvador-Allende-Straße.

Brendels dunkles Gesicht blieb ausdruckslos. »Staatssicherheit?«

»Vermutlich.«

»Bist du hinterher?«

Wegener schüttelte den Kopf. »Hätte nur wochenlanges Gewurste gebracht, und am Ende war's dann natürlich ein Observierungsfehler.«

»Also hängen sie an dir dran.«

»Du warst gestern bei Steinkühler. Hat er was gesagt?«

»Da ging es nur um die nötigen Unterschriften für diesen Ausflug hier. Der weiße Phobos bei Hoffmanns Datsche?«

»Sieht auch nach Stasi aus.«

»Und mit Anhang nach Boltenhagen wollen wir nicht.«

»Würde ich sagen. Sonst stören uns die Brüder noch bei unseren Handschellenspielen.«

Vorne hörte man den Blonden lachen. Oder den Fahrer. Das Lachen ging in ein Husten über. Dann rummste es. Der Barkas hatte den Kampf mit den Schlaglöchern der Bellevuestraße aufgenommen. Das Lachen brach ab. Unter dem Wagen explodierte im Sekundentakt Steinschlag, die Bodenwanne ächzte wie ein Robotronroboter im Altenheim, alle Federn stöhnten in der Federnhölle, die Deckenfunzel zuckte. Brendels Gesicht flackerte im Funzelrhythmus, die harten Züge jetzt noch schärfer, Make-up aus Licht und Schatten, ein Schädel im Che-Guevara-Stil, der sich aus wenigen hellen Hautflecken zusammensetzte.

»Und im Kanzleramt?« Wegener gab sich Mühe, beiläufig zu klingen. »Hast du Lafontaine erzählt, dass der Sozialismus eine alte Filmdiva ist? Aus der Distanz so unendlich viel schöner als aus der Nähe?«

Die Schlaglöcher wurden weniger. Kräftiges Bremsen. Links auf die Seelenbinderstraße.

Brendel lächelte schwarz-gelb. »Lafontaine ist auf dem Weg zum G8-Gipfel. Aber Ypsilanti war da.«

»Sieht die gut aus, wenn sie vor einem sitzt?«

»So gut wie eine alte Filmdiva.«

»Dann sollte man ihr nicht zu nahe kommen.«

»Vermutlich nicht. Außerdem hat man bei der das Gefühl, sie lügt, wenn sie den Mund aufmacht.«

»Immerhin macht sie den Mund auf.«

»Glaub mir, das willst du nicht.«

»Reaktion auf Gruber?«

»Alle sind erfreut.« Brendel schlug die Beine übereinander, fand das offenbar unbequem und setzte sich wieder gerade hin. »Die interessieren sich ja nicht im Einzelnen für Hoffmann oder irgendwelche Untergrundbrigaden. Die wollen nur eins wissen: Finden die Konsultationen am 19. und 20. November statt oder nicht? Wenn die neuen Transitverträge nicht zustande kommen, ist das ein historisches Debakel für Lafontaine. Das Thema Soziale Energie hat ihm entscheidende Punkte gebracht, er muss liefern. Die Wirtschaft sitzt ihm im Nacken, die Unterschicht sowieso. Alle verlassen sich darauf, dass die Staatssicherheit mit der Affäre Hoffmann nichts zu tun hat und einen Täter aus dem Hut zaubert, damit den Konsultationen nichts mehr im Wege steht.«

Rechts. Bahnhofstraße.

»Und jetzt werden die Täter aus dem Hut gezaubert«, sagte Wegener, »die Stasi hat tatsächlich nichts damit zu tun.«

»Zumindest sieht plötzlich alles eindeutig aus.«

»Ein bisschen zu eindeutig, wenn du mich fragst.«

Brendel nickte. »Uns haben sie auch nicht hier rübergeschickt, damit wir große Ermittlungserfolge feiern. Wir sind nur ein bisschen schmückendes Beiwerk für die europäischen Partner. Und für die Öffentlichkeit, wenn es hart auf hart kommt. Eine Beruhigungspille. Dem Kanzleramt ist es völlig egal, wie das ausgeht, Hauptsache, es klärt sich schnell. Da passt Gruber wie Arsch auf Eimer. Die stellen sich später hin und sagen, unsere Leute waren von Anfang an dabei, haben die Einhaltung der Rechtsstaatlichkeit überwacht und so weiter.«

Der Wagen stoppte. Schienengeratter. S-Bahnhof Köpenick.

»Das heißt, wenn das ZK sich dazu entschließt, mit Grubers Aussage an die Öffentlichkeit zu gehen, ist Bonn glücklich.«

»Vorausgesetzt, die Geschichte hält.« Brendel schlug jetzt doch die Beine übereinander. »Die EU guckt sehr genau hin, die internationale Presse sowieso. Es darf nichts an Deutschland hängenbleiben, also an beiden Deutschlands nicht. In Zukunft muss so viel Energie aus Russland nach Europa, das meiste davon über das Territorium der DDR. Wenn es da andauernd die alte Rechtsstaatlichkeitsdiskussion gibt, bedeutet das endlose Verzögerungen, Verteuerungen, Schadensersatzforderungen, politische Debatten und so weiter. Grubers Version des Ablaufs muss beglaubigt werden. Eindeutige Beweislage, Zweifelsfreiheit, kein noch so kleiner Fleck auf der weißen Weste, der hinterher nicht rausgeht. Das ist jetzt unser Job, so viel hat Ypsilanti klargemacht.«

»Vorausgesetzt, es stimmt, was sie sagt.«

»Ich glaube, in diesem Fall war es zum ersten Mal die Wahrheit.«

Der Wagen fuhr wieder an und rumpelte über neue Schlaglöcher. Die hölzernen Sitzbänke vibrierten.

Wegener hielt sich an einer Stange der Deckenverstrebung fest. »Nehmen wir mal an, Gruber lügt. Die Stasi hat Hoffmann doch erledigt. Wir haben keinen Tatverdächtigen, wir haben nicht mal einen konkreten Verdacht, wir bekommen die Akte nicht, die Zeit läuft ab. Aber die Konsultationen dürfen auf keinen Fall abgeblasen werden. Wann genau ist Deadline?«

Brendel rechnete. »Am 10. November. Also noch zwei Wochen. Wenn bis dahin nichts feststeht, wird alles gecancelt.«

»Da bleibt der Stasi doch gar nichts anderes übrig, als uns das zu liefern, was wir so verzweifelt suchen. Täter, Motiv, Aussage. Ein schönes, rundes Paket.«

Brendel knetete mit beiden Händen sein Gesicht. »Du meinst, die schicken uns Gruber, damit er im Auftrag der Stasi diese Brigade belastet?«

»Findest du das so unrealistisch? Was sollen die denn sonst machen? Plötzlich haben sie zwei Westbullen an den Hacken, denen man die Ergebnisse nicht einfach diktieren kann. Also wird eine Wahrheit konstruiert, die am Ende alle mit gutem Gewissen glauben können.«

Brendel starrte auf den ächzenden Boden.

»Wunderst du dich nicht darüber, was hier gerade passiert? Wir sind auf dem Weg zu irgendeinem beschissenen Geheimgefängnis, was glaubst du, warum die uns da reinlassen? Weil sie genau wissen, welche Informationen wir da bekommen, und weil sie auch wollen, dass wir diese Informationen bekommen.« Wegener suchte Brendels Blick und fand ihn nicht. »Das Ganze hätte sogar noch einen hilfreichen Nebeneffekt für die Sicherheit: Die Brigade ist nicht länger nur eine Protesttruppe mit Sprengsätzen, jetzt sind das plötzlich heimtückische Mörder. So was macht selbst bei uns einen Unterschied.«

»Gut, grundsätzlich sollten wir so was mitdenken«, sagte Brendel. »Aber es bleibt die Frage, warum die Stasi Hoffmann umbringen will. Warum so kurz vor den Konsultationen? Warum auf diese Art und Weise, die ganz eindeutig auf die Stasi selbst verweist?«

»Richard, die Art und Weise verweist so eindeutig auf die Staatssicherheit, dass letzten Endes niemand ernsthaft die Staatssicherheit verdächtigen kann! Wenn du zu einem Tatort kommst und da liegt die Visitenkarte von Manfred Mörder aus der Meuchelgasse, was denkst du dann, wer es garantiert nicht war?«

»Aber was ist das Motiv, Martin?« Jetzt hob Brendel den Blick und sah Wegener an. »Warum bringt die Staatssicherheit einen alten Mann um, der vor mehr als zwanzig Jahren mal für Krenz gearbeitet hat? Und das unmittelbar vor den wichtigsten Wirtschaftsverhandlungen, die dein Land in diesem Jahrzehnt führen muss?«

»Das ist nicht mein Land, das gehört allen Ostdeutschen gemeinsam. Toll, oder?«

»Sag es mir.«

»Wenn du mich fragst: Das herauszufinden ist jetzt unser Job.«

»Wenn es da was herauszufinden gibt.«

»Du misstraust dieser Gruber-Nummer doch auch!«

Brendel sah unglücklich aus. »Du weißt, dass ich dich voll und ganz unterstütze, darauf kannst du dich verlassen. Aber wir dürfen uns nicht verrennen. *Du* darfst dich nicht verrennen, Martin. Wenn die Stasi Hoffmann ermordet hat und wir das beweisen können, dann hängen wir es im Westen an die ganz große Glocke, versprochen. Aber kein Fanatismus. Mehr will ich gar nicht sagen. Lass uns nicht nach Tätern in den Reihen der Stasi suchen, lass uns nach Tätern suchen. Wie sonst auch.«

Wegener nickte.

Der Wagen bog nach links ab, stoppte, fuhr wieder an, steuerte scharf nach rechts, vielleicht Wongrowitzer Steig und dann Güldenauer Weg. Oder schon eins dahinter. Auf jeden Fall irgendwie Richtung Wolfsgarten. Wegener versuchte, nicht schon wieder an Karolina zu denken, schon wieder in der Karolinamühle zu landen, sondern sich den Stadtplan vor Augen zu halten, die Abzweigungen zu zählen, Wongrowitzer Steig war von der Mahlsdorfer Straße die erste links, danach kam die Kleinschewskystraße, aber da war noch eine dazwischen, eine, die er sich nie merken konnte, plötzlich drehte sich alles, Reifen quietschten, Brendel segelte über die glatte Holzpritsche und grapschte mit beiden Händen nach dem Deckengestänge, dann sackte der ganze Transporter vorne links in ein baugrubengroßes Schlagloch ab, fuhr wie vor eine Mauer, brach durch die Mauer durch, hinten schien alles abzuheben, Brendel knallte mit dem Kopf gegen die Blechverkleidung, der Phenoplastaufbau knirschte und wackelte, der SPIEGEL segelte durch den Laderaum, ein Unfall, dachte Wegener, wenn diese falschen Chauffeure jetzt in einen Yukos-Tanker reinrauschen, dann verbrennst du in einem Plastekäfig, in einem abgeschlossenen, mobilen K5-Gefängnis auf dem Weg ins Nirgendwo, hinterlässt eine ungelöste Staatskrise, einen ungelösten Mord, eine ungelöste Ex-Freundin, eine betrogene Betrügerin und verreckst in deinem eigenen kleinen Krematorium, zusammen mit Richard dem Schwarzgelbgesichtigen, und vielleicht ist das ja der Sinn der Übung, die Fischfalle, vielleicht sind wir schon viel näher dran, als man sich das oben wünscht, Hoffmanns Bedeutung für Krenz, geklärt dank Blühdorn, wer kann wissen, was Marie Schütz aus der Zeit erzählen wird, in der ihr Vater noch die Strippen zog, laut Gruber soll er brisante Unterlagen besessen haben, wo sind diese Unterlagen jetzt, wenn man das alles in einen Topf wirft, nüchtern und ausgeschlafen, setzt sich unter Umständen schon was zusammen, vielleicht mehr, als den Herren Steinkühler & Co. recht sein kann, also ein Köder bitte, das Verhör im Geheimgefängnis, zwei K5-Stuntmänner fahren ihren Transporter kunstvoll vor eine hundertjährige Eiche und springen rechtzeitig ab, Ost- und Westermittler backen bei zweihundert Grad ordentlich durch, tragische Geschichte ...

Der Fahrer gab Gas. Gerade Strecke, keine Schlaglöcher mehr.

»Was machen diese Idioten?« Brendel hing die Frisur ins Gesicht.

Wegener setzte sich auf. »Die fahren so, dass wir auf keinen Fall den Weg rekonstruieren können.«

Brendel schnaufte.

»Das hat durchaus sein Gutes.«

»Nämlich?«

»Spricht dafür, dass sie uns nachher wieder gehen lassen.«

23

Der Blonde war in den zwei Stunden Fahrt größer geworden, breitschultriger, hatte seine Jeansjacke gegen einen dunklen Parka getauscht und eine schwarze Sturmhaube aufgesetzt, aus der andere Augen starrten, der Blonde war gar nicht mehr der Blonde, er war nie hier gewesen und würde nie hierher kommen, der weiß überhaupt nicht, wo wir sind, weil diese Hunde zwischendrin, an irgendeiner Ampel, blitzschnell die Fahrer wechseln, dachte Wegener und musste nach so viel rumpelnder Dunkelheit beide Hände schützend vors Gesicht halten: viel zu heller, wolkenloser Osthimmel, ringsum der stasifarbene Putz der Normannenstraße, aber nicht ganz so hohe Gebäude, dreigeschossig, ein menschenleerer Hof mit einer Lache welkem Gras in der Mitte. Hinter ihm sprang Brendel aus dem Barkas, seine Qualitätsledersohlen knallten auf den sauber gefegten Betonboden, das einzige Geräusch überhaupt, die Wände stießen den Knall sofort wieder ab, die wollten offenbar keinen Knall von Westsohlen schlucken. Nichts bewegte sich in den dunklen Fensterlöchern.

Der Maskierte ging voraus, ein paar Schritte über den Hof in einen großen garagenartigen Raum ohne Tor, rechts an der Wand zwei Stufen, die zu einem breiten Gitter hinaufführten, dahinter eine Holztür mit Sichtschutz-Glasscheiben. Ein schwarzer Handschuhfinger drückte auf eine geräuschlose Klingel.

Wegener und Brendel drehten sich um, der Barkas startete wie von selbst, brummte nach rechts weg. Die Fischbeschriftung war von der Seitenwand verschwunden.

Stille, in die niemand etwas sagen wollte, packte die ganze Szene in Watte, polsterte den Moment, stopfte einem das Maul mit aufgequollener Leere, presste ihr unausgesprochenes Gebot in die Köpfe, dass auf diesem Gelände geschwiegen wurde, dass jede Silbe abgewogen werden musste, Sprache war immer schon eine Einladung zum Widerspruch gewesen, deshalb ließ man Sprache hier gar nicht erst rein, und wenn sie doch irgendwie eindrang, starb sie innerhalb kürzester Zeit ab, wurde verloren, ausgetrieben, abgewürgt, Wegener schwebte ein gigantisches Warnschild vor, auf das alle deutschen Worte gedruckt waren und darunter der Hinweis: *Wir müssen leider draußen bleiben.*

Die Holztür öffnete mit einem leisen Summen, noch ein Maskierter, der das Gitter von innen aufschloss, einen Teil herausschwenkte, Wegener, Brendel und seinen Maskenkollegen in das Gebäude hineinnickte, hinter ihnen zusperrte, losmarschierte: Ein kilometerlanger halberleuchteter Gang, auf dem Boden antiker PVC-Belag mit Siebziger-Jahre-Blumenmuster, abblätternde Holzfurnierfolie an den Wänden, dahinter rohes Mauerwerk, rechts ein blendend heller, sichtschutzverglaster Treppenaufgang, eine weitere Gitterreihe, die sich um die Ecke zog und ihnen den Weg versperrte. Der zweite Maskierte öffnete, der erste blieb hinter ihnen, finstere Rückendeckung, gut gefettete Scharniere, kein Quietschen, das wandernde, verzerrte Schattengitter auf dem blassen Boden wurde schmal, ließ alle vier passieren, wurde wieder breiter und fiel scheppernd ins Schloss. Jetzt protzten rechts und links schwere, hellgrau lackierte Zellentüren, von bulligen Matrosen aus Schiffsplanken zusammengenagelt, klotzige

Metallriegel oben und unten, die tropfenförmigen Verschlüsse der Gucklöcher lauter eiserne Tränen, schmale Essensluken mit Griff, wir sind im Zoo, dachte Wegener, im Raubtiergehege, bei den bissigen Bestien der DDR, wer auch immer diese Bestien sind, wen auch immer sie angefallen haben, wie auch immer sie herkamen, im Käfigwagen oder im Fisch-Barkas, nun liegen sie in Ketten, sitzen fest, hocken hinter bootsrumpfdicken Brettern in massiven Verliesen, bewacht von einer Horde taubstummer Bankräuber. Der Schwitzkasten des Systems.

Er sah Brendel an. Brendels Blick flog umher, war ein westdeutsches Kamera-Auge auf Urlaub im Strafvollzugsmittelalter, irgendwo zwischen Neugier und Fassungslosigkeit, zwischen Ungläubigkeit und Bestätigung. Brendel schlich. Das selbstsichere Schreiten gelang ihm hier drin nicht mehr, seine kräftige Bonbonparfumfahne war längst vom süßlichen Statussymbol zu olfaktorischem Zynismus geworden, demonstrierte unaufhebbares Gefälle, war ein nicht zu fälschendes Geruchserkennungsmerkmal für Herkunft und Stand, ein duftender Persilschein, der den Rückzug ermöglichte, während hinter grauen Tresortüren lebende Leichen vegetierten, ein Tag wie der andere, die Monate verwechselbar, kein Ende in Sicht, kein Gramm Hoffnung, dafür eine bonbonmäßige Ahnung davon, dass Freiheit zum Gestank geriet, wenn sie unerreichbar wurde.

Wegener spürte, wie der Goldkrone-Kopfschmerz irgendwo in seinem Gehirn pochend erwachte, sich an der Müdigkeit labte und ab jetzt wachsen würde, um für den Rest des Tages dabei zu bleiben.

Brendel sah ihn an. Wegener blickte ein, zwei Sekunden in Brendels Blauaugen. Die Schwarzen hatten sie in der Zange, trieben sie immer tiefer in diesen lichtlosen Bau, durch unzählige Gittertüren, vorbei an noch mehr maskierten Wachen, die wie tot in den Türrahmen lehnten, hinter den Ecken lauerten, plötzlich auftauchten und wieder verschwanden, eine monotone Geisterbahn mit immer gleichen Schockeffekten, die sich labyrinthisch verzweigte, durch die man bis zum Jüngsten Tag wandern konnte. Wegener versuchte, die Route im Kopf mitzuschreiben und scheiterte, wie er schon im Barkas gescheitert war, an dem inszenierten Verwirrspiel, am dauernden Rechtsabbiegen und Linksabbiegen, Treppenhochsteigen und Treppenruntersteigen, an den sich wiederholenden, kargen Gängen, an dem Alarmkabel, das sich über alle Wände schlängelte, von roten und grünen Steckern zu einem elektronischen Spinnennetz verbunden, angeschlossen an die kugelrunden, kirschfarbenen Lampen, die wie leuchtende Furunkel aus der Decke hingen.

Sie haben sich eine Höhle gebaut, dachte Wegener, ein Höhlensystem, das für ein ganzes Volk Platz bietet, in dem sich nur Eingeweihte zurechtfinden, in dem sie zu Hause sind, verschwiegen und anonym, keiner kennt den anderen, jeder hat eine Aufgabe und einen Vorgesetzten, schriftliche Befehle, Besprechungen nur im Notfall, stattdessen erprobte Routine, kalte Verwaltung der verfassungsfeindlichen Subjekte in gemauerten Kokons, jahrzehntelange Sterbebegleitung in diesem schäbigen Palast der Lautlosigkeit.

Vielleicht war das ganze Höhlensystem aber auch nur Vexierspiel, in Wirklichkeit viel kleiner, viel weniger angsteinflößend, vielleicht war man jetzt schon sieben mal denselben Gang hinuntergelaufen, an denselben Zellentüren vorbei, folgte nur einem genau festgelegten Überwältigungsparcours, der den Besuchern Respekt vor der Allmacht der Staatssicherheit verabreichen sollte, nicht mehr als drei Maskenmänner-Komparsen, die immer wieder als ihre eigene

Vervielfältigung auftraten, der uralte Trick osteuropäischer Selbstdarstellung, Hütchenspiele, Täuschungsmanöver, Stellwände, eine Maus, die sich als Elefant verkleidet, und den kommunistischen Karneval in seiner kunstvollsten Ausprägung feiert. Wegener versuchte, sich Einzelheiten zu merken, aber die Zellentüren hatten keine Nummern, keine Namensschilder, die Stockwerke keine Buchstaben, durch das geriffelte Glas der Treppenhausverkleidung sah man nichts als verschwommene Helligkeit, überall der gleiche Bodenbelag, überall das gleiche, abblätternde Gelbgrau an den Wänden, die gleichen Neonröhren, Drahtstecker, Essensluken, Türgriffe, Gitterstäbe, Sturmmasken, die gleiche Schwarzkluft der Wärter, keine Unterschiede, keine Details, nichts, an dem man sich festhalten konnte. Wegener merkte, wie trocken sein Mund geworden war, wie der Kopfschmerz zunahm und den Nachdurst mit sich brachte, die beiden hinterfotzigen Zwillinge, die jedes Besäufnis in einer wilden Nacht mit Männern über vierzig zeugte, und durch diesen Schmerz hindurch dämmerte ihm plötzlich, in was er hier tatsächlich hineingeraten war, in welchem politischen Sumpf er schon hüfttief steckte, mit jeder Bewegung weiter einsackend, ohne Aussicht auf Hilfe. Als hätte er in den letzten Tagen vor lauter Stress und Misserfolg durchgeträumt und wäre erst in der musealen Einöde dieses Endlosgefängnisses wieder zu sich gekommen, schlagartig erwacht, jetzt rauschte die Erkenntnis auf ihn nieder, wie viel Macht dieses Land tatsächlich besaß, was Borgs gestern gemeint hatte, Bautzen ist das East-Side unter den DDR-Gefängnissen, weil in Bautzen die Verurteilten saßen, vielleicht auch die zu Unrecht Verurteilten, aber immerhin Verurteilte, von denen man wusste, wo sie sich aufhielten, die man besuchen oder nicht besuchen konnte, die im Vollzug blieben und damit vorhanden waren, in Akten und Zellen, aber hier, auf dem Stasiplaneten, in der Plattenbauburg im Nirgendwo, abseits von allem, was lebte, hier war man nicht mehr existent, hier verschwand man für immer, vom gefährlichsten aller Staatsorgane verdaut, ein namenloser, nummernloser, pulsierender Komposthaufen in einem Abfalleimer aus Stein, von Familie, Freunden, Geliebten für tot erklärt, vergessen, getilgt, das konnte jedem passieren, jedem Einzelnen, ob Bombenleger oder Hauptmann oder Major, Früchtl, dachte Wegener, vielleicht hockt Früchtl hinter einer dieser baumdicken Türen auf dem Fliesenboden, abgemagert, hohlwangig, gefoltert, nackt, mit gestorbenen Augen im blassen Totenschädel, nur zwei, drei Meter entfernt und trotzdem unerreichbar, vielleicht stand auch die Erfassungsnummer MW-B-1101-IV/2010 (Vpb) längst auf irgendeiner Liste, vielleicht war einer der Betonsärge für Hauptmann Martin Alfons Wegener vorgesehen, natürlich hatte der Blonde trotzdem seine Schlenker und Umwege fahren müssen, damit die Ladung nicht nervös wurde, sich gebauchpinselt fühlte, eine exklusive Visite im geheimsten Geheimgefängnis des Geheimdienstes, Sonderermittlungsstatus, Staatsgeheimnisträger, heutzutage fuhr man niemanden mehr vor den Baum, nicht mal erschossen wurde man von diesen Hurensöhnen, warum auch, wenn man die Gefährder genauso gut kompostieren konnte, entmaterialisieren, auflösen, ganz ohne Salzsäure, keine Öffentlichkeit, keine Fragen, nur eine nie geklärte Vermisstenmeldung, Früchtl, dachte Wegener, Major Misstrauisch, hat dich deine letzte Recherche hierher geführt, mit Ausnahmegenehmigung zur Befragung eines Insassen, bist du ihnen am Ende doch auf den Leim gegangen, in die Borgs'sche Mausefalle getappt, an den Haken für Badenhoops Fische geraten. Plötzlich sah Wegener glasklar, die Wahrheit war ein Gegenstand, der ausgestellt und gut beleuchtet auf einem Tisch lag, den man ganz einfach betrachten konnte, wenn man sich nur bereit erklärte, die Augen zu öffnen, natürlich war Hoffmann zum Brigade-Unterstützer geworden, aus Rachegelüsten, von Krenz um sein Lebenswerk betrogen, das Regime, das ihn enttäuscht hatte, sollte dran glauben, Vorbereitung von jahrelanger Hand, eine historische Vergeltung, das Einschleichen nach Wandlitz, damit Hoffmann den Bürger-Leuten wichtige Emil-Fischer-Tipps geben konnte, wann, wo, wie man am besten ins Regierungsquartier gelangte, um das ganze ZK als Geisel zu nehmen oder an die Wand zu stellen oder mit einem japanischen Messer in feinste Scheiben zu schneiden oder mit einem gründlichen Zyankalieinlauf von seiner chronischen Illusionitis zu kurieren, natürlich hatte die Stasi den Verräter Hoffmann erhängt und damit ein eindeutiges Zeichen gesetzt und trotzdem von sich abgelenkt, doch dann die unvorhersehbare Panne: einer der Mörder wurde gierig, fuhr zum Tatort zurück, machte Fotos, verkaufte die Fotos an den SPIEGEL und rettete seine Rente, und jetzt standen sie da, die Stasis, Hoffmann tot, aber trotzdem in die Scheiße getreten, ein PR-Supergau unterm Schuh, der grässlich stank und langsam festtrocknete, also erfand man Gruber, ließ ihn aussagen und gestehen, damit war wieder alles im Lot mit dem Kot, die Schuld bei der Brigade, die Konsultationen so gut wie gerettet, nur ein Ermittler nervte noch, gab keine Ruhe, roch den Scheißschuh gegen den Wind, hatte halt bei Früchtl gelernt, also noch mal der Trick mit dem Attentäterverhör, und schon lief dieser Martin Alfons Wegener der Duftspur hinterher, stieg bereitwillig in jeden Barkas, ließ sich von unbekannten Männern an unbekannte Orte kutschieren, sagte niemandem, wo er war, weil er es selbst nicht wusste, stiefelte höchstpersönlich in die Höhle des Löwen, was Besseres konnten Steinkühler & Co sich gar nicht wünschen, drumherum alle im Bilde, alle außer Wegener, alle steckten sie unter einer riesengroßen, kratzenden Decke, in die jemand liebevoll *Kleine Stasischweine* gestickt hatte, Borgs war informiert, Borgs wusste, was es bedeutete, wenn der Barkas kam, Borgs gehörte dazu, Borgs hatte ihn gewarnt, eine kleine Beruhigung für das Borgs-Gewissen, indem er ihm erzählte, dass Karolina Hoffmann gekannt hatte, ein Warnschuss, den er partout nicht hören wollte, weil die Scheißespur so verlockend stank, auch Karolina war dabei, IM Judas, die Frau, mit der er vor viel zu langer Zeit geschlafen hatte, die ihn wahrscheinlich schon damals bespitzelt hatte, von der sie schon damals erfahren hatten, in welchem Keller der Normannenstraße er bei Nacht zu finden war, aber etwas stimmte nicht und das war Brendel, den konnten sie unmöglich einbuchten, Brendel war unantastbar, der würde im Westen auf die Pressepauke hauen, dass es krachte, der würde, und jetzt schlug es in Wegeners pochendes Goldkronegehirn ein wie eine Faustgranate der Volksarmee in einen Swimmingpool voller Woltrow-Waldmeisterpudding, Brendel würde gar nichts machen, weil sie vorausgedacht hatten, die Spielmacher der Staatssicherheit, weil sie klug genug gewesen waren, einen eigenen Mann im Westen aufzubauen, der sie nun beschützen konnte, der den Plan perfekt machte, der jetzt, in diesem Moment bonbonduftend neben ihm die hundertste Treppe runterging, der längst einen Oscar für die Rolle des konsternierten Westberliner Chefermittlers verdiente, der sichtlich zögerte, diesen maskierten Stiernacken in den Kellergang zu folgen, der ein absolut glaubwürdiges sorgenvolles Gesicht zog, der vorsichtig durch die muffige Düsternis tapste, an immer neuen Zellentüren vorbei, bis es langsam heller wurde, bis der Gang sich verbreiterte und in einen weiß gepolsterten

Raum ohne Fenster führte, eine grelle Gummizelle mit weißen Stühlen und weißen Tischen, vollkommene Farblosigkeit, in der die Maskierten wirkten wie schwarze Löcher auf zwei Beinen, zu denen jetzt noch zwei weitere Maskierte dazukamen, einen dünnen Mann zwischen sich, der Dünne trug orangefarbene Häftlingskleidung und eine schwarze Kapuze über dem Kopf, die ihm jetzt abgenommen wurde, und das Gesicht darunter kannte Wegener so gut, dass er sich auf einen der weißen Stühle setzen musste, sofort, während dieses Gesicht ihn ansah, als wäre Wegener Karl Liebknecht in Hitleruniform, in einem Jacuzzi voller blubberndem Kommunistenblut, während dieses Gesicht sich mühsam sammelte und sagte: »Herr Hauptmann. Das ist wirklich eine Überraschung.«

24

Toralf, dachte Wegener, ausgerechnet Toralf, und er sieht wieder aus, als käme er direkt aus einem westlichen Musikvideo, ein Popper, der bis eben noch superschwule Sequenzen getanzt hat und dann von den Maskenmännern aus seinem weichgezeichneten Clip gezerrt worden ist. Selbst der orangefarbene Häftlingsoverall wirkte wie ein Bühnenoutfit, Toralfs blonder Haarwasserfall ergoss sich in glänzenden Wellen auf schmale Schultern, das lang gezogene Arroganzgesicht auf dem zerbrechlichen Kautschukkörper erzählte immer noch von hageren Angehörigen uralter Adelsgeschlechter, die sich ein paar Mal zu oft in der eigenen Familie vergnügt hatten.

»Ihr kennt euch«, stellte Brendel fest.

Die Schwarzen gingen raus, warfen die weiß gepolsterte Tresortür ins Schloss. Kein Schlüsselgeräusch.

»Toralf Kleyer«, sagte Wegener, und versuchte eine Vorstellungsgeste hinzukriegen, »Richard Brendel, ein Kollege.«

Kleyer und Brendel gaben sich halbherzig die Hand.

»Toralf, alte Bohnenstange, das musst du mir mal verraten, wie du das machst«, sagte Wegener fröhlich. Sie haben dich drangekriegt, raunte Früchtl, aber lass es dir nicht anmerken, tu ihnen den Gefallen nicht, zeig einmal in deinem hanebüchenen Leben ein Pokerface. »Du bist so vorbildlich dünn. Und ich trage eine Schürze aus Fett.«

»Weil Sie wahrscheinlich immer noch jeden Tag Hacksteak mit Ihrem Chef essen gehen«, sagte Kleyer und grinste etwas debil. »Plus Lipide, plus Kohlenhydrate.«

Schön wär's, sagte Früchtl, und außerdem heißt das Pommes-Mayo, du schwuler Biologe.

»Die Zeiten sind vorbei«, sagte Wegener.

»Ist der Alte in Pension?«

»So kann man es auch nennen. Was kriegst du hier drin zu kauen?«

»Nur Graubrot. Graubrot, das noch vor der Wiederbelebung gebacken wurde, wenn Sie mich fragen.«

»Knast ist hart in jeder Hinsicht.«

»Und ich dachte immer, Bautzen sei der pure Luxus.«

»Du bist nicht in Bautzen, Toralf.«

Toralf zuckte mit den Schultern. »Hier redet keiner mit mir. Vor zwei Tagen zum letzten Mal.«

»Deshalb sind wir ja da«, sagte Wegener. »Der Kollege Brendel ist extra aus Westberlin gekommen.«

Kleyers Schlafaugen klappten auf. »Westberlin?«

»Ja.«

»Ihren Ausweis, bitte.«

Brendel drückte Kleyer eine grünliche Plastikkarte in die Hand. Der betrachtete die Karte skeptisch, drehte sie um, gab sie zurück.

Wegener räusperte sich. »Toralf, ich glaube, wir haben nicht viel Zeit. Die Herrschaften, die diese Anstalt leiten, sind vermutlich ein bisschen nervös, wenn sie Gäste im Haus haben.«

»Mit Gäste bin nicht ich gemeint, nehm ich an.«

»In diesem Fall leider nein.«

Kleyer setzte sich auf einen der weißen Stühle. Sein schiefes Gesicht war angespannt. Hinter der hohen Stirn arbeitete es.

»Wie geht's Juliane?«, fragte Wegener.

»Julia.«

»Oder Julia.«

»Weiß ich nicht.«

»Weil?«

»Sie ist rüber. Letztes Jahr. Russenvisum.«

»Und du bist hier geblieben. Du bombst lieber unser Land kaputt, als mit Julia im KaDeWe Trüffelpastete zu kaufen.«

»Irgendwer muss es ja machen, Herr Hauptmann.«

»Natürlich.« Wegener nickte. »Alles muss von irgendwem gemacht werden. Aber warum von dir?«

Kleyers Mund wurde schmal. »Erstens wissen Sie das und zweitens glaube ich, Sie sehen's am Ende gar nicht so anders. Oder wann fliegen Sie das nächste Mal in die Karibik?«

Wegener zog seinen Mantel aus, hängte ihn über die Stuhllehne und setzte sich. »Toralf, du warst und bist kein Sozialist, von mir aus musst du auch nie einer werden. Aber illegal publizieren, Häuser besetzen, Flugblätter verteilen, die Vopos verarschen, das ist das eine. Bomben legen ist was anderes.«

Kleyer kämmte sich mit einer Hand den Wasserfall aus der Stirn. »Und was hat mir das gebracht, die Flugblätter, die Samisdat-Scheiße? Unser Land ist seit sechzig Jahren todkrank und die Wiederbelebung war nichts anderes als eine lebensverlängernde Maßnahme, anstatt endlich die Geräte abzuschalten, das sagt doch schon der bescheuerte Begriff! Da hat es den Patienten offenbar längst dahingerafft, wenn man ihn erst wiederbeleben muss, oder?«

»Willst du rauchen?«

»Ja. Danke.«

Brendel holte kommentarlos eine Pappschachtel aus seiner Manteltasche und reichte sie weiter. Kleyer fingerte drei Zigarillos heraus.

»Wenn es die Wiederbelebung nicht gegeben hätte, wäre der Krampf längst zu Ende«, sagte Toralf, »und wir säßen jetzt in München, im Hofbräuhaus bei dreizehn Weizen und würden uns über den ganzen Bockmist kaputtlachen. Wenn ein Land todkrank ist, sollte man es in Frieden sterben lassen.«

»Sind das die Parolen von Alexander Bürger?«

Kleyer ließ sich von Brendel Feuer geben und schmatzte am Zigarilloende wie ein hungriges Baby an der Mutterbrust. Um seinen Kopf blühte eine Rauchwolke auf. Es roch nach Vanille. »Das sind die Parolen jedes denkenden Menschen in diesem Land, Herr Hauptmann, und Alex hat aus Worten Taten gemacht. Das ist alles.«

»Weißt du, Toralf, die Frage ist jetzt: was kannst du uns anbieten?«

»Ist das die Frage?«

»Schon. Du sitzt fest, und ich glaube, man sitzt in unserem Land nirgendwo fester als hier. Ich befürchte sogar, man sitzt in der ganzen su nirgendwo fester als hier. Und ich kann nichts für dich tun, wenn du schweigst. Ich weiß nicht mal, wo wir sind. Sie fahren uns in geschlossenen Wagen hierher, Toralf, auf Umwegen, obwohl wir Polizisten sind. Dieser Raum, der Stuhl, auf dem du sitzt, dein Graubrot, das existiert in der DDR überhaupt nicht. Alles Luft. Ich glaube auch nicht, dass wir noch mal wiederkommen dürfen, vorher eröffnet Bodo Ramelow eine Goldman Sachs-Niederlassung in Karl-Marx-Stadt. Also, es geht durchaus um die Frage, was du uns anbieten kannst.«

Kleyer starrte auf den Boden. »Was wollen Sie? Zum zweiundzwanzigsten Oktober bin ich schon zweiundzwanzigmal ausgequetscht worden und hab zweiundzwanzigmal mein Maul gehalten. Ich bin kein Verräter.«

»Der Anschlag interessiert uns nicht.«

»Warum sind Sie dann hier?«

Brendel hielt ein Foto von Hoffmann hoch.

Kleyer betrachtete das Bild verständnislos. »Wer ist das?«

»Toralf, komm.«

»Nie gesehen, Herr Hauptmann. Wer soll das sein?«

»Das Opfer eines brutalen Mordes. Heißt Albert Hoffmann. Vor sechs Tagen am Müggelsee erhängt, wie man sieht. Mit zusammengebundenen Schnürsenkeln. Und rat mal, wer uns gesagt hat, du hättest dazu ein paar weiterführende Informationen.«

»Das Christkind?«

»Fast. Dein guter alter Brigade-Kumpel Ronny Gruber.«

»Was?!«

»Du hast mich verstanden.«

Kleyer sah aus wie schockgefroren. »Wie haben Sie Ronny gefunden?«

»Was weißt du, Toralf?«

»Nichts! Ronny glaubt vielleicht, ich hätte damit was zu tun gehabt, aber das stimmt nicht!«

»Ronny war ziemlich sicher, dass du uns helfen kannst.«

Das Inzestgesicht wusste nicht, wohin es sollte, Falten gruben sich in Kleyers blasse Haut und zogen sich wieder glatt, der Mund schwamm zwischen Wut und Angst, die langen Finger griffen wieder in die blonden Haare, sahen für einen Moment so aus, als wollten sie die ganze Pracht vom Kopf reißen, echte Verzweiflung, dachte Wegener, aber er ist kein Mörder, dazu reicht's bei ihm nicht, er ist in irgendwas reingeraten, und jetzt sitzt er hier und ahnt allmählich, dass die Brigade anders arbeitet, als er dachte, dass er einen Fehler gemacht hat, der ihn sein Leben kosten kann. Im schlimmsten Fall, ohne ihm dabei den Tod einzubringen.

Kleyer sah Wegener an. »Was glauben Sie, wo ich hier bin?«

»Bei der Staatssicherheit. Mehr weiß ich nicht.«

»Die Staatssicherheit sah aber immer anders aus.«

»Weil du bislang beim sichtbaren Teil der Staatssicherheit warst. Das hier ist der unsichtbare Teil.«

Kleyers Hände wühlten im Haarwasserfall. »Können Sie mich hier rauskriegen?«

»Nicht, wenn du uns nicht hilfst.«

»Das ist Erpressung.«

»Das ist ein Angebot.«

»Und wenn ich Ihnen helfe?«

»Dann gibt es eine Möglichkeit.«

»Wie heißt diese Möglichkeit?«

»Bautzen.«

»Fantastisch.«

»Bautzen ist besser, als hier, oder?«

»Alles ist besser als hier.«

»So sehen die Bedingungen aus«, sagte Wegener. »Und?«

Kleyer legte den Kopf in den Nacken und betrachtete die gepolsterte Zimmerdecke, der blinde Himmel seiner neuen Heimat, dachte Wegener, ein Schwarzes Loch im Land, das jetzt sein Zuhause war, in dem man den Wahnsinn kommen hörte, auf quietschenden Sohlen, wie er stündlich durch die Gänge schlich, ohne die Zellentür zu öffnen, ohne jemals ein Wort zu sagen, gegen das man hätte anschreien können, ohne Fragen und Forderungen zu stellen, ohne mit Strafe zu drohen, ohne Gestalt anzunehmen, nur taubstumme Isolation, nur die eigene Stimme, die irgendwann anfangen würde, mit einem zu reden wie mit einem Fremden, das Selbstgespräch als Vernehmung, das Ego der brutalste Verhörknochen, vierundzwanzig Stunden am Tag ich gegen ich und sonst nichts, nur graue, grausame Stille.

»Die Bedingungen«, sagte Kleyer mit der Stimme eines Mannes, der weiß, dass er seinen Kopf nur aus der Schlinge ziehen kann, wenn er ihn mit einem stumpfen Taschenmesser aus chinesischer Billigproduktion abschneidet, »können mich mal.«

»Stell dir vor, ich treffe die Tage jemanden aus der Familie des Opfers«, sagte Wegener, »was soll ich denen sagen? Dass Hoffmann sterben musste, weil eine Gruppe junger Männer beschlossen hat, einen bombigen Club für bürgerliche Selbstjustiz zu gründen?«

»Die Brigade bringt niemanden um.«

»Ich könnte mir vorstellen, Albert Hoffmann sieht das anders.«

»Ich mach doch nicht bei Mördern mit, Herr Hauptmann, ich wollte was tun gegen dieses Scheißland mit seinen Scheißwichsern im zk, aber es sollte niemand verletzt werden! Das hatte oberste Priorität!«

»Für den Anschlag vielleicht, Toralf. Aber deine Leute haben offenbar noch eine andere Aktion angeleiert. Mit veränderten Regeln.«

»Ich weiß nicht, was da passiert ist.« Kleyer starrte immer noch an die Decke. »Es ist irgendeine Aktion gelaufen, das stimmt, aber damit hatten nur Sascha und unser Nexor zu tun. Mich hat man da rausgehalten.«

»Ist Sascha der Mann, der bei euerm Anschlag umkam?«

Kleyer nickte stumm.

»Und was soll ein Nexor sein?«

»Der Nexor ist der Anführer eines Clusters. Er ist der Einzige, der Verbindung zur nächsthöheren Ebene hat, das wissen Sie doch alles selbst.«

»Wir wissen das nicht. Wie heißt dieser Anführer?«

»Gabriel.«

»Gabriel wie?«

»Opitz. Gabriel Opitz.«

»Und warum hattest du mit dieser geheimnisvollen Aktion nichts zu tun? Mir wurde gesagt, ein Cluster arbeitet immer als Team.«

»Dieses Mal war es anders.«

»Warum?«

»Das kam von ganz oben.«

»Von Alexander Bürger.«

»Vermutlich.«

Wegener seufzte. »Pass auf, Toralf, ich glaube dir. Aber Ronny war auch ziemlich glaubwürdig, als er meinte, du könntest uns helfen. Wenn du nichts weißt und wenn du nicht dabei warst, dann sag uns, wo wir diesen Gabriel finden. Denn wenn die Sache, aus der sie dich rausgehalten haben, der Mord an Hoffmann war, dann gehört dein komischer Nexor ins Gefängnis, weil er ein Mörder ist. Also, Toralf, hilf uns. Wo versteckt sich dieser Gabriel Opitz?«

Kleyers Kopf sackte auf die Brust, eine blonde Gardine vor dem langen Gesicht, die Augen dahinter zwei frisch aufgeladene Zigarettenanzünder.

Wegener schwieg.

Brendel räusperte sich.

Kleyer lächelte plötzlich, dann verwelkte ihm das Lächeln zu einem harten Strich. »Es tut mir leid, aber ich kann Ihnen nicht sagen, wo Gabriel ist. Die Cluster sind so organisiert, dass nach einem Fehlschlag jeder auf sich gestellt ist, jeder hat einen persönlichen Notfallplan. Niemand sonst kennt diesen Notfallplan. Es gibt keine Hilfe von der Brigade. Das macht es für den Einzelnen sehr schwer und für die Bewegung sehr leicht. So läuft es. Es ist die einzige Chance.«

»Die einzige Chance für wen?«

»Für unser Vaterland.«

»Du magst die DDR nicht sonderlich.«

»Da hätte auch gleich das Dritte Reich weitergehen können, so, wie das hier läuft.« Kleyer zog an seinem Zigarillo, breitete die Arme aus, räkelte sich. Ein rauchender, hagerer Heiland ohne Kreuz. »Nur Bürger und sein engster Zirkel kennen die Aktionen, alle anderen Informationen sind gestaffelt und hierarchisiert. Der Nexor erfährt das Nötigste, die anderen erfahren gar nichts.«

»Macht Sinn«, sagte Wegener. »Hilft uns aber nicht weiter. Hast du irgendeine Idee, was dieser Mord mit euch zu tun haben könnte?«

»Nein. Ich wusste ja nicht mal, dass jemand gestorben ist. Ich kenne diesen Hoffmann nicht, nie gesehen den Mann, das schwör ich.«

»Und was könnte Bürger dazu bringen, Ausnahmen von seinen Regeln zu machen? Ab wann ist euer Kampf ein Menschenleben wert?«

»Ich weiß es nicht.« Kleyer starrte ins Nichts. »Vielleicht solltet ihr einen erschossenen Mann suchen.«

»Was für einen erschossenen Mann?«

»Einen der von hinten erschossen wurde. Hingerichtet.«

»Albert Hoffmann ist nicht erschossen worden.«

»Von dem rede ich auch nicht.«

Wegener fixierte Kleyer.

Kleyer fixierte Wegener.

Die Zigarettenanzünderaugen funkelten in dunklen Höhlen, alles hauste in diesem Blick, Verzweiflung, Wahnsinn, Zuversicht, Belustigung, die Augen eines Zockers sind das, dachte Wegener, die Augen eines Zockers, der alles auf eine Karte setzen muss, weil es seine letzte Karte ist und sein letztes Spiel, weil es zu Ende geht und er weiß, dass er nie mehr gewinnen kann, wenn er jetzt nichts aus dem Ärmel schüttelt.

»Ich muss gerade daran denken, wo wir uns damals immer getroffen haben, Herr Hauptmann«, sagte Kleyer leise. Sein rechter Mundwinkel zuckte. »Im ›Jelzin‹.«

»Machen ein gutes Hacksteak«, sagte Wegener. »Josef behauptet, das zweitbeste. Nach dem ›Schusterjungen‹.«

Wenn die nur den Kümmel weglassen würden, maulte Früchtl.

»Erinnern Sie sich noch an unser erstes Gespräch, Herr Hauptmann? Die Heiko-Notter-Geschichte? Das war vor zwölf Jahren. Am 27. Oktober. 19 Uhr.« Kleyers Stimme klang jetzt beinahe zärtlich. Für einen Moment sah es so aus, als würde er gleich weinen.

Wegener glaubte die Kameras zu hören, deren Objektive sich drehten, die ranzoomten, immer näher, auf Kleyers außer Kontrolle geratenes Gesicht, das jetzt im Sekundentakt Emotionen durchratterte, Verzweiflung, Spott, Unsicherheit, Freude, Genugtuung, Rührung, Ekel, alles grimmassierte so schnell durcheinander, dass die Schwarzen im Überwachungsraum bestimmt ratlos vor ihren Monitoren saßen, schon an einen technischen Fehler glaubten, an ein durchgeschmortes Kabel im System, eine kaputte Sicherung im Hochsicherheitsgefängnis, an einen Kurzschluss in Kleyers Hirnkasten.

Er versucht dir einen Hinweis zu geben, sagte Früchtl.

Ich versteh ihn nicht, Josef, ich versteh ihn einfach nicht! Gib ihm Zeit. Sprich ihn drauf an. Sag was.

»Das weißt du noch, Toralf? Nach so langer Zeit?«

»Verrückt, oder?« Kleyer kicherte. »Hab ich mir immer gemerkt, ist der Geburtstag meiner Schwester. 27. Oktober.«

»Ich erinnere mich«, sagte Wegener. »Hübsches Mädchen.«

»Bildhübsch!«

Sehr gut, sagte Früchtl, mach weiter.

»Lange her«, sagte Wegener.

»Wenn Sie mir damals erzählt hätten, dass wir heute hier sitzen, Herr Hauptmann …«

»Dann?«

»… dann wär ich vielleicht weggelaufen. Vielleicht hätte ich dann den Mut gehabt. Heute habe ich den Mut und kann nicht mehr weglaufen.«

Weiter, sagte Früchtl.

»Wohin würdest du denn laufen, Toralf? Wenn du könntest?«

»In den Westen, Herr Hauptmann. Wie alle. In den Westen.«

»Und dann?«

Kleyer lächelte und zuckte mit den Schultern.

Schweigen.

Die Ruhe hier ist keine Ruhe, dachte Wegener, das ist eine künstliche Totenstille. Die Unmöglichkeit aller Geräusche. So muss sich Andreas Jähn gefühlt haben, der Sohn des großen Sigmund, als sein Sicherungskabel riss und er in die Unendlichkeit hineinschwebte, die bedingungslose Verlorenheit von der ersten Sekunde an klar vor Augen, interniert in der eigenen Haut, vakuumverpackt, mindestens haltbar bis siehe Eintritt natürlichen Organversagens.

Kleyer hob die rechte Hand. »Herr Brendel, viel Glück. Und gute Heimreise, wenn es so weit ist.«

Brendel sah aus, als ob er etwas sagen wollte, aber er blieb stumm.

Kleyer lachte ein trockenes Lachen, wie raschelndes Laub, dachte Wegener, ein Odradek-Lachen.

Brendel stand auf.

Kleyers Lachen raschelte immer noch in der Stille.

Wegener erhob sich ebenfalls und zog seinen Mantel an. Er ging auf Kleyer zu, hievte ihn halb vom Stuhl, Kleyer wankte, hing an Wegener wie eine Marionette, deren Puppenspieler gerade erschossen worden ist, die dünnen Arme baumelten über Wegeners Schultern.

»Die Bedingungen«, flüsterte Kleyer, »ich hab sie erfüllt, Herr Hauptmann, ehrlich, ich hab sie erfüllt, holen Sie mich hier raus, bringen Sie mich nach Bautzen, bitte ...«

»Ich hab dich angelogen«, flüsterte Wegener, »ich kann nichts für dich tun, Toralf. Gar nichts. Es tut mir leid.«

Kleyer keuchte, hustete, gluckste, Kleyer klang, als würde er gleich kotzen, Wegener drückte ihn zwanzig, dreißig Sekunden lang an sich, keiner bewegte sich.

Brendel stand unschlüssig herum und sah auf den Boden.

Wegener merkte, wie Kleyer sich an seine Jacke krallte, zupackte, so fest er konnte, wir sind ein qualvolles Standbild für Stasiopfer, dachte er, jeder auf seine Weise, und atmete den Duft des Haarwasserfalls ein, das Shampoo hatten sie ihm offenbar gelassen, dann hielt es Kleyer nicht länger auf seinen Zahnstocherbeinen, sein Griff gab nach, er sackte ab, Wegener ließ ihn langsam zu Boden gleiten, machte einen Schritt rückwärts, wandte sich ab, ging zur Tür.

Brendel folgte schwerfällig.

Kleyer lag zusammengerollt auf dem weißen PVC, ein blonder Bobtail, dessen Gesicht man unter der Mähne nicht mehr erkennen konnte, eine ächzende Hülle, die jetzt anfing, sich aufzugeben, die ihre letzten Hoffnungen zu Grabe tragen musste, aber nicht wollte, immer wieder glauben würde, sie könnte es noch schaffen, immer wieder aufstehen würde, um zu kämpfen, immer wieder zusammenbrechen, sich hochpeitschen, sich verlieren würde, jeder Tag eine Beerdigung, bis sich irgendwann nichts mehr rührte.

Die Tür wurde geöffnet, bevor Wegener klopfen konnte. Zwei Maskenmänner warteten, schlossen den weißen Raum von außen ab, eskortierten stumm wie zuvor, der Rückweg durch den Bau war exakt der Hinweg oder ein völlig anderer, Wegener dachte an Wolfgang Lippert, *Wetten, dass ich mich im größten Geheimdienstknast der Welt nicht verlaufe*, Wetteinsatz das eigene Leben, wer verliert, bleibt hier.

»Vielleicht solltest du seine Schwester informieren«, sagte Brendel, als sie schon eine halbe Stunde im Barkas saßen, stumm wie die Fische von Badenhoop, ins Leere starrend, unterwegs nach Berlin, zurück in ein Grau, das bunt wurde, wenn man dieses unterirdische Staatssicherheitsland kannte. »Damit sie wenigstens nicht hofft, dass er zurückkommt.«

Wegener schüttelte den Kopf. »Das wird schwierig.«

»Warum wird das schwierig?«

»Weil Toralf Einzelkind ist.«

25

Wegener sah auf die Armbanduhr. Fast zwei Stunden waren vergangen. Sie hatten sich vom Barkas direkt in die Greifenhagener Straße fahren lassen, das Polizeisiegel an Hoffmanns Wohnungstür aufgebrochen, Frank Stein angerufen und ein weiteres Mal alles durchsucht, nicht nach DNA-Spuren, sondern nach etwas Trinkbarem, bis Brendel zwei Flaschen Claque Pepin Calvados Jahrgang 1980 entdeckte, drei Gläser aus der Küche holte und zum Umtrunk in die watteweiche Sofalandschaft des Salons einlud.

Stumm und gedankenverloren hatten Wegener, Brendel, Stein die erste Flasche geleert, Glas für Glas, mit Blick in den dämmernden Berliner Großstadthimmel, auf den Fernsehturm, auf den stoischen Lichterdom des Palastes. Blassblau war zu gelblichem Rosa und dann zu Dunkelblau geworden, Brendel hatte die zweite Flasche geköpft, Kerzen angezündet, die Füße auf den Couchtisch gelegt. Diese Stasistille nimmt dir für Stunden die Stimme, dachte Wegener, sie bleibt an dir kleben wie das Fett an den Fassaden, erzeugt das Bedürfnis, nur noch zu schweigen, weil reden ohnehin niemandem nützt, vollkommen sinnlos ist, drinnen wie draußen, die Verhältnisse sind zementiert, sie sind unumkehrbar, sie sind weder mit Worten noch mit Gedanken zu erfassen, keiner unternimmt auch nur den Versuch, alle verstummen.

»Wir kommen nicht drauf«, sagte Brendel irgendwann mit calvadosgetränkter Stimme.

Schau an, dachte Wegener, der resignierte Superermittler, selbst dem hat die Stasihölle jetzt endgültig die Luft rausgelassen, natürlich kommt keiner drauf, seit zwei Stunden beschäftigen wir uns mit nichts anderem und versuchen nebenbei, nicht zu sehr an Toralf zu denken, den lebendig Begrabenen, nur das Rätsel zählt, die verdammte Hausaufgabe, für die jetzt noch weniger als achtundvierzig Stunden blieben.

»Vielleicht hat er dich damals angelogen«, sagte Brendel.

»Hat er nicht.« Wegener nippte an seinem Glas. »Musste er nicht. Es gibt nicht nur keine Schwester, sondern auch kein erstes Informantengespräch am 27. Oktober um 19 Uhr im ›Jelzin‹. Wir haben uns, wie gesagt, im April 2000 zum ersten Mal getroffen, an irgendeinem Frühlingstag, vormittags, auf dem Gendarmenmarkt.«

»Also, noch mal, wir haben das Datum«, sagte Stein. »Übermorgen ist der siebenundzwanzigste Oktober. Was passiert übermorgen um 19 Uhr?«

»Vielleicht der zweite Anschlag. Auf das ›Jelzin‹.« Brendel griff nach dem Calvados, goss sein Glas voll, setzte es an. Eine dunkle Trinkersilhouette vor der Lichterlandschaft der Berliner Skyline. »Aber das Datum des nächsten Anschlags kann er nach eigener Aussage nicht kennen. Es sei denn, sein eigenes Cluster würde den durchführen.«

»Und sein Cluster gibt es nicht mehr«, sagte Wegener, »Gabriel auf der Flucht, Sascha im Himmel, Ronny im Paradies. Ich sehe auch keinen Grund, warum er uns das Datum eines weiteren Anschlags verraten sollte, selbst wenn er es wüsste. Er hat dir eine gute Heimreise gewünscht, Richard. *Viel Glück und eine gute Heimreise.*«

»Weil er am liebsten mit in den Westen kommen würde. Seine Freundin lebt drüben. Ist doch seine Freundin, diese Julia.«

»Zumindest war sie es. In glücklicheren Zeiten.«

»Damals ist er nicht rüber, heute bereut er es. Julia lernt jetzt im Westen Männer kennen und hält ihn für tot.«

»Womit sie ja nicht ganz falsch liegt.« Wegener betrachtete Brendel, der schon halb in Hoffmanns Wattecouch eingesackt war. Eine angetrunkene Comicfigur, gerade von der unvermeidlichen Dampfwalze plattgerollt, nur noch ein zweidimensionales Abziehbild, das willenlos an den Konturen des Sofas herunterfloss.

Die Comicfigur gähnte. »Glaubst du, die haben was gemerkt?«

»Das ist die Preisfrage«, sagte Wegener. »Sie werden sich die Bänder immer wieder anhören, rauf und runter. Wenn ihnen was auffällt, krieg ich es als Erster mit, so viel ist sicher.«

Brendel schnüffelte an seinem Glas. »Die Stasi schnappt Toralf, überprüft ihn und findet raus, dieser Toralf ist ein früherer Polizeiinformant. Seine Kontaktperson warst du. Also lassen sie dich zum Verhör kommen, in der Hoffnung, dass er dir vertraut und was erzählt, was er ihnen nicht erzählt. Ihre Barbiturate können sie ihm nicht reindrücken. Stell dir vor, es kommt in der Hoffmannsache zum Prozess, und der wird vom Westen überwacht. Und vorher hat man Zeugen unter Drogen gesetzt. Dann gute Nacht. Also haben sie sich was von dem Verhör versprochen. Aber was?«

»Wahrscheinlich genau das, was ihr auch wissen wolltet«, sagte Stein, »nämlich: wo ist dieser Gabriel Opitz?«

»Nur das verrät er nicht. Weil er es nicht weiß. Das ist ja der Sinn dieses Systems, gar nichts verraten zu können.«

»So sieht's aus«, sagte Brendel. »Aber er setzt eine versteckte Botschaft ab, irgendwas mit Schwester, übermorgen, ›Jelzin‹ und Heimkehr. Was will er uns damit sagen? Ich kann nicht mehr denken.«

Wegener stand auf und ging über die knarrende, glänzende Dielenfläche zu den schrankhohen Bogenfenstern. Von hier aus hatte Hoffmann auf sein Spielfeld geblickt, ein tückischer, intriganter Feldherr, das theoretische Wissen des letzten Jahrhunderts im Kopf, einen Plan für dieses Jahrhundert vor Augen, mit dem Ziel, die Stadt zu verändern, in die er einst als westdeutscher Professor gekommen war, die ihm Macht gegeben und wieder genommen hatte, die sich als hartnäckig erwies, die noch nie leicht zu erobern gewesen war und sich auch diesmal sträubte. Die vielleicht, dachte Wegener, den Tod des Eroberers als Preis für die Eroberung verlangte, und eventuell hatte der Spielmacher das ja sogar mit einkalkuliert, sein eigenes Draufgehen als Unterpfand für das Gelingen einer undurchschaubaren Partie, vielleicht war am Ende alles ganz anders, Hoffmann und Bürger identisch, ein und derselbe Stratege, der jetzt posthum seinen Plan zur totalen Vernichtung der total beratungsresistenten DDR ausführte, das Scheitern der Gas-Konsultationen, begleitet von Bombenanschlägen, wirtschaftlicher Pleite und Terrorismus als Plage für ein Land, das nicht auf ihn gehört hatte.

Wegener trank seinen Calvados mit einem Schluck aus. Er merkte, dass ihm sein Instinkt abhandengekommen war, dass das Misstrauen endgültig die Oberhand gewonnen hatte, ein Misstrauen allem und jedem gegenüber, ein Misstrauen, das keine Erkenntnis mehr zuließ, das ihn zum Misstrauer Nr. 1 mit Sternchen machte, die sozialistische Krankheit, jetzt hatte sie ihn komplett infiziert, plötzlich konnte er sich alle und jeden mit schwarzer Stasisturmmaske vorstellen, Borgs, Brendel, Kayser, Lienecke, den Doppel- und Dreifachagenten Hoffmann, der Tote als Täter, alles war möglich in diesem Land der unbegrenzten Unmöglichkeiten.

Wegener ging knarrend in den Nebenraum, holte das Minsk aus der Hosentasche und rief Karolina an.

Das Freizeichen wurde in seinem Kopf zum Schiffshorn, sechs-, sieben-, achtmal röhrte es, und Wegener war heilfroh, dass niemand abnahm, weil er im Grunde keine Ahnung hatte, was man einer Frau sagen sollte, die man liebte und hasste, beruflich wie privat, die man bewunderte und verabscheute, beschämt verabscheute, da man befürchten musste, sie nur zu verabscheuen, weil sie gelernt hatte, auf Martin Wegener zu verzichten, weil man nicht mehr zu ihr gehörte, ein Fremdkörper geworden war, den sie leichten Herzens verraten konnte, der sich längst in einen rapide alternden Gegenstand verwandelt hatte, ungeliebt, zerfressen von Neid und Eifersucht und von der eigenen beschissenen Machtlosigkeit, die einem im Nacken saß wie ein ungewaschener Zwerg mit glühenden Stricknadeln, der jede Stunde sechzigmal zustach und …

»Hallo?«

»Karolina?«

»Martin! Ich hab versucht, dich anzurufen.«

»Ich weiß. Viel zu tun.«

»Immer noch dieser Mordfall?« Karolina klang unsicher.

»Ja, immer noch der Mord. An diesem Professor. Alfred Hoffmann.«

»Al*bert* Hoffmann.«

»Ach, Karolina.« Wegener spürte, wie ihn etwas in die Eingeweide biss, ein gemeingefährlicher Bandwurm, der gerade die Darmwand durchbrach und sich in die Bauchhöhle zwängte und alles vollpisste mit irgendeinem ätzenden Sekret, das sich sofort in sämtliche Weichteile hineinfraß, Wegener spürte seine Innereien brennen, während ihm ein Schaumstoffhammer im Sekundentakt auf den Schädel knüppelte und einen betäubenden Schwindel erzeugte, dazu hörte er Karolina atmen, direkt in seinem Ohr, unnatürlich laut und mechanisch, als hinge sie an einer Herz-Lügen-Maschine, und Wegener wusste, dass sie jetzt die rehbraunen Augen geschlossen hatte, dass sie sich vor Wut auf die geschminkte Unterlippe biss, dass ihr süßer Kopf rot anlief und noch in einer Stunde rot sein würde, ihre Hände zwei kleine Fäustchen, die gleich auf die Tischplatte losgingen.

»Es tut mir so leid, Martin.« Karolina machte einen Ton, als entweiche die letzte Luft aus ihr. »Wann können wir reden?«

Wegener legte auf. Stand allein im Dunkeln. In der staubigen Pergamentluft, die Wände schwarz von Büchern, lauter gebundene Gedanken toter Autoren, eine gigantische Ablage für unrealisierte Visionen, verworfene Gesellschaftsordnungen, vergessene Philosophien, in die Hoffmann sich mit seinem Posteritatismus nahtlos einreihen konnte, noch ein Gescheiterter, von dem am Ende nichts übrig blieb außer der Dokumentation seines Versagens in Buchform, ein paar nette Gedanken darüber, wie schön es hätte sein können, was möglich gewesen wäre, Lektüre für konjunktivische Könige. So eine Bibliothek, dachte Wegener, ist eigentlich auch nur eine andere Art von Fegefeuer. Ich habe mein Purgatorium, Albert, du hast deins, jedem das Seine, jedem seine individuelle Hölle, maßgeschneiderte Qual, was das angeht, war der nicht vorhandene Schöpfer am schöpferischsten.

Wegener klickte sich in seinen Telefonspeicher bis zum Eintrag *MfS-W* und drückte auf Wählen.

»Storck.«

»Wegener, Kriminalpolizei. Ich hätte gern Herrn Decker gesprochen.«

»Einen Moment, bitte.«

Knistern.

»Decker. Mit wem spreche ich?«

»Martin Wegener.«

»Was kann ich für Sie tun, Herr Wegener?«

»Generalmajor Wischinsky müsste mich für Überwachungserlasse autorisiert haben.«

»Das ist korrekt, Sie sind autorisiert.«

»Kann ich was telefonisch in Auftrag geben?«

»Selbstverständlich. Jetzt sofort, wenn Sie wollen.«

»Gut, es geht um eine Adresse und eine Telefonnummer.«

»Ich notiere.«

»Die Adresse lautet Colombetstraße, mit c und b, e, t geschrieben, die Nummer ist 34. Drittes Obergeschoss. Brauchen Sie weitere Angaben?«

»Wie viele Personen?«

»Eine Frau. Die Bewohnerin.«

»Das reicht schon aus. Unsere Überwachung umfasst ein Lichtbildprotokoll, ein Tagesablaufprotokoll und eine Liste der Kontaktpersonen.«

»Ok. Die Telefonnummer lautet 113 20 23 34 53 190.«

»Ich wiederhole: 113 20 23 34 53 190.«

»Ja, stimmt.«

»Bei der Telefonüberwachung werden sämtliche Gespräche aufgezeichnet, gleichzeitig erstellen wir eine Kontaktliste.«

»Danke. Wie schnell werden die Ergebnisse an mich übermittelt?«

»Das hängt von Ihren Vorgaben ab, Herr Wegener. Wir bieten Ihnen an, Sie bei jeder Bewegung der Zielperson umgehend zu informieren. Bei Bedarf können Sie dann sofort in die Normannenstraße kommen und das Material hier vor Ort einsehen.«

»Können Sie mir den Kram nicht schicken?«

»Leider nein. Das Material darf unser Haus nicht verlassen.«

»Schön. Wiederhören.«

»Tschüssi.«

Wegener legte auf, lehnte seinen Kopf gegen eine Reihe kühler, lederner Buchrücken, dachte, jetzt bin ich Toralf Kleyer, allein im Dunklen, von allen guten Geistern verlassen.

Was würdest du tun, wenn man dich eingekleyert hätte, fragte die Früchtlstimme. Was, Martin, würdest du tun?

Weiß nicht, Josef. Heute bin ich der Betrunkene von uns beiden.

Aber die Stasi anrufen konntest du noch.

Das ist wie Nachtisch, geht immer.

Überleg mal: Angenommen, du bist verloren. Und du weißt das.

Ich bin verloren und ich weiß das.

Red kein Senf, also: Was würdest du tun?

Karolina retten, die Schlampe, die schöne, charakterlose.

Siehste, mein Beinahe-Sohn, siehste, siehste, das ist das wirklich Konfuse am Menschen, starke Liebe macht ihn schwach.

Als Wegener eine Viertelstunde später über die knarrenden Dielen zurück in den Salon schlurfte, wusste er, was die Hausaufgabe war, welchen Sinn das Rätsel eines Mannes haben musste, der sein längst beschlossenes Ende einsah und der trotzdem irgendwie weiterleben wollte, welches Ass der noch im Ärmel hatte, auch wenn er gefesselt in einem Kellerloch lag. Dieser Mann suchte sein Heil im Heil eines anderen. Das war sein schlussendlicher, finaler Triumph. Dieser Mann wollte das letzte Wort haben, eine geliebte Person retten, eine, die seinen Gegnern viel wichtiger war als er selbst. Wenn ihm das gelänge, hätten sie ihn nicht besiegt.

Im Salon Dunkelheit. Brendel und Stein hingen als schlaffe Schatten auf ihren Sofas, die Kerzen nur noch zwei flackernde Stummel, in der schlanken grünen Flasche ein mickriger Rest Calvados.

»Richard.«

Brendel bewegte sich. »Wo warst du?«

»Toralf hat uns einen Hinweis auf Gabriel Opitz gegeben.«

»Was?«

»Er will, dass wir Opitz vor der Stasi in Sicherheit bringen.«

Brendel war plötzlich hellwach. »Wie kommst du darauf?«

»Toralf ist schlau, der weiß, dass er da nie wieder rauskommt. Also geht es ihm um den einzigen Mann seines Clusters, der noch frei ist. Das ist Kleyers letzte Chance weiterzuleben. Durch die Freiheit des anderen. Vermutlich standen sich die beiden ziemlich nahe.«

»Ehrlich gesagt, das klingt mir sehr nach esoterischem Firlefanz«, sagte Stein. »Ich dachte, dieser Toralf hat euch erzählt, dass er nicht weiß, wo Gabriel ist.«

Wegener schüttelte den Kopf. »Wörtlich: »*Ich kann Ihnen nicht sagen, wo Gabriel ist.*«

Brendel kämpfte sich aus der Couch heraus. »Sagen konnte er es nicht, weil er wusste, dass wir abgehört werden! Das hat er gemeint! Aber andeuten konnte er es.«

»Sie müssen sich verabredet haben, für den Fall, dass etwas schiefgeht«, sagte Wegener. »Entgegen allen Regeln. Die Sache mit der Bombe war einfach eine Nummer größer als der Kram, den sie sonst so machen. Und es ist ja auch was schiefgegangen.«

»Nehmen wir mal an, du hast Recht.« Brendel klopfte einen Zigarillo aus seiner Schachtel. »Die machen einen Treffpunkt aus.«

Stein verzog das Gesicht. »Aber doch niemals übermorgen um sieben im ›Jelzin‹! Da sitzt abends die halbe Normannenstraße, löffelt Soljanka und erzählt sich abgehörte Witze!«

»Was genau hat er gesagt?«

Die Türklingel summte.

Stein stand auf und ging aus dem Raum.

Brendel zog an seinem Zigarillo. »Er hat ganz eindeutig das ›Jelzin‹ erwähnt. Und diese Schwester, die er offenbar nie hatte.«

»Diese erfundene Schwester war nur ein spontaner Vorwand, um das Datum nennen zu können. Den 27. Oktober. 19 Uhr. Übermorgen.«

»Wir sollen einen zweiten Toten suchen«, sagte Brendel, »das hat er auch erwähnt. Einen, der hinterrücks durch Kopfschuss hingerichtet wurde. Was soll das?«

»Keine Ahnung«, sagte Wegener.

Brendel ließ sich zurück ins Sofa fallen. »Es wurde niemand von hinten erschossen. Jedenfalls nicht in dieser Angelegenheit.«

»Ihr sauft, und ich muss arbeiten.« Kayser polterte herein und ließ sich in Steins Sessel fallen.

Stein setzte sich neben Brendel, der sein Glas auffüllte und es Kayser rüberschob: »Französisch.«

Kayser zog seine Jacke aus, griff nach dem Glas und nippte. »Erstklassiger Calvados. Gemütlich habt ihr's hier. Mal sehen, wie lange noch.«

»Raus mit der Sprache, Hiob. Was ist los?«

»Ronny Gruber.« Kayser stellte das Glas ab. »Ist seit neun

Jahren inoffizieller Mitarbeiter der Staatssicherheit. IM Hermes.«

Brendels Kopf sackte auf die Brust. »Sagt wer?«

»Sagt Pullach und kann es anhand mehrerer glaubwürdiger Quellen belegen.«

Stille.

»Eine Finte«, sagte Frankenstein fassungslos, »die ganze Gruber-Brigade-Nummer eine riesengroße Finte?«

Kayser nickte und sah Wegener an. »Herr Hauptmann, ich gratuliere. Sie haben eine gute Nase für Geheimdienstscheiße.«

Wegener stellte fest, dass er angefangen hatte zu lachen, laut und hemmungslos, so hemmungslos, dass es ihn schüttelte, und er konnte erst aufhören, als er keine Luft mehr bekam.

Mittwoch, 26. Oktober 2011

26

Die Motorhaube der S-Klasse schob sich aus der Torein-
fahrt des Präsidiums wie die Schnauze eines schwarzen
Hais. Langsam schwebte der Rest der Limousine aus ihrer
eckigen Höhle, stoppte kurz, dann glitt der Hai auf die
Straße.

Wegener saß hintern Steuer von Christa Gerdes' altem
Wartburg und beobachtete im Rückspiegel, wie sich der Mer-
cedes in den Verkehr einfädelte. Er drückte sich in den engen
Wartburgsitz und klappte die Sonnenblende runter. Der
Duftbaum *Mecklenburger Landapfel* pendelte unter dem
Plastikhimmel des Wagendachs.

Auf dem Bürgersteig blieben die üblichen Gaffer stehen,
ein junger Mann machte Minsk-Bilder, die S-Klasse kam näher, rauschte vorbei, hinter den getönten Scheiben die Umrisse von Fahrer und Beifahrer, das breite Heck mit dem massiven Kofferraumbuckel wurde kleiner, Linksblinken, dann
bog der Mercedes in Richtung Zentrum ab.

Aus der Reihe parkender Autos löste sich ein hellblauer
Phobos I, kurz darauf startete ein vergammelter, roter Phobos Universal.

Wegener duckte sich halb über den Beifahrersitz, blieb in
Deckung, zählte zehn, fünfzehn, zwanzig Sekunden, tauchte
wieder auf.

Die Straße war leer.

Er startete den Motor. Wildes Geknatter. Der *Mecklen-*

burger Landapfel hatte verloren, sofort wehte Frittengeruch durch alle rostigen Ritzen und porösen Dichtungen.

Hier drin nutzt dir dein Bonbon-Parfum einen Scheiß, dachte Wegener und gab Gas, in Boltenhagen stinken wir beide gleich, Richard Brendel. Der Wessi und sein Ossi: zwei Ölsardinen, die in ihrer eigenen Büchse anreisen.

*

Die Auffahrt zum EastSide war an beiden Seiten mit übergroßen Terrakottatöpfen gesäumt, in denen kugelige Buchsbäume wuchsen, ein Spalier aus abgeschnittenen, grünen Köpfen, fand Wegener und wechselte auf die ochsenblutfarbene Abbiegespur mit den fünf eingearbeiteten Messingsternen. Ein asphaltierter roter Teppich, der den Westbonzen offenbar ein bisschen Heimatgefühl verschaffen sollte. Am Ende der Buchsbaum-Kurve versperrten zwei Schranken den Weg.

Wegener stoppte.

Eine gut gefüllte graublaue Pagenuniform mit goldener Doppelknopfreihe erschien aus dem Nichts und klopfte sichtbar angewidert gegen die fettige Wagenscheibe.

Wegener kurbelte.

»Kann ich Ihnen helfen?« Der Page näselte irgendwo zwischen gelangweilt und genervt. Auf seinem rasierpickligen Hals wohnte eine Melone mit Oberlippenbart, in der Hand hielt er eine Dose Club-Cola Sauerkirsche light. Das Namensschild an der Uniformbrust sprach Englisch: *You are talking to Sascha Günzow.*

»Ich hole einen Kollegen ab.«

Jetzt hatte Sascha Günzow Mitleid. »Aber sicher nicht im EastSide-Resort, der Herr.«

»Aber sicher doch. Also, die Schranke, wenn ich bitten darf.«

»Sie wohnen nicht im Resort, das habe ich richtig verstanden?« Der Page trank seine Cola mit einem großen Schluck aus und warf die leere Dose zielsicher in einen öffentlichen Müllkorb.

»Ich wohne nicht im Resort und ich habe nicht vor, jemals im Resort zu wohnen. Ich habe aber vor, meinen Kollegen abzuholen, der im Resort wohnt, und zwar jetzt.«

Das genüssliche Lächeln der Teilzeitmächtigen hielt Einzug in Günzows Melonenmiene. »Der vip-Car-Walk ist leider für unsere Premiumguests reserviert. Ich muss Sie bitten, vorsichtig zurückzusetzen.«

Wegener klappte seinen Dienstausweis auf. »Sascha, mach die Schweineohren auf, in zehn Minuten hab ich deinem Chef verklickert, dass du sämtliche Premiumguests für die Staatssicherheit ausspionierst.«

Wegener kurbelte die Scheibe wieder nach oben.

Die Melone war blass geworden. In ihrem wässrigen Fruchtfleischhirn duellierten sich jetzt die ewigen Entscheidungsalternativen des Deutschen, Buckeln oder Brüllen, Buckeln oder Brüllen, Buckeln oder Brüllen. Buckeln gewann. Die Schrankenarme klappten geräuschlos nach oben. Günzow stand mit geballten Babyfäusten daneben und feuerte hundert Blickblitze pro Sekunde, die alle am öligen Schutzschild des Wartburgs abprallten.

Wegener knatterte durch das Terrakotta-Spalier bis vor die weiße Freitreppe und stellte den Motor ab. Über dem Stahlzelt des Vordachs streckte sich der Devisendödel zu einer immer schlanker werdenden Glaswurst in die Luft. Das Plasma-Megaposter leuchtete heute in Gelb mit schwarzen Versalien:

Brendel erschien unter dem Vordach, setzte eine schwarze Sonnenbrille auf, sah sich um, entdeckte den Wagen und stieg lässig die weißen Stufen herunter, beide Hände in den Hosentaschen, von seinem hellen Trenchcoat umweht, ein sehniges Marktwirtschafts-Model auf der Showtreppe des Erfolgs, nur dass unten nicht der polierte Mercedes stand, sondern Christa Gerdes' fahrbare Altmetallsammlung, schmierig, klappernd, stinkend. Die Schrott-Klasse.

Was für ein Abstieg, dachte Wegener.

Brendel zog das dünne Türchen auf, quetschte sich auf den Beifahrersitz, nahm die Sonnenbrille ab. »Guten Morgen. Und?«

»Morgen. Ein Phobos und ein Universal.«

»Was glaubst du?«

Wegener startete den Motor. »Staatssicherheit. Wer sonst. Unser Kontrollposten steht kurz vor Pankow, wenn die so lange dranbleiben, wissen wir's genau.«

»Ok. Und das war's?«

»Zumindest bin ich allein auf dem VIP-Car-Walk angekommen.«

»Der VIP-Car-Walk.« Brendel lächelte. »Martin, kann es sein, dass ich deine Ex-Freundin heute Morgen beim Frühstück gesehen habe?«

Wegener ließ den Wartburg die Auffahrt herunterrollen und bog auf die rechte Spur in Richtung Honeckerallee ab.

»Möglich. Das Energieministerium sitzt drüben im Berolina-Haus.«

Brendel nickte. »Die Fotos in deiner Akte. Du weißt schon.«

Akt-Foto, dachte Wegener, komisch, aber ich höre Akt-Foto, ich sehe, wie sie für die Zorki-Digicameranskis der Gazprom-Böcke ihre rasierten Beine breit macht, diese Erfolgsnutte, die Mata Huri Berlins, die man vor sechs Jahren nicht mal durch den Personaleingang ins EastSide reingelassen hätte, und heute stolziert sie mit ihren Kostümchen durch den Laden und spielt Westdeutsche, wird zum Übernachten eingeladen, Frühstück inklusive, verhandelt Verträge, trifft Hoffmann, leugnet, ihn getroffen zu haben, feiert Abschlüsse mit Champagnergelagen und holt hinten fürs Vaterland raus, was sie sich vorne reinstecken ließ, schließlich sind ihre Qualifikationen international anerkannt, Rehaugen, Sommersprossen, feuerrote Haarmütze und ein Lachen, das jedem beschissenen Gas-Russen in Sekundenschnelle die gefrosteten Fabergé-Eier auftaut, ein Bunsenbrennerkichern, mit dem sie das mafiöse Sperma dieser Syndikats-Zuchtbullen zum Kochen bringt, alles für ein bisschen mehr Marge und Gewinnspanne, du opportunistische, geldgeile, gewissenlose Rubelmatratze, dachte Wegener und musste sich zwingen, nicht gegen das klapprige Lenkrad zu schlagen.

Brendel versuchte auf dem Minisitz seinen Mantel auszuziehen. »Du wunderst dich also nicht.«

»Irgendwann wundert man sich über gar nichts mehr.« Wegener stoppte an einer Ampel. Die Ampel sprang sofort auf Grün. Er trat durch, dass Christa Gerdes' abgefahrene Reifen quietschten.

»Wer hat Schluss gemacht?«

»Sie hat Schluss gemacht.«

»Warum?«

Ein Verhör, dachte Wegener, und du Vollidiot lässt dich

darauf ein. Weil es zu schön ist, sich auszuheulen, Priester, Arzt oder Bulle, Hauptsache, irgendwer hört zu. »Warum lügen Männer, Richard?«

»Im Sozialismus?«

»Egal wo.«

»Wegen einer anderen Frau«, stellte Brendel fest.

»Wegen einer anderen Frau«, bestätigte Wegener, schaltete in den vierten Gang und hatte plötzlich fast 80 Sachen drauf. Die schmalen, lang gezogenen Appartementmonster der Honeckerallee wuchsen links und rechts in die Höhe, Absperrgitter vor den Hauseingängen, alle fünfzig Meter orangene Warnschilder, *Einsturzgefahr!*, Spanplatten vor den Fenstern, lauter Sinnbilder meiner Karolinabeziehung, dachte Wegener, brüchige Ruinen, denen nicht mehr zu helfen ist, aber zusammenbrechen wollen sie auch nicht.

»Wenigstens eine schöne Frau?«

»Viel besser als eine schöne Frau: eine schöne Russin.«

»Polizistin?«

»Servierdüse. Im ›Molotow‹.«

Das Honecker-Denkmal kam näher, der eiserne Erich winkte mit seinem verunglückten Hitlergruß in Richtung Mitte, auf seiner Hornbrille saßen kugelrunde Tauben, hinter ihm das Jähn-Standbild, Sigmund zerrte an dem steilen Bronzeseil, ein panischer Tauzieher, der nichts mehr ausrichten konnte, sein Andreas trieb davon, Beine und Arme ausgestreckt, ein fliegendes X, das nie mehr Boden unter die Füße bekommen würde. Honecker drehte dem Vater-Sohn-Drama den Rücken zu, neben ihm wurden die ersten Appartementhäuser abgerissen, Bagger hatten sich von der Seite in die Fassaden gefressen und waren plötzlich satt gewesen, übrig blieb der Blick auf halbe Wohnzimmer und Schlafzimmer, morbide Puppenstuben, in denen noch Sessel, Stühle, Tische,

Schränke ausharrten, Bilder an den Wänden hingen. In einem halbierten Bad balancierte eine rosafarbene Toilette mit aufgeklapptem Deckel an der Abrisskante.

»Und das kam raus?«

»Alles kommt irgendwann raus.«

»Möglich.«

»Nicht nur möglich, garantiert. Siehst du doch an Ronny Gruber. Selbst die fliegen auf. Und die haben wirklich Übung.«

»Gut, nehmen wir an, alles kommt raus.« Brendel warf seinen Mantel auf die Rückbank. »Dann bleibt die Frage, was bedeutet das? Verändert das Herausgekommene etwas? Oder lässt man es auf sich beruhen? Zieht man Konsequenzen oder reicht es, die Wahrheit zu kennen? Weil man ahnt, dass Konsequenzen alles nur noch schlimmer machen würden?«

»Karolina konnte es nicht auf sich beruhen lassen, die Wahrheit zu kennen.«

Brendel nickte. »So sieht sie auch aus.«

Du Idiot, dachte Wegener und ging vom Gas, du verdammter Blödmann Martin Wegener, der rattige Richard lügt dir hier karolinamäßig ins Gesicht und du Kolchosekamel glaubst ihm das auch noch, beim Frühstück gesehen! Beim Frühstück gesehen und vorher die ganze Nacht auf dem Zimmer! Und jetzt wird ein zufälliges Treffen erwähnt, beim nächsten Mal spricht er sie dann an, warum auch nicht, so lernt man sich offiziell kennen, so bereitet man die Offenbarung der Wahrheit vor, Enders-Brendel, klingt zwar beschissen, aber wer so gut aussieht, kann selbst den dämlichsten Doppelnamen verkraften. Die beiden vögelten also wirklich.

Jetzt drehst du durch, sagte die Früchtlstimme.

Turtelten und vögelten.

Turtelten und vögelten, äffte Früchtl nach, turtelten und vögelten!

Zwei diskrete, informelle Täubchen. Und du bist Martin der Gerupfte. Der Ausgenommene. Wie immer.

Mein Gott, Martin der Gerupfte, sagte Früchtl, krieg dich ein! Den Quatsch glaubst du dir doch nicht mal selber!

»Und was wäre deine Entscheidung?« Brendels Blauaugen bohrten wieder. »Wenn du derjenige wärst, der was rauskriegt?«

»Entscheidung wofür?«

»Für oder gegen Konsequenzen. Musst du nach dem handeln, was du weißt, oder kannst du die Dinge hinnehmen?«

Wegener schaltete in den dritten Gang runter und versuchte, normal zu klingen. »Ich handele nicht danach und ich nehme nicht hin. Ich merke es mir. Wenn du das als Konsequenz durchgehen lässt.«

Brendel nickte. Er zog sein neues Minsk aus der Hosentasche und wählte. »Christian, ich bin's noch mal. Wer war das gerade?«

Wegener sah in den Rückspiegel: Phobosse und Ladas, die im Verkehrspulk mitschwammen, abbogen, Spuren wechselten, sich an die Tempobegrenzung hielten. Kein Wagen, der ihm bekannt vorkam. Karolina in seinem Kopf. Karolina nackt, über und unter anderen Kerlen. Andreas, dachte Wegener, Andreas Jähn, du armes All-Würstchen, du leidendes Leichtgewicht, Bruder im Geiste, ich war zwar nie da oben, dafür bin ich ganz unten, ich weiß genau, wie abgetrieben du dich gefühlt hast, wie verlassen du dir vorkamst auf deinem Weg zum Saturn, du Weltraummeister der Einsamkeit. Und jetzt sitzt Sigmund, der erste Fliegerkosmonaut der Deutschen Demokratischen Republik, allein in Strausberg und trauert um seinen einzigen Sohn, so wie ich um Major

Hacksteak trauere, so radikal verschwinden Menschen nur bei uns, Andreas trudelt luftdicht verpackt durch die Unendlichkeit, Josef wurde vom Erdboden verschluckt, am Ende der gleiche Effekt: Man denkt manchmal, es hätte sie nie gegeben.

Brendel horchte ins Telefon. »Ok. Aber sei vorsichtig. Ich meld mich, wenn wir auf dem Rückweg sind. Mach ich. Tschüss.«

»Kayser?«

»Ja.« Brendel schob das Minsk in die Hosentasche. »Vor fünfzehn Minuten hat sich jemand bei ihm gemeldet, der offenbar lange bei Greentec war. Will sofort mit ihm reden, angeblich geht es um Belastungsmaterial.«

»Und?«

»Das ist schon komisch.«

»Warum?«

»Die haben auf seinem Hoteltelefon angerufen. Von extern, nicht über die Rezeption. Die Nummer hat aber niemand.«

Wegener bog in Richtung Ostseeautobahn ab. »Was denkst du?«

Brendel sah plötzlich ernst aus. »Dass wir nah dran sind.«

27

H allo.«
»Frau Schütz?«

»Ja.«

»Wir sind hier.«

»Wo genau?«

»Fünfzig Meter vor der Seebrücke.«

»Was heißt wir? Ich dachte, Sie kommen allein!«

»Ein Kollege von der Kriminalpolizei der Bundesrepublik begleitet mich.«

»Westdeutsche Polizei? Das ist doch Blödsinn.«

»Wir kooperieren in dieser Sache. Ausnahmsweise. Auf Wunsch des Bundeskanzleramts.«

Schweigen.

»Frau Schütz?«

Schweigen.

»Frau Schütz, der Kollege kann sich ausweisen.«

»Nur Sie beide.«

»Sonst ist keiner hier.«

»Die Staatssicherheit ist nicht informiert.«

»Niemand ist informiert. Und uns ist auch niemand gefolgt.«

»Ist Ihr Minsk sauber?«

»Weiß ich nicht. Deshalb rufe ich von einem Münztelefon an.«

»Von der Zelle am Brückenrondell?«

»Genau.«

»Warten Sie einen Moment.«

»Ok.«

Pause.

»Sie tragen einen braunen Mantel, der andere einen hellen?«

»So ist es.«

»Ich seh Sie.«

»Und jetzt?«

»Hauen Sie ab, wenn Sie mich verarschen wollen.«

»Ich sage die Wahrheit, Frau Schütz.«

»Das hat in diesem Land noch nie jemand getan.«

»Dann war es gerade das erste Mal.«

»Bevor ich mich so wundere, glaub ich's lieber nicht.«

»Wo sollen wir hinkommen?«

Schweigen.

»Frau Schütz, wenn ich die Staatssicherheit informiert hätte, wär Ihr Telefon längst geortet.«

»Gehen Sie zum linken Durchlass. Verhalten Sie sich, als ob Sie baden wollten und Ihre Handtücher vergessen hätten.«

»Das heißt?«

»Lösen Sie eine Kurkarte und laufen Sie bis zu dem weißen Strandkorb mit dem gelben Sonnenschirm davor, der steht von Ihnen aus ungefähr hundertfünfzig Meter links. Sehen Sie ihn?«

»Ja, aber das ist ein FKK-Strand.«

»Gut beobachtet. Ihre Entscheidung, in fünf Minuten bin ich weg.«

»Warum treffen wir uns nicht auf der Brücke?«

»Das hätten Sie gerne. Vergessen Sie's, ich kenn die Indianerspiele. Haben Sie Handschellen dabei?«

»Ja.«

»Ziehen Sie sich aus und kommen Sie rüber. Die Klamotten bleiben beim Kartenhäuschen, Sie bringen nur Ihre Dienstausweis und die Handschellen mit, sonst gar nichts. Vorausgesetzt, Sie wollen mit mir reden.«

Jetzt war es Wegener, der schwieg.

»Ja oder nein, Herr Wegener, wenn Sie überhaupt so heißen?«

»Ich heiße Wegener.«

»Wie schön für Sie. Also?«

»Wir kommen.«

Es klickte.

Wegener hängte den Hörer ein und trat aus der Telefonzelle in die Seeluft. Überraschend warmer Algenwind traf ihn, blies Brendels Mantel zu einem hellen Buckel auf, schmeckte nach Salz und trug kreischende Möwen in Richtung Brücke an einen fast menschenleeren Strand. Die spitzen Schreie wehten über ihre Köpfe, gellende, immergleiche Warnrufe, irgendwo zwischen Lust und Schmerz. Silberhaarige Senioren in weißen Hosen und Strickjacken schlichen über die penibel gefegte Promenade, vornübergebeugt, als suchten sie auf den grauen Betonplatten nach einem Sinn für ihr ausgelaufenes Leben, für ihre mit Diktaturen vollgestopften Biografien, dafür, dass sie jetzt in Kurgastuniformen täglich Hofgänge absolvieren mussten. Mutters und Vaters pathologische Utopie, dachte Wegener, ein Bäderdasein in hellen Stoffen, von der frisch geweißten Holzveranda den tiefblauen Horizont im Blick haben und von allem träumen, was hinter dieser Meergrenze auf einen warten könnte. Wenn schon DDR, dann so weit wie möglich am Rand, an der allernördlichsten Kante, ein Logenplatz, um lebensabendlang die Freiheit zu beobachten.

Brendel machte ein fragendes Gesicht.

»Sie möchte, dass wir zum Strand kommen.«

»Wo?«

»Hier.«

»Zum FKK-Strand?«

»Das war von Anfang an ihr Plan.«

»Warum treffen wir uns nicht auf der Brücke? Da hat sie das Umfeld doch viel besser im Blick.«

»Komm, bevor die wieder abhaut.« Wegener hatte seinen Mantel ausgezogen und lief quer über den kreisrunden Brückenvorplatz auf das Kurkartenhäuschen zu. »Es geht ihr nicht ums Umfeld, es geht ihr um uns, sie hat Angst, dass wir bis zum Hals verkabelt sind oder dass wir sie mit Chloroformlappen betäuben wollen, was weiß ich. Deshalb Boltenhagen, deshalb der Strand.«

Brendel war direkt hinter ihm. »Sie will, dass wir sie nackt befragen?«

»Genau das will sie.« Wegener blieb vor der offenen Tür der Holzhütte stehen. Drinnen schwebte eine aufgeschlagene *Volkswacht*-Doppelseite über einem verbeulten Frauenunterleib.

»Kriminalpolizei«, sagte Wegener und hielt seinen Ausweis wie ein Miniatur-Schutzschild vor sich. »Wären Sie bitte so freundlich, für eine halbe Stunde auf unsere Sachen aufzupassen?«

Brendel setzte sich kopfschüttelnd auf eine Holzbank und fing an, seine Schuhe auszuziehen.

Die *Volkswacht* sank im Tempo einer elektrischen Wagenscheibe herab, es erschien ein braunes Großmuttergesicht mit wachen Augen, die ein paar Sekunden lang die Plastikkarte studierten. »Wennse beruflich hier sind, dürfense die Sachen anlassen, Herr Hauptmann.«

»Heute leider nicht«, sagte Wegener, legte seinen Ausweis auf die Fensterbank der Hütte und begann, sein Hemd aufzuknöpfen.

»Wiese meinen. Guckt Ihnen ja ooch niemand was weg. Hamse aber Glück jehabt mit dem sonnigen Wetter, ist ja noch ma fast warm heut.«

»Aber nur fast.«

Das Großmuttergesicht war schon wieder hinter der Zeitung verschwunden. »Klamotten packense hier auf den Hocker und dann jehensema so durch. Ich seh heut nüscht. Und übermorgen is sowieso Schluss mit die Saison.«

Brendel hatte seine Sachen zu einem Paket gefaltet und stand unschlüssig in einer Art schwarzem Tanga herum.

So was tragen sie also drüben, dachte Wegener, zog seinen Gürtel auf, zwang sich wegzusehen, sah wieder hin, Brendel drehte sich um und streifte das knapp sitzende, schwarze Ding runter, zwei weiße Arschbacken lachten ihn an, was machst du hier, dachte Wegener, guck dem Typen nicht auf den Hintern, zieh lieber dein Cordwunder direkt samt Unterhose aus, damit der nicht sieht, dass dein Land noch in der Slipmoden-Steinzeit steckt.

»Viel Spaß den Herren«, sagte die Zeitung, als sie nackt vor der Hütte standen, die Sonnenbrillen im Gesicht, die Ausweise in der Hand, miesepetrige Hauptdarsteller einer zweitklassigen Klamotte.

Brendel guckte säuerlich.

Wegener nahm die Handschellen.

Dann gingen sie nebeneinander über den Trittbretterweg zum Wasser, Blicke geradeaus, jetzt bist du so nackt, wie du dich immer gefühlt hast, dachte Wegener, aber du bist nicht allein, der andere hat auch nichts mehr an, der andere ist zum ersten Mal ohne jeden Schutz, ausgezogen bis auf die Dienstmarke, sportlicher und muskulöser zwar, das war klar, nicht der kleinste Bauchansatz, aber die Hose musste er trotzdem runterlassen.

Wegener lächelte.

Der Algengeruch und die Oktobersonnenstrahlen ließen ein seltsam intensives Glücksgefühl in ihm hochschwappen. Diese Nacktheit war eine Freiheit, die er völlig vergessen hatte und die jetzt unerwartet über ihn kam, die man ihm gerade noch aufgezwungen hatte und die er jetzt schon wieder genießen konnte, eine Kindernacktheit, an die er sich plötzlich wieder erinnerte, das selbstverständliche Loswerden von allem, was verhüllte, versteckte, verbarg. Damals hatte er neben seinen Eltern den Trabantmief und den Braunkohlestaub ausgezogen, die Altbauwohnungsfeuchtigkeit und die FDJ-Langeweile, heute waren es die fettigen Phobosabgase, die Karolinaverzweiflung, die gärende Unsicherheit, die Angst, eines Tages wie Toralf Kleyer zu enden, staatlich verschollen, für immer aus dem Spiel genommen, bei lebendigem Leibe mundtot gemacht zu werden. All das wurde für ein paar erlösende Minuten egal, sobald einem die kühle Seeluft überallhin wehte, sobald sie den kompletten Körper traf und die Ostsee roch, wie sie immer gerochen hatte, nicht nach DDR, sondern nach Weltmeer. In diesem Moment scheint alles möglich, dachte Wegener, auch wenn man weiß, dass der Moment im nächsten Moment vorbei ist und dann sofort wieder nichts mehr möglich sein wird, aber für diese wenigen Augenblicke Echtzeit ist sogar das Allerunrealistischste vorstellbar, die private Wiederbelebung, das fantastisch Geträumte, eine kitschig-idyllische Sommerfrische mit Vater, Mutter, Karolina und den gemeinsamen rothaarigen Kindern vor einem Strandkorb, die ewige Nichteinsamkeit, der einzige Ort absoluten Vertrauens, der gerechte Staat, alles das, was niemals passieren konnte, weil Liebe und Verrat in diesem Land immer die Rollen tauschen: Der Verrat kam, die Liebe ging.

»Stopp!« Ein freundlicher, aber entschlossener Befehlston.

Wegener und Brendel blieben synchron stehen, drehten sich synchron um, staunten synchron.

»Schließen Sie sich mit den Handschellen aneinander, dann werfen Sie mir erst den Schlüssel rüber und danach Ihre Ausweise.« Die junge Frau war nackt bis auf eine Umhängetasche aus neoprenartigem Stoff, ihr Kopf drehte sich zu allen Seiten, ein Stasiradar mit grünen Augen und vollen Lippen, die hellblonden Haare hingen ihr in feuchten Strähnen über die Brüste, eine Hand steckte in der Umhängetasche, hielt eine Schusswaffe oder auch nicht. »Kommen Sie keinen Schritt näher.«

Wegener drückte sein rechtes Handgelenk in die Schelle, Brendel sein linkes. Das einrastende Metall klackte.

»Den Schlüssel und die Ausweise.«

Wegener warf alles nacheinander mit der linken Hand, der Schlüssel wurde in einer schnellen Bewegung aus der Luft gegriffen, beide Ausweise landeten im Sand. Die junge Frau ging in die Hocke, nahm die Plastikkarten, prüfte sie genau, sah dabei im Sekundentakt zu ihnen hoch, musterte schließlich ungeniert Brendels Hüftgegend und stand wieder auf. Ein spöttisches Lächeln zog langsam in das hübsche Gesicht ein. »Ich glaub Ihnen auch ohne Ausweis, dass der da ein Westbulle ist, Herr Martin Alfons Wegener.«

Wegeners Augen ignorierten das warnende Knurren seines Verstands, richteten den Blick nach unten, der Blick saß fest. Brendel war vollständig rasiert. Kein Haar an dem braunen Penis, der sich wie eine beschnittene Banane nach unten wölbte und in einer dicken blassrosa Eichel endete, kein

Haar an den prallen braunen Eiern, die wie zwei unterschiedlich gefüllte Beutel in Richtung Strand baumelten, lang gezogen vom eigenen Gewicht, nicht mal Haarstoppeln, wo bei Marie Schütz ein tiefschwarzes Dreieck wucherte, das zu den Seiten dünn ausfranste und aus dem es tropfte. Die ist hierhergeschwommen, dachte Wegener und sah selbst durch die Sonnenbrille, dass der attraktive Brendelkopf kommunistenrot geworden war, alles, was sie braucht, hat sie in ihrer Tasche, irgendsoein wasserdichtes Taucherding, und auf demselben Weg haut sie gleich wieder ab, während wir hier als totalentblößte Zwangswiedervereinigung stehen, Ost und West stählern und rostfrei aneinandergekettet, der eine zugewachsen, der andere kahl, der eine bestückt wie ein hormonbehandeltes Pferd, der andere nur dürftiger Durchschnitt.

»Frau Schütz, Sie veranstalten hier ein ganz schönes Affentheater.« Brendel musste seinen Ärger nicht spielen. »Kann ja sein, dass Sie den Tod Ihres Vaters unterhaltsam finden, wir finden das nicht.«

»Sagen Sie ruhig Marie zu mir.« Der spöttische Ausdruck blieb. »Ich gebe Ihnen zwanzig Minuten.«

»Könnten wir uns vielleicht in einen Strandkorb setzen?« Wegener hob die Handschellenhand hoch, Brendels Arm ging mit. »Das wäre ein bisschen diskreter.«

»Die Strandkörbe sind abgeschlossen. Oder haben Sie einen gemietet?«

Wegener versuchte lässig zu klingen. »Dann machen Sie einen Vorschlag.« Er nahm seine Sonnenbrille ab.

»Baden wir ein bisschen.« Marie lächelte ihn an und ging mit seitlichen Schritten zum Wasser, schlenderte im Krebsgang, ihr Blick verharrte auf seinem Gesicht und Wegener hing plötzlich in diesen grünen Augen fest, zwei weit entfernte, kreisrunde Teiche voller Entengrütze mitten in einem dichten Wimpernwald. Hoffmann, der alte Zausel, hatte eine zarte Katzenschönheit in die Welt gesetzt, wie und mit wem auch immer ihm das gelungen war.

»Etwas frisch, aber man gewöhnt sich dran.« Die erste Welle spülte den Sand von Maries Zehen. Schwarz lackierte Nägel.

»Warum verstecken Sie sich, Frau Schütz?«

»Aus vielen Gründen. Seit dem Tod meines Vaters auch aus Angst. Wie Sie sich vielleicht vorstellen können.«

Wegener ruckte leicht an der Handschelle und Brendel setzte sich in Bewegung. Als angegrautes Sado-Maso-Pärchen zottelten sie zum Wasser, wateten sofort hinein, ohne eine Miene zu verziehen. Zwei gedemütigte Männer, die sich nicht noch mehr Blößen geben wollten.

»Wie haben Sie vom Tod Ihres Vaters erfahren?« Brendel hatte seinen höflichen Tonfall wieder gefunden.

»Von einem guten Freund.«

»Von einem guten Freund namens Werner Blühdorn.«

Wegener musste sich beherrschen, um nicht mit den Zähnen zu klappern, seine Füße brannten vor Kälte, würden nachher nur noch zwei bläuliche Klumpen sein, die einfach abfielen und auf den Promenadebetonplatten in tausend Teile zersprangen.

»Sie haben Recht, Werner hat es mir gesagt. Woher wissen Sie das?«

»Ost-Westdeutsche Polizeiarbeit«, sagte Brendel mit einer Stimme, der man die Kälte nicht anmerkte.

Wegener konnte nicht wegsehen, während Maries Nacktheit Zentimeter für Zentimeter von der Ostsee verschluckt wurde, die inzwischen schon an den dünnen Oberschenkeln leckte, die jetzt mit einer seichten Welle das lockige Schamhaargebüsch traf, es halbdurchsichtig an die helle Haut klatschte und eine geschlitzte Wölbung andeutete.

»Was glauben Sie, wer Ihren Vater umgebracht hat, Frau Schütz?«

»Im Westen schreiben sie, es war die Stasi. Werner hat mir den aktuellen SPIEGEL geschickt, kam heute Morgen an. Ich finde das ziemlich plausibel, was da steht.« Marie steckte den Handschellenschlüssel und die Ausweise in ihre Neoprentasche und zog den Reißverschluss zu. Ihr Schamhaar, die Wölbung, der Schlitz verschwanden jetzt endgültig in der frostigen, blauen Meerestinte. »Haben Sie schon herausgefunden, was passiert ist?«

»Nein«, sagte Wegener, »noch nicht. Deshalb wollen wir mit Ihnen reden. Wir haben seit gestern Grund zu der Annahme, dass es tatsächlich die Staatssicherheit war, die Ihren Vater ermordet hat.«

Marie starrte ins Wasser.

»Aber wir stellen uns natürlich eine naheliegende Frage«, sagte Brendel. »Wenn es die Staatssicherheit war, warum hat man Ihrem Vater dann die Schnürsenkel zusammengebunden?«

»Ein billiges Ablenkungsmanöver. Fallen Sie etwa darauf rein?«

»Dann wäre es aber ein Ablenkungsmanöver, das nach hinten losgegangen ist. Wegen dieser zusammengebundenen Schnürsenkel schreibt der SPIEGEL über den Fall, und die Konsultationen stehen vor dem Aus. Das ist wohl kaum im Interesse der Staatssicherheit.«

Marie sah jetzt trotzig aus. »Was weiß ich, wie diese Irren ticken oder warum die ganze Sache bei der Presse gelandet ist!«

Wegener räusperte sich. »Frau Schütz, ich muss Sie das fragen: War Ihr Vater bei der Stasi?«

Der Trotz verschwand, Marie lachte rau und herzlich. »Mein Vater war nie bei der Stasi, ganz sicher nicht. Glauben Sie das wirklich?«

»Nein. Aber in diesem Fall gibt es die seltsamsten Überraschungen, da fragen wir lieber zu viel als zu wenig.« Wegeners Augen suchten Maries Oberkörper nach kleinsten Erhebungen ab und fanden stattdessen zwei himbeergroße Warzen, die fleischig und überproportional zwischen den nassen Haarsträhnen herausragten. Gottes tiefroter, würdiger Ersatz für die vergessenen Brüste.

Marie lächelte ein müdes Lächeln. »Kennen Sie Martina Thal?«

»Ehemalige Ministerin«, sagte Wegener klapprig, das Eismeer biss ihn jetzt in den Arsch, in die Hüfte, in den Rücken. »Glaube ich. Um die Wiederbelebung rum.«

»Sonderbeauftragte des Zentralkomitees zur inneren Erneuerung und Restrukturierung der Staatssicherheit von 89 bis 92.«

»Oder so.«

»Sollte für Krenz den Geheimdienst umbauen, radikal verkleinern, ihn westlichen Maßstäben und Standards anpassen und so weiter.« Marie bewegte sich immer weiter ins Meer, während sie sprach, Wegener folgte ihr, Brendel im Schlepptau, die gefühlte Erfrierung reichte ihm jetzt schon bis zur Brust, seine Beine zwei prickelnde Eiszapfen, sein Schwanz ein Babydaumen, Maries Brustwarzen tauchten ab und wurden in Wegeners Kopf noch größer, wuchsen unter Wasser zu zwei steinharten Weintrauben, die nie mehr schrumpfen würden und die demnächst in den volkspolizeilichen Identifikationsausweis eingetragen werden mussten, *Besondere Merkmale: Die krassesten Knospen der Sozialistischen Union (SU)*. »Aber das war alles nur ein offizielles

Programm, um an die Demokratiedevisen zu kommen, die Nothilfetöpfe anzuzapfen und Care-Pakete von der EU einzuheimsen. Hinter den Kulissen sollte alles so bleiben wie immer, natürlich ein bisschen kleiner, aber am Ende die alte Stasi, die gleichen Leute, nur dass sie jetzt riesige Budgets für ihre Entwicklungsabteilungen hatten, für Geheimdienst-Hightech. Alles Westgelder, die offiziell in den Wiederbelebungsfonds geflossen sind.«

»Und damals hat sich Martina Thal in Albert Hoffmann verliebt«, sagte Brendel, »zwei Kämpfer für einen sozialistisch-demokratischen Posteritatismus, den sonst niemand wollte.«

Marie nickte.

»Erzählen Sie uns, was passiert ist.«

»Der Mädchenname meiner Mutter war Schütz, ihr erster Mann hieß Gerhard Thal, ein Germanist aus Leipzig.« Marie sah Brendel an. »1989 hat sie meinen Vater im Ständigen Beraterstab kennen gelernt. Von der Affäre durfte niemand was wissen, Staatssicherheit und Nationaler Strategischer Kontrollrat waren konträr positioniert, die sollten sich gegenseitig in Schach halten und nicht miteinander ins Bett gehen.«

»Und von Ihnen durfte man auch nichts wissen.«

Marie wischte sich die nassen Haare aus der Stirn. »Alles wurde geheim gehalten. Ich wurde geheim gehalten. Meine Mutter ließ mich unter ihrem Mädchennamen eintragen. Die letzten Monate der Schwangerschaft hat sie mit Attesten verschleiert. Offiziell war ich das uneheliche Kind einer Freundin von Martina Thal, der sie vorbildlich-solidarisch bei der Erziehung geholfen hat. Als ich sieben war, konnte sie nicht mehr. Sprang vor einen Zug.«

Wegener betrachtete Brendel. Der stand mit seinem harten

Sonnenbrillengesicht so regungslos in der Ostsee, als hätte ihn gerade die Cosa Nostra versenkt, einen Betonklotz an den Füßen, nur dass das Meer hier nicht tief genug war, der Mann würde überleben.

»Und Ihr Vater?«

Maries Hände spielten im Wasser, schöpften es als Kelle aus der See und ließen es wieder zurückfließen. »Wurde später ein Freund, den ich heimlich traf. Ein Vertrauter, der nur mit mir offen reden konnte, weil er sonst niemanden hatte.« Marie lächelte. »Wenn man uns erwischt hätte, wäre ich seine kleine Hure gewesen.«

»Deshalb die Kondome«, stellte Wegener fest, »die Dildos, die Peitsche, die Potenzpillen.«

»Wir haben viele Spuren gelegt, die uns geschützt hätten.« Marie starrte ins Wasser. »Sie sind gut informiert.«

»Nicht gut genug.« Brendel nahm die Sonnenbrille ab. »Warum sollte die Staatssicherheit an Ihnen interessiert sein? Ihre Eltern sind tot. Das ist doch alles längst vorbei. Und mit dem Mord an Ihrem Vater hatten Sie ja wohl nichts zu tun.«

»Man merkt, dass Sie aus dem Westen kommen.« Maries hübscher Spott war zurück. »Mein Vater hat Hunderte von Stunden mit mir geredet. Offen geredet. Weil wir uns vertraut haben. Ich weiß Dinge über dieses Land, die Sie mir niemals glauben würden. Und ich weiß, wie die Staatssicherheit arbeitet. Meine Mutter musste sich das zwei Jahre lang von innen anschauen, ohne es ändern zu können. Dieser Dreck hat sie das Leben gekostet. Ich kenne auch die Wirkung von Thiopental und dem ganzen Zeug.«

»Wahrheitsdrogen.«

»Ja, Wahrheitsdrogen, Herr Brendel. Die ostdeutsche Art, schnell ans Ziel zu kommen. Wenn die Stasi ahnt, dass es mich gibt, sucht sie mich, bis sie mich hat. Denken Sie doch mal nach, die versteckte Tochter von zwei ehemaligen Mitgliedern im Ständigen Beraterstab des Staatsratsvorsitzenden, beide über Jahre Kenntnisbefugte der Geheimhaltungsstufe 1, beide schmeißen ihre Funktionen unter Protest hin, hochgradig konfliktrelevante Beziehungsstrukturen plus schwere emotionale und ideologische Krisis, die alarmierende Kombination schlechthin, unerlaubte Weitergabe sensibelster Informationen sehr wahrscheinlich, so heißt das im Agentenjargon der sozialistischen Faschisten. Die müssen sichergehen, dass ich nichts weiß. Das ist ihr Job. Die geben mir so lange Barbiturate, bis sie alles gehört haben, was mein Vater mir erzählt hat, und dann bleibe ich da drin, das verspreche ich Ihnen.«

»Aber warum …«

»Er musste mit jemandem reden.« Marie starrte Brendel an, als hätte der die Staatssicherheit gerade erfunden. »So einfach ist das. Er musste mit jemandem reden, dem er vertraut.«

»Apropos Vertrauen.« Wegener unterdrückte ein Bibbern. »Wer hatte ein Motiv, ihn umzubringen? Helfen Sie uns. Und ich verspreche Ihnen, es wird nie jemand erfahren, dass Albert Hoffmann und Martina Thal ein Kind haben.«

»Und wenn ich nichts sage?«

»Niemand erfährt was. Ich verspreche es Ihnen.«

»Das Versprechen eines Vopos.«

»Das Versprechen eines Vopos, der jetzt schon am Arsch wäre, wenn Otto Schily wüsste, mit wem ich hier gerade baden gehe.«

In Maries Gesicht zuckte es. »Papa hat mir nie erzählt, was er plante oder woran er gerade gearbeitet hat. Seine Ideen waren ihm heilig, er wollte sich nicht in die Karten schauen lassen. Auch nicht von mir. Und ich habe nicht gefragt.«

»Ich denke, er hat Hunderte von Stunden mit Ihnen geredet!«

»Er hat nur von dem gesprochen, was schon passiert war. Von Dingen, an denen er nichts mehr ändern konnte. Das quälte ihn. Davon fing er immer wieder an.«

»Wussten Sie, dass Ihr Vater sich unter falschem Namen Zutritt zum Regierungsquartier in Wandlitz verschafft und dort gearbeitet hat?« Brendel klang ungeduldig. »Fast zwölf Jahre lang. Als Gärtner!«

Marie lachte. »Wie bitte?«

»Es stimmt.«

»Nein, das wusste ich nicht.«

»Das hat er Ihnen zwölf Jahre lang verschwiegen, Frau Schütz?«

Maries Lachen war zum zarten Lächeln geworden. »Wir haben uns ein- oder zweimal im Monat getroffen, er wird mir also noch einiges mehr verschwiegen haben.« Marie sah zum Strand, als hätte sie etwas gehört. »Sein Onkel in Heidelberg war Gärtner, bei dem hat er als Student gearbeitet. Er liebte Rosen.«

»Er liebte Rosen.« Brendel blies die Backen auf. »Das mag ja sein, die Rosen haben ihn auch nicht erhängt.«

Wegener sah Marie in die Augen. »Angenommen, Ihr Vater war nicht bei der Stasi und die haben ihn trotzdem umgebracht – warum? Für welches Geheimnis würde die Staatssicherheit töten, so kurz vor den Konsultationen?«

Marie hielt seinen Blick aus, sah kurz zu Brendel rüber, schwenkte zurück. Ihre Wimpern flatterten. »Ich vertraue Ihnen. Dafür erfährt niemand was von meiner Existenz. Niemals und unter keinen Umständen. Nicht in Ihrer Behörde, nirgendwo.«

Wegener konnte nichts antworten, er schwamm jetzt in den tieftraurigen Entengrützeaugen, die ihn mit der Kraft einer Meeresströmung ansaugten, paddelte hilflos in Maries sattem Grün, merkte, wie das Blut zurück in seinen Penis strömte, wie der Penis sich streckte, vergrößerte, karolinawarm wurde vor lauter Bewunderung für dieses nasse, offene Gesicht.

»Haben Sie schon mal vom Plan D gehört?«

»Haben wir. Eine Art Energieversorgungskonzept.«

Marie sah belustigt aus. »Der Plan D war sehr viel mehr als ein Energieversorgungskonzept. Er war eine umfassende Strategie zur Demokratisierung und Stabilisierung der DDR.«

»Was heißt das konkret?«

Marie sah Wegener in die Augen. »Honecker ist nicht freiwillig in Rente gegangen, 1989.«

»Was soll das heißen?«

»Es war die Idee meines Vaters. Sie haben die Sau vom Hof gejagt. So drückte er es aus.«

»Krenz hat geputscht?!« Brendels Stimme überschlug sich fast.

»Mein Vater hat geputscht«, sagte Marie kühl. »Ohne ihn hätte es die Wiederbelebung nie gegeben.«

Möwen schrien irgendwo weit über ihnen, waren nicht zu sehen und plötzlich doch da, segelten in Richtung Brücke, wurden ein paar Meter vom Wind abgetrieben und schafften es gerade noch auf das weiße Geländer, reihten sich auf, eine neben der anderen.

Maries Blick war den Möwen gefolgt und kehrte zurück. »Er hat seit den frühen Achtzigern an seinen Plänen für den Umsturz gearbeitet. Informationen gesammelt, Schwachstellen gesucht. Gewartet, bis er fast das ganze Politbüro in der Hand hatte. Als es so weit war, haben sie es durchgezogen. Es war verfassungswidrig, aber es war richtig. Es ging um den letzten Versuch, dieses Land zu demokratisieren. Mein Vater wollte, dass der Sozialismus lebt und nicht vor die Hunde geht. Krenz war seine Marionette. Eine Scheißmarionette, wenn Sie mich fragen.«

Brendels Gesicht hatte für einen Moment alle Souveränität verloren. »Egon Krenz ist nie von der Volkskammer zum Staatsratsvorsitzenden gewählt worden?«

»Nein. Krenz ist seit mehr als zwei Jahrzehnten illegitim an der Macht.« Maries Hände spielten wieder mit dem Wasser. »Erpressung, Drohungen, Druck, so ist es gelaufen, alles hinter den Kulissen. Glauben Sie, diesen grinsenden Vollversager hätte wer gewählt? Ich hab schon länger vermutet, dass mein Vater damit an die Öffentlichkeit wollte. An die westliche Öffentlichkeit.«

»Warum erst 2011? Nach zweiundzwanzig Jahren?«

»Das liegt doch auf der Hand. Er hat auf den perfekten Zeitpunkt gewartet, und dieser Zeitpunkt ist jetzt. Krenz angeschlagen, die DDR unter enormem Druck, die Konsultationen unmittelbar vor der Tür. Nie war die internationale Aufmerksamkeit größer. Wenn Achtung jetzt stolpert, macht Lafontaine Druck, bis sie Achtung schassen. Lafontaine ist nicht auf Krenz angewiesen, er braucht nur billiges Gas.«

»Und warum hat Ihr Vater dann bitteschön in Wandlitz als Gärtner gearbeitet? So viele Jahre?«

»Ich schätze, Sie denken da in die falsche Richtung. Er hat einfach gerne gegärtnert. Immer schon. Und er hat sich vermutlich einen Spaß daraus gemacht, das mitten in Wandlitz zu tun. Bei den Leuten, die seine politischen und strategischen Fähigkeiten nicht wollten. Zumindest um seine gärtnerischen Fähigkeiten sind sie also nicht drumherum gekommen, die Bonzen. Das passt zu meinem Vater.«

»Hat Ihr Vater Ihnen konkret gesagt, dass er mit diesen Informationen an die westliche Presse will?«, fragte Wegener.

»Er hat gesagt, für den Bonzenboss wäre die Party bald vorbei.«

»Wann hat er das gesagt?«

»Immer wieder. Zuletzt vor zwei Wochen. Voilà, da haben Sie Ihr Motiv.« Marie zog den Umhängeriemen der Neoprentasche fest. »Das größte Geheimnis aller dreckigen Geheimnisse dieses Landes. Von mir haben Sie es nicht. Besorgen Sie eine glaubwürdige Quelle oder noch besser, behalten Sie es für sich.«

»Danke«, sagte Wegener.

»Ein Zeichen meines Vertrauens.« Marie sah ihm in die Augen. »Das mit den Schuhen haben Sie ja hoffentlich selbst gemerkt, oder?«

»Was meinen Sie?«

»Ich meine, dass mein Vater nicht in seinen eigenen Schuhen gestorben ist.«

»Was soll das heißen«, fragte Brendel wie betäubt, »er ist nicht in seinen Schuhen gestorben?«

»Genau das, was ich sage. Haben Sie den neuen SPIEGEL?«

»Ja, natürlich.«

»Das Foto. Die Nahaufnahme der Schuhe mit den zusammengebundenen Schnürsenkeln. Mein Vater hätte niemals Schuhe mit Schnürsenkeln getragen. Schon gar nicht solche ausgelatschten Dinger. Er trug ausschließlich Slipper aus Pferdeleder. Werner Blühdorn hat sie ihm immer besorgt. Erzählen Sie mir nicht, dass Sie eine Leiche obduzieren und die Schuhe vergessen.«

Brendel schloss die Augen.

Marie nickte Wegener zu. »Das ist die DDR: Sogar West-bullen werden bei uns blind wie Maulwürfe. Den Schlüssel für die Handschellen und Ihre Ausweise finden Sie am hinteren Brückenanleger.« Dann drehte sie sich um und warf sich ins Wasser, verschwand, als wolle sie nie wieder auftauchen, tauchte doch wieder auf, ging in elegantes Kraulen über und war nach wenigen Sekunden nur noch eine Wellenbewegung, aus der sich im Sekundentakt zwei Ellenbogen wühlten und wieder in die See gruben, sich wieder herauswühlten und hineingruben, rhythmisch, kraftvoll, zu allem entschlossen.

Brendel sah ihr nach. In seinem Blick lag eine gelungene Mischung aus Bestürzung und Gier.

Wenn ich sie irgendwann suche, dachte Wegener, fange ich in den Pinguin-Clubs an und mache in den Schwimmverei-nen weiter, frage nach der schönsten Kraulerin, nach einer Frau mit Entengrütze in den Augen und Himbeerwarzen auf einer flachen, weichen, hellen, grandios abwesenden Brust. Es hat eine Zeit gegeben, dachte Wegener, in der man dieses Mädchen kennen lernen konnte, in der man sie für sich gewinnen und zu ihr halten konnte, als ihr Vater noch lebte, als man ein Teil ihrer unwirklich tragischen Familie hätte werden können, ein solidarischer Kämpfer, belohnt mit der eisenhüttenstahlharten Zuneigung dieser wunderschönen, spöttischen, grünäugigen, flachbrüstigen, schamhaarigen, schlitzhügeligen Professorentochter. Wegener spürte, wie sein Penis im kalten Wasser kribbelte, wie sich eine lähmende Wehmut in sein Gemüt schraubte, darüber, dass ihm all das nicht passiert war und nie passieren würde, dass seine Liebes-fähigkeit um die Chance einer historischen Prüfung gebracht worden war, eines Tests der Treue im Existenziellen statt im Profanen, doch Marie war nur noch eine kräuselnde Ostsee-schaumkrone, längst unerreichbar geworden in der viel zu schnell vorangeschrittenen und voranschreitenden Zeit. Mit dieser Frau würde sich die Karolinatrauer versenken lassen, dachte Wegener, mit dieser Frau wie mit keiner anderen.

Am liebsten wäre er einfach im Wasser geblieben, statt mit dem nackten Chefermittler frierend über den Strand zur Brücke zu trippeln, den Schlüssel und die Ausweise vom Anleger zu sammeln und nass in die kalten Klamotten zu steigen. Am liebsten wäre er Marie hinterhergeschwommen, hätte sie in den Arm genommen und ihr gesagt, dass er sie durch und durch verstand, statt in Christa Gerdes' fettstrotzendem Wartburg zurück nach Berlin zu knattern, neben sich Brendel, dessen Handy klingelte, dessen Gesicht sich in eine ausdruckslose Wachsmaske verwandelte, während ein namenloser, hochrangiger Mitarbeiter des BND ihm in kargen Worten mitteilte, dass man Dr. Christian Kayser am Nachmittag tot aufgefunden habe, in seiner Suite im EastSide, halbnackt auf dem Bett, ein Loch im Schädel, das Gehirn verteilt über acht Quadratmeter safranfarbene Seidentapete.

Donnerstag, 27. Oktober 2011

28

Wegener öffnet die Augen, schließt sie wieder, öffnet sie wieder. Der verlogene Ventilator klebt über ihm an der Decke wie ein rundliches Insekt. Die Beine des Insekts drehen sich. Sie flirren im Kreis, verschwimmen zu einer fast unsichtbaren Scheibe und treiben kühle Lüftchen durchs Zimmer, professionell gefächelte Linderung für alles, was schmerzt. Danke, sagt die heiße Stirn mit matter Früchtlstimme, hör bitte nicht auf, ich fiebere dem Ende entgegen.

Wegener starrt den Ventilator an. Seine leise surrenden Rotorblätter sind ein hypnotischer Quirl, der Geträumtes, Erlebtes, Gewünschtes, Gefürchtetes, Vergangenes, Gegenwärtiges untrennbar vermixt, der sämtliche Wahrnehmungen zu einer sämigen Situationsmayonnaise anrührt, in der später nichts mehr auffindbar sein darf, keine Wahrheit, keine Halbwahrheit, keine Lüge. Alles wird zu einem homogenen Brei gekuttert, der ausgelöffelt werden muss, weil er nun mal das ist, was übrig bleibt, auch wenn niemand dieses Zeug bestellt hat, auch wenn es für jeden irgendeinen bitteren Beigeschmack besitzt, zu fad, versalzen, unnötig scharf, wer jetzt wählerisch sein will, bleibt hungrig, à la carte war gestern, in der Deutschen Kulinarischen Republik wird gegessen, was auf den Tisch kommt.

Junge, redet Früchtl aus den Tiefen der Matratze, komm bald wieder, nein, falscher Text, ach meine Hamburger Jahre, Martin, der Mensch ist ein böses, ein sprechendes Tier, das wollte ich sagen, das wusstest du immer, das raune ich täglich, im Jenseits, im Hier, ich hab einen Schimmer, du röchelst so kläglich, was möchtest du fragen?

Wegener dreht sich auf den Bauch.

Ist ja gut, sagt Früchtl und hustet ein bisschen, ich hör ja auf mit den bekloppten Reimen, aber lieg du mal tagtäglich als Atheist in einem Gottesacker und vertreib dir die Ewigkeit ohne Westfernsehen, ehrlich, das macht keinen Spaß, komm, erwarte keine Antworten von den Toten, wenn die Toten Antworten gehabt hätten, wären sie nicht gestorben, das schwant dir hoffentlich, du musst vielleicht mal pausieren, manchmal ist alles ganz einfach, geh zu Doktor Quellmann und lass dir eine paranoide Paranoia bescheinigen, der Verfolger, der unter Verfolgungswahn leidet, klingt komischer, als es sich anhört, wer andauernd hinter jemandem herrennt, der muss sich zwischendurch auch mal umdrehen, und so schließt sich der Kreis, denk mal drüber nach, gerade weil ich es gut mit dir meine. Hab dich immer vor diesem Beruf gewarnt, Detektiv und DDR, das ist eine Mischung, an der einer von beiden kaputtgeht, und da die DDR schon kaputt ist, wird es wohl der Detektiv sein, ich weiß es, ich musste es am eigenen Leibe erfahren. Gut, hilft dir jetzt auch nicht, aber du errätst doch selbst, was dir fehlt, tief drin ahnst du es, ist doch ganz leicht, dir fehlt keine Wahrheit, keine Gerechtigkeit, um Gottes willen, Gerechtigkeit, schau *mich* an, oder lieber nicht, mein Becken ist deutlich spitzer, als ich das zu Lebzeiten empfunden habe, was dir fehlt, Martin, aber jetzt zerbeiß ich's, ein Dreck, diese Kapitalistenwerbung für Sachen, die man erstens nicht kaufen kann und die einen zweitens bis ins Grab verfolgen, Martin, was dir fehlt, ist eine Frau, eine, die dich nicht anlügt, die dir kein Leid zufügt, die dich nicht betrügt, eine, die dir nicht wegrennt und nicht wegschwimmt, eine Vertrauensfrau, der du alles anvertrauen kannst, vom Schwanz bis zu den Schwächen, einfach alles, immer rein in die Frau mit den ganzen Problemzonen, wenn es die Richtige ist, bleiben sie drin. Also habe ich eine Arbeitsgruppe gegründet, Würmer, Maden und Kakerlaken sind ganz meiner Meinung, nur so ein stinkender Maulwurf war blind für die menschliche Liebe und hat sich enthalten, unsere Empfehlung ist eindeutig, der Fall fiel sowieso in fremde Hände, nimm deinen Jahresurlaub und schwör den Verschwörungen ab, kurier deine Seele, geh auf *su.zonenzweisamkeit.ddr*, exklusive Vorteilsmitgliedschaft schon ab zwölf Mark im Monat, leg ein Profil an, schwarzweißes Porträt, schön seriös, strunz ordentlich mit deinem Beruf, lern blutjunge Mädchen kennen und werd mit denen gefälligst ein kleines bisschen glücklich, aber dalli, das würde uns freuen, das musst du uns glauben, das kannst du gebrauchen.

Was ich gebrauchen kann, sagte Wegener, sind Antworten.

Ach, die ewigen Antworten, rief Früchtl, am Ende des Tages liegen sie längst auf dem Tisch, bieten sich an, wollen nichts als registriert werden, eitle Dirnen, die ihr Pudendum ungefragt vor dir entblößen.

Die Schuhe, Josef, was soll der Scheiß mit den Schuhen?

Drei Männer kamen in den Wald und zwei machten den Dritten kalt.

Erzähl es mir. Ich kann nicht mehr.

Na jut, Junge, ist ja nur ne Kleinigkeit, also meinetwegen zeig ich dir, wie die zwei sich den alten Lappen schnappen und im Wald verkappen. Haben das ja alles von langer Hand geplant, ihre Verschwörergehirne arg angestrengt und bis ins kleinste Detail errechnet, wie sie es bewerkstelligen wollen, ein Hoffmann, eine Pipeline, ein Autodach, zwei Schnürsenkel, acht Törns, ein Stasimord, keine Spuren in Masuren, also los, zwo, drei, vier!

Weiter.

Der Hoffmann entwischt ihnen natürlich erst mal, damit's ein bisschen spannend wird, keucht und fleucht durch den Stadtforst, stolpert, kommt wieder hoch, hört die Mörder fluchen, nach ihm suchen, unter Eichen, unter Buchen, denkt an seine Tochter, die schamhaarige Schöne, die er nicht mehr wiedersehen wird, denn schon entdeckt ein hundsgemeiner Taschenlampenstrahl den Gärtner in seinem Busch. Fangen ihn also wieder ein, und hopp, aufs Wagendach, jetzt flott den Galgenstrick geknotet, achtmal rum, die Schlinge legt sich um den Hals, die Eichhörnchen legen sich schlafen, der Wind legt sich mit den Baumkronen an, der Alte legt den Kopf in den Nacken, sieht Sterne, hält sich tapfer, verzieht keine Miene, betet nicht, bettelt nicht, ein wirklich würdiger Prophet, der hier gleich über'n Jordan geht, wie stolz und aufrecht er da steht, auch noch, als einer der üblen Gesellen in den Prius steigt, meine Fresse, klingt das dämlich, Martin, du weißt ja, Pathos wird nur erträglich, wenn du die identische Menge Ironie gleich mitlieferst, egal, fahren die also die Karre weg und lassen den Hoffmann gut abhängen, Zack, sagt der Stasistrick und Knack sagt das Genick, fehlen nur noch die Schuhe.

Und?

Jetzt machen die Mörder vom Müggelsee eine Erfahrung fürs Leben: Man weiß vorher nie, wie es ausgeht, man weiß nur eins, es endet mit Sicherheit nicht so, wie man dachte, das Schicksal ist eine fettleibige Wahrsagerin auf der Cottbuser Kirmes, eine esoterische Matrone, die nicht mal Macht über ihre eigene Verdauung hat, die Vorsehung ist ihr kleinwüchsiger Bruder, ein mongoloider Hanswurst, der unter Meskalineinfluss Horoskope zusammenkontempliert, die Strategie und der Plan sind zwei morsche Krücken, in denen der Holzwurm schon Wiederbelebung gefeiert hat, und Gott ist ein überforderter Fleischwolf, der seit der Erfindung der Angst mit den Träumen und Hoffnungen der Schwachen gemästet wird, also, Freunde, huldigt Kaiser Zufall, dem unberechenbaren Gebieter, dem launischsten, willkürlichsten, folglich gerechtesten aller Monarchen, in seinem Hirnkasten organisiert ein unsterblicher Würfel rauschende Feste und des Zufalls Zunge dreht diesem Würfel zur Sicherheit noch mal jedes Wort im Mund herum. Das Leben ist das einzig legale Glücksspiel der DDR und das Morden in der DDR ist ein Glücksspiel, bei dem jeder Teilnehmer zusätzlich eine Roulettepistole trägt, also zügelt eure Erwartungen, nur wer mit nichts rechnet, kann auch gewinnen.

Die Schuhe, sagt Wegener. Hoffmann trug niemals Schnürsenkel. Immer nur Slipper.

Schlecht, wenn man dem Opfer die Schuhbänder zusammenbinden will, damit es im Hirn des Hauptmanns einen Knoten gibt.

Sie mussten die Stasispur legen, also brauchten sie Schuhe zum Schnüren, sagt Wegener, denn die Finte funktionierte nur mit zusammengebundenen Schnürsenkeln, der schöne Plan durfte nicht platzen, die Senkel sind doch der Höhepunkt,

die Mordspointe, sagt Früchtl, das riecht nach Ärger, wieso hat sich eigentlich niemand gefragt, was für Schuhe Hoffmann an seinem Todestag tragen wird? Warum hat niemand daran gedacht, dass er Slipper tragen könnte? Was sind das für lausige Hinrichtungsvorbereitungen, welche Stümper bilden sich hier ein, den Hauptmann an der Nase durch den Ring zu führen, die ganze schlaue Sündenbockstrategie droht zu scheitern wegen dieser Schluderei!

Woher jetzt Schuhe mit Schnürsenkeln kriegen, mitten im Wald, sagt Wegener, das hieß Improvisieren, sagt Früchtl, nur so konnte noch ein Schuh draus werden, anders ging es nicht,

also, sagt Wegener, der einzige Ausweg, einer der Mörder tauscht mit Hoffmann die Latschen,

einer der Täter tritt seine Treter ab, sagt Früchtl, und kriegt dafür echtes Pferdeleder an die Füße, zum ersten Mal in seinem Henkersleben zwei richtig noble Gurken, von Blühdorn in Heidelberg organisiert, für Unsummen,

und jetzt können sie Hoffmann die Schnürsenkel zusammen binden, sagt Wegener, um dem Mord jemand anderem in die Schuhe zu schieben,

das war knapp, sagt Früchtl, aber was tut man nicht alles für eine gelungene Lüge.

Danke, Josef.

Bitte. Und was wird jetzt aus deinem Urlaub?

*

»Martin. Morgen.«

»Du klingst wie ich mich fühle.« Wegener sackte auf den Küchenstuhl mit der angeknacksten Rückenlehne. Die Rückenlehne knackte.

Frankenstein gähnte in den Hörer. »Wie viel Uhr?«

»Gleich drei.«

»Wie viel Uhr war es?« Frankenstein gähnte noch mal.

»Fast sechs.«

»Mein Gott. Wie bin ich nach Hause gekommen?«

»Taxi.« Jetzt gähnte Wegener auch. »Wir haben noch vier Stunden.«

»Also?«

»17 Uhr im ›Jelzin‹«, sagte Wegener, »Hacksteakzeit.«

»Was ist mit Brendel?«

»Ich ruf ihn an.«

»Gut. Bis gleich.«

Wegener stand auf, schleppte sich zum Spülbecken, kippte zwei Gläser Kranwasser auf ex, dann noch ein halbes in kleinen Schlucken. Der übliche Kotzreiz stieg in ihm auf, sein Schädel war der Bautzener Steinbruch, in dem die politischen Gefangenen mit ihren Vorschlaghämmern einen Jahresrekord aufstellen wollten.

Sex, dachte Wegener im fliesengrünen Dämmerlicht der Dusche und drehte das heiße Wasser auf, Sex könntest du mal wieder haben und gucken, wie du darauf reagierst, ob du das noch hinkriegst, wer unter dir landet, wenn du's drauf anlegst. Wer immer es sein wird, auf jeden Fall ist es niemand, an den du jetzt denkst oder den du dir wünschst. Auf jeden Fall ist es jemand, den du nicht kennst oder den du dir jetzt nicht vorstellen kannst. Also, wen kannst du dir am wenigsten von allen vorstellen? Christa Gerdes. Wegener schüttelte sich, seifte sich ein, hatte einen Moment lang Lust, an den Kacheln herabzurutschen, in der viereckigen Wanne zu hocken und das heiße Wasser stundenlang auf sich herabregnen zu lassen, aber das war ein Privileg vergewaltigter Filmfrauen. Männer mussten sich mit beiden Armen gegen die Wand stützen, die Muskeln anspannen und das verzweifelte Tier geben, beim aussichtslosen Versuch, mit den nackten Händen Mauern umzuwerfen, Wasser im versteinerten Gesicht, finster Fugen anstarrend.

Die Klingel brummte.

Zehn Sekunden nur Wasserprasseln.

Die Klingel brummte wieder, jetzt länger.

Warum heißt das Ding Klingel, wenn es brummt, dachte Wegener, drehte den heißen Strahl ab, stieg aus der Dusche und knotete sich einen sexy Handtuch-Minirock um die

Taille, watschelte fluchend durch den Flur, rutschte fast aus, zog die Wohnungstür auf, sämtliche Kopfschmerzen waren plötzlich weg, sein Puls erodierte, vor ihm stand in einem hellbraunen Trenchcoat mit schwarzem Rock, schwarzen Stiefeln bis über die Knie, schwarzen Lederhandschuhen, einem dunklen Rollkragen und traurigen, rehbraunen Augen im Sommersprossengesicht Karo, meine Lebenslänglichliebe Karo, dachte Wegener, mein bezauberndes Leidwesen.

»Komm rein«, sagte er und ging einen Schritt zur Seite.

Karolina kam rein.

Wegener machte die Tür zu.

Im Hintergrund tropfte die Dusche.

Wegener war jetzt ein stummer Schülerlotse im Saunabereich, wies den Weg in Richtung Küche, obwohl der sich in den letzten Monaten nicht geändert hatte, griff die beiden leeren Goldkroneflaschen vom Tisch und fügte sie gekonnt in die Installation aus Altglas ein, die im Altglasinstallationskarton neben dem Kühlschrank vor sich hin müffelte.

»Willst du dir was anziehen?« Karolina klang zaghaft.

Will ich nicht, dachte Wegener und setzte sich auf auf den Küchenstuhl mit der angeknacksten Rückenlehne. Die Rückenlehne knackte. »Musst du heute nicht ins Ministerium?«

»Ich hab mich krankgemeldet.« Karolinas Blick kletterte über Mülltüten, dreckige Teller, verklebte Gläser.

»Setz dich«, sagte Wegener.

Karolina setzte sich. »Hast du Urlaub?«

Wegener schüttelt den Kopf. »Ich bin gestern erst acht Stunden befragt und dann freigestellt worden.«

»Zur Mordermittlung befragt?«

»Ja.«

Karolina starrte ein Loch in den Küchenboden. »Warum?«

»Vielleicht weißt du das ja längst.«

»Nein, ich weiß es nicht.« Karolina sah ihn an. Die braunen Augen schimmerten glasig hinter einem Tränenfilm, der in den Augenwinkeln zu dicken Tropfen wurde. »Ich habe Hoffmann ein Mal getroffen, vor drei Monaten. Ich sollte ihn fragen, ob er für uns arbeitet. Er hat gesagt, später, vielleicht. Das war's. Mehr weiß ich nicht, Martin, wirklich nicht.« Die Tropfen hatten auf ihrem Weg zum Kinn zwei glänzende Spuren hinterlassen. »Warum haben sie dich freigestellt?«

»Gestern ist ein BND-Mann erschossen worden. Im East-Side.«

Karolina staunte ihn mit halboffenem Mund an.

»Christian Kayser, war mit mir an dem Fall dran. Jetzt ist eine Delegation vom Bundesnachrichtendienst hier, die die ganze Sache mit dem K5 noch mal komplett aufrollt. Vermintes, bilaterales Geheimdienst- und Diplomatenschlachtfeld. Und das erzähle ich dir alles. Dafür können sie mich lebenslang in Pankow Strafzettel schreiben lassen, Karo, aber ich erzähl dir das.«

Karolina hob beide Hände und ließ sie wieder fallen. »Der Hoffmann-Vorgang war streng vertraulich eingestuft! Das heißt, unter Strafandrohung, mit niemandem drüber reden, ohne dass die Informationen autorisiert sind! Was hätte ich denn tun sollen?«

»Vertrauen.«

Karolina schluchzte so schwächlich, dass Wegener schlucken musste.

»Bitte«, sagte Karolina. Noch mehr Tränen tropften.

»Und du wolltest mich zum Arzt schicken, Karo, du sagst mir, ich sei paranoid! Was fällt dir eigentlich ein?«

»Das war auf Josef bezogen, auf sein Verschwinden!«

Wegener griff nach einer Rolle Küchenpapier und stellte

sie auf den Tisch. Karolina rupfte mit zittrigen Händen zwei Blätter ab und putzte sich geräuschvoll die Nase.

»Sind die Informationen mittlerweile autorisiert?«

»Weiß ich nicht.«

»Um was ging es?« Wegener merkte, dass sich sein Handtuchknoten löste und zog den Stoff mit beiden Händen zusammen.

»Ist das jetzt nicht egal?«

Wegener sah Karolina an.

»Es ging um ein strategisches Papier«, sagte Karolina kraftlos, »in weiten Teilen ein Energieversorgungskonzept, das er schon lange vor der Wiederbelebung erarbeitet hat. Den sogenannten Plan D.«

»Schon mal gehört.«

»Ich bin vor ungefähr einem Jahr drauf gestoßen, während einer Recherche für die Konsultationen. Der Plan ist unglaublich visionär, fast alle grundsätzlichen Prognosen sind mehr oder weniger eingetroffen. Hoffmann war seiner Zeit um ein Vierteljahrhundert voraus, nur leider hat das niemand erkannt.«

»Oder es wollte niemand erkennen«, stellte Wegener fest. »Und du warst neugierig, ob er seiner Zeit heute immer noch um ein Vierteljahrhundert voraus ist.«

Karolina nickte. »Ja, natürlich, stell dir vor, er hätte jetzt ein Konzept, das so zutreffend ist wie das von damals. Schwer vorstellbar, klar.«

Wegener stand auf, ging zum Spülbecken, hielt das Glas unter den Wasserhahn. »Und? Wie war er?«

»Er war freundlich.« Karolina sah aus, als wundere sie sich selbst über das, was sie sagte. »Hochintelligent. Wir haben ausführlich geredet. Ein brillanter Stratege.«

»Hab ich auch schon mal gehört. Und?«

»Sein neues Konzept war in Arbeit. Noch nicht ganz fertig.«

»Was heißt das?«

»Das heißt, dass er noch ein paar Monate brauchte, bevor er es mit jemandem diskutieren wollte.«

Wegener starrte Karolina an. »Das hat er gesagt? Dass er an einem neuen Energie-Zukunftskonzept für die DDR arbeitet?«

»Kein Energie-Zukunftskonzept im engeren Sinne – eher eine strategische Vision, in der Energiepolitik eine wichtige Rolle spielt. Ein aktualisierter Plan D. Ich dachte die ganze Zeit, deshalb hätte man ihn umgebracht.«

Wegener hielt sich an der Spüle fest. »Du kanntest ein mögliches Motiv für einen Mordfall, in dem ich ermittle, und du sagst es mir nicht? Obwohl ich dich explizit danach frage?«

Karolinas Blick kippte auf den Küchenboden.

Ich könnte sie jetzt verprügeln, dachte Wegener, mit der dreckigen Suppenkelle von Vorvorvorvorvorgestern, und sie würde sich nicht wehren, weil sie weiß, dass sie das Einzige gemacht hat, was sie nie hätte tun dürfen, und weil sie genau das weiß, schaffe ich es nicht, ihr die Suppenkelle überzuziehen.

»Es war ein Riesenfehler, Martin.«

»Für wen wäre das ein Motiv gewesen, deiner Meinung nach, dieser aktualisierte Plan D?«

Karolinas Hände krampften ineinander.

»Sag mir deine Meinung, Karo. Kein Geheimnisverrat, einfach nur deine bescheidene, persönliche Fachbereichsleiterinnenmeinung.«

»Abgesehen vom Ölmotor hinken wir bei den regenerativen Energien hinterher, das weiß jeder. Wenn man damals auf Albert Hoffmann gehört hätte …«

»Hat man aber nicht. Weiter.«

»Die Erdgasvorkommen in Russland gelten zwar als unendlich, aber die zukünftigen Preisentwicklungen sind kaum absehbar. Am Atomausstiegsvertrag der SU mit der EU hängen 50 bis 60 Prozent der Fördermittel. Die Braunkohle bleibt dreckig. Deshalb verhandelt das Ministerium seit fast zwei Jahren mit einem westdeutschen Konsortium, die wollen uns flächendeckend regenerative Energiegewinnungstechnik zur Verfügung stellen.«

Wegener setzte sich wieder auf seinen Küchenstuhl. »Was heißt das: zur Verfügung stellen?«

Karolina fummelte an einem ihrer glänzenden, übergroßen Trenchcoat-Knöpfe herum. »Zur Verfügung stellen heißt in diesem Fall verpachten. Sie würden in der DDR Erdwärmekraftwerke, Windparks, Solargroßanlagen bauen, für die wir dann Miete zahlen.«

»Damit wir nicht nur von Russland, sondern auch noch vom Westen abhängig sind.«

»So kann man es sehen.« Karolina griff nach Wegeners Wasserglas und trank einen Schluck. »Oder man sieht es andersherum: Abhängigkeit von zweien ist weniger schlimm als von einem allein, wir haben kein Geld, um die Technik im großen Stil zu kaufen, also bleibt uns nur mieten, es entstehen Arbeitsplätze, wir gewinnen schlagartig technisches Know-how und verbessern unser internationales Image als CO_2-Schweine.«

Es klirrte. Heftiges Scheppern direkt hinter ihm.

Wegener zuckte zusammen. Eine leere Goldkroneflasche rollte Karolina vor die Füße.

Karolina nahm die Flasche und stellte sie kommentarlos auf den Tisch. »Die Variante lautet, wir stecken das Geld statt in Miete in Forschung, sind deutlich langsamer und deutlich schlechter, wahren aber die theoretische Chance auf Energieunabhängigkeit. Irgendwann mal.«

»Und Hoffmann?«

»Im Ministerium sind sie gespalten, im Politbüro auch, seit einem Jahr tritt der Prozess auf der Stelle. Im Mai gab es schon eine Vorentscheidung, dass wir den Vertrag mit dem Investor aus der BRD machen. Dann bin ich zufällig auf den ersten Plan D gestoßen. Und hab mit Hoffmann gesprochen. Jeder musste anerkennen, dass der Mann 1975 die Zukunft aufgeschrieben hat, bis ins Detail.«

Wegener zog seinen Handtuchminirock fest. »Und jetzt haben sie alle geglaubt, dass er das noch mal schafft.«

»Nein.« Karolina schüttelte den Kopf. »Niemand ist davon ausgegangen, dass er ein Papier aus dem Hut zaubert und wir sind Weltmarktführer in regenerativen Energien. Es ging nur um entscheidende Impulse. Um strategische Weichenstellung. Und da hat Hoffmann uns, wie soll man das sagen, Mut gemacht. Dass wir es aus eigener Kraft schaffen können. Selbstbewusstsein, vielleicht war es auch das. Selbstbewusstsein ist hier Mangelware. Wie so vieles. Auf jeden Fall gab es einen Stimmungswechsel.«

»Sieh einer an«, sagte Wegener, »und Greentec hatte plötzlich sehr gute Gründe, Albert Hoffmann nicht sonderlich zu mögen. Weil schlagartig der ganze Windpark-Vermietungsplan im Arsch wäre, wenn man sich für Hoffmanns Visionen entscheidet.«

Karolina starrte Wegener an. »Woher weißt du, dass es um Greentec geht?«

»Und dafür wurdest du befördert«, sagte Wegener, »dafür, dass du den Plan D im Ministeriumskeller gefunden hast.«

Eine kräftige Röte kroch aus Karolinas Rollkragen und breitete sich im Gesicht aus. Zwei runde Flecken leuchteten auf ihren Wangen.

Jetzt bist du wieder die von früher, dachte Wegener, die

Verletzlichste, die Weiblichste, die Weichste, weil du vorher die Brutalste, die Kälteste, die Härteste warst.

Dann saßen sie sich stumm gegenüber.

Sahen sich an.

Lasen in den Augen des anderen minutenlang amüsante Geschichten von feiger Lust, lange besiegt geglaubten Entblößungsängsten und eingerosteter, schwer beweglicher Vernunft, aber das Teil macht ja doch, was es will, das ist sein Auftrag, dachte Wegener und spürte, wie ihm der Handtuchminirock von den Hüften auf den Küchenboden rutschte, wie Karolinas Blick seinen Ständer befühlte, von oben bis unten, neugierig, erinnernd, liebevoll, hörte Herzrhythmusstörungen kommen, sah wie ein Rock hochgeschoben wurde, wie Karolina kunstvoll ihre Beine spreizte, eine weißrussische Bodenturnerin auf dem sicheren Weg zu olympischem Gold, eine Bodenturnerin, die sich keine Unterwäsche leisten konnte, die eine kleine, rosige Kinderpflaume präsentierte, mittlerweile ohne den streng rasierten Bart aus Kupferdraht, nur die Spalte, sonst nichts, das ist mein Tag, dachte Wegener, endlich, nach all den jahrhundertelangen Nächten mal wieder mein Tag.

Die Klingel brummte.

Karolina zog den Rollkragenpullover gleich mit dem BH hoch, wollte jetzt unbedingt ihre schweren, leicht hängenden Brüste zeigen, die rechte immer noch größer als die linke, Wegener merkte, dass er gerne irgendwie reagiert hätte, aber er konnte nichts mehr ausziehen, er konnte nichts Neues mehr bieten, er konnte sich nicht steigern, er hatte stillzuhalten und hart zu bleiben und zuzusehen, das war nun mal seine Rolle, das würde immer seine Rolle sein.

Die Klingel brummte wieder, vier, fünf, sechs, sieben, acht Sekunden lang, aber Karolina ignorierte das idiotische Gebrumme einfach, wurde jetzt eine Fachbereichsleiterin im Pornokombinat, ließ den Mittelfinger ihrer linken Hand von hoch oben abstürzen wie eine Tupolev mit doppeltem Triebwerksschaden, steil nach unten, aber wo jeder Pilot machtlos gewesen wäre, kriegte Karolina die Kurve, landete den Finger sanft auf ihrem Venushügel, rutschte noch ein bisschen nach unten, schob die hellgrauen Schamlippenfalten auseinander, zeigte eine rötliche, vor Nässe glänzende Öffnung, fand den fleischigen Kitzlerknubbel, keiner ist größer, dachte Wegener, keiner ist knubbeliger, keiner ist so schwer rumzukriegen und dann so schwer zu stoppen.

Karolina begann mit der Arbeit.

Das Telefon im Flur klingelte.

Die Türklingel brummte.

Wegeners Schädel kreiselte durch die Küche, sein Puls hämmerte gegen die Hirnhaut, sein Kopfschmerz stach plötzlich wieder zu, spitz und gemein, genau da, wo's weh tat, der Anrufbeantworter sprang an, und er hörte sich im Flur selbst einen Entschuldigungstext vortragen, Karolina zog den Finger aus ihrer Vagina wie aus einem Glas Milch und hielt ihm diesen triefenden Finger hin, ihr Blick wollte, dass er sich sofort auf den klebrigen Küchenboden hockte und den Milchfinger in den Mund nahm, *Herr Wegener*, rief eine unpassend blecherne Männerstimme aus dem Anrufbeantworter, *Staatssicherheit, machen Sie die Tür auf, wir wissen, dass Sie zu Hause sind!*

Karolina starrte ihn an, so gelähmt vor Entsetzen, dass ihre Beine immer noch gespreizt waren, dass ihr nasser Schamlippenmund nach wie vor sein erschrockenes O formte, eine Spiegelung des oberen, erschrockenen O-Mundes, ein kleiner, augenloser, glatt rasierter Zwilling im Schritt, aus dem jetzt etwas Weißes in Richtung Pobacken davonlief, Karolinas hochkonzentrierte, sämige Lust, ausgelöst durch keinen Kontakt, durch keine Berührung, durch keine Annäherung, sondern allein durch die Erwartung des versteinerten Hauptmanns, ein kitzelnder, unverdünnter Tropfen Vorfreude auf den Ex-Sex, dieses Bild vergesse ich nie, nie, nie, dachte Wegener und fummelte sich seinen Minirock zusammen, taumelte in den Flur, zog die Wohnungstür einen dünnen Spalt auf, Spalt, dachte Wegener, Spalt, Spalt und noch mal Spalt, sah zwei graue Mäntel mit dunklen Hüten und unsichtbaren Schattengesichtern, aus einem schnarrte es: »Weisen Sie sich bitte aus.«

Wegener humpelte zur Garderobe, fand sein Portemonnaie, den Dienstausweis, war zurück an der Tür und hielt ihn den beiden Hüten hin.

»Generalmajor Wischinsky lässt grüßen«, sagte der Rechte, hatte plötzlich einen Briefumschlag in der Hand, reichte den Umschlag rein und das war's, keine Verabschiedung, kein Wort mehr, die zwei Kleiderständer stapften im Gleichschritt die alte Holztreppe hinunter. Jede Stufe dröhnte.

Wegener riss den Umschlag auf. Ein Besuchsvisum plus Terminschein für die Normannenstraße. Vier Tage Gültigkeit. Unter *Grund der Visite* in weiblicher Kugelschreiberhandschrift: *Einsicht streng vertraulicher Dokumente vor Ort i. S. Überwachungsvorgang Colombetstr., i. A. Hauptmann Wegener, genehmigt durch Generalmajor Renate Wischinsky.*

Er drehte sich um.

Karolina stand im Flur und sah ihn an, schockierte Riesenaugen, die fürchterliche Dinge gesehen haben mussten und jetzt bitter bereuten.

Ihre Hand griff nach der Türklinke.

»Du gehst?«

»Ich kann das nicht.«

»Bleib. Bitte.«

»Es geht nicht mehr.« Sie war schon draußen, rannte den Stasimännern hinterher, ihre Stiefel klapperten auf dem Holz nach unten, zweiter Stock, erster Stock, Erdgeschoss.

Die Haustür böllerte ins Schloss.

Wegener hörte Früchtl schwachsinnig kichern, ganz hinten im Hinterkopf, tut mir leid, keuchte Früchtl, dass ich lachen muss, tut mir wirklich leid, Martin, nimm mir das nicht übel, entschuldige bitte, aber das ist so tragikomisch, das ist so krank bekloppt, Martin lässt Karolina bespitzeln, dabei wirft Martin Karolina den großen Vertrauensbruch vor, und die Spitzel versauen Martin mit ihren Karolinaspitzelberichten den Karolinaspitzensex, komm schon, gib es zu, das ist nicht mehr zu schlagen, so was passiert nur dir, dem extratragischen Helden, das ist so unfassbar hart, härter ist nur deine Latte, muahaha, ich kann nicht mehr, aber du wolltest ja nicht auf mich hören, du musstest dich ja einlassen auf Spiele, deren Regeln du nicht kennst, du musstest ja selber zum Spielmacher werden, obwohl du weißt, was Spielmachern blüht, und von Rosen, mein Lieber, ist hier nicht die Rede.

Wegener griff sich mit beiden Händen an den Kopf. Das Handtuch rutschte. Seine alberne Erektion sah ihn vorwurfsvoll an und sagte: Der von Brendel ist aber doppelt so dick.

29

Die tiefstehende Sonne hatte eine Lücke zwischen den Retortenpalais gefunden, die einmal der Höhepunkt des Sozialistischen Klassizismus gewesen waren, jetzt schien sie quer über die Straße in die bodentiefen Schaufenster des »Jelzin«, ließ alte Kirschbaumpaneele in Karolinas Haarfarbe aufleuchten, glänzte auf den Krakenarmen der Messinglüster, zeigte sämtliche Parkettschrammen gleichzeitig, fasste den ganzen Raum in eine tröstliche Wärme, die Wegener vorkam, als sei sie von irgendwem für ihn bestellt worden, wohl wissend, dass er zum Kranken geworden war, zum Herzkranken, Kopfkranken, Magenkranken, dessen Leben in Gefahr war, falls er weiterhin überall Grau zu sehen bekam, der jede Farblosigkeit unbedingt zu meiden hatte, wenn er nicht wollte, dass man ihn in Kürze vom VIP-Car-Walk des East-Side kratzen musste, der nur in der einschläfernden, geborgenen Gemütlichkeit sonnenbestrahlter, rotbrauner Café-Holzflächen genesen konnte, wenn überhaupt.

Brendel zündete sich das dritte Zigarillo in Folge an und schickte kleine Rauchquallen los, die in einem lichtgefüllten Swimmingpool nach oben zu treiben schienen, immer höher, dabei langsam zerschwebten. Sein schönes Gesicht war von den Ereignissen der letzten vierundzwanzig Stunden ausgelutscht worden wie eine Styroporschale Rinderhack von einem hungrigen Labrador.

Frankenstein vegetierte im abgewetzten Ledersessel, geschlossene Augen, gefaltete Hände. Vielleicht schlief er. Vielleicht betete er.

Kopfschüsse, dachte Wegener, könnte ich jetzt verteilen wie Karnevalsprinzen Küsse, einfach losballern auf alles, was sich bewegt, in die Robotron-Revolverspiel-Rolle des Justin Justice aus *Faschistenfolter III* schlüpfen, zuerst auf zur Colombetstraße, warten, bis die Lügnerin das Haus verlässt, ihr mit zwei Kugeln die Kniescheiben entfernen, um dann die blutende Bewegungsunfähigkeit für eine allerletzte Rede zu nutzen, *radikales Draufhauen in radikalen Zeiten*, das Eisen an die Schläfe, danach vergeblich in den geplatzten Kopf geguckt, ob da eine mickrige Erklärung zu sehen wäre für so viel Verrat und Niedertracht, zum Schluss ein finaler Judaskuss auf die erkalteten Schamlippen, do swidanja, Karolina, nur tote Gas-Nutten sind gute Gas-Nutten, und dann käme der Rest dran, ein Exitus für alle, allein Kayser hatte sich durch Erschossenwerden vorzeitig entzogen, aber für den Rest der Welt bräche der Frühling des Todes an, ein sonniger Ausmärz, Wegener sah Christa Gerdes schlaff von ihrem Schreibtischstuhl rutschen, Jocicz wegrennen und nach drei Rückentreffern stolpern, fallen, liegen bleiben, Borgs, Lienecke, Gruber, Blühdorn umkippen, Steinkühler am Werderschen Markt zusammensacken, sein Blut, das auf die grauen Steinplatten liefe und die Worte *Meine Wanzensammlung vermache ich dem Berliner Tiergarten* formte, Maries nackte Füße mit schwarz lackierten Zehennägeln, die in das Steinkühlerblut traten und rote Amazonenabdrücke auf dem Boden hinterließen, die langsam trockneten, während Wegener mit dieser weltbezauberndsten Katzenschönheit am Arm in den Sonnenuntergang tingelte.

Er sah auf sein Minsk. Kein Briefumschlag im TNT-Feld, keine neue Mail, kein Anruf in Abwesenheit.

Was denkst du gerade, dachte Wegener und trank einen Schluck Kaffee. Wenn ich wüsste, was du jetzt gerade denkst, wüsste ich alles. Alles, was ich wissen muss. Dann würde ich keine Fehler mehr machen. Nichts zu beantworten, auf nichts mehr zu reagieren, was von Karolina kam, sie im selbstverschuldeten Sud ihres pseudogefühligen Sensibilitätsgetues schmoren zu lassen, das hatte er sich geschworen, aber Karolina, die Todgeweihte, schickte keine TNT, auf die man nicht antworten konnte, tat nichts, das man ignorieren konnte, keine Entschuldigung, kein Vorwurf, kein Friedensangebot. Das ist der finale Beweis ihrer Überlegenheit, dachte Wegener, dem anderen nicht mal die Chance zu geben, passiv zu sein, seine Versuche, Stärke zu beweisen, so lange ins Leere laufen zu lassen, bis er schwach wird, den heimlich abgeblasenen Angriff noch um das Überraschungsmoment der Kapitulation zu bringen, so was war nicht mehr zu steigern, da versagte jeder Feldherr der Weltgeschichte, das hatte von Napoleon bis Hitler niemand geschafft. Das konnte nur Karolina.

Die Abendsonne versuchte, ein bisschen Farbe in Brendels Gesicht zu schminken, vergiss es, dachte Wegener, das sind die Züge eines Erledigten, gezeichnet vom größten anzunehmenden Misserfolg, vom Dauerverhör der letzten Nacht, von immer gleichen Vorwürfen und Nachfragen. Die BND-Männer waren harte Hunde, noch besser als ihre Kollegenschweine vom K5, statt sich gegenseitig zu beharken, griffen sie perfekt ineinander, Präzisionsarbeiter, international ausgebildete Getrieberädchen, die sich sofort zu einer gut geschmierten Anschuldigungsmaschine zusammensetzten, die jede Kollegialität unter gigantischen Radketten zermalmte, wer befragt wurde, war mitschuldig, ob West- oder Ostbulle, alles die gleichen Gerinnsel, seit wann sortiert man Versager nach Himmelsrichtungen. Vielleicht werden wir nie wieder so gleich sein wie in dieser Nacht, dachte Wegener und sah Brendel an, ein verlogenes Team, das die Hoffmann-Tochter mit keinem Wort erwähnte, das dem K5-BND-Gremium nur eine magere Staatssicherheits-Verschwörungstheorie servierte, Ronny Grubers Gastrolle als Brigade-Doppelagent und seine Hauptrolle als IM Hermes aufdeckte, ein zaghafter Verweis auf Greentec und das war's, keine konkreten Ergebnisse, keine Beweise, keine Tatverdächtigen, keine Ahnung, in welcher Kneipe Ostberlins Hoffmanns Mörder gerade eine Molle bestellten. Wegener spürte die Gleichgültigkeit angesichts dieser Niederlage deutlicher als je zuvor. Karolina und Hoffmann, die Stasi und die Brigade hatten nichts übrig gelassen, keine Wünsche, kein Interesse, nur hilflosen Hass, der schon bald zur hilflosen Leere verblassen würde. Diese Leere konnte der Anfang vom Ende des Wollens sein. Der Anfang vom Ende des Mangels.

»Noch genau eine Stunde.« Frankenstein hatte seine Armbanduhr abgenommen und auf den Tisch gelegt, als würde sie dort eine angenehmere Zeit zeigen. »Dann haben wir 19 Uhr.«

Brendel griff nach der Speisekarte, schlug sie auf, blätterte.

»19 Uhr«, wiederholte Frankenstein leise.

Die Sonne war jetzt eine blendende Orange, die es nicht mehr lange machen würde, die gleich schlagartig ihre warme Farbe verlor und unterging, irgendwann ist Feierabend, Gabriel, alter Terroristenfreund, dachte Wegener und trank noch einen Schluck Kaffee, lauf nicht weg, spar deine Kräfte, sie kriegen dich doch.

»Wann hast du Toralf zum ersten Mal getroffen?« Brendel war plötzlich aufgewacht. »2000?«

»Ja, 2000. Im Frühjahr. Wie gesagt, auf dem Gendarmenmarkt und nicht hier.«

»Warum behauptet er dann, ihr hättet euch hier getroffen?«

»Das haben wir uns vorgestern schon erfolglos gefragt, Richard.«

Brendel hielt die aufgeschlagene Speisekarte hoch. »Das ›Jelzin‹ heißt erst seit 2004 ›Jelzin‹.«

»Und davor?«

»Steht hier nicht. Könnt ihr euch erinnern?«

»Keine Ahnung«, sagte Wegener.

Frankenstein schüttelte den Kopf.

Eine Minute lang sagte niemand etwas, dachten alle nach, grübelten stumm über ihren Tassen, bis Frankenstein sich wortlos hochwuchtete und in Richtung Tresen stapfte.

Wegener kramte sein Minsk aus der Tasche, auch wenn eine innere Stimme in ihm aufjaulte, ihn anbrüllte, öffnete eine Textnachricht an Karolina, die Stimme überschlug sich, aber er wollte es von *ihr* hören und nicht hintenrum, sie selbst sollte es ihm sagen, das musste erlaubt sein, das beschleunigte nur das Abhaken, trotzdem kreischte es in ihm weiter, ein unabschaltbares Warnsystem für Gravierendes und Verhängnisvolles, vergeblich, seine Finger hatten es schon getickert und abgeschickt: *Sag mir bitte die Wahrheit, gibt es einen anderen?*, die uralte, peinliche, demütigende Frage, die man nicht schöner formulieren konnte, mit der jeder Ex-Liebhaber nachträglich zum schmächtigen Schuljungen schrumpfte, egal, wie groß und breit und mächtig er vorher einmal gewesen war.

Der Briefumschlag flatterte, Finale, dachte Wegener, du flatterst nie wieder, sonst knall ich dich ab.

Frankenstein winkte im Hintergrund, er und der kleine ›Jelzin‹-Vietnamese schleppten eine Holzleiter aus der Küche, trugen sie quer durch den vollgequalmten Raum, wur-

den für ein paar Sekunden zu zwei ungleichen Feuerwehr-
männern, vom allgegenwärtigen Rauch verschummert, die
Blicke der Kaffeetrinker, Biertrinker, Wodkatrinker folgten
ihnen, dann waren sie durch die Tür.

Wegener stand auf, Brendel folgte, draußen hatte der Vietnamese die Leiter an die Fassade gestellt und hielt sie mit beiden Händen fest, Frankenstein war schon oben, knibbelte an
dem angegammelten JELZIN-Schriftzug herum, ächzte, hatte
ein Packende der Klebefolie erwischt und ratschte sie Stück
für Stück vom Leuchtkasten.

Brendel schnappte sich das hängende Folienende und
ratschte weiter, vorsichtig, um es nicht abreißen zu lassen.

Frankenstein kletterte die Leiter herunter.

Brendel ließ den abgezogenen Folienschwanz in der Luft
hängen und ging ein paar Schritte rückwärts.

Zu dritt standen sie nebeneinander. Starrten den Leuchtkasten an. Die ursprüngliche Beschriftung war verblasst, fleckig, durchlöchert, aber trotzdem lesbar:

CAFE – RESTAURANT THÄLMANN'S

Der Vietnamese sah von einem zum anderen.

Auf der Karl-Marx-Allee knatterte Verkehrslärm, die
rechte Neonröhre flackerte kurz, das MANN'S blinkte auf,
dann leuchtete es wieder in blassem Hellrot.

»Wir haben ihn«, sagte Wegener.

»Wen hobta?«, fragte der Vietnamese in lupenreinem Säch-
sisch.

»Den Mann, der von hinten erschossen wurde.«

30

Der Mercedes bremste mit eingeschalteten Warnblink-lichtern am Straßenrand, die Knöpfe der Türverriege-lung fuhren hoch.

Frankenstein stieg vorne ein, Wegener hinten.

18:34 Uhr.

Brendel gab Gas.

Die Dämmerung war auf Berlin gesunken, ein halbtrans-parentes, graublaues Tuch ohne Nahtstellen, unter diesem Tuch kämpfen wir, dachte Wegener, alle unter einer Decke, Spielsüchtige und ehemalige Liebende, von denen letztlich jeder *das Beste für mein Land* sagt, wenn er am Ende aller Debatten sein Motiv nennen soll, *das Beste für mein Land* war der kleinste und größte gemeinsame Nenner, eine Fünf-wortbibel, die immer richtig und immer bedeutsam klang, mit der man jeden Kreuzzug rechtfertigen konnte. Ein Satz, der auf alle Fahnen passte.

Wegener sah die dunklen Straßenzüge vorbeiziehen, die hohen Steinberge der Einschüchterungsarchitektur, die strahlenden Nazilüster, sah den funkelnden Mercedesstern auf der Motorhaube, raste durch die Hauptstadt des Dritten Reichs direkt auf die Kuppelhalle von Germania zu, verstand in dieser Sekunde glasklarer als jemals zuvor, dass er in einer Diktatur gelebt hatte und lebte und eines Tages umkommen würde. Wie knapp war dieser Staat an seinen historischen Wendepunkten vorbeigeschrammt? Wie würde er aussehen, wenn ein paar Kleinigkeiten anders gelaufen wären? Wer wäre er selbst, wenn die Welt in der Vergangenheit irgendwo eine Abzweigung genommen hätte, statt immer nur ziellos geradeaus zu stolpern?

»Wir werden verfolgt«, sagte Brendel.

Von den Inkonsequenten, den Egoisten, den Opportunisten, und vielleicht gehöre ich selbst dazu, bin mein eigener Jäger, dachte Wegener und drehte sich um, zwanzig, dreißig leuchtende Doppelscheinwerferpaare stierten ihn an. ·

»Ein roter Phobos, ein weißer Universal.« Brendel bog auf die Greifswalder Straße ab. Mehrere Blinker sprangen an, drei Wagen, vier Wagen blieben hinter ihnen. Die Farben waren nicht zu erkennen.

»Wie geht's weiter?«, fragte Frankenstein.

»Erst mal weg mit ihm«, sagte Wegener, »wenn wir ihn kriegen.« »Treffpunkt, falls wir uns trennen müssen?«

»Schlag was vor.«

»Wenn wir ihn nicht kriegen, ›Molotow‹.« Frankenstein ging sich mit der Zunge über die Lippen. »Kennen Sie das, Herr Brendel?«

Brendel schüttelte den Kopf.

»Das Beste, was Ostberlin zu bieten hat. In jeder Hinsicht.«

Brendel reagierte nicht, starrte angestrengt auf die Straße, sein Mund ein verbissener Strich.

Schweigend glitten sie durch den knatternden Berufsverkehr, in dem man keine Verfolger abschütteln konnte, alle fünf Sekunden Brendels Augen im Rückspiegel, alle dreißig Sekunden ein Blick zur Uhr.

Irgendwann hauchte die freundliche Frauenstimme *In zweihundert Metern haben Sie Ihr Ziel erreicht*, machte eine kleine Pause, dann überglücklich: *Das Ziel liegt rechts!*

Die Digitaluhr neben der Tachoscheibe sprang auf 18:55.

Frankenstein plättete mit beiden Händen seine Frisur. »Was machen wir, falls das die Sicherheit ist, hinter uns?«

»Das weiß ich auch nicht.« Wegener betrachtet die vorbeiziehende, schwarze Baumkronenmasse, aus der erleuchtete Plattenbauten herausragten, hohe Laternenbögen, die alle hundert Meter gelbliche Lichtpfützen auf den Asphalt gossen, dazwischen undurchdringliche Büsche, in denen sich Fußballmannschaften verstecken konnten, verwaiste Bürgersteige, dahintreibender Verkehr.

Brendel wurde langsamer.

Wegener spähte durch die Heckscheibe. Keine Verfolger zu sehen.

Rechts begann das weite, betonierte Halbrund, in dessen Mitte sich der meterhohe Bronzebrocken breit machte: Thälmann, der entschlossen in den Nachthimmel starrte, in dem ihn die Kommunisten seit mehr als einem halben Jahrhundert vermuteten. Aus seiner rechten Schulter wuchs die geballte Kämpferfaust, hinter seinem Rücken wehte schwerer Fahnenstoff wie ein gegossener Flügel nach oben weg. Der Platz rings um das Denkmal war leer.

»Sie haben irgendwo hinter uns gehalten.« Brendel schaltete Motor und Wagenbeleuchtung aus, der Mercedes rollte noch ein paar Meter in die Dunkelheit zwischen zwei Laternen, blieb stehen.

18:57.

Wegener merkte, dass sein Minsk vibrierte, fummelte es aus der Hosentasche, *Sie haben eine* TNT *von Karolina Enders erhalten*, und da war er wieder, der kleine, wohldosierte Adrenalinschub, den man nicht abstellen konnte, pure Energieverschwendung für lieblose Textköttel, garantierte Enttäuschungsminiaturen, deren einziger Überraschungseffekt in der Frage lag, mit welcher Wortkombination einem diesmal von hinten in die Eier getreten wurde.

Es gibt zurzeit niemanden für mich.

Doch, natürlich gibt es einen, dachte Wegener, aber den hast du ins Gefühlsexil gebombt, um ihn nicht mehr lieben zu müssen, weil du den Gedanken nicht aushalten konntest, dass du ihn immer weiter lieben würdest, deshalb hast du nicht gefühlt, sondern *beschlossen*, dass du ihn nicht mehr liebst, so nüchtern, wie du beschließt, deinen unfähigen sibirischen Gazprom-Praktikanten einen Monat früher in seine Gefriertruhe zurückzuschicken: eiskalt, unwiderruflich.

18:59.

Die Windschutzscheibe der S-Klasse beschlug von innen. In den Ecken bildeten sich Kondensamöben, die langsam in die Höhe wuchsen.

Frankenstein unterdrückte ein Niesen und suchte in seiner raschelnden Jacke herum, bis er eine Packung Taschentücher gefunden hatte.

Brendel klopfte im Takt des Sekundenzeigers mit dem Mittelfinger auf den Schaltknüppel, lehnte den Kopf an die Nackenstütze, ließ ihn auf die Brust sinken.

Frankenstein schnäuzte sich so zurückhaltend wie möglich.

19:00.

Wie hättest du dich entschieden, Ernst, wenn du das alles gewusst hättest, wenn du das alles überlebt hättest, dachte Wegener und betrachtete Thälmanns versteinertes Gesicht, das plötzlich gar nicht mehr hart und heldenhaft aussah, sondern traurig, unsicher, todmüde. Dein Kopfschuss hat dich vor der Wahrheit gerettet, hat dich im Legendenstatus plastiniert, als endlos haltbare Kommunistenkonserve, also sei froh, dass dir die späteren Enttäuschungen erspart blieben, dass du nicht mehr gezwungen warst, zwischen Macht und Machbarkeit zu wählen, alle anderen sind darüber gestürzt, die Gelegenheit hat man dir nicht mehr gegeben, Teddy. Bedank dich und herzlichen Glückwunsch, bis heute bist du von den ganzen Falschen der Richtigste.

Aus der Dunkelheit des Bronzehinterkopfs löste sich ein Schatten.

Hockte sich hin.

Stützte sich auf und sprang.

Für einen Moment kam es Wegener vor, als steige Thälmann in Normalgröße aus seinem eigenen Schädel heraus, vom Sockel herunter, zermürbt durch die andauernde Glorifizierung einer Haltung, die längst nicht mehr seine war, die ihm mit jedem Jahr sturer Himmelstarrerei fremder wurde. Ein paar Jahrzehnte nachdenken konnte ganz guttun, man macht so seine Beobachtungen, wegsehen geht ja schlecht, wenn einem der Bronzekünstler Kerbel derart penetrant die Augen öffnet.

Der Schatten stand jetzt bewegungslos in der Mitte der Freifläche, ein Gnom vor einem geköpften Riesen. Sonst niemand.

Frankenstein war eine Sekunde schneller, seine Hand drückte schon die Beifahrertür auf, als Wegener noch staunte, wo der schwarze Phobos Datscha herkam. Wie aus dem Nichts scheuerte er plötzlich von rechts über die Betonbrache, spuckte zwei Männer aus, die sofort losrannten, dem lahmenden Schatten hinterher, der Richtung Park lief und in einer Dunkelheit verschwand, die schon keine mehr war: Ein zweites Sechsaugengesicht blendete auf, ließ verschwommene Silhouetten im weißen Scheinwerfernebel tanzen, ein stolpernder Männerreigen, der aneinander zerrte, der sich jetzt fest im Griff hatte und schließlich zuckend, angespannt, gebückt in den beiden Wagen verschwand.

Brendel fluchte, startete den Motor, Frankenstein zog die Beifahrertür zu, Thälmann hatte immer noch die Nacht im Blick, ignorierte das Reifenquietschen, sah nicht, wie die beiden schwarzen Jeeps hintereinander über den Vorplatz flogen, wie sie die erhöhte Bordsteinkante mit kleinen Sprüngen nahmen, auf die Greifswalder Straße krachten und schleudernd Gas gaben, wie die S-Klasse losdröhnte, wie ihre Xenon-Flutlichter die Datschas bläulich-grell an den lackierten Hinterteilen packten, wie Brendel beschleunigte, dass es alle in die Sitze drückte, um sie herum Huperei, schlingernde Phenoplastschachteln, die Tachonadel stand schon bei 70 und stieg weiter, Brendel bretterte über die Mittelspur, als säße er in einem Panzer, hielt das Lederlenkrad mit beiden Händen fest, die rechte Hand rutschte ab, riss den vierten Gang rein, war wieder am Steuer, Brendels Augen im Rückspiegel von hinten angestrahlt, für eine halbe Sekunde vom Licht erwischt, in der sein Blau entschlossen aufleuchtete, berechnend, kalkulierend, als hätte er all das hier vorausgesehen.

»Unsere Verfolger von eben. Sie sind wieder da.«

Wegener drehte sich um, zwei Wagen drängelten sich durch den verstörten Verkehr, ein roter Phobos, ein weißer Universal, wechselten Spuren, zogen an bremsenden Autos vorbei, Wegener drehte sich wieder nach vorn, die Datschas waren größer geworden, Brendel holte auf, an beiden Jeeps keine Kennzeichen, getönte Scheiben, zwei Auspuffrohre, hochgerüstete Modelle, die den Mercedes mit einer stinkenden Dieselgemischwolke einnebelten, Frankenstein fummelte am Schaltpult der Mittelkonsole herum, bis er die Lüftung ausgestellt hatte.

»Wegfahren können sie nicht«, sagte Brendel durch die Zähne.

Frankenstein sah ihn an.

»AMG.«

»AM was?«

»Wir haben 450 PS unter der Haube.« Brendel zog an einem Hebel, und die Datschas pendelten plötzlich im Fernlichtkegel, waren Flüchtende auf den Straßen von New York City, Gejagte in einer spektakulären Hubschrauberverfolgung ohne Hubschrauber, schwenkten von rechts nach links über die Fahrbahn, wichen einem Wartburg, einem Barkas, einem Lada aus, fuhren im Zick-Zack-Kurs, als müssten sie durch Kugelhagel manövrieren, zogen plötzlich beide auf die rechte Spur und gingen scharf in die lange Kurve Richtung Pankow. Brendel quetschte sich an dem Barkas vorbei, kurbelte das Lenkrad nach rechts und war hinter ihnen auf dem Abbieger, Wegener klebte an der kalten Seitenscheibe, drehte sich um, die Phobosse blieben dran, zogen jetzt ebenfalls quer über die Greifswalder in die Weddingausfahrt, Brendel wurde noch schneller, an beiden Seiten der Heckscheibe wischten immer neue Bogenlaternen vorbei, ergaben endlose Lichterketten, die den Verlauf der Mittagstraße an beiden Seiten nachzeichneten, schnurgrade Grenzmarkierungen einer politischen Rennstrecke, hier hängt niemand jemanden ab, dachte Wegener, die Datschas uns nicht, wir die Phobosse nicht, als krude Kolonne können wir so lange durch Berlin schießen, bis irgendwer keinen Sprit mehr hat und zurückbleibt, ausgeschieden im absurden Wettlauf um die verlorene Zukunft eines verlorenen Landes, alles vergeblich, die elektrischen Nervenimpulse zwischen Brendels Hirn und Brendels Netzhaut, die Adrenalinstöße der Datschafahrer, die hämmernden Kolben der Phobosse, Frankensteins Achselschweiß, das direkt eingespritzte Benzin im wummernden Motorblock der S-Klasse, das Öl, das Blut, das durch die Adern rauschte, die Bremsflüssigkeit, die in ihren Leitungen pulsierte, die letzten Mücken, Käfer, Wespen, die an fünf Kühlergrillen zu gelblich-schleimigem Chitinbrei zerhämmert wurden und im Fahrtwind sekundenschnell zu klebrigen Flecken trockneten, alles das passierte und hätte genauso gut nicht passieren können, alles lief nur weiter, weil niemand die Stopptaste drücken wollte, weil es jedem Einzelnen an der nötigen Kraft zur Resignation fehlte, weil immer alles vorangetrieben werden musste, bis das Ende die Geduld verlor und basta sagte.

Wegener sah, wie die Bremslichter der Datschas leuchteten, wie beide hintereinander auf eine Industriebrache abbogen, *VEB Großschlachterei Renzinghain*, Brendel bremste und schlingerte hinterher, die Phobosse folgten, die Jeeps fuhren jetzt nebeneinander und jagten eine doppelte Dreckwolke hoch, in der man für Augenblicke die Orientierung verlor, in der man damit rechnen musste, plötzlich rostende Drahtzäune, Container, Maschinenwracks zu rammen, dann tauchten Hallenkomplexe im Fernlicht auf, Kräne, Schornsteine, lang gestreckte Backsteinwände zu beiden Seiten, statt staubiger Fläche eine Fahrbahn aus Betonquadern, einer der Jeeps wurde schneller und übernahm die Spitze, Wegener merkte, dass sich seine Hände am Sitzbankleder festkrampften, die Hallenwände liefen aufeinander zu, kamen dem Mercedes von beiden Seiten näher, man raste hier mit 130 Sachen in ein steinernes V, Frankensteins Kopf flog nach rechts, nach links, neuer Gebäudeabschnitt, versetzt nach innen gebaut, jetzt wird's eng, dachte Wegener, und merkte, wie er auf der Rückbank ins Rutschen kam, wie Brendel beide Arme durchdrückte, als könne er so die Schubkräfte seiner Vollbremsung dämpfen, ein roter Dreiecksknopf blinkte neben dem Lenkrad, der Mercedes brach nicht aus, überschlug sich nicht, rutschte einfach weiter auf den nächsten Hallentrakt zu, zwei Mauern, die nur noch einen Fußweg zwischen sich frei ließen, in den die Datschas sich jetzt hineintasteten, aneckten, feststeckten, Gas gaben, ihre Außenspiegel abbrachen, Lack splittern ließen, mit kreischenden Flanken die Wände entlangschrammten, während die S-Klasse zum Stehen kam, ein viel zu breites, fahrbares Wohnzimmer, das auch mit 450 PS keinen meterhohen, geziegelten Lagerkomplex überrollen konnte.

Brendel und Frankenstein waren schon aus dem Wagen heraus, hatten ihre Waffen gezogen, verschwanden in dem Backsteingang, rannten den Datschas hinterher, die sich schabend, rumpelnd, ächzend durch ihren gemauerten Spalt quälten, ein minimaler Fluchtweg, der trotzdem reichen würde, der im Begriff war, den Marathonmann Richard Brendel schon wieder zum Verlierer eines Verfolgungslaufs zu machen.

Wegener stieg aus dem Wagen.

Die beiden Phobosse rollten auf ihn zu, wurden langsamer, der Universal hielt an, der andere kurvte um den Mercedes herum und bohrte sich zwischen die Wände, kratzte Brendel, Frankenstein, den Datschas hinterher.

Das Licht der vier Scheinwerfer blendete ab. Autotüren klappten. Zwei Männer, eine junge Frau. Keine sichtbaren Waffen.

Die Maus, dachte Wegener, die Maus aus der Bar International, die geflüchtete Bedienung, aber mit einer anderen Frisur. Statt der langen, schwarzen Perücke raspelkurze Haare.

»Der Glühwein war beschissen«, sagte Wegener und wusste, was jetzt kam, Abfahrt zur Normannenstraße, ein kahler Raum, zwei Männer und er, die größte Staatssicherheitsbrüllerei seines Lebens, eine verdeckte Operation verhindert, Disziplinarverfahren, nicht länger nur Freistellung, sondern Suspendierung, endlich die Suspendierung. Man weiß vorher nie, wie es ausgeht, hatte Früchtl gesagt und damit bis hierher, bis in die hinterste, dunkelste Ecke des VEB Großschlachterei Renzinghain Recht behalten. Dass deine Karriere eine Sackgasse ist, wusstest du immer, dachte Wegener, dass diese Sackgasse aus Schlachthofwänden besteht, hättest du ahnen können, wo sonst darf man in diesem Staat schneller, sauberer, fließbandmäßiger Todesstrafen verteilen.

»Kommen Sie bitte mit uns.« Eine Männerstimme.

Wegener wusste nicht, wer von den beiden Typen gesprochen hatte, und es war ihm auch egal. »Mit wohin?«

»Mit zu einem Ort, an dem man ungestört reden kann.«

Der weiße Raum, dachte Wegener, der verfluchte weiße Raum mit der gepolsterten Decke, jetzt schnappt er dich, jetzt servieren sie dich ab und spinnen dich mit ihrer Stille ein, und du hast uns noch den Abschied versaut, Karolina, wir hätten es im Müll treiben können, zwischen Goldkronealtglas und schimmelndem Allerlei, ich hätte deine wasserfallnasse Dose geleckt, bis du gekommen wärst, hätte an deinen hellgrauen Schamlappen gelutscht, an diesen faltigen, fleischigen Kohlblättern, die du zum Glück nie hast verkleinern lassen, ich hätte deinen Kitzlerknubbel mit meiner Zungenspitze gestreichelt bis dein Saft auf den Boden getropft wäre, und dann hätte ich die Pfütze vom Boden geleckt, deine Füße abgelutscht, deinen Arsch, wir hätten alles getan, alles was reingegangen wäre, wie damals, spontan und unvernünftig, hoffnungslos und hemmungslos, aber dein Karrierekopf, deine Angst, deine Lügen haben uns enden lassen wie alle durchschnittlichen Verlierer der Liebe, ausgetrocknet, einsam, stumm, karg, belanglos, unverstanden.

Hinter der Fabrikhalle krachten Schüsse.

»Und wer möchte ungestört mit mir reden?« Wegener legte die letzte Kraft in seine Stimme. »Ich bin Hauptmann der Kriminalpolizei, ich habe ein nettes kleines Büro im Präsidium Köpenick. Lassen Sie sich einen Termin geben.«

»Wir wissen, wer Sie sind und wo Ihr Büro ist.« Einer der Männer öffnete die Beifahrertür des Phobos. Am Wagen keine Kennzeichen. »Aber Alexander Bürger hat etwas gegen Polizeiwachen.«

31

Seine Mutter stand in ihrem etwas zu engen, fliederfarbenen Kleid vor den verschachtelten Fachwerkhäuschen der namenlosen thüringischen Kleinstadt, in der rechten Hand eine Rostbratwurst, in der linken einen gehäkelten Beutel, aus dem zwei Spreequell-Flaschenhälse guckten, weiße Sandalen, lila Haarreifen, im Gesicht nicht die Instant-Fotofreude der üblichen Bilder, sondern ein zaghaftes Lächeln, ein aufrichtiger Moment, zufällig festgehalten und ab sofort unvergänglich. Er selbst äugte ausdruckslos, fast gelangweilt in die Kamera, ein fünfzehnjähriger Junge, der seiner Mutter mit dem Besuch im Vergnügungspark Plänterwald eine Freude machen möchte, die Mutter glücklich, der Sohn in gnädiger Geduld. Vertauschte Rollen, der traurige Fotobeweis dafür, dass Kindheiten scharfkantig enden, dass ihre Heiligtümer von einem Tag auf den anderen geschändete Tempel sind, abgestreifte Häute, in die man nie wieder hineinpassen möchte. Zu klein gewordenes Leben.

1970 waren wir eine Familie, dachte Wegener, 1970 war ich Teil einer Familie; nicht mehr Teil einer Familie zu sein, nie mehr Teil einer Familie zu sein, war 1970 unvorstellbar, das wäre einem Aussterben der Weltbevölkerung gleichgekommen, größtmögliches Zurückgebliebensein, die Einsamkeit des Andreas Jähn in den Weltraumweiten. 1970 standen Vater und Mutter für die Lebensform der Unsterblichkeitswesen, Ewigkeitseltern, ohne die eine eigene Existenz in sich zusammenfallen musste wie die Hülle eines Heißluftballons, aus der auch der letzte Rest Luft entwichen war. Wegener wusste, wo sein Bild dieser Zeit klebte, wo man den zaghaft fröhlichen Gesichtsausdruck, den Haarreifen, die Rostbratwurst, die Häkeltasche heute noch finden konnte, Wohnzimmerschrank Mitte, unterste Schublade, grüner Kunstlederfotoband, vorletzte Seite oben rechts und darunter in der feinen Füllerschrift seiner Mutter:

Ein letztes Mal.

Dort, wo sie damals fliederfarben gelächelt hatte, wuchs das Unkraut jetzt hüfthoch, die thüringische Musterkleinstadt war längst eine thüringische Realitätskleinstadt, beschmierte Kulissenwände, das Holz des Fachwerks gammelte, der Billigputz bröckelte. Wegener merkte, dass er diese verkommene Idylle anstarrte, als sei eine der Bruchbuden sein Elternhaus, als wäre er in diesem Freizeitpark aufgewachsen und nicht in der kanzerogenen Jugendstilwohnung im Prenzlauer Berg. Er versuchte sich vorzustellen, was seine Mutter gedacht, gefühlt hätte, wenn ihr damals vorhergesagt worden wäre, dass ihr Sohn doch noch einmal zurückkehren wird in die eingezäunte Spaßzone des deutschen Sozialismus, nicht mit seinen Kindern, an einem Sommersonntag, sondern in dämmeriger Armageddonatmosphäre, in Begleitung verfassungsfeindlicher Subjekte, der Park nur noch eine Vergnügungsruine, eine bizarre Kunstwelt mit abgebrannten Hütten und verrotteten Eisenbahnwägelchen in halb eingestürzten Geisterbahnhöfen. Nichts ist gruseliger als ein bösartiger Clown, dachte Wegener, und der Plänterwald ist die Heimat aller bösartigen Clowns der Sozialistischen Union, hier hausen die Pennywises in verschimmelten Schießbuden und Losständen, strangulieren jede Nacht achtzehn Obdachlose am Kettenkarussell, baden in dem kilometerlangen, schlauchartig gewundenen Pool, in dem früher die Boote der Wasserbahn vorbeigondelten, und wenn sie auftauchen, tragen sie glitschige Algenfrisuren, lachen aus zahnlosen Mündern und singen *Will Herrn Hauptmann nicht betrüben* von Manfred Krug.

Seine Bewacher standen stumm hinter ihm, ein verschwiegenes Terzett, das nicht drängelte, drei höfliche junge Menschen, die Ausdauer gelernt hatten, deren Blicke seinem Blick folgten: von der morschen Thüringen-Imitation über hochgeschossene Birken mitten auf dem Marktplatz bis zum Riesenrad, das immer noch in der Parkmitte aufragte, der verstorbene Kinderkönig der Deutschen Demokratischen Republik, ein gigantisches kreisrundes Gerippe, das weithin sichtbare Symbolskelett für den Tod des Kulturparks.

Wegener wandte sich ab, die drei hinter ihm gingen langsam weiter, er folgte ihnen um eine Rechtskurve auf die Wiese des Mesozoikums und konnte sich jetzt selbst sehen, noch früher, 1963, ängstlich an die Mutterhand geklammert, über ihm der graugrüne Tyrannosaurus Rex, dessen rote Augen aus drei Meter Höhe feindselig auf das Getümmel glotzten, der sein Maul aufriss und spitze weiße Haifischzähne präsentierte, ein grausamer Koloss, von dem man wochenlang träumen musste, der Nacht für Nacht alles zerfleischte, was man liebte, und der jetzt besiegt war, mit lächerlich steifen, eingeklappten Vorderärmchen auf der Wiese lag, einbeinig, das zweite Bein ragte als Stumpf aus dem Gras, alles auf der Welt konnte kippen, keine Stärke ist dauerhaft, auch der Gefährlichste findet sich eines Tages mit der Schnauze im Dreck wieder, dachte Wegener und sah in das finstere Dreihorngesicht des Triceratops, der noch stand, den die Zeit verschont hatte, keine Macken im Plastepanzer, nur zwei aufgesprühte silberne Worte: *Egonerus Krenzus.*

»Das komplette Politbüro«, sagte eine Stimme, die nicht zu seinen Begleitern gehörte, die fuchsiger war, dominanter, lapidarer, die aus einer Entfernung sprach und trotzdem gut zu verstehen war, eine Stimme, von der man sich vorstellen konnte, ihr länger zuzuhören, weil sie klang, als rede sie um nichts drumherum.

Wegener versuchte, etwas in der Dunkelheit zu erkennen. Ein kleiner Mann kam durch die Dinosaurierherde auf ihn zu, verschwand kurz hinter einem schwanzlosen Wasauchimmer, war wieder da, ging die letzten Meter langsamer. Der Mond beleuchtete seinen Auftritt mit blassem Halblicht: Schmaler Körper, schmales Gesicht. Anfang vierzig. Strohblonde, gescheitelte Haare. Dunkles Jackett, gelber Pullunder über weißem Hemd. Heller Schal.

»Nett, dass Sie gekommen sind.« Der Kleine gab Wegener eine warme Hand und drückte kurz zu. Er roch nach kaltem Pfeifenrauch. »Gehen wir ein Stück. Ich nehme an, Sie kennen den Park?«

»Jede Ecke.«

»Schön. Dann haben wir beide Heimvorteil.« Der Mann schlenderte gemächlich zurück in Richtung Rundweg.

Wegener blieb neben ihm. »Es geht um Albert Hoffmann?«

»Ja, natürlich. Sie sind von den Ermittlungen abgezogen worden.«

»Sagt wer?«

»Ihre Dienststelle, wenn man anruft und nachfragt. Aber das interessiert mich nicht sonderlich. Wissen Sie, wer Hoffmann ermordet hat, Herr Wegener?«

»Wissen Sie es?«

»Ja. Ich weiß es.« Der Kleine bog auf den Rundweg ab. Links, nicht zurück zum Eingang, sondern tiefer in den Park.

»Sind Sie Alexander Bürger?«

Der Mann lächelte. »Nehmen wir es für unser Gespräch mal an.«

»Sind Sie es oder sind Sie es nicht?«

»Wenn ich ja sage, glauben Sie mir nicht, wenn ich nein sage, glauben Sie mir auch nicht.«

Wegener drehte sich um. Das Terzett war verschwunden. Die schwarzen Dinosauriersilhouetten buckelten vor dem blauen Abendhimmel. Der lange Hals des Brachiosaurus wuchs über der Herde bogenförmig in die Luft, und für einen Moment war der ganze Urzeitzoo lebendig: graste, belauerte sich, starrte herüber, sämtliche Viecher warteten nur auf einen unbeobachteten Moment, um übereinander herzufallen, sich zu zerreißen, sich aufzufressen, sich gegenseitig brüllend zu rammeln.

»Was wollen Sie, Herr Bürger?« Wegener merkte, dass er fror.

»Ich will wissen, ob Sie im Laufe der letzten Tage ein bestimmtes Faktum in Erfahrung gebracht haben, das mich interessiert.«

Der Weg zog sich in einem leichten Bogen nach links, wurde löchrig und uneben. Die Wurzeln junger Birken drückten Steine aus dem Pflaster. Rechts begann das Gelände des *Treptower Blitz*. Der Jägerzaun, an dem sich früher die ewige Warteschlange aufgereiht hatte, war umgekippt.

»Um was genau geht es?«

»Nur um ein kleines Detail.«

»Warum interessieren Sie sich für den Fall?«

»Nun, das liegt doch auf der Hand. Wir sind Gegner dieses Staates in seiner aktuellen politischen Erscheinungsform. Albert Hoffmann war das auch.«

»Sie werden von den Behörden gesucht«, sagte Wegener,

»und bitten einen Polizisten, Ihnen Informationen zu geben. Das ist doch absurd.«

»Dieser Staat ist absurd, Herr Wegener. Alles, was gerade passiert, sind Emanationen eines durch und durch absurden Staates.«

Wegener blieb stehen und betrachtete den Eingang des Achterbahntunnels: eine wilde, aufgerissene Tigerschnauze. Der rot lackierte Schienenstrang krümmte sich als konkave Endloszunge aus dem Maul. »Warum sollte ich ausgerechnet Alexander Bürger etwas über eine geheim eingestufte Sonderermittlung der Kriminalpolizei erzählen?«

»Auch das liegt auf der Hand. Weil Sie dafür den Namen von Hoffmanns Mörder bekommen.«

»Nur den Namen, nicht den Mörder.«

»Ich werde weder drohen noch bitten. Lassen Sie sich auf einen Handel ein oder lassen Sie es bleiben. Ihre Entscheidung.«

»Vielleicht kann ich Ihnen ja gar keine Informationen zu diesem interessanten Faktum geben. Dann habe ich nichts zum Handeln.«

»Machen Sie sich keine Sorgen.« Bürger klopfte Wegener freundschaftlich auf die Schulter. »Egal, wie Ihre Antwort auf meine Frage ausfällt, sie ist in jedem Fall ein wertvoller Hinweis für mich. Vorausgesetzt, Sie sind ehrlich.«

Wegener konnte die Achterbahn hören. Das immergleiche Kinderkreischen. Das metallische Quietschen. Die hochgeworfenen Arme. Die fliegenden Haare der Mädchen in seinem Gesicht. Der kitzelnde Duft. Sein sofort steifer Pimmel. Die Furcht, dass jemand diese Pimmelbeule sah. Das Tigermaul, auf der anderen Seite nicht angemalt, nur verschraubte Platten, die lustvoll-bedrohliche Illusion der Vorderansicht plötzlich zerstört, der schnöde Hintergrund, der immer enttäuschte und den man trotzdem um jeden Preis sehen wollte, die Mutter am Jägerzaun, geduldig, gebeugt, gefaltete Hände, der auf und ab laufende Kameravater, jedes Jahr die gleichen Bilder. Nur das Kind wurde älter und älter und älter.

»Wenn Sie bereit sind, mir den Namen von Hoffmanns Mörder einfach so zu nennen«, sagte Wegener, »im Austausch für eine vielleicht vorhandene Information, dann gehe ich mal davon aus, dass dieser Name ohnehin in Kürze publik wird. Sonst wäre er erheblich teurer.«

Bürger lächelte. »Mir wurde schon gesagt, dass man Sie leicht unterschätzt.«

»Ich unterschätze mich sogar manchmal selbst.«

»Kenne ich. Das geht guten Leuten immer so.«

»Interessant, dass sich jemand zu den Guten zählt, der hauptberuflich Bombenterror organisiert.«

»Ich denke, wir müssen uns nichts vormachen, Herr Wegener. Gewalt ist nicht gleich Gewalt. Im Paradies mag das zutreffen, in den simplen Moralen auch, aber nicht auf unserem *Planet Global Terror*. Einen Unrechtsstaat, der sein Volk einsperrt, können Sie nur bekämpfen, indem Sie gezielt gegen seine Regeln verstoßen. Wer sich mit den offiziell zugelassenen Mitteln begnügt, will einen Märtyrer aus sich machen, keinen Sieger.«

»Sie klingen, als müssten Sie sich rechtfertigen.«

»Ich klinge, als müsste ich immer wieder mit Leuten reden, die ein Untertanenleben führen, die also gar kein Bewusstsein dafür entwickeln konnten, was die tatsächlichen Privilegien und Pflichten eines Staates sind. Erwachsene Kinder, denen verschwiegen wurde, welche Macht sie besitzen.«

»Das alte Dilemma der Subversiven«, sagte Wegener. »Um

dem Feind des Volks auf Augenhöhe zu begegnen, müssen Sie seine Gestalt annehmen. Heraus kommen zwei Feinde des Volks.«

»Sie vergessen einen entscheidenden Unterschied. Wir sind menschlich, Herr Wegener, die Stasi ist es nicht.«

»Sie fangen ja auch gerade erst an. Warten wir mal, was in sechzig Jahren aus Ihrem Laden geworden ist.«

Bürger lachte. »Ich hoffe, so lang dauert unser Kampf nicht. Lassen Sie mich etwas erklären. Es gibt in Ländern wie der DDR drei Menschensorten: die Unterstützer des Systems, die Untätigen und die Widerständler. Ein Widerständler wird immer Fehler machen, zweifelsohne, massive Fehler sogar. Aber keiner dieser Fehler wird jemals so schwer wiegen wie die Fehler der Untätigen und der Unterstützer.«

»Nicht mal, wenn der Fehler ein Mord ist?«

»Nicht mal dann.« Bürger sah Wegener in die Augen. »Sind Sie etwa ein verkappter Moralist, Herr Hauptmann?«

Wegener schüttelte den Kopf. »Daneben. Ich bin höchstens ein verkappter Pragmatiker. Ob Ihr Kampf gerechtfertigt ist oder nicht, das müssen die Opfer Ihres Kampfes entscheiden, Herr Bürger. Was Terrorismus bewirkt, können wir jetzt schon feststellen, gerne gemeinsam: immer das exakte Gegenteil dessen, was er erreichen will.«

»Und was schließen Sie daraus?«

»Ich schließe daraus, dass es auch im 21. Jahrhundert noch fanatische Eitelkeit und feuchte Heldenträume ideologieanfälliger, weil ungebildeter junger Männer gibt.«

»Der Terrorismus als maskuline Hormonverwirrung, interessant.«

»Interessant, weil wahr.«

»Es geht nie um die Sache? Immer nur darum, sich in den Mittelpunkt zu schießen? Und die Widerstandskämpfer im

Dritten Reich? Waren das auch eitle Halbstarke, die ein bisschen Bewunderung abstauben wollten?«

»Die Legitimität von gewaltsamem Widerstand gegen ein System entscheidet sich an einem sehr konkreten Punkt, Herr Bürger: Gilt diese Gewalt den Schuldigen oder den Unschuldigen? Gilt sie dem Führer oder dem Volk?«

»Sie halten ein Volk, das sich nicht gegen einen Führer wehrt, für unschuldig?«

»Ich halte den Führer für den Schuldigen schlechthin, deshalb sollte man auch die Eier haben, ihn persönlich ranzunehmen, anstatt es sich mit Attentaten auf die Allgemeinheit leicht zu machen. Stauffenberg hat heute noch die Unterstützung der ganzen denkenden Welt, die Taliban werden sie auch in 1000 Jahren noch nicht haben.«

»Da muss ich Ihnen Recht geben.«

»Warum schießen Sie Krenz nicht einfach in den Kopf?«

Bürger lachte wieder. »Vielleicht arbeiten wir ja längst daran.«

»Dann wünsche ich viel Erfolg.«

»Da haben wir ja doch noch einen gemeinsamen Nenner gefunden.« Bürger klopfte Wegener noch mal auf die Schulter, jetzt kräftiger. »Nun müssen wir uns nur noch im Informationsbereich handelseinig werden.«

»Dann nennen Sie mir nicht nur den Täter, nennen Sie mir auch die Hintergründe. Sagen Sie mir die volle Wahrheit über Hoffmann und seine Mörder.«

»Tut mir leid, aber das geht nicht.«

»Warum geht das nicht?«

»Das sind Informationen, aus denen wir gern noch ein paar Vorteile ziehen würden, dafür haben Sie sicher Verständnis.«

Wegener blieb stehen.

Bürger blieb ebenfalls stehen.

»Die Wahrheit über Albert Hoffmann«, sagte Wegener, »und Sie bekommen die Wahrheit über Ronny Gruber.«

Bürgers Kopf ruckte herum. Seine krumme Nase wurde im Mondlicht zu einem dürftigen, leicht verbogenen Schnabel. Jetzt ist er eine bewegungsunfähige zarte Taube, dachte Wegener, die nicht mal panisch wegflattern kann vor lauter Verblüffung.

»Also?«

Bürgers dunkle Augen waren halb geschlossen. »Woher kennen Sie Ronny Gruber?«

»Werden wir uns handelseinig?«

Die Taube legte den Kopf schief und fixierte ihr Gegenüber. »Gut.«

»Gut heißt ja.«

»Ja.«

»Welches Detail der Ermittlungen wollen Sie wissen?«

Bürger ging langsam weiter. »Fangen wir mit Ronny Gruber an.«

»Ich dachte, es gibt da ein Faktum, das Sie so brennend interessiert.«

»Meinetwegen. Sind bei Ihren Durchsuchungen brisante Dokumente aus Hoffmanns Zeit im Beraterstab aufgetaucht?«

»Nein.«

»Das wollte ich wissen. Was ist jetzt mit Ronny Gruber?«

»Ronny Gruber hat sich der Polizei als Kronzeuge zur Verfügung gestellt und die Brigade des Mordes an Hoffmann beschuldigt. Wir hatten von Anfang an unsere Zweifel. Dann hat sich herausgestellt, dass Gruber seit Jahren bei der Stasi war, er wurde dort als IM Hermes geführt. Sie hatten die ganze Zeit einen Doppelagenten in Ihren Reihen, Herr Bürger. Einen Doppelagenten, der Ihren Leuten einen Mord anhängen will, um die Stasi zu entlasten.«

Bürger senkte den Kopf, faltete die Arme hinter dem Rücken, schlenderte stumm, grübelte Minute um Minute, damit hat er nicht gerechnet, dachte Wegener, mit allem, aber damit nicht.

Der Weg öffnete sich, wurde zu einem runden, zugewucherten Platz, auf den das einsame Vollmondauge herunterglotzte wie ein verdatterter Zyklop. Rechts ging es zu den Schwanenbooten, links zum Riesenrad, geradeaus zur nächsten Minibahn-Station, zum Toilettenhaus, zum Karussell, zum Softeisstand, Vanille, Erdbeere, Schokolade, Baltische Blaubeere, 5 Pfennig die Kugel. 1963.

»Sie wissen wahrscheinlich, dass Hoffmann in Wandlitz gearbeitet hat«, sagte Bürger schließlich mit unveränderter Stimme, »verdeckt, sozusagen.«

»Wissen wir.«

»Aber Sie wissen nicht, was er da wollte.«

»Leider nein.«

»Hoffmann hatte in Wandlitz einen Stammkunden. Dieser Mann ist ein ganz besonderer Rosenfreund.«

Wegener nickte. »Kulturstaatssekretär Dr. Gert Wanser. Wurde überprüft.«

»Anscheinend nicht genau genug. Sonst wäre Ihnen aufgefallen, dass Wanser während seines Jurastudiums an der Humboldt Gregor Gysis Kommilitone war und später sein Freund wurde, sein politischer Vertrauter. Und dass sich Hoffmanns Einsätze in Wansers Rosengarten so gut wie immer mit Gysis freien Arbeitsvormittagen im Regierungsquartier gedeckt haben.«

Wegener sah den kleinen Mann an. Das Mondlicht kam

von schräg oben und machte sein schmales Gesicht zu einer filigranen, schneeweißen Maske mit dunklen Augenhöhlen.

»Hoffmann hat sich regelmäßig mit Gysi getroffen?«

»Haben Sie schon mal vom sogenannten Plan D gehört, Herr Wegener?«

»Ein Energieversorgungskonzept.«

»Richtig. Und sehr viel mehr als das. Wissen Sie noch etwas über diesen Plan D?«

»Ich weiß, dass Hoffmann mit Krenz gegen Honecker geputscht hat.«

»Sie sind gut informiert. Dieser Teil von Hoffmanns Plan hat damals funktioniert, was danach passieren sollte, klappte nicht mehr so gut. Und jetzt sage ich Ihnen, dass sich Hoffmann in den letzten Jahren regelmäßig mit Gysi getroffen hat, mitten in Wandlitz und doch klammheimlich, nämlich in Wansers Keller.«

Wegener spürte, dass er angefangen hatte zu schwitzen.

Bürger lächelte. »Sie denken doch gerade was. Oder?«

»Ja.«

»Trauen Sie sich. Sprechen Sie es aus.«

»Hoffmann wollte noch mal putschen?«

Bürger nickte. »Voilà, Herr Wegener. Hoffmann wollte wiederholen, was er schon mal getan hatte. Eine Neuauflage des Plan D: Vor zwanzig Jahren mit Krenz gegen Honecker. Heute mit Gysi gegen Krenz. Um doch noch das wunderbare Füllhorn des demokratischen Sozialismus über der DDR auszuschütten. Gut gedacht, trotzdem gescheitert. Erst aufgeflogen, dann aufgehängt.«

Wegener setzte sich auf eine der morschen Bänke, die im Abstand von fünf Metern den Platz umlagerten. Das Riesenrad kam ihm viel kleiner vor als damals. Die rostigen Gondeln quietschten im Wind.

»Die Stasi.« Wegener lehnte sich zurück. Er spürte die Feuchtigkeit der Bank durch den Hosenstoff. »Ich wusste von Anfang an, dass die Stasi Hoffmann ermordet hat. Es gab auch ein Motiv: Wir sind davon ausgegangen, dass Hoffmann mit Beweismaterial über seinen ersten Putsch gegen Honecker an die Westpresse wollte. Um Krenz vor der Weltöffentlichkeit zu diskreditieren. Aber ein zweiter Putsch ist natürlich noch eine ganz andere Nummer.«

»Haben Sie überhaupt jemand anderen verdächtigt? Außer der Stasi?«

»Ein westdeutsches Energiekonsortium. Aber da stimmte vieles nicht.«

»Sehen Sie, Herr Wegener, wir waren heute Abend hinter der gleichen Person her, hinter Gabriel Opitz. Und wir haben ihn beide nicht bekommen.«

»Sie haben ihn nicht?« Wegener starrte Bürger an. »Ihre Leute haben Opitz doch vor unseren Augen entführt, in zwei schwarzen Datschas!«

»Die schwarzen Datschas gehörten nicht zu uns.« Bürgers Stimme klang plötzlich gequetscht. Als ob ihm jemand den Hals zudrückte. Er räusperte sich. »Das war ein Zugriffskommando der Staatssicherheit.«

Es kribbelte. Das Kribbeln stieg aus dem Magen durch die Speiseröhre in Wegeners Mund, rutschte unter die Zunge, wurde zu einem Brauseprickeln, das nicht mehr aufhörte.

»Die haben Gabriel jetzt. Und die werden ihn umbringen und als Täter präsentieren. Um sich selbst vor den Augen der westlichen Öffentlichkeit vom Mordvorwurf an Hoffmann zu entlasten.«

Wegener legte den Kopf in den Nacken. Der Himmel war dunkel und klar. Überall helle Sternenpunkte. »Das macht keinen Sinn.«

»So?«

»Wir wissen, dass die Mörder improvisieren mussten«, sagte Wegener. »Hoffmann trug keine normalen Schuhe, ausschließlich Slipper, auch am Tag seines Todes. Ohne Schnürsenkel kein Schnürsenkel-Zusammenbinden. Einer der Täter hat mit Hoffmann die Schuhe getauscht, und über diese Schuhe werden wir ihn kriminaltechnisch einwandfrei identifizieren. Westdeutschland schaut uns bei den Ermittlungen genau über die Schulter, und Westdeutschland muss sich hinterher vor ganz Europa verantworten. In dieser Geschichte kann nichts gezinkt werden.«

»Es muss auch nichts gezinkt werden.« Bürger zog seinen Schal fest um den Hals. Wie einen Strick. »Gabriel Opitz hat Hoffmann umgebracht. Es war nicht die Staatssicherheit, Herr Wegener, Ronny Gruber hat die Wahrheit gesagt: Wir waren es.«

Ihr seltsamen Sterne, ihr habt schon alles gesehen, dachte Wegener und ließ die hellen Punkte am Nachthimmel vor seinen Augen verschwimmen, ihr habt schon Jahrtausende Anschauungsunterricht in globalem Intrigentum, keine Sauerei, die euch entgangen wäre, ihr lasst euch nicht so schnell aus der Ruhe bringen wie wir hier unten, die aufgekratzten Ameisen mit der eingebauten Endlichkeit, ihr lächelt da oben vor euch hin über diese dämliche Hoffmann-Episode, über die popeligen Machtträume wirrer Eintagsfliegen, über das ganze kindische Versteckspiel, über Martin, den Unwissenden, einen Kriminalkasper, der spätestens jetzt zu den besten der Polizeigeschichte gehören dürfte, ihr strahlt vor Spott, das ganze Sternenzelt verhöhnt uns Nacht für Nacht aufs Neue.

»Wir kämpfen für Demokratie. Nicht für demokratischen Sozialismus. Oder Posteritatismus.« Bürger spuckte das Wort aus, als hätte er auf etwas Bitteres gebissen. »Es gibt keinen demokratischen Sozialismus. Der Sozialismus funktioniert nicht. Weil er nicht funktioniert, laufen ihm die Leute weg. Weil sie ihm weglaufen, werden sie eingesperrt oder erschossen. Also kann man den Sozialismus nicht demokratisieren. Denn dazu müsste er erst einmal funktionieren. Was er nicht tut und niemals tun wird. Ein Teufelskreis, den jeder bemerkt, der nicht zwanghaft die Augen zusammenkneift. Die Menschheit sollte irgendwann anfangen, ihre Utopien in den Bücherschrank zu räumen.«

»Einige räumen sie rein«, sagte Wegener schwach, »und ihre Kinder holen sie wieder raus.«

»Das ist wohl so. Aber das heißt nicht, dass man dabei zusehen muss.«

»Und Hoffmann?«

»Hätte lebensverlängernde Maßnahmen für die DDR bedeutet statt Sterbehilfe. Hätte neuen Glauben unter die unbelehrbaren Träumer und pathologischen Optimisten gesät. Gysi wäre der neue Krenz geworden, noch ein bisschen westlicher, noch ein bisschen moderner, Duzfreund von Bundeskanzler Lafontaine, ich seh sie schon gemeinsam grinsen auf den dpa-Fotos, die siamesischen Zwillinge des Sozialismus, wir stehen für soziale Gerechtigkeit, blabla, diese ahnungslosen Egoisten, die sich an ihren vermeintlichen Prekariats-Großtaten berauschen und zwei komplette Länder für romantische Gehirngespinste opfern würden, und im Klartext hieße das, hier bleibt alles beim Alten, noch mal zwanzig, dreißig Jahre Arbeiter- und Bauernstaat, wer weiß, wie lange Gysi es macht. Das kann sich dieses Land nicht leisten.«

Wegener sah auf den Boden.

»Wir haben einflussreiche Helfer«, sagte Bürger. »In der Sozialistischen Union, in der Europäischen Union, in den USA. Helfer in Regierungen, in Weltkonzernen, in den Medien.«

»Zum Beispiel beim SPIEGEL.«

»Zum Beispiel. Wenn dort ein Informant mit einer Hinrichtungsgeschichte aufläuft, dazu spektakuläre Fotos von geknoteten Schnürsenkeln und Galgenstricken, dann hört man ihm sehr aufmerksam zu.«

»Wer ist dieser Informant?«

»Einer der vielen Überläufer, die dieses Land produziert. Und zack, ist die Stasi für Hoffmanns Tod verantwortlich.«

»Sie wollten die Stasi belasten, um die Konsultationen zu verhindern.«

Bürger nickte. »Wir schlagen gern mehrere Fliegen mit einer Klappe. Hoffmann tot, der Gysi-Putsch abserviert, die Konsultationen vom Tisch, die Stasi denunziert, das Land übermorgen pleite. Krenz wird vom Hof gejagt, die Demokratie bekommt eine Chance. Keine ideologische und keine wirtschaftliche Basis für eine Fortsetzung der DDR. Sind Sie nicht auch der Meinung, dass diese Aussicht den Tod von Albert Hoffmann rechtfertigt? Ein achtzigjähriger Erhängter für 14,5 Millionen Mal Freiheit?«

»Das muss ich nicht entscheiden«, sagte Wegener, »weil es ja doch nie so ausgeht, wie man denkt.«

»Haben Sie zufällig Premieren-Karten für *Red Revenge*?«

»Was?«

»*Red Revenge*, mit Sahra Wagenknecht. Gehen Sie zur Premiere?«

»Nein.«

»Lassen Sie es sein. Der Film ist nicht gut. Auf Wiedersehen.«

Wegener stand auf. Sein Hintern war nass. »Ein paar Fragen habe ich noch, Herr Bürger.«

Der Kleine sah aus, als freue er sich über diese Anrede, als frage er sich, wie es wohl wäre, tatsächlich Alexander Bürger zu sein und nicht nur so zu tun, bei dubiosen Gesprächen in stillgelegten Vergnügungsparks.

»Nämlich?«

»Ich wurde in den letzten sieben Tagen überwacht.«

»Seit heute besteht dazu kein Anlass mehr. War's das?«

»Noch nicht ganz.« Wegener ging auf Bürger zu. »Als Gabriel Opitz und seine Helfer Hoffmann umgebracht haben, warum musste das an dieser Stelle sein?«

»Was meinen Sie mit dieser Stelle?«

»Den Tatort. Die Pipeline.«

»Warum ist das wichtig, Herr Wegener.«

»Was ich wichtig finde, entscheide ich selbst.«

Das weiße Gesicht blieb starr. »Hoffmann wurde am 17. Oktober von Gabriels Cluster überwacht, genau wie in den Wochen zuvor. Wir warteten auf eine Gelegenheit. An dem Tag war er erst stundenlang in einem Feierabendheim in Heinersdorf, dann ist er in den Wald gefahren.«

»Was für ein Feierabendheim in Heinersdorf?«

»Feierabendheim Alpha. Ein Haus für SED-Senioren.«

»Und dann ist er selbst zum Müggelsee gefahren.«

»Das habe ich ja gerade gesagt. Gabriel rief aus dem Wald an. Hoffmann wollte einen Spaziergang machen. Besser konnten wir es nicht treffen.«

Wegener knöpfte seine Jacke zu. »Von wem wussten Sie so detailliert über Hoffmanns und Gysis Putschpläne Bescheid?«

»Von Ronny Gruber.«

»Das ist nicht Ihr Ernst.«

»Doch. Und die spannende Frage, woher Ronny seine Informationen hatte, können wir uns jetzt wohl beide selbst beantworten.«

»Von der Stasi.«

»So sieht es aus.«

Der Mann, der Alexander Bürger war oder auch nicht, streckte seine Hand aus, und Wegener nahm sie, drückte sie genauso kurz wie vorhin, dann drehte Bürger sich um und ging auf das Riesenrad zu, bis seine zierliche Gestalt in der Dunkelheit verschwand.

Zwei Minuten lang war nichts zu sehen, nichts zu hören.

Dann näherten sich Schritte.

Aus drei unterschiedlichen Richtungen.

»Es geht jetzt zurück nach Mitte, Herr Wegener.« Die Männerstimme. Der Sprecher des Terzetts. »Bitte überlassen Sie uns für die Dauer der Fahrt den Akku Ihres Minsk. Es würde ohnehin nichts bringen, Ihre Kollegen zu verständigen. Hier ist dann niemand mehr.«

»Wo lasst ihr mich raus?«

»Das können Sie sich aussuchen.«

»Dann fahrt mich zum ›Molotow‹.«

»Hoffentlich haben Sie genug Geld dabei.« Das Terzett lachte.

»Und vorher zur Bank.« Wegener atmete ein. Atmete aus. Für ein paar Sekunden drückte die Stille des Parks so schwer gegen seinen Schädel wie die brutale Ruhe des weißen Raums, kein Gondelquietschen, kein Blätterrauschen, kein Laut. Ein einsamer schwarzer Vogel schwebte über den Platz, verschwand hinter den Bäumen, war jetzt vermutlich schon über der Spree, folgte dem breiten glitzernden Band durch Treptow, durch den Osthafen in Richtung Mitte, flog immer weiter in die warme, diesige Lichtsmog-Wolke hinein, die über der Stadt schwebte, die über Hochhäusern, Plattenvierteln, Altbauten, Türmen und Kuppeln hing wie ein fahler Heiligenschein, abgesondert von Tausenden orangefarbenen Straßenlaternen, ein gnädiges Licht, das schmeichelte, statt anzustrahlen, der dreckig schimmernde, neblige Nimbus Berlins.

32

Und abwärts geht es, dachte Wegener, immer schneller als aufwärts, Existenzregel Nr. 1 für den Misstrauer Nr. 1, hinauf musst du dich quälen, hinaufzukommen ist ein Kampfprojekt, dein teleologischer Trieb, die große Anstrengung, aber hinunter rutschst du, fällst du, fährst du, so wie auf dieser garnichtmehraufhörenden Rolltreppe, stadtgelb und dumpf beleuchtet von Original-Straßenlaternen, im Fünf-Meter-Abstand an die steilen Wände geschraubt, gestohlen oder bezogen über einen der Oberen Eintausend, die hier regelmäßig absteigen, hinabsteigen, was wollen dir die »Molotow«-Macher damit sagen, eine Treppe trägt dich in die Unterwelt, die Treppe ist illuminiert wie eine Berlinstraße, also ist sie der offizielle Weg in den Abgrund, geduldet, genehmigt, die eine Ausnahme, die jedem klarmacht, dass es keine weitere geben wird, nur hier übertrifft man den Westen in allem, was der Westen bietet, für diesen Keller hat man sich jede gute Idee aufgehoben, jeden bizarren Einfall, sämtlichen Luxus, hier kriegt man mehr von dem, was es nirgendwo gibt, als irgendwo sonst, einfach stehen bleiben, alles geht von selbst, wird sich finden, wird dich mitnehmen, hindurchtragen, aufbauen und fertigmachen, spuckt dich irgendwann wieder aus, in den Hinterhof, durch einen tiefergelegten Backstein-Anus, und da wartet kein elektrischer Fahrstuhl, da warten uralte, ausgelatschte Steinstufen, das Spiel ist vorbei, nach oben muss man zu Fuß, wie das Leben, so das »Molotow«.

Die Türsteher, zwei extra für den Job importierte Neger, die dem Volkspolizeiausweis nur einen flüchtigen Blick schenkten, Wegener weiterreichten in einen langen Flur, ebenfalls laternengelb, eine gläserne Garderobe, noch mal Abwärtsstufen, Magdalena, dachte Wegener und bekam einen Zahlchip und einen Begrüßungs-BIONIER-Brause-Wodka in die Hand gedrückt, Geschmackssorte Rhabarber, gibt es dich noch, Muschel-Magdalena, Mandelaugen-Magdalena, Mast-Magdalena, bist du noch hier, stolzierst du noch durch den Bunker der gesetzlosen Lustlumpen, durch konfuse Gänge, Zimmerchen, Säle, Flure, Sackgassen, bringst du den abgetauchten Funktionären und Beamten und Künstlern und Kombinatsvorständen und Zauberern und Alleskönnern und Nichtskönnern noch ihre Muschelzylinder, ihre Speckchips, ihr Chutney, ihr Mascarponepüree, gießt du der Nomenklatura immer noch *Rotkäppchen Superb* in den Hosenstall, weist ihnen den falschen Weg durch diese gemauerte Verwirrung, weit nach hinten, tief hinein in das noch nie durchschaute Labyrinth, in die Dunkelkammern, Boudoirs und Geheimkabinen mit ihren Tresortüren, Minibars, Wasserbetten, Badewannen, Großbildfernsehern, mit ihren uneinnehmbaren Rückzugsräumen, in denen man für Stunden, Nächte, Tage verschwinden konnte, um Pikantes, Verträumtes, Orgiastisches anzuzetteln, durch deren Delikatessluken alles hineingereicht wird, was der Insasse wünscht, dort, wo die Welt keine Rolle mehr spielt, wo nur das Vergnügen zählt, der von der Erdoberfläche abgeschottete Privatgenuss, Hochgenuss, Höchstgenuss. Wegener schlenderte über glänzenden Betonboden durch die Entrée-Lounge, vorbei an schiefen Wänden, die so taten, als sei das ganze Molotow in eine Felsspalte gerutscht, verschoben, verschachtelt, aus den Boxen rauschten Stalingradgeräusche, alte und neue, Gewehrsalven, Handy-Klingeln, Kirchenglocken, dazwischen Budapester Straßenlärm, Schreie von Markthändlern, Zeitungsjungen und Verwundeten, ein paar Brahmstakte, die Lounge war leer, der Türraum auch: Sieben Öffnungen protzten vergoldet in den Wänden, jede unterschiedlich geformt, jede führte in eine andere Richtung, in eine andere, nahe Zukunft, Viereck, Dreieck, Stern, Trapez, Raute, Kreis, Halbkreis, wer sich hineintraut, muss sich allein zurechtfinden, bekommt keine Antworten, keine Orientierungshilfe, darf niemanden fragen und wird belogen, wenn er es doch tut. Wegener ging durch die Kreisöffnung, *runder Eingang, dann rechts, rechts, rechts, links, rechts,* hatte Frankenstein geschrieben, *Tolstoi-Kaverne, die Beute ist verloren, wir sind es auch.* Wegener saugte an seinem Begrüßungs-BIONIER-Brause-Wodka, ging den abschüssigen Gang hinunter, die Wände liefen eng aufeinander zu, ließen nur eine halbe Türbreite Platz, Richtigdicke hätten hier umdrehen müssen, zurück durch den Kreis, nächster Versuch, Viereck oder Raute, aber ich schaff es noch, dachte Wegener, ich schlag mich durch, komm irgendwie voran, bleib nicht stecken wie der Mercedes in der Schlachthofgasse, noch geht was, in ein paar Jahren ist das auch vorbei. Im Boden ein Fenster, darunter Barräume, samtige Sessel, Nierentischchen, orangenes Licht, Trinkende und Rauchende, die ihn nicht sahen, Wegener stand über ihren Köpfen, beobachtete, erkannte niemanden, ging weiter und bog rechts ab, hinter dickem Glas die Rückseite eines Tresens, auf der Scheibe geschwungene Schrift: *Bar Wjatscheslaw Michailowitsch,* der schlanke Rücken einer dunkelhaarigen Bedienung, Magdalena, dachte Wegener, die Bedienung drehte sich zur Seite, stand im Halbprofil und war natürlich nicht Magdalena, aber genau so umwerfend russenhübsch, sah ihn jetzt an, lächelte gutmütig-frivol, zeigte auf das leere

Glas, hob eine Augenbraue. Wegener nickte. Das Mädchen griff hinter sich, öffnete eine BIONIER-Brause Sanddorn, holte Wodka aus dem irgendwo verborgenen Kühlschrank, goss weit über den Eichstrich und zwinkerte, stellte den Drink in die Drehscheibe, schon kam er durch die Wand und war beim Hauptmann, der das leere Glas in die Luke stellte, den Zahl-chip dazu legte, die Russenhübsche kurbelte, nahm auf ihrer Seite alles heraus, zog den Chip durch einen Scanner, schickte ihn zurück, drehte sich um. Wackelte ein bisschen mit ihrem kleinen Arsch. Noch ein Blick über die schmale Schulter, ein letztes Lächeln. Der Nächste, poshalujsta!

Die Magdalena-Momente kamen jetzt peu à peu zurück, erschienen beim Trinken, beim Weiterschlendern, krochen aus einer Hirnecke, in der sie gut aufgehoben gewesen waren, nun lösten sie sich heraus, kein bisschen verblasst, keine Risse, keine blinden Flecken, Magdalena nach Dienstschluss vorm »Molotow«, rauchend, wartend, im Röckchen, das Bild einer Film-Nutte, dachte Wegener, das ich so dermaßen scharf finden konnte, weil sie keine Film-Nutte war und eine echte sowieso nicht, trotzdem sah sie wie eine aus, also durfte man sich einbilden, man traue sich auf den Stringstrich, schließe ein schmutziges Geschäft ab, fische sich diese dreiste Jungrussin von der Straße auf die Rückbank, wie die abge-brühten Typen bei der Sitte es machten und dann los, auf einsame Parkplätze, der viel zu kleine Wartburg, von wegen *Aktivist*, hatte Magdalena gemault, immer anders verrenkt, verdreht, um ihm das anzubieten, wofür er lebte, wofür er den ganzen Abend Proteine gefressen hatte, um ihm zwi-schen Heckscheibe und Armaturenbrett eine Chance zu ge-ben, aber wie soll das funktionieren, einer vorn, eine hinten, dazwischen Sitze, so lang ist er auch wieder nicht, also, moja ssolnyschka, Sitze raus!, hatte Magdalena befohlen und

Wegener: Gut, dass ich damals den *Aktivist Omega* erstanden habe, Transportversion, alles mit drei Handgriffen zu entfernen, gut, so schnell ging es dann doch nicht, aber irgendwann hatte man's, zwei Hebelchen, ein Knopf, ein kräftiger Ruck und der Beifahrersessel plumpste aus der Tür, doppelte Decke auf die Schienen am Wagenboden, trotzdem Gemotze, immer noch verdammt eng hier! Selber eng, mojo sslatkaja, rief Wegener, also beschwer dich nicht! *moja!*, maulte es von unten, *moja* sslatkaja!, nicht *mojo* sslatkaja!, dann schlagartig Friede im Magdalena-Gesicht, heillose Seligkeit, von irgendeiner Straßenlaterne abgetastet, gelbgetunkt, chinesisch gemacht, die Augen geschlossen, der Mund halb geöffnet, eine Schlafschönheit, eine stille Gönnerin, keine, die schrie, kratzte, forderte, sondern eine Lethargische, eine Abgeschlaffte, Müdegelaufene, eine, die acht Stunden geschleppt, gehoben, geräumt hatte, dauerlächelnd, dauerfrech, eine führende Luderdarstellerin, die das Ludersein jetzt leid war, aus ihrer Rolle und ihrem Rock schlüpfte, alles abstreifte, bis der blasse Körper nackt dalag, die nach acht Stunden Bedienen selbst bedient werden wollte, die immer das Gleiche bestellte: langsam und liebevoll, still und heimlich, einmal glücklich machen, hieß das bei Magdalena, mach mich glücklich, mach dich an mir glücklich, mach uns glücklich, um mehr geht es doch nicht, bei niemandem, also keine Sauereien, keine Spielchen, nur rein und raus wie eine Pumpe, die Magdalena mit Zärtlichkeit aufbläst, die sie mit neuer Kraft füllt, mit neuem Frechsein, Fröhlichsein, mit frischer Seligkeit, bis an den Rand, das Gelbgesicht wie in Trance, wie abgestellt und Stecker in der Dose, während des Aufladens keine Aktivität, genug getan für heute, der Hauptmann muss ran und der Hauptmann soll sich bloß Zeit lassen, soll sich vorstellen, jede Minute Reinraus mit Magdalena in diesem

Wartburg würde ihm vom lieben Gott als zusätzliche Lebenszeit gut geschrieben, auf seinem persönlichen Lebenszeitkonto, also sichern Sie sich ein biblisches Alter, ganz einfach zu ervögeln, ein bisschen Geduld, bitteschön, und nicht nur ans Spritzen denken, vergessen wir den Quickie und lernen den Slowly, werden zur Fickschnecke, zum beischlafenden Faultier, stell dir vor, du entschärfst eine Bombe, hatte Magdalena gesagt, die Bombe bin ich, zu schnell gebumst und die Bombe geht hoch, noch langsamer kann ich nicht!, hatte Wegener gerufen, wie soll er denn da hart bleiben!, hier geht es um Reibung, wie soll aus Nichtbewegung Reibung werden!, aber Magdalena war sicher: Der bleibt hart, und tatsächlich, der blieb hart, auch ohne Reibung, weil ich zu dir hochdufte, hatte Magdalena gesagt, deshalb ist dein süßer Ossidödel aus Görlitzer Granit, weil ich dir in die Nase steige mit meinen Düften, hart erarbeitet, acht Stunden lang, alles für dich, jede Pore dieses vierundzwanzigjährigen Körpers malocht den ganzen Tag, damit der alte Mann keine Potenzmittel nehmen muss, ein Parfum aus tausend Drüsen, das Steinzeit-Aphrodisiakum, der Garant für einen guten Slowly nach einer schweren Schicht, merke: harter Tag, harter Schwanz, hatte Magdalena gesagt und Wegener lernte, lernte ihr stilles Gesicht zu genießen, die zufriedenen Züge, die kindliche, halboffene Mundspalte mit den beiden neugierigen Schneidezähnen, dieses weggetretene Mädchen sachte anzustoßen, von unten herauf schmatzend wiederherzustellen, die eigene Lebenszeit zu verlängern, während Magdalenas frischer Schweiß ihn berauschte, seine Sinne vermöbelte, den Wartburg auskleidete, die Scheiben beschlug, an die sie ihre Füße stellte, sich abdrückte, eine perfekt geformte Zehenunterschrift, während der Hauptmann um den Verstand gebracht wurde, seinen Job nicht machte, nicht mitdachte, nicht tätermäßig kalkulierte, sogar noch genau so sprachlos staunte wie Karolina selbst, die an einem regnerischen Tag auf dem Weg nach Thüringen am Steuer saß und zusah, wie der Dunst aus ihren feuchten Mänteln zwei nackte Geisterfußspuren an die Windschutzscheibe malte, zu spät, um die Lüftung anzustellen und diese verräterischen Zehen auszuradieren, weil Karolina schon würgte, auf den Randstreifen raste, bremste, schrie, aufs Lenkrad einschlug, und ich, dachte Wegener, was war ich für ein Kind, was war ich für ein fickriges Jüngelchen, den Hals voll mit pochender Panik, im Schädel rotierende Ausreden, von denen keine gut genug war, um sie auch nur zu Ende zu denken, während Karolinas Geschrei alles zur Tatsache machte, Fakten schuf, denen nichts mehr entgegengehalten werden konnte, so schmerzvoll war dieses Brüllen, so voller Wissen, voller bestätigter Sorge, so tierisch leidend, der Fehler meines Lebens, stellte Wegener fest und wusste, dass er genau das auch schon damals, im Wagen, neben Karolina, gedacht hatte, im Moment des Losschreiens, als Magdalenas runde Hacken, schmale Sohlen, langgliedrige Zehen aus dem Nichts erschienen wie die höhnische Rache eines Riesenarschlochgottes, der jetzt den Preis für die geschenkte Zeit forderte: Das war der Lebensfehler, der dir niemals verziehen wird, am wenigsten von dir selbst, dachte Wegener, du hast Karolina verspielt, du hast es geschafft, eine der seltenen, selbstverständlichen Lieben zugrunde zu richten, Magdalenas Füße haben alles zertrampelt, und du konntest nichts dagegen tun, dich muss man gar nicht verraten, Martin, das besorgst du gleich selbst, du wahnsinniger, notgeiler, stumpfer Depphengst, du beschäftigst dich doch hauptberuflich mit der Wahrheit, du bist doch hinter ihr her wie ein Kannibalenstamm hinter Schalck-Golodkowski, du weißt doch, die Wahrheit sucht sich ihren

Weg, lässt sich nicht aufhalten, kriecht irgendwann ans Tageslicht, durch den kleinsten Haarriss, denn die Wahrheit, mein Freund, ist ein martialischer, ampelphasenlanger Sauerkrautfurz in einem winzigen fensterlosen Partykeller, eine Sekunde bevor die Meisterklasse der *Académie du Sommelier* hereinkommt.

Und die Wahrheit ist auch: Brendel, dachte Wegener, wenn das nicht Brendel ist, der sich da hinter der Schaufensterscheibe mit einer Dunkelhaarigen unterhält, die auf den ersten Blick gar nicht wie Magdalena aussieht und vielleicht gerade deshalb Magdalena ist, kürzere Haare, weniger Schminke, nicht die »Molotow«-Uniform, sondern Zivil, tatsächlich, dachte Wegener, das Muttermal am Hals, die Pelzstiefel mit dem hellen Saum, dieses Den-Rücken-Durchbiegen beim Lachen, während Brendel ihr ins Gesicht grinst, der charismatische Spaßvogel, der blöde Hund, erst Karolina und jetzt Magdalena, das schafft kein Zufall, das schafft nur ein Komplott, ein Komplott aller gegen Martin Wegener, der seit einer halben Stunde durch diese sich verzweigenden Gänge irrt wie ein garnloser Theseus, der immer wieder die verkehrten Abzweigungen nimmt, der dauernd vor falschen Schaufensterscheiben steht und nie vor den richtigen Türen, ein Zuschauer beim Saufen, Rauchen, Reinstopfen der Elite, und mittendrin das Magdalena-Brendel-Paar, flirtend, quasselnd, sich annähernd, hinten in der Ecke Frankenstein, vom Qualm eingenebelt, aber trotzdem unverwechselbar, die schwarze Mephistokappe, das schlotternde Jackett, vor sich eine dampfende Portion Grünkohl, Frankenstein gestikulierte jetzt, hob seinen Bierkrug, wie man einst den Führer grüßte, stieß mit zwei Männern an, die ihm gegenübersaßen, Wegener folgte dem Gang, merkte plötzlich, dass er rannte, aber dieser grün beleuchtete Schlauch knickte rechts ab, wo

er nach links gemusst hätte, wurde zu einem sinkenden Bogen, zu einer Spirale ins nächste Untergeschoss, Karat-Musik
donnerte ihm entgegen, künstlicher Nebel stieg auf, Blitze
wurden aus der Decke geschossen, Retro-Disco, also zurück,
die Spirale hoch, den Gang entlang, rechts eine schummerige
Höhle, in der Männer und Frauen in breiten Messingwannen
voller warmer Sahne badeten, Pasta löffelten, Soße aus den
Wannen auf ihre Teller schöpften, Mozzarellakugeln nacheinander warfen, Gorgonzolabrocken stapelten sich wie
blaugrün marmorierte Seife, eine Höchstenszwanzigjährige
erhob sich, Sahne floss über ihre stehenden Brüste, troff aus
ihrem blondverklebten Schamhaar in den geöffneten Mund
eines knienden Mannes, der Wegener jetzt entdeckte, künstlich-heiter lächelte, Jan »Schmuso« Hermann, nackt und
prall, eine aufgeblasene Hautpraline, und schon dröhnte sein
Machwerk aus versteckten Lautsprechern, *Fraglos, die Zeit
hasst die Liebe*, Wegener zwang sich zurück zur Schaufensterscheibe, Brendels Arm jetzt schon um Magdalenas
Hüfte, ein kräftiger Besatzer, der die Dinge mal zurecht-
rückte, jawoll, der dem Bonbonparfum eine Zielperson
schenkte, zaghaftes Prosit, entschlossenes Trinken, Frankenstein fraß, Wegener lief durch eine gewundene Röhre in Richtung Eingangslounge, musste jede Biegung noch mal nehmen, sich ducken, sich dünnemachen, sich entscheiden,
rechts oder links, erkannte nichts wieder und kam sich längst
vor wie in einer mutierten Pipeline, die nur in die Irre führen
konnte, ein paar Stufen hoch, dann rechts ab und irgendwo
rechts von ihm musste doch diese verdammte Kaverne liegen,
aber Türen gab es nur auf der anderen Seite, erst eine kleine
BULETTO-Station voller dicker Männer, die triefende Käse-
Wart-Burger mit Rauke-Mayonnaise verschlangen, mittendrin Grill-Gründer Seifer persönlich, der jetzt seinen Mund

aufriss, zubiss, zerlaufener Käse hing an seinem Kinn, Wegener wankte, angeblich existierten irgendwo auch Übergänge zwischen den Sektionen, Geheimtüren, die leider unauffindbar blieben, die noch nie jemand entdeckt hatte, nichts als Molotow-Gerüchte, und er rannte ja auch schon wieder, bog ja auch schon wieder falsch ab, drehte sich um, merkte, wie die BIONIER-Brause-Wodka-Drinks ihn hysterisch werden ließen, unheilvolle Bilder heraufbeschworen: die Schaufensterscheibe und dahinter Brendel-Magdalena Arm in Arm, wobei Brendel fast wie Früchtl aussah und trotzdem nicht Früchtl sein konnte, Früchtl saß schließlich im eigenen Kopf und wollte jetzt eine seiner ewigen Reden halten, unbedingt, ließ sich nicht abstellen, die Geschwüre bleiben uns immer erhalten, Martin!, rief Früchtl lallend, wer sich Hoffnungen macht, dass die Menschheit einmal aus ihrer Vergangenheit klug wird, dass sie nicht aus der Geschichte ihrer Sieger, sondern aus der Geschichte ihrer Verlierer lernt, der hat das Prinzip Sozialismus verstanden, denn der Sozialismus ist das Prinzip Hoffnung, eine kindliche und naive Hoffnung zwar, aber genau deshalb auch eine bärenstarke, die immer wieder neue Hoffmänner produziert, grandiose Idioten, die nicht begreifen, dass Utopien nur wünschenswert sind, weil man sie nicht realisieren kann, sie versagen also mit Garantie, die real existierenden Utopien, nur gnadenlose Schwachköpfe, die im einen Extrem immer noch das Gegengift für das andere zu finden glauben, wollen das nicht hören, drängen lieber so weit nach links, bis sie rechts wieder rauskommen, unbelehrbare Lemminge an der Leine ignoranter Ersatzreligionen, willfähriges Kroppzeug, das die Menschheit mit jeder neuen Generation millionenfach aus sich herauspresst, es geht mir doch nicht um die DDR!, schrie Früchtl jetzt, was ist denn schon die DDR, eine historische Eiterblase, die bald platzen wird, die vielleicht noch ein bisschen nachstinkt und fertig, mir geht es um die DDRen dieser Welt, überall, auf sämtlichen Kontinenten, die immer wieder aufblühen, mal länger, mal kürzer, mal stärker, mal schwächer, mal unkenntlich, mal überdeutlich, mal rot, mal braun, die unter wechselnden Vorzeichen identische Ungerechtigkeiten, Morde, Lügen, Höllen hervorbringen, gesteuert von wenigen, gestützt von einigen, gefürchtet von allen, provoziert durch die maßlose Arroganz derjenigen, die sich als Götter auf den Schultern von Giganten wähnen, obwohl sie als Schaben auf Knochenbergen, Schädelhaufen, Fleischfetzenhalden geboren werden, die nie nach hinten, nach unten schauen und sich insgeheim für unsterblich halten, für klüger als alle vor ihnen Abgeschlachteten, die Dekade für Dekade aufs Neue jubelnd in die ältesten Ideologiefallen stürmen, weil die Extreme ihnen das Einzige versprechen, was die Vernunft niemals bieten kann: Todfeinde nämlich, eine unendliche Reihe von Gegnern und damit das ganze anachronistische Eitelkeitspaket, Glaube, Kämpfe, Ruhm, Kameraden, Traditionen, Stolz, Ehre, Siege, Niederlagen, die lächerliche Illusion, Bedeutendes, Dauerhaftes, Historisches zu leisten, einen Freibrief für jeden denkbaren Verstoß gegen die Menschlichkeit, natürlich im Dienst an der großen Sache, die ständig als groß gepriesen werden muss, damit ihre Kümmerlichkeit niemandem auffällt, allesamt hohle Spiegel, angefertigt, um das süßlichschwefelige Scheinwerferlicht für die Sonnenbäder der Emporkömmlinge zu reflektieren, Eigennutz statt Altruistentum, Geschichtsbucheintrag statt Weltgeist, wie mich das ankotzt, diese ganze, selten begriffene, nie abgesetzte Unmenschliche Komödie mit der redundanten Handlung: dass immer schon viele sterben mussten, nur um wenigen ihre Unsterblichkeit vorzugaukeln.

Ich war Nazi, dann war ich Kommunist, keuchte Früchtl, ich bin Deutschland, das fleischgewordene Teutonentum des zwanzigsten Jahrhunderts, kluggefoltert, verlustreich schlaugepiesackt, und das soll es nun gewesen sein, jetzt, wo ich klar sehe, muss ich abtreten, und die Dummen dürfen weitermachen, verdammte Sauerei das, die Rechten, die Linken, die immer noch stehen, die alle gleich stinken, wie soll man denn gehen, wenn's einen hier hält, man wolle doch sehen, wie die noch verwehen, wie alles zerfällt, was einen gequält, unsauberer Reim, zugegeben, so schwer zu verstehen?

Nein, Major Molotow, sagte Wegener, versteh ich alles, tut mir auch leid, aber halt die Schnauze jetzt, bitte, halt endlich die Schnauze, denn da steht einer der Männer von Frankensteins Tisch auf, geht an der Bar, an der Scheibe vorbei und ist plötzlich Generalmajor Steinkühler, streicht sich die blonden Haare aus der Stasistirn, winkt jemandem zu, zeigt Goldzähne, verschwindet hinter einem Mauervorsprung, während Brendel Magdalenas Kopf in beiden Händen hält wie ein Straußenei, sie auf den Mund küsst, ihren Mund zu sich hoch saugt, Magdalena auf Zehenspitzen, folgt Brendels Kuss, lässt sich ansaugen, hält sich an seinem Hintern fest, drängt sich an ihn, Wegener hatte plötzlich wieder den braunen Bananenpenis vor Augen, die blassrosa Eichelnase, die prallen, hängenden Rieseneiersäcke, den Werkzeugkasten aus der Tanga-Unterhose, mit dem Brendel Karolina bearbeitet hatte und jetzt Magdalena bearbeiten würde, endlich ein Slowly ohne Enge, jede Menge Platz auf dem Mercedesleder, Wegeners fettige Hände hilflos am Glas der Schaufensterscheibe, noch mehr Abdrücke, beweiskräftiger Schmier: 1 was here, er schwamm, ertrank in Wodka, vor ihm Frankensteins Gebiss, hinter ihm ein Neger, der ihm unter die Arme griff, ihn auf den kräftigen Negerrücken bugsierte und weg-

schleppte, entsorgte, in einen Kochtopf voller Rhabarber-
saft, dachte Wegener, in einen Zahnstocherwald voller Blech-
lindwürmer, in einen weißen Raum mit Laubteppich, in ein
Raukefeld voller Mayonnaise, in lauter unvorteilhafte Ein-
samkeiten, in denen ich dann mit mir selbst herumhocke,
dann plötzlich eiskalte Nachtluft, eine zuschlagende Tür,
der Backstein-Anus und die Steinstiege, steil, endlos lang,
unmöglich zu erklimmen. Wie das Leben, so das »Molotow«.

*

Fauler Fisch. Uringestank. Eine flache Scheibe, lang gezogen
und spiegelnd. Pfütze, denkt Wegener, in der ein gelbes La-
ternenköpfchen schwimmt, von irgendwoher rüberreflek-
tiert, das eigentlich ganz woanders hingehört, aber ganz woanders ist es ja auch.

Körnige Härte, die sich in deine Wange presst, Wald, Halt,
Asphalt, jawoll, sagt Früchtl, dies ist also das Wort, das tref-
fend den Untergrund bezeichnet, auf den man dich bettetete,
und wie man dich bettetetet, so siegt man, über dich, über
mich, über jeden, über Schweden. Nicht gekotzt hast du immerhin diesmal, vielleicht auch längst vergessen, dass doch,
vielleicht dem Neger in den Nacken gegöbelt mit 160 bar, darauf ihm die BIONIER-Brause-Wodka-Magensäure am Rücken runterschäumte, in die pechschwarze Kimmekerbe
rauschte, sein aber wirklich immenses Geschlechtsgekröse
flutete, gerbte, Achtung! Achtung! Negativer Sexismus ni-
velliert Positiven Rassismus, vielleicht dem Mohren also lieber ein Ständerchen gesungen, zehn nackte Negerlein, zum
Dank, dass er dich bettetete zwischen Container, Kisten, Abfall, Dreck und Pfütze, neue Koordinaten für deine streng

geheime, liebevoll gehegte Sammlung *Orte, an denen mir was liegt, weil ich an ihnen lag.*

Was nun, Wegener, diese Frage, die längst dein Lebensmotto hätte werden müssen, stellt sich erneut, diesmal – Innovation – mit drohendem Unterton, da kommt sie schon: Was nun, Wegener?

Josef, du gehst einem ohnehin unfassbar auf den Sack mit deinem gereimten Geschwafel, sagt Wegener, aber wenn dein Sprachchip schief sitzt, dann ist es zum Früchtltöten, echt.

Diese Einlassung stellt keine Antwort auf meine, also deine Frage dar, zumal ich schon tot bin, gell?

Was nun, sagt Wegener, ich liege hinter der Elitedisco auf dem Boden der Tatsachen, und *disco* heißt bei den Lateinern, wie wir alle wissen, *ich lerne*, also werde ich das auch tun, es gibt Dinge, die um jeden Preis zu Ende gebracht werden müssen, nur damit sie nicht dauernd zu Ende gedacht werden müssen.

Richtige Antwort, sagt Früchtl, aber jetzt spiel ich dicken Borgs und sage dir mal, die Erkenntnis ist ein Schatz, sicherlich, meistens, oft genug, aber bisweilen, Martin, wird der Schatz zur Qual, ein Ding, sie zu knechten, dann ist plötzlich alles Selbstzweck mit Selbstzerstörungsknopf, Einsicht und Ende der Welt fallen zusammen, es bleibt nicht mal Zeit, sich zu fragen, ob das eine das andere wert war, oder vielleicht zur Abwechselung im Klartext: Nichtwissen kann auch ein Privileg sein, ich war dabei, nach dem reichlichen Scheitern des Dritten Reichs haben sich alle Wissenden nach Nichtwissen furchtbar gesehnt, die Frage lautet doch immer: Willst du dumm leben oder schlau sterben?

Schlau leben will ich, Josef, klar, ich ahne schon, das lässt du nicht gelten, aber schlau leben ist doch unser aller unvermeidlicher Versuch, der lange Lauf zum Optimum, volles Risiko und bei Misslingen immerhin das gute Gefühl, es versucht zu haben, kein nagender Vorwurf, keine halb zertretene Maus, die vor der Tür liegt und fiept und man öffnet nicht, nur um sich die Erkenntnis zu ersparen, die Realität auszusperren, denn so ist das Leben nicht, Josef, wer das Fiepen hört, macht auch auf, kann gar nicht anders, disco, discis, discit, das dürfen wir menschlich nennen, discimus, discitis, discunt, und in meiner Jackentasche nagt halt wer, fiept halt was, die nennen sich Besuchsvisum und Terminschein, meine persönlichen Eintrittskarten ins Herz der Stasifinsternis, die sind noch gültig und versprechen Einblicke, die bringen Gewissheiten mit sich, endgültige, dauerhafte, verlässliche, du ahnst doch, mein Lieber, mein ganzer Besitz war das bisschen Vertrauen, und wenn das Vertrauen weg ist, bleibt nur noch die Hoffnung auf Wissen.

Hast du dir mal überlegt, sagt Früchtl, dass Vertrauen hieße, er zerreißt den Terminschein, das Visum, er nimmt die Offerte nicht an und macht damit Vertrauen erst möglich?

Sie hat mich angelogen, in der Hoffmannsache.

Und du hast sie betrogen, in der Magdalenasache, 1:1, würd ich sagen, Spielabbruch, Remis statt Revanche, Unglück ist nicht gleich Unsterblichkeit, Glück nicht gleich Kitsch, Geheimnisse sind menschlicher als jedes beschissene *disco, discis*, und du, Hauptmann IM Karolinabespitzler, willst jetzt zur Stasi rennen und um ein Abhörprotokoll weinen, dabei ist Fehler machen menschlicher als pathologische Vertrauenssucht, nur wer Fehler macht, dem kann überhaupt vertraut werden, denn nur dem ist doch noch bewusst, wogegen, wofür er votiert, nur wer Fehler macht, ist doch Mensch ge-

blieben, errare humanissimum est, jetzt bitt ich dich regel-
recht, formelhaft, kurz und bündig und alliterativ: Vertrauen
statt Versauen! Didicero, didiceris, didicerit.

Martin!

Es fiept vor der Tür, Josef, es nagt in der Jacke.

Und es klingelt in der Tasche.

Wegener rollte sich auf die Seite, zog sein Minsk aus der
Hose und las die TNT von Borgs' Mobil, die durchs Display
lief, wieder und wieder, ein redundanter Newsticker: *Ronny
Gruber wurde heute Abend liquidiert, Täter unerkannt entkommen. W. B.*

Freitag, 28. Oktober 2011

33

Verstanden.« Borgs lauschte in den violetten Hörer wie in ein auberginenförmiges Telefonorakel und blinzelte. Die Nachmittagssonne leuchtete ihm als gnadenlose Verhörlampe in seine Doggenvisage und präsentierte die ungeschminkte, dreitagebärtige Wahrheit: einen alten, übermüdeten, zerknitterten, verfetteten Polizeihund, der auf viel zu viele Hundejahre zurückblickte, der längst seine magere Staatsrente herbeisehnte, endlich ein Leben ohne Mörder, Bürokraten und Telefonate mit der Staatssicherheit.

»Sag ich ja. Gut. Ihnen auch.« Borgs legte den Hörer auf und sah Wegener an. »Na, dann rat mal.«

»Es gibt keine Zugriffskommandos in schwarzen Datschas, es gab gestern überhaupt keinen Einsatz im Prenzlauer Berg, Gabriel Opitz wurde nie in Gewahrsam genommen.«

»Eine Kleinigkeit hast du vergessen.«

»So.«

»Wer Gegenteiliges behauptet, kann sich auf eine Anklage wegen Verleumdung von Staatsorganen vorbereiten, et cetera.« Borgs blinzelte. »Würdest du mal bitte ...?«

Wegener stand auf und zog die dunkelbraune Gardine vors Fenster.

»Tacheles, Martin.« Borgs saß jetzt im Schatten und sah noch genauso unzufrieden aus wie vorher. »Wir können froh sein, wenn sie dir nicht noch richtig ans Bein pissen für das, was da gestern gelaufen ist. Ihr wart aus der Sache so was von

raus, schön, wenn euch da noch tolle Einfälle kommen, aber ·
ihr hättet die Sicherheit verständigen müssen, sofort, das wissen die, und das weißt du.«

Wegener lachte. »Die mussten doch gar nicht verständigt werden, die waren doch vor uns da!«

»Man kommt noch auf dich zu, wegen Bürger.«

»*Man* kommt auf mich zu«, sagte Wegener, »und wenn *man* dann angekommen ist, dann kann *man* mich mal.«

»Du machst jetzt eine Woche Pause. Ausnahme das Gespräch mit der Sicherheit, wenn die sich melden.« Borgs nahm das Phantombild vom Schreibtisch und starrte es an, als hätte der Zeichner ein nacktes, kugelrundes, doggengesichtiges Männchen gemalt, das vor lauter Wampe den eigenen Schwanz nicht mehr sehen kann. »Martin, du quatschst ne Stunde mit diesem Milchgesicht, und es kommt nichts dabei rum außer einer ideologischen Debatte?«

Wegener lehnte sich gegen die Fensterbank. »Ich war nicht im Plänterwald, weil der ein Interview geben wollte.«

»Stimmt, du warst ja da, weil ein Terrorist die Polizei um Informationen bittet! Wenn ich nicht schon so ewig dein dicker Chef wäre, ich würde sagen, das ist der irrste Schwachsinn, den ich je gehört habe.«

»Schwachsinn fällt direkt in meinen Verantwortungsbereich.«

»Warum warst du unbewaffnet?«

»Walter, wenn ich bewaffnet gewesen wäre, hätte ich ihnen mein Eisen auf einem Samtkissen übergeben, die waren mindestens zu viert, vielleicht zu vierzigst, was weiß denn ich.«

»Und über Gruber kein Wort?«

»Ich servier denen doch nicht unseren Informanten.«

Borgs stützte den Kopf auf die fetten Händchen. »Sie können es auch sonst wie rausgekriegt haben.«

»Oder die Stasi hat ihn selbst erledigt.«

»Das ist doch Schwachsinn, Martin! Kranker Schwachsinn! Der Mann war einer der wertvollsten V-Leute der Stasi und dann wird er dem K5 unter den Händen abgeknallt. Die ganze Chose macht mich wild. Die größte Katastrophe ist die Geschichte mit Kayser. Und jetzt noch dieser Dreck! Wo sind wir denn?«

»In einem Land, in dem man *Raufutter verzehrende Großvieheinheit* zu einer Kuh sagt.«

»Du schreibst jetzt einen endgültigen, abschließenden, finalen, allerletzten Bericht.« Borgs drückte sich aus seinem Schreibtischstuhl hoch. »Den Vorlauf erzählen Brendel und Frank gerade dem BND und dem K5 in die Mikrofone, den kannst du dir sparen. Und, Martin, sobald man mit dir reden will, stehst du denen uneingeschränkt zur Verfügung! Lienecke fährt gleich zum Kulturpark, auch wenn er nichts finden wird. Jetzt kommt die Pointe: Das Polizeipräsidium Köpenick rührt in der Sache Hoffmann keinen Finger mehr. Dieser Fall ist ein schwuler Flötenspieler, und wir sind die schlauen heterosexuellen Ratten, die sich ihre rosa Öhrchen zuhalten, kapiert?«

»Ich nehme an, wir unterschreiben noch was.«

»Das nehme ich auch an.« Borgs stand vor seinem Aktenschrank, kramte schnaufend in einer Schublade, bis er die Zigarilloreserven gefunden hatte, zog ein Holzkästchen aus der Schublade, klappte es auf und nahm eine Corredo heraus. »Wie fandest du den Bürger-Heini? Ist das ein Spinner?«

»Nein. Eher ein Mann, der sich irgendwann dazu entschlossen hat, dass der Zweck die Mittel heiligt.«

Borgs riss ein Streichholz an, befeuerte die Corredo, watschelte paffend zurück zum Schreibtisch, ließ sich in seinen Sessel plumpsen. »Das sind die Schlimmsten. Wir können uns auf harte Zeiten einstellen. So wie es aussieht, haben die Geldgeber im Ausland. Kallweit kam damit an, ist irgendwo durchgesickert. Das kracht noch.«

Wegener stand auf und ging zur Tür. »Was Neues wegen Kayser?«

Borgs dampfte in seiner Fensternische wie ein Fabrikschlot. »Wenn, dann würden wir es nicht erfahren. Außerdem würden wir es auch gar nicht wissen wollen, nicht wahr?«

»Und Greentec? Da war er die ganze Zeit dran, das können die nicht außer Acht lassen.«

»Greentec!« Borgs winkte ab. »Völliger Schwachsinn. Ein Ökostrom-Anbieter, der Nachrichtendienstler erschießt! Da lachen doch die Broiler. Dieser Scheißhaufen stinkt vor einer anderen Haustür, genau wie die Haufen Hoffmann, Opitz, Gruber, und wie sie nicht alle heißen. Also, auf die Gefahr mich zu wiederholen: Freu dich auf eine Woche Freizeit, schreib deinen Bericht und halt vor allem die Schnauze. Dann kannst du irgendwann in meinen Sessel furzen.«

»Welch süßer Traum vom reinen Glück«, sagte Wegener, ging aus der Räucherhöhle und machte die Tür hinter sich zu.

Christa Gerdes war nicht am Platz. Auf ihrem Robotron-Bildschirmschoner flimmerte Sahra Wagenknecht im Bikinikampfanzug, ein längliches Geschenkpaket unter dem nackten Arm, vorne guckte ein Maschinengewehrlauf heraus, Wagenknecht zwinkerte, lächelte verwegen, aus dem Gewehrlauf ploppte eine Fahne: *Wie Wagenknecht die Knechte rächt – ab 28.10. nur im Kino!*

*

Wegener ließ sich in einem braunen Dienst-Phobos II durch den Feierabendverkehr treiben, schaltete automatisch, bremste automatisch, war mittendrin, einer unter Hunderten, die über den Brandenburger Ring rollten, eingebettet in eine keuchende, uniforme Kolonne. Andere Männer in anderen Phenoplastgehäusen schoben sich rechts und links ins Bild, krochen vorbei, rutschten langsam wieder zurück, ein müdes Schildkrötenrennen, bei dem es keine Siegerehrung geben würde. Backsteinschornsteine, Betonschornsteine, Metallschornsteine ragten aus den Peripheriewüsten, lauter senkrechte Keime einer vergammelnden Industriearchitektur, die letzten verzweifelten Triebe kurz vor dem endgültigen Verwelken, aus ihren dünnen Enden floss weißer und schwarzer Rauch in den Himmel und verschwamm irgendwo im Vorzimmer des Kosmos zu einem grenzenlosen, alles einfärbenden Grau. Ab Moabit fädelte zaghafter Regen herab, Wegener drückte und zog an den Kunststoffhebelchen neben dem Lenkrad, zwei dürre Wischerblätter quietschten über die fettige Windschutzscheibe wie die hageren Arme einer karnevalfeiernden Greisin, wippten synchron im Takt, zur einen Seite, zur anderen Seite, verschmierten den aufgeweichten Rapsölfilm zum blickdichten Belag, zogen klare Streifen, schmierten die Streifen wieder zu, zogen Streifen, schmierten sie zu.

Wegener hing über dem Steuer, versuchte, die Bremslichter vor ihm zu erkennen, die Abstände einzuschätzen, ließ Wischwasser aus den Reinigerdüsen spritzen, die Fettschicht auf der Windschutzscheibe schäumte jetzt gelblich, wurde zu einem dickflüssigen Brei, Blindflug, dachte Wegener und bremste fast bis auf Schritttempo runter, ich bin im chronischen Blindflugmodus, ob ich im Auto sitze oder im Büro, ob ich draußen rumlaufe oder rumfahre, hier sieht man nicht mal fünf Meter weit, hier hat man keine Ahnung, was direkt vor einem passiert, bleibt dumm hinter Misstrauensmauern und Fettvorhängen, ein isoliertes, augenloses Gehirn in einer Nährlösung aus Millionen Möglichkeiten. Gruber erschossen, Kayser erschossen, die Stasi unschuldig, der ganze Hoffmannfall so undurchsichtig wie diese verklebten Autofenster, durch die man auf den schummrigen, schleichenden Verkehr starren musste, während die linke Hand in der Jackettinnentasche nach dem Besuchsvisum, dem Terminschein tastete, beides fand und trotzdem weiter daran herumfummelte. Die Dokumente waren erteilt und ausgestellt, also waren sie gültig. Falls die Abberufung aus der laufenden Ermittlung nicht rückwirkend registriert wurde, falls der Stasipapierkrieg aus Sicherheitsgründen immer noch handschriftlich lief, über Vorlagen, Stempel, Unterschriften, ohne Computer, dann gab es eine Chance.

Und wenn ich dir erzählen würde, sagte Früchtl, dass du nie mehr, aber das Gerede ging im lauter werdenden Trommelfeuer des Regens unter, der plötzlich auf das Plastikdach hämmerte, der Bäche in den Spurrillen der Fahrbahnplatten fließen ließ, wie aus einer Gießkanne pladderte und die Rapsolschmierage abspülte, den Blick freilegte auf noch mehr Schornsteine, Plattenbauten, Brachflächen, Fabrikruinen, die Wischerärmchen hampelten befreit hin und her, Wegener wurde wieder schneller, grinste, sah sich grinsend im Innenspiegel, sah sein verzerrtes, alt gewordenes Gesicht mit der gut erhaltenen Zahnreihe, den flüchtenden Haaren, den Falten, die sich immer tiefer in seine Haut gruben, den Augen, die ihn so grüngrau anstarrten, als gehörten sie einem gewissenlosen Klon, der in ihm hauste, der ihn exakt ausfüllte, der den immer träger werdenden Hauptmannkörper als schweren Mantel trug, als gut gepolstertes Schutzschild, der durch zwei Kopflöcher feindlich in die feindliche Welt stierte, ein Gegner, ein Partner, nimm dich in Acht vor diesem Typen, dachte Wegener, der ist das Verarschtwerden leid, der holt zum Gegenschlag aus und zettelt einen Krieg an, den er nicht gewinnen kann. Einen Krieg, den jemand für ihn verlieren muss. Und dieser jemand bist du.

34

Hinter glänzenden, schwarzen Baumstämmen erschienen Teile einer lang gestreckten Ziegelfassade: fleckige Dachschindeln, Stufengiebel, Erker, Balkone, aus denen sich nach und nach der Mittelrisalit und die Seitenflügel eines Herrenhauses zusammensetzten, drei Etagen verwitterter, dunkelvioletter Steine und morscher Sprossenfenster, schiefe Dachgitter, enge Türmchen.

Wegener ließ den Phobos gemächlich über die breite Kiesauffahrt knirschen. Rechts und links von ihm übergroße, brüchige Amphoren, in denen nichts wuchs, dazwischen schlanke Statuen, die Schädel vom sauren Regen zu konturlosen Ovalen zerfressen, lauter ausgelöschte Gesichter, leere, grobporige Kugeln auf moosigen Leibern. Der Phobos schlich an ihnen vorbei, knirschte bis zum Scheitelpunkt des Rondells, stoppte. Ausgetretene Stufen führten zu einer grün lackierten Doppeltür, an beiden Seiten keulenförmige Säulen, die das nachträglich montierte Vordach aus rostigen Eisenstangen und Wellblech trugen. Auf dem Rasenrund ein stillgelegter Springbrunnen voll nassem Laub. Armdicke Weinranken waren in jahrzehntelanger Arbeit an den Seitenflügeln des Gemäuers nach oben geklettert. Ihre großflächigen, gezackten Blätter leuchteten blutrot.

Hier werden sie also entsorgt, dachte Wegener, die Funktionäre und Kaderköpfe. Im Bonzen-Endlager *Feierabendheim Alpha*. Er ließ den Wagen am Treppenaufgang vorbeirollen, hielt nach zwanzig Metern wieder an, parkte halb auf dem Rasen und stieg aus.

Kräftiger Herbstduft schlug ihm ins Gesicht, das unnachahmliche Rasierwasser der Natur, ein viel zu penetrantes, olfaktorisches Omen: schimmelnde Pilze, saftige Moospolster, feuchte Erde, harzige Baumrinde, gammlige Äpfel.

Das Ende ist nah, sagte Früchtl.

Wegener schlurfte über den Kies, stieg die ausgetretenen Stufen hoch, zog an der goldenen Klinke des rechten Türflügels und betrat eine überheizte Halle mit geschwungenem Treppenaufgang ins Obergeschoss, schwarz-weißem Schachbrettfliesenmuster, antiker Standuhr, Geweihen an den Wänden und einer verglasten Kabine, in der ein hagerer, mittelalter Scheitelträger hinter einem Nanotchev saß und in einem dünnen Büchlein blätterte. Der Hagere legte das Büchlein weg und schob eine kleine Scheibe im Kabinenglas zur Seite.

»Sie wünschen?«

Wegener hielt seinen Ausweis in die Sprechluke. »Am 17. Oktober war ein Mann namens Albert Hoffmann hier und hat jemanden besucht. Ich würde gern wissen, wen.«

Das Gesicht des Hageren wurde freundlicher. »Sie meinen Herrn Professor Hoffmann, in der Tat, der war Mitte des Monats hier und hat Frau Doktor Frommann besucht.«

»Frau Doktor Frommann.«

»Richtig. Doktor Gerda Frommann.«

Wegener steckte seinen Ausweis wieder ein. »Gut, dann würde ich die auch gern besuchen, die Frau Doktor Frommann.«

»Sie sind nicht angemeldet?«

»Kein bisschen.«

Der Hagere klemmte ein Headset auf seinen Scheitel, klickerte an der Nanotchev-Tastatur herum. »Hier ist Hans-

Walter vom Empfang, guten Tag Frau Doktor Frommann! Ja, dankeschön … ja, sicherlich … wenn Sie das sagen!«

Wegener betrachtete das Büchlein auf dem Tisch und drehte sich so, dass er den Titel lesen konnte. *Christian Kreis, Nichtverrottbare Abfälle.* Die passende Lektüre für ein SED-Altenheim.

»Also, da ist ein Herr von der Polizei, der möchte mit Ihnen sprechen. Das weiß ich leider nicht … Richtig! Gut, dass Sie's erwähnen! Gerne. Wünsch ich Ihnen auch, Frau Doktor Frommann, auf Wiederhören, Frau Doktor Frommann!« Der Hagere lächelte Wegener an. »Frau Doktor Frommann empfängt Sie.«

»Und wo empfängt mich Frau Doktor?«

»Appartement 26, zweiter Stock.«

»Danke.«

»Moment! Jetzt hab mich glatt vertan, ich bitte um Entschuldigung. Appartement 26 wird doch gerade renoviert!«

»Macht ja nichts.«

»Das hatte ich kurz vergessen, Frau Doktor Frommann ist vorübergehend im Gästezimmer der Ulbrichtsuite untergebracht. Erster Stock!«

»Hier die Treppe hoch?«

»Hier hoch, dann scharf links und immer geradeaus.«

»Hoch und links.«

»Scharf links.«

»Scharf links, ok.«

Wegener stieg über polierte, knarrende Stufen in den ersten Stock und ging scharf links über polierte, knarrende Dielen in Richtung *Appartements 1–5, Tee-Salon, Ulbrichtsuite.* Wandleuchter mit gerafften cremefarbenen Stoffschirmen erleuchteten eine olivgrüne Goldschnörkeltapete, unter der Decke wuchsen kleine Kristallleuchter aus Stuckrosetten.

Neben den Zimmertüren Messingschilder: *Frau Elfriede Brüning, Frau Luc Jochimsen, Frau Christa Wolf.* Am Flurende saß ein Mann auf einem Stuhl. Als Wegener näher kam, stand der Mann auf: Froschaugen, braune Haare, rötliche Haut, grobes Gesicht.

»Hier geht's für Sie nicht weiter.«

»Das wär aber schade.«

»Staatssicherheit.« Froschauge hatte plötzlich eine Dienstmarke in der Hand. »Sie sind nicht angemeldet.«

»Frau Doktor Frommann freut sich aber auf mich.«

»Ach, Sie wolln zu Frau Frommann.« Das grobe Gesicht schaltete von genussvoller Herablassung auf gemäßigte Arroganz. »Glück gehabt.«

»Nicht wahr.«

»Dann jetzt mal mit dem Gesicht nach da und die Beine auseinander, bitteschön.« Wegener stellte sich breitbeinig neben die Tür und legte die Hände an die Wand. Textiltapete. Goldene Schnörkel, die man fühlen konnte, ein ornamentales Relief. Sein Blick rutschte an dem Olivgrün nach unten auf eine Messingplakette: *Frau Margot Honecker, Ministerin für Volksbildung der Deutschen Demokratischen Republik a. D.*

Wegener merkte, wie sein Herz einen Moment aussetzte. Wie sein Puls stolperte, taumelte, davonrannte. Wie ihm der Schweiß ausbrach, während Froschauge seine Waden und Oberschenkel abtatschte, ihm fast in den Schritt griff, ihm am Hintern und an der Taille herumfummelte, ein ungelenker Liebhaber, plump, aber entschlossen. Wegener versuchte zu denken, der ganze Hoffmannfall schoss durch sein Gehirn wie ein aufgeblasener Luftballon, den man nicht zuknotet, sondern fliegen lässt, der ein paar Sekunden in unvorhersehbaren, irren Schleifen herumfurzt und sofort wieder abschlafft, vom Himmel fällt.

»Mitkommen«, sagte Froschauge, schloss die Tür zur Suite auf und betrat einen kleinen Empfangsraum, von dem sechs weitere Türen abgingen. Ulbricht schmunzelte aus einem Goldrahmen an der Stirnwand. Irgendwo lief Gitarrenmusik, dazu sangen zwei Stimmen im Duett. Eine tiefe männliche und eine schrille weibliche. Es roch nach Räucherstäbchen und Mottenkugeln. Froschauge baute sich vor der ersten Tür rechts auf, klopfte, wartete drei Sekunden, steckte seinen roten Kopf ins Zimmer.

»Besuch für Sie, Frau Doktor Frommann.«

Keine Antwort. Offenbar reagierte Frau Doktor Frommann mit einer großzügigen Geste und schwieg.

Froschauge öffnete die Tür, als wäre er bei der Hauptabteilung Kammerdienerschaft.

Wegener ging ein paar Schritte geradeaus und wurde sofort zum Wicht. Das Gästezimmer der Ulbrichtsuite war ein Tanzsaal von 70 bis 80 Quadratmetern mit ausuferender Sitzgruppe für mehr als fünfzehn Personen, einem phobosgroßen Schreibtisch, einem mercedesgroßen Himmelbett, einem Salonflügel und angeschlossener Wintergartenveranda. In einem Rollstuhl für ausgewachsene Seekühe thronte ein blasser Fleischberg. Der Berg war in beigefarbene Zelte gewickelt. Aus einer karierten Decke ragten zwei kürbisförmige Schuhe, die Godzilla bei seiner letzten Berlinreise vergessen haben musste.

»Und Sie sind also die Polizei«, näselte der Fleischberg.

»Hauptmann Martin Wegener«, sagte Wegener und versuchte, die Tür möglichst geräuschlos zu schließen.

»Ich seh Sie trotzdem nicht.«

»Sie sehen mich nicht?«

»Das geht nicht gegen Sie, das geht gegen meine Augen. Dafür funktionieren die Ohren umso besser, leider. Hören Sie das?«

»Die Musik?«

»Musik! Das habe ich gehört, dass Sie das Musik genannt haben! Setzen Sie sich!« Ein beingroßer Arm klappte aus und deutete neben dem Fleischberg auf den Boden.

Wegener zog ein zierliches Biedermeiersesselchen aus dem Esstisch-Ensemble, ging über den knarrenden Dielenboden zum Rollstuhl und stellte das Sesselchen ab. Frau Doktor Frommann war ein Massiv mit dem Kopf einer Normgreisin: weiße Löckchen, scharfe Züge, dunkler Oberlippenbartschatten und eine dicke Brille, hinter der zwei gekochte Hühnereier ins Nichts starrten.

»Ihre Wohnung wird renoviert?« Wegener setzte sich.

»Seit vorgestern. Und jetzt muss ich mir die Arien anhören, die hier täglich gesungen werden. Können Sie mir sagen, warum ausgerechnet das Appartement einer Blinden gestrichen wird? Hier hausen genug Gehörlose mit den grässlichsten Wänden!«

»Da muss ich passen.«

»Ich auch.« Frommanns Hände falteten sich auf der karierten Decke. Eine Zehnerpackung Bratwürstchen. »Die Margot hat ja leider einen gewissen Schaden. Tragische Geschichte. Das Alter ist eine Bergtour auf den Gipfel der Unverschämtheit.«

»Demenz?« Wegener versuchte, mitleidig zu klingen.

»Demenz, Depressionen, Schizophrenie, von allem etwas.« Frommann lächelte an ihm vorbei. »War so eine helle, strenge Person. Wir haben sie bewundert und gefürchtet, bewundert und gefürchtet! Aber seit zwei Jahren baut sie ab. Vorher so klar und jetzt immer wirrer. Der menschliche Verstand ist ein Becher Schmand in einer Heilanstalt für Adipositöse.«

Wegener wusste nicht, wo er hinsehen sollte. »Aber sie singt.«

»Biermann! Sie singt Biermann!« Der Fleischberg erzitterte. »Den ganzen Tag! Glaubt, sie wäre eine Widerstandskämpferin gegen ihren eigenen Erich, kann man sich das vorstellen!«

Wegener wollte etwas sagen, aber der Fleischberg war schneller.

»Nein, kann man nicht. Ich kann es mir ja selbst nicht vorstellen, obwohl ich es jeden Tag hören muss. *Das Grün bricht aus den Zweigen!* Wenn hier wer bricht, dann ich! Und die Psychiater erzählen was von sublimierter postintellektueller Aufarbeitung innerehelicher Konfliktstrukturen via Identifikation mit diametralen gesellschaftspolitischen Werteprojektionen. Da kommt es schon wieder!«

Nebenan wurde die Stereoanlage aufgedreht. Rhythmische Gitarrenakkorde hackten sich durch die Wände, Wolf Biermann sang los, aber eine Gnomenstimme kreischte ihn sofort nieder, *du, lass dich nicht verhärten*, jemand schlug im Takt mit einer Krücke auf den Boden, *in dieser harten Zeit! Die allzu hart sind, brechen*, Tack, Tack, Tack, *die allzu spitz sind stechen und brechen ab sogleich! Und brechen ab sogleich!* Tack, Tack, Tack, die Gnomenstimme überschlug sich, ließ den Text in Ruhe und schrie jetzt die Melodielinie mit, *Ta-damm-ta-da-damm, Ta-damm-ta-da-damm!*

»Neulich war sie ganz durch den Wind«, klagte der Fleischberg, »da hat sie *von der Maas bis an die Memel* gegrölt. Das Leben ist ein abstürzender Paternoster im Finanzamt, Herr Polizist.«

»Frau Frommann …« Wegener rückte mit seinem Stuhl ein bisschen näher an den Sessel heran. »Ich würde gerne mit Ihnen über den Besuch von Albert Hoffmann reden. Vor einer Woche.«

»Ach. Sie kennen Herrn Professor Hoffmann?«

»Ja. Können Sie mir sagen, warum er bei Ihnen war?«

Die zehn Würstchen falteten sich auseinander. »Das ist kein Geheimnis. Es ging um meine letzte Zeitkapsel.«

»Ich fürchte, ich verstehe Sie nicht.«

»Weil Sie nicht wissen, was eine Zeitkapsel ist.«

»Nein. Nie gehört.«

Der Fleischberg seufzte ein Seufzen, das aus unergründlichen Tiefen kam. »Das funktioniert so: Alle Schüler einer Schule schreiben die Wünsche und Hoffnungen auf, die sie für die Zukunft hegen – für ihre persönliche Zukunft und für die Zukunft des Sozialismus. Das wird alles gesammelt und in eine Zeitkapsel gefüllt und die Zeitkapsel wird vergraben, an einem Ort, den die Schüler nicht kennen. Fünfundzwanzig Jahre später gräbt man die Kapsel wieder aus, und jedem einzelnen Kind, das mittlerweile ein erwachsener, aufrechter Sozialist geworden ist, wird der Brief ausgehändigt, den das Kind fünfundzwanzig Jahre zuvor selbst geschrieben hat. Kommen Sie mit?«

»Durchaus.«

»So. Und dann sieht jeder Einzelne schwarz auf weiß, was er aus sich gemacht hat. Was er aus der DDR gemacht hat. Eine Mahnung durch die eigene Hand. Durch die eigenen Träume und Vorsätze. Sie verstehen?«

»Sie waren Lehrerin?«

»Rektorin.« Der Fleischberg schwoll noch ein bisschen mehr an, die Brust-Steilklippen wurden von einer plattentektonischen Verschiebung unter der Bluse ein gutes Stück nach oben gedrückt. »Drei Jahrzehnte ohne einen einzigen Krankheitstag, Herr ... ?«

»Wegener.«

Nebenan drehte jemand die Lautstärke bis zum Anschlag

auf: *Wir wolln es nicht verschweigen, in dieser Schweigezeit!*
Tack, Tack, Tack, *das Grün bricht aus den Zweigen…*

»…Herr Wegener. Am Mielke-Gymnasium Pankow.
Wenn die Margot doch endlich mal ruhig wäre! Margot!«

… dann wissen sie Bescheid! Dann wissen sie Bescheid! Ta-damm-ta-da-damm, Ta-damm-ta-da-damm!

»Und da ist die Tochter von Herrn Hoffmann zur Schule
gegangen.«

»Nicht die Tochter!« Der Normkopf wackelte ärgerlich.
»Die Tochter einer Kollegin von Professor Hoffmann. Er
war ihr Patenonkel. Professor Hoffmann hatte selbst keine
Kinder. Das Glück ist eine chinesische Kondomfabrik, wenn
Sie verstehen, was ich meine.«

»Marie Schütz.«

»Ja, unsere süße, kleine Marie…« Die Würstchen falteten
sich wieder ineinander, die Hühnereieraugen schlossen sich,
das tiefe Seufzen kam zurück.

Wegener versuchte, das Geschrei im Nebenzimmer zu
ignorieren. »Und was hat Herr Hoffmann mit der Zeitkapsel
zu tun?«

Die Augen klappten wieder auf. »Er hat mir damals geholfen, sie zu vergraben. Im Mai 91. Da konnte ich noch alles.
Sehen, gehen, stehen. Der Zynismus ist ein Methusalem, der
im Jungbrunnen ertrinkt.«

Wegener merkte, dass seine Hände nervös ineinander griffen. »Sie und Herr Hoffmann haben diese Kapsel vergraben.
Im Wald am Müggelsee.«

»Natürlich. Hat Ihnen Professor Hoffmann das erzählt?«

»Und nur Sie beide wussten, wo die Kapsel lag. Niemand
sonst.«

»Professor Hoffmann hat das Kartografieren in die Hand
genommen, mit irgendwelchen Koordinaten.« Der Fleisch-

berg versuchte ächzend, sich in seinem Sessel aufzurichten.
»Da treffen sich bestimmte Grade, fragen Sie mich nicht, ich
hab Deutsch und Geschichte unterrichtet. Aber Professor
Hoffmann wollte das ganz exakt haben, damit nichts passieren kann. Der Zufall ist eine rostige Schraube am AKW Greifs-
wald!«

»Und diese Koordinaten hat Professor Hoffmann am
17. Oktober bei Ihnen abgeholt.«

»Ja.«

»Hat er gesagt, warum?«

»Natürlich. Am Müggelsee wird gebaut, irgendwelche Re-
paraturen an einer Pipeline. Die graben den halben Wald um.
Er musste die Zeitkapsel in Sicherheit bringen.«

»Und er selbst besaß die Koordinaten nicht?«

»Außer mir durfte ja keiner wissen, wo sich die Kapsel befindet. Professor Hoffmann hat darauf bestanden, sich an die
Regeln zu halten, der korrekte Mensch. Das mit den Bau-
arbeiten war ein Notfall, verstehen Sie?«

»Absolut.«

»Die Kapsel wird ja schon in fünf Jahren gehoben. Wer
weiß, ob ich das überhaupt noch erlebe. Geht ja so schnell
rum alles, Herr Polizist. Die Zeit ist ein Düsenjäger mit,
wenn ich das so offen sagen darf, Dünnpfiff.«

»Was wollte Professor Hoffmann denn mit der Kapsel machen?«

»Nun, der Professor wollte die Kapsel an einer anderen
Stelle vergraben und mir die neue Karte vorbeibringen. Vergessen hat er es bestimmt nicht, vielleicht ist ihm was dazwi-
schengekommen.«

Nebenan waren Musik und Geschrei schlagartig verstummt. Jetzt klopfte es kurz und energisch. Im gleichen
Moment ging die Tür auf, und eine junge, asiatische Pflegerin

balancierte ein Tablett mit Teekanne, Teetasse und Stövchen herein.

»Marilou?«

»Hier kommt Ihr Hagebuttentee, Frau Doktor Frommann!« Die Pflegerin nickte Wegener zu und stellte das Tablett auf einen erhöhten Beistelltisch neben den Sessel. »Ich hab Frau Honecker gebeten, mal eine halbe Stunde Pause zu machen.«

»Meine Rettung. Was haben Sie ihr erzählt?«

»Dass die Staatssicherheit im Haus ist. Ich lüge ja nicht.«

»Sie sind ein Engel aus Fernost.«

Wegener wartete, bis die Pflegerin wieder draußen war. »Frau Doktor Frommann, ich brauche diese Koordinaten.«

»Sie?« Der Fleischberg tastete nach der dampfenden Tasse, ließ sie ohne jedes Zittern zum Mund schweben und schlürfte. »Warum denn das?«

»Für eine polizeiliche Ermittlung.«

»Das glauben Sie doch selbst nicht.«

»Das ist mein voller Ernst.« Wegener musste sich beherrschen, um diese teeschlürfende, lethargische Superseekuh nicht zu schütteln. »Und es ist eilig.«

»Junger Mann, wenn Sie zum Müggelsee wollen, dann gehen Sie doch in Ulbrichts Namen ins Transitnetz, dort weiß man nämlich alles! Glauben Sie nicht, dass ich hinterm Mond lebe! Die Bildung ist ein gehirnamputierter Tintenfisch, der …«

»Es geht um die Zeitkapsel, Frau Doktor!«

»Was hat denn die Polizei mit unserer Kapsel zu tun?«

»Rings um die Pipeline ist ein Sperrgebiet des Energieministeriums, da haben Privatleute keinen Zutritt. Professor Hoffmann hat sich an mich gewandt mit der Bitte, ihm beim Ausgraben einer bestimmten Wertsache behilflich zu sein.

Um was es sich handelt, wollte er mir nicht sagen, er meinte, ich muss mich an Sie wenden. Wenn wir nicht schnell handeln, wird die Kapsel weggebaggert.«

Jetzt schwappte der Tee über. »Das darf auf keinen Fall passieren! Hören Sie, auf gar keinen Fall!«

»Dann benötige ich die Koordinaten.«

»Aber die hat Professor Hoffmann doch schon.«

»Der Professor musste kurzfristig verreisen und hat es leider versäumt, mir den Zettel vorher zu geben.«

Die Eieraugen hinter den Brillengläsern verengten sich. »Na gut. Aber seien Sie vorsichtig! Dass mir nichts beschädigt wird!«

»Wir passen auf. Das garantiere ich.«

Frommann stellte die Teetasse ab, wendete ihren Rollstuhl und bewegte sich in der Geschwindigkeit eines gichtkranken Faultiers hinter den Schreibtisch, nahm eine kleine Messingschatulle, öffnete die Schatulle und holte einen Zettel heraus. Dann klappte sie eine monströse Leselupe aus und malte mit kratzender Füllerfeder drei Minuten lang Zahlen auf einen Notizblock. Der Zettel verschwand wieder in der Schatulle.

Wegener stand auf.

Frommann riss das beschriebene Blatt vom Block und überreichte es wie eine Ernennungsurkunde. »Und Sie bringen die neuen Koordinaten vorbei, wenn Sie die Zeitkapsel versetzt haben, das versprechen Sie mir!«

»Hoch und heilig.«

»Hoch und heilig ist dem Pfaffen sein privater Glockenturm.«

Wegener stellte das Sesselchen zurück, ging zur Tür und drehte sich noch einmal um. Frau Doktor grüßte stumm mit ihrem beingroßen Arm. Wegener winkte zurück und war draußen.

Im Vorzimmer wartete Froschauge.

»Schon fertig?«

Wegener nickte. »Schon fertig.«

Irgendwo polterte es. Das Poltern kam näher. Die Tür hinter Froschauge wurde aufgerissen, und eine halbnackte Greisin erschien, die wirren, blaugrauen Haare standen ihr in alle Richtungen vom Kopf ab. »Du Stasischwein!« Die Alte starrte Wegener voller Hass an.

»Frau Honecker, der Mann ist ein Gast von Frau Doktor Frommann!« Froschauge war knallrot angelaufen. »Ein Besucher! Gehen Sie doch jetzt bitte wieder in Ihr ...«

»Besucher!«, krächzte die Alte und verzog das Runzelgesicht zu einem grausamen Grinsen. »Die Stasischweine sitzen immer genau da, wo man sie nicht vermutet! Genau da sitzen sie und warten, dass man ihnen in die Falle geht! Aber nicht mit mir! Nicht mit der Blauen Eminenz!«

Wegener flüchtete an Froschauge vorbei zur Flurtür, zog sie auf, war schon im Gang, aber das Geschrei kam ihm hinterher, drang durch Türritzen und Wände, schallte quer über die Etage, unerbittlich, heiser, hasserfüllt: Du elendes Stasischwein!

35

Die Stimme der Alten verfolgte Wegener als akustische Lenkrakete die knarrende Treppe hinunter, durch die Halle ins Auto und über den Ring bis in die Karl-Marx-Allee, er hatte das Gefühl, diese Marschflugkörperstimme hole ihn ein und erwische ihn von hinten, als er in die Normannenstraße abbog, Volltreffer, das Stasischwein auf dem Weg zu seinen Stasischweinkollegen, aber doch nur, um den Spieß umzudrehen, Margot, still und unbemerkt, weil einem nichts anderes übrig bleibt, und du halt dich da raus, Josef, ein für alle mal, ihr beide seid mir schöne Heilige, die sedierte Sünderin und das exrotbraune Gerippe, ein Traumduo der Orientierungslosigkeit. Wenn ihr unbedingt jemanden beschimpfen wollt, schaut euch gegenseitig an. Wird hart, hilft aber.

Ich kann mich von oben sehen, dachte Wegener, wie ich über den menschenleeren Hof gehe, vorbei an der Stelle, an der Kayser den Mercedes geparkt hat, als er noch lebte, vor gerade mal einer Woche, sein Mörder läuft frei herum, aber auch dieser Mörder wird irgendwann über einen Zufall stolpern, und jetzt ich hier allein, ohne Kayser, ohne Brendel, ohne Mercedes, verpackt in die Kälte und Trübheit des Ostens, ein schwarzer Punkt auf einer dunkelgrauen Fläche, eine langsame, stete Bewegung hin zu einem unbeweglichen Ziel. Einsame Entscheidungen ziehen einsame Wege nach sich, das war doch wohl klar gewesen, alles aus dem Blickwinkel des Geradegestorbenen, der aus unverständlichen Gründen auf sich selbst herabschaut, der Martin Wegener seinen Gang machen sieht, gemächlich und unaufhaltsam, ohne jede Reue, ohne jede Vorfreude, ohne jede Angst, wissend, dass Wissen nichts verändern wird, unterwegs in der Optik eines Achtzigerjahrecomputerspiels: Steuern Sie den Volkspolizeibeamten (Vpb) auf möglichst direktem Weg über die rechteckige Betonfläche zum Häuschen des wachhabenden Offiziers, dann zum Wabenvorbau des Entrées, durch die gläsernen Türen in die Höhle des Löwen, in den Staubgeruch, Bohnerwachsgeruch, Zitrusreinigergeruch, vor den Schalter, an dem heute Abend kein rothaariger Teigklumpen sitzt, sondern eine gar nicht mal unhübsche Zopfträgerin, vielleicht wird etwas zu viel Schminke sichtbar, als sie den Kopf schief legt, um die Unterlagen zu prüfen, und das Deckenlicht plötzlich so heftig in ihr vollgepudertes Gesicht einschlägt, dass es eigentlich hautfarben stauben müsste. Wegener stand unbeweglich, atmete durch den Mund, wollte nichts riechen, während diese Staatssicherheitsempfangsbeamtin den Terminschein abnickte, das Besuchsvisum stempelte, eine Liste aus der Schublade zog, etwas aufschrieb, den Begleitoffizier herbeitelefonierte, sogar lächelte, als sie Schein und Visum zurückgab. Wie die Schalterfrauen der Bahn. Die eine gute Reise wünschen, wohin auch immer es geht.

Wegener bemühte sich, dem Begleitoffizier zu folgen, der eher vor ihm zu flüchten schien, als ihn zu begleiten, der ein Fluchtoffizier war und in Flure lief, die keine Türen hatten, Wachposten passierte und Zeichen machte, Schein und Visum stecken zu lassen, die Begleitung eines Fluchtoffiziers war Eintrittskarte genug, ein Treppenhaus hinunter ins erste Untergeschoss, Wegeners Blick blieb an Reihen von Metall-

schränken hängen, hinter Glastüren blinkten Lämpchen neben kunterbunten Kabelsträngen, das hatte er alles schon
einmal gesehen, bei Nacht und ohne Begleitung, noch ein
Flur, noch eine Kontrolle, dahinter das Empfangspult einer
Bibliothek, ein akkurat gekleideter Anzugträger mit Namensschild, A. *Butt*, der sich den Terminschein ansah, den
Stempel des Visums prüfte, einen zweiten Stempel daneben
drückte, beide Papiere in eine Hängeregistratur einsortierte
und dafür drei knappe, hellgrüne Altpapierformularblätter
ausfüllte, die er stumm über den Tresen reichte: *Genehmigung zur Kenntnisnahme des Staatssicherheits-Überwachungsvorgangs* STÜ:1355/HA-A. T.2011, *Genehmigung zur
Kenntnisnahme des Staatssicherheits-Überwachungsvorgangs* STÜ:1369/HA-A. F.2011, *Genehmigung zur Kenntnisnahme des Staatssicherheits-Überwachungsvorgangs*
STÜ:1012/HA-A. F.2010.

Drei Minuten später saß Wegener in einem niedrigen
Raum zwischen dunkelblauem Teppichboden und unver-
kleideten Leuchtstoffröhren auf einem Holzstuhl vor einem
Holztisch. Genauso hatte er gesessen bei seiner Suche nach
Josef dem Verschollenen, vielleicht nicht auf diesem Holzstuhl, aber auf einem ähnlichen, vielleicht nicht in diesem
Raum, aber höchstens ein paar Türen weiter, war immer
wieder aufgestanden, um sich neue Papierberge aus neuen
Aktenschränken zu holen, die alles enthielten, nur keinen
Hinweis auf Früchtl, war erst nervös geworden, dann panisch, dann schwachsinnig, hatte schließlich begriffen, dass
man hier nichts erreichen konnte, dass man niemals fündig
werden würde, auch wenn man sein ganzes Leben im Nor-
mannenstraßenkeller verbrachte, weil diese gigantische In-
formationssammlung, diese minutiöse Müllhalde sämtlicher
ostdeutschen Biografien, dieser vollständige Vergangen-

heitsfriedhof des DDR-Alltags weder Mauern noch Wachsoldaten noch Terminscheinstempel gebraucht hätte, um sich gegen Eindringlinge zu schützen, es reichte völlig, den Suchenden mit der kompletten Dokumentation des Daseins in diesem Staat allein zu lassen, ohne den entscheidenden Hinweis darauf, wo in dieser Faktengalaxie das eine Schriftstück zu finden sein könnte, auf dem der entscheidende Sachverhalt verewigt wäre, schon wurde jede Recherche aussichtslos, schon war die wahnwitzige Akribie dieses Apparats seine eigene perfektionierte Absicherung, eine bessere gab es nicht, die Wahrung der Macht durch die Masse der Vergehen, der entwendete Brief, der genau dort am sichersten ist, wo er hingehört.

Hydra, du vielfältiger Geizhals, dachte Wegener, du könntest wenigstens mal die Heizung anstellen. Der November kam jetzt durch die Kellermauern, kühle Luft fasste ihm an den Hals, wollte ihm an die Gurgel, erzeugte Gänsehaut. Die Mikrofone waren vermutlich in der Decke versteckt. Die Kameras in den Lampen. Ich kann mich schon wieder von oben sehen, dachte Wegener, auf einem Monitor sechs Zimmer weiter, wie ich schwarzweiß herumhocke und darauf warte, dass mir ein Priester des Informationstempels das entscheidende Elixier gegen chronische Blindheit serviert. Hier unten roch es nicht nach Bohnerwachs, Staub, Zitrusreiniger, sondern nach feuchtem Plastik, nach niemals ausgelüftetem Kunststoffbodenbelag, nach antikem Teppichkleber. Der säuerlich-sachliche Duft der Bürokratie, an den man sich so schnell gewöhnte, dass man ihn nach einer halben Stunde schon nicht mehr wahrnahm.

Das passende Gesicht zu den Ausdünstungen des Teppichbodens kam herein, es saß auf den schmächtigen Schultern eines namenlosen Offiziers der Hauptabteilung Aufklärung und versammelte lauter Anti-Merkmale, Komponenten der Unauffälligkeitskategorie 1, unspektakuläre Nase, langweiliges Kinn, blassblaue Durchschnittsaugen unter einer straßenköterbraunen Allerweltsfrisur. Als Gott an seiner Menschenpresse stand und dich schuf, dachte Wegener, musste er ganz dringend aufs Klo.

»Sie haben am 25.10. zwei Überwachungsvorgänge im Rahmen der bilateralen Sonderermittlung Aktenzeichen B-PPK-88521(S) beantragt«, sagte der Offizier mit der Intonationslosigkeit einer Navodobrostimme, »beide Anträge wurden noch am gleichen Tag von Generalmajor Wischinsky bewilligt.«

Wegener nickte.

»Bei dem von Ihnen in Auftrag gegebenen Überwachungsvorgang wurden aus Sicht der ausführenden Organe keine nennenswerte Observationsresultate erzielt, den Bericht lege ich Ihnen unter der Registernummer *1369/HA-A. F.2011* vor, er liest sich recht kurz. Beiliegend erhalten Sie zum vergleichenden Erkenntnisgewinn die Akte der Zielperson aus den Jahren 2009 und 2010.«

»Moment mal.«

»Ja, bitte?«

»Das heißt, die Person, deren Überwachung ich in Auftrag gegeben habe, wird schon seit zwei Jahren überwacht?«

»Korrekt, das trifft zu.«

Wegeners Hände hielten sich an der Tischkante fest.

Der Offizier schwieg. Er war es offenbar gewohnt, seinen Gästen kleine Schockpausen einzuräumen.

Das wird ja immer besser, sagte Früchtl, gleich kommt noch raus, dass du dich selbst überwachen lässt, Martin, dann beiß ich aber vor Lachen in diesen Stinketeppich.

Das hättest du auch ahnen können, Hauptmann Schlauberger, dachte Wegener, ohne den Tisch loszulassen, Bewerbung beim Energieministerium führt zu Routineüberprüfung, Routineüberprüfung führt zu Dauerüberwachung, denn wenn kein konkreter Anlass für eine Observation besteht, gibt es auch keinen Anlass, damit aufzuhören, Paragraf Eins der Stasilogik, dessen Implementierung ein unterirdisches Gewölbe mit Akten gefüllt hatte, ein zweites Berlin, direkt unter der Stadt. Wenn die Karolinaüberwachung wenigstens bedeuten würde, dass Karolina nicht für die Stasi gearbeitet hatte. Dann könnte er jetzt aufstehen und gehen. Aber genau das bedeutete die Karolinaüberwachung nicht.

Wegener nickte.

»Da es sich um Überwachungsvorgänge im Rahmen einer bilateralen Sonderermittlung handelt«, sagte der Offizier, »und diese Vorgänge somit nicht unter das Amtshilfeabkommen fallen, sind sämtliche Informationen, die Sie den entsprechenden Überwachungsprotokollen entnehmen, als geheim einzustufen und als offizielle polizeiliche Ermittlungsbefunde sowie vor Gericht generell unzulässig. Sie dienen ausschließlich dazu, Ihnen neue Ermittlungsperspektiven zu eröffnen, die im Erfolgsfall mit herkömmlichen Beweismitteln nach geltendem Recht abgesichert werden müssen. Haben Sie das verstanden?«

Wegener nickte.

»Sie dürfen die Ergebnisse der Überwachungsvorgänge lediglich einsehen. Ihnen ist weder die Abschrift noch eine andere Form der Kopie noch die Mitnahme der Unterlagen gestattet.«

»Wie viel Zeit habe ich?«

»So viel Sie wollen.«

»Dieser Raum ist kameraüberwacht?«

»Selbstverständlich.« Das Nichtgesicht legte zwei hellgraue Mappen auf den Holztisch, nahm die beiden hell-grünen Formulare, verglich die Registernummern, zückte einen Stift und unterschrieb auf beiden Mappendeckeln mit einer steilen, unleserlichen Fieberkurve. »Ich halte fest: Die ausgehändigten Dokumente entsprechen Ihrem Antrag in puncto Überwachungsmethode und Zielperson. Telefon-überwachung der Mobilnummer 1130 20 23 34 53 190 so-wie akustische und visuelle Observation der Colombet-straße 34, drittes Obergeschoss, Dokumentationsmittel: Fotografie.«

Wegener nickte.

»Dann wünsche ich Ihnen eine ergebnisreiche Arbeit, Ge-nosse Hauptmann.« Der Offizier ging wie an einer Schnur gezogen aus dem Raum und zog die Tür hinter sich zu.

Da ist sie wieder, meine alte Angst, dachte Wegener, dass das Jüngste Gericht die Fegefeuer-Urteile abgeschafft hat und die Höchststrafe für menschliche Niedertracht als end-lose Einzelhaft daherkommt, als ewiges Vegetieren im Keller der Normannenstraße oder in einer der weißen Zellen von Stasi Stadt, als nicht endende Phobosfahrt hinter verschmier-ten Scheiben, als tägliches, bewegungsunfähiges Wiederer-wachen unter dem immer gleichen funktionsuntüchtigen Ventilator, als Gehirn im Tank, das sich nur noch selbst be-trachten kann, das für alle Zeiten isoliert ist und sich vom mageren Pensum des Erlebten ernähren muss, das die Erin-nerung an eine Handvoll Jahre besitzt und sonst nichts, ein hinterhältiges Kapital, weil das Vergangene vergangen und für immer abgeschlossen ist, unveränderlich, weil man keine zweite Chance bekommt und stattdessen eine gnadenlose Zukunft lang bereut, sich fruchtlos mit den eigenen Fehlern herumschlägt, mit all dem Verpassten, mit den Millionen von Wegen, die das Leben hätte nehmen können, ein Container voller Konjunktive, in dem man stündlich ersäuft, weil man sich ausgerechnet die Strafe einhandeln musste, die man von Anfang an am meisten fürchtete: die schiere, blanke, hermetisch abgeriegelte Isolation. Was ich auch tue, dachte Wegener, es läuft auf das Gleiche hinaus, der Ausgang des Spiels stand fest, bevor es anfing, das ist Schicksalssozialismus, biografische Planwirtschaft, weil die Stasi immer schon da ist, bevor man sie ruft, weil sie trotz aller Vorsichtsmaßnahmen immer noch die richtigen Momente abpasst, die Schwächen ihrer Zielperson findet und ausnutzt, die kleinen Nachlässigkeiten hart bestraft, hellwach ist, wenn nur einmal die Vorhänge offen gelassen werden, im Eifer einer allesbetäubenden Lust, in der man nicht an Fußabdrücke auf Scheiben denken kann, in der man nicht ans Gardinenzuziehen denken kann, weshalb dann Bilder geschossen werden, auf denen Karolina im Bett liegt und von einem Mann mit weißen Haaren ausgezogen wird, der mit dem Rücken zum Fenster steht, der ihren Rock in der Hand hat, ihre Strumpfhose, ihren BH, der mit seinem weißen Kopf zwischen ihren Beinen verschwindet, wozu Karolinas Gesicht vor Lust leidet, ein jammernder Mund, ein hündischer Blick zur Decke, während der Alte sich mit seinem Schädel in sie hineingräbt, ihr die Beine auseinanderdrückt, Karolinas Füße rechts und links in der Luft, die Falten ihrer verkrampften Fußsohlen reihen sich untereinander auf, so scharf sind die Bilder, so gut sind die Tele-Objektive, dass sie sehen, wie sich Karolinas Zehen synchron spreizen, dass ihr Mund jetzt ein ärgerlicher Schrei ist, in dem sich ein Speichelfaden spannt, ein geiler Kreis mitten in ihrem verzerrten Gesicht, ein Ort der Wut darüber, dass sie diesen Zweikampf zu verlieren droht, und dann wehrt sie sich schließlich doch, stößt den Alten mit den Füßen weg, dass er vom Bett fällt, liegt jetzt breitbeinig, noch nie hat eine Frau breitbeiniger gelegen, bearbeitet sich selbst, dreht sich um und bietet dem Weißhaarigen zwei fleischige Backen an, lässt ihren Mittelfinger zwischen den Backen verschwinden, versenkt ihn tief in ihrem geöffneten Arschloch, zieht ihn raus, spuckt ihn nass und versenkt ihn wieder, weitet vor, nimmt zwei Finger, drei Finger, spreizt die Finger, spannt ihr Arschloch auf, dieses Loch ist jetzt das weichste, einladendste, nasseste Loch der ganzen Welt, alles passt da rein, alles kann davon verschluckt werden, es wartet geduldig, ist offen für den Alten, der sich wieder hochrappelt, ausgiebig auf seinen langen, dünnen Ständer rotzt, ihre Finger verscheucht, den Ständer in Position bringt, am Loch ansetzt, mit beiden Händen abstützt und ihn so heftig zwischen die Fleischbacken rammt, dass Karolinas Gesicht explodiert, der ihn bis zur Wurzel in ihrem Arsch versenkt und immer wieder so hart zustößt, dass Karolinas Gebrüll auf diesen Fotos plötzlich durch den Kellerraum hallt, von den Wänden zurückgeworfen wird, nirgendwohin kann außer in den Kopf von Martin Wegener, der die Fotos wieder und wieder durchblättert, ein erbarmungsloses Daumenkino, ein Karolinakamasutra, in dem der Weißhaarige sich schwitzend abrackert, sich jede Körperöffnung vornimmt, die er findet, immer weiter macht, sein ganzes Können ausspielt, ein Rekordrammler im Fickfieber, bis er irgendwann zusammenbricht, hinter ihr auf dem Bett liegt, platt ist, schließlich einen Zigarillo anzündet, raucht, sich an Karolina presst, ihre leicht hängenden Brüste festhält, wie ein Ertrinkender zwei Rettungsbojen auf hoher See umklammert, ihre Schulter küsst und vor Glück erbärmlich weint, und diesmal ist es ein aktenkundiger Sachverhalt, dachte Wegener, diesmal ist es kein BIONIER-Brause-Wodka-Rausch, keine Molotow-Fantasie, keine Wahn gewordene Urangst, kein projizierter Komplex

und kein masoschistischer Tagtraum, diesmal ist es die gesto-
chen scharfe Wahrheit, in zahllosen Abzügen vorhanden,
heimlich organisiert, durchnummeriert, verifiziert: Der Alte
heult mit dem braunen, markanten, plötzlich jugendlichen
Gesicht von Josef Früchtl.

36

Die Polypropylenmoleküle betasteten, griffen, verhakten sich an den Enden und wurden zu einer gewundenen Kette, die zusammen mit anderen gewundenen Polypropylenmolekülketten sukzessive ein Geflecht ergab, das sich in alle Richtungen ausbreitete, das nach oben und unten wuchs, das sich in Hunderten, Tausenden, Zehntausenden Ebenen immer weiter aufbaute, zu einer hauchdünnen Schicht wurde, auf der zahllose weitere Schichten lagerten, die miteinander verklebt waren, dicht an dicht zusammengepresst wurden und so das millimeterdicke, gelbe, blaugeblümte Plastiktischtuch mit den weißen Schaumgummitroddeln ergaben, auf das Wegener starrte, bis er den Blick weghob, ihn über die Atomansammlung der Furnierholzfläche fahren ließ, über die Zellen der Ziertulpe, in denen das Chlorophyll, das Zytoplasma, das Tonoplast waberten, in denen Zellkerne, Vesikel, Peroxisome schwammen, milliardenfach nebeneinander, übereinander, Strukturen hervorbrachten, Fasern formten, Schwammgewebe, Palisadengewebe, Epidermis bildeten und zum Blatt wurden, das blassgrün und wachsig über den Rand einer Vase lappte, die sich aus Bergen von Siliciumdioxid, Aluminiumoxid, Bortrioxid und Natriumoxid auftürmte und einen mehrere Billiarden Wassermoleküle umfassenden Ozean zusammenhielt, immer ein Sauerstoffatom, zwei Wasserstoffatome, ich sehe, dachte Wegener, video ergo sum, ich durchschaue zum ersten Mal die Welt, auf der ich seit sechsundfünfzig Jahren maulwurfblind herumtaumele, ein elektronenmikroskopisches Röntgenbild des Daseins, wohin ich auch staune, ich erkenne Gefüge, Muster, Funktionsweisen, ich sehe Täter, Opfer, Augenzeugen, Kronzeugen, Mordmotive und Strippenziehersorgen, der Hauptmann blickt endlich durch, aber er geht nicht über Los, zieht keine 4000 Mark ein, niemand wandert ins Gefängnis, der Lohn ist die Wahrheit und nichts als die Wahrheit, so wahr ihm der immergleiche Trott helfe, alles liegt vor mir auf dem Tisch, dachte Wegener, alles besteht aus Häufung von Jeweils-Identischem, aus eindeutig Benennbarem, das sich nach festgeschriebenen Gesetzen zueinander verhält, das bis in alle Ewigkeit immer gleich aufeinander reagiert, mit unvermeidlichen chemotionalen Reaktionen wie Dahinschmelzen, Indieluftgehen, Aufgelöstsein, am Ende mit besiegelter Zersetzung, etwas anderes ist seit Beginn des Universums nicht möglich, die Optionen sind festgelegt, und nur der Zufall, der dich immer zu Fall bringt, entscheidet noch darüber, wer wo auf wen trifft, was mit welchem wann zusammenkommt, alles Weitere ist seit Menschengedenken angeordnet, jeder Startschuss, der fällt, fällt zum unzähligsten Mal, auf die Plätze, fertig, bloß nichts Neues, identische Prozesse spulen sich ab, sind durch nichts zu verhindern, ein Feld perfekt platzierter Dominograbsteine, die der Physik gehorchen wie die Deutschen ihren Führern, also hundertprozentig verlässlich umkippen, einer nach dem anderen, und somit ein Ergebnis produzieren, das man ohne jede Fantasie hätte ausrechnen können:

$$(\omega \text{Wegener} \cup \text{Karolina}) <<< (\aleph \text{DDR} + \aleph \text{Zufall} + \aleph \text{Sex})$$

Die Fernsehbilder auf dem Plasma-Megaposter an der East-Side-Fassade wiederholten sich, die Frau mit den blonden Locken und den zerfetzten goldenen Pappflügeln auf dem Rücken hatte vor zehn Minuten auch schon in die Kameras geschrien, jetzt verschmierte sie zum zweiten Mal die Schminke mit dem Handrücken, ihr verheultes Gesicht glänzte wieder 36 Quadratmeter groß über dem Alexanderplatz, die Ameisenmasse zwischen Berolina-Haus und KDO wuchs weiter, aus vier Ecken strömten sie auf die Freifläche, drängten sich vor dem VIP-Car-Walk, starrten auf das digitale Elend über ihnen. Wieder wurde der Kameramann angerempelt, wieder wackelten die Bilder, zeigten auf der Straße liegende und sitzende Weihnachtsmänner, Engel, Rentiere, Ratlose, aufgelöste Kostümgesichter, im Hintergrund die Flammenwand, schwarzer Rauch, der vom dunklen Himmel verschluckt wurde, und unter allem das Endlosband des News-Tickers: *Sprengstoffanschlag auf Kino International* +++ *Zahlreiche Verletzte bei Premiere von* RED REVENGE +++ *Gysi: »Den Sozialismus kann man nicht zerbomben«* +++ *Behörden ermitteln* +++

Wegener trank einen Schluck Bier. Das Minsk vibrierte in brummenden Schüben auf der Tischplatte. Unterdrückte Nummer.

»Hallo?«

»Herr Wegener?«

»Am Apparat.«

»Christian Nadrowski, stellvertretender Direktor des EastSide-Resorts, können Sie mich verstehen?«

»Einwandfrei.«

»Hier unten ist die Hölle los, seit wir den Screen auf Livebild gestellt haben, warten Sie mal bitte einen Moment ...«

Es knackte. Die Verbindung war weg.

Auf dem Megaposter lief jetzt Werbung: Eine frustrierte Frau mit Prinz-Eisenherz-Frisur im Windkanal neben dem neuen Phobos Cabriolet, die Hände der Frustrierten streichelten über das Kunststoffverdeck, malten einen unentschlossenen Kreis in die Luft, formten eine Raute vor dem weißen Kittelbauch. Text blendete ein: *Noch effizienter dank noch weniger Widerstand – Physik-Nobelpreisträgerin Angela Kasner für den neuen Phobos II Flux.* Die Windkanal-Turbine sprang an und blies das dünne Haar der Frustrierten zur Sturmfrisur auf. Ihre Mundwinkel blieben unten.

Die unterdrückte Nummer vibrierte.

»Herr Nadrowski?«

»So, Entschuldigung, jetzt bin ich in der Halle. Hören Sie mich?«

»Immer noch einwandfrei.«

»Die Zentrale hat mich über Ihren Anruf informiert. Herr Günzow hätte jetzt Zeit für Sie. Er wartet am Check-In.«

»Offen gesagt, ich würde das ungern bei Ihnen im Haus erledigen. Es wäre nett, wenn Herr Günzow kurz in die Fernsehturmkuppel kommen könnte. Ich sitze an Tisch 4.«

»Wir bieten Ihnen selbstverständlich auch einen Meeting-Room an.«

»Vielen Dank, Herr Nadrowski, aber ich mach so was lieber auf neutralem Terrain, das Personal vom ›Schauinsland‹ ist informiert, die lassen ihn durch. In 30 Minuten sitzt er wieder an seiner Schranke.«

»Ja gut, ok, dann sag ich ihm das. Aber er hat doch nichts, also, verstehen Sie das nicht falsch, Herr Wegener, aber er hat doch nichts mit dem Mord zu tun? An dem Mann vom BND, in unserem Haus? Wir sind hier nach wie vor verstört vom

Gang der Ereignisse, und Herr Günzow war immer einer unserer besten und zuverlässigsten Mitarbeiter und ...«

»Es geht nur um eine Zeugenaussage.«

»Ja, dann ... Wissen Sie schon was Neues von dem Anschlag auf das Kino International, wenn ich das bei dieser Gelegenheit noch fragen darf?«

»Dürfen Sie, aber ich weiß zurzeit auch nur das, was bei Ihnen auf der Großleinwand läuft. Tut mir leid.«

»Dann hoffen wir mal das Beste. Auf Wiederhören.«

»Vielen Dank für Ihre Hilfe, Herr Nadrowski.«

Wegener drückte das Gespräch weg, lehnte sich zurück, ließ sich vom schleichenden Mechanismus des Restaurantbodens weiter in Richtung Osten tragen, schwebte im Sitzen an der Stadt vorbei, war eine ehemalige Fick-Schnecke, die Bier trank, statt darin zu ersaufen, die ihren Kopf als länglich verzerrte Pfützenspiegelung in den gewölbten Scheiben sehen konnte und die sich plötzlich uralt vorkam.

Der leuchtende Riesenplasmaschirm, das KDO, das Berolina-Haus verschwanden Meter für Meter hinter der Kugelkrümmung, die Karl-Marx-Allee schob sich langsam ins Bild, ihre lang gezogene, erleuchtete Gerade rückte unaufhaltsam vor, die Ulbrichtschneise, der Weg ins Nirgendwo, das brennende Kino International war ein pfenniggroßer, heller Punkt, um den ein schwacher Kranz aus bläulichem Licht zuckte, Sirenen heulten immer noch gedämpft aus allen Ostbezirken, wollten sich beeilen, kamen nicht vom Fleck, versuchten, sich durch die verstopften Straßen zu drängeln, in denen der Verkehr zwischen improvisierten Kontrollposten feststeckte.

Alles blinkte, nichts bewegte sich.

Berlin stand still.

Vielleicht bin ich in diesem Moment die einzige Schnecke

der Stadt, die vorankommt, dachte Wegener, ein vorbildliches Exemplar meiner Gattung: Ich krieche im Kreis.

Als Günzow erschien, schlurfte er, tapste mit hängenden Schultern an den Tischen vorbei, zählte die Nummern ab, sah Wegener und erstarrte für die Dauer eines gut vorbereiteten Elfmeters. Dann drückte er den Rücken durch, wölbte seinen Uniformbauch noch weiter nach vorn und versuchte, ein selbstbewusster Page zu sein. Der selbstbewusste Page kam zum Tisch und setzte sich. Sein Melonengesicht schwitzte.

»Herr Günzow, Sie kennen mich noch?«

Der Mund der Melone bog sich nach unten. Günzow guckte wie die Frustrierte aus der Phobos-Werbung.

Wegener schob seinen Ausweis über den Tisch. »Dann wissen Sie ja, dass ich von der Kriminalpolizei bin.«

Eine ältliche Kellnerin lief am Tisch vorbei, blieb stehen und ging drei Schritte rückwärts.

»Ein großes Bier, bitte«, sagte Wegener, »und der korpulente junge Mann in Uniform nimmt eine Club-Cola Sauerkirsche light.«

»Groß oder klein?«

»Klein, bitte. Er bleibt nicht lang.«

Die Kellnerin guckte betreten und machte sich auf den Weg.

Günzows Glubschaugen liefen über.

»Woher ich weiß, dass Sie Club-Cola Sauerkirsche light trinken?« Wegener zog seinen Ausweis wieder über die Tischplatte zurück und steckte ihn ein. »Erstens, weil Sie massive Figurprobleme haben, und zweitens, weil eine dieser Dosen gerade gefunden wird, Herr Günzow.«

»Was? Was wird gefunden?«

»Eine leere Dose Club-Cola Sauerkirsche light. Mit Ihren Fingerabdrücken drauf. Im Kino International.«

»Wieso?«

»Weil ich dafür gesorgt habe. Sie sollten vorsichtiger mit Ihrem Müll umgehen. Nicht einfach in den öffentlichen Eimer neben dem VIP-Car-Walk werfen. Vielleicht beschaffen Sie sich besser eine VIP-Garbage-Can.«

Schweißtropfen liefen über die feiste Günzowstirn in Richtung Nase. Der Uniformärmel wischte sie weg. »Mir reicht's, was soll der Scheiß hier?«

»Der Scheiß hier kann für Sie richtig gut ausgehen«, sagte Wegener, »oder richtig schlecht. Ganz, wie Sie wollen.«

»Warum schlecht?« Günzow wurde laut. Rote Flecken auf seinen Hängebacken. »Was hab ich denn gemacht? Das ist doch total krank! Was wollen Sie überhaupt?«

Wegener lächelte. »Sie stehen im Verdacht, eine Bombe ins Kino International geschmuggelt zu haben. Und dabei ist leider Ihre Cola-Dose liegen geblieben. Ganz schön dämlich, aber ich glaube, man traut Ihnen das zu.«

Das Melonengesicht sah jetzt matschig aus. Die Augen rollten. Noch ein Schweißtropfen machte sich auf den Weg, und diesmal kam kein Ärmel, um ihn aufzuhalten, der Tropfen schaffte es über die rotgefleckte Backe bis unter Günzows Kinn und blieb hilflos hängen.

»Irgendwann kommt natürlich Ihre Unschuld raus, Sascha, keine Sorge. Aber im EastSide arbeiten Sie dann nicht mehr.«

»Was willst du von mir, du Arschloch?«

»Sie Arschloch heißt das. Ich will ein Telefonat.«

»Was für ein Telefonat?«

Wegener zog ein Blatt Papier aus der Innentasche, faltete es auseinander, legte es auf den Tisch. »Sie rufen diese Nummer hier an, von einem der Dienstapparate im Hotel. Sie geben sich nicht namentlich zu erkennen, Sie lesen nur den Text vor, der hier steht, Wort für Wort. Dann legen Sie auf, ohne eine Antwort abzuwarten.«

Günzow glotzte Wegener an, dann glotzte er das Blatt Papier an, zog es zu sich rüber, las halblaut und ungläubig vor: »Hören Sie gut zu. Was ich Ihnen jetzt sage, sage ich nur dieses eine Mal. Ich weiß, dass Sie Doktor Christian Kayser vom Bundesnachrichtendienst erschossen haben. Wenn Sie nicht wollen, dass ich zur Volkspolizei gehe und eine Aussage mache, kommen Sie morgen um 14 Uhr ...« Günzow brach ab, starrte Wegener an, dann wieder das Blatt, las leise zu Ende, schwitzte wie ein Schwein, sein Kopf rackerte, ochste, pfiff aus dem letzten Loch, ängstliche Konfusion und nervöser Hass rauschten durch die speckigen Gehirnwindungen, spülten sie frei und lösten ein nervöses Zwinkern in der Gesichtsmelone aus, eine bibbernde Unterlippe, noch rötere Flecken, noch mehr triefende Nässe. Der Glubschaugenblick wuchs langsam vom Blatt in die Höhe, erfasste Wegener und knickte nach links ab, auf den EastSide-Tower, der sich gerade gemächlich zurück in die Aussicht schob: Das Plasma-Megaposter blies Kallweits bleiches Gesicht bis zum Platzen auf, eine fesselballongroße staatsmännische Ziege, die in Mikrofone sprach und mit den Hufen gestikulierte. *Sahra Wagenknecht bei Bombenanschlag auf Kino International verletzt +++ Mindestens ein Todesopfer +++ Polizei: »Eindeutige Hinweise auf Täter gefunden« +++*

»Warum ich?« Günzow hatte Tränen in den Augen.

»Vielleicht, weil Sie so ein fieser kleiner Fettsack waren, als ich neulich meinen Kollegen abholen wollte. Vielleicht aber auch nur, weil es durchaus Sinn macht, dass der Mörder des erschossenen BND-Mannes von einem Pagen beobachtet worden ist.«

Die Kellnerin stellte ein Glas Bier und ein Glas Cola auf den Tisch.

Wegener griff nach dem Bier, trank einen großen Schluck, wischte sich den Schaum aus dem Gesicht. »Also?«

Der Melonenkopf nickte.

»Wenn Sie das sauber hinkriegen, hören Sie nie wieder was von mir.«

Günzow nahm den Zettel, faltete ihn und steckte ihn in die Hosentasche. Dann trank er die Cola in einem Zug leer, unterdrückte halbherzig ein Rülpsen, stand auf und ging, ohne sich zu verabschieden.

Wegener sah aus dem Fenster. Du bist verloren, dachte er, du bist dem Untergang geweiht, Berlin, mein Sodom, mein Gomorrha, mein armes Schlaganfallopfer. Halbseitig gelähmt und somit beidseitig lebensunfähig. Bis in die letzte Nische unheilbar verfettet. Verbaut mit verschachtelten Lügengebäuden. Wie hat die Geschichte dich benutzt, wie haben die Herrschenden sämtlicher Epochen dich vergewaltigt. Einer nach dem anderen. Gewissenlose Schweine, natürlich nur Männer, die verdorbensten aller Lebewesen. Und noch immer stehen sie Schlange. Noch immer liegst du hilflos auf dem Rücken. Noch immer bist du reizvoll genug, um weiter gedemütigt zu werden.

Samstag, 29. Oktober 2011

37

Josef, Josef, sagte Wegener in den Spiegel, sah sein rundliches Gesicht, das lächelnd zu ihm sprach, die altbekannte Fluchtfrisur, die geschätzte Schnabelnase, wenn du früher in meinen Träumen aufgetaucht bist, Josef, dann warst du ein Geradebieger, ein Schutzpatron, ein Zirkusgewichtheber in rot-weißgeringeltem Einteiler, ein Austeiler, ein Kraftstrotz, einer, der meine Ängste in Schach hielt, du der König, ich sein Bäuerchen. Aber heute Nacht warst du zum ersten Mal eine Zecke mit drei fetten, platten Beinschatten, eine Zecke, die sich ein allumfassendes Netz gehäkelt hatte und königlich in der Mitte thronte, streng genommen warst du also eine Mischung aus Spinne und Zecke, die sogenannte Specke, eine seltene Art, die ausschließlich in sozialistischen Mangelstaaten mit Phobosverkehr und notorischer Luftverfettung vorkommt, die nur dort ideale Lebensbedingungen findet, wo ordentlich geschmiert wird, damit die Dinge auch wie geschmiert laufen, wo niemand zu fassen ist, weil alle eine ölige Haut tragen, die sie geschmeidig und wendig und fischig macht, die sie vor Zugriff schützt, damit einem jeder jederzeit durch die Finger glitscht. In dieser Welt, Josef, bist du zu Hause, die gemeine Charakterspecke, ein Parasit, der Parasiten mag, ein Meister der Täuschung und Enttäuschung, ein ausdauernder Fadenverknüpfer, der sämtliche Fäden in sämtlichen Händen und Beinen hält. Und Charakterspecken werden alt, Josef, sie lernen täglich dazu, also macht jede Minute sie schlauer, je oller, je doller, auch ihr Sexualtrieb, heißt es, steigere sich bis zum Sanktnimmerleinstag, wachse immer weiter himmelwärts, eine Potenz in Potenz, die gemeine Specke ist also, nennen wir das Kind beim Namen, ein Lustgreis, ein verkommener.

Die Früchtlstimme schwieg in seinem Kopf.

Natürlich bist du weg, sagte Wegener, vielleicht wurdest du verschwunden, vielleicht bist du auch selbst abgehauen, keiner weiß es, nur das Resultat zählt, in der Kriminalistik wie in der Amouristik, der Schuldige entzieht sich der fälligen Strafe, schwupps, durch eine Falltür im Boden, ein bisschen Schwund ist immer, noch der Dickste macht sich dünne und wenn er auch verdorben ist, dann lebt er doch bis heute in haltbarster Freiheit, niemand wird zur Rechenschaft gezogen, alle bleiben unbehelligt, egal, was sie auf dem Kerbholz haben. Denn wenn es anders wäre, wenn es Zugriff gäbe auf den Hauptschuldigen, der das schlimmste aller möglichen Verbrechen begangen hat, schlimmer als Mord und Totschlag und Betrug, nämlich Freundesverrat, dann stellte sich das, was ich mit dir unerhörtem Gas-Nuttenbock machen würde, wie folgt dar: An deinem dünnen Penis aufhängen, unter der Decke eines weißen Raums oder an einer Palme auf Gondwana, würde ich dich, Josef, Bindfaden um den Eichelball, auf dass die Rute sich sehnig dehne, immer länger, noch viel dünner werde, wie die Zimt-Kaugummis vom *VEB Süße Grüße Jena*, sich unter dem Früchtlgewicht unvorstellbar strecke, schließlich schäle, zerlege, abplatze, ein fröhlicher Blutspringbrunnen, der uns tiefrote Freude bringt, die redlich verdiente Selbstamputation schnalzt als pompöser Peitschenknall durch den Geheimdienstkeller und schallt ab jetzt von Wand zu Wand zu Wand, eine akustische Dauerausstellung zum Thema historische Niedertrachten, Schwanz ab, Josef, ist das Letzte, was mir noch einfällt zu so viel Einfallslosigkeit, die einzige Frau Ostberlins zu beschlafen, die für dich tabu war, also die einzige Frau Ostberlins zu beschlafen, die für dich reizvoll war, so viel ist klar, auch dieses Prinzip ein unverzichtbares Bauteil des Menschheitsmotors, das seh ich ein, aber das darf nicht sein, denn einmal kommt eben jeder von uns an seinen Privatabgrund, an dem er tragischer Grieche ist, an dem er entscheiden muss, indem er Richtig und Falsch richtig oder falsch bestimmt, in diesem Augenblick ist man Nurichselbst, unverfälscht und pur, dann blickt man ins schiere, hausgemachte Eingemachte, das persönliche Herzseelensoufflé geht vor den eigenen Augen auf und kann schön bräunen oder hässlich zusammenfallen, je nachdem, was man in diesem Moment darstellt, zu wem man wurde: Freund oder Feind des eitlen Egoismus, der lässig und mietfrei in uns allen logiert, zuversichtlich, zum nächsten Ersten wieder pünktlich versorgt zu werden mit Lasterladungen voller frischer Fehler, aber wenn es ums Ganze geht, ist alles ganz anders, dann entscheidet sich ein Leben, Josef, dann entscheidet sich ein Menschsein. Du hast angesichts roter Haare, brauner Augen und eines bizarrbegehrenswerten, leicht angegrauten Schamlippenlächelns die schönste Schuld gewählt, die Frau der Frauen, das Prunkstück der Gattung, eine echte Trophäe, die Kühlerfigur ihrer Art, sie wird dich verzaubert haben, wie sie mich verzauberte, und ich weiß, ihr Mirakel hält ewig, übersteht selbst größte Zeiträume schadlos, wird durch Distanz nur noch grandioser, man liebt sich an ihr zugrunde, man zimmert aus der Erinnerung ein strafendes Standbild, vor dem man sich täglich lustvoll erniedrigt, vor dem man sich in viskosem Selbstmitleid suhlt, man gewährt Karolina sogar Gewalt über die eigenen Träume, ab jetzt plünderte sie sich durch deine Nächte, macht bis heute Beute, nimmt, was sie kriegen kann, ein Alp jagt den nächsten, die Zuckersüßeste entwickelt sich zum bedrohlichen Brandschatz, der nie damit fertig wird, dich fertig zu machen, Fazit: sie hat dich bis zum letzten Herzschlag an den Eiern.

Aber auch du kommst natürlich ohne Konsequenz davon, Josef, keine Angst, wenn ich nicht an meinem eigenen Zorn ersticken will, bleibt mir vorerst nur gnädigste Vergebung um einer aufgeschobenen Revanche willen, von der ich nicht weiß, ob sie jemals stattfinden wird, weil gute Geschichten so offen sind wie Karolinas rosa Rosette auf den Stasifotos, dieser ins Ungewisse vertagten Vendetta zuliebe verzeih ich dir also hier und jetzt und überlebe aus reinem Trieb auch noch das, was ich eigentlich gar nicht überleben will, weil ich nicht weiß, was ein Überlebensleben bringen soll, in dem der letzte Hoffnungsfunke gerade aufs Krasseste zerdrückt worden ist, in dem der Egobankrott zu höchster Vollendung geführt wurde, aber auch das gehört wohl dazu: zum Vorhandensein verdammt zu sein, wenn man sich verdammt noch mal entschieden zu feige findet, zum Strick zu greifen. Und jetzt noch Platz für *famous last words*, mehr Licht, da gibt es nichts zu weinen, setzt mich wieder auf mein Fahrrad, ich hätte nicht von Scotch zu Martini wechseln sollen, Schatz, ich gehe jetzt ins Badezimmer und lese dort, Verrat! Verrat! Das ist Treue.

Die Früchtlstimme schwieg in seinem Kopf.

Wegener nahm die schusssichere Weste mit dem *Volkspolizei*-Aufnäher aus dem Kleiderschrank und zog sie an. Die Weste saß enger als sonst, alle acht Klettverschlüsse spannten über dem Bauch, die Nähte zwickten in den Hüftspeck, aber es geht gerade noch so, dachte Wegener, ich gehe gerade noch so. Dann griff er die lachsfarbene Deodorant-Spraydose vom Badezimmerschrank, warf sie in den Abfalleimer, lauschte dem hellen Klimpern nach. Und *Action!*, sagte sein kreuzunglückliches Spiegelgesicht, bevor es die Augen schloss.

38

Wegener schlug die Phobostür zu. Statt des satten Schmatzens der S-Klasse pfropfte nur das spärliche, dünne Geräusch, an das man sich jetzt wieder gewöhnen musste, der vertraute Charme der siegreichen volkseigenen Plasteproduktion zur Mobilisierung von Arbeitern, Bauern und Hauptmännern.

Die Puschkinallee war leer.

Ein Lada und ein Barkas parkten gegenüber, standen schon seit Tagen oder Wochen unter den alten Platanen, trugen dicke Mützen aus herabgefallenen Blättern. An den Straßenrändern türmte sich das nasse Laub zu bräunlichen, langsam schwarz werdenden Haufen. In den Löchern des ungepflasterten Fußwegs stand dreckiges Wasser. Eine blickdichte Wand aus Büschen schottete das weitläufige Gelände ab, auf dem das Spiel irgendwie zu Ende gehen würde, auf dem es irgendwie zu Ende gehen musste, denn die Kreisdrehung war fast geschlossen, nur noch ein paar Grad, dann standen die Zeichen wieder auf null. Dann konnte endlich alles von vorn losgehen.

Wegener lief über den aufgeweichten Weg in Richtung Haupteingang, wich Pfützen aus, stieg über abgebrochene Äste, versuchte Dreckspritzer an den Cordhosenbeinen zu vermeiden, sah sich um.

Niemand war hinter ihm.

Niemand war vor ihm.

Nach fünfhundert Metern zog sich die Buschwand ein Stück zurück und der Triumphbogen erschien, die rechte Hälfte unter dunkelgrünem Efeu verschwunden, die linke frisch gereinigt, kein Moos, keine Macken, nur die Überbleibsel einer Schmiererei, die so chemisch-penibel entfernt worden war, dass man immer noch jeden Buchstaben lesen konnte, hellgrau ins dunkelgrau geätzt: *Vergast Gazprom*.

Wegener ging durch den Bogen, verfiel automatisch in ein seltsam militärisches Schreiten und kam sich dabei vor wie der russische Verteidigungsminister, damals, auf dem Weg zu seinen alljährlichen Kranzniederlegungen, die eine ganze Martin-Wegener-Jugend lang über den Bildschirm geflimmert waren, in der Zeit der Supermächte, als sich ideologische Monolithen gegenübergestanden hatten und nicht ihre politischen Steinbrüche.

Mutter Heimat betrauerte immer noch den Vorplatz, hockte belämmert auf ihrem Sockel, ließ den schweren Kopf hängen, in dem 80 000 sowjetische Soldaten rumorten, totgeschossen beim Sturm auf Berlin, Helfer der einen Diktatur, die andere abzulösen, ein Fußballstadion voller Betrogener, die niemand gern in seiner Birne hat, dachte Wegener, die keine Ruhe geben, weil sie selbst keine finden.

Nach Osten öffnete sich jetzt die Hauptachse des Ehrenmals, der breite Stalin-Boulevard, den man gemächlich entlangschreiten konnte, über viereckige Steinplatten, die aussahen, als würden sie jeden Morgen von tausend politischen Häftlingen mit elektrischen Zahnbürsten geschrubbt, kein Unkraut, kein Schmutz, keine Spur von Vandalismus. Rechts und links standen niedrig gehaltene Hängebirken auf gemähten Rasenstreifen und machten den leicht ansteigenden Boulevard zu einem sanften, gerahmten Schanzentisch, zu einer feierlichen Rampe, die den Blick bergauf lenkte: Zwischen den meterhohen, stilisierten Fahnen aus rotem Granit, die am Ende der beiden Birkenreihen als bewegungsloses Tor aufeinander zuwehten, wuchs die Befreierstatue in den Nebelhimmel, überragte die ganze Anlage, hatte trotz des diesigen Wetters alles und jeden im Blick – der heroische Rotarmist, der das Hakenkreuz unter seinen Stiefeln zermalmt, das erforderliche Zukunftskind an die Kämpferbrust drückt, ein Langschwert kampfbereit in der Hand hält, voller Heldenmut, optimistisch, dass der Kommunismus auch heute noch ein Wiedergänger sei, ein Vampir, gegen den sämtliche Holzpflöcke machtlos bleiben, ein System, das vielleicht manchmal zusammenbricht, aber nur, um an anderer Stelle um so hartnäckiger aufzuerstehen.

Wegener zögerte an der Spitze der Rampe zwischen zwei knienden, bronzenen Soldaten mit bronzenen Maschinengewehren, stoppte, blickte über das menschenleere Gelände: Eine breite Treppenanlage führte zum Gräberfeld hinunter, der unentschlossene Nebel hing auch über den tennisplatzgroßen Rasenquadraten mit ihren niedrigen Zierheckenumrandungen und den hellen, steinernen Sarkophagen, die das Areal an beiden Seiten flankierten.

13:24 Uhr.

Geh schon, dachte Wegener, du zwingst dich ja doch. Du musst ja von dir gezwungen werden. So hast du es gelernt.

Er knöpfte den obersten Mantelknopf zu, schlenderte die nasse Treppe hinunter, Stufe um Stufe, wählte den Weg rechts von der Rasenmitte und ging langsam auf den Befreier zu, über dunkle Mosaiksteine, in die ein Kranz aus hellen Mosaiksteinen eingelassen war, vorbei an den Sarkophagreihen, an kyrillischen Inschriften, bildlichen Kampfdarstellungen und Todesvariationen, an geklonten Rotarmisten, die in unendlicher Phalanx Richtung Westen marschierten, passierte eingemeißelte Stalinzitate, Hämmer und Sicheln, während der Befreier immer größer wurde, immer entschlossener wirkte, ein grimmiger Koloss auf seinem Kurgan, ein schwarzer Ritter, der den Berliner Nazis ihren Traum vom tausendjährigen Reich mit bolschewistischer Bronzefaust zerquetscht hatte.

Die Treppe des Grabhügels hatte neununddreißig Stufen, Wegener zählte sie im Aufsteigen mit, drehte sich oben um, betrachtete das Gelände von der anderen Seite, aus der Befreierperspektive. Wer die Anlage betrat, musste durch das Triumphbogentor und genau den Weg nehmen, den er gerade gegangen war, über den Vorplatz, über die Schanze, durch die gemauerten Fahnen die Treppe hinunter auf den Präsentierteller, der Befreier und ich werden dich Minuten vor deiner Ankunft sehen, dachte Wegener, wir zwei Helden warten in aller Ruhe hier oben auf unserem Berg.

Er lehnte sich an den hellen Sandsteinsockel, holte sein Minsk aus der Jackentasche, steckte sich die Kopfhörer in die Ohren und stellte auf Radiofunktion.

13:30 Uhr.

... die Volkspolizeidirektion Berlin heute Morgen eine Pressekonferenz, in deren Rahmen weitere Einzelheiten über den gestrigen Anschlag auf das Kino International bekannt gegeben wurden. Danach handelt es sich bei dem Todesopfer um einen der Attentäter, dessen Identität nach Auskunft der Behörden bislang nicht geklärt ist. Noch in der Nacht hatten Vertreter des Kommissariats 5 offenbar eine erste Autopsie der Leiche angeordnet, die den Mann anhand seiner Schuhe und einer somit möglichen DNA-Analyse auch als mutmaßlichen Täter in einem Mordfall identifizierte, zu dem bislang ebenfalls keine weiteren Angaben gemacht wurden. Rainer Kallweit, stellvertretender Polizeipräsident von Berlin, bewer-

tete dieses Ergebnis als neuerlichen Beleg für die verfassungs-
feindliche und gewissenlose Haltung der Untergrundgruppie-
rung, die für die Berliner Bombenattentate verantwortlich
zeichnet. Kallweit betonte, dass die Behörden bereits seit
mehreren Tagen mit Hochdruck ermitteln, wollte sich aber zu
den Inhalten eines gefundenen Bekennerschreibens aus un-
tersuchungstaktischen Gründen vorerst nicht weiter äußern.
Währenddessen gehen die Verschärfungen der Sicherheits-
vorkehrungen vor Regierungseinrichtungen und im Innen-
stadtbereich weiter, dazu im Verlauf der Sendung mehr, doch
jetzt schalten wir erst mal zu meinem Kollegen Michael
Lünstroth, der für uns vor der Charité wartet und weiß, wie
es den siebzehn Verletzten geht. Michael?

Ja, Bärbel, um es gleich vorweg zu sagen, von den betroffe-
nen Personen schwebt keine in Lebensgefahr, also Entwar-
nung, die meisten haben vor allem Rauchvergiftungen erlit-
ten, schwerere Verletzungen gab es offenbar kaum, was wohl
dem glücklichen Umstand zuzuschreiben ist, dass der Spreng-
satz besonders die Bühne des Kinos in Mitleidenschaft gezo-
gen hat und nicht den Saal selbst. Die Aufführung des Films
Red Revenge *zu verhindern, darum ging es den perfiden*
Bombenlegern nach Ansicht der Behörden, ein symbolischer
Akt also, wenn man so will, wie schon bei dem schrecklichen
Anschlag auf den Palast der Republik, den wir vor einer Wo-
che erleben mussten. Nichtsdestotrotz waren auch hier wie-
der Menschenleben in Gefahr, wurde der Tod Unschuldiger
billigend in Kauf genommen, um, wie allgemein vermutet
wird, eine antisozialistische Haltung zu artikulieren, ohne
Argumente, dafür mit roher, rücksichtsloser Gewalt. Zu den
wenigen Opfern, die schwerer betroffen sind, gehört, das wis-
sen wir seit gestern Abend, ausgerechnet Sahra Wagenknecht,
die frühere SED-*Abgeordnete und Hauptdarstellerin aus* Red

Revenge, *die nach Auskunft der Charité eine Verletzung am rechten Bein davontrug und so, wie es momentan aussieht, wohl für immer von diesem schrecklichen Tag gezeichnet bleiben wird, von einem dauerhaften Hinken war vorhin die Rede, und das bestürzt uns natürlich alle, denn wir kennen Sahra Wagenknecht ja als eine aparte, als eine attraktive junge Frau, als »die einzige Bombe, auf die unser Land nicht verzichten möchte«, wie es Gregor Gysi einmal scherzhaft ausgedrückt hat, die Fans jedoch, die Anhänger von Sahra Wagenknecht, die sind noch gestern Abend hier zur Charité gekommen, haben Mahnwachen abgehalten, haben aus Kerzen und Teelichtern ein Maschinengewehr geformt, in Erinnerung an die Rolle der Laura Kraft, die Wagenknecht im Film spielt, und eine dieser jungen Frauen sagte mir vorhin unter Tränen, auch wenn Sahra Wagerecht, wie sie von den Fans genannt wird, wenn diese Sahra Wagerecht also ein Leben lang humpeln müsse, täte das der Liebe ihrer Anhänger keinen Abbruch, und ohnehin sei sie dadurch höchstens ihrem Idol Rosa Luxemburg nähergekommen, die ja bekanntlich auch gehumpelt habe, wir erleben hier also nicht nur bittere Stunden, sondern auch schöne Beispiele aufrichtiger sozialistischer Solidarität...*

Wegener zog die Kopfhörer aus den Ohren und schaltete die Radiofunktion aus. Er setzte sich auf einen der Eisenpoller, die den Rundweg um das Denkmal mit schweren Ketten sicherten, und wartete.

Der Nebel war stärker geworden.

39

Als hundertfünfzig Meter entfernt eine Bewegung in der milchigen Luftsuppe auftauchte, Schritt für Schritt Kontur gewann, irgendwann Gestalt annahm, zog Wegener sich hinter die Rundung des Sockelzylinders zurück, schwitzte, atmete schneller, legte eine Wange an den kalten Sandstein. Mintfarbene Fließspuren hatten sich in die breiten Blöcke gefressen, Grünspanwasser, das schon seit sechzig Jahren am Bronzekörper des Befreiers herablief und Wegener einen unangenehmen, metallischen Geschmack auf die Zunge zauberte.

13:54 Uhr.

Ein Mann mit dunklem Hut, dunklem Mantel, dunkler Hose war zwischen den beiden Granitfahnen aufgetaucht, genau an der Stelle, an der Wegener vor einer halben Stunde selbst gestanden hatte, betrachtete in aller Ruhe das Gräberfeld, hatte die Hände in den Manteltaschen, stieg irgendwann die Treppe hinunter, nahm den linken Mosaikweg und kam näher. Ein zweiter schwarzer Kämpfer, einer ohne Kind, ohne Schwert, ohne lädiertes Hakenkreuz, aber dafür mit einer vollautomatischen Handfeuerwaffe, geladen, entsichert und gebraucht.

Wegener knöpfte seinen Mantel auf, überprüfte die schusssichere Weste, knöpfte den Mantel wieder zu, lief in Gedanken den Mosaikweg mit, an Rasenquadraten, Zierhecken, Sarkophagen vorbei, erreichte die Treppe und hatte gut geschätzt: Schon klackten Schritte auf den Stufen, wurden mit jeder Sekunde lauter, Ledersohlen, die es nicht eilig hatten, die sich gelassen an den unvermeidlichen Aufstieg machten, entschlossen und beherrscht, rhythmisch und taktvoll, immer auf den nächsten Schritt konzentriert, bis nach oben. Der Gang eines Mannes, der einen Plan hat.

Für zehn Sekunden war nichts zu hören.

Dann setzten die Schritte wieder ein, kamen ihm links um die Sockelrundung entgegen, und Wegener musste an Karolina denken, die er nie wiedersehen würde, um sie mit bloßen Händen zu erwürgen, wenn er sich jetzt verkalkuliert hatte, so wie Hoffmann sich verkalkuliert hatte, so wie Christian Kayser und Ronny Gruber und Gabriel Opitz sich verkalkuliert hatten, im bedingungslosen Glauben daran, dass Entschlossenheit und Schlauheit zu Erfolg wurden, wenn man sie verheiratete, er sah Karolina am Wegener'schen Familiengrab, in das man ihn gerade an einem ruckelnden Seil hinabließ, vielleicht heulte sie sogar ein paar pflichtbewusste Tränen, aus Mitleid oder Sentimentalität bei der Erinnerung an ein vergangenes Leben, und kaum stieß die Kiste unten auf, wandte Karolina sich ab, das war zu erwarten gewesen, während Wegener schon die Erde hörte, die schaufelweise von oben auf den Pressspan-Sargdeckel prasselte wie besonders grobkörniger Hagel.

Als die Mündung der Pistole auftauchte, wusste er schon Bescheid, hatte die Antwort längst gerochen und schlagartig begriffen, was ihm vom ersten Moment an hätte klar sein müssen, so betörend, dunkelsüß, aufdringlich, charmant, so heftig und einlullend duftete kein Verlierer, so duftete der Sieger, der seinen eigenen Duft nur in dem Wissen ertrug, dass er ihn verdiente, weil dieser Duft seinen Sieg schon verkündet hatte, lange bevor der Kampf begann.

»Martin!«

Wegener zwang sich zu einem Lächeln. »Du siehst überrascht aus.«

»Weil ich überrascht bin.«

»Ich war mir nicht sicher, ob ich dich überrasche.«

»Der Beweis steht vor dir. Ich bin baff.«

»Mit Waffe.«

»Entschuldigung.« Brendel ließ den Revolver sinken. »Der Anrufer gestern Abend, das warst doch nicht du.«

»Nein, das war nicht ich. Das war Herr Günzow, ein strunzdämlicher Page aus dem EastSide.«

Irgendwo krächzte es laut und missmutig, ein Rabe, dachte Wegener, die fröhlichen Überbringer guter Nachrichten. Dann tauchte der dunkle Fleck im Nebel auf, segelte über den Zentralplatz auf den Grabhügel zu, war plötzlich vogelgroß, schlug kräftig mit den Flügeln, umkreiste die Statue in einem weiten Bogen, näherte sich, zog eine enge Runde und verschwand aus Wegeners Blickfeld. Gelandet auf dem Kopf des Befreiers.

Auch Brendels Blick war der Flugbahn gefolgt und kehrte jetzt widerstrebend zurück. »Ok, wie machen wir weiter?«

»Ich frage, du antwortest.« Wegener setzte sich wieder auf den Poller, holte sein Minsk aus der Manteltasche und schaltete auf Vibrationsalarm. »Wie lange arbeitest du schon für die Staatssicherheit?«

Brendel hielt den Revolver immer noch in der Hand, die Mündung zielte auf den Sockelboden. Er dachte nach. Für eine lange Minute sah es so aus, als würde sich der gedrungene Lauf jeden Moment wieder heben, als gehe es eigentlich nur noch darum, wie man einen erschossenen Volkspolizeihauptmann in einem sowjetischen Mahnmal so platziert, dass er erst gefunden wird, wenn die S-Klasse schon wieder über die Grenze gerollt ist. Einem geregelten Agentenleben entgegen.

»Seit ich neunundzwanzig bin. Also seit dreißig Jahren.«

»Weil?«

»Falscher Ort für politische Debatten. Aber, Martin, nichts, was man tut, ist ohne Zweifel.« Brendel nickte, als müsste er sich seine eigenen Worte bestätigen. »Nichts ist innen so, wie es nach außen wirkt.«

»Erzähl mir, was gelaufen ist, Richard.«

»Das meiste weißt du schon.«

»Erzähl es trotzdem. Ich helf dir.«

»Muss das sein?«

»Ja.«

Brendel seufzte kaum hörbar. Dann schloss er die Augen.

So sieht er also aus, wenn er mal tot ist, dachte Wegener, bleich und kraftlos, aber immer noch zu schön, um wahr zu sein, ein Topmodelspion, der trotz allem Mensch bleibt, der sichtlich unter dem Leid leidet, das er angerichtet hat, und der dennoch einen Orden bekommen wird, weil er alles richtig gemacht hat. Richard, der Vorzeigetrickser. Der größte Spielmacher von allen.

»Die Stasi hat Ronny Gruber ursprünglich bei der Brigade eingeschleust, um Bürger zu liquidieren«, sagte Brendel. »Das klappte aber nicht. Bürger hält sich von jedem fern, den er nicht aus alten Zeiten kennt, das ist sein Überlebensrezept.«

»Weiter.«

»Dann hat man Ronny Gruber anders genutzt. Man erfand ihm eine Geliebte, die bei der Stasi arbeitete, und von da an fütterte er die Brigade mit vermeintlich brisanten Informationen. Er hat ihnen ein paar alte Stufe-3-Sachen angedreht, und die fraßen ihm aus der Hand. Behandelten ihn als wertvolle Quelle.«

»Und dann stellte sich raus, dass Hoffmann zum zweiten Mal putschen wollte«, sagte Wegener. »Wie ist das aufgeflogen?«

»Ich denke, dieser Dr. Wanser hat geplaudert, Hoffmanns Rosenfreund. Vielleicht haben sie irgendwelche Schmutzwäsche in Wansers Keller gefunden und ihn unter Druck gesetzt. Jedenfalls kam raus, dass Hoffmann in engem Kontakt zu Gysi stand. Es ist so, wie Marie Schütz gesagt hat: Hoffmann sah in den Gas-Konsultationen die Gelegenheit, auf die er schon so lange wartete. Er konnte beweisen, dass Krenz nie von der Volkskammer gewählt worden ist, und wollte mit diesem Belastungsmaterial an die Westpresse. Die Regierung sollte stürzen, Gysi neuer Staatsratsvorsitzender werden, Hoffmann der mächtige Mann im Hintergrund.«

»Deshalb musste er weg«, sagte Wegener. »Aber eigenhändig wollte es die Stasi nicht machen, aus Angst, dass die Konsultationen scheitern, wenn irgendwas rauskommt. Richtig?«

Brendel nickte.

»Also ließen sie Ronny Gruber bei der Brigade von Hoffmanns Plänen erzählen. Schließlich hatte die Brigade ebenfalls einen Grund, Hoffmann loszuwerden. Wenn auch den entgegengesetzten.«

»Die Brigade reagierte im Wesentlichen wie geplant. Sie räumten Hoffmann aus dem Weg, damit er dem Sozialismus nicht per Aderlass das Leben rettete.«

»Also kann man sagen, dein Verein hat Albert Hoffmann von Bürgers Leuten ermorden lassen.«

Vom Befreierkopf krächzte ein heiserer Schrei, der irgendwo an der Spree, hinter den Bäumen, erwidert wurde.

Brendel betrachtete den Revolver. Er streichelte mit seinem rechten Daumen über den Holm. »Die Stasi steht unter ständiger Beobachtung durch den BND. Mit allergrößter Wahrscheinlichkeit gibt es in der Normannenstraße BND-Leute, die jeden Verstoß gegen Rechtsstaatlichkeitsvereinbarungen sofort nach Pullach berichten würden. Das Risiko, einen Mord zu begehen, war einfach zu groß. Der geringste Hinweis auf eine illegale Operation hätte gereicht, um die Konsultationen zu gefährden. Hoffmann musste aber trotzdem weg.«

»Ihr hättet ihn in euer Geheimgefängnis stecken können, statt ihn erhängen zu lassen.«

»Das kriegt der BND doch genauso mit. Wenn da auf einmal ein Wessi sitzt, ehemaliger Professor aus Heidelberg und politischer Berater von Krenz zu Zeiten der Wiederbelebung, da merken die doch sofort, dass was nicht stimmt. Und selbst im geheimsten Knast der Welt hätte Hoffmann immer noch auspacken können.«

»Das heißt, der Westen weiß von diesem Geheimgefängnis und unternimmt nichts?«

»Martin, der einzige Unterschied zwischen BRD und DDR ist, dass die Bürger der BRD nicht über die Sauereien ihres Staats sprechen, weil sie den Mund voller Bio-Rinderfilet haben. Erst wenn der Magen knurrt, knurrt auch der Mensch, schreibt Christian Kreis.«

»Hoffmann musste weg. Erzähl weiter.«

Brendel setzte sich auf den Nachbarpoller und starrte in den Nebel. »Er war nun mal der Kopf, ohne ihn ging nichts. Und die Sache von Bürgers Leuten erledigen zu lassen hatte zwei Vorteile. Erstens war Hoffmanns Tod ein eindeutiges Signal an die Mitglieder seiner Verschwörung. Zweitens konnte man die Brigade öffentlich als mordende Söldnertruppe hinstellen. Wenn sich das Volk erst mal mit Terroristen solidarisiert, war's das.«

»Und jetzt stecke ich fest«, sagte Wegener.

»Warum?«

»Bürger hat mich im Plänterwald gefragt, ob wir irgendwelche Staatsgeheimnisse bei Hoffmann gefunden hätten. Woher wussten die, dass es tatsächlich Papiere gibt, mit denen man Krenz stürzen kann?«

»Von Ronny. Er hat ihnen die Wahrheit erzählt. Alles andere wäre nicht glaubhaft gewesen.«

»Und wo sind diese Unterlagen jetzt?«

»Das weiß niemand. Wir haben sie nicht gefunden, Bürger hat sie offenbar auch nicht gefunden. Anscheinend weiß nicht einmal Marie Schütz, wo sie sind.«

»Ok, und dann?«

»Und dann ist die Panne passiert.« Brendel sah für einen Moment aus, als würde er gleich lachen. »Gabriel Opitz sollte Hoffmann in Bürgers Auftrag töten. Er kam auf die ziemlich schlaue Idee, Hoffmanns Tod wie einen antiken Stasi-Rachemord aussehen zu lassen und die ganze Geschichte in der Westpresse zu lancieren. Um die Sicherheit richtig reinzureiten.«

»Und das ging nach hinten los.«

Brendel nickte. »Sie haben an alles gedacht, die Herren Steinkühler und Co., aber nicht daran, dass der Feind denken könnte wie sie. Diese SPIEGEL-Story, das wurde der größte anzunehmende Unfall.«

Wegener sah zum Granittor rüber. Zwei weitere Männer waren im Nebel aufgetaucht und standen bewegungslos zwischen den Bronzesoldaten. Insgesamt also vier Wachposten.

»Deshalb habt ihr Krenz dazu gebracht, Lafontaine eine bilaterale Untersuchung vorzuschlagen«, sagte Wegener nicht ganz so entspannt, wie er gern geklungen hätte. »Eine gemeinschaftliche Ermittlung mit dem unbestechlichen westdeutschen Beamten, der ihnen niemals gefährlich werden kann, weil die DDR ihn seit dreißig Jahren bezahlt.«

»Ich bin ein gut gehütetes Geheimnis.« Brendel lächelte. Für einen Moment war er wieder der alte sympathische, korrekte West-Supermann. Man kann ihm nichts übel nehmen, wenn er lächelt, dachte Wegener. Solange man ihn ansieht, ist der Chef-Ermittler der Westberliner Kripo kein sozialistischer Agent, sondern Richard, der Aufrechte. Aber wenn man wegsieht, hat man vielleicht ganz schnell eine Kugel im Rücken.

»Als die Ermittlungen nicht wirklich vorangingen, wurde beschlossen, dass Gruber sich stellt«, sagte Richard der Aufrechte. »Um uns ganz offiziell auf die richtige Spur zu lenken. Aber wie das Leben so läuft, der Hauptgewinn ist uns dann in den Schoß gefallen. Als dieser Quatsch mit den vertauschten Schuhen rauskam, wussten wir, wenn wir Opitz haben, können die Konsultationen stattfinden. Dann ist die Unschuld der Staatssicherheit einwandfrei beweisbar.«

»Opitz habt ihr umgebracht und seine Leiche nach dem Anschlag im Kino deponiert. Und Gruber?«

»Mit Grubers Tod haben wir nichts zu tun. Da musst du Bürger fragen.«

»Vier Tote.« Oder fünf, dachte Wegener, mit mir.

Brendels Daumen streichelte immer noch den Revolver. »Ich erspar dir den Vortrag über das, was mit unseren beiden Ländern passiert, wenn die Konsultationen scheitern, weil der Staatssicherheit ein Mord in die Schuhe geschoben wird, den sie nicht begangen hat, und die Bundesrepublik unter dem politischen Druck der EU kein Transitabkommen unterschreiben kann.«

»Das Thälmann-Denkmal. Nachdem wir rausgefunden haben, wo Opitz auftauchen wird, musst du die Stasi angerufen haben. Wann war das? Als du den Wagen geholt hast?«

Brendels Blick schwenkte jetzt auch zu den Granitfahnen, blieb für ein paar Sekunden, kehrte traurig zurück. »Du weißt es doch. Warum fragst du dann.«

»Und Kayser?«

Brendel atmete hörbar aus.

»Erzähl es mir.«

»Du bist wahrheitssüchtig.«

»Offenbar.«

»Christian und ich hatten diesen Termin bei Steinkühler. Am Montag, als du dich mit Borgs getroffen hast.«

»Ich weiß. Und?«

»Christian war ein paar Minuten vor mir bei Steinkühler im Büro, ich hatte eine Verspätung vorgetäuscht, wegen meines Rückflugs aus Bonn.«

»Aber tatsächlich warst du schon viel eher zurück.«

»Ja, um 13 Uhr. Ich hatte eine zweistündige Besprechung mit Steinkühler, unter vier Augen. Direkt vor dem offiziellen Termin mit Christian.«

»Und?«

»Mein Parfum.«

»Was?«

»Fahrenheit.« Brendel zuckte etwas unbeholfen mit den Schultern. »Christian kam in Steinkühlers Büro und hat gerochen, dass ich schon eine Weile vor ihm da gewesen sein musste. Mittwochvormittag, beim Frühstück im EastSide, war ihm plötzlich klar, was das bedeutet.« Brendel stand auf. Seine Stimme war beinahe fröhlich. »Wie gesagt, alles kommt irgendwann raus.«

Wegener merkte, dass sein Hintern auf dem Metallpoller eiskalt geworden war. »Er wollte dich hochgehen lassen.«

»Nein.« Brendel schüttelte den Kopf. »So läuft das nicht, Martin. Er wollte, dass ich Granz für ihn erledige. Und danach hätte er auch keine Ruhe gegeben und immer wieder irgendwas anderes gefordert.«

»Granz von Greentec?«

»Granz von Greentec. Die spielen im Moment keine zentrale Rolle, machen sich aber für den großen Störfall bereit. Irgendwann explodiert irgendwo eine Pipeline, ein Atomkraftwerk in Hamburg spielt verrückt oder eine Bohrinsel versinkt im Golf von Mexiko. Damit die Welt sieht, wie gefährlich die konventionellen Energien sind. Der BND weiß Bescheid, hat aber nichts in der Hand, wie immer.«

»Also musstest du Kayser davon abhalten, dich zu erpressen.«

»Wenn du erpressbar bist, bist du tot.« Brendels blaue Augen sahen durch Wegener hindurch. »Es war nie vorgesehen, dass ich jemanden erschieße, erst recht keinen Mann vom Nachrichtendienst. Aber dann passiert etwas Ungeplantes, und du musst dich entscheiden. Beim nächsten Problem denkst du, ich hab mich damals so entschieden, wenn ich das nicht wieder mache, war alles umsonst. Und so weiter. Du rutschst ab.«

Wegener sah zu den Granitfahnen rüber. Die beiden Aufpasser standen immer noch unbeweglich nebeneinander. Zwei salzsäulensteife Ehrenmal-Touristen.

Brendel wachte plötzlich auf. »Wie hast du's eigentlich rausgekriegt?«

»Du hast meine Akte gelesen, da dachte ich, es wäre fair, wenn ich dafür dein Telefon abhöre. Mit dem Siemens ging es nicht, wegen des Westnetzschlüssels. Also musste ich dir ein Minsk besorgen.«

Brendel zog die Augenbrauen hoch. »Ich hab das Minsk überhaupt nicht benutzt, kein einziges Mal.«

»So ist es. Als wir nach Boltenhagen gefahren sind, hast du mir vorgespielt, dass du Kayser anrufst, in seinem Hotelzimmer, und zwar von deinem Minsk aus. Angeblich hatte sich jemand von Greentec bei ihm gemeldet. Aber dieses Telefonat fand nie statt. Die Überwachungsprotokolle verzeichnen kein einziges abgehörtes Gespräch, das von diesem Gerät aus geführt wurde. Kayser konnte auch gar nicht mehr telefonieren, er lag zu diesem Zeitpunkt schon zehn Minuten tot auf seinem Bett.«

Richard der Aufrechte sah amüsiert aus.

»Du bist ja ein richtiger Ein-Mann-Geheimdienst, Martin. Schade, dass du keinen Staat hast, zu dem du gehörst.«

»Wer weiß eigentlich von deiner Doppelrolle? Nur Steinkühler und Krenz?«

»Krenz nicht. Steinkühler und zwei seiner Berater.« Brendels Stimme klang plötzlich vertraulich. »Und dabei muss es auch bleiben, Martin.«

Krächzen über ihnen, der schwarze Vogel sackte von oben ins Bild, trudelte in den Nebel, sank tiefer und schlug erst mit den Flügeln, als er schon fast den Rasen berührte, stieg wieder auf und verschwand im trüben Weiß.

»Damit nicht alles umsonst war, was du in den letzten dreißig Jahren getan hast«, sagte Wegener.

»Ja.« Brendel steckte den Revolver in die Manteltasche. »Und damit dir der Internationale Währungsfonds nicht demnächst dein Land unter dem Arsch weg pfändet.«

Wegener versuchte, ein Lächeln hinzukriegen. Er merkte, das hier war der Überlebensmoment. Solche Momente konnte man beobachten wie ein Glücksrad, das sich immer langsamer dreht, dessen kleiner Eisenarm den runden Bart aus Gumminoppen immer unwilliger passieren lässt, bis sich einer der Noppen nur noch biegt, aber nicht mehr durchkommt, kapituliert, zurückfedert, die Kreisfahrt stoppt, genau eine Stellung vor dem Punkt, an dem sie gestartet ist.

»Wie hast du deine Frau verloren?«, fragte Wegener.

»Krebs. Lymphdrüsenkrebs. Schon 1998. Wie kommst du jetzt darauf?«

»Ich dachte daran, dass uns nichts so sehr prägt wie ein Verlust.«

Brendel wippte mit den Füßen. Er zögerte ein paar Sekunden. »Und deine Karolina? Gibt es noch eine Chance?«

»Nein.«

»Gar keine?«

»Wenn man Dinge schon nicht abschließen kann, sollte man sich wenigstens darüber klar sein, dass sie nicht noch mal anfangen können.«

Brendel nickte.

Wegener räusperte sich.

»Ich nehme an, der Fall Hoffmann ist für dich erledigt?« Brendels Blick war so freundlich wie mitleidslos.

»Ich weiß, was ich wissen wollte.«

»Also hast du gewonnen.«

»Ich habe eher alles verloren, Richard. Aber selbst wenn ich wollte, könnte ich einem Mann wie dir nicht erklären, was das im Einzelnen bedeutet.«

»Versuch es.«

»Im Großen und Ganzen bedeutet es: Erkenntnis.«

»Erkenntnis gewinnt man. Demnach kannst du nicht verloren haben.«

»Sagen wir es so: ich kenne meine Niederlage.«

»Und das reicht dir.«

»Ich hab es wohl so gewollt.«

Brendel streckte seine Lederhandschuhhand aus.

Wegener stand auf und nahm sie. »Wann fährst du wieder rüber?«

Ein kräftiger, kurzer Druck. Das Handschuhleder war glatt und kühl.

»Heute Abend.«

»Wie war eigentlich der Steinpilz?«

»Was?«

»Der Steinpilz, den du im Wald gefunden hast.«

»Ach so.« Brendel verzog das Gesicht. »Voller Maden.«

Eine Minute, zwei Minuten standen sie nebeneinander, betrachteten den Nebel, der von einem leichten Wind verweht wurde, der sich lichten wollte, aber noch nicht konnte, wieder eine andere Sorte Stille, dachte Wegener, eine friedliche Stille, keine lauernde, sondern eine Naturstille, und vielleicht war das ja der große Unterschied, Drinnenstille und Draußenstille, vielleicht konnte es draußen einfach nie richtig still sein, weil immer noch irgendein anderes Wesen existierte, ein Maulwurf, eine Blindschleiche, eine Schnecke, ein Rabe, eine Ratte namens Richard, draußen war man nie wirklich allein.

Dann drehte Wegener sich um, ging an der Sockelrundung entlang bis zur Treppe, stieg die neununddreißig Stufen hinunter, spürte jetzt deutlich, wie schwer die kugelsichere Weste auf seine Schultern drückte, wie er unter diesem Ding schwitzte, das ihm den Rücken freihielt, aber nicht den Kopf, zerfetzte Nebelschwaden hingen über den Sarkophagen, Zierhecken, Soldatenbildern, kein Schuss krachte, nichts passierte, nur der Rabe krächzte noch ein paar Mal lustlos von irgendwoher, als Wegener schon die Treppe zum Granittor erreicht hatte, als die vier Wachposten ihn ohne Regung passieren ließen und sein Minsk vibrierte.

»Frank.«

»Martin, wo bist du?«

»Ich gehe auf einem Soldatenfriedhof spazieren.«

»Jeder verbringt Freizeit auf seine Weise. Warum ich anrufe: Gerade meldet sich eine Streife, die haben am Müggelsee einen weißen Phobos mit roten Ralleystreifen gesehen, konnten aber nicht dranbleiben. Wir hatten den die ganze Zeit in der Fahndung drin, jetzt hab ich mich gefragt, ob ich das überhaupt noch ans K5 weiterreichen muss, oder ob ...«, aber Wegener hörte nichts mehr, rannte schon über den Stalinboulevard auf die Mutter-Heimat-Figur zu, bog rechts in Richtung Ausgang ab, merkte noch, dass er zu schnell war, die Kurve zu scharf genommen hatte und auf dem nassen Laub ins Rutschen kam, dass ihn nichts mehr halten konnte, dass sein Minsk wegflog, als wollte es dem Raben hinterher, während er selbst für einen Moment waagerecht in der Luft lag, über dem glänzenden Asphalt schwebte, ein Stabhochspringer, der sich schon in der Luft ärgert, dass er die Latte gerissen hat, der seinen Sturz wie in Zeitlupe sieht, verlangsamt, vergrößert, eine ungelenke Angelegenheit voller Nebel und Nässe, vor russischen Hoheitszeichen und kyrillischen Buchstaben, der ganz kurz hofft, er könne fliegen wie Raben und Telefone, wenn er nur ein paar Mal kräftig mit den Armen schlägt, sich in den diesigen Himmel erheben, über das Ehrenmal, über den Kulturpark, über die Spree und ganz Berlin schweben, bis der Sekundentraum jäh platzte, sein Telefon im Hintergrund auf den Steinplatten zerschellte, bis er selbst abstürzte, mit der Hüfte auf den eisharten Boden knallte und der Schmerz ihn in zwei Hälften riss, so brutal, als würde ein Kosaken-Schlachter sein fettestes Schwein teilen: Schwerthieb, mittendurch.

40

Der Phobosmotor hämmerte von innen gegen die Phenoplastmotorhaube, wollte raus aus seinem Käfig, wollte
die zitternde Abdeckung wegsprengen und sich erheben, war
jetzt Motoransky-Män, Held zahlloser tschechischer 3-D-Idi-
oten-Filme, der den Bizeps anspannte, Brust und Schultern
aufblähte, Schwung holte und die ganze Karosserie so rücksichtslos nach vorne riss, dass rote Adern in seinen finsteren
Scheinwerferaugen hervortraten, dass sich die ersten Außen-
teile verabschiedeten, Zierleisten, Schutzbleche, Kennzeichen
wegflogen und Pavel, der schüchterne balkangesichtige Fahrer
in der Jeans-Latzhose vor lauter Running-Gag-Angst in den
Fußraum krabbelte, während Motoransky vorne kochte,
sprühte, glühte, nur um noch ein paar km/h mehr rauszuho-
len, nur um das Skodamobil am Limit durch ein kunterbuntes
Tschechien zu prügeln, in dem sämtliche Spuren des sozialistischen Verfalls auf Kosten der staatlichen Filmförderung weg-
animiert waren. Aber ich bin nicht Pavel und diese Büchse hier
hat keinen Motoransky-Män unter der Haube, dachte Wegener, während er das Gaspedal aufs Bodenblech trat, das Lenkrad mit beiden Händen umklammerte, noch mehr schwitzte,
noch dringender pissen musste, ich bin ein Bauer, der von seinem Schachbrett rutscht, getriezt durch einen stechenden
Schmerz in der Hüfte und einen enormen Druck auf der Blase,
ausgestattet mit einer rappelnden Polizei-Phobos-Seifenkiste
aus der Winterproduktion, zusammengeschraubt von resig-

nierten Proletariern beim VEB Sachsenring, die schon zum Mittagessen Schnappes kippen und danach das Radio in den Kofferraum einbauen und das Dachfenster in die Ölwanne, ich bin der große Hinterherhechler, einen Schritt vor, zwei zurück, wartet nicht auf mich, lauft ruhig weiter, ich bleibe inzwischen auf der Strecke.

Als das Wanderwegnetz Müggelsee plötzlich angezeigt wurde, war er noch auf 150, musste abrupt runterbremsen, schlingerte, hatte für einen Moment das Gefühl, das Heck breche auf der nassen Landstraße aus, riss das Lenkrad herum und rauschte unkontrolliert auf den leeren Parkplatz, krachte in Schlaglöcher, Dreckwasser spritzte, lief an den Seitenfenstern runter, verschmierte die Windschutzscheibe, Wegener ließ die Wischerärmchen anspringen, zog einen Bogen und kurvte in der hinteren Parkplatzecke auf den Hauptweg, raste jetzt durch den Wald, dunkle Stammsäulen huschten vorbei, auch hier war der goldene Laubteppich längst zu einem plumpen Braun gedunkelt, das sich in sanften Hügeln hob, wieder abflachte, die karge, eintönige Herbstwelt, vom schattigen Sommerdickicht endgültig zur entblößten Astsammlung geworden, weithin einsehbar und auf den ersten Blick ohne Geheimnisse, aber nur auf den ersten Blick, dachte Wegener, auf den zweiten ist immer alles ganz anders.

An der dritten Kreuzung stieg er auf die Bremse, bog in den Forstweg ein, drückte das Gaspedal wieder durch, erdfarbene Einöde, in die der Phobos sich weiter vorkämpfte, hineinwühlte, über dicke Wurzelarme schepperte, dass das Armaturenbrett knirschte, der Zigarettenanzünder aus der Halterung sprang, das Navodobro von der Windschutzscheibe fiel, die Beifahrer-Sonnenblende wie ein lahmer Flügel baumelte, das Türchen des Handschuhfachs aufsprang, in den Fußraum hing und ab jetzt bei jeder weiteren Wurzel von unten in die Konsole donnerte, dieses Auto zerstört sich selbst, dachte Wegener, und das ist mit Sicherheit das Beste, was es tun kann. Dann tauchte das erste Warnschild auf, *Kontrollgebiet des Ministeriums für Energiewirtschaft – Betreten verboten*, darunter ein Fotoapparat in einem Verbotszeichen, ein Spaziergänger in einem Verbotszeichen, der Weg zog nach rechts, wurde abschüssig, der Wagen rutschte, Wegener bremste und sah schon die silbrige Pipeline-Schlange, die sich ihm entgegenkrümmte, näher kam und wieder abknickte, sah einen weißen Phobos mit roten Ralleystreifen, tief in der Senke zwischen den Bäumen geparkt, rutschte immer noch, wurde schneller, alles Bremsen half nichts, der Wagen hatte inzwischen seinen eigenen Willen, war seine Minderwertigkeit gestrichen leid, wollte sich jetzt endgültig den Garaus machen, schrammte an einem Baumstamm entlang, riss sich den rechten Außenspiegel ab, schlidderte auf das zweite Warnschild zu, wälzte es um und schlug mit dem Kühlergrill voran in einen Eichenstamm ein, dass Wegeners Kopf schwungvoll aufs Lenkrad nickte, wieder zurückfederte, auf die Brust sackte.

Bevor der beißende Stirnschmerz einsetzte und den Hüftschmerz zu einer angenehmen Empfindung machte, spürte er schon das Blut, das ihm warm übers Gesicht lief, in die Augen, in den Mund, das nach Eisen schmeckte wie der Sockel der Befreierstatue, das ihm auf den Mantel suppte, auf die Hose, auf den Sitz. Die Tür klemmte, war verzogen, also musste man sich dagegen werfen, drei-, vier-, fünfmal, bis sie nachgab und ihn der eigene Schwung aus dem Wagen ins nasse Laub kippen ließ, ein schwerer Sack in schusssicherer Weste, der ein paar Meter bergab rollte, sich mühsam hochrappelte, in die Senke wankte, Reste des Absperrbands flatterten in den Brombeeren, der Waldboden längst wieder voller Blätter, kräftiger Wind blies ihm ins Gesicht, die Blase schmerzte. Unter dem moosigem Bauch der Pipeline mehrere Löcher im Boden, gerade erst gegraben, gescheiterte Buddelversuche eines planlosen Schatzjägers, und als Wegener das Rascheln hinter sich hörte, war es schon zu spät, denn zu spät ist es oft schon sehr früh, dachte er, da sauste das glänzende Metall des Spatens längst auf ihn zu, traf ihn platt am Hinterkopf, kat-sching! ein stumpfes Schellen und er fiel schon wieder, also nichts Neues, ließ den Waldboden auf sich zukommen, alles bewegte sich in seine Richtung, die Wurzeladern hatten die Farbe von Hoffmanns Halskerbe, jetzt drückte er sein blutiges Gesicht schon schön fest in die frische Erde, erleichtert und müde, eine feuchte Kühle, ein lehmiges Wohlgefühl, für das die fetten Bonzenschlunzen in ihren Moorbädern ein Vermögen hinblättern mussten, das alles gab es hier umsonst.

*

Die erste Ohrfeige krachte ihm von links ins Gesicht.

Die zweite von rechts. Dann wieder eine von links.

Die Person, die hier austeilte, hatte Lust am Zuschlagen, so viel war klar. Wegener versuchte, die Augen zu öffnen. Wasser tropfte ihm auf den Kopf. Seine Stirn brannte. Er schmeckte nasse Erde und Blut.

»Aufwachen!«

»Geht schlecht …«

»Was?«

»Geht schlecht, wenn Sie mich beim Aufwachen k. o. schlagen …«

»Sind Sie allein?«

»Ja.«

»Weiß jemand, wo Sie sind?«

»Nein.«

»Ihr Telefon?«

»Rechte Manteltasche, ist aber …«

»Kann man Sie orten?«

»… kaputt.«

Jetzt wurden Umrisse erkennbar, die Bäume, eine Pipeline-Stelze, lange Haare, jemand durchsuchte seine Jacke, saß fast auf seinem Schoß, presste sich an ihn. Die langen Haare waren feucht. Sie rochen leicht süßlich. Nach Vanille.

Wegener genoss den Duft. Sog ihn tief ein. Spürte warmen Atem in seinem Gesicht, an seinen Ohren, in seiner Nase, merkte, wie es in seinem Schritt kribbelte, wie die Hose von einer Sekunde auf die andere zu eng wurde, wie die Erektion sich wichtig machte, lächerlich machte, ohne jede Rücksicht auf ihren Eigentümer.

»Ok, ich hab's. Das ist wirklich hin.«

Maries Gesicht tauchte direkt vor ihm auf, ein paar blonde Strähnen klebten ihr auf der verschwitzten Stirn, der Mund leicht geöffnet, die dunklen Wimpern flatterten.

Für einen gedehnten, feierlichen Moment sahen sie sich in die Augen. Wegener hatte das Gefühl, diese spröden Lippen würden gleich näher kommen, Ohrfeigen und Spatenschlag hin oder her, hier fehlten nur zehn Zentimeter zu einer historischen Zärtlichkeit am Tatort, für Gefühle jenseits aller politischen Absichten, für einen schwachen Moment voller Leidenschaft, der sämtliche Schmerzen sofort ausblenden würde, Hüftschmerz, Stirnschmerz, Hinterkopfschmerz, Blasenschmerz, der den Erdgeschmack, Blutgeschmack, Schweißgeschmack vertreiben könnte, ein Kuss, der vielleicht nach Vanille schmeckte, so wie alles an dieser anmutig-dreckigen Katzenschönheit nach Vanille schmecken musste, vom Scheitel bis zu den Zehen mit den schwarzen Nägeln …

»Marie.«

Das Gesicht zuckte zurück. »Woher kennen Sie mich?«

»Boltenhagen …«

Marie starrte ihn an. Ihr Mund ging noch ein Stück weiter auf, bevor er sich schloss, bevor sie aufstand, sich im Kreis drehte, den Kopf schüttelte, eine Hand an der nassen Stirn. »Sie sind das! Ihr Gesicht …«

»Hab ein bisschen Stress gehabt in letzter Zeit.« Wegener gab sich Mühe, schmerzfrei zu klingen. »Womit bin ich gefesselt?«

»Mit meinem Abschleppseil.«

»Sie wollen mich abschleppen, geben Sie's zu.«

»Ihr Humor hat überlebt.«

»Das ist das Wichtigste.«

»Tut mir leid.«

»Was genau tut Ihnen leid? Dass Sie mich gefesselt haben? Dass Sie mich am Strand gezwungen haben, mich auszuziehen? Dass Sie mich nackt an meinen nackten Kollegen gekettet haben, der auch noch Westdeutscher ist? Dass Sie mich mit einem Spaten niedergeschlagen haben? Dass Sie mich geohrfeigt haben? Oder dass ich so lange in der eiskalten Ostsee stehen musste, bis mir fast was abgefroren wäre?«

Maries spöttischer Blick begutachtete die verbeulte Cordhose. »Ich glaube, das Relevante ist noch dran.«

Wegener wurde von diesem herablassenden Lächeln warm, ob er wollte oder nicht. »Sie haben uns angelogen. Ihr Vater hat mit Ihnen über alles gesprochen. Ausnahmslos. Sie waren von Anfang an im Bild.«

»Das stimmt nur fast, Herr Martin Alfons Wegener. Etwas ziemlich Zentrales hat er aus Sicherheitsgründen immer verschwiegen: Wo das Zeug ist.«

»Er hat Ihnen nichts von der Zeitkapsel erzählt?«

»Zeitkapsel?« Marie staunte. »Vielleicht ist es ganz gut, dass Sie hier gerade reingeschneit sind. Ich höre.«

Wegener sah Marie an. »Die Unterlagen sind in der Kapsel, die Ihre frühere Volksschulrektorin vor fünfzehn Jahren hier im Wald vergraben hat.«

»Frau Frommann?!«

»Ja. Erinnern Sie sich? Sie waren noch ein Kind.«

»Das sind die Tricks meines Vaters!« Marie lachte. »Typisch! Und das funktioniert immer!«

»Kann man so sagen.«

»Wahrscheinlich war Frau Frommann die Einzige, die den genauen Ort kannte, oder? Und nicht mal er selbst wusste, wo er das Zeug versteckt hatte.«

»So ist es.« Wegener versuchte seine Hände zu bewegen, aber Marie hatte den engsten Knoten der Sozialistischen Union produziert. »Als Ihr Vater aufgeflogen ist, hat er sich von Frau Frommann die Koordinaten besorgt, um die Kapsel zu bergen. Aber seine Mörder haben ihn erwischt, bevor er mit dem Buddeln anfangen konnte.«

»So was hatte ich mir gedacht. Ohne die Koordinaten braucht man einen Bagger, um hier was zu finden. Aber wie es bei *Vosshagens Nacht* immer heißt: hilft ja nichts.«

»Warum hat Ihr Vater Sie nicht angerufen, als es ernst wurde? Sie hätten die Dokumente doch für ihn in Sicherheit bringen können. Immerhin sind Sie seine wichtigste Verbündete, sein einziges Kind.«

»Er war ja nicht blöd. Natürlich hat er damit gerechnet, dass er längst abgehört wurde. Soll er zwanzig Jahre Arbeit mit einem Anruf zerstören und gleichzeitig noch meine Existenz an die Stasi verraten?«

»Verfolgt hat man ihn auch. Das ist ihm wohl entgangen.«

»Vielleicht hatte er keine Zeit mehr, sich darum zu kümmern. Vielleicht musste er alles auf eine Karte setzen.« Marie wandte sich ab, starrte schweigend in den Wald, fuhr sich mit beiden Händen durch die Haare. Eine Gedenkminute für den toten Albert Hoffmann. Dann griff sie nach dem Spaten. »Ich mach mal weiter.«

»Frau Schütz, das hier ist ein Wald!«

»Sag Marie zu mir, Alfons.«

»Marie, das hier ist ein Wald.«

»Gut beobachtet, Alfons.«

»Du suchst die Nadel im Heuhaufen.«

»Ich suche Dokumente, die ein Unrechtsregime stürzen können, also werde ich so lange graben, bis ich sie finde.«

Wegener versuchte, Schmerzen zu sortieren. Seine Stirn fühlte sich an, als hätte man sie mit einer Rasierklinge aufgeschlitzt. Sein Hinterkopf war ein Fußball, mit dem Michael Ballack Freistöße übte, alle zwanzig Sekunden einen. Seine Hüfte glühte. Das kalte Wasser tropfte von oben in die Kopfwunde, ein verlässliches Zustechen im Rhythmus der Natur.

Marie beugte sich vor. »Alles ok mit deinem Kopf?«

»Sehr witzig. Warum warst du an der Datsche?«

»Warum wohl. Ich hab die Papiere überall gesucht. Auch in Papas Hütte.«

»Marie. Ich geb dir einen guten Rat: Lass es.« Wegener spürte den qualvollen Druck seiner Blase, eine 3-Kilo-Wasserbombe, die ihm jemand unter die Bauchdecke genäht hatte. »Diesen Staat kann man nicht besiegen. Selbst dein Vater hat es nicht geschafft, und er hat sich wirklich Mühe gegeben.«

»Hat er. Aber manchmal müssen Kinder die Kriege der Eltern zu Ende bringen. Denk an George Bush.«

Wegener lächelte.

Marie lächelte auch. »Weißt du, warum du unglücklich bist, Alfons?«

»Die Spannung steigt.«

Maries hübscher Spott war wieder da. »Weil du lavierst

und taktierst, statt einem geraden Weg zu folgen. Du bist wie ein Buschkämpfer. Auf Trampelpfaden unterwegs, die sich durchs Unterholz schlängeln. Du denkst, die Heimlichkeit schützt dich, damit du hier und da ein bisschen bescheißen kannst, im Rahmen deiner mäßigen Möglichkeiten. Dabei bist du nicht unsichtbarer als ein Kind, das sich die Hände vor die Augen hält. Also kannst du auch gleich geradeaus gehen. Dann kommst du schneller ans Ziel und fängst dir keine Zecken, alles viel einfacher. Glaub mir, ich hab's probiert.«

»Wer durch's Unterholz geht, findet Pilze.«

»Und vergiftet sich.«

»Nicht, wenn er sich auskennt.«

»Mister Myzel rettet die Welt.«

»Du bist noch zu retten, Marie, wenn …«

»Falsch. Es muss heißen: Dieses Land ist noch zu retten.«

»… du dich da raushältst.«

»Glaubst du.«

»Ich könnte dir helfen.«

»Liegt gefesselt im Stadtforst, blutet wie die zersägte Brigadeführerin aus *Grenzkommando des Grauens 3* und will mir helfen.«

Wegener grinste trotz der Schmerzen. »Scheißfilm, oder?«

»Noch schlimmer ist nur *Die Daumenschrauben-Doktrin*.«

»Was willst du machen, wenn du die Unterlagen hast?«

»Warum sollte ich dir das erzählen, alter Mann?«

»Vielleicht, weil wir uns inzwischen schon duzen.«

Marie lachte. »Süßer, hier duzen sich gerade streichzarte Butter und heiße Pfanne, falls dir das nicht aufgefallen ist.«

»Du weißt doch, wie es mit den Gegensätzen läuft«, sagte Wegener, »sie sind dazu gemacht, sich aufzuheben oder anzuziehen. Aber in beiden Fällen müssen sie dafür zusammenkommen.«

»Wenn er nicht mehr weiter weiß, fängt er an zu flirten.«
Marie kam näher. In ihren Spott mischte sich jetzt ein Hauch
von erwachendem Interesse. »Kannst du dir nicht denken,
was ich mit den Dokumenten mache?«

»Du gibst sie der Westpresse. Genau wie dein Vater es vor-
hatte.«

»An der Stelle muss ich wohl geflunkert haben.«

»Du flunkerst ziemlich viel. Wie hält es dein Freund mit
dir aus?«

»Das war ein bisschen zu auffällig.«

»Sag es mir.«

Marie ging in die Hocke und sah Wegener an. »Es geht um
die Zukunft des Sozialismus und die liegt im Posteritatismus,
in einer …«

»Kenn ich, die Leier.«

»Dann bist du ja vorbereitet, wenn es so weit ist.«

»Wem willst du die Unterlagen geben, Marie?«

»Lafontaine.«

Über ihnen drehte der Wind auf, fuhr in die fast kahlen
Baumkronen und schüttelte ein paar letzte Blätter heraus, die
als träger, gelber Schneefall herabsegelten.

Wegener spürte, dass ihm schwindlig wurde. »Warum …«

»Er wartet schon drauf.« Die Entengrützeaugen funkelten.
»Lafontaine und Gysi. Zwei Anführer, ein Ziel. Verstehst du,
Alfonso? Verstehst du endlich, was der Plan D wirklich ist?«

Wegener starrte Marie an.

»Ich helf dir, du Kopfnuss. Es geht um die Wiedervereinigung. Um ein geeintes Deutschland unter dem Dach eines
reformierten Sozialismus! Eines demokratischen, ökologi-
schen, wohlhabenden Sozialismus, wie ihn die Welt noch
nicht gesehen hat. Das war von Anfang an das Ziel.«

»Aber wie …«

»Ja, aber wie?, fragt sich die Butter, und die Pfanne antwortet: Ganz einfach, mit den Unterlagen aus der Zeitkapsel. Krenz tritt ab, Gysi übernimmt. Alles ist vorbereitet, Alfons, im Westen und Osten, alle stehen Gewehr bei Fuß, die Wiedervereinigung im Posteritatismus ist das Erbe meines Vaters, und dagegen wird keine Stasi und kein Hauptmann was unternehmen, in einer Woche geht Lafontaine damit an die Presse, noch vor den Konsultationen ist Gysi Interims-Staatsratsvorsitzender, in einem Monat wird ein 10-Punkte-Plan vorgestellt, der eine Anpassung der Wirtschaftssysteme ...«

»Dann grab mal schön weiter.« Wegener nahm seine allerletzte Kraft, seine allerletzte Wut zusammen und lachte ein bisschen.

»Muss ich vielleicht gar nicht.« Marie näherte sich, stand über ihm, ging in die Hocke, eine Vanillewolke begleitete sie, ein lässiges Lächeln auch, Marie kniete auf seiner Blase, dann auf seinem Ständer, Wegener stöhnte laut auf, sein Schwanz rief im Hosenstall um Hilfe, die Schwellkörper quietschten, die Eichel wimmerte, »du warst doch bestimmt bei Frau Frommann, Alfons, oder?«, Marie öffnete flüsternd seine Jacke, griff in die Innentaschen, »die alte Seekuh konnte deinem Charme sicher nicht widerstehen«, Wegener spürte Maries Hände in seinen Hemdtaschen, ganz nah an der Haut, an den Brustwarzen, »im Grunde hätte ich da selbst drauf kommen müssen, Eins zu Null für dich, Alfons«, Wegener hörte sich jämmerlich jaulen, Marie umarmte ihn, er spürte ihre weiche, verschwitzte Haut an seiner Wange, roch ihren Atem, alles duftete nach Magdalena, nach Karolina, Maries Finger in den hinteren Hosentaschen des Cordwunders, begrapschten Wegeners Arsch, fanden nichts, wanderten in die vorderen Jackentaschen des Mantels, »na, wo ist denn der kleine Zettel, du wärst hier doch gar nicht aufgetaucht, wenn du die Koor-

dinaten nicht gekriegt hättest, das kannst du deiner Lieb-
lingspfanne nicht erzählen«, Wegener hörte sein eigenes Winseln, eindeutig wildes Waldtier, das bei lebendigem Leib frit-
tiert wird, Marie ruckte zur Seite, ihr Knie rutschte ab und
klotzte in seine Hoden, ein Panzer, der in einen Porzellan-
fachhandel brettert, Sternenzelte fuhren jetzt Achterbahn im
Treptower Blitz, das aufgerissene Tigermaul von hinten, der
triste Blick in die Kulisse, der jedes Geheimnis schnöde entwürdigt, sobald man es kennt, ist es egal, sobald die Wahrheit
im Raum steht, will man sie nur noch rausschicken, wie man
eine ungelenke, polnische Nutte rausschickt, die beim Blasen
mit den Schneidezähnen die arische Glans massakriert, Wegener röchelte, würgte, kriegte keine Luft zum Brüllen, Maries
nasse Haare in seinem Gesicht, Maries Knie ein Rammbock in
seinem Schritt, ihre Hände in seinen Hosentaschen, alles fest-
haltend, den pochenden Eiersalat, den Peinpenis, den Zettel
mit den Koordinaten, der jetzt aus der Tasche gezogen und
hochgehalten wurde wie ein wm-Pokal, »ich wollte dir nicht
weh tun, Süßer«, derart rabiates Glück hatte Wegener noch nie
in einem Frauengesicht gesehen, Triumph und Schweiß und
Schmutz verkochten zu einer militanten Anmut, die ihn für
Sekunden sein eigenes Geschrei vergessen ließ, du kannst ja
doch noch Mädchen glücklich machen, Martin, sagte er offenbar zu sich selbst, weil es sonst niemand tat, kippte auf die
Seite, lag erledigt in Laub und Erde und kotzte, natürlich, was
sonst, sah Marie, die ihren Zetteltraum in der Hand hielt, Zahlen in ihr Minsk tippte und dann nach rechts, nach links lief,
bis alles zu passen schien, die den Spaten hob und anfing zu
graben wie eine Berserkerin, die ihren schweren linken Sprin-
gerstiefel immer wieder auf das Spatenblatt stieß, es in den Boden trieb, Wurzeln durchtrennte, Erdbrocken heraushebelte,
Dreck in ihrem nassen Gesicht verrieb, du bist die wahre Laura

Kraft, dachte Wegener, da kann der humpelnde Wagenknecht-krüppel einpacken, wenn es eine Heldin verdient hat, dass Filme über sie gedreht werden, dann du hartgesottene Kämp-ferin für Familienehre und politische Verblendung. Marie zerrte etwas Rosafarbenes aus dem Loch, förderte eine Sand-kastenmuschel aus Plaste zutage, brach die Muschel mit einem Spatenschlag auf, klappte den Deckel hoch und wühlte darin herum, warf bemalte Blätter, Papierrollen, Briefe hinter sich, kippte schließlich die ganze Muschel um, fand endlich, was sie suchte, einen erstaunlich kleinen braunen Umschlag, der wie ein Brief vom Finanzamt aussah, den sie mit Küssen bedeckte, bevor sie ihn in die Jacke schob und noch einen Moment still stand, inmitten flatternder Kinderbriefe, vom milden Oktobersonnenlicht weichgezeichnet, die schlammbedeckte Heldin am Ende eines unglaublichen Babelsbergabenteuers.

Dann ging sie zu ihrem Phobos, kam sofort wieder zu-rück, hielt jetzt einen Knirps in der Hand, den sie aufspannte und über Wegeners Kopf zwischen die Betonpfeiler der Pipe-linestelze klemmte.

Das Tropfen hörte auf.

»Endlich mal ein Rettungsschirm für einen Ossi«, sagte Wegener und stöhnte sein leisestes Stöhnen.

Marie hockte sich neben ihn. Die Entengrützeteiche in ihrem Gesicht waren noch bodenloser als in Boltenhagen, kilometertief ging es da drin runter, zu viel für mich, dachte Wegener, zu gefährlich, zu entschlossen, diese Augen sind Miniaturweltmeere, Verbissenheitstiefseegräben, wer da hi-neinsteigt, muss bereit sein, das eigene Hirn in die Posteri-tatismus-Waschmaschine zu stecken oder er kommt als Wasserleiche wieder raus. Dieses Mädchen ist etwas wirklich Besonderes, und du bist höchstens der Schuhmacher, der den Hauptmann spielt, nicht mal besonders gut, nur mittelmäßig, gesteh es dir ein, wenn Martin Wegener diesem Mädchen gewachsen wäre, dachte Wegener, hätte er keine Löcher im Schädel und kein Abschleppseil an den Handgelenken.

»Mach mich los. Bitte.«

Maries Entengrützeblick tastete sein Gesicht ab, betrachtete es mitleidig, ihre Hand streichelte ihm über die Wange.

Wegener wurde schummrig. Er versuchte, ein Schlucken zu verhindern, aber sein Kehlkopf schluckte trotzdem, laut und schmatzend. Ein hilfloses, schwächliches Grunzen.

»In einer Stunde rufe ich den Notarzt an.« Marie stand auf. Die Vanillewolke verschwand. »So lang hältst du durch.«

»Ich muss mal.«

»Was musst du?«

»Pinkeln.«

»Das schaffst du auch ohne mich.« Marie hatte sich schon umgedreht, ging zum zweiten Mal den Hügel hinunter, verschwand zum zweiten Mal zwischen den Bäumen. Dann startete der Phobos, knatterte, musste in dieser Waldnässe ordentlich getreten werden um anzuspringen, der Motor ratterte, tuckerte, war plötzlich voll da. Die Rücklichter brannten rot, setzten ein paar Meter zurück, stoppten. Dann schob sich der Wagen an den dampfenden Trümmern seines invaliden Bruders vorbei auf den Waldweg und knatterte davon.

Die roten Punkte verschwanden oberhalb der Senke. Das Knattern wurde leiser. Nach einer Minute war nichts mehr zu hören.

Wegener roch die fettige Wolke aus Maries Auspuff, spürte, wie die Wolke den Hügel heraufkroch und ihn einhüllte, schmeckte das alte, schmierige Öl auf der Zunge. Die Pipeline tropfte auf sein Schirmdach, alle drei Sekunden ein Plopp, das die stramm gespannte Kunststoffhaut traf. Der Wind trieb den Inhalt der Zeitkapsel über den Waldboden, jagte Briefe, Gedichte, Fotos und Zeichnungen durcheinander, verstreute sie in alle Himmelsrichtungen, blies ein Stück Papier neben Wegeners Beine, darauf rote Schreibschrift, nur zwei Sätze:

Der Sozialismus ist die Zukunft der Menschheit.
Ich bin die Zukunft des Sozialismus.

Dann wurde das Blatt weitergetragen, von einer Seite auf die andere gewendet, blieb an einem kahlen Strauch hängen, befreite sich, wurde erfasst und in die Luft gezogen, trudelte, ein Windstoß nahm es mit, trug es in die Baumkronen, weit nach oben, wohin genau, war nicht zu sehen. Das Schirmdach versperrte die Sicht.

Wegener zog die Beine an und versuchte, sich trotz der Fesseln ein Stück zusammenzurollen, weit entfernt glaubte er Jan »Schmuso« Hermann zu hören, der in sein Mikrofon hauchte, *fraglos Schatz, dafür hass ich die Zeit,* leise Klavierbegleitung, das getrocknete Blut spannte als harte Kruste auf seiner Stirn und in seinen Mundwinkeln. Er fror.

Dann ließ er laufen. Der Urin sprudelte in Schüben aus ihm heraus, verteilte sich sofort in der Hose, wurde gierig vom Cord aufgesogen, lief ihm kitzelnd an den Oberschenkeln herunter, verschenkte eine angenehme Wärme und das schlechte Kindergewissen, ins Bett zu machen, war befreiend und beklemmend zugleich, lustvoll und verboten, *gestern war'n wir noch Glückstagediebe, aber morgen schon blüht uns das Leid,* Wegener zählte mit, zum zehnten, zum elften, zum zwölften Mal strömte ein neuer Urinschwall in die Hose, dann tröpfelte es noch ein bisschen nach und hörte erst auf, als der Hauptmann längst weggetreten war und die Blätter und Kinderbriefe und Strichmännchen so fröhlich um ihn herumtanzten, als wäre nichts gewesen. Als wäre nie irgendetwas passiert.

Danke & Empfehlung

Für unterschiedlichste aber folgenreiche Hilfestellung auf dem Weg bis hier danke ich Josef Fitz, der Literaturzeitschrift AM ERKER, Matthias Schmidt von Scholz & Friends Hamburg, Susann Rehlein, Klaus Schöffling und – leider unbekannterweise – Michael Chabon.

Für Anmerkungen zum Roman danke ich Christoph Hoenings, Melanie Hölting-Eckert, Martin Korte, Christian Kreis, Ida Schöffling, Tim Tepaße, Anna Marie Urban und Hartmut Urban. Danke auch an Alexander Rötterink für seinen engagierten Cover-Einsatz.

Mein ganz besonderer Dank gilt Juli Zeh und Simone Miesner. Ohne ihre Mitarbeit hätte Martin Wegener es erheblich schwerer gehabt, seinen ersten Fall erfolglos zu beenden.

Der wunderbare Gedichtband *Nichtverrottbare Abfälle* von Christian Kreis ist zum Glück keine Fiktion. Das Buch erschien im Mitteldeutschen Verlag und ist dort noch vorrätig und bestellbar, nicht nur deshalb sei die Lektüre an dieser Stelle herzlich empfohlen.

S. U.

KAMPA VERLAG

Matthias Wittekindt
Fünf Frauen
Ein alter Fall von Kriminaldirektor A. D. Manz

Kriminalroman

Als Kriminalkommissar Manz und sein Kollege Borowski
im Frühsommer 1983 in eine Neuköllner Altbauwohnung
gerufen werden, in der die schon halb verweste Leiche
eines Pfarrers entdeckt wurde, stellt sich ihnen vor allem
eine Frage: Warum hat es eine ganze Woche gedauert, bis
die Polizei alarmiert wurde, obwohl alle Mieter eine ver-
trauliche Beziehung zum Pfarrer Busse beteuern? Manz
beschleicht immer mehr das Gefühl, nach Strich und
Faden belogen zu werden. Beinahe vierzig Jahre später,
während der Konfirmation seines jüngsten Enkels Matti,
werden bei Manz Erinnerungen an den Fall wach. Auch
an die familiären Herausforderungen von damals muss
er denken: Manz' Frau Christine war dienstlich verreist,
und er hatte die drei Töchter allein zu versorgen. Aber
nicht der Anblick der Kirche oder des Pfarrers werfen
Manz in der Zeit zurück, sondern ein Gedicht, das Matti
im Gottesdienst vorträgt: »Wer bin ich?« von Dietrich
Bonhoeffer. Denn damals, 1983, war wirklich niemand,
was er zu sein vorgab ...

»Matthias Wittekindt ist
der Meister der leisen Töne.«
Thomas Wörtche / Deutschlandfunk Kultur

KAMPA VERLAG

Jürgen Seidler
Schmutziges Licht

Kriminalroman

Ein schwarzes Mädchen wird entführt.
Ihr Vater fürchtet die Geister der Vergangenheit.

Weil er ein guter Polizist war, musste Peter Ebuk aus Uganda fliehen. Seit drei Jahren lebt er mit seiner Tochter in einem brandenburgischen Dorf in der Nähe von Rheinsberg und hofft auf Asyl. In seiner Heimat hat der ranghohe Polizist mächtige Männer hinter Gitter gebracht – und das wurde ihm zum Verhängnis. Auf der Flucht wurde seine Frau erschossen. An einem völlig fremden Ort trägt er jetzt allein die Verantwortung für seine Tochter. Die Schuld am Tod seiner Frau lastet weiter schwer auf ihm, als seine dreizehnjährige Tochter Viktoria während des Osterfeuers verschwindet. Bei Jugendlichen in Viktorias Alter komme es nicht selten vor, dass sie sich verspäteten, erklärt ihm die örtliche Polizei, doch Ebuk befürchtet das Schlimmste: Ist ihm der ugandische Geheimdienst bis nach Deutschland gefolgt? Haben die Männer, deren schmutzige Geschäfte er aufdeckte, nun seine Tochter entführt? Die brandenburgische Polizei prüft währenddessen eine Verbindung zu dem mysteriösen Verschwinden eines anderen Mädchens fünf Jahre zuvor. Eine weitere Spur führt in die rechtsradikale Szene, zu den Bewohnern eines Gutshofs, die sich als »völkische Siedler« bezeichnen ...

KAMPA VERLAG

Susan Hill
Seelenängste
Der dritte Fall für Inspector Serrailler

Kriminalroman
Aus dem Englischen von Susanne Aeckerle

Acht Monate ist es her, dass der kleine David Angus verschwunden ist, und die Polizei von Lafferton tappt noch immer im Dunkeln. Detective Chief Inspector Simon Serrailler, den der Fall schwer belastet, ist kurz davor, die Hoffnung aufzugeben – dann gibt es endlich einen Hinweis, eine Spur. Serrailler höchstpersönlich nimmt die Verfolgung auf. Und schließlich macht der Täter einen gewaltigen Fehler – und geht der Polizei ins Netz. Zur selben Zeit wird die junge Pastorin Jane von einem verwirrten Witwer als Geisel genommen. Ganz Lafferton ist in Aufruhr, die Nerven liegen blank! Und auch privat liegt bei Simon Serrailler einiges im Argen. Seine Ex-Freundin Diana scheint die Trennung noch nicht überwunden zu haben, Cat, die Zwillingsschwester des Detective Chief Inspector, will mit ihrer Familie nach Australien auswandern – und dann stirbt auch noch Serraillers Mutter.

>>Ich liebe dieses Buch.
Meisterhaft – atemberaubend!<<
Ruth Rendell

KAMPA VERLAG

Max Ziegler
Sylter Sandflut

Der zweite Fall für Ed Koch

Kriminalroman

Mitten in der Hauptsaison verschwindet ein Journalist.
Hat der Mann sich mit seinen Recherchen Feinde gemacht?

Im Hochsommer, wenn Touristen die Insel bevölkern, kann niemand ein Verbrechen gebrauchen. Das hält Hinnerk Hinnerkson vom *Sylter Tageblatt* jedoch nicht davon ab, einen Artikel über das angebliche Verschwinden eines Kollegen aus Flensburg zu veröffentlichen, der über die Sandvorspülungen auf Sylt recherchierte. Als im Haus des Vermissten eingebrochen und dessen Großmutter schwer verletzt wird, wächst der Druck auf Kriminalkommissar Ed Koch und sein Team von der Westerländer Polizei. Schwebt der Journalist tatsächlich in Gefahr? War er einer brisanten Story auf der Spur? Auch privat steht Ed vor neuen Herausforderungen: Seit seine Tochter bei ihm eingezogen ist, gerät er ständig in Streit mit seiner Ex-Frau, und auch die Trennung von seiner ehemaligen Vorgesetzten Elsa macht Ed zu schaffen. Zu allem Überfluss wird ihm eine Untersuchung seines letzten Falls, einer Serie von Brandstiftungen, angekündigt. Hat Ed bei seinen Ermittlungen einen Fehler gemacht? Und dann wird im Siel am Rantumbecken eine Leiche gefunden …

KAMPA VERLAG

Michael Connelly
Zwei Wahrheiten
Der neue Fall für Harry Bosch

Kriminalroman
Aus dem amerikanischen Englisch von Sepp Leeb

Seit er zwei Jahre zuvor vom LAPD zwangspensioniert wurde, arbeitet Harry Bosch als Freiwilliger für das unterfinanzierte San Fernando Police Department im Los Angeles County. In einer zum Büro umfunktionierten Zelle voller Aktenberge löst er ungeklärte Fälle. Als in einer Apotheke zwei Mitarbeiter, Vater und Sohn, erschossen werden, wird Bosch an den Tatort gerufen. Alles deutet auf einen Rachemord hin. Bosch und seine Kollegin Bella Lourdes nehmen die Ermittlungen auf – und stoßen auf eine Pill Mill, eine Klinik, die illegale Betäubungsmittel und verschreibungspflichtige Medikamente verkauft. Zur selben Zeit wird beim LAPD ein alter Fall neu aufgerollt. Der verurteilte Mörder Preston Borders, der seit dreißig Jahren in der Todeszelle sitzt, erhebt schwere Vorwürfe: Bosch soll bei seinen Ermittlungen Beweise gefälscht haben. Für Bosch beginnt ein Wettlauf gegen die Zeit. Ihm bleiben neun Tage bis zur Anhörung, und er muss neue Beweise finden – um seinen Ruf zu schützen und einen Mörder hinter Gittern zu halten.

»Harry Bosch ist ein Held, der seinesgleichen sucht.«
The New York Times

Wenn Ihnen dieses KAMPA POCKET
gefallen hat, gefällt Ihnen vielleicht auch der
Lesetipp auf der gegenüberliegenden Seite.

Schicken Sie uns bitte Ihren LIEBLINGSSATZ
aus einem Kampa Pocket, bei einer Veröffent-
lichung auf unseren Social-Media-Kanälen
bedanken wir uns mit einem Buchgeschenk:
lieblingssatz@kampaverlag.ch